ハヤカワ文庫NF
〈NF556〉

食べて、祈って、恋をして
〔新版〕

エリザベス・ギルバート
那波かおり訳

HAYAKAWA NONFICTION

早川書房
8495

日本語版翻訳権独占
早　川　書　房

EAT PRAY LOVE
One Woman's Search for Everything
by
Elizabeth Gilbert

Translated by
Kaori Nawa
Published 2020 in Japan by
HAYAKAWA PUBLISHING, INC.
This book is published in Japan by
direct arrangement with
THE WYLIE AGENCY (UK) LTD.

スーザン・ボーエンに

一万二千マイルの彼方からでもわたしに慰めを与えてくれた。

真実を語れ、真実を語れ、真実を語れ。

シェリル・ルイーズ・モラー

*ただし、第3部で語られるような、バリの不動産問題を早急に解決しようと試みる場合を除く。

もくじ

食べて、祈って、恋をして〔新版〕

十年目のまえがき

もう十年も『食べて、祈って、恋をして』を読んでいないと、最近になって気づいた。意外な発見だった。なぜなら、わたしはこの十年間を、『食べて、祈って、恋をして』について話すことに費やしてきたのだから――。この本について紹介し、解説し、ときに非難から庇《かば》い、説明を付け足した。ジョークにして笑い飛ばすことさえよくあった。にもかかわらず、この本そのものを読むということはなかったのだ。初めて刊行された二〇〇六年一月より数カ月前、本の最終稿を見直して以来、ずっと。

こういうのは、そんなに珍しいことではない。私の知る限り、大半の作家は、仕事のあとに自分の書いた本を読んだりしないものだ。うろたえるし（修正のきかない過去の言葉にぎくりとするのが作家）、退屈だし（なにしろ物語の結末がわかっている！）。たんに片づけるべき仕事があって、それどころじゃないという場合もあるだろう。

けれども、こと『食べて、祈って、恋をして』に関して、わたしはこんなふうに感じていた——この本はもうわたしのものではないのだから、わたしが読み返してどうこう言う筋合いのものではない。ご存じのとおり、『食べて、祈って、恋をして』は出版されるや、一大ベストセラーになった。世界が本を呑みこみ、本を世界のものとした。つまり、本はそれを愛する人たち、憎む人たち、まねる人たち、まねて茶化す人たちのものになった。

　本が売れに売れると、広告業者がこぞって『食べて、祈って——』を宣伝文句に使った（食べて、祈って、買って！　食べて、祈って、スキーして！　食べて、祈って、飲んで！　食べて、祈って、吠えて！）。旅行代理店は本書を金の成る木と見なしたようだ（世界のいたるところから〝『食べて、祈って、恋をして』の旅〟に参加できるようになった。わたしに直接の実入りはないとしても、旅する人々を見ると、いつも幸せな気分になれる）。ハリウッドはこの本を映画化し、わたしと夫をジュリア・ロバーツとバビエル・バルデムが演じた。なんというアップグレード！（残念ながらわたしたちは、うす暗闇のなかだって、ジュリア・ロバーツとバビエル・バルデムとは似ても似つかない。でも、わたしはこの映画が好きだ。いや、だから好きなのか……）『ザ・シンプソンズ』（米国FOXテレビで一九八九年からつづく長寿アニメ番組。ホーマーとマージ夫妻のシンプソン一家を中心に、中流階級の日常が風刺をきかせて描かれる）のシーズン23では、マージが『食べて、祈って、恋をして』を読んでいる場面がちらりと出てきた。ティナ・フェイは『30ROCK／サーティー・ロック』（放送作家の主人公をティナ・フェイが演じる米国NBCのコメディ・ドラマ。二〇〇六－二〇一三）で、本書をネタに笑いをとった。『ビッグバン★セオリー』（頭脳は明晰だがモテないふたりの工科大生の恋愛模様を描く米国CBSのテレビ・ドラマ。二〇〇七－二〇一九）では、ペニーとラージのふたりが本書を読んでいた。そして数年前、小学三年生のかわいい姪っ子が、ペットのカメの食事を観察して書いた宿題レポートの題名が、光栄にも、「食べて、くだいて、フンにして」。

そう、『食べて、祈って、恋をして』という本じたいがひとつの命をもって、勝手に歩きはじめていた。

本書への読者の反応には、わたしを深く感動させるものも、わたしへの嫌悪をあらわにしたものもあった。すべてをひと括《くく》りには語れない。でもどの反応にもはっとさせられた。たとえば、実に多くの女性が、この本を失恋の痛手から立ち直る手引き書として、スピリチュアルな探究の書として使っていたようだ。これには驚かされた。わたしはそういった多くの女性となるべく向き合おうとした——友情の精神をもって、地球規模の女性の連帯《シスターフッド》をもって。でもときには、洪水のように押し寄せる反応に対処しきれなくなった。この十年をかけて、わたしは多くの人々と自分とのあいだにどのように境界線を引くかを学ばなければならなかった——信じてほしいが、人とのあいだに境界線を引くのはけっして得意じゃない。自分のプライバシー（以前のわたしは気にかけることもなかった）と、自分の公的露出（以前なら誰ひとり気にかけることもなかった）のバランスをどうとるかについても、学ばなければならなかった。本が売れたことのあらゆる余波にさらされながら、本を書きつづけていくための方法を探さなければならなかった。好奇心をそそられる新たな誘惑——たとえばテレビのリアリティ番組の司会者にならないかとか——に対しても、ノーと言いきるすべを学ぶ必要があった。

まさに疾風怒《しっぷうど》濤《とう》の十年だった。どんな嵐のなかだろうと、わたしは心して、できる限り堅実かつ健全であるように努めた。成功という人生の転機が、それなりの年齢（三十代半ば）になり、それなりの関係（幸福な再婚）を築いたあとにやってきたことも、堅実さを保つうえで幸いした。一方、健全さを保つことができたのは、すでに不健全な人生を経験ずみだったからだ。あんな大しけの暗い海には二度と戻りたくなかった。わたしはよくこんなふうに言われる――「『食べて、祈って、恋をして』があいうことになって、人生しっちゃかめっちゃかでしょうね！」。わたしは正直にいつもこう答える――「いえいえ、人生のしっちゃかめっちゃかは、『食べて、祈って、恋をして』がああいうことになる前に、二十代ですませているんです」（みなさんがその目撃者でなかったことを神に感謝しなければ）。いやむしろ、この本を書くことによって、そのしっちゃかめっちゃかから足を洗えた、と言ってもいい。

掻き集められるだけの堅実さと健全さのなかに錨《いかり》をおろし、わたしは『食べて、祈って、恋をして』がもたらしたすべてを、神に感謝しつづけた。ただし、感謝はしたけれど、自分を守るためにわずかな距離をもうけることも学んだということだ。距離をもうける。そう、わたしと……この本とのあいだに。そうすれば、より安らかな、より穏やかな気持ちになれた。ひょっとすると、これこそ、なぜ十年間もこの本を読み返さなかったのかという問いに対して、最も納得できる説明になるかもしれない。

でもとうとう――刊行十周年に備えて――本書を読み返すことになり、わたしは腰をおろし、久しぶりに『食べて、祈って、恋をして』のページを開いた。

それは実に多くの気づきをもたらしてくれる読書体験になった。

※

まずなにより、たくさんのことを忘れていた！

本書は、世界のあちこちに旅したこと、そこで探究したことを詳細に記した一年間の体験記だ。でも、その細かいところがごっそり記憶から抜け落ちていた（だから、何事も書きとめておくべきだとも言える）。どうやらわたしはこの十年をかけて、『食べて、祈って、恋をして』のすべての体験を極限まで絞りこんでしまったらしい。残っているものと言ったら……ピッツァ、ピッツァ、ピッツァ。そのせいで、たくさんの人々が、出来事が、風景が（食事でさえも！）記憶から消えた。シチリア島で、どこへ行ったらおいしい食事にありつけるかをひたすら街の人に訊きつづけた、あの一週間を忘れていた。インドで友だちになったテキサスのリチャードと交わした、愉快だけれど示唆に富んだ会話の細かなニュアンスも思い出せなくなっていた（お伝えするのは悲しいけれど、彼はもうこの世にいない）。インドネシア人の友人、ユディとバリ島をドライブしてまわったことも……。

あの一年のあいだに、世界のあちこちで、なんてたくさんのものを見たのだろう。それができたことは、なんて幸運だったのだろう。いまさらながら胸がいっぱいになる。でも実のところ、本書が浴びた批判のかなりの部分は、このわたしの恵まれた特権に関するものだった。それに対してわたしはこう答えるしかない——ええ、確かに恵まれていました、と。こんな旅行ができる女性は幸運だと思う。いやもうとんでもなく、幸運だと思う。旅の記録を読み返し、わたしはかつて以上にそれを痛感した。だって、どこの誰がこんなものを手に入れられますか？　地球のあちこちでぶらぶらするだけの十二ヵ月、それができる自由な時間と資金。イタリアを旅しながら新しい語学を勉強？　インドやインドネシアに行って、世界に知られた偉大なる師に瞑想を学ぶ？　何週間も、何ヵ月もかけて？

ずっとずっと、わたしはたくさんの人たちから言われつづけた——「ああ、わたしもあなたがしたようにできたらどんなにいいか」。しかしいま、わたしも『食べて、祈って、恋をして』を読み返し、胸の内でつぶやく。「ああ、わたしも、わたしがしたようにできたらどんなにいいか！　なんてすばらしい冒険！」

つまり、わたしはそれができたことに感謝しているつもりだったけれど、おそらくまだまだ足りていなかった。自由と自己の探究と旅のためだけに費やした、あのまたとない一年間の経験に感謝し、わたしは毎日欠かさずに大地にキスするべきなのだろう。

しかしこれも再読して気づいたことだが、あの年あんなふうにわたしが自由になれたのは、わたしが当時、人生のどん底にいたからにほかならない。なにもかもあとに残していくのはたやすかった。未練を残すものがそんなに多くなかった。わたしには資産がなかった——離婚でことごとく失ったから。愛を交わし合う関係もなかった——自分で壊してしまったから。仕事も辞めていた。なにもかもぐじゃぐじゃ、なにもかも不安定。とにかくひたすら沈んでいた。

そう、わたしは、自分が悲しみの淵に沈んでいたことさえ忘れていた。平たく言おう。まともじゃなかった。イタリアに向かう前のわたしは、抑うつのせいで食べられず、眠れず、生きているのがやっとだった。抗うつ薬、抗不安薬、睡眠薬を大量に服《の》み、野良犬のように瘠《や》せていた。関節と筋肉と消化器官の働きが悪いために、いつも体のどこかが痛かった。自分の人生のあらゆることが不安を掻きたて、不安のせいで手の震えが止まらなかった。

こういったことを全部忘れていた。もちろん、おおまかには覚えているのだが、自分の不幸せをつぶさに覚えているわけではない。本のページにはこんなにしっかりと書かれているのに……。結婚に失敗した、すなわち人生に失敗した、という恥ずかしさに苛《さいな》まれていたことを忘れた。巻き直しを計ろうとしたデーヴィッドとの関係において、愛してくれない男に愛を捧げるのがどんな気持ちかということを忘れてしまった。自分自身をまったく信用できないのがどういう感じか、ということも。

あれから月日が流れた。きっと、わたしはその当時のみじめな自分を、あえて記憶のなかから締め出してしまったのだと思う。それは、いいことなのかもしれない。人生最悪のときの自分をつねに思い出しながら生きていきたいなんて、誰も思わないだろうから（だから、何事も書きとめるべきではないとも言える）。

しかしなによりわたしを驚かせたのは、『食べて、祈って、恋をして』の書き手が、自分自身をとんでもなく老いたと感じているらしいことだった。これは衝撃的だった。いったい何度、この本のなかで老いたという言葉を自分に使っていることか。

客観的な事実に照らすなら、いいですか、みなさん、この冒険の旅をした当時のわたしはじゃっかん三十四歳だ。三十四歳なんて、いまのわたしからしたら、よちよち歩きの子どもみたいなもの。それでも当時のわたしは、自分を老いさらばえたと感じていた。これこそ〝認知的不協和〟の見本ではないだろうか。なぜなら、もうすぐ四十六歳になるいまのわたしは、自分のことを老いているなんてちっとも思っていない。今朝《けさ》も八キロほど走ったが、どこも痛くはない。昨夜は赤ちゃんのようにぐっすり眠った。どんな薬物も服用していない――ただし、とろけるチーズは別として（わたしにとって、あれは薬物の一種）。きょう一日に、この週に、この一年に、どんなことが起きるのか楽しみでしようがない。このような活力と意気込み、可能性が際限なく広がっていくという感覚こそ、〝若さ〟を定義するうえで重要な要素なのかもしれない。

でも当時は、間違いなく、老いたと感じていた。自分は年増女だから、若くてハンサムな会話学習の相手、ジョヴァンニを誘惑するわけにはいかないと書いた。かわいいスウェーデン人の女友だち、ソフィーについては、何歳かしかちがわないはずなのに、仲間というより、まるで自分の娘を見るような書きっぷりだ。バックパッカーになって世界を旅するには歳をとりすぎているんじゃないかと心配している――こんな成熟した歳《ライフ・エイジ》でと（それを誇るのではなくて、気後れを感じながら！）。またある夜、ローマのアパートメントの上階からセックスの物音が聞こえてきたときには、老いた自分にはあんな激しいセックスは想像すらできないと……。

どのページでも、〝老いる〟という言葉を、けっしていい意味では、つまり、経験豊かで思慮深いという意味では使っていない。

わたしが〝老いる〟という言葉にこめたのは、疲れて生気がない、という意味合いだった。

書いたことを読み返すほどに、抑うつとストレスがどれほど大きな害を及ぼすものであるかを改めて思い知らされる。〝ストレス〟という言葉は、〝圧《お》しつぶす〟を意味するラテン語から生まれたそうだ。ストレスという圧縮は、わたしたちを歳より早く老いさせる。肉体的にも精神的にも人を圧しつぶし、やりきれない、ひしゃげた気持ちにさせる（インドで出会った修行僧曰《いわ》く、「不安は老いの元凶。不安から逃れることこそ、老いから逃れる道だ」）。圧縮を押し返すことで、わたしたちの人生は開《ひら》ける。圧しつぶされてなにもなかったところに、可能性が生まれる。新しい空間をつくれば、そこに若さが戻ってくるかもしれない。

自分自身のために人生を押し広げることは、人生を肯定する、神聖なる行為だ。この世に生まれた奇跡を言祝《ことほ》ぎつつ、人生を称え、切り拓《ひら》いていくことが、わたしたちに許されないはずがない。わたしが命を授けられたのは、けっして永遠に気を滅入らせ、疲れはて、悲しみつづけるためではないし、若いうちから老いた気分で生きるためでもないはずだ。

そして、このメッセージがあったからこそ、『食べて、祈って、恋をして』はこんなにも多くの女性の心に深く響いたのではないか、とわたしは考えている。つまり、もし人生がゴミ圧縮機になっているのなら、なにがなんでもそこから逃れていいのだ。人生のゴミ圧縮機から逃れることによって、あなたはほとんど細胞レベルであなた自身を再生し、再活性化し、再編することができる。控えめな言い方をしても、女性は長い歴史のなかで、こんなメッセージを受け取ったことはなかった。社会から女性に送られるメッセージは、むしろこの逆だった。すなわち、ゴミ圧縮機をかかえて生きなさい、それがあなたの人生。重荷に耐え、文句を言うな。気立てよくふるまえ。もっとあきらめろ。もっと働け。もっと譲りわたせ。もっと我慢せよ。もっと身を捧げよ。良き殉教者たれ。人生は自分のものではなく、ほかの誰かのものであると心得よ。女の人生は、父親のもの、夫のもの、子どもたちのもの、共同体のもの……。

けれども、『食べて、祈って、恋をして』は、こう問いかけた。「じゃあもし、あなたの人生があなたのものだったら、どうする?」

それは当時、わたし自身が、うつとみじめさと悲しみの霧のなかに迷いながら、みずからに問いかけていたことだった。本を出版することで、わたしは背後を振り返り、同じ質問を世界に投げかけたのだ。それに対して、さまざまな国の、さまざまな背景を持つ女性たちから反響が返ってきた。そしてわたしは、『食べて、祈って、恋をして』が、多くの読者にとって、自分への問いかけにひとりで本気で向き合うきっかけになったことを知った。つい最近、本書を読んだ日本の中年期の女性から、こんな手紙が届いた。とても明快だった。「わたしは、『食べて、祈って、恋をして』を読むまで、自分の手で自分の人生が変えられるなんて思ってもみなかったのです！　ああ、たいへん！　これを知ってしまったいま、わたしはどうすればいいのでしょう？」

なんて心掻き乱す、なんてすてきな自問！　もちろん、この自問は、うんと心掻き乱す、うんとすてきな結果をもたらすにちがいない。

※

　これも本書を再読して気づいたことだが、あのころのわたしは、世間のメッセージというやつ——自分が誰で何者であるかについて世間が三十四歳の女に期待するもの——を、なんとたくさん取りこみ、内面化していたことだろう。もはや驚くには値しないが、わたしは、当時の自分がまだ子どもを産んでおらず、産みたいのかどうかもわからないという考えで頭がいっぱいになっていたことも、すっかり忘れていた。でも本のなかでは、そのことを何度も語っている。わたしは、子どもがいないままでいいのかと疑い、それについて悩み、あらゆる角度から分析を加えている。いまから思えば、そんな強迫観念も、わたしを老いた気分にさせた一因だった。女は三十代半ばまでには子を産むものだ、少なくとも子を欲しがるものだ、という考えをしっかりと頭に植えつけられていた。もし、その道からはずれるとしたら、どんな女になるのだろう？

しなびて、すりきれて、役立たず《ユースレス》で、セックスレス。

オールドミス、年増女。小姑《こじゅうと》。おつぼね。

おばさん、ばあさん、ばばあ……。

ふたたび、当時の自分が自分をどう思っていたかを思い起こし、唖然《あぜん》とする。いまの自己認識とはかけ離れているからだ。いま、わたしは、子どものいない人生を快適に感じている。子どもを持たなかったことを思い悩みはしない。自分にふさわしい人生を歩んでこられたことを、ただありがたく感じている。

それでも、子を持つか持たないかで思い悩む年若い自分を振り返ると、いまも胸が痛む。過去の自分に声をかけられるものなら、こう言ってやりたい。「いいのよ！　母親になりたくなければ、なる必要なんかない！　あなたの人生はすばらしいものになる！　だから大きく構えて！」でも、あのころは大きく構えてなんかいられなかった。自分の母、姉、祖母たち、おばたち、わが一族のほぼすべての女性たち――要するに、連綿とつづく人間の歴史のなかのほぼすべての女性たち――とは異なる人生の道を進んでもいいのだという確信が持てずにいた。

ここで思い出すひとつのエピソードがある。『食べて、祈って、恋をして』には書かなかったことなので、それをここに書いてみよう。

それはイタリアにいるとき、フィレンツェからボローニャに向かう電車内でのことだった。目的地まで一時間もかからない短い移動。コンパートメントで相席したのは、やんちゃな幼児とくたびれた感じの若い母親だった。彼女のようすから、子どものことはかわいく思っているが、ひとりでその男の子を連れ歩く旅に疲れきっているのが見てとれた。わたしのほうにはその日は余力があったし、その子が愛らしかったので、彼女が本を読む時間が持てるように、お守《も》り役を買って出た。電車の旅のあいだ、その子どもとわたしは、いないないばあや、手遊びや、指手品で遊んだ。ふたりでわたしの旅荷から、考古学の発掘調査のように、あらゆるものを掘り出した。男の子がわたしの日記帳にお絵描きし、わたしのサングラスを試すのを許した。車窓からいろんなものを指さし、男の子からイタリア語の名詞をいくつも教わった（二歳児《バンビーノ》もイタリア語の初心者なので、わたしの会話の相手として完璧だった）。それはすばらしい出会いだった。

ボローニャの駅に着くと、わたしはその親子が降車するのを助けた。母親は自分の旅荷とベビーカーと幼児の持ち物をまとめるだけで精いっぱいだったので、わたしが男の子を駅のホームまで預かった。お別れのキスとハグをしたあと、親子は次の乗り継ぎのために歩み去った。

わたしはふたりの後ろ姿を見送った。わたしと年齢が近いはずの、子育てに一生懸命な母親。そして、とびきり愛らしいけど目が離せない息子。わたしは身を翻《ひるがえ》して、ふたりとは反対の方向に歩きはじめた。こちらは独り身の若い女。旅荷は背中のバックパックひとつ、これから数日間をボローニャの街で過ごすことになるのだが、そこでやることはパスタを食べてイタリア語を学ぶことだけ。日射《ひざ》しが顔に温かかった。よい天気。恍惚としてしまうほど、わたしは幸せだった。

そのとき、わたしは自覚したのだ。

この先、自分の子どもを持つことはないだろう、と。子どもを愛することも、子どもと楽しむこともできる。ほかの女性が子の面倒を見るのに手を貸すこともできる……でも、自分自身が子をもうけることはないだろう。そのときわたしは現実的にも内面的にも、ホームで別れた女性とは別の方向に足を踏み出した。わたしはこの世界のなかで何者かになるために歩きはじめた。それがなにかはわからないけれど、母親ではないことは確か。

心に日が射《さ》しこむ瞬間だった。

なぜ、このエピソードを『食べて、祈って、恋をして』に最初から入れなかったのだろう。いまのわたしからすれば、ものすごく重要なことなのに……。一年の旅の細かなことをいっぱい忘れてしまったけれど、あのボローニャの鉄道駅の、気づきと解放の瞬間をけっして忘れることはなかった。

もしかしたら、そのときの喜びと計り知れない安堵を公然と口にすることが、危険で不穏すぎるような気がして、あえて書かなかったのかもしれない。

自分に降りてきた天啓が、明るい日射しが、まだ信じきれなかったのかもしれない。

正直言って、よくわからない。言えることはひとつ。いまはそれを信じているということだ。

※

この十年間に、『食べて、祈って、恋をして』を読んだ実にたくさんの方々から手紙をいただいた。ときには贈り物が届けられることも、わたしへの要望がついてくることもあった。自分の書いた原稿を読んでほしいとか、わたしの人生をあなたの手で本にしてほしいとか。とても個人的な苦しみに満ちた質問が来ることもあった。それに答えるような資格はわたしにはないが、それでも助けになれるように最善を尽くした。

わたしに届いたなかで最も奇妙な手紙は、ひとりの女性からのものだった。その書き出しは――「いいこと、このクソ女！」。この風変わりな挨拶は、この先を読むべきではないという警告だったのかもしれない。しかし、わたしは読んだ。彼女はこんなふうにつづけていた――「あたしが自分の結婚を憎んでると思ってるの？　このクソ女！　あたしが自分をみじめに感じてると思ってるの？　このクソ女！　あたしが別の人生を選びたいなんて考えるわけがないでしょ。おあいにくさま、このクソ女！　あたしは手放さないわ、このクソ女！　なぜなら、それが結婚ってものだからよ、このクソ女！　結婚は誇るべき契約だってことを覚えておきなさい、このクソ女！」

こんな手紙にはどう応えればいいのだろう？

たぶん返すとしたら、「えっと……その……おめでとう、でいいかな？」

でも、この手紙は考える材料を与えてくれた。

まず、わたしは、結婚がそんなものだなんて思ってないのよ、このクソ女！　結婚が、契約を守りとおせることを誇るために永遠につづく苦しみであっていいはずがない。結婚を我慢大会にしてはいけない。結婚は相互の約束にはちがいないが、いまどきの世界では、ほぼ自発的な約束だ。人はよくこの事実を忘れる。わたしたちは、愛と交わりのために結婚する。そうでなければ、結婚する必要なんてない。そしてもし愛が失われ、交わりがあなたを蝕《むしば》む毒に変わったら、そこから立ち去っていい。わたしたちは人生を変えられる。そこから立ち去り、ひとりになることも、あるいは、もっと健全な愛を探すこともできる。新しい契約を、約束を結べばいいのだ。

　みじめさと無縁の結婚があり得るということを、わたしはこの十年間の私的な経験から学んだ。『食べて、祈って、恋をして』は——まずなによりも——愛の物語《ラブ・ストーリー》だ。その物語はいまもつづいているどころか成長しているとお伝えしよう。フェリペとの八年間の結婚生活を通して、わたしは、結婚が唇を噛《か》みしめ拳《こぶし》を握りしめて耐えていく契約などではないと知った。結婚は喜び、癒やし、方位磁石、避難所にもなり得る。本書を書いたころのわたしは、結婚にこのような幸福があることなどまったく知らなかった。でも、いまは知っている。親愛なる友人のジョヴァンニが教えてくれたイタリア語の表現をそのまま借りて言うなら、「わたしはそれを肌で経験しました《ロ・プロヴァート・スラ・ミア・ペッレ》」。

　しかし、「いいこと、このあばずれ！」のご婦人は、わたしから不幸な結婚をやめるように強要されたと考えたようだ。彼女が自分の人生を猛然とわたしから守ろうとしたのは、わたしが個人的に彼女に挑戦していると、ともすれば挑発していると感じたからだろう。わたしは誰に対してもぜったいにそんなことはしない。わたし自身が結婚から抜け出そうと決断するまでに、いやというほどつらい思いを味わっているからだ。

わたしは、誰かの人生に対する処方箋《しょほうせん》として、『食べて、祈って、恋をして』を世に送り出したわけではない。わたしがそうしたからと言って、あなたが離婚して、インドへ行く必要はない。それはわたしの選んだ道であって、あなたの道は別にあるはずだ。作家のシェリル・ストレイドが言うとおり、「わたしの真実が、あなたの真実を糾弾《きゅうだん》することにはならない」。

でも、わたしからみなさんになにか言えるとしたら、こんなふうに言いたい。「わたしのしたことをそのまましないでください。わたしが自問したことを、あなたもあなた自身に問いかけてみて」

つまり、あなたは自分探しのためにイタリアでピザを食べまくる必要なんかない（もちろん、あなたが望むのならば、ぜひ！）。おそらくあなたに必要なのは、人生に自由と喜びと活力を取りもどすために、なにを賭け、なにを変えるのか、それをみずからに問うことだ。

わたしの旅はいくつもの問いかけからはじまった。すべての旅はそうしてはじまる。いくつもの問いかけに答えていくことで、わたしは自分の旅をかたちづくっていった。だから、あなたの旅は、わたしとは別の形を取ることになるだろう。しかし、その根底にある問いかけは変わらない。それらは、そう簡単には答えの出ない問い――きわめて重要な、きわめて古くからある人生についての問いだ。

わたしは何者なのか？

わたしの人生は誰のものなのか？

わたしと神との関係はどのようなものなのか？

わたしはなにをするために、ここまで来たのか？

わたし自身の進む道を変える権利が、わたしにはあるのか？

自分の道を分かち合いたい人がいるとしたら、それは誰か？

わたしに喜びと平安に浸る権利はあるのか？

その権利があるのなら、わたしに喜びと平安をもたらすものはなんなのか？

真実として――世界史のほとんどの時代において、女性はこのような重大な問題をみずからに問うことを許されてこなかった。でもいまは、とうとう、それを問える時代になった。

『食べて、祈って、恋をして』が人々に衝撃を与えた理由は、このあたりにあるのかもしれない。それで思い出される、ひとつの騒々しい出会いも、この理由でなんとなく説明がつく。

ある午後、テレビ局のスタジオで、ひとりの青年がわたしに怒りをぶちまけた。「女たちはみんな、あなたの言うなりだ！　あなたのせいで、みんな去っていく！　姉も妹も、恋人も……みんな去っていく！」

わたしは、ほほえみながら後ずさった。両手を挙げて、友好的な降参を示しながら。でも、彼がどんなにうろたえているか――女性たちがことごとく去っていくという不安に慌てふためいているかを見てとり、心のなかで快哉を叫んだ。

さて、去っていくおおぜいの女性たちは、どこへ向かうのだろう？

わたしには知るよしもないが、彼女たちが彼女たちの行きたいところに行くことはまず間違いなさそうだ。

それは根源的《ラディカル》なこと、根源的で新しいことだ。

※

この本を嗤《わら》いながら読む人たちもいる。わたしもときどき、この本を冗談の種にする。この書き手は、まじめだけれど、なんとまあ、身も蓋《ふた》もなくばか正直で、なにかにつけてエラそうだこと。

でもしばし、『食べて、祈って、恋をして』を誰が書いたかは忘れることにしよう。そして、この本を読んでくれた人たちのことを思い出そう。世界じゅうの何百万人もの女性たち。彼女たちが、みずからの価値観や可能性や運命がより大きく広がる世界へと踏み出していく扉口として、この本を使ってくれたことを思い出そう。この一冊の本が、彼女たちにとって——多くの場合、人生で初めて——みずからの問題をみずからに問いかけるきっかけをつくったのだということを。

それは嗤ったりできない、とても大切なことだ。

『食べて、祈って、恋をして』に寄せられた最も心打つファンレターは、実は手紙ではなかった。それはツイッターに投稿された短いメッセージで、投稿上限の一四〇字を使いきってもいなかった。彼女はあっさりとこう記していた。「わたしが二十七歳のときに虐待から逃げ出し、自分の旅をはじめた理由の八五・五％は、あなただとお伝えしておきます」

そう、みなさん、これがすべて。わたしに言えることがあるとすれば――そのまま進め、前へ、前へ、前へ――。以上です、ありがとう。

はじめに

この本の成り立ち

あるいは、100個の数珠玉

インドを、とくにその聖地や修行場《アシュラム》を巡っていると、数珠《じゅず》を首にかけた人々をよく見かける。瘠《や》せたいかめしい裸のヨギたち（ときには、ふくよかで柔和そうなこともある）が数珠をかけている古い写真をあなたも目にしたことがあるだろう。そのような数珠玉ネックレスは、サンスクリット語でジャパ・マーラーと呼ばれ、昔から敬虔《けいけん》なヒンドゥー教徒や仏教徒が祈りの瞑想《めいそう》に集中する助けとして用いられてきた。数珠は片手で、その輪に指を入れて垂らすように持ち、マントラをひとつ唱えるたびに一個ずつ数珠玉をたぐる。中世の十字軍が東方に遠征したとき、兵士たちがジャパ・マーラーを使ったこの祈り方にいたく感心し、故国にアイディアを持ち帰って、ロザリオが生まれたということだ。

伝統的なジャパ・マーラーは、百八個の数珠玉からできている。１０８という数字は、東洋の神秘主義思想においては、最も縁起のよい数字とされる。１０８は三桁《けた》の3の倍数であり、三つの桁の数字をすべて足すと3の三倍である9になる。さらに3という数字はこのうえなくバランスがよい。キリスト教の三位一体説や、おなじみの三本脚のスツールを思い浮かべていただきたい。わたしは、自分のなかにバランスを見いだすための奮闘を本にまとめようと思い立ったときから、それをジャパ・マーラーの数珠のような百八話のエピソードで綴ろうと決めていた。この本の百八話の連なりは三つに分けられて、この一年の自分探しの旅で訪れた三国、イタリア、インド、インドネシアについて書かれている。このように分けると、各部に三十六話ずつ含まれることになり、これを書いているわたしが三十六歳だという符合にも、個人的にはかなり心をつかまれている。

数字の話ばかりで、ルイス・ファラカン（米国のイスラム運動組織の指導者、日付や数字の符合を演説によく用いる）のようにしつこくなってもいけないので、このへんで結論を言おう。わたしがジャパ・マーラーのようにエピソードを綴ろうとしたのは、それがとても……構築的な試みに思えたからだ。真面目な精神的探究は、いまも昔も、秩序を持った修練の実践だ。こんなしっちゃかめっちゃかの時代だからといって、真理を探る道までもしっちゃかめっちゃかになってはいけない。探究者であり作家である者として、数珠玉を一個ずつ数えるように物語を綴っていこう。それが、自分の成し遂げたいことから意識を散らさない助けになってくれるだろう。わたしは、そんなふうに考えた。

さて、どんなジャパ・マーラーにも、百八個からなる調和のとれた円の外側に、もう一個の数珠玉――百九個めの数珠玉――が垂れ飾りのようにぶらさがっている。わたしはこれまで、この百九個めの数珠玉は、おしゃれなセーターの飾りボタンか、王室の末っ子王子みたいなものだと思っていた。でもどうやら、ただのおまけではないらしい。祈りのさなかに指がこの数珠玉に触れたら、瞑想への集中を小休止して師に感謝するのだとか。だから、わたしも、百九個めの数珠玉とも言うべきこの場所で立ちどまり、この一年、さまざまな不思議な形でわたしの前にあらわれ、わたしを導いてくださった皆さんに感謝を捧げたい。

とりわけ、インドのアシュラムで学ぶことをこころよく許してくださった、慈悲心の固まりのような、わたしの導師《グル》に深く感謝したい。と同時に、わたしが本書にインドでの体験を書くのは、純粋に個人的な立場からであって、宗教学者や誰かのスポークスマンとしてではないということをはっきり言っておきたい。本書でグルの名を明らかにしていないのは、そのような理由による。わたしには彼女になり代わってなにかを伝えることはできない。彼女による直接の教えこそが、その教えの最高の形だと思っている。また、彼女のアシュラムの名や所在地を記すことで、あのすばらしい施設がそこにふさわしい関心や動機を持たない人々の目にさらされるのは避けたいと考えた。

そして、お礼をもうひとつ。この本では諸般の事情によって、登場する多くの人々に仮名を用いた。インドのアシュラムで出会ったひとりひとりも、インド人であれ、西洋人であれ、名前を変えさせてもらった。人はのちのち一冊の本に登場するために魂の巡礼に出るわけではないという事実に配慮してである（もちろん、わたしは除いて）。ただし、この匿名主義に、ひとつだけ例外をつくった。〝テキサスのリチャード〟は、本当にリチャードという名前で、本当にテキサス出身だ。本名を使いたかったのは、インドにいたとき、彼がわたしにとってものすごく大切な存在だったから。

最後に、もうひとつだけ。リチャードに、あなたが以前は飲んだくれのジャンキーだったと本に書いてもいいか、と尋ねると、まったく問題ないという答えが返ってきた。

彼はこう言った。「いや、なに、どう公表しようかって、ずっと考えてたんだ」

しかしまずは、そう……イタリアから始めましょう。

第1部
イタリア

「食べるように語れ」
あるいは、喜びの探究についての36話

1

ジョヴァンニがわたしにキスしてくれたら……。

しかしどう見たって、それはよろしからぬ考えだ。まず、ジョヴァンニはわたしより十歳年下、二十代イタリア男の常としていまも母親と住んでいる。それだけでもう恋愛対象としては見られない。おまけに、わたしは仕事を持つ三十代半ばのアメリカ女で、結婚生活につまずき、離婚問題の泥沼にはまり、そのあげく激しい恋に身を投じて大失恋を味わった。この踏んだり蹴ったりの人生で苦しみ、傷つき、七千歳ぐらいは老いた気分になっている。人道的な見地からも、こんなみじめでへこみきった年増女を、愛らしく穢《けが》れなきジョヴァンニに押しつけるわけにはいかない。それに、美しいブラウンの瞳を持つ青年を失った痛手から立ち直るには、さっそくほかの男をベッドに招き入れるのがいちばん、なんて戯言《たわごと》をぬかす歳でもなくなった。わたしが何ヵ月もひとりでいるのは、そういう理由による。それどころか、まるまる一年は独り身を貫こうと、心を決めていた。

などと言うと、冷静なる識者はこう尋ねるでしょう。「なら、なんでまたイタリアへ？」その質問には――テーブルの向かいにハンサムなジョヴァンニを見ながらではなおさら――こう答えるしかない。「そこよ、よく訊いてくれたわ」

ジョヴァンニとわたしは、〝タンデム・エクスチェンジ・パートナー〟の間柄だ。なにやら意味深に聞こえるかもしれないが、残念ながら……そうではなくて、ここローマで週にいく晩か顔を合わせ、互いの言語を学習し合う、こういうわたしたちのような間柄のことを〝タンデム・エクスチェンジ・パートナー〟と呼ぶ。まずはジョヴァンニが辛抱して、イタリア語でおしゃべり。次にわたしが辛抱して、英語でおしゃべり。ローマに来て数週間でジョヴァンニと知り合えたのは、バルベリーニ広場にある大きなインターネット・カフェのおかげだった。セクシーな男性人魚がホラ貝を吹いている泉から通りを渡ったところにある店だ。彼（人魚ではなくてジョヴァンニ）は、その店の掲示板に、当方イタリア語のネイティヴ・スピーカー、英会話の練習相手として英語のネイティヴ・スピーカーを求む、というメッセージを貼り出していた。すぐとなりには、一字一句、字体にいたるまでそっくりの同じ呼びかけがあり、ちがうのは連絡先の情報だけ。片方には、ジョヴァンニという名とメールアドレスが、もう片方にはダリオという名とメールアドレスが書き記してあった。けれども、自宅の電話番号は同じ。

持ち前の直観がひらめき、わたしはふたりの男性にイタリア語で同報メールを送った。

「あなたたちって、もしかして兄弟？」

それに対して、こんな挑発《プロヴォカティーヴォ》的なメッセージを送り返してきたのはジョヴァンニのほうだ。「もっとすてきなことに、ぼくたちは双子さ！」

それはもう、すてきすぎた。だって彼らは背が高くて黒髪でハンサムで、お互いにそっくりな二十五歳の双子だったのだから。おまけに、わたしを骨抜きにする、イタリア系特有の大きなうるんだブラウンの瞳の持ち主でもあった。ふたりとじかに会い、わたしは悩みはじめた。この一年間独り身を貫くというルールをほんの少し曲げたほうがいいかしら。たとえば、ハンサムな二十五歳のイタリア人の双子を恋人にすることだけを例外として、あとは完璧な独り身を貫く――。ベジタリアン、だけどベーコンは別、という友人を彷彿とさせなくもないけれど……わたしは、はやばやと《ペントハウス》誌に投稿する文面を練りはじめた。ローマのカフェの、ちらちらと瞬《また》くキャンドルの灯火。その薄暗がりのなかでは、はたしてどちらの男の手に愛撫されているかもわからず――

だめ。

ぜったいに、だめ。

わたしは妄想を払いのけた。いまはロマンスを求めるときではない。明けない夜はないと言うではないか。こんなにこんがらがった人生をこれ以上もつれさせてはならない。いまは、孤独のなかに癒しと平穏を探し求めるべきときなのだ。

こうして十一月も半ばを迎えるいま、はにかみ屋で勉強熱心なジョヴァンニとわたしは気のおけない友人同士になっている。ジョヴァンニよりにぎやかで陽気な片割れのダリオには、小柄で愛らしいスウェーデン人のわたしの友人、ソフィーを紹介した。彼女とダリオは、まったく別種のタンデム・エクスチェンジに励みつつ、ローマの夕べを楽しく分かち合っているようだ。けれども、ジョヴァンニとわたしはおしゃべりするだけ。いや、食事をして、話をする。ピッツァを分け合い、文法の誤りをやんわりと指摘し合い、そうやって何週間も気持ちよく食事と会話をつづけてきた。今夜も例外ではない。新しく覚えた慣用句《イディオム》と新鮮なモッツァレラが生みだす、すてきな夕べ。

帰りは真夜中で、霧が立ちこめている。ジョヴァンニは、わたしをアパートメントまで送ってくれる。古い建物のあいだをくねくねと抜けるローマの裏通りは、鬱蒼としたイトスギの木立を縫ってゆるやかに流れる川のようだ。さて、アパートメントの前まで来た。わたしたちは向き合って立つ。彼が心のこもったハグをしてくれる。最初の数週間は握手するだけだったことを思えば、これはひとつの進展だ。あと三年くらいイタリアにいたら、ジョヴァンニも一念発起して、キスぐらいしてくれるかもしれない。だけどもしかしたら今夜、このアパートメントの玄関口で、いまのいま、キスしてくれるかも……チャンスはまだある……だって、わたしたちはこの月明かりの下で身体を寄せ合っているわけだし……もちろん、よろしからぬ過ちかもしれないけど……可能性はまだある……彼はいますぐ行動に出るかもしれない……身をかがめて……そして……そして……

しかし、しかし。

ジョヴァンニのほうから身体を離す。

「おやすみなさい、リズ」彼が英語で言う。

「ブオナ・ノッテ、カーロ・ミオ」わたしは、イタリア語で彼よりいくぶん親しげにおやすみを返す。

ひとりきりで階段をのぼり、四階の部屋に向かう。ひとりきりでちっぽけな部屋に入る。そしてドアを閉める。また、ローマでの独り寝の時間。また、長い夜の眠りがわたしを待っている。ベッドには、イタリア語の会話集と辞書が積まれているだけで誰もいない。

わたしはひとりだ。ひとりきりだ。どうしようもなく。

それをしっかりと嚙みしめ、わたしはバッグを放り出す。ひざまずき、ひたいを床に押しつけ、心から天に感謝の祈りを捧げる。

最初は英語で。

次は、イタリア語で。

そして、最後に——天にきちんと伝わるように——サンスクリット語で。

2

せっかく床にひざまずいて祈っているのだから、この姿勢のまま、これより三年前、つまり、この流転の物語が始まる瞬間までさかのぼることにしよう。そのときのわたしも同じように、床にひざまずき、祈りを捧げていた。

ただ、三年前の光景はこれとはまったくちがった。そのときわたしがいたのはローマではなく、ニューヨーク郊外に夫とふたりで買ったばかりの大きな家の二階のバスルーム。寒い十一月の午前三時ごろ。夫はベッドで眠っていた。深夜のバスルームにこもる日が四十七日ほどもつづいていただろうか。その夜もわたしはバスルームでむせび泣いていた。あまりに激しく泣いたせいでタイルの床に涙と鼻汁の湖ができていた。スペリオル湖（アメリカの五大湖のなかで最大の湖、superior は〝上級〟の意味）ならぬ、わたしの不面目と不安と混乱と悲嘆がつくりだした劣等《インフェリア》湖だ。

これ以上、結婚生活をつづけたくない。

この気持ちに背を向けたかったが、真実は頑《かたく》なに居すわっていた。

これ以上、結婚生活をつづけたくない。この大きな家に住みたくない。赤ん坊なんて欲しくない。

でも、わたしは三十一歳で、そろそろ子どもをつくってもいい頃合いだった。出会ってから八年、結婚からは六年。夫とわたしはごくふつうの人生を思い描きながら暮らしてきた。三十歳になれば、身を落ちつけて、子どもたちを育てたいと思うようになるだろう。そのころにはきっと、ふたりとも旅行に飽きて、子どもたちと手作りのキルトで溢れた、にぎやかな大きな家を心から求めているだろう。裏庭には家庭菜園があり、台所ではシチューがくつくつと煮えている、そんな家だ（ちなみにこの描写はわたしの母の暮らしをまる写しにしたもので、当時のわたしが自分を育ててくれたパワフルな女性と自分とのちがいをまるでわかっていなかったことがよくわかる）。ところが、三十を超えたら求めるはずのものを、自分がどれひとつ望んでいないと気づき、がく然とした。それどころか二十代の終わりが近づくにつれて、「三十代突入」がまるで死刑宣告のように恐ろしくなり、わたしは妊娠したくないと思っている自分に気づいた。赤ん坊が欲しいと思えるようになるのを待ちつづけたが、そうはならなかった。なにかを求めるのがどんな気持ちかぐらいはわかる。欲望というのがどういうものかも知っている。でも、そういうたぐいのものは、わたしのなかに存在しなかった。姉が最初の子の授乳期に言ったことも頭の片隅に引っかかっていた。「赤ん坊を持つってことは、顔にタトゥーを入れるようなもの。実行する前に、本当に自分がそれを望んでいるかどうかを、よく確かめなくてはだめよ」

だけど、どうやってあと戻りしろと？　万事つつがなく進み、周りもいよいよかしら、と思っている。いや、それどころか、子づくりに励みはじめて数カ月――。でも、なにも起きなかった（皮肉なことに、想像妊娠したように心因性のむかつきが始まり、毎日朝食を吐き戻した）。そして、生理がやってくるたびにバスルームでひそかにつぶやいた。やれやれ、これでまたひと月生き延びた……。

こんなのは世間によくあることだと、自分に言い聞かせようとした――女性は子づくりをしながらでも、こんなふうに感じるものだ（自分では〝どっちつかずの気持ち〟と呼んだが、〝恐ろしくてたまらない〟と言ったほうが正しい）。でもどんなに、こんな感情はふつうだと自分に言い聞かせようとしても、ごまかしを暴く証拠はいくらでもあった。たとえば前週にばったり再会した知人は、不妊治療に二年の歳月と大金を投じてやっと妊娠し、ものすごく喜んでいた。母親になりたくて、何年もベビー服を買いつづけて夫に内緒でベッド下に隠していた――そう打ち明ける彼女の顔には喜びがありありと見てとれた。前年の春、わたしもそんなふうに喜びに顔を輝かせたことがあった。わたしが寄稿している雑誌から、巨大イカ探しの記事を書くためにニュージーランドまで行ってくれないかと依頼された日のことだ。そして、わたしはこう考えた――〝赤ん坊を育てることに、巨大イカ探しのためにニュージーランドへ行くぐらいの喜びを感じられるようになるまでは、子どもはつくれない〟と。

これ以上、結婚生活をつづけたくない。

明るい時間には封じこんでおけた思いが、夜になるとわたしを苛《さいな》んだ。どんづまりだ。ここまで結婚生活を深めてきたあげくに放り出すなんて、そんなひどいまねができるだろうか。この家は一年前に買ったばかりだ。わたしが、このすてきな家を欲しがったのではなかったか。この家を愛していたのではなかったか。なのに、どうして夜ごと、この家の廊下をふらふらと歩いてバスルームに向かい、王女メディアのように泣きわめいているのだろう？　夫とふたりで成し遂げてきたことを、誇りに思っているのではなかったか。ハドソン・ヴァレーの邸宅やマンハッタンのアパートメント、八本の電話回線、友人たち、ピクニック、パーティー、郊外に建つ四角い箱のような大型百貨店のなかを巡る週末、すべてをクレジットカードですませる買い物を。そんな生活を享受してきたはずなのに、どれも自分に釣り合っていないように思えるのはなぜだろう？　義務感に押しつぶされそうになるのはどうしてだろう？　一家の稼ぎがしらで、主婦で、地域の世話役で、犬の散歩係で、妻で、母親予備軍のひとりで、そして、その合間にひとりの物書きである日々にうんざりするのはどうしてだろう？

これ以上、結婚生活をつづけたくない。

夫はここではなく、わたしたちのベッドにいる。彼を愛する自分と、彼に耐えられない自分がせめぎ合っていたが、夫を起こして苦しみを訴えることはできなかった。それは夫が、〝精神的に壊れた〟（この言葉については双方同意済みだ）わたしをもう何カ月も見て、辟易《へきえき》しているからだ。わたしのほうが〝どこかおかしい〟ことは互いに認め合っていて、夫は我慢の限界に近づいていた。わたしたちは喧嘩し、泣きわめき、そして疲れきった。破綻《はたん》寸前の夫婦にありがちな状態だ。ふたりともが、どんづまりを見てしまった者の目をしていた。

彼の妻でいたくないと思った理由はたくさんあったけれど、ここで語るには個人的すぎるし、つらすぎる。その多くはわたし自身の問題だったと言わざるを得ないが、わたしたちのいざこざのかなりの部分は夫に起因していた。当然だ。結婚は結局はふたりのものなのだから。支持政党や意見が分かれるのも、相反する判断や願望や制約がぶつかり合うのも、しかたないことだ。でもだからと言って、わたしの著書で夫について論じていいとは思わない。また、偏りなくわたしたちの物語を伝えてみせると宣言したところで、信じてもらえるとも思わない。だから、わたしたち夫婦の結婚のつまずきの記録をここには残さないでおこう。このときはまだ彼の妻でいたかった理由も、彼にとってなおも最良の存在でありつづけたかった理由も、彼を愛していた理由も、彼と結婚した理由も、彼なしの人生が想像できなかった理由も、語らないままにする。そういうことを明らかにはしない。ただ、こう言えば充分ではないだろうか——あの夜、わたしにとって、夫は遠い海を照らす灯台であり、目の前に立ちふさがるアホウドリだった。家を出ること以上に考えがたいのは、家に残ることであり、家に残ること以上にあり得ないのは、出ていくことだった。なにも、誰も、壊したくなかった。できることなら、なんの騒ぎも問題も起こさず、裏口からそっと抜け出して、一歩も立ちどまることなく、グリーンランドまで駆けていきたかった。

わたしの物語のこのくだりは、けっして幸福なものではない。それをわかっていながら、あえてここに記すのは、あのとき、あのバスルームの床で、わたしのその後の人生を大きく変える、ある重大な出来事が起こったからだ。それはまるで宇宙規模の超常現象のように、言うなれば、ひとつの惑星がなんの理由もなく宇宙空間でひっくり返って、内部の核がどろっと溶けて、地軸が逆さになって、形がすっかり変わって、それはもう突然に、さっきまで丸かった星がびよんと伸びて直方体になったような、それぐらいの変化だった。

なにが起こったか——。わたしは祈っていた。

そう、わたしはいつしか神様《ゴッド》に祈っていたのだ。

3

このバスルームの突発的事件が、わたしの起点となった。

　さて、本書に〝神〟という深みも広がりもある言葉を記した初っぱなだし、これからはこの言葉を繰り返し使うことになるのだから、ここで少し立ちどまり、わたしがどういう意味で神という言葉を用いているかを説明しておきたい。そして、人によってはその説明を不快に感じるであろうことも、この早い時点で、あらかじめお断りしておかなくてはならない。

　神は存在するのか、という議論をのちのちしなくてすむように、いや、むしろ、このようなテーマをこの本からすっぱりと省かせていただくために、なぜわたしが〝神〟という言葉をあえて使うのか、そのことから説明したい。神ではなく、ヤハウェ、アッラー、シヴァ、ブラフマー、ヴィシュヌ、ゼウスでもいい。あるいは、サンスクリット語の古い聖典に出てくる〝あれ〟はどうだろう？　ときどき感じる、あのすべてを包みこむような得《え》も言われぬ存在を、とてもうまくあらわしているのではないか。ただし、〝あれ〟では神というより物体のようにそっけない感じがするので、わたし個人としては〝あれ〟には祈りを捧げにくい。しかるべき名がついていたほうが、つねにそばに在る、という感じがよく出るのではないか。そういう点からすると、宇宙《ユニバース》や天空《グレート・ヴォイド》、力《フォース》、至高の存在《サプリーム・セルフ》、完全なるもの《ホール》、造物主《クリエイター》、光《ライト》、自分を超えた力《ハイヤー・パワー》などにも祈りにくい感じがする。神を指す最も詩的な表現だと思える、確かグノーシス派の福音書に記されている〝移ろいゆく影〟というのもちょっと……。

　こういった呼称に文句をつけたいわけではない。どれもこれも言葉にしがたいものをそれなりに言いあらわしてはいる。でも、甲乙つけがたく、決定打ではないということだ。しかしながら、そのいわく言いあらわしがたい存在に対して使える名前がぜひとも必要で、そんななかで〝神様《ゴッド》〟という呼びかけがわたしにとってはいちばん親しみの持てるものだった。だから、そう呼ぶことにした。ここで打ち明けておくと、わたしは、神様を〝彼〟（Him）と呼ぶことも少なくない。わたしにとって〝彼〟は身近にある使いやすい代名詞であり、性別をあらわす解剖用語でも改革すべき問題でもない。もちろん、神様を〝彼女〟（Her）と呼ぶのもいいし、そうしたい気持ちもよくわかる。だけど繰り返しになるが、わたしにとっては同じ。どちらが適切でも不適切でもない。ただどちらを使うにせよ、頭文字を大文字にするのは悪くない感じだ。神聖な存在に対するささやかな敬意が感じられる。

宗教的にとなると話は別だが、文化的に言うなら、わたしはクリスチャンであり、ホワイト・アングロサクソン系プロテスタントに属する家庭の生まれだ。そして、イエスという名の偉大な平和の師を愛し、困難にぶつかるたびに、こんなとき〝彼〟ならどうするだろうか、と自問できることをありがたく思っている。でも、キリストこそが神に至る唯一の道だというキリスト教の揺るぎない教えにはどうしても納得できない。つまり、厳密に言うなら、わたしは自分をキリスト教徒とは呼べない。わたしの知るクリスチャンの大半は、そんなわたしの気持ちを寛大な心で受けとめてくれるし、繰り返すが、わたしの知るクリスチャンの大半は、あまり厳密なことは言わない。厳密なことを言う（考える）方々には、不愉快な思いをさせたことをお詫びし、わたしのほうから身を引かせていただくしかないだろう。

わたしは昔から、あらゆる宗教の、人知を超えた神秘に惹《ひ》かれてきた。神は教典のなかや空の彼方ではなく、わたしたちのすぐそばに、想像するよりずっと近くに、まさにわたししたち自身のこころとともに在るのだと訴える人々に、息も止まるほどの興奮を覚えた。そして、そういった〝こころ《ハート》〟の中心に向かって旅をし、〝神とは至高の愛の経験である〟という答えをかかえて戻ってきた人々に感謝した。この世に存在するどんな宗教にも、これと同じ経験を語る、神秘の力を持つ聖人や超越者がいる。残念なことに、そのような人々の多くが囚われたり殺されたりしてきた。それでも、わたしは彼らを心から尊敬している。

結局のところ、わたしの神様への信仰は単純明快で、言うなればこんな感じだ。その昔、わたしはすばらしい犬を飼っていた。保護施設から引き取った犬で、十ほどもの種が交じり合っていたけれど、それぞれの種の最も優れたところを受け継いでいるように思えた。毛色は茶色だった。人から「なんていう種類の犬？」と訊かれるたびに、わたしは「茶色の犬よ」と答えていた。同じように「どういう種類の神を信じているの？」と訊かれたら、わたしの答えは簡単だ。「とてもすてきな神様を信じているの」

4

もちろん、バスルームの床にひざまずき、初めて神に呼びかけたあの夜以降、神とはなにかについて考えをまとめる時間はたくさんあった。けれどもあの暗い十一月の危機的状況のさなか、わたしは宗教という側面から自分の考えをまとめることにはまったく関心が持てなかった。関心を持てるのは自分の命をどう救うかだけだった。あのときわたしはようやく、自分が生きるか死ぬかの瀬戸際に立っているらしいと気づいた。そして、こんなとき、人は神に救いを求めるものだと思いついた。どこかの本にそう書いてあったのかもしれない。

わたしは嗚咽《おえつ》が途切れたところで言った。「こんばんは、神様。ご機嫌いかが？　わたしはリズ。はじめまして」

そう、わたしは宇宙の創造主に向かって、まるでカクテル・パーティーで引き合わされた誰かを相手にするように話しかけていた。でも、人というのは経験を頼りに生きているわけで、わたしにとってお付き合いの始まりはいつもこんな感じだ。それどころか、「あなたの作品の大ファンで……」と言いそうになるのをなんとかこらえた。

「こんな夜遅くに、ごめんなさい」と、わたしはつづけた。「でも、いま本当に困っているの。それから、いままで話しかけもしないで、申し訳なかったわ。だけど、あなたがわたしの人生に与えてくれたお恵みには、いつだって精いっぱい、感謝の気持ちをあらわしてきたつもりよ」

口に出すことでまた考えてしまい、前より激しく泣いた。神様は待っていてくれた。気持ちが落ちつくと、わたしはまた言った。「このとおり、わたし、お祈りがうまくないの。でも、助けてもらえないかしら。どうしようもなく助けが必要なの。どうしたらいいかわからなくて、答えが欲しいの。どうしたらいいか教えて。お願いだから教えて。どうしたらいいか……」

祈りの言葉はしだいに簡潔になり、〝どうしたらいいか教えて〟を繰り返した。いったいどれだけ祈ったかわからない。命乞いをするように懇願したことだけ覚えている。そして、えんえんと泣きつづけた。

だが、唐突に涙が止まった。

まったく唐突に、もう泣いていない自分に気づいた。泣きじゃくっていないどころか、すすり泣いてもいない。みじめな思いが一瞬にして消えてしまった。わたしは驚いて床からひたいをあげ、身を起こした。わたしを泣きやませた〝偉大なお方〟はどこにいるのだろう？でも、そこには誰もおらず、わたしはひとりきりだった。けれど、実はひとりきりではなかった。小さな沈黙の隙間、としか言いようのないものに、わたしはすっぽりとはまっていた。それはめったに出会えないような静けさで、それをおびやかしてしまうのではないかと、息をするのも怖かった。わたしは、ただじっとしていた。いままでこんな静寂に触れたことがあっただろうか。

そのとき、声が聞こえた。ご安心を――もちろんそれは、往年のハリウッド映画『十戒』に出てくるチャールトン・ヘストンの声でも、家の裏庭に野球場をつくれというお告げの声でもなく、わたし自身から発せられたわたし自身の声だった。けれども、自分でも聞いたことのないような自分の声だった。わたしの声ではあるけれど、思慮深げで、穏やかで、慈愛に満ちていて。それまでの人生で愛と信念さえ勝ち得ていれば、きっと、わたしの声はそんなふうになっていたのだろう、そう思わせる声だった。その声は、わたしのその後の人生における神への信仰を決定づけるような答えを与えてくれた。そこにあった愛の温もりをどう伝えればいいのだろうか。

声はこう言った。ベッドに戻りなさい、リズ。

わたしはふうっと息を吐いた。

そのとおりだ。いまできることはそれしかない。ほかのどんな答えも、受け入れようがなかった。よく響く大きな声で、「夫と別れるのだ！」とか、「夫と別れてはならぬ！」などと言われても、信じようがなかった。なぜなら、それは真の叡智《えいち》ではないからだ。真の叡智をもってすれば、どんなときも、導き出される答えはひとつしかないはずだ。そして、あの夜の答えは、ベッドに戻ることだけだった。あの十一月の木曜日の午前三時、すべてを見通した内なる声がベッドに戻りなさいと答えたのは、そのときはまだ、その先にあるものを知る必要がなかったからだ。ベッドに戻りなさい。あなたを愛しているから。ベッドに戻りなさい。いまあなたにできることはそれしかないから。しばし休息をとり、自分をいたわって、答えが出るのを待ちなさい。ベッドに戻りなさい。来たるべき嵐に立ち向かう強さを取り戻すために。嵐はすぐそこまで来ている。じきにやってくる。でも今夜ではない。だから……

ベッドに戻りなさい、リズ。

ある意味、この小さなエピソードには、キリスト教における典型的な回心《かいしん》体験の特徴がちりばめられている。闇をさまよう魂、救いを求める呼びかけ、それに応える声、なにかが変わる感覚――。だがわたしは、これがわたしにとっての〝回心〟だったと言うつもりはない。よく語られる生まれ変わりや救いの体験ともちがっていた。わたしは、この夜に起きたことを、〝宗教的な対話の始まり〟と呼ぶことにした。結局のところは、あの身も蓋《ふた》もない最初の呼びかけが、わたしを神様のごくごく近くへと導いてくれたのだった。

5

名女優リリー・トムリンがいみじくも言った――〝どん底にはさらに底がある〟。それをわたしがわかっていたら、はたしてあの晩、あんなによく眠れていただろうか。ともかく、あの夜から苦悩の七カ月を過ごしたあと、わたしは夫のもとから去った。それを決心したとき、最も苦しい時期は過ぎ去ったと考えた。なんて離婚について無知だったのだろう。

《ニューヨーカー》誌に、こんな漫画があった。ふたりの女性がおしゃべりをしていて、ひとりが「誰かのことを本当に知りたいのなら、その人とは離婚しなくてはだめよ」と言う。わたしの経験は逆だ。わたしなら、誰かのことをこれ以上知りたくないと思ったら、その人と離婚しなくてはだめ、と言う。わたしと夫とのあいだで起きたことがまさにそれだった。世界でいちばん理解し合っていた者同士が、あっという間に誰よりも理解し合えない他人同士になった。これには双方がぎょっとした。その圧倒的なわかり合えなさの根底にあるのは、お互いがお互いにとって想像もつかないことをしているという救いがたい事実だった。夫はわたしに捨てられる日が来るとは夢にも思っていなかったし、混乱を極めたわたしの頭は、出ていくことをこれほど夫に邪魔されるとは予想もしていなかった。

夫と別れると決めたときは、卓上計算機と、ある程度の常識と、かつて愛した人への善意が少々あれば、現実的な事柄は数時間で解決できるだろうと思いこんでいた。わたしからの最初の提案は、家を売却し、財産をすべて折半するというもので、それ以外の方法は考えつきもしなかった。が、夫はこの提案を公平だとは見なさなかった。そこで、わたしは譲歩し、すべての財産はあなたに、すべての非はわたしに、という折半はどうかと提案した。しかし、それでも解決には至らなかった。わたしは途方に暮れた。すべてを差し出したあとに、どんな交渉ができると言うのだろう。夫からの提案を待つほかなかった。夫を捨てるという罪悪感のせいで、この十年間で自分が稼いだお金もいっさい受け取る資格はないと考えるようになった。そのうえ、わたしのなかに芽生えたスピリチュアルな声が、争いは避けよと言った。つまり、自分を彼から守らない、彼と闘うつもりもない。それがわたしのとった方針だった。周囲の人々が心配して忠告してくれたにもかかわらず、長いあいだ、弁護士に相談しなかった。それすらもひとつの戦闘行為に思えたからだ。この件に関して、わたしはマハトマ・ガンジー、ネルソン・マンデラでありたいと願った。ガンジーもマンデラも弁護士だったことなど、そのころは知りもしないで……。

数カ月が過ぎた。人生を宙ぶらりんにしたまま、わたしは解放されるのを待ち、条件が提示されるのを待った。別居はしていた（夫はマンハッタンのアパートメントで暮らすようになった）。しかし、まったくなにも解決しなかった。請求書がたまり、仕事が滞り、家のなかが荒れ、夫がときどき沈黙を破って連絡を寄こすたびに、わたしは自分がどんなにひどい人間かを思い知らされた。

そして、デーヴィッドの存在があった。

離婚に至るまでのみじめな年月をいっそう複雑で痛手の深いものにしたのは、デーヴィッド——そう、結婚生活から抜け出そうとしているとき恋に落ちた男とのごたごた劇だった。いま、デーヴィッドと〝恋に落ちた〟と書いたが、わたしはただ結婚生活から飛び出して、デーヴィッドの腕に飛びこんだにすぎない。漫画のなかのサーカスの曲芸師が、うんと高い跳び板から跳んで、最後は小さなコップに飛びこみ、水のなかにあとかたもなく消えてしまう、そんな感じだった。彼がサイゴンから引き揚げていく最後のヘリコプターであるかのように、わたしは結婚からの逃げ場を求めて、デーヴィッドにすがりついた。救われたい、幸せになりたいという願望をすべて彼に注ぎこみ、そう、確かに彼を愛した。デーヴィッドをどんなに愛したかをあらわすのに、〝死にもの狂い〟という言葉以上にぴったりくるものを思いつけない。そして、死にもの狂いの恋は、いつも茨《いばら》の道だ。

わたしは、夫のもとから去ると、すぐにデーヴィッドと暮らしはじめた。彼は華のある若者だったし、いまもそうだ。生粋《きっすい》のニューヨーカーで、俳優であり、作家であり、わたしを骨抜きにする（と前にも書いたと思うが）イタリア系特有のうるんだブラウンの瞳の持ち主だった。如才なく、自立心旺盛で、菜食主義者で、口は悪いけど気品があって、人を惹きつける魅力に溢れていた。ヨンカーズ出身の荒ぶるヨギ詩人、あるいは神の秘蔵っ子のセクシー新人遊撃手。すごい人。すごいの上をいく、ほんっとうに、すごい人。少なくともわたしにとってはそうだった。彼のことをわたしから初めて聞かされた親友のスーザンは、のぼせあがったわたしの顔を見て、こう言ったものだ。「あらあら、たいへん。厄介なことになってるみたいね」

デーヴィッドとは、わたしの短篇作品を脚色した舞台で、彼がある役についたことから知り合った。わたしのつくった役柄を彼が演じていた、というのはとても象徴的だ。だって、死にもの狂いの恋愛をしているときって、それに近くはありませんか？ 相手の役を勝手につくり、自分の望みどおりになることを要求し、相手がその役を演じてくれなくなると、心がぼろぼろになる。

それでも、彼がわたしにとってロマンティックなヒーローで、わたしが彼にとって生きた夢の女だったころは——そう、最初の数カ月はすばらしい時を過ごした。それは想像を絶する楽しさで、ふたりの息はぴったりだった。ふたりにしかわからない言葉をつくりだし、日帰り旅行やドライブに出かけ、いろんな場所のてっぺんまで歩き、いろんな場所の底まで泳ぎ、世界じゅうを旅してまわる計画を立てた。陸運局の行列に並んでいるときですら、ハネムーン中のカップルよりずっと楽しかった。相手を甘い愛称で呼び合っているふたりが別れることなどあり得なかった。目標を、誓いを、約束を共有し、夕食をともにした。彼はわたしのために本を朗読してくれたし、わたしの洗濯までしてくれた（初めてその事件が起きたとき、わたしはスーザンに電話して、携帯電話を使うラクダを見たかのように報告したものだ。「男なのにわたしの洗濯をしてくれたのよ！ しかも、デリケートな衣類は手洗いで！」すると、彼女はまた言った。「あらあら、たいへん。厄介なことになってるみたいね」）。

リズとデーヴィッドの初めての夏は、あらゆる恋愛映画のシーンを繋ぎ合わせたようなものだった。打ち寄せる波と戯《たわむ》れ、夕暮れの黄金色の牧草地を手に手を取り合って走り抜けた。このときはまだ離婚問題もそのうち片づくだろうと考えていたので、お互いに少し頭を冷やそうと、夫との話し合いに夏休みを設けた。とまれ、そんな幸せの絶頂にあっては、浪費されていく時間のことなど簡単に忘れていられた。そして、その至福の夏は――言い換えれば〝現実逃避〟は終わった。

二〇〇一年九月九日、わたしは夫と会った。これが夫とじかに対面した最後になった。夫との協議がその後、お互いの弁護士を介して行なわれることになるなんて、そのときは予測していなかった。わたしたちはレストランで夕食をとった。わたしは別離を説得しようと試みたが、最後は口論になった。夫に言わせれば、わたしは嘘つきで裏切り者で、わたしが憎いし、二度と口をききたくないということだった。そして翌々日、寝苦しい夜の眠りから覚めたとき、ハイジャックされた二機の飛行機がこの街で最も高い二棟のビルに激突したことを知った。きのうまでは天を突く絶対的な存在に思えた建物が、いまや白煙をあげる瓦礫《がれき》と化している。わたしは夫に電話をかけて無事を確認し、この惨事にともに涙を流したが、すぐに彼のもとへ行くことはなかった。ニューヨーク・シティのすべての人が、さらなる悲劇を生みださないために憎しみを捨てたその週にも、わたしは夫のもとへ戻らなかった。ふたりの関係がすっかり終わったことをどちらもよくわかっていたのだ。

それからの四ヵ月は、二度と眠らなかったと言っても過言ではない。それまでは軽い落ちこみぐらいに考えていたのだが、目の前で見せつけられた世界の崩落と共鳴するかのように、わたしの生活もなだれを打って崩壊していった。9・11事件が起こり、夫と離別し、デーヴィッドと暮らしたあの数ヵ月、自分がどんなにデーヴィッドに負担をかけていたかを思い返すと、いまも身がすくむ。誰よりも幸福そうで自信に満ちた女が、ひとりきりになると悲嘆の底なし沼に沈むと知ったときの、彼の驚きようといったら……。ふたたび、わたしは泣きじゃくる日々に戻っていた。そして彼は身を引きはじめ、わたしは情熱的でロマンティックなヒーローの別の一面を、漂流者のように孤独で、冷徹で、アメリカ・バイソンよりも個体のテリトリーを必要とする、もうひとりのデーヴィッドを知った。

わたしは地球上でいちばん執着心の強い、いわばゴールデン・レトリバーとフジツボを掛け合わせたみたいな生きものだから、デーヴィッドの突然の後退は、絶好調のときでも大きな痛手だったろう。しかし、このときは絶不調のさなかだった。わたしは落ちこみ、彼に依存し、三つ子の未熟児以上に気にかけてもらうことを必要とした。彼が引けば引くほど、わたしは求め、わたしが求めれば求めるほど、彼は後退した。だから、わたしは泣いてすがった。「どこへ行くの？　わたしたちふたりに、なにがあったの？」

（お付き合いの心得――男は案外これが好き）

つまり、わたしはデーヴィッドなしではいられなくなった（自己弁護をさせてもらうと、

〝運命の男〟ぶった彼も悪い)。彼がつれない態度をとると、そこから容易に予測できる結末におびえた。彼なしではいられないという中毒症状は、恋にのぼせあがっているなによりの証拠だ。それは最初、あなたの憧れの対象が、それまでは欲しいと思ったこともない幻覚をもたらす強い薬、すなわち魂も焦がす愛情や、目くるめく興奮を味わえる心の麻薬をくれることから始まる。ほどなくあなたは中毒者特有の激しい執着をもって相手の強い関心を渇望するようになる。麻薬がもらえないと、気が滅入り、取り乱し、消耗する(その売人を恨むことは言うまでもない。そもそも中毒になったのはそいつのせいなのに、いまやそのすばらしいブツを売ろうとすらしない。ぜったい、どこかに隠し持ってるはず。なぜって、これまではただでくれたんだもの……)。あなたはしだいに瘠《や》せ衰え、部屋の片隅で震えることになる。魂を売って金をつくるか、盗みを働くかすれば、もう一度そのブツが手に入ることはわかっている。一方、憧れていた人に対しては嫌悪が膨らんでいく。その男は、初めて会った見知らぬ他人を見るように、あなたを見つめている。かつて燃えるような情熱であなたを愛した男の目とは思えない。皮肉なことに、あなたには相手を責める資格がない。自分を見るがいい。自分でも自分だとわからないくらい、みじめな姿になっているのだから。

つまり、そういうことだ。わたしは、のぼせあがった恋が行きつくところまで行きついた――自己評価の容赦なき下落へと。

わたしがいまこうして冷静に書くことができるのは、時の癒しの力のおかげと言うほかはない。でもあのころは、事態をよく呑みこめていなかった。結婚に失敗してデーヴィッドを失う、それもこの街がテロに襲われた直後、離婚の泥沼のさなかに、というのはあんまりな出来事だった（友人のブライアンに言わせると、〝二年間、毎日毎日ひどい交通事故に遭《あ》いつづけること〟に匹敵する人生経験らしい）。

それでも、昼間はデーヴィッドと仲良く過ごすことができた。しかし夜になると、わたしは彼のベッドにいながら、〝核の冬〟の唯一の生き残りのように孤独だった。彼は、わたしが恐ろしい疫病の感染者であるかのように、毎夜、あからさまにわたしを避けた。わたしは、拷問部屋を恐れるように夜を恐れた。眠っているデーヴィッドの美しくて近づきがたい身体のとなりで、孤独と、かなり具体性を持つに至った自殺願望と闘った。身体のあちこちが痛かった。自分の身体がおんぼろのバネ仕掛けの機械で、支えきれない負荷がかかったあげくに吹っ飛んで、近くにいる人まで巻き添えにしてしまうような気がした。わたしという不幸の爆心地から、もげた手足が飛んでいくさまが目に浮かんだ。かくして朝が来ると、目を覚ましたデーヴィッドは、ベッドのかたわらの床で、犬のようにタオルの山に身をうずめて眠っているわたしを見つけることになる。

「どうしてこうなるんだ？」わたしのせいで疲れきったもうひとりの男は尋ねたものだ。

6

この泥沼の期間に、わたしの体重は十四キロ近く落ちていたはずだ。

けれども、この数年間が悪いことばかりだったわけではない。神は、クッキーを売りにきたガール・スカウトを、味見もしないで、追い返したりしない（もっと、ふさわしいたとえというか、格言があるかも）。いろんな哀しい出来事のさなかにも、いいことがいくつかあった。その一、ついにイタリア語を習いはじめたこと。その二、インド人の導師《グル》と出会ったこと。そして最後は、ある老年の治療師《メディスンマン》から、インドネシアに来て、彼のもとで暮らさないかと招かれたことだった。

順に説明しよう。

まず、事態が上向きはじめたのは、二〇〇二年の初めにデーヴィッドのところを出て、人生で初めて自分だけのアパートメントを見つけたときからだ。郊外の大きな家にはもう誰も住んでいなかったが、ローンはまだ残っていて、夫からは売却することを拒まれていた。そのうえ、弁護士やカウンセラーに支払うお金もばかにならず、わたしの経済状態は厳しかった。それでも、生きていくためにはどうしても、自分のための寝室がひと部屋備わった住まいが必要だった。そこはわたしにとって回復のためのサナトリウムやホスピスのようなものだった。壁をうんと暖かな色に塗り替え、病院にいる自分を見舞うように毎週花を買った。姉が引っ越し祝いに湯たんぽを贈ってくれて、おかげで冷たいベッドでひとりきりにならずにすんだ。わたしは打ち身を癒すときのように、毎晩それを抱いて眠った。

デーヴィッドとは、まだ完全には別れていなかった。この時期、何度別れて何度よりを戻したか思い出せないくらいだが、そこにはひとつのパターンがあった。デーヴィッドと別れると、わたしは強さと自信を取り戻し、その結果（わたしの強さと自信に惹かれるように）、デーヴィッドの情熱にふたたび火がつくというパターン。わたしたちは慎重かつ真剣かつ冷静に〝やり直す〟ことについて話し合い、お互いの価値観の相違をできるだけ埋めようと新たな計画も練った。ふたりとも真剣に知恵を絞った。なぜって、こんなに愛し合ってるふたりが、ハッピーエンドを迎えられないなんて変でしょう？　うまくいかないはずないわ。かくして、かつてない希望で結ばれたふたりは、最高に幸せな数日間を過ごす。それが数週間つづくときもあった。けれど、デーヴィッドはまたもわたしから身を引きはじめ、わたしが彼に執着し（あるいは、わたしが彼に執着したから彼が身を引いたのか、どちらが先かはわからない）、わたしはふたたびぼろぼろになる。そして、彼は去っていく。

デーヴィッドは、わたしをだめにするマリファナであり、クリプトナイト（映画・コミックの『スーパーマン』で、スーパーマンの力を吸いとる石）だった。

でも、彼と別れているあいだは、つらくても、ひとり暮らしの訓練になった。そして、その経験がわたしに内面的な変化をもたらした。人生はいまだ祝日のニュージャージー・ターンパイクで起きた多重事故のような混乱を呈していたが、ひとりの人間として自立するためによちよち歩きを始めた気持ちになれた。離婚のことやデーヴィッドとのごたごたのことで死にたいとは思わなくなると、日常のなかに自分の時間と空間を確保できたことを心から喜べるようになり、そういうときには根本的な新たな問いかけを自分に向けることもできた。

「リズ、これからどうしたいの？」

まだ結婚から抜け出そうとしてあたふたしているときだったので、ふだんはあえてその自問に答えようとはしなかった。しかし、その質問が自分のなかから出てきたことにわくわくし、ついに答える気持ちになったときには、おっかなびっくりで取り組んだ。赤ん坊の歩みのように、少しずつ自分のしたいことを言葉にした。たとえば……

ヨガ教室に通いたい。

このパーティーからは早めに抜けたい。そうすれば、家に帰って本が読める。

新しいペンケースが欲しい。

そして、毎回決まって、この突飛な願望が出てきた。

イタリア語会話を習いたい。

わたしにとってイタリア語は薔薇《ばら》よりも美しい言語で、いつかそれを話したいとずっと思っていたが、実際に学ぶきっかけをつかめずにいた。数年前に学んだフランス語かロシア語でもいいのでは？　あるいは、スペイン語を勉強すれば、何千万人もいるわれらがアメリカ国民とのコミュニケーションに役立つのでは？　イタリア語を学んで、どうするつもり？あの国へ引っ越したいわけでもないのに。アコーディオンの弾き方でも学んだほうが、ずっと実用的じゃない？

いや、待って。なにもかもがつねに実用的な選択でなくちゃいけないわけ？　これまでずっと不休の兵士として働き、生みだし、締め切りを守り、大事なものを守り、歯肉を守り、カードの信用を守り、投票にも行って……などなどしてきたじゃない。いつもいつも、義務だけを果たさなきゃだめなの？　失ってばかりのこの暗い時期に、イタリア語を学ぶためにちゃんとした理由が必要なの？　自分を少しばかり喜ばせたいからという理由だけじゃいけない？　だいいち、言語をひとつ学びたいというのは、そんなに大それた目標ではないはず。三十二歳にして「ニューヨーク・シティ・バレエ団のプリンシパルになりたい」と言ってるわけじゃないのだから。それに、これは具体的な行動に移せる目標だ。そこでわたしは、生涯学習施設（またの名を〝離婚女性向け夜間学校〟）のイタリア語講座に申し込んだ。それは友人たちの失笑を買い、友人のニックなどはこう言ったものだ。「どうしてまたイタリア語なんだ？　そうだな、イタリア語を学んでおけば、イタリアがもう一度エチオピアに侵攻して、成功したあかつきには、世界の二カ国で使われている言語が話せるって自慢できるようになるぞ」

だけど、わたしはイタリア語が大好きなのだ。ひとつひとつの言葉が、わたしにはスズメのさえずりであり、不思議な手品であり、トリュフだった。授業が終わると、雨に濡れながらうちへ飛んで帰り、バスタブに熱いお湯を張り、泡のなかに身を横たえて、イタリア語の辞書を大声で読みあげた。そうしていると、離婚の重圧や痛手から心が解き放たれた。イタリア語に触れているだけで、楽しくて笑いがこぼれた。自分の携帯電話を〝イル・ミオ・テレフォニーノ〟（わたしのかわいい携帯ちゃん）と呼ぶようになった。〝チャオ！〟を連発する、あのはた迷惑な一派のひとりになった。そのうえ〝チャオ〟の語源を説明したがるわたしは輪をかけて迷惑なやつだったと思う（……ええと、なんならご説明いたしましょう。

〝チャオ〟は中世ヴェネツィア人が親しみをこめた挨拶として使った〝ソノ・イル・スオ・スキアーヴォ〟を略したもので、〝わたしはあなたのしもべです〟という意味なんですよ）。こういった言葉を口にするだけで、セクシーでハッピーな気分になれた。わたしの離婚弁護士は、きっとだいじょうぶと言ってくれた。彼女の顧客のひとりに、最悪な離婚を経験したあと、セクシーでハッピーな気分を取り戻すという理由だけで名前をイタリア風に改名した生粋の韓国人がいるそうだ。

つまるところ、わたしはイタリアへ行く運命だったのだろう……。

7

この時期に起きたもうひとつの特筆すべき出来事は、精神修行との新たな出会いだ。それはインド人のグルと実際に出会ったおかげで叶ったことだが、この点については一生、デーヴィッドに感謝しなければならないだろう。グルの存在を知ったのは、初めてデーヴィッドのアパートメントを訪れた夜だった。その夜、わたしは彼とグルのふたりにまとめて恋をしたようなものだ。部屋に入ったとき、ドレッサーの上に飾られた輝くばかりに美しいインド人女性の写真が目にとまり、わたしは尋ねた。「あれは誰？」

彼は答えた。「ぼくの精神の師《スピリチュアル・ティーチャー》さ」

一瞬、わたしの〝心臓《ハート》〟はぽんと跳ねて、けつまずき、うつぶせにばたりと倒れたが、やがてみずから立ちあがって汚れを払うと、深々と息をついてこう言った。「わたしにも精神の師が欲しい」これはまさにわたしの〝こころ《ハート》〟が、わたしの口から発した言葉だった。自分のなかでこころ《ハート》と、心《マインド》の奇妙な分離が起こるのがわかった。わたしの〝心〟がとっさに身体から抜け出し、驚いて〝こころ〟のほうを振り返り、静かに尋ねた。「本気？」

「ええ」と、〝こころ〟は答えた。「本気よ」

〝心〟が少し皮肉っぽく〝こころ〟に尋ねた。「いったい、いつから？」

その答えはもうわかっていた。あのバスルームの床にひざまずいた夜からだ。

自分でもびっくりだった。でも確かに、わたしは精神の師を必要としていた。精神の師を持つとはどんな感じだろうか。たちまち頭のなかを想像が駆けめぐった。この輝くばかりに美しいインド人女性が週にいく晩かわたしの部屋を訪れて、ともにソファでお茶を飲み、神について語り合う。そして、彼女は読書の課題をわたしに与え、瞑想のあいだに感じた不思議な感覚の意味を説き明かしてくれる……。

デーヴィッドから、この女性の国際的な地位と、彼女には何万人もの弟子がいて、そのほとんどが彼女と直接顔を合わせたことすらないと聞かされ、わたしの描きだした幻は消え去った。けれども彼が言うには、グルの信奉者たちが集まって瞑想したり、詠唱《チャント》を謡《うた》ったりする集会が、毎週火曜日の夜、ここニューヨーク・シティで開かれているそうだ。デーヴィッドはこう言った。「きみもいつか来るといいよ。ただし、サンスクリット語で神の名を唱える数百人とひとつ部屋で過ごすことに怖じ気づかないなら」

次の火曜日の夜、さっそく彼にくっついて集会に行った。ごくふつうの人々が神に謡いかけるようすに怖じ気づくどころか、祈りの歌が繰り返されるほどに、自分の魂が透きとおっていく気がした。その晩、家まで歩きながら、風が自分のなかを吹き抜けていく感覚を味わった。自分が洗濯ロープにはためく清潔なリネンになり、ニューヨークそのものも薄い紙でできた街になったかのようで、屋根づたいに街を駆けまわれそうなほど身体が軽かった。毎週火曜日、そのお祈りに通いはじめた。毎朝、瞑想をして、グルがすべての弟子たちに与えている古代サンスクリット語のマントラ、〝わたしのなかにいらっしゃる神様を尊敬する〟という意味で、荘厳な響きを持つ〝オーム・ナマ・シヴァーヤ〟を唱えるようになった。さらに、グルの講話を初めてじかに聞いた。その言葉に全身が、顔の皮膚までが粟立った。そして、彼女の修行場《アシュラム》がインドにあると聞き、できるだけ早くそこへ行かなければならないと確信した。

8

けれども、まずは、インドネシアへの旅が待っていた。

たまたま雑誌社から依頼された取材旅行だった。金欠で、孤独で、離婚待ち収容所に囚われの身となったまま気が滅入っていたとき、ある女性誌の編集者から、バリ島へ行って〝ヨガの休暇旅行〟というテーマで記事を書かないかと声がかかったのだ。一も二もなく飛びつく前に、もったいぶって質問を返したが、「グリーンピースは何色ですか？」とか「ジェームズ・ブラウンはノリがいいですか？」とか、そんなたぐいの質問でしかなかった。バリ島（うんと手短にまとめると、とにかくすばらしい土地）に着いたとき、ヨガ合宿を指導する講師がわたしたちに尋ねた。「ここにいるあいだに、九代目のバリ人の治療師《メディスンマン》に会いにいってみたい人はいませんか？」またしても、すぐにも飛びつきたくなる質問だった。こうしてある晩、ヨガ合宿の仲間とともに、彼の家を訪れることになった。

治療師は、小柄で楽しげな目をした褐色の肌の老人だった。歯はほとんど抜け落ち、大げさな言い方ではなくて、映画『スター・ウォーズ』に出てくるヨーダそっくりだった。名前は、クトゥ・リエ。少しおぼつかない愉快な英語を話すが、言葉に詰まると助けてくれる通訳がついていた。

ヨガの先生からは、治療師にひとつだけ質問や相談をしていい、力を貸してもらえるだろう、と事前に聞かされていた。なにを尋ねるべきか、数日間考えた。すぐに思いつくのは、くだらないことばかりだった。あなたの力で、夫に離婚を認めさせてもらえませんか？ デーヴィッドがもう一度、わたしに性的魅力を感じるようにしてもらえませんか？ こんなことばかり考えてしまう自分が恥ずかしかった。はるばるインドネシアまで来て、古来の知恵を持つ治療師に会い、お願いするのは〝男性問題〟の解決だけだなんて……。

ところが、目の前の老人から望みはなにかと訊かれると、わたしはまったく別のことを答えていた。それはまぎれもなく真実の声だった。

「神をずっとそばに感じていたいんです」と、わたしは治療師に言った。「ときどきは、この世に神がいるのがわかる気がします。でも、自分のささいな欲望や不安に惑わされて、すぐにそれを見失ってしまう。ずっと神のおそばにいたい。でも、修行僧にはなりたくないし、この世の楽しみをすべてあきらめたいわけでもない。つまり、わたしの知りたいのは、どうやったらこの世に暮らして、喜びを享受しながら、神に身を捧げることができるのかっていうことだと思います」

クトゥは、絵でわたしの質問に答えようと言い、かつて瞑想しながら描いたという一枚の絵を差し出した。それは、立ったまま祈るように両手を合わせた、両性具有の人間だった。ただし、脚が四本あり、頭があるべきところに花とシダの茂みがあり、心臓のあたりに微笑を浮かべた小さな顔が描かれていた。

「あんたが求める調和を手に入れるには」クトゥは通訳を介して語りはじめた。「こんな姿にならなくてはな。二本脚ではなく、四本脚であるかのように、しっかりと大地に足をつけることだ。そうすれば、この世にとどまることができる。だが、頭で世界を見てはいけない。頭ではなく、こころ《ハート》を通してものを見なさい。そうすれば、いずれ神を知ることになろう」

それから彼は手相を観ようと言った。わたしが左手を差し出すと、たった三ピースのパズルを組み立てるように、わたしという人間を組み立ててみせた。

「あんたは世界を旅する人だ」

わたしはいまインドネシアにいるのだから、それはわかりきったことでは、と思わないでもなかったが、こだわらないことにした。

「あんたは、わたしがこれまで出会った誰よりも、強い運を持っておる。長生きして、多くの友をつくり、さまざまな経験をするだろう。その目で全世界を見るだろう。ただひとつだけ問題がある。心配しすぎることだ。感情的で、びくびくしすぎるところがある。あんたの人生に案ずることはなにもないと、わたしが請け合ったら、あんたは信じるかね？」

わたしはびくびくしながらうなずいたが、彼の言うことは信じていなかった。

「仕事については、なにかを生みだす仕事に就いておる。おそらくは芸術家かなにか。それをつづける限り、あんたはよい稼ぎを得るだろう。あんたが携わる仕事に関しては、今後もつねによい稼ぎを得られるだろう。あんたは金に無頓着で、いささか無頓着すぎる。それもひとつの問題だな。人生で一度、全財産を失うことになる。おそらくは、もうすぐ」

「ええ、確かに。半年から十ヵ月後には、そうなりそうだわ」わたしは離婚のことを思い浮かべて言った。

クトゥは、そうだろう、そうだろう、と言わんばかりにうなずいた。「だが、心配はいらない。全財産を失ったあとに、ふたたびそれを取り戻す。じきに、あんたは元気になる。結婚は二度するだろう。一度は短く、一度は長く。そして、子どもはふたり……」

わたしは彼の言葉を待った。「ひとりは背が低く、ひとりは背が高く」と言われるかと思っていると、彼はふいに黙りこみ、わたしの掌を見つめたまま顔をしかめた。そして、「変だな……」と言った。手相観や歯科医からは、けっして言われたくない言葉だ。彼は、もっと掌がよく見えるように吊り電球の真下に来るようにと言った。

「間違いだった。子どもは、ひとりだ。授かるのは遅く、おそらくは娘を。あんたが決心すれば……いや、そうじゃない」彼は顔をしかめたが、突如、視線をあげた。その目には絶大な自信がみなぎっていた。「あんたはいつか、ここ、バリへ戻ってくる。戻らなければならない。そして、三ヵ月か四ヵ月、バリに居つくことになる。わたしの友となり、わたしの家族とともに暮らす。わたしは、あんたといれば、英語の練習ができる。英語の練習相手がいたことなど、これまではなかった。あんたは言葉に秀でておるはずだ。あんたの仕事、ものを生みだす仕事は、言葉に関わるものだろう？」

「そうよ！」わたしは言った。「わたしは作家なの。本を書いてるわ！」

「ニューヨークからきた作家か」彼はうなずき、きっぱりと言った。「やはり、あんたはバリに戻って、ここで暮らし、わたしに英語を教えるといい。その代わり、わたしが知っていることは、なんでもあんたに教えてやろう」

彼は立ちあがり、万事解決、と言うように両手をぱんぱんと払った。

「あなたが真剣に言ってくれているのなら、わたしも真剣に受けとめるわ」と、わたしは言った。

彼は、歯のない口でにんまりと笑って言った。「シー・ユー・レイター、アリゲイター」

9

インドネシア人の九代目の治療師《メディスンマン》から、おまえはバリに来て自分と四カ月間暮らす運命にあると言われたら、わたしは、それを実現するために努力を惜しまないタイプの人間だ。このころ、わたしのなかでは旅の一年を過ごしたいという考えがようやく形をなしつつあった。なんとしても、インドネシアを再訪しなければならない。ただし、次回は自腹で。それははっきりしていた。ただ、自分の渾沌《こんとん》とした不穏な生活のことを思うと、どうしたら実現できるのか想像もつかなかった（解決にお金のかかる離婚問題や、デーヴィッドとのいざこざだけでなく、雑誌の仕事もまだかかえていて、まとめて三、四カ月も留守にするのはむずかしかった）。でも、なにがなんでもバリへ戻らなくては――。そうでしょう？　彼がそう予言したのだから。問題は、インドにあるグルの修行場《アシュラム》も訪れたいと考えていることだった。インドへ行くのにも時間とお金がかかる。さらに厄介なことに、そのころわたしは、イタリアへも行きたくてたまらなくなっていた。本場でイタリア語会話を学ぶだけでなく、歓喜と美が尊ばれる文化に身を浸して暮らすという考えに魅了されていた。

けれども、これらの願望は、すべて相容れないように思われた。とくに、イタリアとインドだ。どちらが重要だろう。ヴェネツィアで仔牛肉を食べたい自分だろうか。それとも、厳かなアシュラムで夜明け前に起床し、瞑想と祈りの長い一日を過ごしたい自分だろうか。イスラム神秘主義の偉大な詩人で、哲学者でもあるルーミーは、人生で求めるものを三つ書きとめるよう、かつて弟子たちに助言した。そのうちどれかひとつでも別のどれかとぶつかり合うようでは、いずれ不幸になるだろう、と警告した。焦点をひとつに絞った人生を送らなければならない、というのがルーミーの教えだ。けれど、窮地に立っているのに、調和をとることを大事にして生きたところで、どんな利点があるというのだろう？　それよりは、人生の間口を充分に広げて、一見相反するものもいっしょくたに取りこむような、来るものは拒まない人生観を見いだしたほうがいいのではないだろうか。わたしの心根には、バリの治療師に言ったとおり、〝両方〟を経験したい、俗世の楽しみと神の超越性という、人の世のふたつの輝きをともに味わいたいという思いがあった。ギリシア人が〝カロス・カイ・アガトス〟と呼んだ、美《カロス》と善《アガトス》の絶妙なバランスを求めていた。この苦しい数年間で、わたしはその両方を失いつつあった。喜びも信仰も、ストレスのない空間があってこそ花開くというのに、わたしは不安の絶えない巨大ゴミ圧縮機のなかで暮らしてきたのだ。喜びを求める気持ちと、信仰への憧れとのあいだで、どうバランスをとっていくかについては……まあ、その秘訣を学べるときがきっと来るだろう。バリ島にはわずかしか滞在しなかったが、その点についてはバリ人から学べるような気がした。おそらくは、あの治療師からも。

四本の足を地につけて、頭は茂みで満たし、こころ《ハート》を通して世界を見る……

こうしてわたしは、イタリアかインドかインドネシアかで迷うのをやめて、どの国も訪れたいのだと認めることにした。それぞれの土地に四カ月、合わせて一年。もちろんこれは、新しいペンケースを買いたいというよりも大それた夢だ。でも、そうしたかった。加えて、この旅を文章にまとめたいという思いもあった。土地そのものを探究したいというのではない。そういうことは、これまでもやってきた。そうではなくて、なにかひとつのことに伝統的に秀でた土地に身を置いて、自分自身の内面を探究したかった。イタリアでは喜びの奥義《おうぎ》を、インドでは信仰の奥義を、インドネシアでは、その両者のあいだでバランスをとる奥義を探りたい。この夢を認めた直後、どの国名もアルファベットの〝I〟で始まるという、うれしい偶然に気づいた。こんなことも、自分探しの旅にとって、幸先がよいように思われた。

さて、この思いつきを賢明なる友人たちに、どんなにばかにされたことか……。〝I〟で始まる三つの場所に行きたいだって？ それならイラン（Iran）とコートジヴォアール（Ivory Coast）とアイスランド（Iceland）で一年間を過ごしたっていいのでは？ それとも、アメリカ東海岸の三州を股にかけて、アイスリップ（Islip）に行って州間高速道九十五号線（I-95）で〈イケア〉（Ikea）巡りをするっていうのは？ 親友のスーザンからは、〝国境なき離婚女性団〟という非営利救援組織をつくってはどうかと提案された。しかしこんな冗談も、仮説の上の仮説のように儚《はかな》いものだった。肝心のわたしに、どこへ行く自由も許されていなかったからだ。結婚生活をやめてずいぶんたつというのに、まだ離婚が成立していなかった。わたしは夫に法的な圧力をかけはじめた。離婚問題という悪夢から抜け出すために、夫の精神的虐待とおぼしき行為について資料を出したり厄介な訴状を書いたりと（ニューヨーク州法ではそれが必要なのだ）、不快なことにも手を染めなくてはならなかった。こういった書類では適当にぼかして書くことは許されないし、そのような書面で裁判官に「聞いて。わたしたちって、本当に複雑な関係なの。わたしだって大きな過ちを犯したし、そのことは悪いと思ってる。でも、なんとか別れさせてほしいの」などと訴えるわけにもいかない。

（ここで、心やさしき読者の皆さんのためにお祈りします。どうか皆さんがニューヨーク州で離婚するなんてことがありませんように！）

こうして二〇〇三年春、事態は新たな局面を迎えた。わたしが家を出て一年半にして、夫がようやく和解条件の話し合いに応じる姿勢を見せたのだ。夫の要求は、現金と自宅と、マンハッタンのアパートメントの賃借権、すなわち、わたしがこれまで彼に提供してきたものすべてだった。しかし、そこに思いもよらなかった要求（結婚中にわたしが書いた本の印税の一部や、わたしの作品が将来映画化されるときの映画化権の一部、さらにわたしの個人退職金積み立て口座の一部など）がくっついてきた。こうなるともう、反論を返さずにはいられない。それから数ヵ月にわたって、双方の弁護士間で交渉がつづいた。そのなかで譲歩案も少しずつ出てくるようになり、ついに夫が修正案を受け入れそうなようすを見せた。わたしにとっては金銭的にかなりの痛手だが、法廷で争えば、さらに途方もない時間とお金が浪費されるし、精神的にもぼろぼろになるだろう。夫が合意書に署名さえしてくれるなら、わたしはしかるべきお金を支払い、さっさと立ち去れる。この時点では、そのほうが自分にとってよいことのように思われた。関係がすっかり壊れて、ふたりのあいだの礼儀すら消え去ってしまったら、求めるのは出口だけだった。

あとは、彼が同意書にサインするかどうかにかかっていた。さらに細かいところに異議が挟まれて、数週間が過ぎた。彼がその修正案に同意しなければ、裁判に持ちこむしかないところまで来ていた。裁判になれば、いま手もとにあるお金のすべてが裁判費用に消えるだろう。最悪なのは、裁判になると、少なく見積もってもあと一年、このごたごたがつづくということだ。つまり、わたしの人生のこの先一年が夫の決断(結局のところ、彼はまだわたしの夫だった)に左右される。イタリアとインドとインドネシアをひとり旅しているのか、それとも裁判所の地下室かどこかにこもって証言録取りをし、相手方の弁護士から厳しい質問を浴びせられているのか。

わたしは、毎日、十数回は弁護士に電話をかけた。「変わったことは?」──そのたびに彼女は、最善を尽くしている、もし示談が成立したらすぐに連絡する、と約束してくれた。この時期はずっと、社長室に呼び出されるのと生検の結果を待つのとを足して二で割ったような気分だった。穏やかな禅の境地にあった、とお伝えできればと思うが、けっしてそうではなかった。怒りにまかせてソフトボールのバットで長椅子を叩きのめした夜もあった。まあ、たいていは、ひどく落ちこんでいるだけだったけれど。

この時期はデーヴィッドとも関係が途絶えていた。これでもう決定的な別れだと思い、いや、そうでもないと思い直す。ふたりともが未練を断ち切れなかった。わたしは、彼を愛するためならすべてを犠牲にしてもかまわない、と考えることがよくあった。だが正反対の衝動に駆られて、自分とこの男とのあいだにできる限り距離をおいて、平穏と幸福を見いだしたいと切望することもあった。

泣きすぎと心配のしすぎで顔にしわが増え、眉間にくっきりと深い溝が刻まれた。

そんなさなか、数年前に書いた本がペーパーバック版で刊行されることになり、ちょっとした宣伝回りに出かけなければならなくなった。わたしは友人のイヴァをその旅に誘った。イヴァはわたしと同い歳で、レバノンのベイルート育ちだ。つまり、わたしがコネティカット州の中学校で、スポーツやミュージカルのオーディションに励んでいたころ、彼女は週に五日は夜の防空壕で身を縮め、どうか死にませんようにと祈っていた。幼くして暴力にさらされた経験がどんなふうに落ちついた人格をつくりだすのかはわからないけれど、イヴァはわたしが知る最も穏やかな心の持ち主のひとりだ。そのうえ、わたしが〝天への直通電話〟と呼んでいる、二十四時間神様に繋がる、イヴァ専用の特別回線を持っている。

そんなわけで彼女とふたり、カンザス州を車で横断しながらも、わたしはあいかわらず、彼はサインをするだろうかしないだろうかという離婚問題に心を乱していた。わたしはイヴァに言った。「裁判にさらに一年費やすなんて耐えられそうもないわ。このあたりで神様があいだに入ってくれてもいいのに……。この件を丸くおさめてくださいって、神様宛てに嘆願書でも書けたらいいんだけど」

「あら、書けばいいじゃない」

わたしはお祈りに関する個人的な見解をイヴァに伝えた。つまり、神に具体的ななにかをお願いするのは、あまりいい気持ちがしないということを。それこそ、信仰にすがる弱さじゃない？　あれとこれがたいへんなんです、なんとかしてもらえませんか？　なんて頼むのは好きじゃない。もしかしたら、神様がわけあって、その試練に立ち向かうことをわたしに求めているかもしれないでしょう？　むしろ、人生でなにが起ころうが、どんな結果になろうが、落ちついて向き合う勇気をください、とお願いするほうがずっといい。

イヴァはわたしの話をきちんと聞いたあと、こう尋ねてきた。「どこで、そんなばかげた考えを仕入れたの？」

「どういうこと？」

「だから、お祈りのなかで天に願い事をしてはいけないなんていう考えを、どこで仕入れたの？　リズ、あなただって天の一部なのよ。この世をかたちづくるひとりで、天の営みに加わり、あなたの思いを神様に知ってもらう権利を持ってるわ。だから、そんな見解にはおさらばして、神様に伝えたらいいわ。まあ、信じて――少なくとも、考えてみる価値はあると思うの」

「本当に？」なにもかも、初めて耳にすることばかりだった。

「本当に！　ねえ、もしいますぐ神様に嘆願書を書くとしたら、なんて書く？」

わたしはしばらく考えたあと、ノートを取り出して、次のような嘆願書を書いた。

親愛なる神様
どうか、この離婚に決着をつける力をお貸しください。夫とわたしは結婚に失敗し、いま、離婚においても壁にぶつかっています。このひどい状況が、わたしたちや、わたしたちを心配してくれるみんなを苦しめています。

わたしたちのような不出来な夫婦の言い争いなんかより、もっと大きな争いや戦争や悲劇を裁くことにあなたがお忙しいのは承知しています。でも、この地球が健やかであるかどうかは、この星に生きるわたしたちひとりひとりが健やかであるかどうかにかかっていると思うのです。たかがふたつの魂でも、争いにかかりきりになれば、世界全体が汚されてしまうと思うのです。同じように、たとえひとつかふたつの魂でも、不和から解放されるなら、世界全体の健やかさも増すことでしょう。身体のなかに健康な細胞が少し増えて、全身の健やかさが増すように。

どうか、わたしのささやかな願いを叶えてください。この争いに決着をつける力をお貸しください。そうすれば、ふたりの人間が自由で健やかになる機会を得られて、その結果、すでに苦難に溢れた、この世界の憎しみや苦しみが、わずかにしろ減ることになるでしょう。

わたしの話を聞いてくださって、ありがとうございます。

敬具

エリザベス・M・ギルバート

その手紙を読みあげると、イヴァは賛同のうなずきをくれた。

「わたしも、その手紙にサインするわ」彼女は言った。

わたしは嘆願書とペンを渡そうとしたけれど、彼女は運転中だった。「そうじゃなくて、心のなかでってこと。はい、サインしたわ」

「ありがとう、イヴァ。力を貸してくれて」

「ほかにサインしてくれそうな人はいる？」

「家族かしら。父と母。それから姉」

「いいわね」と、イヴァ。「みんな、サインしてくれたわ。ご家族の名前も加わったと思ってね。本当に、サインしてくれたみたい。新しい名前が加わってるわよ。さて、ほかには？ 名前をあげて」

わたしはこの嘆願書にサインをしてくれそうな人たちの名前をあげていった。親友たち全員、親戚や仕事仲間。名前をあげるたびに、イヴァは確かめるように、「了解。彼はサインしてくれたわ」とか「彼女もサインしたわ」とか言った。その合間に、「わたしの両親もサインしてくれたわ。ふたりは戦時中に子どもを育てたの。だから、無駄な争いを憎んでいる。だから、あなたの離婚問題がうまく片づいたら喜ぶはずよ」などと言いながら、自分の家族や知り合いの名前も挟んでいった。

わたしは目を閉じて、新しい名前が浮かんでくるのを待った。「ビル・クリントンとヒラリー・クリントンもサインをしてくれたわ」

「それは当然ね」彼女は言った。「ねえ、リズ、誰でも、この嘆願書にサインしていいの。わかる？ 生きてる人でも、亡くなってる人でも。みんなから署名を集めましょう」

「アッシジの聖フランチェスコがサインしてくれたわ！」

「ええ、してくれた！」イヴァは自信たっぷりに、車のハンドルをぱしっと叩いた。

こうなったら、もう遠慮はいらない。

「エイブラハム・リンカーンも！　それから、ガンジー、マンデラをはじめとする平和主義者の皆さん。エレノア・ルーズヴェルトと、マザー・テレサと、ボノと、ジミー・カーターと、モハメド・アリと、ジャッキー・ロビンソンにダライ・ラマ……それから、一九八四年に亡くなったわたしのおばあちゃんとまだ生きているほうのおばあちゃん……イタリア語の先生と、セラピストと、エージェントと……マーティン・ルーサー・キング・ジュニアとキャサリン・ヘプバーン……マーティン・スコセッシ（まさかしてくれるとは思わなかったわ、いい人じゃないの）……もちろんわたしのグルと……ジョアン・ウッドワードとジャンヌ・ダルク、四年生のときのカーペンター先生、それからジム・ヘンソン――」

名前がどんどん出てきた。カンザス州を横断しながら一時間近く、それはやむことなくつづき、わたしの和平嘆願書は、賛同者たちの名前で見えないページをつぎつぎに増やしていった。イヴァはあいかわらず確認――ええ、彼、サインしたわ、彼女もサインしたわ――をつづけ、わたしはしだいに、たくさんの力強い魂から集められた善意に囲まれ、守られているような、ゆったりとした感覚に包まれていった。

ようやく、リストの増加がゆるやかになり、それとともにわたしの不安もゆるみ、なんだか眠くなってきた。イヴァが「少し眠ったらいいわ。このまま運転するから」と言ってくれたので、わたしは目を閉じた。最後にひとつ、名前を思いついた。「マイケル・J・フォックスがサインしてくれたわ」わたしはそうつぶやいて、眠りに落ちた。どのくらい眠ったのかわからない。おそらくは十分程度だったろうが、深い眠りだった。目覚めると、イヴァが運転しながら、鼻歌を歌っていた。わたしはあくびをした。

　そのとき、携帯電話が鳴った。

　わたしはレンタカーの灰皿のなかで興奮に身を震わす、ちっちゃな〝携帯ちゃん《テレフォニーノ》〟に目をやった。寝ぼけていて、電話をどう使えばよいのか、すぐには思い出せなかった。

「さあ」先に気づいたイヴァが言った。「電話に出て」

　わたしは携帯電話を手に取って、もしもし、とささやいた。

「すばらしい知らせよ！」はるかニューヨーク・シティから、わたしの弁護士が告げた。

「彼がさっきサインしたわ！」

10

　そして数週間後、わたしはイタリアにいた。

　仕事を切りあげ、離婚の示談金と調停費用を支払い、家を手放し、アパートメントも手放し、残った所持品を姉の家の倉庫に収めて、スーツケースふたつ分の荷造りをした。こうして旅の年が始まった。これを実現させるゆとりができたのは、わたしの身に信じられない奇跡が起こったからだ。ある出版社が、今回の旅について書こうと思っている本の版権を、まだ書いてもいない段階で買いとってくれた。まさにインドネシアの治療師《メディスンマン》が予言したとおりになった。わたしは全財産を失うが、ふたたびそれを取り戻すだろう——少なくとも、自分自身のために一年を過ごす分だけは取り戻すことができた。

　こうして、スペイン階段からほんの数ブロックのところにある古めかしい建物の静かな一室を見つけて、わたしはローマの住人となった。スペイン階段は美しいボルゲーゼ公園のすぐそばにあり、そのボルゲーゼ公園からは古代ローマ人たちが戦車レースに興じたポポロ広場も近い。もちろんこの地区に、あの懐かしいニューヨークの縦横無尽に道が立体交差するリンカーン・トンネル入口のような壮大な眺めはない。けれども……

　わたしにはこれで充分だ。

11

　ローマでの最初の食事は、そんなにには、たらふくというほどには食べられなかった。自家製のパスタ（スパゲッティ・アラ・カルボナーラ）に、ほうれん草とにんにくのソテー（偉大なロマン派の詩人、シェリーは、英国に住む友人に宛てた手紙で、イタリアの食事について、こんな信じられないことを書いている。「きみには想像もつかないと思うが、イタリアの若いご婦人方はなんとにんにくを食べるんだ！」）。ついでにアーティチョークもひと皿。

ローマっ子たちがやけに自慢する食べ物だ。そして、ウェイトレスがいきなりサービスで出してくれたおまけ——なかにそっとチーズが詰められたズッキーニの花のフライ（蔓《つる》から摘まれたことに花たちは気づいていないかもしれないと思わせるほど、ものすごく繊細に料理されていた）。スパゲッティを食べたあと、仔牛肉も試した。そうそう、店のお勧めの赤ワインをひとりでボトル一本空けて、オリーブオイルと塩を添えた温かいパンを食べて、そして、デザートにはティラミス。

夜十一時ごろ、食事を終えて家まで歩く道すがら、建物のひとつから、七歳の子のなにか——おそらくは誕生日パーティーに集まったと思われる人々のざわめきが聞こえてきた。笑い声や甲高い声、駆けまわる足音。わたしは自分の部屋につづく階段をのぼり、慣れないベッドに横たわり、明かりを消した。そして、涙と不安が押し寄せてくるのを待った。そのころは、明かりを消すと、たいていそうだったから。だが、まったく……。それどころか悪くない気分だった。なんだかすがすがしくて、満ちたりていくような予感がした。

疲れた身体が、疲れた心に尋ねた。「あなたが必要としていたのは、まさにこれなんでしょう？」

返事はなかった。わたしはまたたく間に眠りに落ちていた。

12

欧米の大都市を訪ねると、判で押したように同じ光景に出会う。たとえば、アフリカ系の男たちは、どこでも同じブランドのハンドバッグやサングラスの模造品を売っているし、グアテマラのミュージシャンたちは、どこでもたて笛で「コンドルは飛んでいく」を吹いている。が、ローマでしか出会えないものもある。たとえば、言葉を交わすたびに〝べっぴんさん〟とわたしを呼んでくれるサンドウィッチ屋。「べっぴんさん、このパニーニを焼くか？　このままがいいか？」あるいは、いたるところで競い合うようにいちゃつくカップルたち。ベンチの上で身体を絡ませたり、髪や太ももを撫で合ったり、絶え間なく鼻や腰を押しつけ合ったり……。

噴水もそう。古代ローマの博物学者、大プリニウスはこんなふうに書き残した。「ローマ水道が、どれほど豊富な水を、浴場や池、濠《ほり》、家々、庭園、別荘などに供給してきたか、そのためにアーチを築き、山を穿《うが》ち、谷に橋を渡し、どれほど長い水路を引いてきたか、それを思えば、誰であろうが、この世界にローマ水道以上に驚嘆すべきものはないと認めることだろう」

それから二千年の時が流れ、ローマを訪れたわたしは、すぐにお気に入りの噴水を見つけた。そのひとつは、ボルゲーゼ公園のなかにある、中央に騒々しげなブロンズ像の三人家族のいる噴水だ。父親は半人半獣の牧神ファウヌス、母親は人間の女性、息子はおいしそうにブドウを食べている。両親は、向き合って互いの手首をつかみ、引っぱり合うという、なんとも奇妙な姿勢をとっている。夫婦喧嘩をして腕を引っぱり合っているのか、それともただ腕を揺らして遊んでいるだけなのか、よくわからない。が、ともかく、そこには生命力がみなぎり、息子は両親の重なった手首の上にちょこんと腰かけ、ふたりの喧嘩だかおふざけだかには頓着せず、ブドウの房を手に持ってむしゃむしゃと食べている。その足先が蹄《ひづめ》になっているところを見ると、息子はどうやら父親の容姿を受け継いでいるようだ。

時は、二〇〇三年九月上旬。暖かくてどんよりした天気がつづいていた。ローマに来て四日目、わたしはどんな教会や美術館も訪れておらず、旅行案内書にすら目を通していなかった。ただ目的もなく歩きつづけるうちに、気さくなバス運転手が教えてくれた、ローマ一のジェラートを売るという小さな店を発見した。店の名前は、〈イル・ジェラート・ディ・サン・クリスピーノ〉。訳すと、〝聖パリパリーノのアイスクリーム屋〟といったところか。最初は、ハチミツとヘーゼルナッツの二種類を食べた。そしてまた店に戻って、グレープフルーツとメロンを試した。夕食後、もう一度そこに歩いて戻り、シナモン・ジンジャーを味わった。

ローマに来てから毎日、どんなに時間がかかっても、ひとつの新聞記事を読みきることにも挑戦していた。三語にひとつは辞書を引かなければならなかったが、その日のニュースには仰天した。「オベズィタ！　イ・バンビーニ・イタリアーニ・ソノ・イ・ピュ・グラッシ・デウローパ！」これ以上、強烈な見出しがあるだろうか。〝たいへんだ！　肥満だ！　イタリアの赤ん坊が、ヨーロッパでいちばん太っている！〟と、この記事は語っているようだ。読んでいくうちに、イタリアの赤ん坊はドイツの赤ん坊と比べると、著しく太っており、フランスの赤ん坊と比べると、さらに著しく太っている、ということがわかった（情け深くも、アメリカの赤ん坊とは比較されていなかった）。同じ記事によると、年長の児童らの肥満も深刻なようだ（パスタ業界は自己弁護に終始していた）。このイタリア児童の肥満に関する驚くべき統計は、前日の〝とある国際的な委員会《ウナ・タスク・フォース・インテルナツィオナーレ》〟によって公表されたという。この記事全体を読むのに、およそ一時間を費やした。そのあいだずっと、ピッツァを食べ、通りの向こうで子どもが弾くアコーディオンに耳を傾けていた。その子どもは、とくに太っているようには見えなかったが、ロマ族の子だったからなのかもしれない。もしかしたら、記事の最後を読みちがえた可能性もあるが、イタリアの深刻な肥満問題に対処すべく、太りすぎに税金を課するという案が政府から出ているそうだ……ほんと？　そんな話があるの？　わたしもこんなふうに食べてばかりで数ヵ月を過ごしていたら、政府に追われる身となるのだろうか？

毎日欠かさず新聞を読めば、ローマ教皇のようすを知ることもできる。天気予報やテレビ番組表と同じように、教皇の健康状態が毎日、新聞に掲載されている。きょうの教皇はお疲れです。きのうよりもきょうのほうがお疲れでしょう。明日は、きょうほどお疲れではないでしょう。

ローマは、わたしにとって、夢の言語の国だ。まるで、わたしの望みと寸分たがわぬ街を、誰かがつくりあげてしまったかのようだ。イタリア語が話したくてたまらない者に、ここ以上にうってつけの土地があるだろうか。ここでは、誰もが（子どもも、タクシーの運転手も、コマーシャルに出てくる俳優も！）、この魔法の言葉を話す。街全体がわたしにイタリア語を教えようと手ぐすね引いている。わたしがここにいるあいだ、新聞はイタリア語で印刷される。なんという寛大さ！　イタリア語で書かれた本しか売らない本屋がある！　そんな本屋を見つけたときは、お伽《とぎ》の城を訪れたような心地になった。あらゆる作品がイタリア語で書かれている――ドクター・スースの絵本までもが。わたしは店内を歩きまわり、あらゆる本に手を触れた。誰かがわたしを見て、ネイティヴ・スピーカーだと思ってくれたらいいのに……。ああ、イタリア語をもっと取りこみたい！　まだ字が読めず、早く覚えたくてたまらなかった四歳のころを思い出した。母親と病院の待合室にいるとき、《グッド・ハウスキーピング》誌を顔の前に持ちあげて、ゆっくりとページをめくり、活字を睨《にら》みつけ、本当に本が読めていると待合室のおとなたちに思われていたらいいなあと願っていた。あのとき以来だ、こんなに言葉を理解したくてたまらないという気持ちになったのは。その書店にはアメリカの詩人の詩集が何冊かあった。ページの片側に原語の詩が、もう片側にイタリア語訳が載っていた。ロバート・ローエルのものを一冊と、ルイーズ・グリュックのものを一冊購入した。

会話の授業が街のいたるところで自主的に開かれている。公園のベンチにすわっていると、黒い服に身を包んだ小柄な老婦人がやってきて、わたしのとなりにどっかりと腰をおろし、こちらに向かってなにかをまくし立てはじめた。わたしは困って、無言のまま首を横に振った。そして、きちんとしたイタリア語で、「ごめんなさい。わたしはイタリア語が話せません」と謝った。すると、老婦人は、大きな木べらでもあったら、あんたのお尻を引っぱたいてやりたいという顔をした。「イタリア語、わかってるじゃないのさ！」彼女は強い口調で言った。いや、そのとおりだ。確かに、その言葉はわかった。それから彼女は、わたしがどこから来たのか知りたがった。わたしは、ニューヨークから来たのだと告げて、彼女の出身地を訊き返した。訊かずもがな、だった。彼女の答えに、わたしは赤ん坊のように両手を打った。わあ、ローマ！　美しいローマ！　ローマ大好き！　すてきなローマ！　たどたどしい大絶賛に、彼女は懐疑的に耳を傾けていたが、突然、核心に斬りこんできた。結婚してるの？　わたしは、離婚したと答えた。こういう言い方を誰かにしたのは初めてで、しかも、イタリア語で話していた。もちろん、彼女は「ペルケ？」と訊き返してきた。うむ……どんな言語でも、〝なぜ離婚したか〟に答えるのがいちばんむずかしい。わたしは口ごもったあげく、「ふたりが壊してしまった《ラビアモ・ロット》のだ」という言葉をひねり出した。

　老婦人はうなずいて立ちあがり、バス停まで歩いていくと、バスに乗ってしまい、二度と振り返ることはなかった。腹を立てたのだろうか？　妙なことに、わたしは彼女が戻ってきて会話をつづけてくれるかもしれないとわけもなく期待し、そのベンチで二十分ほど待った。しかし、彼女が戻ってくることはなかった。彼女の名はチェレステ（Celeste）で、Ceは楽器のチェロ（cello）と同じように、鋭く〝チェ〟と発音する。

　日も暮れかかるころ、わたしはとある図書館を見つけた。ああ、大好きな図書館。ここはローマだけあって、その図書館も美しく年を重ねていた。敷地内には、通りから見ただけでは、そんなものがあるとは想像もつかないような中庭があった。全体は長方形で、オレンジの木があちこちに植えられ、中央に噴水がある。それはこれまで見たどんな噴水ともちがっていたが、ひと目で、ローマでのお気に入りのひとつになるだろうと確信した。まず、重厚な大理石彫刻ではない。苔と緑に覆われた自然のままの小さな噴水だった。ぼうぼうのシダの茂みのよう……というか、インドネシアの老治療師《メディスンマン》が描いてくれた祈る人物の頭に生えていた茂みにそっくりだった。この豊かな茂みの真ん中から水が勢いよく噴きあがり、葉っぱに降り注ぎ、どこか哀しげで愛らしい音を中庭全体に響かせている。

わたしはオレンジの木陰に椅子を見つけて、きのう買った詩集のひとつを開いた。ルイーズ・グリュック。最初の詩をイタリア語で読み、つづいて英語で読んだ。そして、次の行にふと目がとまった。

ダル・チェントロ・デラ・ミア・ヴィータ・ヴェンネ・ウナ・グランデ・フォンターナ……Dal centro della mia vita venne una grande fontana……。

「わが命の中心から、泉はとうとう溢れ……」

わたしは膝の上に本をおろし、たとえようもない安堵に身を浸した。

13

自分のことを、旅上手だなんてとても言えない。

これまでたくさん旅をして、旅の達人たち——生まれながらの旅人たちと何度も出会ってきた。とにかく丈夫で、カルカッタの汚水をたらふく飲もうが、ぴんぴんしている人。ほかの人なら感染症を拾うような土地から新しい言語を拾ってくる人。いかめしい国境警備隊から笑顔を引き出す人、査証事務所のうるさいお役人をまるめこめる人。身長や髪や肌の色が旅向きな、どこに行っても周囲からあまり浮かない人——つまり、トルコに行けばトルコ人に、メキシコに行けばたちどころにメキシコ人に、スペインではバスク人に間違えられて、北アフリカではアラブ人として通るような人……。

わたしにはそういう資質がない。まず、旅先に溶けこめない。長身で、ブロンドで、ピンクっぽい肌では、カメレオンどころかフラミンゴだ。デュッセルドルフのほかは、どこへ行っても妙に目立ってしまう。中国では、街を歩くと、女性たちが近づいてきて、まるで動物園から脱走した動物かなにかのように、子どもたちにわたしを指さしてみせた。子どもたちはといえば、ピンク色の肌に黄色い髪のお化けもどきの人間を見たことがないのか、わたしをひと目見ただけで、わっと泣きだす始末。中国のそういうところは、本当に苦手だった。

それから、事前に旅先を調査しておくことも得意じゃない、というより面倒だ。いつも、適当に行って、偶然のなりゆきにまかせる。こんな旅をしていると、偶然に起きるのは、駅のど真ん中で途方に暮れて時間を無駄にするとか、現地の事情を知らずに宿泊費に大金を投じるとか、まあ、そんなところだろう。方向音痴で、地理にも疎いので、自分がいまどこにいるのか漠然としかわからないまま六大陸を巡ってきた。体内コンパスが粗悪品であるうえに、旅人には不向きな、冷静さを欠いた性格だ。見知らぬ危険な土地を旅するときには有効なポーカー・フェイスも、どうやったらできるのかわからない。泰然自若《たいぜんじじゃく》の顔さえつくれれば、どこにいても、たとえジャカルタの暴動のさなかだろうと、土地の人間のように見えるはずなのに……。わたしはだめだ。行き詰まったときには行き詰まった顔になる。昂《たか》ぶったり不安だったりすれば、昂ぶったり不安だったりする顔になる。しょっちゅうのことだが、道に迷えば、傍目《はため》にも道に迷っているように見える。考えていることが全部出てしまう顔なのだ。以前、デーヴィッドがこう言った。「きみの顔は、ポーカー・フェイスのまさに反対だ。ミニチュア・ゴルフ場のようにわかりやすい」

それに、旅がわたしの消化器官に与える苦しみといったら！　こんな〝ミミズの箱〟（こんなたとえでお許しを）の蓋はわざわざあけたくないが、これまでの人生で消化器系のあらゆる緊急事態を経験したということだけはお伝えしておきたい。レバノンでは、ある夜、エボラ・ウィルスの中東版にかかったかと疑うほど、爆裂的な体調不良に見舞われた。ハンガリーでは逆に、ほかでは味わったことのない便秘に苦しみ、それ以降〝ソヴィエト圏《ブロック》〟という言葉に対する印象が永遠に変わった。ほかにも肉体的な弱点がいくつかある。アフリカ旅行の初日に背骨がやられてしまったし、ベネズエラのジャングルで、伝染病の媒体になるクモに咬《か》まれたのは、同行者のなかでわたしひとりだった。おまけに、あのストックホルムで日焼けする人間がどこにいるだろう？

けれど、こんなことばかり起こっても、旅行は大好きだ。十六歳のとき、ベビーシッターで貯めたお金で初めてロシアを訪ねて以来、旅とはお金と犠牲を費やす価値のあるものだとずっと思ってきた。ほかではこうはいかなくても、旅への愛情だけは忠実で長つづきした。旅に対するわたしの思いは、幸せいっぱいの新米ママが生まれたての赤ん坊に、その無力でぐずってばかりで見守りつづけなければならない小さな存在にいだく思いと同じだ。どんなに手がかかってもかまわない。なぜなら、あなたが大好きだから。わたしだけのものだから。わたしにそっくりだから。なんなら、食べたものを全部わたしに吐いてくれてもいい、ぜんぜんかまわない。

とはいえ、一羽のフラミンゴといえども、世界に飛び立てば、まったく手も足も出ないままでいるわけにはいかない。わたしはわたしなりに、旅を生き抜くすべを知っている。まずは、忍耐強い。身軽な旅支度ができる。恐れずになんでも食べる。なかでもいちばんの強みは、誰とでも友だちになれることだろう。死んだ人たちとでも親しくなれる。かつてセルビアで、ある戦犯と友人になって、彼の家族とともに山へ行って休日を過ごさないかと招かれたことがある。セルビア人の大量殺人者と親友であること（ある作品のために彼と友人になる必要があったし、殴りかかられるのもごめんだった）を自慢しているわけではなく、ただ、そうすることもできると言いたいだけだ。話し相手がいなければ、高さ一メートルの石膏ボードとも友だちになれるかもしれない。わたしが地の果てまで旅することが怖くないのは、こんな理由による。人と出会える土地であれば、きっとだいじょうぶ。イタリアに旅立つ前にいろんな人から「ローマに友だちがいるの？」と訊かれたが、そのたびに、わたしは首を横に振り、心のなかで〝でも、つくってみせるわ〟と思っていた。

旅先で友だちができるのは、たいていの場合は、電車の席がとなり合わせとか、同じレストランや留置場に入るとか、まあ、そんな偶然の出会いを通してだろう。だが、そういうのはあくまでもたまたまでしかなく、友だちづくりを偶然だけに頼るのはあまり感心しない。もっと計画的に友だちに出会おうとするなら、昔ながらのよき方法、知り合いの知り合いに正式に引き合わせてもらえる〝紹介状〟という手（最近ではEメールになりがちだが）を使うといい。これは、もしあなたがいきなり友だちに電話して夕食に招いてもらうのもやぶさかではない厚かましい手合いなら、人と出会うためのうってつけの方法になる。かく言うわたしも、イタリアへ出発する前、アメリカじゅうの知り合いに、ローマに友人がいないかどうか尋ねてまわった。そしてありがたくも、充分に信頼のおける、イタリア人連絡先リストを手にして旅立つことができたというわけだ。

さて、イタリア人友人候補者のなかで、最も会ってみたいと楽しみにしているのが——驚くなかれ——ルカ・スパゲッティという名を持つ男性で、わたしの大学時代からの仲間、パトリック・マクデヴィットの親友だ。パトリック・マクデヴィットのほうも、正真正銘、彼の本名だ。神に誓って言うが、わたしのでっちあげではない。それにしても、信じられない。考えてもみてほしい。パトリック・マクデヴィットなんていう、これぞ裏も表もアイルランドみたいな名で一生を送ることを。

とまれ、ルカ・スパゲッティには、できるだけ早く連絡を取ってみよう。

14

しかしその前に、学校に慣れなくては——。わたしは、〈レオナルド・ダ・ヴィンチ・アカデミー・オブ・ランゲージ・スタディーズ〉の学生になった。ここで週五日、一日四時間、イタリア語を学ぶ。学校のことを考えると、わくわくした。初々しさには欠けるけど、とにかく学生になるのだ。小学一年生になる前日、エナメルの靴や新しいランチ・ボックスといっしょに服を広げておいた。その日と同じように、語学学校の初日に着ていく服を、前日から並べておいた。先生に気に入られるといいのだけれど……。

〈レオナルド・ダ・ヴィンチ〉では、能力別クラスに振り分けるためのテストが初日におこなわれる。その話を聞いたとき、すぐに思ったのは、いちばん初級のレベル1のクラスだけはごめん、ということだった。ニューヨークの〝離婚女性向け夜間学校〟で一学期間イタリア語の授業を受け、この夏は単語カードの暗記に費やした。それに、ローマに来てもう一週間、個人的にイタリア語会話の練習に励み、おばあさま方と離婚について話を交わした。それでレベル1は恥ずかしいんじゃない？　この学校にレベルがいくつあるのかは知らないが、とにかくレベルという言葉を聞いたとたん、せめてレベル2に合格しなくては、とわたしは考えたのだ。

学校初日は、どしゃ降り。学校に早めに到着して（いつものこと——こういうところは真面目）、テストを受ける。なに、これ、すごくむずかしい！　十分の一もできやしない！　イタリア語はけっこう知っているつもりだ、そう、単語の数で言うと何十個か。でも、わたしが知っていることはまったく質問されない。そのうえ、口述テストもあり、これはさらにひどい。痩せたイタリア人教師があれこれ尋ねてくるが、わたしには早口すぎる。それでも、もう少しはましにやれそうなものなのに、緊張して知っていることまで間違えた（たとえば、〝学校に行きました《ソノ・アンダータ・ア・スクオーラ》〟と言うべきところを、どうして〝学校に行きます《ヴァド・ア・スクオーラ》〟と言ってしまうのか。わかっているのに！）。

でも、結果がすべて。痩せたイタリア人教師はわたしの答案をざっと見て、レベルを決めた。

レベル2！

授業は午後から開始だ。そこで、昼食（エンダイブのロースト）を食べにいき、学校までぶらぶら戻り、レベル1の生徒たち（きっと、わたしよりお間抜け《モルト・ストゥーピド》なはず）の前を澄まして通り過ぎ、初めての教室に足を踏み入れた——同レベルの仲間たちとともに。ところが、彼らが仲間じゃないことが、わたしにはここにいる資格なんかないことが、たちまち判明した。蓋をあけてみれば、レベル2は尋常ではなくむずかしかった。自分では泳いでいるような気になっていても、実はほとんど泳げていない。息継ぎのたびに水を飲んでいるようなものだ。痩せた男性教師（どうしてここの先生たちはこんなに痩せているんだろう？　痩せたイタリア人なんて信用できない）は、授業の進め方がとにかく速すぎる。「これも知っているだろう、あれも知っているだろう……」とテキストをまるまる何章も飛ばして、明らかに流暢《りゅうちょう》にイタリア語を話せるクラスメートたちと、丁々発止で会話している。わたしは恐怖に胃袋をつかまれ、息を荒くし、彼に指されないことを祈った。休憩時間になると即座にもつれる脚で教室を出て、半泣きで事務室に駆けこみ、レベル1に落としてくれ、とたいへん明瞭な英語でお願いした。願いは叶えられ、わたしは新しいクラスに移された。

今度の先生はぽっちゃり体型で、話し方もゆっくり。このほうがずっといい。

15

イタリア語のクラスで興味深いのは、生徒の誰ひとり、ここにどうしてもいなければならない理由を持っていないことだった。クラスにはあらゆる年代の十二人が世界じゅうから集まっていた。その全員がローマに来た理由を同じように説明する――なんだかイタリア語が好きだから勉強しにきた。差し迫った理由をあげられる人はひとりもいない。たとえば、「海外に業務展開するので、イタリア語会話を学んでこい」と上司から言われたわけでもない。わたしだけの個人的な動機だと思っていたことが全員に、お堅い感じのドイツ人エンジニアにさえも当てはまった。つまり、イタリア語の雰囲気がとても好きだから、この言語を話したい。それが全員に共通の思いだ。どこか憂愁漂うロシア人女性は、「自分にはなにか美しいものを手にする資格があると思った」から、奮発してイタリア語の授業を受けにきたのだという。ドイツ人エンジニアは、「"ドルチェ・ヴィータ"を愛しているから、イタリア語を身につけたい」とのこと（強いドイツ語なまりのせいで、"甘い生活《ドルチェ・ヴィータ》"が、"ドイツ《ドイチェ・》の生活《ヴィータ》"に聞こえる。それなら、もう充分謳歌してきたのでは？）。

イタリアにいるあいだに、イタリア語が世界でいちばん魅惑的で美しい言語だと感じるのが、けっしてわたしだけでないということを知った。それにはちゃんとした理由があるということも。その理由を理解するためには、まず、この言語の歴史的背景を知る必要がある。ヨーロッパはその昔、無数のラテン系地方語がごちゃまぜに使われるという混乱状態にあり、それらが何世紀もかけてゆっくりと別々の言語――フランス語、ポルトガル語、スペイン語、イタリア語に分かれていった。フランスとポルトガルとスペインで起きたのは、まさしく言語上の自然淘汰だった。最も力のある都市で使われる言語がしだいにその地域全体で受け入れられるようになった。つまり、今日わたしたちがフランス語と呼ぶものは、中世パリ語の流れを汲む言語で、もとをたどればポルトガル語はリスボン語、スペイン語はマドリード語だった。資力財力の勝利。最も力を持つ都市が、最終的にその国全体の言語を決定づけた。

ただし、イタリアの場合は事情がちがった。他国との決定的なちがいは、長いあいだこの半島が国家という形をなしていなかったことからくる。イタリアが国家として統一されるのは他国に遅れて一八六一年のことで、それまでは有力な地方貴族や、ヨーロッパの強国に支配される都市国家がひしめき、互いに競い合っている半島にすぎなかった。そこにはフランスやスペインが、あるいはローマ教会が支配する地域もあれば、地方の要塞や城を手に入れた新興勢力が支配する地域もあった。民衆はこのような支配に屈辱感をいだくか、鷹揚《おうよう》にかまえるかのどちらかだった。多くの人は、同じヨーロッパ人の植民地にされることを歓迎しなかったが、無関心な民衆もいて、〝フランツァ・オ・スパーニャ、プルケ・セ・マーニャ〟、すなわち、フランスだろうとスペインだろうと、食えりゃいいさ、と言ってはばからなかった。

こんなまとまりを欠く状態だったから、国としての統一は遅れ、この半島の言語も長くひとつにまとまることはなかった。イタリア半島の人々はごく当たり前に、何世紀にもわたって、それぞれの土地の方言を話し、記してきた。フィレンツェの科学者は、シチリアの詩人やヴェネツィアの商人と、意思の疎通がほとんどできなかった（もちろん、ラテン語は別だが、ラテン語は一般的な言語としてはあまり使用されなかった）。十六世紀になると、イタリアの知識人たちが集まって、このままにしておくのはあまりに不都合だと結論した。イタリア半島には、皆から承認されるようなイタリアの言語が、せめて書き言葉が必要だ。彼らはそう考え、ヨーロッパの歴史上ほかに類を見ない取り組みを開始した。あらゆる地方語の最も美しい部分を選びとり、〝イタリア語〟という世界に冠たる言語をつくるという取り組みを。

イタリア半島で使われる最も美しい言葉を見つけるために、彼らは十四世紀のフィレンツェまで歴史をさかのぼらなければならなかった。そして討議をつづけた結果、今後、正統なイタリア語と見なされるべきは、フィレンツェの偉大な詩人、ダンテ・アリギエーリの使った言葉だと結論した。ダンテが地獄と煉獄《れんごく》と天国を巡る空想の旅『神曲』を一三二一年に出版したとき、当時の文学界はそれがラテン語で書かれていないことに驚愕した。ダンテにとってラテン語は堕落したエリート主義的な言語であり、それを真摯《しんし》な文章に用いることで、文学が卑しいものに変えられてしまった、本来なら万人のものであるべき物語が、教育を受ける特権を持つ貴族だけのものに、つまり金で買えるものになってしまった、という思いがあった。そこでダンテは街なかへ足を向け、そこに暮らす人々（そのなかにはボッカチオやペトラルカといった優れた同時代の文学者も含まれていた）が用いる本来のフィレンツェ語を採集し、それによって物語を書き記したのだ。

ダンテは、こうして地方語を用いる、いわゆる〝清新体《イル・ドルチェ・スティル・ノーヴォ》〟で、彼の最高傑作をものした。またそれによって、その地方語を整えていき、のちにシェイクスピアがエリザベス女王時代の英語に影響を与えたように、個人としてその言語に影響を与えた。民族主義的な知識人たちが文学史をさかのぼって、ダンテの言葉をイタリアの公用語とすべきと決めたことは、十九世紀初頭のある日、オックスフォード大の教授たちが、これより先すべての英国市民は純粋なシェイクスピア語を話すべきだと取り決めたことと非常によく似ている。つまり、自然な流れにまかせたわけではなく、言語の方向性を皆で協議して取り決めたという点において。

そんなわけで、今日話されているイタリア語は、ローマ語でもヴェネツィア語（両都市国家とも、軍事的にも、商業的にも力を持っていた）でもなければ、生粋のフィレンツェ語でもない。厳密に言うなら、それは〝ダンテ語〟ということになる。これほど芸術的な起源を持つヨーロッパ言語はほかにない。十四世紀のフィレンツェで生まれ、ヨーロッパ文化の誇る偉大な詩人によって磨かれたイタリア語ほど、人間の感情を表現するのにぴったりな言語もほかにないだろう。ダンテは、〝三韻句法《テルツァ・リーマ》〟という、複雑な規則性をもって韻を踏みながら三行連を鎖のように連ねていく手法で『神曲』を書き、美しいフィレンツェの言葉に、学者たちのよく言う〝滝のように流れるリズム〟を与えた。そのリズムは、現在のイタリアのタクシー運転手や肉屋や政府の役人たちが話す、どこまでも転がっていくような詩的な抑揚のなかに息づいている。ダンテが神の幻影と相対する『神曲』の最終行にこめた心情は、いわゆる現代イタリア語に親しんでいる者ならやすやすと理解できるはずだ。神とは、たんなる目に見えない輝かしい光ではなく、〝ラモール・ケ・ムォヴェ・イル・ソーレ・エ・ラルトレ・ステッレ〟なのだとダンテは書いている。

〝太陽とほかの星々をも動かす愛〟——。

わたしがどうしようもなくこの言語を学びたくなる気持ちを、これでわかってもらえるだろうか。

16

イタリアに来て十日が過ぎ、ついに〝憂うつ〟と〝寂しさ〟に居場所を突きとめられた。

楽しい学校の一日が終わり、夕方のボルゲーゼ公園を散歩しているときだった。黄金色の夕日がサン・ピエトロ大聖堂を照らし、公園では誰もが楽しげに恋人と戯れたり、笑いながら子どもたちと遊んだりしていた。わたしはひとりぼっちだったが、こんな夢のような光景を前に満ちたりた気持ちでいた。が、足を止めて手すりにもたれて落日を眺めていると、あれこれと考えはじめ、少しずつ気持ちが沈んでいった。やつらにつかまったのは、ちょうどそのときだった。

やつらは無言であらわれ、ピンカートン探偵社の探偵よろしく、わたしを脅しつけ両わきを固めた。〝憂うつ〟が左側、〝寂しさ〟が右側。バッジを見せつけられる必要はなかった。もう何年も追いかけっこを繰り返し、こいつらとは旧知の仲だから。でもまさか、黄昏時《たそがれ》のイタリアの優雅な庭園で出くわすとは思ってもみなかった。ここはやつらがのさばれるような場所ではないはずなのに。

わたしは言った。「どうしてここが？　わたしがローマへ来たことを誰に聞いたの？」

いつも知恵の回る〝憂うつ〟が答える。「おや――おれたちに会えてうれしくないのかい？」

「さっさと消えて」

繊細なほうの〝寂しさ〟が言う。「すみませんね。でも、あんたが旅に出たときは、あとを追うのが、こっちの仕事なんでね」

「いい迷惑よ」わたしが言うと、申し訳なさそうに肩をすくめるが、にじりよるのはやめない。

　そして、わたしの所持品をふたりがかりで調べる。ポケットを裏返し、わたしが持ち歩いていた喜びをぶちまける。〝憂うつ〟がいつものように、わたしの存在意義を押収する。〝寂しさ〟が尋問を始める。何時間にも及ぶ、恐ろしい尋問だ。丁重だが執拗で、最後にはわたしを立ちあがれなくしてしまう。彼は尋ねる。いまを幸せだと言いきる根拠がどこにある？　なぜ今夜もまたひとりきりなんだ？　そして、こうも尋ねる（このたぐいの質問はもう何度も繰り返されてきたのだが）――なぜひとつの関係が長つづきしないのか。なぜ結婚をだめにしたのか。なぜデーヴィッドとの関係が壊れたのか。なぜこれまで付き合ったすべての男たちとの関係が壊れたのか。さらに、こんな質問も出る。おまえは、三十を迎えた夜どこにいた？　それ以来なぜこうもうまくいかなくなったんだ？　なぜ首尾一貫した行動がとれない？　なぜ、同世代のまともな女たちのように、すてきな家に住み、すてきな子どもたちを育てていない？　人生に瓦礫の山を築いたおまえに、ローマで休暇を過ごす資格があると思うのか？　青臭い学生みたいにイタリアへ逃げ出して、幸せになれると思っているのか？　こんなふうに生きつづけたら、老いたときにどうなると思うんだ？

　わたしは家路をたどる。振り切りたいのに、やつらはついてくる。〝憂うつ〟はわたしの肩にしっかりと手をかけ、〝寂しさ〟はしつこく尋問をつづける。夕食を食べる気にもなれない。彼らの視線がうるさい。彼らを部屋に入れたくないが、〝憂うつ〟はこうと決めたら、暴力も辞さないやつだ。だから、彼らが部屋への階段をのぼるのを阻止することはできない。

「ここに来るなんて卑怯よ」わたしは〝憂うつ〟に言う。「あなたにはもう充分尽くしたわ。ニューヨークではたっぷり時間も捧げたはずよ」

だが、〝憂うつ〟はいつもの陰気な笑みを浮かべて、わたしのお気に入りの椅子に腰かけ、テーブルに足を乗せて葉巻に火をつける。部屋にきつい匂いと煙が充満する。〝寂しさ〟はそれを見てため息をつき、靴も脱がずにベッドにあがり、上掛けを引く。今夜はふたたび、彼といっしょに眠らされることになる。

17

実は、その数日前から薬を断っていた。イタリアまで来て抗うつ剤を服《の》みつづけることが、なんだかばかばかしく思えてきたからだ。この国でどうして落ちこんでなどいられるだろう、わたしはそう思って薬をやめた。

　そもそも最初から薬で治療したいと思ったわけではなかった。わたしは長いあいだ、薬には頼るまいと闘った。なぜ薬を服みたくないかという理由をあげれば、長いリストができる（たとえば、アメリカ人は薬を服用しすぎている。長期間の服用で脳にどんな悪影響が出るかはまだわからない。薬は対症療法でしかなく、この国民的な精神衛生の危機に根本から立ち向かうことにはならない……うんぬん）。とは言え、この数年はひどく厄介なことばかりで、そこから簡単には抜け出せないこともわかっていた。結婚生活を解消し、デーヴィッドとのすったもんだが始まったころから、あらゆる典型的なうつ症状があらわれるようになった。不眠、食欲と性欲の減退、止まらない涙、慢性的な腰痛に胃痛、疎外感と絶望……とりわけ仕事にトラブルが集中し、大統領の座が共和党に奪われ、それをくつがえせないという無力感にとらわれ……とまあ、数えあげていくときりがない。

こういう森に迷いこむときは、迷ったことにさえ気づかないものだ。道からほんの少しはずれているだけ、すぐに元の場所に戻れると、自分に思いこませようとする。しかしいく晩か過ぎても、まだ自分がどこにいるのかわからず、それでようやく道を見失ってしまったことを認める。だがそのときにはもう、朝日が昇る方角すらもわからなくなっている。

わたしは、自分の抑うつを人生の闘いのように考えた。もちろん、そう、闘いにはちがいない。自分のうつ症状を研究し、その原因を突きとめようと躍起になった。この絶望の根っこにあるのはなんなのか。心理学的な問題――両親が育て方を間違ったの？　それともこれはいわゆる人生の谷間で、一過性のもの？　離婚問題が片づけばうつも終わりを告げる？　あるいは、遺伝？　そう、いろんな呼び名があるだろうが、メランコリーは、その哀しき花嫁であるアルコール依存症とともに、うちの家系の何世代かにわたってしばしば顔を出す。それとも、文化的なものなのか――ポストフェミニズム以降の仕事を持つ女性が、ストレス多き孤独な都市生活のなかで踏ん張ってきたゆえの副産物？　あるいは、星の巡りのせい？　わたしは繊細な蟹座で、大きな予兆はすべて移り気な双子座に支配されるので、こんなに哀しい思いにとらわれてしまうのだろうか。それとも、創造性の問題だろうか。クリエイティヴな人間がうつに苦しむのはよくあることじゃない？　だって、わたしたちはとても過敏で、特別だから……。いや、進化論的なものという可能性も。人類が弱肉強食の世界で生き延びてきた千年期の後遺症がわたしにもあらわれているとか？　それともカルマ？　悲嘆の発作はみんな前世の悪行の報いで、解放に至るために最後に乗り越えるべき壁だとか……。あるいはホルモン分泌が悪いから。いや、食べ物が悪い？　哲学的問題？　季節のもの？　環境問題？　人類の神への渇望ってやつ？　体内化学物質のバランスが崩れているから？　もしかしたら、誰かと寝るだけでよかったりして……。

たったひとりの人間の不調に、なんと多くの要因が絡んでいるのだろう。わたしたちは、なんと多くのものに関与しているのだろう。そして、なんと多くの影響を自分自身の心や身体や経歴、家族、街、魂などから、あるいはランチからも、受けているのだろう！　結局、わたしのうつ症状はあらゆる要因のそのときどきの寄せ集めがもたらすものではないのか、そんなふうに感じるようになった。その要因のなかには、おそらくわたしがまだ名づけていない、あるいは突きとめてもいないものも含まれているにちがいない。こうして、わたしはあらゆるものを敵にまわし闘うようになった。歯の浮くようなタイトルをつけた自己救済の本を買い漁った。本当はなにを読みたがっているのかばれないように、いつも数冊の本を《ハスラー》誌（男性向けポルノ雑誌）の最新号に挟んでレジへ向かった。洞察が鋭く、なおかつ親切でもあるセラピストと出会い、プロの力も借りるようになった。新米の修道女のように祈った。しばらく肉を食べなくなったのは、「肉食とは殺される瞬間のけものの恐怖を食べることだ」と誰かに吹きこまれたからだ。いかにもニューエイジっぽい、うっとりするようなご託宣を繰り出すセラピストが、あなたは性のチャクラを安定させるためにオレンジ色のパンティーをはくといいと言った。そうしましたとも、ブラジャーもろとも。セント・ジョーンズ・ワート（うつ症状、不安症状に効果があるとも言われる薬草）のお茶を、ロシアの収容所をまるまる一棟元気にしてしまうのではないかと思えるほど飲んだが、とくになにも変わらなかった。エクササイズに励んだ。精神を高揚させる芸術に触れるように努め、哀しい映画や本や歌を注意深く避けた。誰かがレナードとかコーエンとか、短い話のあいだにどっちも口にしたら、すみやかにその部屋から立ち去った（レナード・コーエンは、シンガー・ソングライター、詩人。深遠な歌詞と沈うつな声によって、〝死にたくなる曲〟と言われたことも）。

　止まらない涙にも懸命に闘いを挑んだ。ある夜、いつもと同じカウチの同じ隅っこで、同じ哀しい考えにはまって涙していたとき、わたしは自分に問いかけた——「なんだっていいの。この状況を変えるようなことがなにかあるんじゃない、リズ？」考えてみたが、泣きながら立ちあがり、リビングルームの真ん中に行って、一本足でバランスをとることぐらいしか思いつけなかった。わたしはやってみた。そのおかげで、心のなかの陰気なひとり言と涙が止まらないときでも、わたしはまだ完全にコントロールを失っているわけではないということが証明できた。感情に身をまかせて泣いていても、少なくとも片足でバランスをとることぐらいはできる。それが出発点になった。

　通りを渡って散歩に出かけ、日差しを浴びた。周囲の助けてくれる人々を頼り、家族の大切さを思い返し、杖となってくれる友人たちと交流した。落ちこみから抜け出せないのは自尊心の低さが原因、と、あちこちの女性誌が親切に言いつづけてくれるので、髪を切りに行き、化粧品とドレスを買った。新しい装いを友人が褒めてくれたのに、わたしは苦々しく返した。「自尊心向上大作戦――いまいましき初っぱなの日ってところね」

そして、おおよそ二年間を悲嘆と闘いつづけたあげく、わたしが最後に試したのが薬物治療だった。差し出がましくもここで意見させてもらうなら、薬物治療はつねに最後に試みるべき手段だとわたしは思っている。わたしがビタミンP（抗うつ剤プロザックの隠語）という手段に進もうと決意したのは、ある夜、寝室の床にすわりこみ、キッチンナイフで手首を切りたい衝動に数時間抗《あらが》いつづけたあとのことだった。その夜は衝動をねじ伏せたものの、それは辛《から》くもの勝利でしかなかった。そのころには手首を切ることだけでなく、ビルから飛びおりるとか、頭を撃ち抜くとか、ほかの手段も頭のなかを駆けめぐっていた。しかし、ナイフを握ったまま一夜を過ごすという経験のなかにあったなにかが、わたしの背中を押した。

翌朝、日が昇ると同時にスーザンに電話して、助けてほしいと泣いた。わたしの一族の歴史に、こんなことをした女はひとりもいまい。人生の真ん中で道にすわりこみ、「もう一歩も歩けない――誰かが助けてくれなきゃ」などと言いだすような女は。もちろん、そうしたとしても、歩みを止めてしまった女たちは助からなかったかもしれない。誰も、彼女らを助けようとしなかったし、助けられなかった。誰もが自分とその家族が飢えずに生きていくことだけで精いっぱいだった。わたしはそんな時代の女たちのことを考えずにはいられない。

緊急コールから一時間後、アパートメントにあわててやってきたスーザンがカウチにうずくまるわたしを見た。そのときの友人の顔を、一生忘れないだろう。その顔にはわたしの人生を危ぶむ気持ちがはっきりと刻まれ、その目に見える不安が鏡となって、わたしに自分の痛手の深さを思い知らせた。あのひどい数年のなかでも、とりわけぞっとする記憶だ。スーザンがあちこちに電話して精神科医を探しているあいだ、わたしはカウチで丸く縮こまっていた。彼女はその日のうちにわたしを診察し、抗うつ剤の処方を検討してくれる医者を求めていた。一方しか聞こえない会話のなかで、彼女がこう言うのが聞こえた。「友人が命を断つのではないかと心配なんです」わたしもそれを恐れていた。

その日の午後、わたしを診察した精神科医は、なぜ助けを求めるまでにこんなに時間がかかったのかと尋ねた。あなたはあなた自身を長いあいだ見捨ててきた、とでも言いたげな口ぶりだった。わたしは、抗うつ剤への懸念と抵抗を語った。自分の書いた三冊の本を並べて、言った――「作家なんです。脳に害を及ぼす可能性のあることはしないでください」。医師はそれに応えて言った――「もし肝臓の病気だったら、あなたはためらうことなく薬を服用するでしょう。なぜ、今回はためらうんです？」。しかし、わたしは心のなかでつぶやいた。あなたは、うちの家族のことをなにもわかっちゃいない。ギルバート家の人間は、肝臓病の薬だって飲まないかもしれないわ。病はすべて個人的な道徳と節制の欠如のあらわれと見なすのがうちの一族なのだから。

医師はわたしに数種の薬――ザナックス、ゾロフト、ウェルブトリン、バスペリン――を試し、吐き気もなく、活力や記憶力が衰えない組み合わせを考えた。一週間とたたないうちに、心にほんのわずかだが日が差しこむのを感じた。そして、ようやくまともな眠りが訪れた。これは本当にすばらしい贈り物だった。なぜなら、眠れない限り、人生のどぶから脱出するチャンスはないからだ。薬が回復に必要な夜の眠りをわたしに与えてくれた。手の震えが止まり、締めつけられるような胸苦しさから、心のなかのパニック警報ボタンから解放された。

だが、こんなに早く効き目があったにもかかわらず、わたしは依然として薬の服用に抵抗を感じていた。どれもいい薬で安全なんだと、誰が言ってくれようと関係なかった。いつも心に葛藤があった。薬がわたしにとっては向こう岸に渡る橋であることは間違いないとわかっていても、一刻も早く薬から逃れたかった。服用の開始が二〇〇三年の一月。五月になるころには服用量は著しく減っていた。そこまでは、とにかくつらい数カ月だった。離婚が決着するまでの数カ月であり、デーヴィッドとすったもんだの末に破局を迎えるまでの数カ月でもあった。もし、もう少し辛抱していたら、わたしはあの時期を薬なしで乗りきっていただろうか。自力で生き延びていただろうか。わからない。対照実験なんて存在しないのが人生だ。もしあれがちがっていたら、こっちはどうなっていたか、なんてことは誰にもわからない。

わたしにわかるのは、あの何種類かの抗うつ剤がわたしのみじめな感情を破壊的なものではなくしてくれたということだ。だから薬には感謝している。それでも、人の気分を変える向精神薬には複雑な思いをいだく。その効力に助けられながらも、それが広く出まわることには不安を覚える。抗うつ剤は医師によって処方されるべきものだし、こと米国においてはもっと厳しい管理のもとで使用されるべきだ。そして、服用と並行して治療に心理学的なカウンセリングを取り入れるのでない限り、使用されるべきではない。根っこにある原因を探ることなく、症状を薬で抑えようとするのは、誰でも効率よく回復させたいと考えがちな、昔ながらの誤った西洋式の方法論だ。あのいく種類かの薬は確かにわたしの命を救ってくれた。しかしそれはあくまでも、わたしがあの時期に試した二十種類ほどもの自分を救うための努力と相まってのことなのだ。わたしはもうあのような薬を服まないですむように願っている。あなたは〝うつ傾向〟があるから、これからもようすを見ながら抗うつ剤を服用する必要があるだろう――ある医師はそう助言してくれた。しかし、わたしは彼が間違っていることを神に祈る。彼が間違っていることがわが身をもって証明できるなら、わたしはなんだってやる。少なくとも、その〝うつ傾向〟とやらとは、物置の道具を総動員したって闘うつもりだ。これは自己破壊的な頑固さなのか、それとも自己保身的な頑固さなのか……どっちかはわからない。

でも、わたしはそういう人間だ。

18

そう、これがわたし。わたしはローマで頭をかかえている。〝憂うつ〟と〝寂しさ〟が人生に舞い戻ってきた。最後にウェルブトリンを服んだのは三日前。大事なものをしまう抽斗《ひきだし》にはまだ薬が入っている。でも、服みたくない。薬から永久に解放されたい。でも、〝憂うつ〟と〝寂しさ〟にへばりつかれるのもごめんだ。どうしたらいいかわからない。そして、不安のスパイラルに呑みこまれる。どうしたらいいかわからないとき、わたしがいつもそうなってしまうように。だから、今夜のためにやるべきことは、わたしだけの秘密のノートに手を伸ばすこと。わたしはそれを緊急のトラブルに備えて、いつもベッドの傍らに置いている。ノートを手に取り、まだなにも書かれていない白いページを探し、書き記す。

「あなたの助けが必要なの」

そして、待つ。しばらくすると、返事が戻ってくる——わたし自身の筆記によって。

わたしはここにいるわ。あなたのためになにができる？

こうしてまた、わたしだけの秘密のノートで、とても奇妙な対話が始まる。そう、このノートで、わたしが語りかけているのは自分自身だ。わたしはいつも同じ声と語り合う。深夜のバスルームで涙にくれて助けを求め、初めて神に祈ったとき、なにか（あるいは誰か）がわたしに「ベッドに戻りなさい、リズ」と語りかけてきた、あのときと同じ声と。あれ以来、精神的危機に陥りそうになるたびに、その声に出会ってきた。そして、その声と接触する最も確実な方法は、思いを文字に書き記すことだと気づいた。驚いたことにその方法を使うと、どんなときでも、たとえ苦しみの闇のなかにいても、だいたいいつもその声を見つけることができた。どうしようもない苦悶のさなかでも、紙の上に言葉を記すことで、あの愛と慈しみに溢れた穏やかな声（それはわたしかもしれないが、厳密にはわたしではないかもしれない）に、夜であろうが昼であろうが、出会うことができた。

ノートで自分と対話するなんて頭がおかしくなったの？　そういう考えにはとらわれないようにした。もしかしたら、わたしが接触している声の相手は神様かもしれない。あるいは、わたしを通して語るわたしのグル。もしかしたら守護天使、あるいは最も高次の自我《ハイエスト・セルフ》かもしれない。たんに、わたしをわたし自身の苦悩から守ろうとする潜在意識がつくりあげたものと解釈することもできる。マザー・テレサは、このように自分のなかに神がいて語りかけてくる声を〝内なる声〟と呼んだ。それは人の心に入りこんだスピリチュアルな存在が、その人の言葉に置き換えて、なにかを伝え、至福の安らぎを与えようとしているのかもしれない。さしずめフロイトなら、そんな魂の安らぎなど不合理だし、〝信用するに値しない〟と言うだろう。わたしは世の中が託児所なんかじゃないということを経験から学んだ。しかし、世の中がつねに自分を試される厳しい場であるからこそ、ときにはその管轄区から逃れて、大いなる存在に助けを求め、安らぎを見いだすことも許されるのではないだろうか。

　このスピリチュアルな体験において、わたしは最初のうちは必ずしもこのような信頼を内なる知恵の声に寄せていたわけではなかった。一度、激しい怒りと悲嘆の淵でノートに手を伸ばし、内なる声に――心のなかの神聖な安らぎに向けて――一ページまるごと大文字の殴り書きでメッセージを送った。

「あなたのことなんて、ぜったいにぜったいにぜったいにぜったいに、信用しない！！！！！」

しばらくすると、まだ息づかいは荒かったけれど、わたしのなかにひとすじの光が差しこみ、針先ほどのくっきりとした光の円が浮かびあがるのを感じた。気づくと、わたしは楽しく穏やかな気持ちで書いていた。

それじゃあ、あなたは誰に話しかけているの？

それからは、声の存在を二度と疑わなくなった。だからその夜も――イタリアに来てからは初めてだったが――わたしはまたあの声と接触した。わたしが書いたのは、自分が弱くて不安でいっぱいだということだ。〝憂うつ〟と〝寂しさ〟が舞い戻ってきたことも、彼らがこのまま居すわるのではないかと恐れていることも伝えた。薬を服用したくないけれど、そうせざるを得なくなるのではないかと不安だということも。わたしはもう二度と立ち直れないのではないかとおびえていた。

その訴えに応えるように、わたしのなかのどこかから、いまでは慣れ親しんだ声が聞こえ、困ったとき誰かが言ってくれたらといつも願っているような心強い励ましをくれた。そのときページに書き取った返事がこれだ。

わたしはここにいるわ。あなたを愛してる。あなたはひと晩泣きあかしてもいいの。朝が来ても、わたしはまだあなたのそばにいる。もし薬で治療する必要があるのなら、そうしてもいい――それでもあなたを愛してる。あなたがなにをしようと、わたしの愛を失うことはない。あなたが死ぬまでわたしはあなたを守る。死んでしまっても、それでもあなたを守る。わたしは〝憂うつ〟よりも強く、〝寂しさ〟よりも勇敢で、なにがあっても枯渇することはないのだから。

この夜、奇妙な内なる友情の表明――慰めてくれる人が誰もいないとき、わたしからわたし自身に向かって差し伸べられる手――は、かつてニューヨークで体験したある出来事を思い起こさせた。その午後、わたしはとあるオフィスビルに入り、待っていたエレベーターにあわてて近づいた。そして箱に飛びこもうとしたとき、予期せぬまなざしがエレベーター内の鏡からわたしに向けられた。一瞬、脳が奇妙な働きをし、こんな電光石火のメッセージを発した――「ほら、あの人。あなたの友だちでしょ！」。現にわたしはほほえみながら、鏡の自分に向かって走り寄った。名前は忘れても、顔に見覚えのある女友だちを歓迎するように。当然、次の瞬間には勘違いに気づき、鏡にだまされる犬とたいしてちがわない自分が恥ずかしくなって笑いだした。だが、なぜかあのときのことが、ローマで哀しみに暮れている夜、わたしを励ますようによみがえってきた。気づくと、ノートの最後にこう記していた。

ずっと昔、心が無防備な一瞬、あなたはあなた自身をあなたの友人としてとらえたわ。それをぜったいに忘れないで。

わたしはノートを抱き、いちばん新しい励ましが書きつけられたページを胸に押し当てながら眠りについた。朝目覚めると、部屋には〝憂うつ〟がくすぶっていた匂いがまだかすかに漂っていた。でも、〝憂うつ〟はどこにもいない。夜のうちに目覚めて、出ていったのだ。その相棒、〝寂しさ〟も消え失せていた。

19

それにしても奇妙なことだ。ローマへ着いてからというもの、ここではヨガができないんじゃないかと思いはじめた。わたしは何年もヨガを一途に実践してきたし、その気持ちのままにこの旅にもヨガ・マットを持参した。しかし、なんだか勝手がちがう。ええと、ヨガの練習っていつするんだっけ。チョコレート・ペストリーとダブルのエスプレッソですます速攻イタリア式朝食の前？　それともあと？　ローマに来て数日は、毎朝、ヨガ・マットを広げていた。でも、まじまじと見つめて、笑っただけだった。一度、ヨガ・マットになりきって自分に語りかけてみた。「了解、〝ペンネ・アイ・クアトロ・フォルマッジ（四種のチーズのペンネ）〟のお嬢ちゃん……えっと、そうですよね？　あなたがきょう食べたのは」わたしは赤面し、ヨガ・マットをスーツケースの底にしまいこんだ（結局、インドに行くまで二度と広げることはなかった）。それから散歩に出て、ピスタチオのジェラートを食べた。イタリア人にはこれを午前九時に食べるのも理にかなったことだが、いくらわたしでもそれには賛成しかねる。

わたしの見るところ、ローマとヨガには文化的に相容れないものがあるようだ。いや、言いきってしまおう。両者には交わるところがまったくない。まあ、せいぜい、ヨガという言葉がトーガ（古代ローマ市民が身につけた長衣）を連想させるぐらいのものだろう。

20

友だちが必要だった。わたしは友だちづくりにいそしみ、十月になるころには、イタリアに何人かの仲のよい友人をつくっていた。わたし以外のふたりのエリザベスとも、ローマに来てから知り合った。ふたりともアメリカ人で、物書きというのもわたしと同じだ。ひとりめのエリザベスは小説家。ふたりめはフードライター。フードライターのエリザベスはローマのアパートメントのほかにウンブリア州に一軒家を持ち、イタリア人の夫がいて、イタリアじゅうを食べ歩き、《グルメ》誌に寄稿するという仕事をしている。前世で溺れている孤児を数えきれないほど助けたとか、よほどの善行を積んだにちがいない。当然ながら、彼女はローマのどこに行けばおいしいものが食べられるかをよく知っている。そのなかには、あれがない天国には行きたくないと思えるほどの、フローズン・ライスプディングを売るジェラート屋もある。ある日、彼女とランチに出かけたときは、ヘーゼルナッツ・ムースのラムとトリュフ巻きカルパッチョ風に加えて野生ヒヤシンスの球根、ランパショーネのピクルスまで食べた。

もちろん、わたしの〝語学交換学習《タンデム・ランゲージ・エクスチェンジ》〟の相手であるジョヴァンニとダリオ、すてきな双子兄弟との友だち付き合いもつづいている。ジョヴァンニのやさしさはイタリアの国宝だ、とわたしは思う。彼は初めて会った夜からわたしを永遠に魅了した。イタリア語がうまく出てこなくて苛立《いらだ》っていると、彼はわたしの腕に手を添えてこう言ったのだ。「新しいこと覚えるときは、自分にとても丁寧がだいじですよ、リズ」思索的な眉毛や哲学の学位や真剣な政局への意見などが相まって、彼のほうがわたしよりも年上のように思えるときがある。ジョヴァンニを笑わせてみたいが、彼はわたしのジョークにはまず反応しない。第二言語でユーモアを解するのはむずかしいものだし、ジョヴァンニのような真面目な青年の場合はなおさらだ。ある夜、彼はこう言った。「あなたが風刺的になるとき、ぼくはいつも後れをとります。ぼくはあなたに追いつけない。まるであなたが稲妻、ぼくが雷鳴」

わたしは心のなかで叫んだ。イェイ、ベイビー！　あなたが磁石で、わたしが鉄！　〝あなたの革で装いたいわ、さあ、わたしのレースを取り去って〟（スティーヴィー・ニックスとドン・ヘンリーの八〇年代のヒット曲「レザー・アンド・レース」の歌詞）

しかし、いまだジョヴァンニがわたしにキスしたことはない。

彼の双子の片割れ、ダリオとはめったに会うことがない。でも、ダリオは、わたしの語学学校の親友、ソフィーとしょっちゅう会っているようだ。そうしたくなるダリオの気持ちはよくわかる。ソフィーは二十代後半のスウェーデン人で、とてもかわいらしい。彼女を針に吊して人なかに垂らせば、たちまちあらゆる国籍のあらゆる年代の男たちが釣れるだろう。ソフィーは銀行という恵まれた職場にいながら――両親を驚愕させ同僚たちを唖然とさせた、美しいイタリア語が話したいからというただそれだけの理由で——四カ月の休暇をとってローマにやってきた。毎日の放課後、ソフィーとわたしはテヴェレ川のほとりにすわり、ジェラートを食べながら勉強する。いや、〝勉強〟と言ってしまうと語弊がある。わたしたちがしていることは、勉強というより、イタリア語のすばらしさをともに堪能することで、それはほとんど宗教的儀式に近い。いつもすばらしいイディオムを仕入れるたびにお互いに教え合う。たとえば、ある日学んだ〝ウナミーカ・ストレッタ〟(un'amica stretta)。これは〝親友〟を意味する。しかし、stretta は文字どおり tight——服がぴっちりしているときの、そう、タイトスカートのタイトだ。つまり、イタリアにおいて親友とはぴっちりと着られるような、肌によく添うような人を言う。そしてスウェーデン人の友人ソフィーはわたしにとってまさにそんな存在になりつつあった。

出会ったときから、わたしはソフィーと姉妹のように見られたらいいなと思っていた。ところがその後、ローマの街なかで彼女とタクシーに乗ったとき、運転手がわたしに彼女はわたしの娘かと尋ねた。ちょっと、ちょっと……彼女とはたった七歳しか歳がちがわないのよ。わたしの頭は運転手の言ったことを解釈しようと猛スピードで回転しはじめた。たとえばよ、この生粋のローマっ子である運転手はイタリア語があんまり得意じゃなくて、ふたりは姉妹かと訊きたかったのに間違えてしまった……あり得ない！　イタリア人がイタリア語で娘と言ったら娘だ。ああ、なんてこと！　この数年間、あまりにいろんなことがありすぎた。離婚で疲れきって老け顔になってしまったのだ！　頭のなかに、テキサスの古いカントリーウエスタンの歌が流れた。〝ずったもんだで、訴えられて、おまけにタトゥーを入れられた。それでもあんたの前にこうして立ってるぜ……〟（ジェリー・ジェフ・ウォーカーが歌った Lovin' Makes Livin' Worthwhile の歌詞）

ほかにはマリアとジュリオという、すてきなご夫婦とも友だちになった。紹介してくれたのはアメリカ人の友人、数年前までローマに暮らしていた画家のアンだった。マリアはアメリカ生まれで、農業政策に関わる国際機関で働いている。ジュリオは南イタリア生まれの映像作家、英語はうまいとは言えないが、流暢なイタリア語に加えて、流暢なフランス語と中国語を話す（なのに、ちっともえらそうではない）。英語を学びたがっていて、わたしに〝タンデム・エクスチェンジ〟で会話の練習をしないかと持ちかけてきた。なぜアメリカ生まれの妻から英語を学ばないのか。それは、これまで彼らが相手になにかを教えようとして、さんざん夫婦喧嘩を繰り返してきた歴史ゆえだ。そんなわけで、ジュリオとは週に二日、ランチを食べながらイタリア語と英語を練習するようになった。いらついた過去のない相手と組むのなら、このやり方はとても効率的だ。

ジュリオとマリアはすばらしいアパートメントに住んでいる。そのアパートメントのなかで、わたしを最も感銘させたのは、マリアがジュリオへの罵《ば》倒《とう》を黒の極太マーカーで書きなぐった壁だ。マリアによれば、ふたりが口論したとき〝彼のほうが大きな声で話す〟から、こっちの言うことに注目させたくてやったのだそうだ。

マリアはとびきりセクシーだし、情熱が爆発したような壁の落書きもそんな彼女の一面を垣間見せるものだとわたしには思える。だが興味深いことに、ジュリオはその壁の殴り書きにマリアにかかる抑圧を見る。イタリア語で書かれているからだ。イタリア語はマリアの第二言語、すなわち言葉を選ぶ前に一瞬考える必要のある言語だ。もしマリアが本気で怒りに身をまかせていたら——もちろん、よきアングロサクソン系プロテスタントである彼女はぜったいにそんなことを自分に許さないのだが——きっと彼女の母語である英語で壁いっぱいに罵倒を書いたにちがいない、とジュリオは言う。彼に言わせると、アメリカ人というのはだいたいそうで——つまり抑圧的で、だからこそ、かっとなると危険で手がつけられないのだという。

「野蛮なる人々、アメリカ人」と、ジュリオは締めくくった。

わたしが好もしく思うのは、こんな会話が心地よくリラックスしたディナーの席で交わされることだ。わたしたちは話しながら、その問題の壁を眺めている。

「ワインのお代わりはいかが？」とマリアが尋ねる。

しかし、このイタリアでいちばん特筆すべき新しい友人は、ルカ・スパゲッティだろう。ちなみにイタリアでも、スパゲッティなどという姓はかなりおもしろいと受けとめられている。ルカには感謝している。彼のおかげでようやく友人のブライアンに仕返しができるからだ。ブライアンは子ども時代、デニス・ハーハーなるネイティヴ・アメリカンの子と家がとなり同士で、この最高にクールな名前の友だちがいたことをいつも自慢にする。これでついにわたしも対抗馬を出せるというわけだ。

ルカ・スパゲッティもまた完璧な英語を話す。そして健啖家《けんたんか》——イタリアではよく食べる《ウナ・ブオナ・フォル》人、すなわち善人《ケッタ》——でもあり、わたしのような食いしん坊にはうってつけの連れだ。彼はしょっちゅう昼間に電話してきて、「やあ、いま近所にいるんだ。ちょっとお茶でもどう？それともオックステールのひと皿にする？」などと言う。こうしてわたしたちは、ちょっとどころかたっぷりと、ローマの裏通りの地下食堂で食事をする。照明は蛍光灯だし、外には看板も出ていない。わたしたちはそんな店が好きなのだ。ビニール製の赤いチェックのテーブルクロス。自家製の果実酒リモンチェッロ。自家製の赤ワイン。そしてルカが〝小さなユリウス・カエサルたち〟と呼ぶ、手の甲に黒い毛を生やした、髪を一分の隙もないオールバックにした地元の男たちが持ってくる、信じられない量のパスタ。わたしはルカにこう言った。「あの人たちって、自分たちをまずローマ人で、それからイタリア人で、最後にヨーロッパ人だと思っているのね」するとルカはこう言い直した。「ちがうな。まずローマ人で、それからローマ人で、最後にローマ人だ」

ルカの職業は税理士。イタリアの税理士は、彼に言わせれば〝芸術家〟だ。なぜなら、この国にはとてつもなくたくさんの税法があって、それらが互いに矛盾し合っているため、所得税の申告ひとつするにもジャズ並みの即興性が要求される。わたしは、こんなにお気楽な男がお堅い税理士であることをおもしろく思うのだが、ルカのほうは、わたしのなかに、彼にはまだ見せていない一面が——すなわちヨガ面があることをおもしろがる。わたしがなぜインドへ、よりによって修行場《アシュラム》へ行きたがるのか想像もつかないらしい。イタリアはどう見たってきみにぴったりなんだから、ここでまる一年過ごせばいいじゃないか……。皿に残った肉汁をパンで吸って味わい尽くし、指まで舐めまわすわたしを見て、彼はいつも言う。

「インドまで行って、きみはなにを食べるつもりだ？」そして、二本めのワインをあけるわたしのことを皮肉たっぷりにガンジーと呼ぶ。

けっこう旅慣れているにもかかわらず、ルカはローマの、それも母親の近くでなければぜったいに住めないと言い張っている。なぜって、ぼくがイタリア男だからさ、決まってるじゃないか。でも、彼をローマに引き留めているのはマンマだけではない。三十代前半のルカには、ティーンエイジャーのころから変わらない恋人がいる。そのだいじな人、ジュリアーナの愛らしい清純さを、彼は愛情をこめて〝水と石けん《アクア・エ・サポーネ》〟と表現する。彼の友人はみんな、子ども時代からの友人で同じ町内の出身だ。そして日曜ごとにみんなでサッカーを観戦する。スタジアムか、ローマのチームが遠征するときは店《バール》で。そしてそれぞれが育った家に帰り、それぞれの母親と祖母が料理した日曜日のご馳走を食べる。

わたしがルカ・スパゲッティなら、ローマから離れたいとは思わないだろう。

ただし、彼は何度か訪れたアメリカのことを気に入っている。ニューヨーク・シティはうっとりさせてくれる街だ。ただし、人間は働きすぎだな。まあ、彼らはそれを楽しんでいるようだけどね。ローマっ子は働きすぎると、それをひどく恨みに思うのだ。ルカ・スパゲッティがアメリカの好きではないところは食べ物。彼はそれを〝全米鉄道旅客輸送公社《アムトラック》製ピッツァ〟と切って捨てる。

ルカといっしょでなければ、わたしは乳飲み仔羊の腸を人生で初めて試すこともなかったことだろう。これはローマの郷土料理。食に関して言うなら、ローマという土地はかなりワイルドで、北イタリアの金持ちなら捨てるような獣肉のあらゆる部位を、舌も内臓も全部味わい尽くす。それがこの街の流儀なのだ。さて、試してみた仔羊の腸は……だいじょうぶ、味わえた。ただし、それがなにかについてあまり考えないようにしている限りは。それはこってりした味わい深いグレービー・ソースに浸かっていた。ソースそのものは抜群のおいしさだ。けれども、腸にはある種の……腸ならではの弾力がある。レバーにも似ているが、もっとむちゃっとしている。無心に食べているうちは、おいしいと思えた。ところが、このひと皿をなんと形容しようか考えはじめたのがいけなかった。この見た目は腸って感じじゃないわね。腸じゃなくて、これは……………サナダムシ？　わたしは皿をわきへ押しやり、サラダを注文した。

「好きじゃないのかい？」これが大好物のルカが尋ねた。

「ガンジーは一生涯、仔羊の腸を食べなかったわ」

「食べたさ」

「いいえ、食べなかったわ、ルカ。だって、彼はベジタリアンだったもの」

「ベジタリアンだったとしても、これなら食べられる」ルカはきっぱりと言った。「なぜって、肉《ミート》じゃないからさ、リズ。これはただのくそ《シット》だ」

21

わたしはここでなにをしているんだろう、と思うことがある。それは認めなければ。人生の楽しみを満喫するためにイタリアへ来たというのに、最初の数週間はどうやったらそれができるかわからなくてうろたえた。

正直言って、わたしの生まれ育った文化に純粋な楽しみは存在しない。わたしは謹厳実直《きんげんじつちょく》な人々が連綿とつづく家系の出身だ。母の一族はスウェーデンから渡ってきた農民で、一族の写真を見る限り、楽しみのかけらを見つけようものなら無骨なブーツの鋲《びょう》打ち底で踏みつぶしてしまいそうな人たちだ。叔父は一族をまとめて〝雄牛の群れ〟と呼ぶ。父方のほうは英国から渡ってきた清教徒《ピューリタン》。楽しむことがきわめて苦手な人たちであることは言わずもがなだろう。父方の家系を十七世紀までさかのぼると、本当に、ディリジェンス（勤勉）とかミークネス（忍耐）なんていう名のピューリタンの親戚がいる。

両親は小さな農場を持っていて、わたしと姉は、小さくても働くのが当たり前の家庭で育った。仕事をまかされる人間、責任を果たせる人間であれと教えられた。クラスいちばんの優等生、町いちばんの使えるベビーシッター、身を粉にして働く農婦と子守女の子ども版、〝万能ナイフ〟姉妹、マルチタスクの申し子であれと求められた。家庭には喜びも笑いもあったけれど、家の壁には〝やるべきこと〟リストが貼り出されていて、自分が怠けたこともなければ、家族の誰かが怠けているのを見たこともなかった。

だいたいにおいて、アメリカ人は心地よく混じりけのない楽しみに浸ることが苦手であるようだ。わたしたちは気晴らしを求める国民だが、楽しみを求める国民ではない。ポルノから テーマパーク、果ては戦争まで、アメリカ人はあらゆることに興を催し、何十億という大金を投じるが、それは明らかに、ゆったりと人生を楽しむこととはちがう。いまや、アメリカ人は世界のどんな国民よりも懸命に、長時間のストレスにさらされて働いている。それでもわたしたちは、ルカ・スパゲッティが指摘したように、そうすることが好きらしい。それを裏づけるような驚くべき統計報告がある。多くのアメリカ人が、家庭にいるときよりオフィスにいるときのほうが幸福で充足していると感じるそうだ。とすれば、わたしたちが懸命に働くのは当然だし、そうやって燃え尽きたあとの週末は、パジャマ姿でシリアルを箱からすくって食べ、ぼうっとしてテレビを見る(労働と正反対の状況。でも、これが人生の楽しみとは呼べない)。アメリカ人は、どうしたらなにもしないでいられるかがわからない。これこそ、あの哀しきアメリカ人の典型――バカンスに出かけてもリラックスできないストレス過多のエグゼクティヴ――を生みだす原因だ。

ルカ・スパゲッティに、イタリア人もバカンスに行って同じようなことになるのか、と訊いてみた。バイクを飛ばしているときで、彼が大笑いしたものだから、あわや広場の噴水に突っこみそうになった。

「まさかまさか! ぼくたちは〝イル・ベル・ファール・ニエンテ〟の大家なんだよ」

すてきな言葉だ。イル・ベル・ファール・ニエンテ――なにもしないことのすばらしさ。断っておくと、イタリア人たちはつねによく働いてきた。あの長い苦難の歴史を背負った、ブラッチャンティと呼ばれる人たち――生き延びるために頼れるのは自分たちの力強いブラッチ、すなわち腕しかない季節労働者たちはことさらに。しかし過酷な労働という下敷きがあるからこそ、〝美しき無為《むい》〟は誰もが憧れるゴール、最も言祝《ことほ》がれるべき究極の達成となる。より楽しく、より徹底的に、なにもしないでいられる人ほど、人生の山をより高みまで極めた人と見なされる。それを経験するためには、必ずしも金持ちである必要はない。こんなすてきなイタリア語の言葉もある。ラルテ・ダランジャールシ―― 〝なんでもないものからなにかをつくりあげる芸術〟。わずかな材料からご馳走を生みだす、数人の友だちが集まってお祭り騒ぎをする――そういったことができるのは金持ちよりむしろ、幸せになる才能を持っている人たちだ。

しかし、わたしが人生の愉悦を求めようとするとき必ず足を引っぱるのが、ピューリタン的な罪悪感だ。わたしはこんな喜びに値する人間かしら。まさにアメリカ人。わたしたちは自分が幸せに値するだけの働きをしたかどうかに自信がない。だからアメリカの広告は不安な消費者に対して、だいじょうぶ、あなたは特別待遇を受ける資格がある、と飽くことなく説得を繰り返す。このバドはあなたのもの！　あなたにはきょう休む資格がある！　あなたにはその価値があるから！　はるばる来たね、ベイビー！（順にバドワイザー、マクドナルド、ロレアル、バージニア・スリムの広告コピー）不安な消費者は心のなかで思うだろう。ああ、ありがとよ。おれなら六缶入りを買ってもいいよな！　いや、十二缶入りだって！　そして反動としての痛飲、次に訪れる後悔と自責。このような広告をイタリアで打っても、おそらく効果はあがらないだろう。誰にでも人生を謳歌する資格があることはイタリア文化においては当たり前だから。〝あなたはきょう休む資格がある〟と言われたら、イタリア人ならこう答える。ああ、そのとおり。だから、昼になったら休みをとってきみんちへ行って、きみの奥さんと昼寝をしよう。

だから――わたしがただ人生を喜びで満たす四ヵ月を過ごすためにこの国へ来たと言っても、イタリア人たちはこれっぽっちも抵抗を示さなかった。コンプリメンティ！　ヴァイ・アヴァンティ！　おめでとう、どんどんやれ！　彼らはそう言ってくれる。とことん楽しんでね、どうぞどうぞ！「なんて無責任な」とか「なんてわがままな贅沢でしょう」とか、そんなことは誰も言わなかった。しかし、イタリアの人たちが存分に楽しむことを認めてくれたというのに、わたしはまだ吹っ切れずにいた。イタリアへ来て最初の数週間、わたしのプロテスタント魂は仕事を求めてぶんぶんとうなった。喜びを求めるといっても、それは宿題か、はたまた大科学博覧会プロジェクトに取り組むようなものだった。どうやったら喜びを最大限に活用できるか、なんてことまで大真面目に考えた。たとえばイタリアにいるあいだ図書館にこもって悦楽の歴史を研究するっていうのはどう？　あるいは人生の楽しみをたっぷり味わったイタリア人たちにインタビューするとか……あなたにとって喜びとはなにかを尋ねて、レポートを作成する（ええと、行間は一行分空け、上下余白一インチ？　月曜朝いちで提出よね？）。

しかし、あるとき気づいた。重要な問いかけはひとつ、つまり、このわたしが人生の喜びをどう定義するか、だけだということに。そして、わたしはいま、心ゆくまでその問いを探究することを許された国にいる。それに気づいたときから、すべてが変わった。すべてが……心地よくなった。わたしが毎日すべきことは、ただ自分に問いかけることだけだった。こんなのは人生で初めて。「きょうは、なにをして楽しもうか、リズ？　いまあなたに喜びをもたらしてくれるのはなに？」他人の日程を気にする必要もなく、どんな義務にも縛られず、問いはどんどん純化して、本質に近づいていく。

　イタリアで楽しんでいいと自分にお墨付きを与えると、この国でなにをしたくないかを見定めることに興味が湧いた。なにしろ、イタリアには人生の喜びがごまんと溢れている。その全部を試している時間はない。こういうときは専攻を決めてしまうのがいちばんだ。そう考えてみると、わたしはファッションには興味がなかった。オペラにも、映画にも、かっこいい車にも、アルプスでのスキーにも。芸術作品をそれほど観たいとも思わなかった。これを認めるのはいささか恥ずかしいけれど、イタリアに滞在した四カ月間、わたしはどこのミュージアムも訪ねていない（いや、それどころか、もっとひどい。身をよじりつつ告白すると、実はひとつだけ訪ねている。ローマの国立パスタ博物館だ）。こうしてわたしは、自分がイタリアで本当にしたいことを見つけた。すばらしい料理を食べること。そして、できるだけたくさんの美しいイタリア語を話すこと。わたしの専攻は話すことと食べること（ジェラートへの耽溺《たんでき》も含む）だと決まった。

　食べることと話すことがわたしにもたらした喜びは計り知れないほど大きく、なおかつ単純明快だった。十月中旬のある日、わたしは、はたから見ればなんでもないことかもしれないが、わたし自身にとっては人生最良の時間のひとつとして永遠に記憶に残るような数時間を過ごした。まず、アパートメントの近所に市場を発見した。うちから道数本しか離れていないのに、それ以前はなぜか気づかなかった。わたしは一軒の小さな店に近づいた。イタリア人の女性とその息子が自分たちの畑で穫れたものを売っている店で、豊かな葉っぱの緑がまるで藻のように色濃いほうれん草や、血のような色をした、牛の心臓かと見まごうばかりのトマトや、ショーガールのレオタードのように皮のぴんと張ったシャンパン色のブドウなどが並んでいた。

わたしは、細くて色鮮やかなアスパラガスの束を選んだ。この半分だけ買えるだろうかと、簡単なイタリア語で店の女性に尋ねることができた。わたしひとり分でいいの。それ以上説明する必要はなかった。彼女はただちにわたしの手からアスパラガスを受け取って、半分にした。わたしは、毎日同じ時刻にこの場所へ来たら、この店で買い物ができるだろうか、と尋ねた。彼女は、できる、と答えた。毎朝七時からここで店を開いてるよ。すると、息子が言った。「ま、七時に開こうと努力してるってこと……」三人で声をあげて笑った。この会話すべてがイタリア語で交わされた。わずか数カ月前までひと言も話せなかった言語で。

わたしは歩いてアパートメントまで帰り、ランチのために新鮮な赤卵ふたつを半熟に茹《ゆ》でた。卵の殻を剝《む》いて平皿に載せ、七木のアスパラガス（細くてシャキシャキで調理する必要もなかった）を横にあしらった。オリーブも何個か、アパートメントと同じ通り沿いにあるチーズ屋《フォルマッジエリア》で仕入れた山羊のチーズも数切れ、そして、脂のよく乗ったピンク色のサーモンをふた切れ。デザートには、市場のあの女性がおまけにくれた、美しい桃が一個。桃はローマの日差しの温もりをまだ残していた。わたしはずいぶん長いあいだ、食事に手をつけられずにいた。それがランチの最高傑作に思えたから。これこそ、なんでもないものでなにかをつくりあげる芸術だと思えたから。自分の食事の美しさをたっぷりと目で愛でたあと、ついにわたしはそのひと皿を、清潔な板張りの床の日差しが注ぐ一角に持ち出し、床にじかにすわって食べた。指を使って。ひと口ひと口をしっかりと味わい、イタリア語の日刊紙を読みながら。わたしの身体の細胞のひとつひとつに幸福が宿っているのを感じた。

でもとうとう――この旅を始めて最初の数カ月間、幸福感に浸っているときに限って、そうなったように――わたしの罪悪感が警報を発しはじめた。わたしの耳もとで元夫の軽蔑のこもった声が聞こえた。つまり、きみはこれのためにすべてを投げ出したのか？　ぼくたちの結婚生活をめちゃくちゃにしたのけ、こんなもののためだったのか？　わずか数本のアスパラガスとイタリア語の新聞のため？

わたしは声を出して彼に答えた。「ひとつめに……申し訳なく思うけど、これはあなたに関係ないことよ。ふたつめに、あなたの質問に答えると……答えはイエスなの」

22

イタリアにおける人生の喜びの探究を語るとき、どうしても避けて通れないひとつの話題がある。そう、セックスはどうなの？

この問いにあっさり答えると――ここにいるあいだは求めておりません。

もう少し考えて、正直に答えると――もちろん、どうしようもなく求めるときはありますが、しばらくはこの特別なゲームをつづけてみようと決めております。そんなところだ。わたしは、誰とも深い関係になりたくなかった。もちろん、キスが大好きだから、誰にもキスされないことを寂しくは思う（これについてソフィーに不満をたらたら言いつづけたら、ついにある日、彼女がキレた。「いい加減にしてよ、リズ。お粗末かもしれないけど、わたしでよかったらキスしてあげるわ！」）。でもいくら寂しくても、いまのところわたしはそういうことを求めるつもりはない。近頃では寂しくなると、こう思うことにしている。孤独でいなさい、リズ。孤独を詳しく調べて、孤独の地図を描きなさい。そして孤独と親しむの。人生で一度くらいは、人として大切なこの経験を喜んで受け入れなさい。もう二度と、他人の肉体や感情を自分の満たされない思いの爪研ぎ柱として用いるようなことはしないで……。

他人を爪研ぎ柱にすること――なによりも手っとり早く自分が救われるための手段として、わたしは人生の早い時期からそれを使いはじめた。そこには官能的でロマンティックな喜びもくっついてきた。思春期に入るか入らないかのころ、人生で最初のボーイフレンドができた。そして十五歳のときから、わたしの人生にはいつも青年か男性か（ときにはどちらも）の恋人がいた。数えれば……ええと……十九年間ずっと。つまり、おおよそ二十年間、なんらかの種類の男を相手になんらかの種類の恋愛ドラマに絡めとられてきたことになる。ひとつが終わると次へ。重ならない場合も、一週間と間があいたことはなかった。きっとそれがわたしの人間的な成熟を妨げる大きな障害になっているにちがいない。

そのうえ、わたしは男性に関する自我境界に問題がある。いや、この言い方はおそらく正しくない。こう言い直そう。わたしには自我境界に問題があると。そう、男性に限らず誰に対するときも、自我と他者との境界を保持していなければならない。そうですよね？　ところがわたしは愛する人のなかに吸いこまれ、自分がなくなってしまう。もし、わたしがあなたを愛したら、あなたはすべてを手に入れる。わたしの時間、わたしの献身、わたしの肉体、わたしのお金、わたしの家族、わたしの犬、わたしの犬のお金、わたしの犬の時間まで――とにかく、わたしのすべてを。もし、わたしがあなたを愛したら、わたしはあなたの苦しみを肩代わりする。あなたの借り（借金も恩義も、文字どおりこの言葉の意味するもの全部）を引き受ける。あなたを、あなた自身の気弱さから守る。あなたが自分では気づかなかったような、あらゆる種類の美質をあなたの上に描きだす、あなたの家族全員にクリスマスの贈り物を買う。あれもこれも全部、太陽も雨も、あなたにあげよう。いまないものでも、手に入ったらすぐにあげよう。わたしが疲れ果て、なにもかも使い尽くし、生きる活力を取り戻すためには、ほかの誰かに夢中になることしか手段がなくなるまで。

こんなことは胸を張って語れるような話じゃない。しかし、こういうことをわたしはいつもやってきた。

夫のもとを去ってしばらくあと、わたしはあるパーティーで、それほど親しいわけでもないひとりの男性からこう言われた。「きみ、まるで別人みたいじゃないか。新しい恋人といるきみは、ぜんぜんちがう。以前はご主人に似てたんだ。でも、いまはデーヴィッドに似てる。彼みたいな服だし、彼みたいに話す。自分の飼ってる犬に似てくる人っているじゃないか。きみはたぶん、付き合ってる男に似るタイプなんだよ」

ああ、神様。わたしにこのサイクルから逃れる小さな休暇をください。いくばくかの時間をください。そうすれば、誰かとのあいだに境界を設けようと努めるとき、本当の自分がどんなふうに見えるか、どんなふうにしゃべるかを確かめることができます。それに、しばらく独り身でいることは、公共の益でもあるにちがいありません。自分の恋愛史を振り返ってみると、けっして褒められたものじゃない。それは破壊につぐ破壊だった。それはもう実にさまざまなタイプの男性を愛そうと努め、失敗しつづけた。こう考えてはどうか。立て続けにひどい交通事故を十回起こしたら、運転免許を剝奪《はくだつ》されるのは当たり前。それでもまだ運転をつづけたいと思うだろうか？

そして、誰かと深い仲になりたくない最後の理由——。それはまだ、デーヴィッドに未練を残しているからだった。未練を残しているのは、次の男性に対して公正ではないと思う。デーヴィッドとの関係が完全に破綻したのかどうかもわからない。わたしがイタリアに発つ前も、久しく一夜を過ごすことはなくなっていたけれど、なんとなくお互いのそばをうろつくような日々がつづいていた。もしかしたらまたいつか、という希望をお互いが胸の底に温めていたのでは……。

本当のところはわからない。

わたしにわかるのは……焦って男を選び、渾沌とした情熱に身を捧げ、同じことを繰り返す人生に疲れきったということだけ。イタリアへ発つころには、肉体も精神も枯れ果てていた。自分のことを貧乏農場の使われすぎた畑の土のようだと感じた。しばらく畑を休ませなくてはならない。だから、わたしは恋愛を断った。

当然ながら、みずからに課した禁欲期間に人生の喜びを探究するためにイタリアへ行くという皮肉は意識している。しかし、この時期のわたしには禁欲がふさわしいと思えるのだ。それを確信したのは、ある夜、上階からその部屋の住人（ハイヒールのブーツを取っかえ引っかえしているイタリア人の若い美女）の長くて騒々しい、肉のぶつかり合う、ベッドのがたがた揺れる、骨も折れそうなセックスの物音が聞こえてきたときだった。どこかの幸運な男が彼女の部屋を訪れているのだろう。その激しいダンスは優に一時間はつづき、過呼吸発作並みの息づかいとけものの雄叫びでおしまいになった。わたしはその階下の部屋で、うんざりした気分でベッドに横たわっていた。頭に浮かぶのは、**たいへんそうね、お疲れさま、**それだけだった。

もちろん、欲望に負けそうになるときもある。毎日十数人は、寝てもいいかも――わたしのベッド、もしくは彼らのベッドで、あるいはどこででも――と思えるイタリア男たちと街ですれちがう。わたしの好みから言って、ローマの男たちは危ういほどに、ぼうっと見とれるほどに、とんでもなく美しい。正直なところ、ローマの女たちよりもずっと。彼らが美しいのは、フィレンツェの女たちが美しいのと同じだ。完璧の追求という点において、どんな細部も見逃されていないのだ。そう、ドッグショーに出されるプードルと似ている。あまりの男前ぶりに喝采を送りたくなることもある。この土地の男の美しさを言いあらわそうとすると、ロマンス小説のあの高揚した表現がどうしても思い浮かぶ。彼らは〝悪魔のように魅力的〟で、〝残酷なほどにハンサム〟で、〝呆然とするほどにたくましい〟。

しかし、この街角のロマンスにおいて、わたしは彼らからちらっと見つめられるものの、二度見されることはない。まんざらお世辞とも思えない賛辞を送られたときでも同じだ。だが多くの場合は、最初のちら見すらも来ない。わたしは最初、これを警告と受けとめた。前にイタリアを訪れたとき、わたしは十九歳で、いつも男たちから声をかけられた。街で、ピッツェリアで、映画館で。ヴァチカンのなかでさえも。きりがなくて、辟易した。食欲すら失せてしまうほどの、イタリアを旅するときの大きな障害だった。しかし三十四歳になったわたしは、どうやら見えない存在に変わっている。「きれいだね、お嬢さん《シニョリーナ》」と親しげに声をかけてくる男性もときにはいる。でも、しょっちゅうというわけではないし、そこには激しい勢いもない。もちろん、バスのなかで見知らぬ不快な男からいやらしく言い寄られたりしないのは、いいことだ。女として軽く見られるのはいやだ。しかし、一方で、こう思わずにいられない。いったいなにが変わったの？　このわたし？　それとも彼ら？

わたしはいろんな人に訊いてまわった。みんな首を縦に振り、この十年か十五年かで、イタリアは本当に変わったと言った。おそらく、これはフェミニズムの勝利だ。いや、文化的な革命さ。欧州連合《EU》に加盟して、イタリアも否応なく現代的になったんだ。それとも、若い世代が、自分たちの父親や祖父の世代の悪名高き好色さに戸惑っているのだろうか。理由は諸説あったが、いずれにせよ、イタリアが社会として、女性をしつこく追ったり付けまわしたりする行為を認めないという姿勢に変わったことは確かなようだ。わたしのかわいらしい親友ソフィーも、街でいたずらに追われることはない。乳搾り女《ミルクメイド》風のスウェーデン娘は、以前だったら恰好の標的になっていたはずだ。

結論を言えば、イタリア男たちは〝最高達成賞〟を勝ちとった。そういうことらしい。自分のせいかもしれないと思っていたわたしは、ほっとした。しばらくはしょんぼりしていたのだ。もう十九歳でもないし、かわいくもないから男たちの注目を引かないのだ、と。そう、去年の夏に友人のスコットが言ったことは正しかったと信じそうになっていた。スコットはこう言った。「心配いらないよ、リズ。イタリア男たちがもうきみを悩ませることはない。なぜって、フランス男とちがって、あの連中に年増趣味はないからね」

23

ルカ・スパゲッティや彼の友人たちといっしょに、サッカー観戦をした。地元チームであるラツィオの試合を観にいったのだ。ローマを本拠地とするサッカーチームはふたつある。ラツィオとローマ。このふたつのチーム及びファンたちの張り合いはすさまじい。仲睦まじい家族を、友好的な隣人同士を、内戦さえ起きかねないほど、まっぷたつに分ける。人生の早い時期にラッツィオのファンかローマのファンかを選ぶのは、その人にとって重大問題だ。なぜなら、残りの人生で日曜日の午後を誰と過ごすかが、おおかたそれで決まってしまうからだ。

ルカにはお互いを兄弟のように大切に思う十人の親友がいる。ただし、そのうち半分がラッツィオのファンで、残り半分がローマのファンだ。これはどうしようもない。彼らは皆が皆、贔屓《ひいき》のチームへの忠誠が揺るぎない家庭に生まれついた。ルカの祖父（ノンノ・スパゲッティ――スパゲッティじいちゃんと呼ばれていたのかも）が、ラッツィオのチームカラーであるスカイブルーのジャージーを、まだよちよち歩きのルカに着せた。こうしてルカもまた、死ぬまでラッツィオを応援しつづけることになったのだ。

「妻を替えることはできる」と、ルカは言った。「仕事も替えられる。国籍も、宗教さえも。しかし、贔屓のチームはぜったいに替えられない」

ちなみに、イタリア語で〝ファン〟にあたる言葉は〝ティフォーソ〟といい、本来の意味は〝発疹チフス〟である。つまり、ファンとは熱病に浮かされた人たちのことを言う。

ルカといっしょに行った初めてのサッカー観戦は、わたしにとって、目くるめくイタリア語の饗宴《きょうえん》だった。学校では教えてもらえない、あらゆる種類の新鮮で興味深い言葉をそのスタジアムで仕入れることができた。わたしの後ろの観客席にひとりの老人がすわっていて、彼がフィールドの選手たちに叫ぶ言葉は、まるで豪華な花綱のような野次と罵声の連なりだった。わたしはサッカーには詳しくない。しかし、試合がどうなっているかなどという愚問をルカに発して時間を無駄にするようなことはしなかった。わたしが訊きつづけたのはこんなこと。「ルカ、後ろの人、なんて言ってるの？　カフォーネってなに？」するとルカは、フィールドから視線を逸らすことなく、こう答える。「くそ野郎。それはくそ野郎って意味だよ」

わたしはそれを手帳に書きとめる。そして目を閉じ、老人の果てしなき熱弁に耳を傾ける。それはこんなふうにつづく……

ダイ、ダイ、ダイ、アルベルティーニ、ダイ……ヴァ・ベーネ、ラガッツォ・ミオ、ペルフェット、ブラーヴォ・ブラーヴォ……ダイ！　ダイ！　ヴィア！　ヴィア！　ネラ・ポルタ！　エッコラ、エッコラ、エッコラ、ミオ・ブラーヴォ、ラガッツォ、カーロ・ミオ、エッコラ、エッコラ、エッコ――アアァァァァァァァァァ！！！　ヴァッファンクーロ！！！　フィリオ・ディ・ミニョッタ！！　ストロンツォ！　カフォーネ！　トラディトーレ！……マドンナ……アー、ディオ・ミオ、ペルケ、ペルケ、ペルケ、クエスト・エ・ストゥーピド、エ・ウナ・ヴェルゴニャ、ラ・ヴェルゴニャ……ケ・カジーノ、ケ・ボルデッロ……ノナイ・ウン・クオーレ、アルベルティーニ！　ファイ・フィンタ！　グアルダ、ノネ・スチェッソ・ニエンテ……ダイ、ダイ、アー……モルト・ミリオーレ、アルベルティーニ、モルト・ミリオーレ、スィー・スィー・スィー、エッコラ、ベッロ、ブラーヴォ、アニマ・ミア、アー、オッティモ、エコーラ・アデッソ……ネラ・ポルタ、ネラ・ポルタ、ネッ——ヴァッファンクーロ！！！！！

これを訳してみよう。

行け、行け、行け、行け、アルベルティーニ、さあ行け……ようし、いいぞぉ、ぼうず、完璧だ、うまいぞ、うまい……行け！　行け！　そら！　そら！　ゴールだっ！　そこだ、そこ、そこ。やるじゃないか、ぼうず。そう、そこだ、そこ、そこ——あああぁぁぁぁぁぁぁぁ！！！　あっほんだら！！！　ぼけがっ、くたばれっ！　かす！　くそ野郎！　裏切者！……やっとれん……ありゃりゃりゃりゃりゃ！　どした、どした、どした？　んな、あほな。恥さらし、面汚し。ぐじゃぐじゃやんけ……（著者より：残念ながら、「ケ・カジーノ」及び「ケ・ボルデッロ」というイタリア語のど派手な表現を訳すのはむずかしい。字義どおりにとれば〝なんたる賭博場〟〝なんたる売春宿〟となる。でも、ここでの意味は〝ぐじゃぐじゃやんけ〟）……てめっ、ひっでぇぞ、アルベルティーニ！！！　このぺてん師！　見ろ、けろりとしてやがるぜ……行け、行け、そうだ、いいぞ……ずっとましじゃねえか、アルベルティーニ、ずっとましだ、そうそうそう、そこだ、すっばらしい、うまいぞ。おお、最高だ。さあ、いまだぞ……ゴールだ、ゴォール。それっ、ゴォ——あっほんだらあぁぁぁぁあ！！！！

このご老人の前にすわれたことは、人生のまたとない幸運だった。彼の発するあらゆる言葉が好きだ。できることなら彼の膝に頭を乗せ、あの汲めども尽きぬ罵詈雑言《ばりぞうごん》をいつまでもわたしの耳に浴びせてほしかった。そのうえ、彼だけではないのだ。スタジアム全体がこんな独白で溢れている。まるで一件の交通事故の大喧嘩にスタジアムの二万人全員が首を突っこみ、喧々《けんけん》ごうごうと激論を闘わせているかのようだ。ラツィオの選手たちもファンに負けてはいなかった。ユリウス・カエサルの最期の悶絶よろしくグラウンドに転がる、すっかり後方へ押し戻されたかと思ったその二秒後には前線に躍り出て、新たな得点のための攻撃を仕掛けている。

しかし、結果はラツィオの負け。

憂さ晴らしのために、ルカ・スパゲッティは「繰り出さないか」と友人たちに声をかけた。わたしはてっきり、「飲みにいかないか」という誘いだと受けとめた。アメリカのスポーツ・ファンたちは、贔屓のチームが負けるといつもそうする。酒場へ行って、したたかに酔っぱらう。アメリカ人だけではない。イギリス人も、オーストラリア人も、ドイツ人も……みんなそうなのでは？　しかし、ルカとその友人たちが、憂さ晴らしのために酒場へ繰り出すことはなかった。彼らはベーカリーへ行った。ローマのなんてことない地区の地下にひっそりとある、小さなごくありふれたベーカリーだった。その日曜の夜、店の周辺は人でいっぱいだった。試合のあった日はいつもこうらしい。ラツィオのファンたちはスタジアムから家に戻る道すがら、いつもこのあたりの路上にたむろするらしい。バイクに身をもたせかけ、きょうの試合について何時間も語り合う。このうえなくマッチョな男たちが食べているのは、なんとシュークリームだ。

わたしはイタリアのこんなところが大好きだ。

24

一日におよそ二十個の新しいイタリア語を覚えつづけた。地元の歩行者たちをかわしながら街の通りを歩くときも、頭のなかのインデックス・カードをめくって勉強した。新しい単語を収める空きスペースは頭のなかのどこにつくられているのだろう？　わたしの頭が、過去のネガティヴな思考や哀しい思い出を一掃し、その場所にこのぴかぴかの新しい言葉たちを収めようと決めているのだったらいいな、と思う。

いまはイタリア語を懸命に齧《かじ》っているが、いつかはこの言語をまるまる自分のものにしてみたい。ある日、口を開くと、魔法のように流暢なイタリア語がこぼれ出てくる。もうそうなったら、わたしは本物のイタリア女だ。街で誰かが道の反対側にいる人に「マルコ！」と声をかけているのを聞くと、反射的に「ポーロ！」と叫びたくなる生粋のアメリカ女なんかじゃなくて。いつかはイタリア語がわたしのなかにすんなりおさまってくれればいいのだが、この言語を自由に操るには不都合なことがたくさんあった。たとえば、イタリア語の「木」

と「ホテル」は、なぜこんなにも似ているのか（アルベロ albero とアルベルゴ albergo）。そのおかげでいつもうっかり、わたしが育ったのは「クリスマスホテル農園です」などと言ってしまう。正しくは、それよりはまだしもシュールでない「クリスマスツリー農園」なのに。そのうえ二重の、三重の意味を持つ単語がある。一例をあげると、タッソ tasso の意味は、利率であり、アナグマであり、イチイの木でもある。だが、それはまあ、話の流れから想像できる。わたしが悔しくてたまらないのは、つっかえてしまい、イタリア語を――言うのもいやだが――醜悪にしてしまうこと。これはわたしにとって恥辱に近い。まったく残念。はるばるイタリアまでやってきて、schermo（スケルモ、〝スクリーン〟の意）の発音にこんなにも苦しむことになろうとは……。

そうは言っても、イタリア語には苦労するだけの価値がある。おしなべて、この言語を学ぶことは純粋な喜びだ。ジョヴァンニとわたしは、互いに英語とイタリア語の慣用句《イディオム》を教え合いながら楽しい時間を過ごしてきた。ある晩は、苦悩する人を慰めるためにどんな言葉をかけたらいいかについて教え合った。英語ではたとえば、I've been there――わたしもそこへ行ったことがある、と言う。これが最初、ジョヴァンニにはぴんとこなかったようだ。え、どこへ行くって？ そこってどこ？ わたしは、深い苦悩がときとして特別な場所のように、時間という地図のなかの一地点のように感じられることがあるという話をした。悲嘆の森のなかで立ちつくすとき、人はもっと楽になれる場所に通じる道があることなど想像もつかない。でももし誰かが、自分もその森の同じ場所に立ったことがあり、いまはもうそこにいないと自信を持って言えれば、それは苦悩する人にとって希望になりうるのではないか。

「つまり、哀しみはひとつの場所だということだね？」

「そこに何年もとどまりつづける人もいるわね」

ジョヴァンニがお返しに、人を励ますときのイタリア語を教えてくれた。L'ho provato sulla mia pelle――ロ・プロヴァート・スラ・ミア・ペッレ。わたしはそれを自分自身の肌で経験しました、という意味だ。つまり、わたしもこんなふうに火傷《やけど》を負った、あるいは傷《きず》痕《あと》が残っている。だから、あなたがいまくぐり抜けようとしているものの苦しさがわかります、ということになるのだろう。

これまでのところ、わたしがイタリア語でいちばん好きになった言葉は、とても単純で、日常的な言葉だ。

Attraversiamo――アトラヴェルシアーモ。

意味は、「渡りましょう」。友人同士が歩道を歩いていて、通りの反対側に行こうと決めたとき、ごく自然にこれを使う。道を歩きながらよく使われる、ごく日常的な言葉だ。特別なところはなにもない。それでもどういうわけか、わたしの心に食いこんでくる。ジョヴァンニの口から初めてこの言葉を聞いたのは、彼とコロッセオの近くを歩いているときだった。わたしは彼が突然口にしたこの美しい言葉に、ぴたりと足を止めて、尋ねた。「それ、どういう意味？　あなた、いま、なんて言ったの？」

「アトラヴェルシアーモ」

ジョヴァンニには、なぜわたしがこんなにもこの言葉を好きなのかが理解できない。歩道を渡りましょう、がなんで？　でも、わたしの耳には、これがイタリア語の発音の完璧な組み合わせに聞こえる。もの言いたげな始まりの「ア」、鳥のさえずりを思わせる巻き舌《トリル》の響き、安らかな「シ」、まとわりつくような「アー＝モ」の取り合わせ。この言葉が大好きだ。わたしはしょっちゅう、この言葉を使った。使いたくてしょうがないから、わざわざそんな状況をつくる。それがソフィーをきりきりさせる。わたしが、渡りましょう！　渡りましょう！　と、運転の荒っぽいローマの通りを、あっちへまたこっちへ、何度でも彼女を引っぱって横断するからだ。この言葉のせいで、ふたりであの世行きなどということにもなりかねない。

ジョヴァンニのお気に入りの英語は、half-assed（ハーフ・アスト。字義どおりにとれば、半ケツ。〝いい加減な〟の意）。

ルカ・スパゲッティのお気に入りは、surrender（サレンダー。降伏する、〝身をまかせる〟の意）だ。

25

近頃のヨーロッパは権力闘争の渦中にある。二十一世紀の〝ヨーロッパの首都〟を目指して、いくつかの都市がしのぎを削っている。今世紀の中心となるのはロンドン？　パリ？　ベルリン？　チューリッヒ？　あるいは、若き欧州連合《EU》の本部が置かれたブリュッセルだろうか？　それぞれの都市が文化で、建築で、政治で、経済でライバルを打ち負かそうと懸命だ。断っておかなくてはならないが、ローマはこのような都市間の地位争いにあえて参戦してこなかった。ローマが他の都市と競い合うことはない。ローマはこの大騒ぎと競《せ》り合いのすべてをただ眺めている。まったく動じることなく、まあ、好きにやりなさい、わたしはこれからもずっとローマなのだから——そんな雰囲気を漂わせながら。この都市の帝王のような自信には励まされるものがある。あまりにも堂々として円熟して、おかしみも不朽の価値もあり、なおかつ抜け目がない。それゆえにローマは歴史という掌《たなごころ》にしっかりと守られている。年老いたときには、わたしもローマのようになっていたいと思う。

その日も、六時間かけて街を巡る散歩に出た。そのぐらいの散歩ならまったく平気。休憩を何度もとって、エスプレッソと甘いお菓子で活力を補給するのがコツだ。わたしはアパートメントから出て、まずはご近所である都会的なショッピングセンターをぶらぶらと抜けていった(ご近所と言ってしまうのは、いささかはばかりがある。もしあそこがご近所なら、わたしの隣人はヴァレンチノ家やグッチ家、アルマーニ家といった、あの誰もが知るおなじみの面々ということになる)。この一帯は昔から上流階級の街。ルーベンス、テニスン、スタンダール、バルザック、リスト、ワーグナー、サッカレー、バイロン、キーツらは、皆ここに滞在した。わたしは彼らが〝英国人ゲットー〟と呼び習わした地域に住んでいる。優雅な貴族階級の人々がヨーロッパ周遊をするときに滞在したところ。そんな旅を世話した、とあるロンドンの旅行会社は、この地を〝高等遊民《ディレッタント》の界隈〟と呼んだそうだ。これであなたも高等遊民？ そんな宣伝を打ったのだろうか。なんとまあ、あっぱれな恥知らず。

わたしはポポロ広場に向かって歩いた。そこには、十七世紀のローマに歴史的訪問を果たすスウェーデン女王クリスティナを迎えるために、彫刻家ベルニーニが装飾を担当した壮大なアーチ門がある。クリスティナはまさに歴史に仕掛けられた大型爆弾だった。友人のスウェーデン人、ソフィーが、クリスティナについてこんなふうに話してくれた。

「彼女は馬に乗り、狩りをした。学者でもあったわ。彼女がカトリックに改宗したのは、当時の一大スキャンダルだった。男だったという説もあるの。少なくともレズビアンではあったようね。ズボンをはき、考古学の発掘調査に出かけた。美術品を蒐集《しゅうしゅう》し、跡継ぎを残すのを拒んだ」

ポポロ門に隣接する教会では、カラヴァッジョの作品をただで二点も観ることができる。「聖ペテロの磔刑《たっけい》」と「聖パウロの改宗」（パウロは天からキリストの声を聞いて落馬し、聖なる恍惚の表情を浮かべて地面に転がっている。一方、馬は信じられないというようすだ）。このふたつの絵を観ると、いつも感動のあまり泣きたくなる。でも気を立て直し、教会の反対側にある、ローマでいちばん幸せそうで、へんてこで、はしゃいでいる赤ん坊のキリストを描いたフレスコ画を観る。

教会を出て、さらに南へ向かう。ボルゲーゼ宮の横を通り過ぎる。ここにはかつて、ナポレオンの悪名高き妹、ポーリーヌ・ボナパルトをはじめとする歴史上のたくさんの有名人が住んだ。ポーリーヌは、ボルゲーゼ侯爵の妻としてこの宮殿に住みながら、多くの恋人たちと通じていた。そのうえ、下女たちを足乗せ台代わりに使うことを好んだという（れっきとした観光ガイド『ローマ旅の友』に書かれているのだが、誰もがこのくだりに来ると、一瞬読み違えたのではないかと思う。しかし、間違いではない。ポーリーヌは――そのまま伝えると――〝大きな黒んぼ〟にかかえられて風呂まで運ばれるのを好んだ、とも書かれている)。それから、沼のような色をした、ゆったりとしてのどかなテヴェレ川沿いに、川の流れのままに南へ向かうと、ティベリーナ島がある。ここは、ローマのなかでもわたしのお気に入りの静かな場所だ。いつの時代も療養と縁が深く、古代ローマで疫病が流行ったあと、紀元前二九一年、ここにローマ神話の医神アエスクラピウスを祀《まつ》る神殿が建てられた。中世にはファテベネフラテッリと呼ばれる修道士たち（〝善を為せ兄弟《ドゥー・グッド・ブラザーズ》〟といういかした定訳がある）が病院をつくり、いまも一軒の病院が建っている。

　ここから川を渡って、トラステヴェレ地区に入る。この地区は生粋のローマっ子が住む、いわゆるローマの下町だ。古来ここに住む職人や労働者たちが川向こうの街にありとあらゆる記念碑を建ててきた。わたしは静かな軽食堂《トラットリア》でランチをとり、料理とワインを相手に何時間もその店で過ごした。トラステヴェレ地区では、本人が望むのなら、食事時間を引き延ばしている人間を誰も咎《とが》めることはない。わたしはブルスケッタと、スパゲッティ・カーチョ・エ・ペーペ（チーズと黒胡椒だけのいかにもローマらしい素朴なパスタ）と、小ぶりのローストチキンを注文した。チキンは、食事のあいだずっとわたしを見つめつづけていた野良犬に、最後に分けてやった。腹を満たすために、野良犬にはああやって見つめつづけるしか方法がないのだ。

食事のあとは橋まで戻り、旧ユダヤ人地区を抜けていった。ここは古代からユダヤ人たちが強制的に住まわされてきたゲットーであり、ヒトラーによって空っぽにされたという、つらく哀しい歴史がある。そこから北に向かい、世界の四大河川を称えた巨大な噴水のあるナヴォナ広場に至る。のんびりとしたテヴェレ川は、誇り高くも——かどうかは断言できないが——その四大河川のなかには入っていない。それから、パンテオンをちょっとだけ見にいく。ローマへ来てからずっと、チャンスさえあればいつもパンテオンを見てきた。ローマに行ってパンテオンを見ない者は〝尻の周りをうろちょろするだけの大間抜け〟という至言もある。

アパートメントに帰る前に、いつも少し回り道をして立ち寄る場所があった。この街に来てから見つけた奇妙な魅力に溢れる一角、アウグストゥス廟《びょう》だ。このレンガを円形に積みあげた巨大な建造物の遺跡は、初代ローマ皇帝とその一族の霊廟として建立された。一族の繁栄を祈念して自分の墓を築いたアウグストゥスには、自分を崇め奉る大帝国がここローマに永遠に存続することしか想像できなかったにちがいない。帝国が崩壊し、自分の墓が荒らしつくされることなど、どうして彼に予見できただろう。ローマ水道が異邦人に破壊され、街道が瓦礫と化し、街から市民が逃げ出し、その最盛期の人口を取り戻すまで二十世紀近くを要することなど、栄華の絶頂にあったアウグストゥスにどうして知り得ただろう？

アウグストゥス廟は崩れ落ち、暗黒時代に多くの墓泥棒によって荒らされた。皇帝の亡骸《なきがら》は消え去り、いまではどこの誰に盗まれたともわからない。それでも十二世紀には、権勢を誇ったコロンナ家によって、他の都市国家からの侵略を防ぐ要塞につくりかえられている。そののちはどういうわけかブドウ畑となり、ルネサンス期には庭園になった。それから闘牛場となり（ようやく十八世紀まで来た）、花火倉庫となり、コンサートホールになった。一九三〇年代にはムッソリーニに接収され、元来の基礎構造に戻された。ムッソリーニはいつの日か、ここを自分の亡骸の永遠の寝所にしようと考えていたのだろう（ここでもまた同じ言葉を繰り返さなければならない。栄華に酔いしれるムッソリーニに、自分を崇め奉る帝国がここローマに永遠に存続しつづけないなどと、どうして想像し得ただろう？）。もちろん、ファシストの夢は叶わず、彼がここに埋葬されることもなかった。

アウグストゥス廟はいつにも増して静かで人けがなく、ひっそりと地面に埋もれていた。およそ二千年、街はこの遺跡の周りで成長しつづけた。塵《ちり》の堆積を大まかに見積もると、一年につき一インチだという。廟を取り囲む道の車の往来は激しいが、この廟までおりてくる人は——わたしの知る限り——公衆トイレを使うのが目的の人ぐらいしかいない。しかしそれでもまだこの建物は、次の生まれ変わりを待つかのように、ローマの地にしっかりと根をおろしている。

アウグストゥス廟には並外れた耐久力があったため、奇妙な変遷をたどりながらも、あらゆる時代の荒々しい扱いに適応できたのだろう。この建物からわたしが想像するのは、とんでもなく破天荒な人生に追いやられる人間だ。たとえば最初は家庭の主婦で、突然夫を亡くして、ストリッパーになって稼ぎ、最後は世界で初めての女性歯科医になって、国政にも手を伸ばす、というような……。そう、どんな激動のなかにあっても、なんとか自分という無傷の魂を保ちつづけようとする人だ。

わたしはアウグストゥス廟を眺めながら、結局、わたしの人生なんて、そんなに渾沌としているわけではないな、と思う。渾沌としているのはこの世界であって、誰もが予測できなかったような変化をわたしたちにもたらす。自分は何者で、どんな価値観を持ち、なにに属し、どんな役割を果たそうと努めてきたか――そういったことに関して錆《さ》びついた思考にしがみついてはいけない。アウグストゥス廟はそうわたしに警告しているように思える。きのうのわたしが誰かにとって輝かしい記念碑だったとしても、明日にはただの花火倉庫になっているかもしれない。〝永遠の都〟と称されるこの街においてさえ、人は荒々しく果てしなく押し寄せる変化の波につねに備えていなければならない。アウグストゥス廟は静かにそれを教えてくれる。

26

ニューヨークを発つとき、わたしは書物を荷造りして、先にイタリアへ送っておいた。その箱は四日から六日でローマのわたしのアパートメントに着くはずだった。しかし、イタリアの郵便局は、その指示を四十六日と読み違えたのかもしれない。イタリアに来て二カ月たっても、いっこうにその荷が届く気配はなかった。イタリア人の友人たちは、そんな箱のことは忘れてしまえと言った。その荷は着くかもしれないし、着かないかもしれない、でもそんなことは、われわれの手には負えないことだ――。

「誰かが盗んだってこと？」わたしは、ルカ・スパゲッティに尋ねた。「それとも郵便局が紛失させてしまったの？」

ルカは片手で両目を覆う。「そんな質問するなよ。そんなことしたって、きみはいらいらするだけさ」

ある夜、わたしの消えた荷箱をめぐって、わたしのアメリカ人の友人マリアと、その夫ジュリオとのあいだで議論が白熱した。マリアは、文明社会なら、郵便局が個人の郵便物をすみやかに配達することぐらいあてにして当然だと考えている。しかし、ジュリオの意見はちがった。彼にとって、郵便局は人ではなく天の定めに属すものであり、よって郵便物の配達の確実性も誰かが請け合えるたぐいのものではない。かりかりしたマリアが、これこそプロテスタントとカトリックのあいだに埋めがたい溝が存在する確かな証拠だと主張する。マリアによれば、その最たる証拠は、（彼女の夫も含む）イタリア人たちが未来の予定を、一週間先の予定すら立てられないという事実だ。もし、アメリカ中西部出身のプロテスタントの女性に、来週のディナー・デートを約束できないかと尋ねたらどうなるだろうか。自分こそ自分の運命という船のキャプテンだと信じるプロテスタントの彼女は、こう答えるにちがいない――「木曜日なら都合がいいわ」。ところが、同じことをイタリアはカラブリア州出身のカトリック教徒に尋ねたらどうなるか。彼は両手を振りあげ、天を仰《あお》ぎ、こう尋ね返すだろう――「来週の木曜日にディナーだって？　それができるかどうかなんて、誰にわかる？　すべては神の御手《みて》にゆだねられ、自分の運命なんて誰も知りようがないのに」。

それでもわたしは郵便局に何度も出かけて箱の行方を突きとめようとしたが、結局、毎回無駄足に終わった。ローマの郵便局員は、ボーイフレンドへの電話を邪魔されて、ご機嫌がよろしくない。それに、わたしのイタリア語は――かなり上達したとはいえ――こんなストレスのかかる場面ではなめらかに出てこない。行方知れずの本の箱について精いっぱい論理的な説明を試みるものの、郵便局の女性職員の視線は、わたしが舌先に唾風船をつくって遊んでいるのを眺めているかのようだ。

「来週にはここに着くかしら？」わたしはイタリア語で尋ねる。

彼女は肩をすくめて言う。「マガーリ」

うまく訳せないイタリア語のスラングのひとつ。〝うまくいけばね〟と〝夢でも見てな、おたんこなす〟の中間ぐらいだろうか。

でも、まあ、これでよかったのかもしれない。いまでは、あの箱にどんな本を詰めたかも思い出せない。確か、イタリアを正しく理解するために読んでおくべき本を選んで詰めた。ローマに関する粉骨砕身《ふんこつさいしん》の研究に必要な資料がどっさり。しかし、いざローマに来てみると、それらが重要だとは思えなかった。箱のなかにはギボンの完全版『ローマ帝国衰亡史』もあったと記憶する。結局、それがないほうが幸せなのかもしれない。人生は短い。ローマ滞在の残された六十日のなかのたった一日でも、エドワード・ギボンの歴史書を読んで過ごしたいと、どうして思うだろうか。

27

ある日、人生で初めてバックパッキングでヨーロッパを回っているというオーストラリア人の若い女性と出会った。わたしは彼女に駅の方角を教えた。彼女はスロヴェニアを目指しており、それについて調べるために駅へ行くところだった。彼女からその計画を聞かされたとたん、わたしの旅心が疼《うず》いた。**わたしもスロヴェニアに行きたい！　どこへも旅行しちゃいけないってことはないでしょう？**　虚心坦懐《きょしんたんかい》に事態を見るならば、わたしはすでにいま、旅をしている。すでに旅をしているのに旅に憧れるなんて、欲深にもほどがある。セックスの最中にお気に入りの映画スターを思い浮かべるようなもの――それも別のお気に入りの映画スターとセックスをしているときに。でも若い女性がわたしに道を訊いた（彼女の目にわたしは完全に地元民だった）ということは、厳密に言えば、わたしはいまローマを旅しているのではなく、ここで暮らしていることになる。一時的にせよ、わたしはここの住人。現に彼女と出会ったのも、電気料金を払いに出かけたときだった。旅の者は電気料金のことなんて気にかけないだろう。ある土地を旅するのに要するエネルギーと、ある土地に住むために要するエネルギーは根本的に別物だ。スロヴェニアを目指すオーストラリア人の若い女性に偶然出会ったことで、わたしはどこかに出かけたくて矢も楯もたまらなくなった。

だから友人のソフィーに電話して、「これから日帰りでナポリに行って、ピッツァを食べましょ!」と提案した。

そして数時間後には列車に揺られていた。ソフィーとわたしはこうして——まるで魔法のように——ナポリに降り立った。わたしはこの街がすぐに好きになった。奔放で、にぎやかで、騒々しくて、猥雑《わいざつ》で、最高にいかしたナポリ。ぎゅうぎゅう詰めのウサギ囲いのなかのアリ塚。中東の市場のようなエキゾティシズムがたっぷり、そこにニューオリンズのブードゥーの色合いを少々まぶした街。ぶっ飛んでいて怪しくも元気はつらつ。友人のウェイドは一九七〇年代にナポリを訪れ、強盗に襲われた——美術館で。この街はどこもかしこも洗濯物で飾られている。洗濯物はあらゆる窓からぶらさがり、あらゆる路地の上空に渡されている。あらゆる人間の洗いたての下着やブラジャーが、チベットの祈りの旗のようにひるがえる。半ズボンに左右不揃いのソックスをはいた悪がきが、歩道から屋上にのぼった別の悪がきに大声で呼びかける。そんな光景が見られない通りはこの街にない。一棟の建物につき少なくともひとりは背中の曲がったおばあさんが窓辺に腰かけて、通りの喧噪《けんそう》をうかがっている。そんなおばあさんのいない建物もこの街にはない。

この街の人にはナポリっ子の気概が溢れている。当然だ。ここは、世界に冠たるピッツァとジェラートの街。とりわけ女たちは声がよく通り、おしゃべりで、気前がよくて、かしましい。みんなが姉さん気どりで、おせっかいで、すぐに目の前にやってきて、あなたを助けようと躍起になる。あなたはその勢いにくらくらしながら思うだろう。**なんでこの人たち、**

よってたかって、なにもかもしてくれるの？　ナポリのアクセントは、親しみをこめて耳をばんばん叩かれているような感じだ。この街を歩くのは、注文が入るとコックたちがいっせいに叫び返す厨房《ちゅうぼう》のなかを歩くのに似ている。ナポリには、ここでしか通じない言葉がある。変幻自在な液体の辞書のように、この街のスラングは絶えず変わりつづける。しかしどういうわけか、ナポリにいると、この国のどこにいるときよりもイタリア語が理解できるということにわたしは気づいた。どうして？　この街の人が、わたしが理解することをひたすら望んでいるからだ。なんてことはない。彼らが大きな声で話し、大事なところを強調してくれるからだ。それに、口から出てくる言葉が理解できなくても、つねに身ぶり手ぶりからヒントを拾うことができる。たとえば、生意気な小学生のパンク少女が、年上のいとこのバイクの後ろにまたがって、わたしの横を通り過ぎるとき、中指を突き立て、同時に魅惑的な笑みを浮かべてみせるように。わたしにはぴんとくる。「ちょっと！　悪いけどさ、七歳のあたしにも、あんたがノータリンだってことぐらいわかるよ。でも、いいじゃん。あんたはそんなでも、けっこうイケてるし、あたしはそういう間抜け顔もわりと好き。あたしみたいになりたいと思ってるんでしょ？　でもおあいにく、あんたには無理ね。あたしの中指でも拝んでな。じゃ、ナポリを楽しんでって！　チャオ！」

イタリアの公共の場には、いつもサッカーに興じる少年やティーンエイジャーやおとなの男たちがいる。が、ここナポリは特別だ。この日は、とある広場で八歳ぐらいの少年たちが、養鶏用の木箱を急ごしらえの椅子とテーブルにして、ポーカー勝負をしていた。ゲームの熱気は、銃撃戦が起きないかと心配になるほどだった。

わたしの〝タンデム・エクスチェンジ〟の友、双子のジョヴァンニとダリオもナポリの出身だ。あの照れ屋で勉強熱心で思いやり深いジョヴァンニが、このような――軽々しく使えない言葉だが――ギャングたちのひとりだったなんて、どうも釈然としない。しかし、彼は間違いなくナポリっ子だ。その証拠に、ローマを発つとき、彼はナポリでお勧めのピッツェリアを教えてくれた。ジョヴァンニが言うには、そこはナポリでいちばんおいしいピッツァを売る店なのだとか。わたしは色めきたった。なぜなら、イタリアでいちばんおいしいピッツァはおそらくナポリのピッツァだろうし、世界でいちばんおいしいピッツァはイタリアのピッツァだろう。だとすると、その店のピッツァというのはつまり……大げさすぎるかも、いや、でも、もしかして……**世界でいちばんおいしいピッツァ?** ジョヴァンニはすごく真剣に熱をこめて店の名を口にした。秘密組織の会合に誘われたのかと勘違いしそうになったほどだ。彼は店の住所を記したメモをわたしの手に押しつけ、並々ならぬ自信をのぞかせてこう言った。「とにかく、このピッツェリアに行くといいよ。注文するのはマルゲリータ。モッツァレラチーズはダブルで。でも、もしナポリでこのピッツェリアに行かなかったとしても、ぼくには嘘をついてほしい。言われたとおり、あそこには行ったって」

もちろん、ソフィーとわたしは、そのピッツェリア〈ダ・ミケーレ〉に行った。そこでひとり一枚ずつ頼んだピッツァは、わたしたちを骨抜きにした。それどころか、そのピッツァを愛するあまり、興奮状態のさなか、わたしにはそのピッツァがわたしを愛してくれていることまで信じられた。まるで情事のような、わたしとピッツァの関係……。一方、ソフィーは哲学の深淵をのぞいたかのように、わたしに切々と訴えた。「どうして、ここの人たちは、ストックホルムでピッツァを焼いてくれないのかしら？　わたしたち、いったい、ストックホルムでなにを食べていたのかしら？」

〈ダ・ミケーレ〉はふた部屋だけの小さな店だが、店の窯《かま》はつぎつぎにピッツァを焼きあげ、休むことを知らなかった。雨のなかを店まで十五分ほど歩いたが、そんなこともまったく気にならない。早い時刻に店に行かないと、生地がなくなって閉店になる。それではあまりに残念だ。午後一時ころには店の前がピッツァを求める人でごった返していた。救命ボートにわれ先にと群がるような押し合いへし合いだ。この店にメニューはない。ここで食べられるピッツァは二種類だけ。レギュラーとチーズ増量。南カリフォルニアのニューエイジ風のオリーブと天日干しドライトマトのピッツァもどきは、ここには存在しない。この店のピッツァの生地は、これまで食べたピッツァとはちがい――これを思いつくまでに食事の半分の時間を要したが――むしろインド料理のナンに近い。やわらかで、嚙みごたえがあって、味わい深い。なのに、信じられないくらい薄い。これまでわたしは、人生においてピッツァ生地の選択肢はふたつしかないと思っていた。薄くてぱりぱりか、厚くてもっちりか。なのに、薄いのにもっちりしたピッツァがこの世界に存在していたなんて！　なんという奇跡！　薄くて、ぱりっとして、もちっとして、嚙みごたえがあって、滋味深くて、塩気のよくきいた天国のピッツァがここにある！　ピッツァの上では、クリーミーな旨いトマトソースがふつふつと泡立ち、水牛の乳からつくるモッツァレラチーズと溶け合っている。そして葉を数枚つけたバジルの枝がひとつ。それが香草の芳しい香りをピッツァ全体に放っている。そこにいるだけで周囲の人々が活気づく、パーティーの出席者のなかでひときわ光る映画スターのように。こんなピッツァを口におさめるのはひと苦労だ。放射状に切ったひと切れに挑むために、ぐにゃりとしたピッツァを折りたたむと、土砂崩れのように熱いチーズが流れ落ち、そばにいる人まで含めてあわてふためくことになる。でも、こうするしかない。

この奇跡を起こすために、男たちは薪を燃料とする焼き窯に大きなシャベルでピッツァを入れたり出したりする。まるで巨大な蒸気船の内部で、燃え盛る炉に石炭をくべつづけるボイラーマンのようだ。シャツの袖がまくりあげられて、腕に汗がにじむ。男たちは力仕事に顔を紅潮させ、火の熱気に片目を細める。そして口にはくわえ煙草。ソフィーとわたしは、お代わりを一枚ずつ注文した。ソフィーはなんとか落ちつこうと懸命だし、わたしはもう、ピッツァのあまりのすばらしさに、どうしていいのかわからなくなっている。

さて、ここでわたしの身体について――。当然ながら、わたしの体重は日に日に増えていった。イタリアに来てからというもの、わたしは自分の身体をぞんざいに扱い、大量のチーズとパスタとパンとワインとチョコレートとピッツァをそこに送りこんできた（ナポリの別の店ではチョコレート・ピッツァなるものが食べられると聞いていた。そんなばかな……。ところが、あとでそれを街で見つけて食べてみた。けっこういける。頭のなかでは、えええっ……チョコレート・ピッツァ？　という台詞が繰り返されているのだが）。わたしはエクササイズをしていなかった。食物繊維も、ビタミンも充分に摂《と》っていなかった。アメリカでは、無農薬の草しか食べない山羊のヨーグルトに小麦胚芽を散らした朝食をとっていたのに。友人なら誰もが知っているくらい徹底していたのに。でも、そんな日々ははるか彼方。アメリカではスーザンが、わたしが〝炭水化物三昧《ざんまい》の旅〟に出ているとみんなに言いふらしているだろう。でもこういったことすべてを、わたしの身体が喜んでいた。わたしの身体はわたしの失敗や甘えを見て見ぬふりをする。「好きにやりなさい。いつまでもできるわけじゃないんだから。純粋な喜びの追求はもう充分と思ったら、わたしに言って。ダメージから回復する方法をいっしょに考えてあげる」……そんな感じだ。

それでも、ナポリ一のピッツェリアの鏡に映ったわたしは、健康で幸せそうな顔をしていた。瞳が輝き、肌もつやつやしていた。自分のこんな顔を長いあいだ見ていなかった。

「ありがとう」とわたしは鏡につぶやく。それからソフィーとわたしは、甘いお菓子を求めて雨のなかに駆けだした。

28

おそらくは、そんな幸福感のせいだ。遅きに失した感はあるけれど、ローマに戻る車中で、デーヴィッドとの関係をどうにかしなければと考えはじめた。たぶんいまが、わたしたちの関係を終わらせる潮時だ。表向きにはふたりはすでに別れていた。それでもなおお互いの希望の窓は開かれたまま、もしかしたらいつか（わたしが旅から戻ったら、一年ぐらい間をあけたら）やり直せるのではないかと心の底で思っていた。わたしたちは愛し合ってきた。そのことにはなんの問題もない。問題は、お互いに容赦なく徹底的に、魂が傷むほどに相手を苦しめながら、どうやったらそれをやめられるのかわからないということだった。

去年の春、デーヴィッドが冗談めかしながら、わたしたちの悲惨な関係に突拍子もない解決策を持ち出した。「ぼくたちの関係が最悪だって認めたうえで、関係をつづけるっていうのはどうだ？　ぼくたちはいっしょにいると頭がおかしくなる。喧嘩はしょっちゅう、セックスはめったにしない。なのに、相手がいないと生きていけない。それを全部認めて、付き合っていくっていうのはどうだ？　そうすれば、一生いっしょにいられる――苦しみを背負いながら。でも、別れずにすむという幸福はある」

わたしは十ヵ月間、この提案について真剣に考えつづけた。この男をどれほど深く愛し、どれほどその愛にしがみついてきたかの証だと思ってほしい。

そして、心の底にあるもうひとつの方策は、わたしたちのどちらかが変わることだった。デーヴィッドがもっと心を開いて、情愛深い人になる。魂を食われてしまうのではないかと恐れて、彼を愛する人に背を向けるような、そんなまねをやめる。もしくは、わたしが彼の魂を食うのをやめる方法を見つけるか……。

自分の母が結婚生活でしたように、デーヴィッドに対することはできないものかと、幾度となく考えた。わたしは母のようにはなれないのか。自立していて、強くて、自足している母。まるで自動給餌《きゅうじ》装置。恋愛という人生のカンフル剤がなくても、孤独な農夫である父からやさしい言葉をかけられなくても、母は存在していられた。父が沈黙という不可解な壁のなかに引きこもっているときも、母はほがらかに庭にヒナギクを植えた。父はわたしにとって、掛け値なしに、この世でいちばん大好きな人だ。しかし、いささか奇矯なところがある。前の恋人が父を評してこう言った。「きみの父さんは、地面に片足だけで立っているんだ。それも長い、長い脚で……」

成長期、わたしが家で見た母は、父が与えたいと思うときだけ与える思いやりや愛情を素直に受け入れていた。でも父が父だけの宇宙にさまよい出てしまうと――それは軽度とはいえ明らかなネグレクトだったが――母はそっとわきによけ、自分の面倒を自分で見た。もちろん、わたしにはそう見えたというだけだ。結婚生活の秘密は誰にも（とりわけ子どもたちには）わからない。ただ、わたしは子どもながらに、母は誰にも頼らない人だと思っていた。少女時代に地元の図書館から『泳ぎ方』という本を借りてきて、冷たいミネソタ湖でひとりで練習し、みごと泳げるようになった人。それがわたしの母だ。この人に自力でできないことはなにもない。娘の目にはそう映っていた。

ところがローマへ発つ少し前、わたしは、ひとつの啓示を与えられるような会話を母とした。母がニューヨークに出てきて、別れ際にいっしょにランチをとった。そのとき母は、わたしたち一家の会話のルールを破り、単刀直入に、デーヴィッドとはどうなったの？　と尋ねた。わたしも〝ギルバート家会話基本則〟を無視して、ありのままを母に語った。彼とのあいだに起こったすべてを、どんなにデーヴィッドを愛しているかを。いっしょにいるのにいつも部屋から、ベッドから、この惑星から消えてしまう男との付き合いがどんなに苦しくて寂しいものかを。

「彼は、あなたの父さんと同じタイプのようね」母は言った。勇気も度量もある告白。

「問題は」と、わたしは言った。「わたしが母さんとはちがうってこと。わたしはようにタフじゃないの。わたしが心から求めるのは、愛する人といつも親密でいること。母さんのようだったら、よかったのに。だったら、デーヴィッドともうまくいったのに。だけど、情愛が必要なときにそれが与えられないと、わたしはめちゃくちゃになる」

それに応じた母の言葉はわたしを驚かせた。母はこう言った。「そういったものすべてを、あなたは人との関わりに求めるのね、リズ？　わたしもかつては、そういうものをいつも求めていたわ」

その一瞬、母がこぶしを開き、ひと握りの弾丸を――幸せな結婚生活にとどまるために、試練に耐えながら母が噛みしめていた弾丸を見せられたような気がした。母はいまも父と幸福に暮らしているが、わたしはそれまで母のこのような一面を見たことがなかった。母がなにを求めたのか、なにを手に入れ損なったのか、なんのために争わないと心に決めたのか、そういうことを想像してみなかった。だが、このとき、わたしの人生観は根っこからぐらりと揺れた。

わたしの求めるものを母も求めていたのだとしたら……？

母はこれまでにない親密さを娘に示しつつ、こう言った。「わたしはね、人生で受け取ることを許されるものなんて、本当にごくわずかしかない環境で育ったの。それをわかってくれなくては。あなたとは育った時代も、土地もちがうわ」

わたしは目をつぶって母の姿を思い描いた。家族で切り盛りするミネソタの農場で雇われ人のように働きつづける十歳の母。弟たちの面倒を見て、姉のおさがりを着て、いつか家から出ていく日のために、わずかなお小遣いを貯金しつづける母……。

「それに、わたしがどんなにあなたの父さんを愛しているかも、わかってね」母は最後に言った。

わたしたちは人生で何度か選択を迫られる。母もまた人生のなかでなにかを選んだ。そして穏やかにそれと折り合いをつけた。わたしには母の心の平和が見える。母はけっして自分を見捨てない。彼女がそうやって得たものは、とても大きい。いまもいちばんの親友と母が見なすひとりの男性との長く安定した結婚生活を送り、彼女のことが大好きな孫たちまでいる。自分の強さに対する揺るぎない自信。母はおそらく、人生でなにかを犠牲にしたことだろう。一方、父もなにかを犠牲にしたことだろう。しかし、なにかを犠牲にしない人生などあるだろうか。

そして問題は、わたしはなにを選ぶかということだ。この人生で、わたしはなにを受け取るのか。そしてなにを犠牲にするのか。なにを犠牲にできないのか。わたしは、人生からデーヴィッドがいなくなると考えるだけで、ものすごくつらかった。これまでずっとそうだった。もう二度と、あのすばらしい旅の道連れとどこにも行けないなんて……そう考えるだけでつらかった。もう二度と彼のアパートメントに車で迎えに行けないなんて。窓を開け放し、カーラジオからはスプリングスティーンの曲が流れ、ふたりのあいだにはいつも冗談の掛け合いとスナックがある。そして、ハイウェイの先にふたりで目指す海が見えてくる。もうそんなことは二度とないのだと思うと……。しかし、無上の幸福はつねに暗黒面と背中合わせだった。身を切るような孤独、自分を消耗させるばかりの不安、心の底に潜む怒り。そして、デーヴィッドが与えることをやめ、わたしから奪いはじめたとき、避けようもなくやってきた自己崩壊。あんなことはもう二度といやだ。ナポリでの新しい喜びの経験が、わたしに気づかせてくれた。デーヴィッドがいなくても幸せになれるかどうかを自分に問うのではなく、必ず幸せにならなくてはいけないのだ、と。どんなに彼を愛していようが（愛していた、愚かなほど過剰に）、いまこそ、あの人にさよならを言わなければ。なんとしても、そうしなくては……。

こうしてわたしは、デーヴィッドにEメールを書いた。

時は二〇〇三年十一月。七月以来わたしたちは連絡を取り合っていなかった。旅行中は連絡を寄こさないでほしいと、わたしのほうから彼に言ってあった。デーヴィッドへの執着があまりに強いので、もし彼の行動を気にかけはじめたら、旅どころではなくなってしまうと思ったからだ。でもいまふたたび、わたしはこのEメールによって彼の人生に踏みこもうとしている。

最初に、あなたが元気でいるよう望んでいると伝え、わたしは元気だと報告した。ジョークもいくつか入れた。お互いジョークを言うのは得意だった。それから、わたしたちはこの関係を終わりにする必要があると書いた。これから先、わたしたちになにか起きるとは思えないし、なにかが起きるべきだとも思わない、それを認める潮時だ、と。そんなにドラマティックにはならなかった。わたしたちはすでにたっぷりとドラマを演じてきたのだ。メッセージは簡潔なものになった。でも、ひとつだけ伝えておきたいことがあった。わたしは息を詰めて、キーボードを打った。「あなたが人生の新しいパートナーを探したいのなら、わたしはそれを心から祝福するわ」手が震えた。最後に〝愛をこめて〟と書いた。できる限り元気そうな文面になるように努力した。

自分の胸を棒切れで打ちすえたような気分だった。

その晩は、彼がそのメールを読んでいるところを想像して、ろくに眠れなかった。翌日は何度となくインターネット・カフェに行って、返信が来ていないかどうか確かめた。彼から返事が欲しい。**「行くな！　戻ってこい！　ぼくは変わる！」**そんな返事を切望している自分のことは無視した。世界を旅するという一大計画を喜んで投げ捨て、デーヴィッドのアパートメントの鍵とあっさり交換してしまいそうな、自分のなかの少女には取り合わないようにした。そして夜の十時ごろ、ついに返事が届いた。すばらしいEメールだった。デーヴィッドはいつもすばらしい文章を書く。彼は承諾してくれた。自分もそろそろ永遠のさよならを言う潮時だと思っていた、きみと同じように考えていた……。あのメールへの返信として、これ以上の思いやりは望めないだろう。彼は、喪失と後悔の感情をわたしに打ち明けた。以前の彼もたまさか、こんな破格のやさしさを垣間見せることがあった。ぼくの能力では言葉に尽くしきれないが、どんなにきみを思っていたか理解してほしい――。「でも、ぼくたちは、どっちも相手が必要としているものではなかった」と、彼は書いていた。だが、きみが人生でいつか大きな愛を見つけることをぼくは確信している。なぜなら、「すばらしい人は、すばらしい人を惹きつけるものだから」。

なんて、うっとりさせる言葉。恋愛において交わされる言葉のなかで最高にうっとりさせてくれる言葉かもしれない。ただし、あれを除けばだけど。**「行くな！　戻ってこい！　ぼくは変わる！」**

わたしは哀しみに暮れて、コンピューター画面を見つめつづけた。こうするのが最善だったことは、よくわかっている。わたしは苦しみを乗り越えた先にある幸福を選んだ。それもわかっている。計り知れない未来に、まだ正体をあらわさないすてきな贈り物を受け入れる空きをつくったのだ。わかっている。でもまだ……

デーヴィッドを失った哀しみのほうが大きい。

わたしは両手に顔をうずめ、ずいぶん長いあいだ、悲嘆に沈んでいた。ついに視線をあげたとき、目に入ってきたのは、そのインターネット・カフェで働くアルバニア人の女性だった。夜勤の彼女は、床にモップ掛けをする手を止めて壁にもたれかかり、わたしを見つめていた。一瞬、ともに疲れきったわたしたちの目が合った。わたしは顔をしかめて首を振り、

「ずたぼろの気分よ」と言った。彼女は、わかるよ、という感じにうなずいた。もちろん事情をわかっているわけはないのだけれど、でも、彼女なりに完璧に理解しているように見えた。

そのとき、わたしの携帯電話が鳴った。

ジョヴァンニからだった。彼は困惑した声で、フューメ広場でもう一時間以上も待っていると言った。フューメ広場は木曜日に会話の練習をするとき、わたしたちが待ち合わせに使う場所だ。ジョヴァンニは当惑していた。なぜなら、ふだん遅刻したり約束を忘れたりするのは彼のほうなのに、その日は定刻どおりに着いても、わたしがまだ来ていなかったのだ。彼はけっこう真剣な声で尋ねた——きょうは、どっちもデートのある日じゃないよね？

わたしはすっかり忘れていた。わたしは居場所を伝えた。彼は車で迎えにいくと言ってくれた。誰かに会いたい気分ではなかったけれど、わたしたちの限られた語彙では、この事情を〝携帯ちゃん《テレフォニーノ》〟で説明するのはむずかしい。わたしは、彼を待つために外へ出た。寒かった。数分後、ジョヴァンニの赤い小型車が停まり、わたしは乗りこんだ。彼はイタリア語のスラングで、どうしたの？　と尋ねた。わたしは話そうとして口を開いた瞬間、わっと泣きだした。号泣だ。すさまじく大きな声で、しかも友人のサリー言うところの〝ダブル・ポンプ式〟、つまり嗚咽のたびに空気を二度つづけて吸うしかない激しい泣き方で。まさか、こんなものに自分が不意打ちされるとは思ってもみなかった。

かわいそうなジョヴァンニ！　ぎくしゃくした英語で、なにかまずいことをしたかと尋ねた。ぼくのことを怒ってるのかい？　ぼくがきみの気持ちを傷つけた？　わたしは答えられず、ただ首を横に振り、泣きつづけた。こんなに取り乱して嗚咽が止まらない自分が情けない。支離滅裂《ア・ペッツィ》な年増女と車に閉じこめられてしまったジョヴァンニを気の毒に思った。

　ようやく声を絞り出して、わたしが泣いているのはあなたとは関係ないことだから、と請け合った。咽《む》せながら、見苦しいところを見せたことを謝った。ジョヴァンニはこの状況を、彼の年齢以上の落ちつきをもって受けとめた。「泣いてることを謝らなくてもいいよ。ぼくたちはロボットじゃないんだから、感情があって当然さ」車の後部座席からティッシュを取って、渡してくれた。「ドライブしよう」

　彼の選択は正しかった。あのインターネット・カフェは、泣き崩れるには人目があるし、照明が明るすぎた。彼はしばらく車を走らせ、共和国広場の中央で停めた。ローマでも指折りの格調高い広場だ。ジョヴァンニが車を停めたのは、その壮麗な噴水の前だった。目の前で、豊満な裸の妖精が、男性の象徴と思われる長く強そうな首を持つ巨大な白鳥とエロティックに戯れていた。この噴水は、ローマ市内のなかでは比較的新しい。手持ちのガイドブックによれば、妖精たちのモデルとなったのは、当時、バーレスクで人気を博した姉妹の踊り子だった。だが、この噴水そのものは、けっこうな悪名を馳《は》せた。ローマ教会が、官能的すぎるという理由で、この噴水の公開を何カ月も阻んだからだ。踊り子の姉妹は高齢まで生きた。一九二〇年代後期には、堂々たる老婦人となった姉妹がこの広場へ日参し、〝自分たちの〟噴水を眺める姿が目撃されたという。そして、大理石から妖精たちを彫りあげたフランス人彫刻家も、生きているあいだは年に一度ローマを訪れ、姉妹をランチに招待し、皆が若くて美しくて奔放だった往時を懐かしんだという。

ジョヴァンニはそんな場所に車を停めて、わたしが落ちつくのを待ってくれた。わたしには、両手を目に押し当てて涙を堰《せ》き止めようとすることしかできなかった。ジョヴァンニとは一度も個人的に立ち入った話をしたことがなかった。この数ヵ月、いっしょに夕食を食べるとき、話題となるのは、いつも哲学や芸術、文化、政治、食べ物のことなどだった。お互いの個人生活についてはなにも知らない。彼はわたしが離婚していることも、愛する人をアメリカに残してイタリアにやってきたことも知らない。わたしも彼のことは、生まれがナポリで作家志望だということしか知らない。わたしの大泣きは否応もなく、ふたりの会話を新たなレベルに移そうとしていた。でも、こんな状況で、わたしはそれを望んでいなかった。

ジョヴァンニが言った。「申し訳ないけど、よくわからないんだ。きみはきょう、なにかを失ったの？」

それでもまだ、どう話せばいいか考えるだけで頭が混乱した。ジョヴァンニがほほえみ、励ますように言った。「パルラ・コメ・マンジ」ローマ地方特有の表現のなかでも、これがわたしのお気に入りだということを、彼はよく知っていた。意味は「食べるように話せ」――わたしなりに訳すと、「ローマの食べ物のように話せ」だろうか。なにかを説明しようと、正しい言葉を見つけようと焦っているとき、この言葉は大切なことを思い出させてくれる。相手に伝える言葉はローマの食事のようにシンプルであれ。ご大層なものをつくりあげようとしなくていい。ただ、テーブルに載せればいいだけ。

わたしは深くひと息ついて、ざっくりと要約した（でも大要としては完璧な）わたしのいまの状況・イタリア語版を語った。

「これはラブ・ストーリーなの、ジョヴァンニ。わたしは、ある人に、さよならを言わなければならなかったの」

それから両手をまた目にあてがった。涙が震える指のあいだから流れ落ちる。あら、なんと。ジョヴァンニはわたしの肩を抱いて励まそうとしなかったし、わたしのほとばしる悲嘆に慰めのひと言すらかけようとしなかった。彼はただじっと、わたしの涙が乾くまで待っていてくれた。ようやくわたしが落ちつくと、彼は心をこめて、言葉を慎重に選び（彼の英語教師として、わたしはその夜、彼を誇りに思った！）、ゆっくりと、はっきりと、やさしくこう言ったのだ。「よくわかったよ、リズ。ぼくもそこへ行ったことがある《アィヴ・ビーン・ゼア》」

29

その数日後、わたしの姉がローマにやってきて、デーヴィッドのことでめそめそしていたわたしを、たちまち日常に連れ戻してくれた。姉のやることはなんでも早い。エネルギーが小さな竜巻のように彼女の周りで渦巻いている。わたしより三歳年上で、七、八センチは背が高い。アスリートで学者で母親で作家。ローマに滞在中もずっと、マラソン大会に備えてトレーニングをしていた。つまり夜明け時に起きて、三十キロ近くを走る。わたしが新聞記事をひとつ読み、カプチーノを二杯飲むぐらいのタイムで。走っているときの姉はシカのようだ。第一子を身ごもっているときには、ある夜、闇のなかで湖の端から端までを泳ぎきった。姉と同じようにはできない。だいたい、わたしは妊娠したこともない。それに臆病だ。一方、姉は臆病さとは無縁だ。第二子を妊娠したとき、助産婦がキャサリンに尋ねた。生まれてくる赤ちゃんについて心の底で心配に思っていることはないかどうか、たとえば遺伝子の欠陥とか、出産時の合併症だとか――。姉はこう答えた。「わたしが心配するのは、赤ん坊が成長して、共和党支持者にならないかどうかってことだけよ」

そう、姉の名はキャサリン。わたしにとっては唯一のきょうだいだ。わたしたちはコネティカットの片田舎で生まれ育った。農家のわが家には両親がいて、わたしたち姉妹がふたり。近所にはほかに子どもがいなかった。キャサリンは強くて独裁的で、成長期を通じて、つねにわたしに命令する人だった。わたしは姉を畏怖《いふ》していた。ほかの誰でもなく、姉の意見に従った。トランプではわざとずるをして負けた。姉に怒られたくなかったからだ。いつも仲良しというわけにはいかなかった。姉はわたしに苛立ち、わたしは姉におびえた。二十八歳になるまでずっと。二十八歳にして、わたしはこの関係に心底うんざりし、初めて姉に立ち向かった。そのときの姉の反応というのが、まあだいたいこんな感じ――「なんで、こうまで長くかかったわけ？」

姉とわたしが苦労しつつもふたりの関係を次の新しい段階に推し進めるきっかけとなった

のは、わたしの結婚生活が破綻したことだった。キャサリンにとって、妹の敗北から勝利をもぎとることはたやすかったはずだ。わたしはつねに愛される幸せ者だった。両親の、そして運命のお気に入りだった。わたしにとって、この世界は居心地のよい、自分を温かく迎えてくれる場所だった——姉にとってよりずっと。姉は激しく抗う人生を生きるがために、かなり手痛いしっぺ返しを食らうことがあった。だからキャサリンにとって、わたしの離婚と抑うつを目の当たりにして、「あらら！　あの〝性格もお調子も良き子ちゃん《リトル・メアリー・サンシャイン》〟がね！」と反応することはたやすかったはずだ。だが姉はそうはせず、まるでわたしがチャンピオンであるかのように、わたしを抱えあげた。悲嘆に暮れて真夜中に電話しても、まるで赤ん坊をあやすようになだめてくれた。なぜこんなにみじめな気分なのかに答えを見いだそうとするわたしに、姉は付き添ってくれた。長期間、わたしのセラピーの話を、自分のことのように聞いてくれた。セッションのたびに姉に電話して、セラピストのオフィスで気づいたことを洗いざらい報告したものだ。そういうとき、姉はいつも同じことを口にした。「なるほど……それはすごく説明がつくわね」つまり、わたしたち姉妹の関係についてすごく説明がつくということだ。

こうして、わたしたちはほぼ毎日、電話で語り合うようになった。少なくとも、わたしがローマに発つまではそうだった。そして、どちらかが飛行機に乗るときは、必ず電話して、こう言う——「縁起でもないけど、言っておきたいの。あなたを愛してる。いいわね……万一のときの話よ……」。そして、もう一方が——「わかってる……万一のときの話よね」。

姉は準備万端でローマにやってきた。携行した五冊のガイドブックはすべて読破してあった。頭のなかにはすでに街の地図が描かれ、フィラデルフィアを発つ前から、この街の東西南北が完璧に把握できていた。これは昔からわたしと姉の大きなちがいのひとつだ。わたしはローマに来て最初の一週間は街をさまよい歩いた。九割方は道に迷ったけれど、十割方は幸せだった。思いがけず出会った美しい迷宮のように、いつもあたりを見まわした。わたしにとって人生のおおかたはそのように目に映っていた。でも、姉にとってはちがう。姉は的確な参考文献さえあれば、この世に説明不可能なものはないと信じている。自宅の台所で、料理書のとなりに『コロンビア百科事典』を置いているような人だ。彼女はそれを楽しみのために読んでいる。

わたしと友人たちが「こちらを参照《ウォッチ・ディス》！」と名づけたゲームがある。誰かが、漠然とした疑問を思いついたら（たとえば、「セントルイスってどんな聖人？」とか）、わたしが「こちらを参照！」と言って電話を手に取り、姉の番号にかける。すると、ときどき、ボルボで子どもたちを学校へ迎えにいく車中の姉がつかまることがある。姉は頭の抽斗を探りながら語りはじめる。「セントルイス……聖ルイね。ルイ九世。フランス王のなかで唯一カトリック教会から聖人と認められた王様だわ。もちろん、セントルイスという都市名の由来はその王様なわけで……それどころか、おもしろいのはね……」

そんなキャサリンがわたしを訪ねてローマにやってきて、わたしの知らないローマ——キャサリン版ローマを案内してくれた。わたしの知らない史実と年号と建造物とで満たされたローマ。わたしの頭はこんなふうには働かない。どんな土地でも人でも、わたしが関心を持つのはエピソードだけ。その土地や人間の物語が知りたいのであって、美学的見地からとらえた細部などはどうでもいい（ローマのアパートメントに来て一カ月後、友人のソフィーが訪ねてきて言った。「まあ、すてきなピンクのバスルーム」わたしは、初めてバスルームが全面ピンクだと気づいた。床から天井まですべて鮮やかなピンクのタイルで覆われていた。正直言って、そのときまでなにも見えていなかった）。ところが、キャサリンの審美眼は、ゴシック、ロマネスク、ビザンティンなどの様式を建築物から拾い出し、教会の床の模様を愛《め》で、祭壇の奥に隠された未完のフレスコ画のぼんやりとした線描を探し出す。長い脚でローマの街を闊歩《かっぽ》する。そのあとをわたしがあたふたとついていくのは、よちよち歩きのころから変わらない。キャサリンの一歩が、わたしの必死の二歩。

「ねえ、リズ」と姉が言う。「あの十九世紀の正面壁《ファサード》はレンガ造りの上に無理やりくっつけたものね。角を回ってみればわかるはずよ……ほら！　やっぱりそうだ……ごらんなさい、もともとあったローマ建築の石柱を流用している。おそらくは、これを動かすには人手が足りなかったのよ……なるほど！　わたし、けっこう好きだわ。こういうローマ公共建築、バシリカの在庫処分セールみたいな建物が……」

キャサリンは地図と『ミシュラン・グリーンガイド』を持ち歩き、わたしはランチを詰めたバスケットを持ち歩く。なかにはソフトボール大のロールパンが二個、スパイシーなソーセージ、肉厚のグリーン・オリーブをアンチョビで巻いたの、森の薫りのするキノコのパテ、燻製モッツァレラチーズ、胡椒をきかせたルッコラとチェリートマトのグリル、ペコリーノチーズ、ミネラルウォーター、ハーフボトルのよく冷えた白ワイン。そうして、わたしがどこでお昼にしようか迷っているとき、キャサリンが頭に浮かんだ疑問を口にする。「どうしてみんなもっとトレント公会議について語ろうとしないのかしらね」

キャサリンに案内されてローマの数多くの教会に行ったというのに、そういうのをきちんと覚えていられない。聖なんちゃら……聖どうちゃら……聖なんちゃらかんちゃら教会っていうのは、正しき者の不幸の……ええっと、どうちゃらこうちゃら裸足の巡礼者教団……？でも、わたしが教会の名前や、バトレスやコーニスといった建築の細部を忘れてしまうからといって、コバルトブルーの瞳でなにひとつ見逃さないキャサリンとその教会の内部にいるのがいやというわけじゃない。むしろ大好きだ。教会の名は思い出せないが、そこにあるフレスコ画がアメリカのニューディール政策期の英雄群像の壁画（ニューディール政策の一環として失業芸術家を雇用し公共建築物の壁画等を制作させた）みたいだったとき、キャサリンがそれを指さし、「見て、いいわね。あそこのフランクリン・ルーズヴェルトみたいな教皇」と言ったことはよく覚えている。あるいは、ある朝早起きして聖スザンナ教会のミサに出かけ、そこの修道女たちの歌うグレゴリオ聖歌に、姉と手を繋いで聴き入ったことも。祈りの声のいつまでもたゆたう美しい残響にふたりで涙した。姉は信仰心の厚い人ではない。うちの家族はみんなそうだ。わたしだけが家族のなかの自称〝白い羊〟。姉は、わたしのスピリチュアルな世界の探究に、知的な好奇心をいだいているようではある。「この種の信仰がとても美しいものであることは認めるわ」姉は教会のなかでわたしにささやいた。「でも、無理よ。わたしには無理……」

　わたしたちの世界観のちがいは、たとえばこんなところにもあらわれる。近頃、姉の近所に住む一家族を二重の悲劇が襲った。若い母親とその三歳の息子がともにがんと診断されたのだ。キャサリンからこの話を聞かされたとき、ただただショックを受けて、こう言うしかなかった。「なんてこと。その一家には、神様のお恵みが必要だわ」すると、姉はきっぱりと言った。「その一家に必要なのは、キャセロール料理の差し入れよ」さっそく、姉は組織づくりに着手した。近所の人々を総動員し、交代制にして、まる一年間一日も欠かさず、その一家に夕食の差し入れをつづけたのだ。それこそ神様のお恵みだということに姉が気づいているのかどうか……。

　聖スザンナ教会を出たとき、姉が言った。「なぜ、中世にローマ教会が都市計画を練ったと思う？　根本的には、年間二百万人の巡礼者が西洋世界の各地から押し寄せてきたからなの。彼らはヴァチカンから聖ジョヴァンニ・イン・ラテラノ大聖堂までの道を歩く。ひざまずきながら歩んだ者もいたそうよ。ローマにはそういう人を迎える施設《アメニティー》が必要だった」

　姉は学問の信徒だ。彼女の聖典は『オックスフォード英語辞典』。うつむいて、そのページをすばやく指で追いながら勉強に打ちこんでいるとき、キャサリンには彼女の神様がついている。聖スザンナ教会のミサに行った同じ日、姉の祈る姿をふたたび目撃した。古代ローマの公共広場《フォルム》の遺跡の真ん中で膝をつき、黒板を消すように地面の塵を手で払いのけ、小石を手に取って、わたしのために、いにしえのバシリカの青写真を土に描いてくれた。姉は自分の描いた絵を指さし、その指で眼前の遺跡を示し、十八世紀も前にそこにあった建物がどんなだったかをわたしに理解させようとした。視覚的な理解に疎いわたしにも、よくわかった！　姉は人さし指で宙に、失われたアーチや身廊を、遠いいにしえの窓をスケッチしていった。ハロルドの紫のクレヨン（クロケット・ジョンソン著『はろるどとむらさきのくれよん』の主人公ハロルドは紫のクレヨンであらゆるものを描きだし、冒険の旅をつづける）のように、姉の指がなにもない空間に彼女の空想力で遺跡となった建物の全体像を描きあげる。

イタリア語には、めったに使われないが、〝遠過去《パッサート・リモート》〟という過去時制が存在する。はるか遠い昔のことを、あまりにも昔の話なのでもはや誰の身にも個人的影響を及ぼさないような過去を語るとき、そう、まさに古代史を語るようなときに、この時制を使う。でも姉は、もしイタリア語が話せるようになっても、古代史を語るときにこの〝遠過去〟を使わないだろう。キャサリンの世界において、古代ローマの公共広場は、はるか遠い過去の話ではない。そばにいる妹と同じように、現在であり、近しい存在なのだ。

翌日、姉はローマを去った。

「ねえ」と、わたしは姉に言った。「無事に飛行機が着いたら、電話してね。縁起でもないけど……」

「わかってる」と姉が言う。「わたしもあなたを愛してるわ」

30

　ときどき姉のキャサリンが妻であり母親であることを思い起こし、がく然とする。わたしはそのどちらでもない。なぜかずっと、この反対になると思っていた。家じゅうに長靴が転がって子どもたちがわめいている、そんな境遇に行きつくのは自分で、キャサリンはひとりで暮らし、ひとりで行動し、夜はひとりベッドに入って本を読むことになるのだ、と。わたしたちは、子ども時代に周囲の誰もが予想したのとはちがうおとなに成長した。でも、それでよかったと思う。周囲の予測を裏切って、わたしたちはそれぞれに見合った人生を選んだ。単独行動に走りやすいたちだからこそ、キャサリンには孤独に陥らないための家族が必要なのだと思う。わたしは根が社交的だから、たとえ独身になっても、孤独を恐れなくてすむ。わたしは、姉が家族のもとへ帰っていくことを幸せに思うし、自分にはこの先まだ旅をつづける九カ月があり、そのあいだにすべきことは食べること、読むこと、祈ること、書くことだけ——それを考えると、やはり幸せな気分になる。

　将来、子どもを産みたくなるかどうかは、まだなんとも言えない。三十歳になったとき、自分が子どもを望んでいないという真実に気づき、がく然とした。あの衝撃を思い出すと、四十歳になったとき、自分の気持ちがどうなっているかについても、うかつなことは言えない。わたしに言えるのは、いまどう感じているかだけ。わたしはいま、自分の好きにやれていることをありがたく思う。また、これもはっきりしているのだが、あとになって子なしであることを後悔したくないから、いまのうちに子どもをつくろう、という考えもない。そういうのは、この世に新しい命を産み落とすに足る充分な動機だとは、わたしには思えない。

もっとも、そのような理由で――つまり、予測されうる将来の後悔に対する保険として子づくりをする人々がいるというのも想像はできる。人が子を為《な》す理由は実にさまざまだ。命を育んで見守りたいという純粋な欲求の場合もあるだろう。ときに選択の余地なく、ときに相手を繋ぎとめておくために、子を産む場合もあるだろう。あるいは、後継ぎが必要だから、たいして考えることもなく、なりゆきで……。子を為す理由はみんな同じではないし、それが必ずしも利己的とは限らない。そして、子を為さない理由もみんな同じではないし、必ずしも利己的とは限らない。

こんな話を持ち出したのは、いまだにこの非難に対して思うところがあるからだ。利己的という非難は、結婚生活が壊れはじめたころ、夫からよくわたしに向けられた。自分勝手だ。それを言われるたびに、わたしは返す言葉もなく、自分の罪を認めた。なにからなにまでわたしが悪い。ああ、神様、わたしはまだ子どもを産んでいません。なのに、もうその子たちをネグレクトしています。その子たちより自分を大事にしています。わたしはすでに悪しき母親です。そんな赤ん坊――幽霊赤ちゃん――が、夫婦喧嘩のさなかに何度もあらわれた。だいたい誰が赤ちゃんの面倒を見るの？　誰が赤ちゃんと家にいっしょにいるの？　誰が真夜中に赤ちゃんにおっぱいをあげるの？　結婚生活がもはや耐えがたくなっていたころ、友人のスーザンにこう言ったことを覚えている。「こんな家庭で、子どもたちを育てたくないの」するとスーザンは言った。「なぜ、あなたたち夫婦は、その〝子どもたち〟ってやつを抜きにして議論できないの？　その子たちはまだこの世に生まれてもいないのよ、リズ。

〝こんな家庭〟で不幸せに暮らしていきたくないのは、あなたなんじゃない？　それを認めてしまったら？　あなたたち夫婦ふたりともがね。分娩室の一歩手前で気づくんじゃ遅すぎるわ」

同じころ、わたしはニューヨークのとあるパーティーに行った。成功した芸術家同士の夫婦で、赤ん坊が生まれたばかりだった。そして、その母親は、あるギャラリーのオープニングを彼女の新作で飾った。わたしは、この友人である女性をまじまじと見つめてしまった。新米ママで、わたしの友人で、芸術家。当夜は、パーティーのホステス役として立ち働きながら（会場は彼女のロフトだった）、赤ん坊の世話をし、作家として自分の作品について語ろうと努めていた。あんなに睡眠不足があからさまな顔を見たことがない。パーティーのあと、彼女が真夜中の台所に立ち、シンクの水に肘まで腕を沈めて汚れた皿を洗っていた姿は忘れられない。彼女の夫は（これを記すのは残念だし、すべての世の夫がこうではないことも承知しているが）別の部屋で、コーヒーテーブルに脚を乗せてテレビを見ていた。彼女がついに台所の片づけものを手伝ってくれないかと声をかけると、彼はこう返した。「放っておけよ、ハニー。あしたの朝、片づければいいさ」赤ん坊がまた泣きだした。わたしの友人のカクテルドレスの胸には母乳の染みが浮き出ていた。

このパーティーに出席した人々が、わたしとは異なる印象を受けて帰っていったことはほぼ確実だろう。ほかの出席者たちの大多数が、元気な赤ちゃんがいて、芸術家として華々しいキャリアを積み、すてきな夫がいて、すばらしいロフトがあって、カクテルドレスの似合う、この美しい女性をうらやんだことだろう。できるものなら、彼女の人生と自分の人生をすぐに取り替えたいと思った人もいただろう。彼女自身もおそらくその夜を振り返って（彼女に振り返る余裕があると仮定してだが）、疲れたけれど、それだけの価値がある一夜だったと思うだろう。赤ん坊の母であり、夫がいて、キャリアもある、そんなおおむね満足できる人生の一夜として。でも、わたしはショックで震えが止まらず、心のなかでこう思っていた。ねえ、リズ。彼女を自分の未来の姿と認めないのなら、あなた、正気を失ってるわ。あんなふうになってはいけない……。

しかしそもそも、わたしは家庭をつくることに責任を持てるのだろうか。責任——。自分の身に降りかかるまでは、素通りしてきた言葉。ようやくわたしは、この言葉と向き合い、責任とはなにかについて考えた。わたしはそれについてつらつらと考え、こう言い換えてみた。引き受けて対処する能力。結局のところ、わたしが対処しなければならないのは、結婚生活から逃れたくてどうしようもないという現実だった。全身の細胞ひとつひとつが現状に抗っているかのようだった。わたしの内部にある早期警報装置が、このまま歯を食いしばってこらえつづけると、病気になってしまうと訴えていた。そしてもし、ひとりの子をこの世に産み落とす理由が、離婚にまつわるごたごたを回避したいから、あるいは結婚に不適応な自分という恥をさらしたくないからという理由だったとしたら、それこそ甚《はなは》だしく無責任ではないか。

でも結局、わたしの背中を押してくれたのは、まさにあのパーティーの夜、友人のシェリルがささやいたある言葉だった。わたしはそのとき、美しいロフトのバスルームにこもっていた。震えが止まらず、冷水でばしゃばしゃと顔を洗って、なんとか不安の発作をしのごうとしていた。シェリルはわたしの結婚生活でなにが起きているかを知らなかった。当時は誰も知らなかった。そしてその夜も、わたしはシェリルに打ち明けることはなかった。かろうじて口から出てきたのは、「どうしたらいいか、わからない」というひと言だけ。シェリルの手がわたしの肩にかかった。彼女はわたしの目をのぞきこみ、穏やかな笑みを浮かべて、こう言った。「真実を語れ《テル・ザ・トゥルース》、真実を語れ《テル・ザ・トゥルース》、真実を語れ《テル・ザ・トゥルース》」そう、それこそわたしの努めるべきことだった。

　結婚生活から抜け出すのは苦しい。法的な／経済的な煩わしさや、生活スタイルの激変が苦しいのではない（友人のデボラがかつて、「家具をまっぷたつに切り分けたところで、誰も死ぬわけじゃなし」という賢明な助言をくれた）。結婚生活の破綻においてあなたを殺すのは、感情面での衝撃だ。世間一般の人が選ぶ生き方の道から、多くの人がその心地よさゆえに永遠に歩みつづけようとする道からはずれ、自分を包んでいた心地よい殻を失うショック。配偶者と家庭を築くというのは、アメリカ社会において（あるいは他国においても）、人生における継続性と意義を手に入れるためのきわめて根本的な手段なのだ。わたしはこの真実を、母方のミネソタの一族の集いに出席するたびに再確認する。そこでは、それぞれの人が確信を持って自分の占めるべき位置についている。人は子どもから成長し、次にティーンエイジャー、次に既婚の若い人、次に子どもたちの親、そして引退しておじいちゃん、おばあちゃんになる。どの段階においても、自分は何者か、自分の義務はなにか、一族の集いの席でどこにすわればいいか迷うことはない。子どもは子どもたちと、ティーンエイジャーはティーンエイジャーたちと、若い両親は若い両親たちと、引退した人は引退した人たちといっしょにすわる。そして、九十歳の仲間とすわるときがきたら、その人は、木陰の自分の席から、自分の子や孫やひ孫たちを満足そうに眺めるのだ。あなたは誰？ と、問われて戸惑うこともない。このすべてを生みだした人間だ。そう思える満足感は、誰にでもすぐに理解される。もっと言うなら、普遍的に理解される。どれだけ多くの人が子どもたちこそ人生最大の達成であり、慰めであると言うのをこれまで聞いてきたことか。人は精神的危機に陥ったとき、あるいは、社会との関わりにふと疑いをいだくとき、子どもを心の拠《よ》りどころとすることがある。**この人生でなにも為《な》し得なかったとしても、少なくとも子どもたちを育てあげた、**と。

しかし、意志的に、あるいはいたしかたなく、この家族と継続性の心地よいサイクルに参加しなかったら？ そこからはずれてしまったら？ 一族の集いでどこにすわればいいのだろうか。有意義なことをなにもせず、ただ時を浪費しているだけではないかという恐れをいだかずに、人生の時を刻んでいけるだろうか。そのためにはおそらく、なにか別の人生の目的が、自分が成功した人間であるかどうかを測る別のものさしが必要になるだろう。わたしは子どもが好きだ。しかし、ひとりの子も産まなかったとしたら？ わたしはどんな種類の人間だと思われるだろうか。

ヴァージニア・ウルフは書いている――〝女の人生という広い大地に、剣の影が落ちている〟。その剣の片側は、しきたりと伝統と秩序が支配する〝ことごとく正しい〟世界。しかし、常軌を逸した考えを起こして境界を越え、しきたりに縛られない人生を選ぶなら、剣の影のもう一方の側は〝すべてが渾沌としている。何事も当たり前には進まない〟。つまりウルフが主張するのは、剣の影を越えることは、ひとりの女の人生をはるかにおもしろいものにする、しかし間違いなく危険は増す、ということだ。

作家という仕事を選んだことは、わたしにとって幸運だった。周囲の人々はこんなふうに納得してくれる。**なるほど、彼女は創作のために結婚を捨てたのね。**いくらかは真実が含まれているが、全部がそうではない。多くの作家に家族がいる。たとえばトニ・モリスンは、ノーベル文学賞という小さな宝石のために、息子の育児を投げ出そうとはしなかった。でも、トニ・モリスンはトニ・モリスンの道を見つけたように、わたしはわたしの道を探し求めていかなければ……。古代インドの聖典『バガヴァッド・ギーター』には、誰かのまねごとの人生を完璧に生きるより、自分自身の人生を不器用に生きるほうがいい、と記されている。そう、わたしも自分の人生は自分で選ぼう。不器用でぶざまに見えるかもしれないが、それがとてもわたしに似つかわしい。

だからともかく、すべてを認めることにした。姉と比べて――姉の家庭や結婚や子どもたちとの関係と比べて――このごろのわたしはかなり不安定な状態にある。まず、わたしには住所がない。それは三十四歳といういいおとなにとっては常識に対する一種の犯罪だ。現にいまも、わたしの所持品は姉の家に保管されている。姉が屋根裏の予備寝室を倉庫として貸してくれた(わたしたちはそこを〝未婚おばさんの部屋〟と呼んでいる。大きな窓があり、昔のウェディングドレスを着て、失われた若さを嘆きつつ、荒れ地を眺めることだってできる)。キャサリンはこころよく荷物を引き受けてくれた。もちろん、これはわたしにとってありがたいことだが、あまりに長く放浪をつづけていると、〝一族の変人〟になってしまうかもしれない。気をつけなければ。いや、すでにそうなっているのかも……。昨年の夏、姉の家に滞在しているとき、五歳になる姪っ子のお友だちが遊びにきた。その子にお誕生日はいつかと尋ねると、一月の二十五日だと答えた。「あなたは水瓶座ね。水瓶座の人とはたくさんデートしたけど、厄介な男が多かったわ」

「ほ、ほう!」と、わたしは言った。

ふたりの五歳児が反応に困って、ちょっと恐ろしいものを見つめるように、わたしを見つめていた。突然、気をつけないと自分がそうなってしまうかもしれない女の姿が浮かんで、ぞっとした。頭のイカレたリズおばさん。ムームーを着て、髪をオレンジ色に染めた、バツイチ女。乳製品は口にしないけれど、メンソール煙草を吸い、占星術師巡りの旅から戻ってきたとか、アロマセラピストのボーイフレンドと別れたとか、そういう理由で家にいる。幼稚園児たちを前にタロットカード占いをして、こんなことを言う。「さ、いい子だから、リズおばさんにワインクーラーのお代わりを持ってきて。そうしたら、このムードリングをはめさせてあげる。この指輪ね、つけてる人の気分によって石の色が変わって……」

ああ、最後はまっとうな市民に戻らなければならない。わたしはそれを心に誓う。でも、いまは、いまだけはお願い……。このままでいさせて。

31

姉を見送ったあと、およそ一カ月半のあいだに、ボローニャ、フィレンツェ、ヴェネツィア、シチリア、サルデーニャに旅をした。ナポリも再訪し、その足でカラブリアへも行った。だいたいが一週間。週末だけという短い旅もあったが、土地の感じをつかみ、名所を見学し、地元の人においしい店はどこかを聞いて、そこへ食べにいくぐらいのことは充分にできた。イタリア語の学校は辞めることにした。教室に縛りつけられているのが、かえって学習の妨げになっているように思えてきたからだ。教室にいるよりも、イタリアのあちこちへ出かけていったほうがいい。そこにいる人々とじかに話すほうが勉強になる。

この思いつくままに旅をした何週間かは、目くるめくようなすばらしい時間だった。わたしの人生で最も解放された日々。いつも駅まで走っていき、ぱぱっと切符を買った。わたしの自由を求める心がようやく現実と折り合いをつけはじめた。どこだろうが自分の望みどおりの場所へ行けることが実感としてわかってきたからだ。しばらくローマの友人たちとも会わなかった。ジョヴァンニが電話で、「きみは回りつづけるコマだ《セイ・ウナ・トロットラ》」と言った。ある夜、地中海に臨む小さな街のホテルの部屋で、わたしは自分の笑い声によって、真夜中の深い眠りから目覚めた。びっくりした。いったい、わたしのベッドで笑っているのは誰？　すぐに自分以外にはあり得ないと気づき、また笑いだした。どんな夢を見ていたかも思い出せない。ヨットが出てきたことだけぼんやりと覚えているのだが……。

32

フィレンツェへは週末に出かけた。金曜日の朝、特急に飛び乗り、叔父と叔母と会うためにフィレンツェを目指した。ふたりは姪っ子に会うために、はるばるコネティカットから生まれて初めてイタリアへやってくる。夕方、空港で彼らを出迎え、大聖堂《ドゥオーモ》まで歩いた。いつもながら堂々たる外観だ。叔父もいたく感動してくれた。

「こりゃまいった《オィ・ヴェィ》！」それからふと考えこんで、叔父は付け加えた。「カトリックの教会を称えるのに、イディッシュ語はふさわしくないかな……」

わたしたちは、この地で陵辱《りょうじょく》されたサビーニ人の女の像を見た。そののちダヴィデ像を見てミケランジェロに敬意を払い、科学史博物館へ行き、丘にのぼって街の全景を眺めた。だが叔父と叔母に付き合うのはここまで——あとはふたりが水入らずで休暇を楽しめるようにお別れを言った。そしてわたしはひとり、豊かで満ちたりた街、ルッカに向かった。このトスカーナの小さな街には、世に名高い凄腕《すごうで》の肉屋たちがひしめいている。イタリアのどの土地の肉屋にも負けない美しくカットされた肉が、〝食べたいんでしょ？〟と誘惑するように街じゅうの店に陳列されている。挑発的なストッキングをはいた貴婦人の脚のごとく、あらゆるサイズの、色の、由来のソーセージが店の天井から吊され、ぶらぶらと揺れている。ハムとなったたくましい臀部《でんぶ》が、ウィンドーのなかからアムステルダムの高級娼婦よろしく誘っている。チキンは死んでもなおまるまるとしてつやめき、どの鶏が最もジューシーで脂が乗っているかを競い合ったあと、誇らしげにみずからを捧げたのではないかと想像してしまうほどだ。だが、ルッカですばらしいのは肉だけではない。栗、桃……店のかごにこぼれんばかりに盛られた無花果《いちじく》……。

この街は、プッチーニの生誕地としても有名だ。でも、こういうことに興味を持つべきだと思いつつも、わたしは地元の食料品店でこっそり聞いた秘密——街で最高のキノコ料理がプッチーニの生家の向かいのレストランで食べられる——のほうにはるかに興味がある。ルッカの街をさまよいながら、イタリア語で「プッチーニの家はどこですか？」と何度か尋ねていると、最後には親切な住民が建物の前まで連れていってくれた。そしてたぶんその人は、わたしが「ありがとう《グラツィエ》」と言ったとたん、きびすを返し、プッチーニの記念博物館とは通りを隔てた反対側へすたすたと歩いていくのを見て、びっくりしたにちがいない。わたしは通りを渡った先のレストランに入り、〝キノコのリゾット《リゾット・アイ・フンギ》〟を食べながら、雨がやむのを待った。

いまとなっては、ボローニャへ行ったのがルッカの前だったのか後だったのか思い出せない。ボローニャの街はあまりに美しくて、街にいるあいだ、つねに歌を口ずさまずにはいられなかった。「ぼくのボローニャには名前がある！　それは、き・れ・い～」（米国オスカー・マイヤー社の製品ボローニャ・ソーセージの有名なコマーシャルソング。元の歌詞は"My Bologna has a first name, it's O-S-C-A-R."）美しいレンガ建築と裕福なことで知られるボローニャは、古くから〝赤と肥満と美《うるわ》し〟（そうだ、これも本書のタイトル候補としよう）の街と呼ばれてきた。食べ物は断然、ローマよりこっちのほうがおいしい。そしておそらく、こっちのほうがバターが多く使われている。ジェラートですら、ボローニャに軍配があがる（こう言ってしまうのはローマへの忠誠を欠くようで、気が引けるが、本当なのだ）。ここのキノコは太くて肉厚でセクシーにそそり立っている。ピッツァの上で波打つプロシュットは、優雅な貴婦人の帽子を飾るチュールのようだ。そしてもちろん、ボローニャ・ソース。ただのミートソースだという考えをこのソースは軽く一笑に付すにちがいない。

ボローニャにいるとき、英語には〝ボナペティート〟（buon appetito. 直訳すると「よき食欲を」。食事時に「おいしく召しあがれ」の意で使う決まり文句）に相当する言葉がないと、ふと気づいた。これはとても残念なことだし、食文化のちがいをよく示している。イタリアの鉄道の旅は、まるで世界に名を馳せる食べ物やワイン巡りのようだ。次に停まるのはパルマ……そして、ボローニャ……えっと、次は……モンテプルチャーノ。列車のなかにも食べ物がある。小ぶりのサンドウィッチや、おいしいホットチョコレート。外が雨模様だと、なかでとる軽食も、列車の疾走感もいっそう楽しいものになる。長時間の列車の旅をしたとき、同じコンパートメントに見栄えのよいイタリア人の青年が乗り合わせた。彼はおおかたの時間は眠っていたが、ヴェネツィアに到着する少し前に目覚め、両目をこすりながら、わたしを頭のてっぺんから爪先までじっくりと眺め、小さな声で「カリーナ」と言った。いい感じ、という意味だ。

「グラツィエ・ミッレ」丁寧にお礼を返した──〝千の感謝〟を。

青年は驚いた顔をした。わたしがイタリア語を話せるとは思っていなかったようだ。実のところ、わたしも。ところが、わたしたちはそれから二十分あまり、おしゃべりをした。自分がイタリア語で長いおしゃべりができると気づいた、これが最初だった。どこかの回路が繋がったように、わたしはいつの間にかイタリア語を話していた。翻訳しているのではなく、しゃべっていた。もちろん、センテンスごとになにか間違えたし、わたしは三つの時制しか知らない。でもそんなに苦労なく、その青年と意思の疎通ができた。〝メ・ラ・カーヴォ〟me la cavo、イタリア語なら、さしずめこんなふうに言うはずだ。〝なんとかやっていく〟という意味だが、カヴァーレ cavare という動詞には、ワインの栓を〝抜く〟という意味もある。なので、〝わたしはこの言語を使って自分をきつい状況から引き抜くことができる〟と解釈することもできる。

なんと、青年がわたしに言い寄ってきた。この坊やったら！　そんなに悪い気はしなかった。彼も魅力がないってわけじゃない。でも、謙虚とはほど遠い、自信満々なようすが見てとれた。彼はイタリア語でこんな意味のことを言った。「きみ、アメリカ女のわりには、太ってないね」

わたしは英語で返した。「あなた、イタリア男のわりには、女を褒めるのがうまくないわね」

「なに《コメ》？」

わたしはイタリア語で、控えめな言い方に換えて言った。「あなたは愛想がいいわね、イタリア男らしく」

わたしはイタリア語が話せる！　この坊やはわたしの気を惹いたと思っているみたいだが、わたしがいちゃついている相手は言葉だ。ああ、つぎつぎに言葉が溢れてくる！　舌というコルク栓を引き抜いて、イタリア語を注ぎこむ！　彼は、ヴェネツィアでまた会おうと言ったけれど、もう彼に対して最初のような好奇心は湧かなかった。わたしはイタリア語に恋しているだけだ。だから、彼の誘いをするりとかわした。それに、ヴェネツィアにはすでにデートの相手がいる。友人のリンダと会うことになっているのだ。

〝はちゃめちゃリンダ〟（彼女のことはどうしてもこう呼びたくなる）が、わたしに会うために、シアトルからヴェネツィアまでやってくる。わたしがこの長旅に彼女を誘ったからだ。なぜって、地球上でいちばんロマンティックな街に、ぜったいにひとりきりでは行きたくなかったから。わたしは、ひとりきりでゴンドラに乗りこむ自分を思い描いた。霧を分けてゆっくりと進むゴンドラと船頭さんの甘い歌声。そして、わたしはゴンドラの端っこで……雑誌を読んでいる？　それではあまりに哀しい。それよりは、二人乗り自転車にひとりで乗って、丘をがむしゃらに駆けのぼるほうがましだ。だから、よき旅の友であるリンダがいてくれるのは、本当にありがたかった。

リンダ（そして、彼女のドレッド・ヘアやたくさんのピアス）と出会ったのは、およそ一年前、バリ島でヨガ合宿に参加したときだった。その後ふたりでコスタリカへ旅した。彼女はわたしのすばらしき旅の友のひとりだ。ものに動じず、愉快で、理知的な、赤いしわくちゃのベルベットのパンツをはいた小さな妖精。彼女は、落ちこみと自惚《うぬぼ》れをまるで知らない、世界に稀《まれ》なる健全な精神の持ち主だ。リンダにかかると、自惚れなどは、ただの〝ハイ〟な状態にすぎない。以前、鏡に映る自分を見ながら、わたしにこう言ったことがある。「はっきり言って、どこといってすごくすてきな顔じゃないわ。でも、あたしは自分を好きにならずにいられない」リンダの物事をおおらかに受けとめる才覚は、わたしがぶつぶつと繰り出す形而上的《けいじじょう》な疑問、たとえば「宇宙の本質ってなんなの？」を一蹴《いっしゅう》する。彼女の答えはこうだ。「わたしの疑問はひとつだけ。〝尋ねてどうなるの？〟」リンダはドレッドロックの髪をさらに長く伸ばし、針金を入れて高く結いあげ、庭園の装飾植木《トピアリー》みたいにかたちづくりたいのだと言う。きっと鳥が巣をかけるだろう。バリ島の人たちはリンダが大好きだった。コスタリカの人々もだ。ペットとして飼っているトカゲとフェレットの世話をしていないときの彼女は、シアトルでソフトウェア開発を監督し、人並みをはるかに超える収入を得ている。

こうして、わたしとリンダはヴェネツィアの街で落ち合った。リンダはまず眉根を寄せて街の地図を見つめ、地図をひっくり返しながら、今夜泊まるホテルを見つけ出し、現在地と東西南北を正確に把握した。そしてこう言った。「さあ、これであたしたちはこの街の市長も同然よ。すみずみまでつかんだわ」

このどんよりとして活気がなく、謎めいて風変わりな沈みゆく街に、リンダの元気と楽観主義は似合わなかった。ヴェネツィアは、酒に溺れて緩慢な死を迎えるとか、愛する人をなくすとか、愛する人を殺《あや》めた凶器までどこかになくすとか、そのような人生の舞台としてはすばらしい街に思える。ヴェネツィアを見て、イタリアで住む街として、ここではなくローマを選んでよかった。ここに住んでいたら、あんなに早く抗うつ剤をやめることはできなかっただろう。ヴェネツィアは美しい。それはイングリッド・バーグマンの映画が美しいのに似ている。称賛はするが、その映画の世界に住みたいとは思わないという点において。

ここでは街全体が剝落《はくらく》と退色をつづけている。かつての富豪が屋敷を維持できず、ドアを封印して奥に立てこもり、屋敷の一部は荒れ果てるにまかせているかのように。汚れたアドリア海の引き潮が、建物の土台をぴちゃぴちゃと舐めつづけ、十四世紀の科学的精神の試み――なあ、おい！　ぎりぎりの水際に街をつくってみようじゃないか――とその耐久力を試しつづけている。

粒子の粗い写真のような十一月の空の下、ヴェネツィアはつかみどころのない怪しい雰囲気を漂わせていた。リンダが初日にわたしたちはこの街を治めていると宣言したにもかかわらず、毎日道に迷い、そのおおかたが夜だった。曲がる角を間違えて暗い路地へと入り、運河に落っこちそうな危険な行き止まりにぶつかることもある。ある霧の夜、道に迷って、老朽の痛みにうめいているような建物の横を通り過ぎた。「心配いらないわ」リンダが鳥のさえずるような声で言った。「あれはただの魔王の飢えたる口だから」わたしは、あのお気に入りのイタリア語――アトラヴェルシアーモ（通りを渡りましょう）をリンダに教えて、びくつきながらもそこから抜け出し、ホテルまで引き返すことができた。

ホテルに近いレストランの若くて美しい女経営者は、悲惨な人生をわたしたちに語った。ヴェネツィア生まれなのにヴェネツィアが大嫌いな彼女は、この街の住人はみんなここが墓場だと思っていると言った。かつて彼女と恋に落ちたサルデーニャ人の芸術家は、きみを日差しの溢れる世界に連れ出してあげると約束してくれた。だが結局、彼は彼女を捨てた。三人の子をかかえた彼女にはヴェネツィアに戻って、家族の経営するレストランを継ぐしか道がなかった。わたしと同い歳だが、彼女のほうが年上に見える。こんな魅力的な女性を捨てる男性が信じられない（「彼は強烈だったの」と女経営者は言う。「わたしは、彼の影に呑まれ、愛という病で死んだ」）。ヴェネツィアは保守的な街だ。女経営者はここでも恋愛を繰り返した。おそらく既婚者も含む何人かの相手とは、すべて哀しい結果に終わった。近所の人々が彼女の噂をした。彼女が部屋に入っていくと、ぴたりと口を閉ざした。彼女の母親は形だけでも結婚指輪をしてくれと言う。ねえ、おまえ、ここはローマじゃないの、ローマなら醜聞にまみれて生きても、誰も文句は言わないだろうけど……。毎朝、リンダとその店に朝食をとりにいった。そして、哀しき女経営者にその日の天気を尋ねると、彼女は指をピストルのようにこめかみに押し当て、「きょうも雨」と言った。

それでも、わたしに抑うつが戻ってくることはなかった。沈みゆくヴェネツィアの憂うつとなんとか付き合えた。たった数日間だからでもあるが、それを楽しむことさえできた。これはわたしの内なる憂うつではなくて、ヴェネツィアという街のかかえる憂うつなのだ。わたしの心はそれを区別できるほど健康になっていた。ありがたい、これは回復のしるしだ。そう思わずにはいられなかった。わたしの自我はやっと固まりつつあるようだ。ここ数年のわたしは、他者との境界のない絶望に呑みこまれ、あらゆる悲惨な事態をすべて自分の経験のように引き寄せていた。哀しい出来事すべてがわたしに滲《し》みこんで、湿った痕跡を残していった。

ともあれ、リンダがいつもそばでなにかしゃべっている状態で落ちこむのはむずかしい。彼女はわたしに紫の毛皮の大きな帽子を買わせようとする。まずい夕食にあたった晩は、わたしにこう尋ねた。「これは、〈ミセス・ポールズ〉のビーフスティックかしら？」（〈ミセス・ポールズ〉は白身魚のスティックフライを主力商品とする米国の冷凍食品会社）リンダはわたしのホタルだ。中世のヴェネツィアには、〝コデガ〟と呼ばれる男性の職業があった。ランタンを灯して前を歩き、道を示し、追い剝ぎや悪魔を追い払い、夜道の案内役を務めるというなりわいだ。これこそ、リンダ。彼女は現代にあらわれ、わたしの特別な注文に応え、旅の友として道を示してくれた、まさにヴェネツィアのコデガだった。

33

そして数日後、わたしを乗せた列車は、永遠の混乱のなかにある、光溢れる暑いローマに到着した。駅から出ると、まるでサッカー・スタジアムのような、新たなマニフェスタッツィオーネ、すなわちデモの声が聞こえてくる。今回はなんのストライキか、とタクシー運転手に尋ねると、よくわからない、まあ、自分には関係ないことだ、という答えが返ってきた。「スティ・カッジ」と、運転手はデモの人々について言った。直訳すると、〝あいつらのちんこ〟だが、〝知ったことか〟という意味合いで使われる。この街に戻ってくることができてうれしい。もの寂しい静まり返ったヴェネツィアのあとに、道のど真ん中でいちゃつくティーンエイジャーの横をヒョウの毛皮を着た男性がすり抜けていく光景を見るのはうれしい。陽光のもと、この街は活気に溢れ、着飾ってセクシーだ。

ふと、友人マリアの夫、ジュリオが話したことを思い出した。それは、カフェの外のテーブルでお互いに会話の練習をしているときだった。ジュリオがわたしに、ローマをどう思うかと尋ねた。もちろん、わたしはこの街が大好きだと答えた。でも、なぜかここはわたしの街ではない、人生の終着点として身を落ちつける街ではないと思っている、と言い添えた。ローマには、わたしのものにはならないなにかがある。それをうまく言いあらわすことはできないけれど……。そんなことを語っていると、ちょうど目の前をよいヒントが、まさにローマの化身のような存在が通り過ぎた。すばらしく手入れのゆきとどいた、ずっしりと宝石を身につけた四十代とおぼしき女性だった。十センチのハイヒール、腕ほどの長さのスリットが入ったタイトスカート、レーシングカーみたいに大胆なデザインのサングラス（値段だってそれ並みかもしれない）、愛らしい小型犬を、宝石の鋲打ちのある紐で引いていた。でもなんとなく、細身のジャケットについた毛皮の襟はそれの前に飼っていた小型犬のものではないかという想像を誘った。彼女はとてつもなく傲慢な魅力を——〝わたしを見つめるのはかまわないけど、わたしはぜったいあなたを見ないわ〟といった雰囲気を発散していた。人生のたった十分間でさえ、彼女がマスカラをつけていないところを想像するのはむずかしい。その女性は、「スティーヴィー・ニックスがパジャマでヨガ教室に行ったみたい」と姉が評するわたしのスタイルとは、まさに正反対だった。

わたしはジュリオにその女性を示した。「見て、ジュリオ。あれがローマの女性よ。ローマは彼女の街でも、わたしの街でもない。でも、彼女かわたしのどちらかがこの街に属しているとしたら、答えは簡単よね」

ジュリオが言った。「たぶん、きみとローマは合言葉がちがうんだ」

「どういう意味？」

「つまり……街とそこの住民を理解する、ちょっとしたコツさ。街にはそれぞれの街をあらわす合言葉があるとは思わないか？」

ジュリオは英語とイタリア語を使い、手ぶりも交えて説明を始めた。あらゆる都市に、その都市を定義し、そこに住む多くの人々の特徴をあらわす一語がある。もし、どんな土地に行っても通りですれちがう人々の心を読むことができたとしたら、きみはひとつの土地で多くの人が同じことを考えているのに気づくだろう。大多数の人間が考えていること——なんであろうが、それが〝その街の合言葉〟だ。それが、きみ個人の合言葉と合致しない場合、きみは本来、その街には属していない、その街の本当の住人ではないということになる——。

「ローマの合言葉は？」と、わたしは尋ねた。

「〝セックス〟」彼は高らかに言った。

「でも、それがローマの典型的イメージってわけでもないでしょう？」

「そうだね」

「それに、ローマにもセックス以外のことを考えている人はいるわけでしょう？」

ジュリオはきっぱりと否定した。「いいや。この街のみんながみんな、来る日も来る日も考えていること――それは〝セックス〟」

「ヴァチカンでも？」

「それはちがう。ヴァチカンはローマじゃない。あそこには別の合言葉がある。ヴァチカンの合言葉は、〝権力《パワー》〟」

「〝信仰《フェイス》〟じゃなくて？」

「〝権力《パワー》〟だ」彼は繰り返す。「嘘じゃない。そして、ローマの合言葉は、〝セックス〟」

もしジュリオの説を信じるならだが、ローマの街には〝セックス〟という合言葉が玉石のように敷き詰められ、泉のごとく噴きあがり、車の騒音のように街を満たしていることになる。そして誰もが、それについて考え、それのために装い、それを求め、それについて熟慮し、それを拒絶し、それがスポーツやゲームになる。ローマはすばらしい街だが、自分の故郷のようには感じられない。その理由がなんとなくわかってきた。人生のいまの時点において、〝セックス〟はわたしの合言葉ではないからだ。かつてはそうだったときもあったが、いまはちがう。だから、街路を駆け抜けていくローマの合言葉は、たとえわたしに跳びかかっても、跳ね返されて地面に落っこち、そのまま去っていく。わたしはその合言葉をローマと共有していない。だから、この街に完全に住んでいるとは言えない。なんとも妙な理屈だし、なんの科学的根拠もないが、わたしはこの考え方がちょっと気に入った。

ジュリオが尋ねる。「ニューヨークの合言葉はなんだろう？」

しばらく考え、ぴんとひらめいた。「一語の動詞で言うと、〝達成する《アチーヴ》〟だと思う」

これは、ロサンゼルスの合言葉とは微妙に、だけど決定的にちがう。ロサンゼルスの合言葉は、これも動詞だが、〝成功する《サクシード》〟。あとでスウェーデン人の友人、ソフィーに、この合言葉理論について話すと、彼女は、ストックホルムの合言葉は〝順応する《コンフォーム》〟だと思うと言った。〝順応する《コンフォーム》〟、わたしたちどちらにとっても気の滅入る言葉だ。

わたしはジュリオに尋ねた。「じゃあ、ナポリの合言葉は？」彼は南イタリアに詳しい。

「〝闘う《ファイト》〟」きっぱりと答えた。「きみの育った家庭の合言葉はなんだった？」

これはむずかしい。〝倹約する《フルーガル》〟と〝不遜な《イレヴェレント》〟を合わせたような一語はないかと考えを巡らす。しかしジュリオはすでに次の質問に移っていた。これぞ究極の質問。「きみの合言葉は？」

はて……。これという答えが出てこない。

それから数週間考えつづけてみたが、それでも出てこない。ぜったいにこれではないというものなら、いくつか浮かぶ。〝結婚《マリッジ》〟でないことは確か。〝家族《ファミリー》〟でもない（でも、これは夫と数年間住んだ街の合言葉だった。その合言葉に適応できないところから、わたしの苦悩は始まった）。もはや〝抑うつ《デプレッション》〟でもないだろう。ありがたい。ストックホルムと〝順応する《コンフォーム》〟という合言葉を共有できるとも思わない。ではニューヨークの〝達成する《アチーヴ》〟かというと、そうでもない。ただ〝達成する《アチーヴ》〟は、二十代のときはずっと、わたしの合言葉だった。もしかしたら、わたしの合言葉は〝探す《シーク》〟？　待って、正直になろう。それなら、〝隠れる《ハイド》〟だっていいのかもしれない。これまでのイタリアでの数カ月に関して言うなら、わたしの合言葉はおおよそ〝喜び《プレジャー》〟だった。でも、すべてのわたしがこれではない。でなければ、インドへ行こうなんて、こんなに熱心に思っていないはずだ。とすると、〝献身《デヴォーション》〟？　ちょっと善人ぶってはいないだろうか。わたしがこれまでどれほどたくさんのワインを飲んできたかを完全に無視している。

結局、答えは見つからない。この一年の旅そのものが、この問いに答えを見いだす旅であるようにも思える。そしていま、自信を持って言えるのは、わたしの合言葉が〝セックス〟ではないということだけ。

いや、はたしてそうだろうか。そうだとしたら、なぜ、ある日、わたしの足はコンドッティ通りのはずれにある瀟洒《しょうしゃ》なブティックに吸い寄せられたのか。その店で若いイタリア女性店員の親切な手ほどきを受けながら、アラブの王族の妻が千一夜の装いをまかなえそうなほどのランジェリーを買うために、夢のような時間を（そして、大陸を横断する飛行機のチケット分ほどのお金を）費やしたのはなんのためなのか。わたしは、あらゆる形と機能のブラジャーを買った。そのほかにも薄くてすけすけのキャミソール、イースターのかごの中身のように色とりどりのきわどいパンティー、やわらかなサテンや赤ん坊の産着《うぶぎ》のようなシルクでできたスリップ。紐とわずかな布で仕立てられた繊細な下着。ベルベットやレースで飾られたヴァレンタインの贈り物になりそうなものを次から次へ。

このようなものを買ったのは人生で初めてのこと。なぜいまになって？ 暴れるやんちゃ坊主を押さえこむように薄紙で包んだ戦利品をかかえて店を出るとき、ふいに、ある日ラツィオの試合で、サッカー・ファンのローマっ子が苦しまぎれに叫んだ言葉が耳の底によみがえった。それは、ラツィオのスター選手アルベルティーニが、試合の決定的瞬間に、どんな理由があったにせよ、勘違いもはなはだしい方向にボールを蹴り飛ばし、結果としてチャンスを台無しにしたときのことだった。

「ペル・キィィ？？？」そのファンは半狂乱で叫んでいた。「ペル・キィィ？？？」

誰のために？？？ おまえ、誰にパスした？ 誰のためにボールを蹴ったんだ、アルベルティーニ？ そこには誰もいないぞ！

下着の買い物に夢うつつの時間を過ごして店から出たあと、わたしはこの叫びをささやきに変えて自分に向けた。「ペル・キ？」

誰のためなの、リズ？ このきわどくセクシーなしろものは誰のため？ そこには誰もいないのに……。わたしはあと数週間でインド行きだし、いまは誰ともベッドを共にするつもりはない。ほんとに？ わたしはついにローマの合言葉に影響されたのだろうか。これはイタリア人になろうとする最後の努力？　自分への贈り物？　あるいは、まだ想像もつかないけれど、まだ見ぬ恋人への贈り物？　それともこれは、前の恋人と破局を迎えて、打ち砕かれた自信と官能性を取り戻そうとする試みなのだろうか。

わたしは自問せずにはいられなかった。「ねえ、これを全部、インドまで持っていくつもり？」

34

ルカ・スパゲッティの誕生日が、今年はアメリカの感謝祭と重なった。そこで彼は、自分の誕生日を七面鳥の丸焼きで祝いたいと言いだした。映画で見たことはあっても、こんがり焼けた、まるまるとして大きなアメリカの感謝祭の七面鳥を、彼はまだ食べたことがない。本物のアメリカ人であるわたしの助けがあれば、そんなご馳走の再現などわけないと考えているようで、友人マリオとシモーナの家の台所を使わせてもらってつくればいいと言う。この夫婦は、ローマ郊外の丘陵地帯に大きな屋敷を持ち、毎年、ルカの誕生日パーティーのもてなし役を務めていた。

ルカの計画はこうだ。仕事を終えて午後七時、わたしを車で拾い、ローマから北に向かって一時間ほどのところにあるマリオとシモーナの家まで行く。そこで、誕生日パーティーに出席する面々と顔を合わせ、ワインを飲みながら、みんなが知り合いになる。そして、おおよそ午後九時ぐらいに、二十ポンドの七面鳥を焼きはじめる。

わたしは、二十ポンド（約九キロ）の七面鳥を焼くには、ものすごく時間がかかるということをルカに説明しなければならなかった。その計画でいくと、七面鳥が食べられるのは翌日の夜明けぐらいになる。ルカは意気消沈した。「じゃあ、すごく小さい七面鳥を買ったらどうかな。生まれたての七面鳥とか」

わたしは言った。「ねえ、ルカ。ここは簡単に、ピッツァといきましょうよ。アメリカだって、こだわりのない家庭なら、感謝祭の日にそうしてるわ」

それでもまだ彼はしょんぼりしていた。ともあれローマでは、ローマっ子を意気阻喪させるような出来事が相継いでいた。まず気候が寒さを増した。そしてゴミ収集局、鉄道、国営航空が同日にストに突入した。イタリアの子どもの三十六パーセントが、イタリアの伝統食、パスタ、ピッツァ、パンなどを製造するのに必要な小麦粉のたんぱく質、グルテンにアレルギー反応を示すという研究結果が発表された。さらには、新聞に「十人に六人のイタリア人女性が性的に満足していない！」という衝撃的な見出しが踊った。またイタリア人男性の三十五パーセントが、〝エレツィオーネ〟――〝勃起〟を維持する困難を感じているとの報告記事もあり、研究者自身も戸惑いを感じていると結んであった。こうなると、ローマの合言葉が〝セックス〟なのかどうかも疑わしくなってくる。

もっと深刻なニュースもあった。十九名のイタリア人兵士が、イラクにおける〝アメリカ戦争〟（こちらではそう呼ばれている）で死亡した。これは第二次大戦以後、イタリアにおいては最大の戦死者数だ。ローマっ子は若い兵士らの死に衝撃を受け、彼らの葬儀の日には街の多くの商店が営業を自粛した。イタリア人の大多数は、このジョージ・ブッシュの戦争に関わりたくないと思っている。イタリア軍の派遣を決めたのは、現首相シルヴィオ・ベルルスコーニだ。愚かな放言でなにかと話題になるこの品位に欠けるサッカークラブの会長兼実業家は、汚職と女好きの匂いを振りまきながら、欧州議会における目に余る差別発言などで、たびたびイタリア国民を困惑させている。とにかく失言・暴言の宝庫であり、メディア操作に長《た》け（メディア系列を所有しているのだから難なくできる）、まともな一国の首相とは思えない、まるでウォーターベリー市長のようなふるまい（ごめんなさい、コネティカット州民の内輪のジョークです）（二〇〇三年、コネティカット州ウォーターベリー市の市長が少女への性的虐待によって逮捕された事件のことを指すと思われる）をつづけたあげくに、国民が関わりを持ちたくない戦争にイタリア人兵士を送りこんだ。

「彼らは自由のために死んだ」と、ベルルスコーニは十九名の兵士の葬儀で発言したが、イタリア人の多くが、〝彼らはジョージ・ブッシュの個人的な復讐のために死んだ〟と思っている。こんな政治情勢のなか、アメリカ人はこの国に滞在しづらいのではないかと思われるかもしれない。わたし自身、イタリアに来る前は、ある程度の敵意は覚悟しなければならないと思っていた。ところがこの国に来てみると、予想に反して、多くの人々から同情が返ってきた。ジョージ・ブッシュの話になると、彼らはうなずき、ベルルスコーニの名をあげて、こう言う。「まあだいたい、わかるよ。こっちにも、いるからな」

わたしたちもそこへ行ったことがあります《ウィーヴ・ビーン・ゼア》。

まあ、それにしても、ルカが自分の誕生日のついでにアメリカの感謝祭まで祝おうというのはかなり酔狂なことだったが、わたしはこのアイディアに乗ることにした。感謝祭は、アメリカ人が気がねなく誇れるすてきな休日だし、アメリカにおいて比較的商業化されていない国民的なお祭りだ。感謝祭とは、神と感謝と共同体と——そう、喜びの日だ。これこそ、いまわたしたちが必要としているものなのかもしれない。

その週末、友人のデボラが感謝祭をわたしと祝おうとフィラデルフィアからローマにやってきた。デボラは国際的に評価される心理学者で、作家で、フェミニストの論客でもあるのだが、わたしのなかにはいまだに、最初の出会いの、つまりわたしがフィラデルフィアの食堂でウェイトレスとして働いていたときのお気に入りの常連さんというイメージが残っている。デボラはその店にランチを食べにやってきて、氷抜きのダイエットコーラを飲みながら、カウンター越しにさまざまな知識をわたしに授けてくれた。彼女のおかげであの店で働くことがすばらしい経験になった。そして、わたしたちはあれ以来十五年間、友人として付き合っている。語学学校で知り合ったスウェーデン人のソフィーも、ルカの誕生日パーティーに行くことになった。ソフィーとわたしは十五週間にも満たない付き合いの友だちだ。感謝祭は誰でも歓迎される日。ルカ・スパゲッティの誕生日パーティーと重なればなおさらだろう。

わたしたちはその日の夜、疲労とストレスに満ちたローマを抜け出し、車で丘陵地帯に向かった。ルカはアメリカの音楽が大好きなので、車のなかにイーグルスを流した。カリフォルニアサウンドと、オリーブ畑と古代ローマの水道橋を縫う道というのは、いささか奇妙な取り合わせだったが、わたしたちは大声で「行って《テーク・イット》みなよ……限界まで《トゥー・ザ・リミット》……もう一度《ワン・モア・タイム》！！！」（一九七五年のアルバム『呪われた夜』に収録された「テイク・イット・トゥ・ザ・リミット」の歌詞）と歌いながら車を飛ばした。こうしてルカの長年の友人、マリオとシモーナの家にたどり着いた。ふたりには、ジューリアとサーラという十二歳になる双子の娘がいた。サッカー観戦で会ったことのある、ルカの友人のパオロも彼の恋人といっしょにパーティーに招かれていた。もちろん、ルカの恋人のジュリアーナも、彼女の車で夕方の早い時刻に到着していた。オリーブとオレンジとレモンの木立に囲まれた、すばらしい住宅だった。暖炉には火が燃え、オリーブオイルは自家製だ。

　二十ポンドの七面鳥を焼くには時間がどう見ても足りなかったので、ルカは七面鳥の胸肉をソテーにし、わたしは七面鳥の詰め物《スタッフィング》だけをつくるために指揮をとった。レシピをなんとか思い出し、パン屋で買ってきた上等のイタリアのパンに、こちらで手に入らないものを別のものに置き換えて（アプリコットの代わりにナツメヤシの実とか、セロリの代わりにフェンネルとか）さまざまな材料を混ぜ合わせ、どうにかそれらしいものができた。ルカは、お客の半分の母語が英語で、残り半分の母語がイタリア語（ソフィーだけ母語はスウェーデン語だが）という状況で、はたして今夜の会話がうまく進むのかどうか心配していた。しかし、奇跡の一夜のように、わたしたちはお互いの言いたいことを完璧に理解することができた。誰かが困っているときは、つねに横から助け舟が出された。

　サルデーニャ島のワインをいったい何本あけたことか。そのうちデボラが感謝祭のすてきなしきたりを実行しようとテーブルのみんなに呼びかけた。みんなで手を繋いで輪になり、順番に、それぞれがいちばん感謝していることを語っていく。こうしてイタリア語と英語とスウェーデン語という三つの異なる母語を持つ者たちの、感謝の表明が始まった。

デボラがまず、アメリカ大統領選挙が近づき、新しい大統領が生まれるチャンスがあることに感謝した。ソフィーが（最初はスウェーデン語で、次にイタリア語で、次に英語で）イタリア人の親切と、四カ月にわたってこの国でこんなに喜ばしい体験ができたことに感謝した。今夜のホスト、マリオは涙を流してあけっぴろげに、仕事に恵まれてこんなにすばらしい家を手に入れ、そこで家族や友人と楽しめることを神に感謝した。パオロまで、アメリカにまもなく新しい大統領が誕生することに感謝して、みんなから笑いをとった。それからわたしたちは静かに、十二歳の双子のひとり、小さなサーラがなにか言いだすのを待った。サーラは勇気を奮って、今夜、こんなにいい人たちとここにいられることに感謝します、と言った。なぜなら、このごろ、学校に意地悪をする子たちがいて苦しいから……「だから、今夜、あの子たちのようにわたしに意地悪しないで、やさしくしてくれた皆さんに感謝します」。ルカの恋人はルカに対して、何年も自分に誠意を尽くしてくれたこと、たいへんな時期に心温かく自分の家族の面倒を見てくれたことを感謝した。今夜のホステス、シモーナは泣きながら、夫よりもさらにあけっぴろげに、異国の人々が新しいお祝いと感謝のしきたりをわが家にもたらしてくれたことに感謝し、彼らは異国人だけれど、みんなルカ・スパゲッティの友人であり、ゆえにみんな平和の友《ソノ・グラータ》なのだと付け加えた。

そしていよいよわたしの番がきた。「ありがたく思うのは……」と始めようとしたが、本当に考えていることは、つまり、抑うつから解放されたことに感謝しているということは、言えないと気づいた。抑うつはこの数年、ネズミのようにわたしを齧《かじ》りつづけ、あいつらの齧った心の穴ぼこのせいで、こんなに楽しい夜はけっして過ごせなかったのだ……。でも、子どもたちを驚かせたくなかったので、この話はしないと決めた。代わりに、とてもシンプルな感謝を述べた。古くからの友人と新しい友人に感謝します。ことに今夜のことは、ルカ・スパゲッティに感謝します。彼が幸せに三十三歳の誕生日を迎え、寛大な、誠実な、愛ある人とはどういう人であるかを示す手本として、末永く生きてくれることを希望します。これを言うあいだ、わたしが泣きつづけていることを誰も気にしないでいてくれるように願った。でも、誰も気にしていなかったと思う。なぜなら、全員が泣いていたのだから。

ルカは感極まって、なにも言えなくなり、短いひと言で終わらせた。「きみたちの涙を、ぼくの祈りに替えよう」

サルデーニャ島のワインをさらにあけた。パオロが皿を洗い、マリオが疲れた双子の娘たちをベッドに寝かせにいった。ルカがギターを奏で、みんなで酔っぱらって、ニール・ヤングの歌をさまざまなアクセントで歌った。アメリカ人のフェミニスト、デボラが声を潜めてわたしに言った。「イタリアの男たちっていいわね。あんなに感情をさらけ出し、うれしそうに家庭的な行事に参加しているわ。人生をともに生きる女性や子どもたちに対してやさしさも尊敬も持っている。新聞の記事をそのまま信じちゃだめね、リズ。この国はとてもうまくいってるわ」

パーティーはいつまでも終わらず、結局、明け方までつづいた。これなら二十ポンドの七面鳥を焼いて、朝食に食べることだってできただろう。ルカ・スパゲッティが、わたしとデボラとソフィーを車で送ってくれた。朝日が昇るころ、彼がハンドルを握ったまま眠ってしまわないように、クリスマスの歌をうたいつづけた。きよしこの夜……。わたしたちは知っている限りの言語で何度も何度も歌いながら、一路ローマを目指した。

35

もう隠しておけなかった。イタリアにいたほぼ四カ月で、手持ちのパンツが一本もはけなくなった。つまり、イタリアへ来て二カ月めで買い直したパンツが、その一カ月後にまたはけなくなり、それでまた買ったパンツさえはけなくなったということだ。数週間ごとにワードローブを買い換えるなんて、それでは経済的にあまりにきつすぎる。でも、とふと思い直した。もうすぐインドへ行く。インドへ行ったら、わたしの脂肪なんて、するすると落ちていくだろう。でもいまはまだ、手持ちのパンツをはいて散歩に出られない。それがなんともつらい。

こうなったのは当たり前だった。イタリアの瀟洒《しょうしゃ》なホテルに置いてあった体重計に乗ってみたら、四カ月で体重が十キロも増えていた。なんという驚くべき数値。でもまあ、そのうち六キロは取り返してしかるべき体重だった。この数年間、離婚問題と抑うつとで、わたしはがりがりに瘠せ細っていた。で、残りのうち二キロは、四ヵ月楽しんだ分で増えた。じゃあ、最後の残りの二キロは？　これでいいのだ、と自分に念押しするために増やした……たぶん。

そんなわけで、この先の人生でも、見るだけで元気になれる記念品とするために、〝イタリアへ来て四ヵ月めのジーンズ〟を買いにいくことにした。店の若い女性販売員は心やさしくも、サイズがじゃっかん小さめと思えるところから始め、じょじょにサイズをあげて、試着室のカーテン越しにジーンズを手渡してくれた。余計なことはなにも言わず、ただ、これでぴったりのサイズに近づいたかどうかを心配そうに尋ねた。試着すること数本で、ついにわたしはカーテンから首を突き出し、こう言った。「あとほーんの少し、大きめのサイズを出してくださる？」こうして最後に若い女性販売員から手渡されたジーンズのウェストサイズを見て、わたしはがく然とした。サイズが目に痛い。わたしは試着室を出て、販売員の前に自分の姿をさらした。

彼女はまばたきひとつしなかった。美術館のキュレーターが古い壺を鑑定するかのようにわたしを見た。かなり大きな壺だが……。

「いい感じ《カリーナ》」彼女はようやく結論を出した。

わたしは彼女にイタリア語で訊いた。わたし、牝牛みたい？　どうか正直に言って。

いいえ、シニョリーナ、と彼女は言った。あなたは牝牛みたいじゃないわ。

「じゃ、豚みたい？」

いいえ。彼女は大真面目な顔で否定した。あなたは、ちっとも豚みたいじゃないわ。

「それなら、水牛？」

こういうやりとりは、会話のよい練習になる。それにわたしは、この販売員を笑わせてみたかった。でも、彼女は販売のプロに徹しようとしている。

もう一回だけ試した。「もしかしたら、水牛の乳でつくったモッツァレラチーズみたい？」

ええ、まあ、もしかしたら。彼女がほんのちょっとだけ笑った。もしかしたら、あなたは少しだけ、モッツァレラチーズに似ているかも……。

36

イタリア滞在も残すところあと一週間になった。インドに発つ前には、クリスマス休暇のあいだ、アメリカに帰国することになっていた。家族なしで過ごすクリスマスに耐えられなかったからではなく、インドとインドネシアの八カ月の旅に備えて、旅の荷を完全に入れ替えておく必要があったからだ。ローマで暮らすために身の周りの品を最小限にとどめたように、インドをさすらうときの旅荷も最小限にとどめたほうがいい。

そんなふうにインドについて考えているうちに、残す一週間でシチリア島へ旅しようと思い立った。極端な貧困に心の準備が必要だとよく言われるインドへ赴く前に、イタリアの第三世界とも言われるこの地域を訪ねておくのはよいかもしれない。いや、ゲーテが「シチリアを見なければ、イタリアのなんたるかは完全にはわからない」と言っているから、とにかく行ってみたいという気持ちもあった。

しかし、シチリア島へ行くのも、そこを巡るのも容易なことではない。自分の持てる限りの調査能力を使って、イタリア半島の先端まで行く直通列車と、シチリア島のメッシーナに渡るまともなフェリーボートをどうにか見つけ出した。メッシーナは、封鎖された扉の背後から「こんなになったのは、わたしのせいじゃない！　大地震に襲われ、絨毯《じゅうたん》爆撃を受け、マフィアになぶりものにされたからだ」という叫びが聞こえてきそうな、シチリア島のおっかなくて怪しげな港町だ。わたしはメッシーナに着くと、喫煙者の肺のように煤《すす》けたバスの発着場に向かった。そこのブースには男性がひとりいた。そのブースにすわっておのれの人生を嘆き、海沿いの街タオルミーナまでの切符を旅人に売ってやるかどうかを見定めるのが仕事のようだ。バスは、シチリア島の定規で線を引いたようにまっすぐな東海岸に沿って崖づたいの道をがたがたと進み、タオルミーナに着いた。そのあとはタクシーを、そして宿泊するホテルを探さなければならなかった。それから、イタリア語のなかでわたしがいちばん好きな質問、「この街でいちばんおいしいものはどこで食べられますか？」に適切な答えを返してくれる人を見つけ出さなくてはならない。タオルミーナにおいて、その人物は眠そうな警官だった。彼は、人生にとってすばらしい贈り物のひとつをわたしにくれた。観光ガイドには載っていない店の名を記した、おまけに地図まで描き加えた小さな紙切れを。

地図を頼りに行ってみると、そこは小さな食堂《トラットリア》だった。年輩の気さくな女主人が、夕刻からの客に備えて、キリスト生誕のクリスマス飾りを壊さないように注意しながら、ストッキングの足でテーブルに乗って、窓ガラスを拭いていた。わたしは彼女に、メニューを見る必要はないから、シチリア島で初めての夜なので店でいちばんおいしいものを食べさせてほしいと伝えた。彼女はうれしそうに両手を揉み合わせ、厨房にいる彼女よりもさらに年輩の母親らしき女性にシチリア島の方言でなにか叫んだ。それから二十分とたたないうちに、わたしは、これまでイタリアで食べたなかで間違いなく最もおいしい食事にありついていた。初めて見る種類のパスタで、大きくて平べったくてもちっとしていた。大きさこそちがうが、それは司教冠のように折りたたまれて、ラビオリのような袋状になり、なかにエビとタコとイカを混ぜたとろりとしたあつあつのピューレが詰まっている。それがホット・サラダのように、新鮮なザル貝、野菜の細切りと混ぜられて、オリーブ油をきかせた魚介だしのスープに浸かっていた。そのひと皿のあとには、タイムと煮込んだウサギのシチューがつづいた。

ところが、翌日のシラクーザではさらにおいしかった。日も暮れかかるころ、冷たい雨の降るなか、わたしはバスでシラクーザに到着した。そして、すぐにこの町が好きになった。わたしの足もとには、シラクーザの三千年の歴史が眠っている。ここに来ると、まるでローマが新興都市のように思えた。ここは、ダイダロスがクレタ島から流れつき、ヘラクレスが眠ったとされる神話の町。古代ギリシアの植民都市として栄え、歴史家トゥキュディデスによって「アテナイに少しも引けをとらない都市」と評された。シラクーザは古代ギリシアと古代ローマを繋ぐ土地でもあり、いにしえの偉大な劇作家や科学者がこの地に住んだ。プラトンは、神の運命によって為政者となるべく生まれた者に哲学を学ばせ、哲人王の治める理想的な国家を実現する場所としてシラクーザがふさわしいと考えた。歴史家たちによれば、修辞学もシラクーザで誕生したという。

わたしは、この遺跡のような町の市場を歩き、黒い毛織りの帽子をかぶって客のために魚をさばく老人を見つけ、わけもなくどきりとした。老人の唇には、まるでお針子がピンで留めつけたように煙草が貼りついていた。その神業のような包丁さばきで、魚がみごとな切り身になっていく。わたしはおずおずと、今夜はどこで食べたらいいだろうか、と彼に質問し、彼と言葉を交わし、例によって名もなき食堂へわたしを導いてくれる小さな紙切れを手に入れた。その夜、教えられた店に行き、テーブルにつくと、ウェイターがただちにふわふわの雲のようなリコッタチーズを運んできた。チーズにはピスタチオが散らしてあった。このほかに芳しいオイルをつけて食べるパン、肉のスライスが何枚かとオリーブの皿、タマネギとパセリ入りのドレッシングで和えて、冷たいオレンジを散らしたサラダ。そのあとようやく、この店にイカの名物料理があることを教えられた。

「いかなる法律があろうが、平穏に暮らせない国家もある」とプラトンは書いている。「それは市民が……ご馳走を平らげ、酒をあおり、愛の気苦労で疲れ果てる以外になにもしない国家だ」

でも、ほんのしばらくのあいだ、そんなふうに生きるのは悪いことだろうか。人生のほんの数ヵ月、次のおいしい食事にありつくこと以外になんの大望もいだかずに旅をつづけることは、その言語が耳に心地よいからという、それだけの理由で高い志もなく外国語を学ぼうとすることは、あるいは庭園のお気に入りの噴水池のすぐ横で真っ昼間に日を浴びながらうたた寝することは、そして、翌日もそれを繰り返すことは見さげ果てたことだろうか。

もちろん、こういったことが永遠につづくことはない。現実生活や、争いや、心の傷や、いずれは死すべき運命を誰も避けては通れないだろう。貧困に苦しむシチリアでは、あらゆる人々の心に現実生活が重くのしかかっている。何世紀ものあいだ、この地で成功した唯一の事業はマフィアしかなく(マフィアがマフィアから住民を守る事業だ)、それは住民ひとりひとりの急所をしっかりと握っている。かつてゲーテが筆舌に尽くしがたい美しさと評したパレルモには、西ヨーロッパでは唯一、第二次大戦の大空襲による無惨な傷痕《きずあと》がいまも残り、旅人はそんな廃墟のなかを足もとに注意しつつ進み、この街の復興に思いを馳せる。現在の街は、一九八〇年代にマフィアがマネー・ロンダリングの一環として建設した、大きいばかりで安全でもない集合住宅群のせいで、ひどく見苦しい景観をさらしている。これらの建物は安いコンクリートでできているのか、とひとりのシチリア島民に尋ねたところ、こんな答えが返ってきた。「いいや、あれはとても値の張るコンクリートだ。なぜって、コンクリートを一回流しこむたびに、数人分の死体が混ざっている。これが高くつくのさ。ただし、骨や歯で補強されてコンクリートはより頑丈になる」

こんな状況に置かれた街で、考えることは次のおいしい食事のことだけなんて、浅はかすぎるのだろうか。それとも、もっと過酷な現実に置かれたとしても、それが人にできる最善のことなのか。イタリア人ジャーナリスト、ルイジ・バルジーニは、一九六四年に著した彼の代表作『イタリア人』（彼は、外国人がイタリアについて持ちあげすぎるか、けなしすぎるかのどちらかでしかないことに辟易し、これを書いたという）のなかで、彼自身の民族と文化を公正に見つめ、さまざまな疑問に答えを出そうとしている。歴史に名を残す偉大な芸術家、政治家、科学者を数多く生みだしてきたイタリアが、なぜいまだ世界の主要強国になれないのか。世界でイタリア人ほど外交術に長けた国民はいないのに、なぜ国内政治がこれほど不手際なのか。個人としては勇ましいのに、軍隊という集団で成功しないのはなぜなのか。個人レベルで抜け目なく商売するのに、なぜ、国家としては商売べたなのか。

こういった疑問へのバルジーニの答えは複雑すぎて、ここで正確にまとめるのはわたしの手に余る。ただその答えは、国内政治の腐敗と他国の統治による搾取というイタリアの暗い歴史と深く関わっている。それがこの世界の誰も、なにも信用できないという信念をイタリア人に植えつけてきた。この世界は腐敗し、過ちに満ち、不確かで、極端で、不公平だ。ゆえに、それぞれの人間が五感で経験したことしか信用してはならない。この観点こそが、他のヨーロッパのどこの土地の人々よりも、イタリア人の感性を研ぎ澄ましてきた。だからこそ、とバルジーニは述べる。イタリア人は、無能な将官、元首、暴君、教授、官僚、ジャーナリスト、実業家らには恐ろしく寛容である一方、無能な〝オペラ歌手、指揮者、バレリーナ、高級娼婦、役者、映画監督、コック、仕立屋〟を、断じて許そうとしない。芸術における優越性には買収がきかない。喜びの安売りは許されない。そして、食べることが唯一の現実的な価値となる場合もある。

美の創造と享受に身を捧げることは厳しい仕事でもある。それは必ずしも現実逃避の手段ではなく、あらゆるものが断片化されて……レトリックやプロットと化してしまうときに、現実にしがみつくための唯一の手段ともなりうる。シチリア島でカトリックの修道士がマフィアとの共謀容疑で逮捕されたのは、それほど遠い過去の話ではない。いったい誰を信用すればいいのか。なにを信じればいいのか。世界は無慈悲で不公平だ。この不公平さに盾突けば、シチリア島においては新しい醜い集合住宅の基礎部分にされるという結末が待っている。こんな状況で、人間としての矜持《きょうじ》をなにによって保てばよいのか。おそらく期待できるものはなにもない。でも、もしかしたら、魚をさばいて美しい完璧な切り身にすること、あるいは雲のように軽やかな街いちばんのリコッタチーズをつくることを誇りとして生きていくこともできるのではないだろうか。

わたし自身と、苦難の歴史を背負ったシチリア島の人々を比較して、誰かを侮辱することになるのは望まない。わたしの苦しみは個人的なもので、おおよそは自業自得だと思っている。もちろん、誰かに虐げられたわけでもない。わたしが経験したのは離婚と抑うつであって、数世紀もつづく暴虐とはちがう。わたしはアイデンティティーの危機に陥ったが、そこから這い出すための（経済的な、技能的な、心身的な）蓄えを持っていた。しかしそれでも、こう言いたい。シチリア島の人々を何世代にもわたって支えてきたもの、彼らが矜持を持って生きるのを助けてきたのと同じものが、わたしの回復を促し、助けてくれた。それは、喜びを深く味わうことがこの人生に人を繋ぎとめる錨《いかり》になるという考え方だ。イタリアを理解するためには、ここへ、シチリア島へ来なければならないとゲーテが言ったのも、同じ理由からだとわたしは信じている。そしておそらくわたし自身も、自分を理解するために、ここへ、シチリア島へ来なければならないと決めたとき、本能的にそれを感じとっていたのだろう。

思い返せば、まだニューヨークにいて、バスタブに浸かってイタリア語の辞書を声に出して読んでいるとき、わたしは初めて自分の心が回復に向かいはじめたのを感じた。そのころわたしの人生は粉々に砕け、警察の面通しのなかに自分がいたって見分けられないほど自分がわからなくなっていた。それでもイタリア語を学びはじめたとき、わたしは幸福のおぼろな光を感じた。暗闇に長くいて、そんな幸福のかすかな兆しを見つけたら、けっして逃してはいけない。その幸福の足首を両手でつかんで、ぬかるみから顔をあげることができるまで、ぜったいに放してはいけない。これは自分本位なことでもなんでもなくて、人に課せられた義務だ。命を与えられたのだから、たとえ微々たるものであろうが、人生のなかに美しいなにかを見いだすことが、わたしたちの義務、そして人間としての権利でもある。

わたしは瘠せ細って、やつれた姿でイタリアにやってきた。そのときはまだ自分がなにを受けるに値するのかわかっていなかった。いまもなお、完全にわかっているとは言いがたいけれど、それでも、たわいもない喜びを深く味わうことを通して、自分を立て直し、ようやく前よりも健やかな自分になれたような気がする。人がそのような状態にあることを最も端的に示すもの――それは目方が増えることだ。イタリア四カ月めのわたしは、この国に来たときより体重を増やしていた。やってきたときより、誰の目から見ても明らかに嵩《かさ》を増やして、イタリアを去ることになった。この身体の膨張が――人としてひとまわり大きくなることが――この世界において価値ある行為だと念じつつ、ここから旅立とう。どんな人生だろうが、生きられるのは一回きり、誰のものでもない、このわたしの人生なのだから。

第2部
インド

「あなたに会えておめでとう」
あるいは、信心の探究についての36話

37

子どものころ、わが家では鶏を飼っていた。つねに十数羽が鶏小屋にいて、タカやキツネに襲われて、あるいはなにかの病気で一羽死ぬたびに、父が代わりを補充した。父は近くの養鶏場まで車で行って、新しい鶏を袋に入れて持ち帰った。ここで大事なのは、細心の注意を払って新しい鶏を古参の鶏たちに引き合わせることだ。古い鶏の群れに新しい鶏をいきなり放りこむのは、縄張り荒らしと見なされる。そこで、ほかの鶏たちが眠っている真夜中に、新しい鶏をこっそり小屋に入れてやる。新入りを群れのそばの止まり木に置いたら、抜き足差し足でそこから立ち去るのだ。そうすると、鶏たちは朝になって目覚めても、新入りのことを気にとめもせず、「あいつはずっとここにいたんだ。だって、やってくるところを見てないからな」ぐらいに考える。もっとすごいのは、新入りのほうも群れのなかで目覚めたとき、自分が新入りだということを忘れ、どうやら「ずっと前からここにいたんだ……」と思っているらしいことだ。

わたしもまさにそんな感じでインドに到着した。午前一時半ごろ、わたしを乗せた飛行機はムンバイの空港に着陸した。十二月三十日だった。荷物を引き取ると、タクシーを手配し、市街地から何時間も要する、遠い農村にある修行場《アシュラム》を目指した。真夜中のインドの道をひた走るタクシーのなかでまどろみながら、ときおり目を覚まして窓の外を眺めた。すると、サリーをまとった瘠《や》せた女たちが薪を頭に載せて道ばたを行く光景がぼんやりと見えた。えっ、こんな深夜に？　ヘッドライトも灯していない数台のバスがわたしを乗せたタクシーを追い越していった。そして、タクシーは牛車を追い越した。バンヤンの木々の幹から繊細な気根が垂れて、灌漑《かんがい》用の水路にその根が広がっているのが見えた。

午前三時半、タクシーがアシュラムの正門前に到着した。寺院は正門のすぐ先にある。タクシーから降りると、西洋風の服に毛糸帽をかぶった若者が闇のなかからあらわれ、アルトゥーロと名のり、自分はメキシコから来た二十四歳のジャーナリストで、わたしと同じ導師《グル》に師事する者であり、わたしを出迎えにきたのだと説明した。お互いにささやき声で初対面の挨拶を交わしていると、大好きなサンスクリット語の聖歌の耳慣れた最初の数小節が建物の内部から聞こえてきた。毎朝午前三時半、アシュラムの目覚めとともに謡《うた》われる朝いちばんの祈りの歌、アーラティだ。寺院を指さして、「参加しても……？」と尋ねると、アルトゥーロが、どうぞどうぞ、と身ぶりで答えた。さっそくタクシー運転手に支払いをすませ、バックパックを木立の目立たない場所に置いて、靴を脱ぎ、ひざまずいて、寺院の正面階段にひたいをつけた。そして心を落ちつかせ、この美しい聖歌を謡っている、ほとんどがインド人女性の小さな集団に加わった。

アーラティは、わたしが〝サンスクリット語のアメイジング・グレイス〟と呼んでいる、神への思慕に溢れた聖歌だ。修行の一環として覚える歌のひとつだが、とにかく好きだったので、そんなに苦もなく覚えることができた。謡いはじめると、慣れ親しんだサンスクリット語の歌詞がごく自然に口から出てきた。ヨガの聖なる教えを説く簡潔な出だしから始まり、調子が高まって神を称え（「宇宙の創造主よ……太陽と月と炎の眼を持つお方よ……あなたはわたしのすべて、ああ、神のなかの神よ……」）、ありったけの信仰心を詠じる珠玉の締めくくりに至る（「これもすばらしい。あれもすばらしい。すばらしきものから、すばらしきものを取っても、あとにはまだすばらしきものが残る」）。

女性たちは謡い終えると、黙礼し、側面の戸口から暗い中庭に出て、小さなお堂に入った。そこには灯油ランプがひとつだけ灯されて、お香が焚きしめられていた。わたしもあとにつづいた。お堂のなかは修行者たちでいっぱいだった。インド人も西洋人もいたが、皆一様に毛糸のショールにくるまり、すわって瞑想《めいそう》していた。まるで、その場所に根をおろしているかのようだ。わたしは、群れにこっそりと加えられた新入りの鶏よろしく、そっと修行者の群れに紛れこみ、床に坐して、両膝に手を置き、目を閉じた。

この四カ月間、瞑想をしていなかったし、瞑想について考えることすらなかった。わたしはただそこにいて、静かに呼吸した。ゆっくりと、一音節ずつ嚙みしめるように、心のなかでマントラを唱えた。

オーム。

ナ。

マ。

シ。

ヴァー。

ヤ。

オーム・ナマ・シヴァーヤ。

わたしのなかにいらっしゃる神様を称えます。

マントラを繰り返す。何度も何度も繰り返す。マントラの封をおずおずと開くというより、長いあいだしまわれていた祖母のお気に入りの陶器を箱から取り出すように瞑想する。眠りに落ちたのか、なにかの魔法にかかったのか、どのくらい時間が過ぎたのか、それさえも判然としない。やがて太陽がインドの空に昇り、みんなが目をあけてあたりを見まわすころには、イタリアはすでに地の果てへと遠ざかっていた。わたしはずっと前から、この群れのなかにいたような気がした。

38

「なぜ、ぼくらはヨガの修行をするのだろう?」

ニューヨークで、少々難度の高いヨガのレッスンを受けていたとき、ある先生がこんな質問をした。こちらは身体を横にひねる、きついトライアングルのポーズの最中で、しかもその体勢を長くとらされていて、心地よいレベルはとうに超えていた。「なぜヨガの修行をするのだろう?」彼はもう一度訊いた。「人より少しやわらかい身体が欲しいから? それとも、もっと高尚な目的があってのことかな?」

サンスクリット語の〝ヨガ〟は、〝結びつき〟と訳され、その語源は、〝ユジュ〟という言葉にある。ユジュとは、〝軛《くびき》に繫ぐ〟、すなわち、軛に繫がれた牛のようにわき目も振らず日々の務めにみずからを繫ぎとめる、というような意味だ。そして、ヨガにおける日々の務めとは、結びつきを見つけることにある。それは、心と身体の、個人と神の、思考とその源泉の、先生と弟子の、あるいは自分と頑固な隣人との結びつきであってもいい。西洋世界ではプレッツェルのように身体をねじるエクササイズとして知られるようになったヨガだが、それはハタ・ヨガという、ヨガという大樹のなかのほんの枝葉にすぎない。いにしえの先人たちは、健康維持のためというより、瞑想に備えて筋肉と精神をほぐすために、こういったストレッチ運動を生みだした。お尻が痛くなれば、「ああ……ほんとにお尻が痛い」ということばかり考えてしまい、何時間もすわりつづけて、内なる神についてじっくりと考えることがむずかしくなるからだ。

またヨガは、瞑想を通じ、学問的な研究を通じ、沈黙の行《ぎょう》を通じ、神への奉仕を通じ、あるいはマントラ——サンスクリット語の聖なる言葉の繰り返しを通じて、神を見いだそうとする試みでもある。こういった修行はヒンドゥー教に由来すると見なされがちだが、ヨガはけっしてヒンドゥー教と同義ではないし、すべてのヒンドゥー教徒がヨガ行者だというわけでもない。真のヨガは、ほかの宗教を敵視することも、排除することもしない。つまり、神聖な結びつきを目指すたゆまぬ修行を通じて、人はクリシュナに近づこうとしても、またイエスやムハンマドやブッダやヤハウェに近づこうとしてもかまわないということだ。アシュラムにいるあいだに出会った修行者たちのなかにはキリスト教徒や、ユダヤ教徒、仏教徒、ヒンドゥー教徒がいたし、イスラム教を信じていると打ち明けてくれた人々もいた。自分の宗教的帰属をまったく語らない人々もいたが、この争いずくめの世界にあって、彼らを責めることはお門違いだろう。

ヨガとは、人間がかかえている小さな乱れを整えていく修行の道でもある。ここでは、その小さな乱れを、ごく簡単に、〝満たされない心の苦しみ〟と定義することにしよう。長い人類の歴史を通して、さまざまな思想や宗教が、人の陥りやすい不健全な状態について、それぞれの解釈を試みてきた。それを老荘思想では均衡を失った状態と見なし、仏教では〝無明〟と呼ぶ。また、イスラム教は神に逆らう愚かさをいさめ、ユダヤ教とキリスト教は人間のすべての苦しみの大もとは原罪にあるとしている。フロイト主義者たちは、不幸とは、人間の生来の衝動と文明の要求がぶつかって生じる、避けようのない副産物だと考える（心理学者である友人のデボラによれば、「人間にとって欲望とは、システムの設計ミスみたいなもの」らしい)。けれどもヨガ行者、すなわちヨギたちは、人間が不満足な状態に陥るのは、自己認識の誤りによるものだと考える。人がみじめな気持ちになるのは、自分がひとりきりで不安や失敗や怒りや死への恐れをかかえていると思いこんでいるからだ。わたしたちは、限りのあるちっぽけなエゴが、自分という存在の本質を決めていると誤解し、内なる神を見失って、みずからのどこかに、至高の存在《サブリーム・セルフ》が宿っていることにも気づいていない。その至高の存在こそが、本来の自分であり、万物の、神の実在であるにもかかわらず、人はその真実に気づかず、とかく絶望に陥りがちだ、とヨギたちは言う。それは古代ギリシアのストア派哲学者、エピクテトスの腹立ちまぎれの一節にも的確に表現されている。「神はあなたたちのなかにいる。なのに、愚か者よ、あなたたちはそれに気づきもしないのか」

ヨガとは、それぞれの内なる神を体験し、その体験を永遠に繋ぎとめておこうとする取り組みのことだ。ヨガとは、過去についてくよくよ悩んだり、未来について絶えず気に病んだりすることから関心を引き離すために、自分を律してゆく献身的な取り組みのことだ。それによって永遠なるものの居場所が見つかり、そこから自分と周囲の環境を落ちついて眺めることができる。この平らかな境地からしか、この世界（と自分自身）の本質は見えてこない。それ、そんな均衡のとれた視座から世界を眺めるヨギたちは、この世界の男も女も子どもも蕪《かぶ》もナンキンムシも珊瑚《さんご》も、あらゆるものが神の創造のエネルギーが等しく発揮されたものであることを、つまりはすべてが神の化身であることを悟っている。ただし、なかでも人間の命は特別な神の恩寵《おんちょう》であると、ヨギたちは主張する。人間として生まれ、人間の精神をもってしてこそ、神の存在に気づくことができるからだ。蕪やナンキンムシや珊瑚には、自分が何者なのか知るチャンスすらない。わたしたちには、そのチャンスが与えられている。

聖アウグスティヌスが、まるでヨギのような言葉を書き残している。「つまり、この世におけるわれわれの務めとは、神のお姿が見られるように、心の目を健やかに保っておくことだ」

もちろん、偉大な哲学における理念と同じように、ヨガの考え方も、理解するのはたやすくても、実践するのはなかなかにむずかしい。なるほど、わたしたちは皆同じ、等しくみずからのなかに神を宿している。けっこう。よくわかりました。けれども、そういう観点から生きてみる、理解したことを四六時中実践しようと努めるのはたやすいことではない。だから、インドではヨガをおこなうには師が必要だと考えられている。稀《まれ》にみる輝かしい聖人のひとりとして生まれ、すでに理想を体現した生き方をしている場合はともかく、悟りに至るまでの旅にはなんらかの導き手が必要になる。運がよければ、生きたグルが見つかるかもしれない。長きにわたってインドへの巡礼者が絶えなかったのは、まさにそんな導き手が求められていたからだった。紀元前四世紀、アレクサンドロス大王はインドへ大使を送り、高名なヨギをひとり見つけて王宮に連れ帰るようにと命令した(大使は、ヨギを見つけたものの、旅に出る承諾が得られなかったと報告している)。紀元一世紀には、ティアナのアポロニウスという別のギリシア人がインドに赴き、「インド人のバラモンたちは、地上に暮らしながら地上には暮らさず、砦《とりで》に守られずとも守られ、なにも所有せずともあらゆる豊かさを手にしている」という言葉を残している。マハトマ・ガンジーも、つねにグルのもとで学ぶことを求めていたが、残念ながらグルを見いだす時間もチャンスもなかった。「グルなくして真の知恵は得られないという教えにこそ、大いなる真実がある」と彼は書いている。

偉大なヨギとは、悟りによる幸福の境地を永遠に手にした者のことだ。そして、グルとは、その境地へ他人を導ける偉大なヨギのことをいう。〝グル〟という言葉は、サンスクリット語のふたつの音節からできている。最初の音節は〝闇〟を、ふたつめの音節は〝光〟を意味する。闇から出て光のなかへ。師から弟子へ、〝マントラヴィールヤ〟（意識を覚醒させる潜在力）が伝えられる。グルとの関わりがふつうの先生と生徒の場合とちがうのは、ただ教えを受けるだけでなく、グルのそばに行くだけで、グルの恵みの境地そのものを受けることができるところにある。

ほんのつかの間、偉大な存在と邂逅《かいこう》しただけで、そのような恵みを受けることもある。以前ニューヨークで、偉大なヴェトナム人僧侶で詩人で平和運動家のティク・ナット・ハンの講演を聴きにいったことがある。週日の夜だったが、その日は特別に街が沸きたった日で、人々は押し合いへし合いで客席を目指し、誰もが苛立ち、会場には一触即発のピリピリした空気が漂っていた。そのとき、僧侶が演壇にあらわれた。そして静かにそこにすわっただけで、ずいぶん長いあいだ口を開かずにいた。すると、聴衆は――まさかと思うかもしれないが、あの神経の尖《とが》ったニューヨーカーたちがいっせいに――彼の沈黙に支配されたのだ。ほどなく場内からすべての混乱が消えた。この小柄なヴェトナム人の男性は、おそらく十分間ほどで、彼が生みだす静寂にわたしたち全員を引き入れてしまった。あるいは、こう言ったほうがより正確かもしれない。彼の力によって、わたしたち自身の静寂のなかへ、誰でも生まれつき持っているが、気づくことも求められることもなかった平穏のなかへ、わたしたちを引き入れた。ただそこにいるだけで、わたしたち全員をそんな状態に至らしめる彼の能力――これこそ、神の力だ。これこそ、わたしたちがグルのそばに身を置こうとする理由だ。わたしたちは師の存在によって、わたしたち自身の隠れた美質が引き出されることを願って、グルのもとに赴く。

古代インドの賢者たちは、ひとつの魂がこの世で最も尊い、最も前途有望な幸運に恵まれるかどうかは、次の三要素で決まると書き残している。

一　意識的に物事を探究できる人間として生まれつくこと。
二　天地万物の本質を理解したいという願望を持って生まれつく、あるいはそのような願望を育むこと。
三　この世に生きている、精神の師《スピリチュアル・マスター》を見つけること。

心から求めれば、グルはきっと見つかるだろう。心から求めれば、天地万物が動きだし、運命をかたちづくる分子が再編成されて、あなたの歩む道と、あなたが必要とする師の道が交わる日がやがて訪れるだろう。かく言うわたしも、師を見つけたのは、バスルームの床にひざまずき、初めて必死に祈った夜――泣きながら神に答えを求めた夜――からわずか一カ月後のことだった。わたしはその日、デーヴィッドのアパートメントに行って、ひとりの美しいインド人女性の写真にはっとした。それでも、自分のグルを持つという考えには少なからぬ戸惑いを覚えた。概して、西洋人はグルという言葉にあまりよい印象を持っていない。この言葉から多くの人々がそう遠くない過去の一連の騒動を思い出すからだろう。一九七〇年代、裕福で真面目で多感な若者たちが、真理を求めようとして、カリスマ的だがいかがわしいインド人グルたちと出会い、社会的な物議をかもした。その混乱の大半は解決したものの、不信感の残響はいまも人々の耳の底にある。ここまで来たわたしですら、〝グル〟という言葉にひるむことがある。けれど、インドの友人たちに、そういったわだかまりは存在しない。彼らはグルの教えとともに育ち、グルという存在にいつも心を開いている。あるインド人の少女が英語の文法を間違えて、「インド人には、グルがほとんどいるわ！」と言ったとき、わたしには彼女が本当は〝ほとんどのインド人にグルがいる〟と言いたいのだとわかったのだが、かえって少女が思わず口にした言葉のほうに共感を覚えた。わたしもときおり、わたしにはグルがほとんどいる、という感覚を味わう。よきニューイングランド人として懐疑主義と実用主義を先祖から受け継いでいるからだろうか、わたしにはいまだ、自分にグルがいるという事実を受け入れがたくなるときがある。ただ、これだけは言える。わたしのほうから意識してグルを探しにいったわけではないが、その人はある日突然、目の前にあらわれた。そして、初めて彼女を見たとき、写真のなかからあの知的な慈愛に満ちた黒い瞳で見つめられたとき、「あなたが呼んだから来たのよ。さあ、必要なの、必要じゃないの？」と問われたような気がした。

どんな冷やかしにもからかいにも、異文化への反発にも臆《おく》することなく、わたしはあの晩自分がなんと答えたかをしっかりと胸に刻んでおかなくてはならない。わたしは心のままになんの根拠もなく、「必要です」と答えていたのだ。

39

アシュラムで最初のルームメートになったのは、サウスカロライナ州からやってきたアフリカ系アメリカ人の中年女性だった。彼女は敬虔《けいけん》なバプテスト派信徒で、瞑想の指導もしていた。そのあとは、アルゼンチンから来たダンサーや、スイス人のホメオパシー医、メキシコ人の秘書、五人の子を持つオーストラリア人女性、若いバングラデシュ人のコンピューター・プログラマー、メイン州出身の小児科医、フィリピン人の会計士などと同室になった。それ以外にもいろんな人たちが、入れかわり立ちかわりアシュラムを訪れて修行し、また去っていった。

このアシュラムは気軽に立ち寄れるような場所ではない。まず交通の便がひどく悪い。ムンバイから遠く離れた辺鄙《へんぴ》な谷の、舗装もされていない道路沿いにある。近くには、こぢんまりとした村（通りが一本、寺院がひとつ、何軒かの商店と、自由に歩きまわってはときどき仕立屋に入って横たわる牛たち）がある。ある晩、村の広場の木に、六十ワットの裸電球が一個、ワイヤーで吊りさげられているのに気づいた。この村唯一の街灯だった。それでも、アシュラムは地域経済を生みだし、村の誇りにもなっている。アシュラムを囲む塀の外はなにもかも埃っぽくて粗末だが、その内部には灌漑された庭園や花壇があり、蘭の花々がひっそりと咲き、鳥がさえずり、マンゴーの木、ジャックフルーツの木、カシューの木、ヤシの木、モクレン、バンヤンの木などがある。建物は快適だが、けっして贅沢なものではない。カフェテリア式の簡素な食堂があり、世界のさまざまな宗教に関するスピリチュアルな書物を広く集めた図書室がある。異なる種類の集いに適した寺院がいくつかあり、瞑想用の〝洞窟〟は心地よいクッションの置かれた薄暗くて静かな地下室で、修行のために一日じゅう開かれている。屋外には雨をしのげる東屋《あずまや》が一棟、毎朝、ここでヨガの授業がおこなわれる。ほかには楕円状に散歩道を巡らした公園のような場所もあり、ジョギングすることもできる。わたしが宿泊したのはコンクリート造りの宿舎だった。

アシュラムに滞在する人の数は、常時二、三百人だった。もしグルがそこにいたら、人数はもっと膨らんでいたのだろうが、わたしの滞在中、グルはインドにいなかった。彼女が近頃はもっぱらアメリカで過ごしていることを、わたしもなんとなくは知っていた。それでも、グルがいつどこに突然姿をあらわすかは誰にもわからない。ただし、グルのもとで学ぶために、彼女の存在が必ずしもその場に必要というわけではない。もちろん、生きているヨガの達人のそばに身を置くことは何事にも替えがたい幸福だし、そういう経験をしたこともある。

けれど、長年の修行者の多くは、それが注意散漫を引き起こす場合もあると指摘する。気をつけないと、グルを取り巻く人々の醸《かも》し出す、有名人をもてはやすような雰囲気に呑みこまれ、修行の目的を見失ってしまうと言うのだ。それよりは、グルのアシュラムのひとつを訪れて、修行の厳しい日課をこなせるように自分を鍛えたほうがいい。そうすれば、熱心な弟子たちを掻き分けてグルからひと言をいただくよりも、個人的な瞑想のなかでグルと対話するほうがずっとたやすいとわかるようになる。

アシュラムには給料制で長期間働いているスタッフもいたが、たいていの仕事は修行者たちに分担されていた。地元の人々のなかには、アシュラムで働いて給料を得ている人もいれば、グルに師事するためにこの地へやってきた人もいた。アシュラムで出会った、あるインド人のティーンエイジャーの少年に、わたしはわけもなく魅了された。彼の（こんな言葉しか浮かばなくて失礼）オーラに、わたしを惹《ひ》きつけてやまないなにかがあった。まず印象的なのは、驚くほど瘠せていることだ（ただし、このあたりではよくあること。インド人の少年以上に瘠せている人がいたら、見るのがちょっと怖いくらいだ）。服装は、わたしが中学生のころ、コンピューター好きの男子がバンドのコンサートに着てきたような――黒っぽいズボンにアイロンのかかった白いボタンダウンのシャツだった。でも、彼の場合はサイズが大きすぎて、細い茎のような首が、巨大な鉢から一本だけぴょこんと突き出たデージーの花のようだった。髪の毛はいつも水で濡らしてきちんと梳《と》かしつけてあった。胴周り四十センチあるかないかの腰に、大人用のベルトが二重に巻かれていた。毎日、同じ服を着ていた。

きっとそれが唯一の外出着なのだろう。毎晩シャツを手洗いし、毎朝アイロンをかけているにちがいない（こんな身だしなみへの気配りもここでは珍しくなく、糊のきいたシャツを着たインド人のティーンエイジャーたちを目にして、わたしは自分のしわだらけのだぶだぶワンピースが恥ずかしくなり、もっとこざっぱりとして控えめな恰好をするようになった）。それにしても、この少年のどこに惹かれるのだろう？　なぜこの顔にこんなに心を動かされるのだろう？　彼の顔には、まるで天の川で長期休暇を過ごしてきたかのような、静謐《せいひつ》な輝きが宿っていた。わたしはとうとう、彼は何者なのかと、別のインド人の少女に尋ねた。すると、彼女はたんたんと答えた。「地元のお店の息子です。とても貧しい一家なの。グルに招かれて、ここで過ごしているのです。彼が太鼓を叩くと、神の声が聞こえるわ」

アシュラム内の寺院のひとつは一般の人々に開放されていて、毎日多くのインド人がやってきて、一九二〇年代にこの流派の教えを確立し、いまなお偉大な聖人としてインドじゅうで崇められているヨガの達人《シッダ・ヨギ》の像を拝んでいる。しかし、アシュラムのほかの部分には、グルの弟子たちしか立ち入ることを許されていない。ここは、ホテルでも観光地でもなく、むしろ大学に近い。ここに入るためには正式な申し込みが必要で、充分な期間、ヨガを真剣に学んできたことを証明しなければ滞在は認められない。そして、最短でも一カ月は修行をつづけることが求められる（わたしは、ここに六週間滞在し、そのあとはひとりでインドを旅し、ほかの寺院やアシュラムや礼拝所を巡るつもりでいた）。

ここにいる修行者たちは、インド人と西洋人がほぼ半々。西洋人について言うと、アメリカ人とヨーロッパ人がほぼ半々の割合だ。講座はヒンディー語と英語で進められる。申し込みの際には、エッセイを書いたり、推薦状を集めたりすること、また、精神と肉体の健康状態について、ドラッグやアルコールを乱用した経験の有無について、経済的安定について、数多くの質問に答えることも求められる。現実生活でかかえこんだ混乱がなんにせよ、グルはアシュラムがその逃げ場となることをよしとしない。それは誰の益にもならないからだ。さらに、グルに師事してアシュラムで暮らすことを、家族や愛する人がなんらかの理由で強く反対している場合には、それを実行に移すべきではないし、実行する価値もない、というのがグルの基本的な方針だ。自宅に残って日常生活を送り、よき人を目指したほうがいい。騒ぎたて、事を大きくしても、なんの意味もない。

このようなグルの地に足がついた感覚を、わたしはいつも心強く感じている。

ここへ来るためには、自分が良識を持った現実的な人間であることを、そして働く意志があることを示さなければならない。一日に約五時間のセヴァ、すなわち〝無私の奉仕〟を通して、この施設全体の運営に貢献することが求められている。また、半年以内に離婚や家族の死など、大きなトラウマを負うような経験をした場合は、学習に集中できない恐れがあるので、できれば訪問を延期するように、アシュラムの運営陣から求められる。自分を見失った状態では、仲間の気を散らしてしまう恐れがあるからだ。わたしは離婚についてはきっぱりとけりをつけたつもりだった。それでも、もし結婚生活を解消した直後に苦しみをかかえてここに来ていたら、間違いなくアシュラムの仲間にとって大きなお荷物になっていただろう。まずイタリアで休息をとり、強さと健康を取り戻してからここへ来られて本当によかった。ここで必要とされるのは、その強さなのだから。

なぜなら、アシュラムでの修行の日々は厳しい。それは肉体面だけではなく、精神面についても言える。午前三時に始まり午後九時に一日の日課が終わるまで、長時間の瞑想や黙想をするため、自分の心の状態から気を逸らす暇はほとんどない。インドの片田舎の狭い部屋で見知らぬ人たちと共同生活を送らなければならない。虫やヘビやネズミもいる。天候の変化は極端だ。どしゃぶりの雨が何週間も降りつづいたかと思うと、朝食前の日陰ですら摂氏四十度近くになる猛暑がやってくる。ここでは物事がまたたく間に濃い現実味を帯びる。

アシュラムを訪れた人の身に起きることはひとつ——本来の自分は何者であるかを発見することだけ、とグルはいつも言う。そして、グルの考えによれば、精神にいまにも変調をきたしそうな状態なら、ここには来ないほうがいい。なぜなら、修行に耐えきれず精神を病んでしまった人を無理やり出ていかせることなどを、誰も最初から望んではいないからだ。

40

わたしのアシュラム到着と新年の訪れが重なった。新しい居場所にかろうじて一日で身をなじませると、もう大晦日がやってきた。その日は夕食がすむと、小さな中庭に人々が集まりはじめ、みんなが地べたに——冷たい大理石の床やい草の敷物にすわった。インド人の女性たちは結婚式にでも招かれたように装っていた。つややかな黒髪を編んで背中に垂らし、とっておきの絹のサリーと金の腕輪を身につけている。女性たちのひたいの中央には、宝石のビンディーが天の星のようにきらめいていた。大晦日の夜は、真夜中に年が変わるまで、この中庭で謡いつづけるのが習わしだった。

〝詠唱《チャント》〟は、わたしの大好きな修行だが、その呼び名だけはどうにも好きになれない。〝チャント〟と聞くと、生け贄を捧げるかがり火を囲む祭司たちの、陰うつな一本調子の唸《うな》り声が聞こえてくるような気がする。けれども、このアシュラムのチャントはまるで天使の歌だった。その多くは輪唱形式で謡われる。歌声のとびきり美しい数名の若い男女が、美しい旋律の最初の数小節を謡いはじめると、残りの人々がそれを繰り返す。これもまた瞑想の修行のうちだ。全員の歌声が最後にはひとつになるように、音楽の進行に意識を集中し、自分の声を周囲に調和させなければならない。わたしはまだ時差ぼけが抜けきらず、真夜中まで起きていられるかどうかも不安だった。ましてや長時間謡いつづけるだけの体力があるのかどうか……。そんなわたしの心配をよそに、一台のバイオリンがひっそりと切ない長音を奏で、この音楽の夕べが始まった。バイオリンを追いかけるようにインド式のオルガン、ハルモニウムがメロディーを奏で、太鼓がゆったりとリズムを刻み、やがて歌がそこに加わった。

わたしは、中庭の後ろのほうに母親たちとともにすわっていた。インドの女性たちは悠々とあぐらを組み、その上で子どもたちが小さな膝掛けのように眠っていた。今夜のチャントは子守唄であり、哀歌であり、感謝の表明であり、慈愛と信心をあらわす旋律《ラーガ》にのっとって書かれているということだった。歌詞はいつものようにサンスクリット語だ。インドの廃れかけた古い言語だが、祈禱《きとう》と宗教的研究にこのサンスクリット語は欠かせない。わたしは、先をいくメロディーを忠実にまねようと、まるで青い光の糸のように揺れる彼らの歌声を拾っていった。彼らから託された神聖な言葉をしばし自分のものとし、また彼らに返す。こうしていると時を忘れて、何時間でも謡っていられる。皆、夜の海の底の流れにたゆたう海藻のように揺れていた。近くにいる子どもたちは、贈り物のように絹地で包まれていた。

わたしは疲れていたけれど、歌声の青い糸を取り落とすことなく、眠りのなかで神の名を呼ぶように、この世を貫く深い井戸に落ちていくような心地で謡うことができた。それでも十一時半を過ぎると、楽団がテンポをあげて、純粋な喜びの表現へと謡い手たちを駆りたてた。美しく装った女性たちは、腕輪を鳴らし、手を叩き、踊りだし、全身がタンバリンであるかのように両手を身体に打ちつけた。太鼓が軽快な、心躍るリズムを刻む。数分が過ぎると、皆で力を合わせて、二〇〇四年という年をこっちに引き寄せているような気がしてきた。音楽という縄を新しい年に結び、大きな投網《とあみ》を夜空に放って、まだ見ぬ運命が詰まった大きな漁網をたぐり寄せているみたいだ。なんてずっしりと重い網だろう。新しい年にわたしたちの身に起こるかもしれない誕生や死や悲劇、戦争、恋、創造、変化、不運などがすべて網のなかにある。わたしたちは謡いつづけ、網をたぐりつづけた。手から手へ、一刻一刻と、声が声を追いかけ、近くへさらに近くへ……。真夜中になり、いよいよ力を尽くして謡い、この最後のひと踏ん張りが、とうとう新年の網をわたしたちの頭上に引き寄せた。空もわたしたちも、その大きな網にすっぽりと包まれる。この年の中身がどんなものなのかは神のみぞ知る。けれど、それはいまここにあり、わたしたちは皆それを見あげている。

これは、わたしにとって生涯で初めての、知らない人たちと祝う大晦日だった。踊ったり謡ったりの大騒ぎのなか、わたしには真夜中に抱き合える相手がいなかった。でもだからと言って、この夜が孤独だったと言うつもりはない。

わたしは、けっして孤独ではなかった。

41

このアシュラムでは、修行者全員に仕事が割り振られている。わたしの仕事は寺院の床磨きだった。一日に数時間、お伽《とぎ》ばなしに出てくる継娘《ままこ》そのままに、ブラシとバケツを用意し、冷たい大理石に膝をついて、せっせと床をこすり洗いする。やっているうちに、この仕事には隠された意味があることに気づいた。寺院を洗い清めることは、わたしの心をきれいにすること、魂を磨くことと同じだ。日常のなんでもない仕事を一生懸命やることが、自身を浄化する精神の修行につながっているにちがいない。

わたしの床磨き仲間は、おもにインド人のティーンエイジャーたちだった。この仕事が通常ティーンエイジャーたちにまかされるのは、体力は大いに必要だが、さほど責任の重い仕事ではなく、たとえ失敗しても、たいしたことにはならないからだ。同僚たちは、みんないいい子だ。少女たちは、ひらひら舞う小さな蝶のようで、アメリカの十八歳の少女たちよりも幼く見える。一方、少年たちは、真面目くさった小さな専制君主のようで、アメリカの十八歳の少年たちよりずっとおとなびて見える。本当は、寺院のなかでの会話は控えるべきなのだが、そこはティーンエイジャーらしく、おしゃべりが絶えない。ただ、くだらない噂話などはしない。ある少年は、わたしのそばで日がな床磨きをしながら、ここでの勉強でどうすれば最高の成果をあげられるかを熱心に説いてくれた。「真面目にやること。時間を守ること。冷静であり、気楽であること。そして忘れないこと――あなたのすることはすべて神のため、神のなさることはすべてあなたのためなのです」

床磨きは単調な肉体労働だったが、日々の奉仕は、日々の瞑想よりもかなり楽だった。どうも、わたしは瞑想が得意ではないらしい。修行が足りないことはわかっているが、正直に言うと、これまでもずっと苦手だった。心を平静に保つということができない性分のようなのだ。インド人の僧侶にこのことを打ち明けると、彼は澄ましてこう言った。「おや、お気の毒に。そのような問題に悩む人は、長い人類の歴史のなかであなたが初めてですよ」それから、ヨガの最古の聖典『バガヴァッド・ギーター』から、次のような言葉を引用してくれた。「ああ、クリシュナよ。心とはなんと落ちつきなく、移ろいやすく、強情で意地っぱりなのだ。風と同じくらい言うことを聞きやしない」

瞑想はヨガの錨《いかり》であり、翼である。そして、手段でもある。瞑想と祈りは異なるものだが、どちらの修行も神との交流を求めておこなわれることに変わりはない。祈りは神に語りかける行為、瞑想は神の声に耳を傾ける行為だという。わたしにとってどちらが簡単かは言わずもがな。神に日がな一日、自分の気持ちや問題をしゃべりつづけることはできるけれど、口を閉ざし、耳を傾けるとなると……いやはや、これはぜんぜんちがう。とにかく、静かにしているように心に言い聞かせても、心は驚くほどはやばやと、（一）退屈するか（二）腹を立てるか（三）落ちこむか（四）不安になるか（五）上記すべてになるか、このいずれかの反応を示す。

仏教徒たちが〝心の猿〟と呼ぶもの——枝から枝へ動きまわり、立ちどまって体を掻いたり、唸ったり、吠えたりする雑念に、多くの人と同様、わたしも悩まされている。遠い過去からまだ見ぬ未来まで、わたしの心はせわしなく時を行き来し、一度にたくさんのことを思いつき、制御不能で言うことを聞かない。このことじたいは、必ずしも問題ではない。問題なのは、思考にくっついてくる感情だ。幸福な思考は、わたしを幸福にしてくれる。だが、そうでない思考は——うえっ、やだ！——まさに一瞬にして、不安を呼び覚まし、幸福な気分を吹き飛ばしてしまう。そして、過去の腹立たしい瞬間を思い出し、またかっとなって、いらいらしはじめる。そのうち、そろそろ悲しむ頃合いだろうと心が判断すると、今度はたちまち寂しさが押し寄せてくる。結局、人とはみずからの思考に振りまわされる生きものだ。感情は思考の奴隷であり、人は感情の奴隷である。

思考の蔓《つる》を行きつ戻りつすることのもうひとつの問題点は、自分のいるべき場所が定まらないということだ。しょっちゅう過去をほじくったり、未来をつついたりするので、現在にとどまっていられない。わたしの親友、スーザンの癖に似ていなくもない。彼女は美しい光景を前にすると、「本当にきれい！　いつかまたここに来たいわ！」と大騒ぎするのだが、そのたびにわたしは、もうここにいるじゃない、と言わずにいられない。もし、あなたが神との結びつきを探しているのなら、こんな行ったり来たりの繰り返しは困りものだ。神の〝存在〟という言葉が使われるのにはわけがある。神は、いま、ここにいらっしゃる。現在こそ、神が見つかる唯一の場所、時間軸上の一点なのだ。

ただし、現在にとどまりつづけるためには、ひたむきに一点に意識を集中していなければならない。さまざまな瞑想法が、たとえば光の一点を見つめつづけるとか、自分の呼吸を観察するとか、さまざまな集中の技法を説いている。わたしのグルが教えるのは、意識を研ぎ澄まして神聖な言葉や音節を繰り返す、いわゆるマントラの助けを借りる瞑想法だ。マントラにはふたつの役割がある。ひとつは、心に仕事を与えるという役割だ。サルに一万個のボタンの山を示して、「ここにあるボタンを一個ずつ動かして、新しい山をつくりなさい」と命じるようなものだ。サルにとっては、隅っこでじっとしていろと命じられるより、ボタンの山を動かすほうがずっと楽なのだ。そしてマントラのもうひとつの役割は、まさにボートのように、心の波立つ領域を抜けて、新たな海域へ唱える人をいざなうことにある。思考の逆流に意識が呑まれそうになったときはいつでもマントラに意識を戻し、ふたたびボートを漕ぎつづければよい。偉大なサンスクリット語のマントラには想像も及ばない力が宿っているという。マントラとともにあれば、それが舟となり、神様のいる波打ち際まであなたを運んでくれるだろう。

瞑想に関する実に多くの問題のひとつに、与えられたマントラ、オーム・ナマ・シヴァーヤがわたしの頭にはしっくりと収まらないということがあった。このマントラの響きも意味も大好きなのに、これを唱えても、すっと瞑想の世界に入っていけるわけではない。ヨガの修行をしてきた二年間、すぐにうまくいったためしがなかった。頭のなかでオーム・ナマ・シヴァーヤを繰り返そうとすると、言葉が喉に詰まり、胸が締めつけられ、気持ちが不安定になる。この言葉の持つ節《ふし》がわたしの呼吸とぴったり合わないのだ。

ある晩、わたしはこの件についてルームメートのコレーラに尋ねてみた。マントラの反復に集中できないことを認めるのは恥ずかしいが、瞑想指導者の彼女なら、力になってくれるかもしれない。コレーラの答えは、以前には瞑想中に心がさまよったこともあったが、いまでは瞑想がなによりもすばらしく、心地よい、形をさまざまに変える喜びに変わったというものだった。

「ただすわって、目を閉じるだけ。あとは、マントラのことを考えるのよ。そうすれば、すぐに天国へ導かれるわ」

こんなことを聞くと、うらやましくてしょうがない。けれど、コレーラは、わたしが生きてきた年月と同じくらいヨガの修行を積んでいる。わたしはコレーラに、瞑想中どんなふうにオーム・ナマ・シヴァーヤを使っているのかを見せてほしいと頼んだ。音節の切れ目ごとに息継ぎをするのだろうか。でも、これだとマントラがやたらと長くなってしまい、いらいらする。では、マントラの一語ごとにひと呼吸？　でも、一語の長さが全部ちがう！　どうやって均等にするのだろう？　それとも、息を吸ってマントラを一回、また吸って吐きながらマントラをまた一回？　これでは、なにもかも急ぎ足になって不安になる。

「わからないわ」コレーラが答える。「ただ……唱えているだけだもの」

「でも、謡っているでしょう？」わたしは必死に食いさがる。「マントラに拍子をつけている？」

「ただ唱えているだけよ」

「瞑想中に頭のなかで唱えてるとおりに、口に出して言ってみてもらえない？」

わたしのルームメートは鷹揚《おうよう》にうなずくと、目を閉じて、マントラを口ずさみはじめた。すると、本当だ……唱えているだけだとはっきりわかる。コレーラは、穏やかに、ふだんどおりに、かすかに笑みを浮かべて唱えている。それどころか、いつまでもやめそうにないので、わたしは落ちつかなくなって口を挟んだ。

「でも、退屈にならない？」

「あら」コレーラはそう言って、目をあけてほほえみ、腕時計を見た。「まだ十分しかたってないわ。リズ、もう退屈になっちゃったの？」

42

翌朝、午前四時の瞑想に出るため、時間どおりに〝瞑想の洞窟〟に到着した。この修行をもってアシュラムの一日が始まる。わたしたちはここで一時間、沈黙してすわっていなければならない。でも、わたしにとっては一分は一キロ半歩くようなもの。つまり、早朝の瞑想は、わたしにとっては百キロ近い過酷な行軍に等しい。二十数キロも歩けば、つまり十五分とたたないうちにだが、わたしは気が散りはじめ、膝が痛くなり、腹が立ってくる。当然だ。瞑想中、わたしとわたしの心《マインド》は、こんな会話を繰り広げているのだから。

わたし　さあ、瞑想するわよ。呼吸に意識を向けて、マントラに集中しましょう。オーム・ナマ・シヴァーヤ。オーム・ナマ・シヴァ――

心　ね、わたしも手伝ってあげる！

わたし　ええ、ありがとう。ぜひそうして。さあ。オーム・ナマ・シヴァーヤ。オーム・ナマ・シ――

心　すてきな瞑想のイメージが湧くようにしてあげるわ。そうね――こんなのどうかしら。自分は神殿だって想像してみるの。島の上に建つ神殿！　そして、その島は海に浮かんでる！

わたし　そう。それは、すてきね。

心　ありがと。わたしもそう思ったわ。

わたし　でも、どこの海を思い浮かべればいい？

心　地中海よ。ギリシャの島々のどこかにいるって想像するの。そこには太古の神殿があって……ううん、やっぱりだめ。それじゃ、あまりに観光じみてるわ。いい？　海は忘れて。海は危険すぎる。もっといい考えが――そうだ、湖に浮かぶ島。

わたし　そろそろ瞑想に入りましょうよ。オーム・ナマ・シヴァ――

心　そうね！　もちろん、それがいいわ！　でも、お願いだから、湖を想像してみて。水面は例のやつでいっぱいで……あれ、なんて言うんだっけ、あれ――

わたし　ジェット・スキー？

心　それよ！　ジェット・スキー！　あれってものすごく燃料を食うんですって！　環境によくないに決まってる。ほかに、どんなものが燃料をたくさん食うか知ってる？　落ち葉集めの送風機よ。まさかと思うでしょうけど――

わたし　わかった。でも、いまは瞑想しましょう。オーム・ナマ――

心　そのとおりね！　なんとしても、あなたの瞑想の力になりたいわ！　じゃあ、湖やら海やらに浮かぶ島っていうのはなし。どう見ても役に立たないもの。そうね、代わりに……川に浮かぶ島ってことにしましょう！

わたし　ハドソン川のバナマン島みたいな？

心　そう！　そのとおりよ！　だからつまり、川に浮かぶ島ってイメージで瞑想するの。瞑想してると、いろんな雑念が浮かんでくるわ。でもそういうのは、自然な川の流れにすぎないの。あなたは島なんだから、そんなのは無視していいのよ。

わたし　待って。わたしは神殿だったんじゃ……。

心　そうだったわね、ごめんなさい。あなたは島の上に建ってる神殿よ。いいえ、神殿であり、島でもある。

わたし　川でもあるってこと？

心　ちがう、川はただの雑念よ。

わたし　やめて！　もうけっこう！　**あなたのせいで気が変になりそう！**

心　（傷ついて）　ごめんなさい。刀を貸そうとしただけなの。

わたし　オーム・ナマ・シヴァーヤ……オーム・ナマ・シヴァーヤ……オーム・ナマ・シヴァーヤ……

ここで幸先よく、雑念は八秒ほど静まる。が――

心　わたしのこと、まだ怒ってる？

——そしてついに、息苦しさに耐えきれず水面に顔を出すように、わたしは大きくあえぐ。心が勝ちをおさめる。わたしは目を開き、瞑想を中断する。涙がこぼれそうになる。アシュラムへは瞑想を深めるために来たはずなのに、これではあんまりだ。荷が重すぎる。わたしにはできない。じゃあ、どうするの？　毎日、十五分たつたび、泣きながら寺院を飛び出していくわけ？

でも、この日は闘わずに、やめた。さじを投げた。わたしは背後の壁にどさりと身体をあずけた。背中は痛いし、力は湧いてこないし、心はしおれている。崩れ落ちる橋のように、姿勢もぐたぐた。わたしは、頭からマントラを取っ払い（マントラは、見えない鉄板のようにわたしを押しつぶしていた）、傍らの床に置いた。それから神に呼びかけた。「本当にごめんなさい、でもきょうは、これ以上あなたの近くに行けないわ」

ラコタ・スー族では、じっとすわっていられない子は発育の遅れた子だと見なされる。また、サンスクリット語の古い文献には、次のように書かれている。「瞑想が正しくおこなわれていることを示す、いくつかの証がある。たとえば、鳥は、あなたを動かない物体と勘違いして、あなたの頭にとまるだろう」もちろん、そんなことは、まだわたしの身に起きていない。それでもあと四十分ほど、できるだけ静かにこの瞑想場にいようと決めた。不甲斐《ふがい》なさに苛《さいな》まれつつ、周りの修行者たちを眺めた。みんな、完璧な姿勢で、完璧に目を閉じ、穏やかな澄まし顔で、完璧な天国に至っていた。わたしは悔しくて哀しくて、泣いてしまえば楽になるだろうと思った。でも、グルの言葉を思い出し、懸命に涙をこらえた。一度でも取り乱す機会を自分に与えると、それが癖になり、何度も繰り返すことになる。そうなることを避け、強い自分を保って修行しなければならない。グルはそう言っていた。

しかし、わたしにはその強さがあるとは思えなかった。身体は痛いし、卑小感《ひしょう》でいっぱいだし……。心と対話しているときの〝わたし〟とは、何者なのだろう？　〝心〟とは、何者なのだろう？　大食らいの思考処理装置、魂の消耗装置。それがわたしの頭だ。そんな荒くれ者をわたしはどうやって手なずけるつもりだったのか……。そのときふいに、映画『ジョーズ』の名台詞が浮かび、わたしはほほえんでいた。巨大ザメと初めて接近遭遇した警察署長ブロディーが、船の扱いなどからきしわかっていないくせに、あの怪物に挑むのは当然という顔で口走るあのひと言だ――。

「この船じゃ小さすぎる」

43

夕食の時間。わたしはひとりでテーブルにつき、ゆっくり食べようと試みていた。食べることも修行のうちだとグルは言っている。食事の量は控えめに。掻きこむような食べ方をしてはいけない。消化器官に大量の食べ物を短時間で流しこむことが、身体のなかの聖なる火を消してしまうかもしれないからだ（グルはきっとナポリに行ったことがないにちがいない）。瞑想がうまくいかないと弟子たちが不満をこぼすと、グルはつねに、最近の消化の具合はどうかと尋ねる。ソーセージ入りカルツォーネや、一ポンドのバッファロー・ウィングや、ココナッツ・クリーム・パイ半ピースを消化器官が必死に掻き回しているようでは、瞑想しても超越の境地にたやすく入れないのも当然だからだ。もちろん、アシュラムではそのような食事は出されない。ここでの食事は軽くて健康的な菜食ばかり。それでも味はおいしいので、飢えた子のようにがつがつ食べるなと言われても、けっこうむずかしい。さらにビュッフェ形式をとっているので、おいしそうな料理がいい匂いを漂わせて目の前に並べられ、しかも追加料金がないという状態で、二度め、三度めのお代わりを我慢するのも容易ではない。

そんなわけで、たったひとりでテーブルにつき、フォークの運びを遅くしようと努めていると、ひとりの男性が夕食のトレイを持って空席を探している姿が目にとまった。わたしは、どうぞ、と彼にうなずいてみせた。ここでは初めて見る人だった。到着したばかりなのだろう。見知らぬ男性は、クールに、そんなにあわてちゃいねえよ、と言いたげな足取りで、辺境の町の保安官か、長年大博打《ばくち》をしてきたポーカーの名手のような風格を漂わせて近づいてきた。見た目は五十代だが、それよりも数世紀は長く生きたと思わせるような歩き方。髪も顎ひげも白く、格子縞のネルシャツを着ている。がっしりとした肩に大きな手をしているので一見おっかなそうだが、表情は実に穏やかだ。

男性はわたしの向かいの席につき、もったりとした口調で言った。「やあ。ここらには鶏も殺《や》られちまいそうなほど、たんまりと蚊がいやがるな」

皆さん、〝テキサスのリチャード〟のお出ましです。

44

リチャードはこれまで実にたくさんの仕事に就いた。そのうちごっそり忘れてしまうかもしれないから、彼から聞いたことをここに書きとめておこう。油田の労働者、十八輪トラックの運転手、ダコタ州初の〈ビルケンシュトック〉販売取り扱い業者、中西部のゴミ埋め立て地で働く袋の振り混ぜ屋《サック・シェイカー》（これで失礼、〝袋の振り混ぜ屋〟がどんな仕事か、ゆっくり説明している時間がないので）、道路建設労働者、中古車のセールスマン、ヴェトナム戦争の兵士、〝商品仲買人〟（商品のおおかたはメキシコ産麻薬）、ヤク中でアル中（これを仕事と呼べるなら）、そして、ヤク中とアル中からの更生者（こちらのほうがはるかに尊敬すべき仕事）、コミューンのヒッピー農夫、ラジオのナレーター、そしてついに、高額医療機器の卸売業者として成功をおさめた――のはよかったが、結婚生活が破綻《はたん》、元妻に事業のすべてを譲り渡すと、一文無しに転落し、本人いわく〝金を欠き、ケツを掻く〟日々が始まった。こうして、テキサス州オースティンで、古家の改築をなりわいとし、いまに至る。

「仕事を選んだことなんてないね」と彼は言う。「いつもあくせく働いてきただけ」

テキサスのリチャードは、心配事をかかえこむようなタイプではない。いわゆる神経症的な人間とはぜんぜんちがう。でも、わたしにはいささか神経症的なところがあるから、それゆえに、彼に惹かれたのだと思う。このアシュラムにリチャードがいるということがわたしを大いに安心させ、また楽しみにもなった。彼のゆったりとした落ちつきが、わたしのささくれた神経に滲みこんで、すべてだいじょうぶだと（たとえだいじょうぶではなくても、そこで起こることは喜劇にすぎないと）言い聞かせてくれた。昔懐かしいアニメ映画の雄鶏、フォグホン・レグホン（ワーナー・ブラザースのアニメ映画のキャラクター。南部なまりのあるいたずら好きの雄鶏で、一九六〇年代に人気を博した）、リチャードはまさにあんな感じだ。そして、わたしは、ちっこくておしゃべりな親友チキン・ホーク（フォグホン・レグホンの親友の、ひよこの大きさしかないのに、居丈高なタカ）になった。リチャードがこう言った。「おれとたらふくが組めば、四六時中笑って過ごせるってもんさ」

たらふく。

リチャードがわたしにつけたあだ名だ。初めて会った日に、わたしの食べっぷりから命名された。必死に自己弁護に努めたが（「これでも、ちゃんと考えながら食べてるわ！」）、このあだ名は最後まで変わらなかった。

テキサスのリチャードは、たぶん典型的なヨガ修行者とは言えないだろう。けれどもインドに滞在するうちに、わたしは典型的なヨガ修行者はこうだと決めつけるのはよくないと自戒するようになった（このアシュラムで後日出会うアイルランドの片田舎からやってきた酪農家や、南アフリカから来た元修道女など、これについて話しだすときりがない）。リチャードがヨガに目覚めたのは、以前の恋人がきっかけだった。彼女の車に同乗し、彼はテキサスからニューヨークのアシュラムへ、グルの講話を聴きにいった。リチャードが言う。「これは、おっかねえところへ来たぞと思ったな。 金をふんだくられて、家や車の権利書を書き換えさせられる部屋はどこなんだって。だけど、そんなことは起こらなかった……」

そのときから十年の月日が流れ、リチャードは、いつしか祈ることが習慣になっていた。その祈りはいつもこんなふうに始まった。「どうか、どうか、おれのこころ《ハート》を開かせてください」〝こころ〟をさらけ出すこと——それが彼の願うすべてだった。なので、祈りの最後も、こころを開いて生きられますように、で締めくくった。「そして、どうか、おれに奇跡を示してくださいますように」だがいま、彼はこんなふうに振り返る。「あんたも、祈るときにゃ気をつけるんだな、たらふく。なにせ、祈ったことは叶っちまうんだから」心臓《ハート》を開かせてくださいと祈りはじめて数カ月後、リチャードがどうなったと思います？ そう、正解。彼は外科の緊急手術で本当に心臓を開くことになった。彼の胸は切り開かれ、肋骨も左右に分けられた。そして、彼の心臓が初めて外気にさらされ、外の光を浴びた。まるで神様が「ほら、どうだ？ 奇跡ってやつは」と問いかけたかのように。だからいまリチャードは、細心の注意を払って祈る。「このごろじゃ、祈るときはこう付け加えるんだ。〝ええ、神様。お手やわらかにお願いします〟」

「わたしの瞑想には、なにが欠けているのかしら？」と、ある日、リチャードに尋ねてみた。

そのとき、彼はわたしの床磨きを見守っていた（彼は幸運にも厨房《ちゅうぼう》の担当で、夕食の一時間前にそこへ行けばよかった。彼はただたんにわたしの床磨きを見るのが好きなのだ。おもしろいから、らしい）。

「なんで、まだなにかやらなくちゃならないことがあるって考えるんだ、たらふく？」

「瞑想がぜんぜんうまくいかないからよ」

「誰がそう言う？」

「わたしよ。心《マインド》をおとなしくさせられないの」

「グルの教えを思い出すといい。〝純粋な志を持って瞑想を始めるのなら、その後になにが起きるかは、あなたの問題ではない〟。あんたは、なんで自分の経験に自分で評価を下そうとするんだ？」

「わたしの瞑想中に起こることって、ここのヨガ修行にあるまじきことだと思うから」

「なあ、たらふく。なんで、ここで起こるべきことを最初から決めたがる？　なにがあっていいじゃねえか」

「なにかが見えたことなんて一度もない。超越体験なんて一度も……」

「色彩の乱舞を見たいのか？　それとも、自分自身の真実を知りたいのか？　どうしたい？」

「瞑想しようと努力しても、いつも自分と言い合いになるだけ」

「それは自我だな。あんたの自我がすべてを取り仕切っていると確かめたがるんだ。あんたの自我が、あんたの感情を引き裂き、相反する感情が対立しているかのように見せかけている。そうしてあんたに、自分はなにか足りない、なにか壊れている、全体とひとつになれない孤独な人間だと思いこませようとしている」

「でも、なんのために？」

「なんのためもありゃしねえ。あんたに仕えるのが、自我の仕事じゃないからな。そいつの仕事は、自分の力を維持することだけさ。そいつはいま、死ぬんじゃないかとおびえている。なぜって、前よりサイズが小さくなっているからさ、ベイビー。あんたがこのまま精神の修行をつづけていけば、自我が悪さをすることも減っていくだろう。そのうち、自我は引退して、あんたのこころ《ハート》がすべてを決めるようになるだろう。だからいま、自我は生き残りのために闘っている。あんたの心《マインド》と結託して権威をひけらかし、あんたをこの世界から切り離し、小さな檻《おり》に追いこもうとしている。だから、そいつの言うことに、耳を傾けちゃいけねえんだ」

「どうしたら、耳を傾けずにいられる？」

「子どもからおもちゃを取りあげようとしたことあるか？　いやがるだろう？　足をばたばたさせて、わめきやがる。子どもからおもちゃを取りあげるいちばんの方法は、代わりに遊べるものを与えることさ。気を逸らしてやるんだ。あんたの頭から力ずくで考え事を取りあげようとするんじゃなくて、あんたの心に代わりに遊べるものを与えてやるわけさ。もうちっと健やかなやつをな」

「たとえばどんな？」

「たとえば愛さ、たらふく。純粋な神の愛みたいなものをさ」

45

瞑想の洞窟に行くことは神との対話の時間を持つことだと教えられていたのだが、わたしは毎日おびえながら、ぐずぐずとそこに向かった。まるで動物病院に向かう犬のようなものだ（犬はどんなにやさしくされても、最後は痛い注射で終わることを知っている）。しかし、テキサスのリチャードと瞑想について話をした翌朝、わたしは新しいことを試みた。瞑想のために床に坐すと、心に声をかけた。「ねえ、聞いて。あなたがちょっとおびえてることはわかってるわ。でも、約束する。あなたを根絶やしにするつもりはないってこと。わたしは、あなたに休息する場所を与えたいだけなの。愛してる」

かつて、ある修行僧からこんな言葉を聞いたことがある。「心《マインド》が休む場所はこころ《ハート》です。心は四六時中、鳴り響くベルや雑音や喧嘩の声を聞かされている。心が平穏を見いだせるのは、静けさに満ちた〝こころ〟しかありません。あなたが向かうべき場所はそこなのです」

わたしは、それまでとは異なるマントラを試すことにした。かつて教えてもらったマントラで、二音節からなる、とても簡素なものだ。

ハム・サ。

サンスクリット語で〝わたしは在る〟という意味。

ヨギの言葉を借りれば、ハム・サは最も自然な、誰もが生まれる前から神によって授けられているマントラだ。つまり、これは人間の呼吸音なのだ。ハムで息を吸い、サで吐く（ちなみに、ハムはやわらかく開放的に、ハァァムと発音する。あのサンドウィッチに挟んであるやつといっしょにしてはいけない。サは、サァァ……と引き伸ばす)。生きている限り、人は息を吸っては吐くを繰り返し、そのたびに、このマントラを繰り返していることになる。わたしは在る。わたしは神。わたしは神とともに在る。わたしは神のあらわれ、わたしは引き裂かれていない。わたしは孤独ではない。わたしは個という囲われた幻想の存在ではない……。ハム・サを唱えると、安らかで穏やかな気持ちになれた。オーム・ナマ・シヴァーヤ、つまりこのヨガにおける、言うなれば〝公式《オフィシャル》〟のマントラを唱えるときよりも瞑想に入っていきやすかった。後日、修行僧にこのことを打ち明けると、瞑想の助けになるのなら、そのままハム・サでつづければいいと言われた。「なんであろうと、あなたの心に変革をもたらすような瞑想をしなさい」

こうして、わたしはまた瞑想をつづけた。

ハム・サ。

わたしは在る。

雑念がつぎつぎに浮かんだが、そんなには引きずられなかった。わたしは、母親が子どもの相手をするように、自分の心に言った。「はいはい、そうね、わかった……さあ、外へ行って遊びなさい……ママは神様の声を聞いているから」

ハム・サ。

わたしはここに在る。

しばらく眠りに（というか、眠りのようなものに）落ちた。瞑想においては、眠ったと感じたものが本当の眠りかどうかはわからない。意識の別の領域にいたという可能性もある。一方、目覚めている（つまり、目覚めていると感じている）ときには、微弱電流のようなピリピリする青いエネルギーが全身を巡っているのを感じた。驚いたけれども、それはすばらしい感覚だった。わたしはどうしていいかわからず、そのエネルギーに向かって「あなたを信じるわ」と声をかけた。すると、それに呼応するように、エネルギーが大きく勢いを増し、五感を奪われてしまうのではないかと危ぶむほど強くなった。背骨の根もとが低くうなっていた。首が勝手にまっすぐになったり横を向いたりしたがったので、好きにさせた。気づくと、わたしは奇妙な姿勢をとっていた。修行を積んだヨギのように背筋をまっすぐに伸ばして坐しているが、どういうわけか、わたしの左の耳が左肩にぴったりとついている。なぜ自分の頭と首がこんなことをしたがるのか、さっぱりわからない。でも、自分の頭や首に文句はつけられなかった。頭も首も、とにかくそうしたがっているのだから、そうさせればいい。青色のエネルギーはあいかわらず力強く、全身を巡っていた。耳のなかで鼓動のような音がした。その音はどんどん大きくなり、もうわたしの手には負えないと感じた。恐ろしくてたまらず、思わず、そのエネルギーに呼びかけた。「わたし、まだ準備ができてない！」ぱっと目を見開いた。すると、すべてが消え失せた。わたしはふたたび瞑想場に、いつもいる世界に戻っていた。腕時計を見た。ここに――というか、どこかに――ほぼ一時間いたようだ。

わたしは、ハァハァとあえいでいた。まさしく呼吸していた。

46

この経験がなんだったのか、そこで（〝瞑想の洞窟で〟、そして〝自分のなかで〟という意味で）起きたことがなんだったのかを理解するためには、謎めいて怪しげに思われるかもしれないことを、つまり、クンダリニー・シャクティのことを持ち出さなくてはならない。

世界のあらゆる宗教において、日常を超越したところで神を直接的に体験することを求めた修行者たちがいた。彼らは根本主義者のような聖典や教義にもとづく研究から離れ、神と個人的に対峙《たいじ》する道を目指した。興味深いのは、このような神秘主義者がみずからの体験を綴った記録を読んでいくと、結局は同じことが起こっていたのではないかと思われることだ。

総じて、彼らの神との合一は、瞑想状態において、全身が粟立つような歓喜のエネルギーに包まれたあとに起きている。このようなエネルギーを、日本人は〝気〟と呼び、中国の仏教徒は〝気《チ》〟と呼ぶ。バリ島人にとっては〝タクス〟、キリスト教徒にとっては〝精霊〟、カラハリ砂漠のサン人にとっては、〝ン・ウム〟だ（サン人の聖者は、ン・ウムは脊椎をのぼって頭のてっぺんを突き破るヘビのような力であり、その頭にあいた穴から神が入ってくるのだと語っている）。イスラム神秘主義の詩人たちは、神のエネルギーを〝最愛なるもの〟と呼び、信仰心に溢れた詩を〝最愛なるもの〟に捧げている。オーストラリアの先住民族アボリジニは、空からヘビが降りてきて、この世のものとは思えぬ力を治療師《メディスンマン》に授けるのだと語っている。ユダヤ教の伝統にもとづく神秘主義思想カバラにおいては、神との合一は魂が高次の段階に達したときに起こるとされており、その際には目には見えない脊椎の経路をエネルギーが駆けのぼるのだという。

カトリック教会における最も神秘的な人物、アヴィラの聖テレサは、彼女の神との合一が、内なる七つの〝住まい〟を通過し、光に包まれて身体が浮揚したときに起こったと述べている。彼女の瞑想はつねに深いトランス状態に入るため、周囲の修道女たちにはその脈拍が感じとれないこともあったという。聖テレサは仲間の修道女らに、あなたたちが目撃したものは〝きわめて非凡で、かまびすしく噂されやすいもの〟なので、けっして他言しないようにと求めた（もちろん、異端審問の対象にならないようにという配慮があったのだろう）。聖テレサはみずからの体験を振り返り、最もつらい試練は瞑想のあいだの思考を焚きつけないようにすることだったと述べている。なぜなら、どんなに熱心に祈っても、心にささやかな考えが浮かぶだけで内なる神の炎が消えてしまうからだ。厄介な心がひとたび〝おしゃべりを紡ぎだし、議論にうつつをぬかしはじめると、心は――それが知性を備えていればなおさら――思考することが重要な仕事だと思いこむ〟。それでももし、そのような思考に打ち勝つことができたなら、人は神の世界にのぼることができる。〝それは名誉ある愚昧《ぐまい》であり、天国の狂気であり、そのなかにこそ本物の知恵がある〟と聖テレサは書いている。ペルシアのイスラム神秘主義者の詩人、ハーフェズは、圧倒的な神の愛を前にして、酔ったようにわめき叫ばずにいられるものだろうか、と記している。まさにこれに呼応するかのように、聖テレサは彼女の自叙伝のなかでこう宣言する。〝もし、このような神と出会う経験が狂気であるとおっしゃるのなら、父なる神よ、わたしたちすべてに狂気をお与えください！〟

だが一転して、この本の次のくだりからは、彼女が息を整えているかのような筆致がつづく。いま、聖テレサの著作を読み返すと、彼女が神との合一という恍惚に満ちた体験を告白し、次に中世スペインの政治情勢を考慮し（歴史上最も厳しい宗教弾圧を行った専制君主の時代に彼女は生きた）、冷静に恭順に、自分の興奮を詫びていることに気づく。〝大胆すぎたとしたら、お許しください〟と彼女は書く。そして、繰り返す。わたしの愚かな戯言《たわごと》は無視されるべきものだ。なぜなら、わたしはただの女であり、虫けらであり、卑しむべき者であり……うんぬん。彼女がスカートのしわを伸ばし、裾を整え、ほつれ毛の最後のひとすじまで――神と出会う秘技や、燃え盛る内なる炎とともに――しまいこむさまが目に見えるようだ。

インドのヨガの伝承において、神と出会う秘技は、クンダリニー・シャクティと呼ばれ、クンダリニーは脊椎の基部でとぐろを巻くヘビにたとえられている。クンダリニーは、グルが触れること、あるいは奇跡の発現によって解放され、体内の七つのチャクラ、あるいは七つの輪（あるいは、魂の七つの〝住まい〟と置き換えてもいい）を通り、最後は頭のてっぺんから抜けていく。このとき、弾けるような勢いをもって、神との合一が果たされる。このようなチャクラは太りすぎた身体には存在しないので探すだけ無駄だ、とヨギは言う。そのようなチャクラが存在するのは鋭敏な身体に限られる。仏教の師が、〝鞘《さや》から剣を抜くように生身の肉体から自分を取り出せ〟と弟子たちに教えるとき、引き合いに出されるような肉体のことだ。ヨガ修行者であり神経科学者でもある友人のボブは、チャクラという概念をヨガの師からしょっちゅう吹きこまれているうちに、チャクラの存在を信じるためにも、それらを解剖された人体のなかに見てみたいものだと考えるようになった。しかし、きわめて超越的な瞑想経験をへたあと、新しい理解が生まれて、その考えを捨てたという。「ありのままの真実と詩的な真実が存在するように、人体においても、ありのままの解剖と詩的な解剖が存在する。目に見えるものと、目には見えないもの。前者は、骨と歯と肉でできている。そして後者は、エネルギーと記憶と信仰でできている。しかし、どちらも同じように真実なんだ」

科学と信仰が交わる場所を見つけたような、その考え方がわたしは好きだ。以前、《ニューヨーク・タイムズ》紙で、神経科学者の研究チームが、あるチベット僧の協力を得て、彼の脳走査実験をおこなったという記事を読んだ。実験の目的は、チベット僧が悟りの境地にあるとき、脳科学者の言葉を借りれば、超越的な心理状態にあるとき、脳のなかでなにが起きているかを調べることにあった。ごくふつうに考え事をしているときの脳には思考とインパルスの雷雨が吹き荒れており、その状態は脳スキャン画像に黄や赤の閃光として記録される。怒りが強くなる、あるいは感動が深くなると、その分、これらの赤い閃光も激しくあらわれ、色味が強さを増す。一方、文化や時代の枠を超えて語られているのは、修行を極めた人々の脳は瞑想のあいだ静まり返り、最終的な神との合一には頭の中心から発せられる青い光が伴うということだ。ヨガの世界では、この光は〝青い真珠〟と呼ばれ、すべての修行者にとって見いだすべき目標になっている。この実験の対象となったチベット僧の場合も、瞑想に入ると脳が完璧に落ちつき、赤や黄色の閃光がスキャン画像にあらわれることはまったくなかった。それどころか、この僧の神経活動のエネルギーが最後は脳の中心に集まり、そこに蓄積され、スキャン画像のモニターには、小さくて涼やかな青い真珠のような光が映し出されたという。まさにヨギたちが修行の体験として語っていることそのままに。

これこそ、クンダリニー・シャクティの最後の到達地点だろう。

神秘的なインドにおけるシャーマニズム的な幾多の神との交信のなかでも、とりわけクンダリニー・シャクティは、それを制御しきれない人間が安易に行うと、恐ろしい力を発現すると考えられている。経験の浅いヨギが文字どおり心を吹き飛ばされることもある。そのために修行者には道を示す師、すなわちグルと、修行の場として理想的で安全な場所、すなわちアシュラムが必要なのだ。そして、グルが修行者に接触することによって(文字どおり現実でじかに出会い、あるいは夢を介するような超自然的な出会いをへて)、脊椎の基部でとぐろを巻き、そこに拘束されているクンダリニーのエネルギーが解き放たれ、神のもとへ昇る旅を始めると言われている。この解放の瞬間とその霊的なイニシエーションを、シャクティパットと呼ぶ。シャクティパットは、悟りを開いた師からのすばらしい贈り物だ。グルの接触を受けたあとも、弟子たちは悟りを目指して、何年も厳しい修行を積まなくてはならない。それでも、修行の旅に一歩を踏み出したことは確かだろう。そう、初めてそこでエネルギーが解き放たれるのだから。

わたしはインドのアシュラムに来る二年前、ニューヨーク州でグルに初めて会ったとき、このシャクティパットの儀式を受けた。ニューヨーク市郊外のキャッツキルにある彼女のアシュラムで一週間の合宿を行ったときだ。正直なところ、それを受けたからといって、特別に変わったことはなにもなかった。わたしはどこか、目くるめくような神との出会いを、青い稲妻や予言的なヴィジョンを期待していたのだが、身体を観察してみても、ただいつものように、なんとなくお腹が減ったと感じるだけだった。クンダリニー・シャクティを解放するような、すごい経験をするには信仰心が足りないのだろうか、と思ったことを覚えている。わたしは頭で考えるタイプで、あまり直観的ではないのだろう。だから、わたしの修行の道も、秘技を体得するというより、もっと知的な作業になるのではないか。わたしはそんなふうに思った。これからも祈って、本を読んで、興味深いテーマについて考えていくだろうが、聖テレサが書いているような瞑想を介した神との出会い、法悦の境地まで至ることはないのだろう、と。それでもいいと、わたしは思った。わたしはそれでも修行に打ちこむのが好きだ。たとえ、クンダリニー・シャクティとは縁がないとしても。

ところが、シャクティパットの儀式を受けた翌日、興味深いことが起こった。合宿の参加者たちは、その日も全員、グルのもとに集まり、グルにいざなわれて瞑想に入った。わたしはその途中で、眠ってしまい(もしくは眠ったような状態になり)、夢を見た。夢のなかで、わたしは浜辺に立ち、海を眺めていた。そこは外洋で、大きな荒々しい波がつぎつぎに生まれていた。ふと気づくと、わたしのとなりにひとりの男性がいた。その人はグル自身の師、ヨギの偉大なカリスマだった。ここではその名を、サンスクリット語で〝最愛の僧〟を意味する〝スワミジ〟と記すことにしよう。スワミジは一九八二年にこの世を去っている。わたしは彼の姿をアシュラムの写真でしか見たことがない。それらの写真を見るたびに――ここは正直に認めなければ――ちょっとおっかない、ちょっと押し出しが強すぎる、わたしの好みから言うなら、ちょっとぎらぎらしすぎ、といつも思っていた。わたしは長いあいだ、スワミジのことを考えないようにし、壁から見おろすまなざしを避けていた。彼にはなんだか押しつぶされそうだ。わたしのグルというタイプではない。わたしはいつも、この亡くなった（それでもなお強烈な）人物より、美しくて慈悲深くてやさしい印象の生きた師のほうを好んでいた。

しかし夢のなかでは、そのスワミジが、浜辺に立つわたしの傍らに、活力をみなぎらせて立っていた。わたしは怖くなった。スワミジはつぎつぎに寄せる波を指さし、厳しい口調で言った。「あれを止める方法を考えだすがいい」わたしは焦ってノートを取り出し、波が打ち寄せるのを止めるような仕掛けを絵に描こうとした。まずは巨大な防波堤と湾とダムを描きはじめたが、その思いつきはあまりにもばかばかしく的はずれだった。こんなこと、できるわけがない（わたしはエンジニアじゃないわ！）。だが、スワミジがじれったそうに、早く裁定を下したいという態度で待っているのが感じとれた。わたしはとうとう、さじを投げた。わたしの考えた仕掛けなんて、あの波を消せるほど賢くも強くもない。

そのときだった。スワミジが笑いだした。わたしは顔をあげ、オレンジ色の衣をまとった小柄なインド人の男性が、腹をかかえて涙をぬぐいながら、大笑いしているのを見た。「なあ、聞かせてくれ」スワミジは、際限もなく波を生みだす、力強く広大な外洋を指さして言った。「よければ、聞かせてくれ。いったいなんでまた、おまえはあれを止めようなどという大それたことを考えたんだ?」

47

さて、瞑想の洞窟でこれまでにない異様な体験をしたあと、わたしはふた晩つづけて、ヘビが部屋に入ってくる夢を見た。ヘビは、霊的な吉兆だと本で読んだことがあった(もちろん、西洋的な宗教観においてはその逆もありだ。たとえば、イグナティウス・ロヨラは神秘体験のなかで誘惑するヘビのヴィジョンをよく見たという)。しかし、吉兆だと思ってみたところで、ヘビの生々しさや恐ろしさが薄まるわけではなかった。わたしは汗みずくで目覚めた。もっと悪いことに、目覚めたとき、わたしの心はまたも裏切りを働き、離婚直後のあの最悪の時期以来陥っていなかったパニック状態にわたしを放りこんだ。たちまち思考は破綻した結婚生活に引き戻され、それに伴うみじめさや怒りがぶり返した。そのうえデーヴィッドのことまでくよくよと考えはじめ、心のなかで彼と口論した。異様に気が昂《たか》ぶり、孤独感に苛まれ、彼がわたしにしたことや言ったこと、あらゆるつらい思い出がよみがえってきた。そして、ふたりが幸せだった、あの夢を見ているようなときめきの日々のことを考えだしたら、止まらなくなった。ベッドを飛び出して真夜中のインドから彼に電話をかけたいという衝動に耐えるだけで精いっぱい。もしあのとき、彼に電話をかけていたら、わたしはどうしていただろう？　きっと受話器を置いた。いや、もう一度わたしを愛してと乞い願ったかもしれない。あるいは、彼の性格のあらゆる欠点を激しくなじったかもしれない。

なぜ、ふたたび、こんなことになったのか？

このアシュラムに長年いる修行者なら、こう言うだろうと察しはついた。それはごく当たり前のことだ、誰もが通過する道だ。集中した瞑想はあらゆるものを掘り起こす。あなたはいままさに、あなたのなかから悪霊を一掃しようとしているところなのだ。……だとしても、わたしはこの精神状態に耐えられそうもなかった。ヒッピー修行者のこねまわす理屈なんて聞きたくない。すべてが掘り起こされるつらさは、いやというほど経験した。まるで吐き気がこみあげるように、過去が際限もなく浮上してきた。

それでもなんとか、ようやくふたたび眠ることができた。しかし、なんということだろう。また夢を見た。今度はヘビの夢ではなく、獰猛《どうもう》な犬がわたしを追いかけながら言った。

「おまえを殺してやる。おまえを殺して、食ってやる！」

わたしは泣きながら、震えながら目覚めた。ルームメートを起こしたくなかったので、バスルームにこもった。バスルーム……今度もバスルームだ！　神様に助けられたはずなのに、わたしはまたしてもバスルームにこもり、またしても真夜中に、ひとりきりで、床にすわりこみ、胸が張り裂けそうなほどむせび泣いている。ああ、ひどい、ひどすぎる。もう疲れた。もうバスルームなんてまっぴら。

涙が止まらないので、わたしはノートとペン（ろくでなしの最後の逃げ場）を取り出して、もう一度便器の傍らにすわった。白いページを開き、もう何度も繰り返してきた嘆願をせっぱ詰まって走り書きした。

「あなたの力を貸して」

こうして、わたしはようやく安堵し、大きく息をつく。わたしの手書きの呼びかけに応えて、あのいつもの友だち（いったい誰？）が忠誠を守って、わたしの救出に乗りだしてくれる。

「ここにいるわ。だいじょうぶ。あなたを愛してる。あなたをけっして見捨てない……」

48

翌朝の瞑想はさんざんだった。自分の心に向かって、あなたはどこかへ行って、わたしに神を見つけさせて、と頼んだが、心は冷ややかにわたしを見つめ、「あなたにないがしろにされるのは、もう二度といやよ」と言った。

その日は一日じゅう、すれちがう誰かの命に関わるのではないかと危ぶむほど、激しい憎しみと怒りを発散していた。気の毒なドイツ人女性につっけんどんに応対した。彼女は英語が不得手で、わたしが書店の場所を尋ねたことが理解できなかった。ただそれだけのことにいらついてしまう自分が情けなくて、（またしても！）バスルームにこもって泣いた。そして今度は、泣きつづける自分に腹を立てた。しょっちゅう取り乱していてはいけない、それが癖になってしまうから、というグルの教えが頭をかすめた。しかし、グルになにがわかるというのだろう？　彼女は悟りを開いた人だ。彼女にわたしを助けられるわけがない。わたしのことを理解できるわけもない。

　誰からも話しかけられたくなかった。誰かがそばにいるのにも耐えられなかった。テキサスのリチャードのことさえ、しばらくは避けていた。だがとうとう、夕食の時間に、リチャードのほうからわたしを捜し出し、わたしのそばに――勇敢な男だ――わたしの自己嫌悪の黒煙がもうもうと立ちこめるなかにすわった。

「なにをくさってる？」いつものようにもったりした口調で、楊枝をくわえながら尋ねた。

「訊かないで」と言いながらも、しゃべりはじめたら止まらなくなって、わたしは彼に一部始終を語り、あげくにはこんなことまで打ち明けた。「最悪なのは、デーヴィッドのことを考えだすと、取り憑《つ》かれたように止まらなくなってしまうこと。彼のことは乗り越えたと思ってた。でも、なにもかもまた戻ってきたわ」

　リチャードは言った。「あと半年もすりゃあ、もっとましな気分になる」

「そうなるために、もう一年もかけたのよ、リチャード」

「なら、あと半年だ。あと半年しのいだら、その件はあんたから離れていく。そういうことには、それぐらいの時間がかかるもんさ」

わたしは、雄牛のような荒々しい息を鼻から吹き出した。

「なあ、たらふく」と、リチャードが言う。「いいか。あんたはいつか、この人生のひとときを、哀しみのひとときとして懐かしく振り返ることになるだろう。いま、あんたは失ったものを嘆いている。心はぼろぼろだ。それでも、あんたの人生は変わりつつあるし、変わりつつある人生にとって世界でいちばんふさわしい場所に、いま、あんたはいる。慈愛に包まれたすばらしい祈りの場所にさ。焦ることたあねえさ。いまを大切にしろ。この一刻一秒をな。そうすりゃ、インドじゃ何事も自然とうまくいくもんなんだ」

「でも、心から彼を愛したのよ」

「そりゃそうだろう。恋に落ちたんだからな。なんであんたは、起こったことから目をそむけようとする？　その男はあんたのこころ《ハート》に触れた。あんたですら、まさか届かないだろうと思ってたような深い場所にさ。まあ、感電したみたいなもんだな、ベイビー。あんたはそこに愛を感じた。でもそれは、まだほんの始まりなんだ。あんたは愛の味を覚えたにすぎない。しかもそれは、ちっぽけな、限りのある、いずれは滅びる愛だ。いいか、たらふく。あんたはそのうち、もっと深い愛を知るようになる。いつかこの世界全体を愛するようになる。それがあんたの宿命だ……おい、笑うな」

「笑ってないわ」笑うどころか、わたしは泣いていた。「あなたこそ笑わないで聞いてほしいんだけど……なぜ彼との別れから立ち直るのがこんなにむずかしいのかって、わたし、考えつづけたの。それはね、彼がわたしのソウルメートだからよ。ほんとにそう信じてるの」

「たぶん、そうなんだろうよ。だけど問題は、あんたがソウルメートの意味をはきちがえてるってことだな。世間はソウルメートというのが、なにもかもぴったりくる相手のことだと勘違いして、誰もがソウルメートを求めている。だがな、真のソウルメートとは、鏡となって、あんたが隠しているものすべてをあんたに見せちまう相手のことだ。あんたの目をあんた自身に向けさせ、人生を変えちまうような相手のことだ。真のソウルメートとは、おそらく人生で出会う最重要人物のことだ。その人物はあんたの壁を打ち壊し、あんたを叩き起こす。だけど、ソウルメートと永遠に暮らせるか？　無理だ。苦しすぎる。ソウルメートは、あんたの人生に入りこみ、あんたに別の地層が存在することを教え、そして去っていく。それを神に感謝しなくちゃな。あんたの問題は、ソウルメートが去りゆくにまかせられねえことだ。終わったんだ、たらふく。デーヴィッドは、あんたを揺さぶり起こし、解消する必要のあった結婚からあんたを引きずり出し、ちょいとばかしあんたのエゴを裂き、あんたの足を引っぱっているものがなにかを教え、あんたのこころ《ハート》を切り開き、そこに新しい光を入れた。そして、あんたを死にもの狂いにさせて、とことん振りまわした。だから、あんたは人生をつくりかえなくちゃならなかった。そして、彼はあんたに精神の師を紹介した。そして、去っていった。それが彼の仕事だった。もちろん、りっぱにやり遂げた。だがな、もう終わったんだ。問題は、あんたがそういう関係が短命だってことを受け入れられないことだ。まあ、ゴミ捨て場の犬ころみてえなもんさ。まだなにか味わえねえかと、空っぽの缶の底を舐めつづけてる。気をつけねえと、鼻っ面に永遠に缶をかぶせたまま、みじめな人生を送ることになるぞ。そいつを捨てちまえ」

「でも、彼を愛してる」

「なら、愛せばいい」

「でも、彼が恋しい」

「なら、恋しがればいい。彼のことを考えるたびに、愛と光を彼に送るんだ。そして捨てちまえ。あんたは、デーヴィッドの最後のかけらが消えちまうのを恐れてる。なぜって、そうなると、本当にひとりきりになっちまうからだ。そしてリズ・ギルバートは、本当にひとりきりになったとき、自分になにが起こるのか、それに死ぬほどおびえている。だがな、これだけは言えるぞ、たらふく。もし、あんたがいま、その男に執着している心の一角を空っぽにしたら、そこにはぽっかりと空白が、空きスペースができる——それが入口になる。宇宙はその入口をどうすると思う？　入ってくるんだよ。なだれこんでくる、宇宙が、神が。そして、あんたが夢にも思わなかったような愛であんたを満たす。だから、その入口をふさぐのに、デーヴィッドを使うのはやめちまえ。去っていくのにまかせればいい」

「でも、できることなら、わたしはデーヴィッドと——」

リチャードは最後まで言わせなかった。「ほら、そこがあんたの問題だ。願《ウィッシュ》うことが多すぎるのさ、ベイビー。鶏の叉骨《ウィッシュ・ボーン》で背骨をつくろうったって、骨のあるやつにはなれねえ」

その日初めて、わたしは声をあげて笑った。

わたしはリチャードに尋ねた。「この哀しみが消えるまで、どれくらいかかるの？」

「正確な日数が知りてえのか？」

「そう」

「カレンダーに○をつけるみてえにか？」

「そう」

「言わせてもらうが、たらふく、あんたは救いようのない仕切り屋だ」

その指摘に、怒りがめらめらと燃えあがった。救いようのない仕切り屋？　このわたしが？　侮辱された気がして、リチャードの頬を引っぱたきそうになった。でもすぐに、その怒りの強烈さこそ、彼の指摘が真実である証拠だと気づいた。まぎれもない、大当たり、笑ってしまうほどの真実。

リチャードの言っていることは全面的に正しい。

「あなたは、全面的に正しい」と、わたしは言った。

「当たりきよ、ベイビー。いいか、あんたは強い女で、欲しいものを手にする人生に慣れていた。だが、ここ最近は、人との関係で求めるものが得られなくなった。だから、ひどく混乱した。あんたのダンナは、あんたの求めるようにふるまいはしなかった。デーヴィッドもだ。以前のように、人生は思いどおりにならなくなった。人生が思いどおりにならねえことほど、仕切り魔をくさらせることはねえんだ」

「やめて、仕切り魔なんて」

「あんたはなんでも自分の計画どおりに進まないと気に入らねえ。たらふく、これまで誰もあんたにそれを指摘しなかったのか？」

うむむ……まあ、そうです。でも、離婚の直後というのは、自分について他人がとやかく言うのに耳を貸さなくなるものでは？

と、思わないでもなかったが、とりあえず心の声を払拭し、リチャードの指摘を受け入れた。「いいでしょう。たぶん、あなたの言ってることが正しいのだと思うわ。そうね、わたしは仕切りたがりで、なんでも自分の思いどおりにしたいと思ってるのかもしれない。でも、妙ね、あなたがそれに気づくなんて。だって、うわべには出てないでしょう？　つまり、初めて会って、わたしのことを仕切りたがりだって思う人、まずいないと思うの」

テキサスのリチャードが大笑いしたので、くわえた楊枝が落っこちそうになった。

「そうかあぁ？　レイ・チャールズにも、あんたが仕切り屋だってことは見え見えだ！」

「もうけっこう。この話はやめにしましょう」

「なあ、たらふく。あんたは、なりゆきにまかせるってことを覚えたほうがいい。でないと、あんたは病気になる。二度とまともな眠りは訪れねえだろう。ひと晩じゅう寝返りを打ち、人生にしくじった自分を責めつづける。〝わたしのどこが悪いの？　どうして、あらゆる人間関係をめちゃくちゃにしてしまったの？　どうして、わたしはこんな負け犬なの？〟——想像だけどな。きのうの夜、あんたはえんえんとそんなことを考えつづけていたんだと思うね」

ハヤカワ文庫の最新刊

50th ハヤカワ文庫 SINCE 1970

●表示の価格は税別本体価格です。
＊価格は変更になる場合があります。
＊発売日は地域によって変わる場合があります。

3
2020

SF2272
宇宙英雄ローダン・シリーズ612
フロストルービンふたたび
ヴィンター＆ツィーグラー／嶋田洋一訳

ローダンとタウレクは、ふたたびフロストルービンにもどる。セト＝アポフィスによる悪影響でネガティヴ寄生体が生じたというが!?

本体700円[絶賛発売中]

SF2273
宇宙英雄ローダン・シリーズ613
シャツェンの博物館
クルト・マール／若松宣子訳

深淵の地のアトランとジェン・サリクは、まだグレイの国にされていないシャツェンへ向かう。そこを領主ムータンが攻撃してきた！

本体700円[18日発売]

SF2274
鬼才のディストピアSF
タイタンのゲーム・プレーヤー
フィリップ・K・ディック／大森 望訳

eb3月

星間戦争に敗北し、タイタンの生物に支配された地球。人口が激減したこの世界では、自らの土地を賭けた〈ゲーム〉が流行していた
本体1360円[絶賛発売中]

超弩級ミリタリーSF3部作開幕！

異星人の攻撃により人口の六割が
死亡した地球を

「当たりよ、リチャード。でも、もうけっこう」わたしは言った。「二度とわたしの頭のなかを歩きまわらないで」

「なら、入口は閉めとけよな」偉大なるテキサスのヨギが言った。

49

もうすぐ十歳になろうというとき、わたしは深刻な精神的危機に陥った。そんなことには幼すぎる年齢だと思われるかもしれないが、わたしはもともと早熟な子どもだった。あれは小学校四年生と五年生のあいだの夏休み。わたしはその七月、十歳の誕生日を迎えようとしていた。九歳から十歳へ——一桁から二桁の年齢への移行が、わたしをまぎれもない——ふつうなら五十歳あたりで経験するような——実存的な不安のパニックに陥らせた。人生とはこんなにも早く過ぎていくものなのかと思ったことを覚えている。幼稚園にいたのがきのうのようなのに、わたしはもう、ここにいる。すぐにティーンエイジャーになって、中年になって、老年になって、死んでしまうのだろう。ほかのみんなも、ものすごい速さで年老いていくのだろう。誰もがすぐに死んでしまう。両親も死ぬ。友だちもみんな死ぬ。飼い猫も死ぬ。姉なんてもうすぐハイスクールだ。姉がかわいい靴下をはいて小学一年生になったのがついこのあいだのように思えるのに、もうハイスクール？　とすると、姉が死ぬ日もすぐにやってくる？　こういうのって、いったいどういうこと？

奇妙なことに、この精神的危機に陥ったきっかけがわからない。死の定めをわたしに教えるかのように、友人や親族の誰かが死んだわけでもない。死に関してなにかを読んだり見たりしたわけでもない。『シャーロットのおくりもの』（自分の死にゆく運命に気づいた子豚のウィルバーとクモのシャーロットの交流を描いた、E・B・ホワイトの児童文学）すらまだ読んでいなかった。わたしが十歳で陥ったパニックは自然発生的なもの、死に向かう休みなき行進に気づいてしまったからとしか言いようがない。そして当時のわたしは、この危機を乗り越えるためのスピリチュアルな言葉などなにひとつ持ち合わせていなかった。うちの家系はプロテスタントだが、敬虔な信者ではなかった。クリスマスと感謝祭のディナーの前しか祈りを捧げず、教会に行くのもときたまだった。父は日曜日の午前中は家にいることを選び、神に祈りを捧げる代わりに畑を耕した。わたしは教会の聖歌隊に入っていたが、ただ歌うのが好きだったからだ。美人の姉はクリスマスのキリスト生誕劇で天使の役をもらった。母は村の奉仕活動の人手を集めるために教会を利用した。しかしその教会のなかでさえ、神について多くが語られていたのをわたしは記憶していない。なんと言っても、そこはニューイングランドだ。〝神《ゴッド》〟という言葉が植民地開拓者たちの末裔《まつえい》をいささか神経過敏にさせるのかもしれない。

さて、精神的危機に陥ったわたしの絶望は深く、わたしはこの宇宙の営みに強力な緊急ブレーキをかけたいと切望した。そう、学校の旅行でニューヨーク・シティに行ったとき、地下鉄で経験したような、あんなブレーキを。活動停止《タイムアウト》とひと声叫んで、わたしがすべてを理解できるまで、みんなの時間を止めてしまいたい。自分が納得するまで、この宇宙の営みを停止させたい。この強い願望こそ、テキサスのリチャードの言う "仕切り屋" の萌芽だった のかもしれない。当然ながら、こういうことは、どんなに心配しようが努力しようが、悪あがきにしかならない。時の流れを気にすればするほど、時はますます速度をあげて、またたく間に夏が過ぎ去り、わたしは頭痛に苦しみ、一日が終わるたびに「ああ、また一日が……」と考えて、涙に暮れた。

ハイスクール時代の友人が、精神のハンディキャップを持つ人々と仕事で関わっている。彼から聞いた話だが、ある種の自閉症の人々は、時の経過に対してとりわけ悲痛な感情をいだくという。いずれは死ぬ運命にあることをことさら考えないようにして生きていけるのがふつうの人々だとすれば、彼らは思考を取捨選択する心のフィルターを持たないかのように生きている。友人の患者のひとりは、一日の始まりに、その日の日付を尋ねるのが日課だ。そして一日が終わると、こんなふうに尋ねる。「ロブ、ふたたび二月四日がやってくるのはいつだい？」ロブが答える前に、その人は哀しげに首を振って、こう言う。「わかってる、わかってるよ。そんなことは、来年になるまで気にしなくていい、だろう？」

わたしには、この気持ちが痛いほどわかる。わたしも、ふたたび二月四日が巡ってくる日を引き延ばせたらどんなにいいだろうと思う。この哀しみは、人間が生きていくうえで大きな試練のひとつだ。わたしたちの知る限り、この地球上で、みずからの死すべき運命を自覚できるという神からの贈り物――おそらく贈り物なのだろう――を授かった種は人間しかいない。すべての生きものはいずれ死ぬ。そして、人間は、その事実について毎日でも考えられるという幸運を授かっている。この人間だけにもたらされた情報をどう扱えばいいのだろうか。九歳のわたしには泣くことしかできなかった。しかしその後の何年かで、流れ去る時間に対するわたしの過敏すぎる意識は、最高速で道をぶっ飛ばすような人生にわたしを駆りたてた。こんなにわずかなあいだしかこの世に生きられないのなら、ここで経験できるすべてを経験しておかなくてはならない。旅も、恋も、仕事の夢も、パスタもすべて。わたしの姉の友人は、キャサリンには二人か三人の妹がいると誤解していたらしい。なぜなら、その人は姉から、妹がアフリカにいる、妹がワイオミングの牧場で働いている、妹がニューヨークでバーテンダーをしている、妹が本を書いている、妹が結婚した、などという話をいつも聞かされていたからだ。これらがすべて同一人物のことだなんて誰が思うだろう。実際、もしこのわたしを何人ものリズ・ギルバートに分けられるなら、人生のどんな一瞬も無駄にしないように、わたしは喜んでそうしていただろう。いや、問題はここだ。わたしは本当にそうしていたのだ。自分を何人ものリズ・ギルバートに分けて生きていた。そして、三十歳を過ぎて、あの郊外の家のバスルームの床に泣き崩れたとき、すべてのリズ・ギルバートが同時に挫折した。もう疲労困憊《こんぱい》だった。

もちろん、誰もがこんな精神的危機を経験するものではないことはわかっているつもりだ。死への不安を心に組みこまれた人もいれば、すべての物事にもっと気楽にかまえられる人々もいる。こういった問題に関心のない人々もいれば、宇宙が定める一生の時間を潔く受け入れ、その矛盾と不公平にも思いわずらうところのないように見える人々もいる。ある友人は、彼女の祖母からいつもこう聞かされていた。

「この世には、熱いお風呂と一杯のウイスキーと聖公会祈禱書で癒せない深刻な悩みなんて、なにひとつないのよ」まったくそのとおりだ、と言う人々もいるだろうし、もっと強力な対処を必要とする人々もいるだろう。

さて、ここでアイルランドからやってきた酪農家である友人の話をしよう。ショーンはわたしと同じように、インドのアシュラムで最も出会いそうにない人物に見える。でも、一見すると、彼はインドのアシュラムで最も出会いそうにない人物に見える。

それへの答えが自分の住むコーク県の小さな教区には見つからないと感じたショーンは、一九八〇年代に故郷を離れ、インドを放浪しながら、ヨガを通して内なる平安を見いだそうとした。そして数年後、故郷アイルランドの酪農農家に戻った。ショーンは石造りの家の台所に父親――生涯を酪農家として生きてきた無口な男――と腰かけ、はるかなる東洋の地で見つけたスピリチュアルな生き方について語った。父親は暖炉の火を見つめ、パイプ煙草をくゆらしながら、そこそこの関心を持って息子の話に耳を傾けていた。ショーンがこう言うまで、彼はひと言も語らなかった。「父さん、つまりそれが瞑想ってやつだ。心に静けさをもたらすには瞑想がいちばんんだ。瞑想は父さんの人生だって救ってくれる。どうしたら心を静かにできるかを教えてくれる」

すると父親はショーンのほうを振り向き、やさしい声で言った。「静かな心か。息子よ、それならわたしはもう持ってるよ」そしてまた視線を暖炉に戻した。

でも、わたしは静かな心を持っていない。ショーンも持っていない。多くの人はそうだ。

多くの人は炎を見れば、そこに地獄の業火を見るだろう。ショーンの父親が生まれながらに持っている（と思える）ものを身につけるには、積極的にそれを学ぼうとしなければならない。つまり詩人のウォルト・ホイットマンが言うところの〝目引き袖引きのおせっかいに関わりを持たず……おもしろがったり、悦に入ったり、同情したり、のんびりと自立して……競技に参加しながら観客であり、眺めてはしきりに感心もして〟立っているような方法を。でもわたしは、〝おもしろがる〟のではなく、心配する。〝眺める〟のではなく、穿鑿《せんさく》し、干渉する。ある日、わたしは神への祈りのなかで、こんなふうに神に問いかけた。「あの、ちょっといいですか？　吟味されないなりゆきまかせの人生なんて生きる甲斐《かい》がないと、わたしは思っているんです。でもいつか、吟味なき、おまかせランチみたいな人生を手に入れられるものでしょうか？」

仏教の世界では、ブッダが超越的な瞑想体験から悟りに至る過程が次のように言い伝えられている。四十九日間の瞑想をつづけたあと、ついに幻のベールが消え去って、ブッダの前に宇宙の真実の営みがあらわになった。ブッダは目を開くとすぐに、「これは教えられることではない」と言った。それでも、彼は気持ちを切り替えて世間に出ていき、ごくひと握りの弟子たちに瞑想を指導した。ブッダは、その教えを受けられる（興味を持って受け入れられる）人間はごくわずかしかいないということを知っていた。多くの人は、どんなに救われたいと願っても、真実を見えなくする欺瞞《ぎまん》の塵《ちり》が目にこびりついており、目をあけられない状態にある、とブッダは言った。それでも、ごくわずかな人々（おそらく、ショーンの父さんもそこに含まれる）は、生まれながらに澄んだ目を持ち、心の平安を保つことができるので、誰の教えも導きも必要としない。しかしなかには塵がわずかにこびりついているだけの人々もいて、そういう人は、正しい師に教えを受ければ、いつかははっきりとものが見えるようになるかもしれない。ブッダは、そのような少数派に――塵のわずかな人々に――教えを授けようと決めたのではないだろうか。

わたしもそのような、ほどほどに塵がこびりついた人々のひとりでありたいと、心から願っている。でも、本当にそうなのかどうかはわからない。ただわかるのは、自分が心の平安を見いだすために、ふつうの人の目にはいささか苛烈《かれつ》とも思える方法をとってきたことだろう。まだニューヨークにいたころ、インドへ行ってアシュラムで生活し、神とはなにかについて考えてみるつもりだと、友人のひとりに伝えた。すると彼は、ため息を洩らし、こう返した。「ぼくも心のどこかでそんなことをしてみたいと思ってる。だけど、なにがなんでもという気持ちにはなれないんだな」わたしの場合、選択の余地があったとは思えない。何年ものあいだ、さまざまな方法で、必死になって、心の安らぎを求めてきた。でも結局、そういうことをしても、人は疲弊するだけだ。人生はあまりに激しく追い求めすぎると、人を死へと駆りたてる。時間を無法者のように追跡すれば、時間は無法者のようにふるまうことだろう。いつもひとつ先の町、ひとつ先の宿にいて、あなたが新しい逮捕状を持って宿屋の入口から飛びこんだときには、裏口からするりと抜け出し、灰皿に残された一本の煙草があなたを嘲笑《あざわら》うように煙をあげている。そして、いずれどこかの時点で、あなたは追うのをあきらめる。無理だ……こんなのは。時間は捕まえられないと認めることになる。そもそも捕まえることを期待されているわけでもない。リチャードが言っていたように、どこかの時点で、なりゆきにまかせ、じっとすわって、向こうからやってくるものを受け入れ、そこに心の安らぎを見いだすことになるのではないか。

もっとも、世界が回っているのはそのてっぺんにハンドルがついていて、そのハンドルを自分が回しているからこそだと信じている人間（もちろんわたしも含む）にとって、物事をなりゆきにまかせることは、あまりにも無謀な挑戦だと映る。そのハンドルを一瞬でも手から放したら、この宇宙が滅んでしまうような気がしてならない。だがな、そいつを捨てちまえ、たらふく。これこそ、わたしが受け入れるべきメッセージなのだ。ただ静かに坐して、執拗な干渉や介入をやめること。そして、なにが起きるか観察すること。鳥たちがぶつかり合って空から落ちてくるわけでもない。木々がしおれて枯れるわけでもない。川が血で赤く染まるわけでもない。世間はあいかわらずだ。イタリアの郵便局はのんべんだらりと仕事をつづけているだろうし、わたしがいなくても、みんなそれぞれのことをやっているだろう。なのになぜ、この世界を細部までちまちまと管理することを大切だと思いこんでいるのか。なぜなりゆきにまかせられないのか。

そんな内なる声を、わたしは聞く。そこには訴えるものがある。理性でもって、それを信じることもできる。そのとおりだ。しかし、そう思うそばから、わたしは、不断の渇望、昂ぶった熱情、愚かしいほどに貪欲な資質のすべてをもって、こう問いかける。じゃあ、この

わたしのエネルギーをどこに振り向ければいいの？

その答えもまた聞こえてくる。

神を探しなさい。グルの声がわたしに言う。頭に火がついた人が水を探すように、神を探しなさい。

50

翌朝の瞑想で、またしても、あのすべてを台無しにする憎らしい雑念が戻ってきた。いつもいちばん間の悪いときに電話してくる苛立《いらだ》たしい勧誘セールスのようなものだ。それでも瞑想のさなか、自分の心がそれほど興味深い対象ではないということにふと気づいた。わたしの心はごく限られたことしか考えていなかった。同じことばかり繰り返し考えている。ここでのキーワードは〝くよくよと〟だ。わたしは自分の離婚についてくよくよと考える。結婚生活の痛手について、わたしの犯した過ちについて、わたしの夫が犯した過ちについて、くよくよと考える。そして（この暗いテーマに踏みこむと、二度と戻ってこられなくなるのだが）デーヴィッドについて、くよくよと考えはじめる。

正直言って、自分が恥ずかしい。いったいなにをやっているのかと思う。はるばるインドの神聖な修行の場までやってきたあげく、わたしの頭をいっぱいにしているのは元カレのことなのだ。わたしって中学生？

友人で心理学者のデボラから以前聞いた話を思い出す。一九八〇年代、彼女はフィラデルフィア市から、市が受け入れたカンボジア難民、〝ボートピープル〟のために心理カウンセリングをしてくれないかと頼まれた。優秀な心理学者であるデボラにとっても、これはかなり気の重い仕事だった。カンボジア人たちは、人が人に加えうる最悪の残虐行為を目の当たりにしてきていた。大量虐殺、レイプ、拷問、飢え。目の前で親族を殺された人もいた。そして、そのあとは難民キャンプで何年も過ごし、危険なボートの旅で西側の世界を目指したのだ。船で人が死ぬと、遺体は海に流され、サメの餌食になった。そんな彼らを助けるために、自分になにが提供できるだろうか、とデボラは考えた。自分には彼らの苦悩を受けとめられるのだろうか。

「でも、まさかと思うでしょうけど」デボラはわたしに言った。「カウンセラーに会うなり、彼らがいったいなにを語りだしたかわかる?」

それらは、まとめればこんな話になる。〝わたしはその男と難民キャンプで会って恋に落ちた。彼は心からわたしを愛してくれた。なのに、わたしたちは別々のボートに乗った。そして彼はわたしのいとこに夢中になった。彼はいま、いとこと結婚している。でも、本当はわたしを愛していると言い、電話をかけてくる。もうかまわないで、と彼に言うべきだとわかっているけれど、わたしも彼をまだ愛しているし、彼のことばかり考えている。彼のことを考えだすと止まらない。いったいどうしたらいいのか……〟

そう、わたしたちはこうなのだ。これは、人間という種としての、わたしたちの情緒の原風景だ。以前、百歳近い老婦人と会ったとき、彼女はわたしにこう言った。「人類の長い歴史のなかで、人間を戦いに駆りたててきたのは、つねにこのふたつの質問です。〝わたしを、どれぐらい愛してる？〟　もうひとつは、〝誰が主導権を握る？〟」それ以外のことなら、なんとか平和的に対処できるということだろう。しかし、愛と支配に関するこのふたつの問いかけがわたしたちを掻き乱し、つまずかせる。争いや悲嘆、苦悩を引き起こす。そしてこのふたつの問いかけこそが、あいにくにも（あるいは自明の理として）、わたしがここアシュラムで向き合わなくてはならないものだった。静かに坐して、自分の心を見つめると、恋しさと支配に関する問いかけばかりが浮かび、わたしを動揺させた。そしてこの動揺が、わたしが前に進むのを妨げていた。

その朝は、一時間ほどうつうつとした考えにとらわれたけれど、ふたたび瞑想に戻っていこうと努力した。わたしは新しいことを試みた。理解と同情だ。自分の心の働きにもっと寛容になれないものか。自分を負け犬だと苛むのではなく、自分はただの人間だ、ごくふつうの人間だと受けとめられないものか。

いつものようにさまざまな考えが浮かび――いいわ、そのままで――それを追いかけるようにさまざまな感情がこみあげた。自分への苛立ちと非難、寂しさと怒り。しかしそれらとともに、わたしの胸の奥の深い洞窟から、きっぱりとした返答が立ちあらわれた。わたしは自分に言った。「そういうことを考えても、わたしはあなたを非難しないわ」

わたしの心が抵抗した。「あら、そう。でもね、あなたは負け犬よ。あなたは負け犬なの。

なにをしたって、ろくなことには——」

そのときだった。ライオンの吠えるような声が胸の内から起こり、心のつく悪態を瞬時に掻き消した。聞いたこともない大きな自分の声だった。魂の内奥からほとばしった、あまりにもすさまじいその声に、わたしは思わず手で自分の口をふさいだ。本当に口から大声を発したのではないかと疑ったのだ。はるかデトロイトのビルの土台すら揺るがしかねない強烈な声だった。

それはこう叫んでいた。

あなたは、わたしの愛がどんなに強いか、なあんにも、わかってない！！！

この表明の巻き起こした突風によって、心のおしゃべりとネガティヴな思考が、小鳥や野ウサギやアンテロープのように追い散らされた。それらはおびえきり、一目散に逃げていった。そして沈黙がやってきた。緊張し、少し震えて、畏怖《いふ》しているような沈黙が。わたしの胸の奥のサバンナに棲むライオンは、静まり返った王国を満足そうに眺め渡した。そして大きな顎をひと舐めし、黄色い眼を閉じて、眠りに戻った。

こうして、この王にふさわしい沈黙のなかで、わたしはようやく神についての（そして神とともにある）瞑想を始めた。

51

テキサスのリチャードには小憎らしい習慣がいくつかある。アシュラムでわたしの横を通り過ぎるとき、わたしの心がはるか彼方に飛んで上《うわ》の空の顔をしていると、こう言うのだ。

「デーヴィッドはどうしてる？」

「余計なお世話」と、わたしは言い返す。「わたしがなにを考えてるか、あなたにわかるわけないのに」

いや、もちろん彼の見立てが正しい。

もうひとつの小憎らしい習慣は、わたしが瞑想場から出てくるのを待っていることだ。そこから這い出てくるわたしが、まるでワニやお化けと闘ってきたかのようにふらふらに疲れきっているのを、おもしろがっているのだ。自分とそこまで激しく闘うやつは見たことがない、と言う。それについてはなんとも言えないが、薄暗い瞑想の部屋で起こっていることが、わたしにとって相当に強烈なものであることは確かだった。最も過酷な体験は、最後まで残っていた恐怖心を手放し、脊椎の基部にあるエネルギーの源に上昇を許したときに訪れた。クンダリニー・シャクティをたんなる神話として片づけていたことがいまでは滑稽に思えるほどだ。このエネルギーは、わたしのなかを上昇するとき、ディーゼル・エンジンをローギアにしたときのような低い唸りを発し、ただひとつのことをわたしに求めてくる。さあ、あなたを裏返してもらえませんか？　肺も心臓も肉もすべてが表になるように。全宇宙が内側になるように。感情も精神も、それと同じようにできませんか？　この雷鳴が轟くような空間では時間がねじれ、わたしは——痺《しび》れて動けないまま、投げ出され、打ちのめされ——さまざまな世界に連れていかれ、あらゆる強烈な衝撃を経験する。炎を、寒気を、憎悪を、欲望を、恐れを……そのすべてが終わると、わたしはふらふらと立ちあがり、よろめきながら昼の光のなかに出る。激しい空腹感と、焼けつくような喉の渇きと、三日間の陸の休暇が終わったあとの船乗りよりも憂うつな気分をかかえて。そこには、リチャードが、さあ、笑ってやろうと、待ちかまえている。わたしの混乱と疲弊が貼りついた顔を見て、いつも同じことを言ってからかう。「いったい、なにをやらかすつもりだ、たらふく？」

しかし、あのライオンが**あなたは、わたしの愛がどんなに強いか、なんにもわかってない**と吠えた朝、わたしはまるで戦場から勝利をもぎとってきた女王のように、瞑想の洞穴を出た。リチャードに、いったいなにをやらかすつもりかと尋ねる隙を与えず、わたしは彼の視線をとらえて、言った。「やったわ」

「そうか、出かけよう」リチャードが言った。「お祝いしなくちゃな。村へ行こう。サムズアップをおごってやるよ」

サムズアップはインドの清涼飲料水で、味はコーラに似ている。しかし、甘みはコーラの九倍、カフェインは三倍だ。そのうえ中枢神経興奮剤《メタンフェタミン》まで入っているのではないかと、わたしは疑っている。飲むと、ものが二重に見える。週に数回、リチャードとわたしは村に出ていって、サムズアップの小瓶を分け合って飲む。アシュラムの正統なベジタリアン・フードに慣れた身体にはかなり刺激的な飲み物だ。ついでながら、飲むときは、瓶に直接唇が触れないように気をつけて飲む。リチャードにとって、それがインドを旅するときの鉄則なのだ。いわく〝自分以外のものに触れるべからず〟（そうだ、これも本書の新たなタイトル候補としよう）。

わたしたちは村に出ていくのが好きだ。寺院に参拝し、仕立屋のパニカー氏に挨拶する。パニカー氏はわたしたちの手を握って、毎回「あなたに会えておめでとう！」と言う。わたしたちは、牛たちがそこらじゅうを歩きまわるのを観察する。彼らは神聖な動物という立場を謳歌している（というか、特権を乱用しているようにわたしの目には映る。聖なる存在であることをとことんわからせようとして、わざと道のど真ん中に横たわっているのではないか）。一方、犬たちは、おれたちゃなんでこうなんだ、と問いたげな風情で体を掻いている。女たちが道路工事現場で働いている。照りつける太陽のもと、岩を砕き、大きなハンマーを振るう。宝石の色をしたサリーに首飾りや腕飾り、足もとは裸足。その働く姿が不思議な美しさをたたえている。こぼれんばかりの笑みを向けられて、なぜ彼女たちはこんなにひどい環境で過酷な労働に耐えながら、あんなに幸せそうにしていられるのだろうと、わたしは考えはじめる。あんな大きなハンマーをこんな炎暑のなかで振るったら、ものの十五分で気を失って死んでしまうのではないだろうか。なぜ、彼女たちはそうならないのだろう？　わたしはそれをパニカー氏に尋ねる。すると彼は、村人はみんなそんなものだと答える。この土地の人間はああいうつらい仕事をするために生まれついている。仕事にはみんな慣れっこだ。

の人間はな」

「だがまあ」と、彼はなにげなく付け加える。「わしらはあんまり長生きしない。この土地

確かに、ここは貧しい村だ。ただ、インドの水準からすれば、それほどひどくはない。アシュラムの存在（と施し）と欧米人によって落とされる外貨とで、インドの他の地域とは一線を画しているように見える。品揃えがそう多いわけではないが、リチャードとわたしは数珠や小さな木彫り人形を商う村の店を見てまわるのを楽しみにした。この村には何人かのカシミール人――はっきり言って、ものすごくうるさいセールスマンたち――がいる。彼らはわたしたちを見かけると、いつも商品を売りつけにくる。きょうも、そのうちのひとりがわたしを追いかけてきた。そこのマダム、すばらしいカシミールの絨毯をあなたのおうちにいかがですか。

リチャードが大笑いする。数ある気晴らしのなかでも、わたしを風来坊のように扱ってからかうのが、彼はなによりも好きだ。

「無駄だからやめときな、ぼうや」と、リチャードは絨毯のセールスマンに言う。「こちらのねえさんの家には絨毯一枚分の床もない」

カシミール人のセールスマンはくじけることなく言った。「では、マダム。絨毯を壁に飾ってはいかがです？」

「ところがだ」と、リチャード。「困ったことに、彼女は壁にも事欠くありさまなんだ。近頃壁を壊しちまったらしくて……」

「でも、度胸ならあるわよ！」わたしは声を張りあげて言ってやった。

「それだけじゃねえな、あんたは見あげたやつだよ」リチャードが言った。彼はこのときただ一度だけ、わたしを褒めてくれた。

52

わたしにとってアシュラムにおける最大の苦行は、実は、瞑想ではなかった。もちろん、瞑想もひと筋縄ではいかないのだが、耐えがたいというわけではなく、ここにはもっとわたしを苦しめる修行があった。耐えがたいもの、それは毎朝の瞑想と朝食のあいだ（やれやれ、朝は長い）におこなわれるグルギータと呼ばれる詠唱《チャント》だ。リチャードはこれを〝ザ・ギート〟と呼ぶ。わたしはとにかくこのギートに苦労している。ぜんぜん好きではない。ニューヨーク州北部のアシュラムでこれが謡われるのを初めて聞いたときから、一度も好きになったことはない。ヨガの伝統にもとづくほかのチャントや聖歌は大好きだ。しかしグルギータは長いうえに冗漫で大仰でいらいらする。もちろん、これはわたしの意見であって、理由はさっぱり理解できないけれど、グルギータが大好きだという人もいる。

グルギータには百八十二節に及ぶ長い歌詞があり、それを大きな声で謡う（わたしもときどきはそうする）。すべての節は、わたしには理解不能なサンスクリット語で書かれている。前口上のようなチャントから結びの合唱まで、グルギータの儀式をすべてこなすのに一時間半。これが朝食前の日課であり、その前には一時間の瞑想と、朝いちばんの二十分間のチャントをすませていることを思い出してほしい。そもそも、アシュラムで毎朝午前三時に起床しなければならない理由は、ほぼこのグルギータにあると言っていい。

わたしはグルギータのメロディーも歌詞も好きではない。アシュラムの仲間にそう打ち明けたら、こんな答えが返ってきた。「あら、でも、これはものすごく神聖なのよ！」それを言うなら、聖書のヨブ記だってそうだろう。でも毎日、朝食の前に、ヨブ記に節をつけて謡いたいとは誰も思わない。

グルギータには畏《おそ》れ多い神の系譜がある。つまりこれは、『スカンダ・プラーナ』と呼ばれるヒンドゥー教の古い聖典の抄録だ。原典のおおかたは失われてしまったが、ごく一部がサンスクリット語から訳されて現代まで伝えられている。多くのヒンドゥー教の聖典と同じく、グルギータも対話形式で語られる。ソクラテスの〝対話法〟のようなものだ。グルギータの対話は、女神パールヴァティと、さまざまな性格を持つ全能の神シヴァのあいだで交わされる。パールヴァティとシヴァは、創造（女性性）と意識（男性性）を具現した神で、女神は宇宙の生殖のエネルギーを、男神は宇宙のまだ形をなさない知恵を司っている。シヴァの思い描くものすべてに、パールヴァティが生命を与える。シヴァが夢に見たものを、パールヴァティが形にする。言うなれば、ふたりのダンス、ふたりの結びつき（すなわちヨガ）が宇宙とその森羅万象の根源にある。

グルギータでは、女神がこの世の万物の秘密について教えを請い、それに男神が応えている。そういうところもわたしは気に入らない。最初は、アシュラムに滞在するあいだに、こんなグルギータへのわたしの気持ちも変化するのではないか、インドという背景を知ることでグルギータが好きになれるのではないか、と思っていた。ところが、まったくその逆だった。アシュラムに来て数週間が過ぎると、わたしはグルギータを苦手に思うどころか、強く嫌悪するようになっていた。そして、これを朝の日課から省き、別のことをするようになった。日記を書く、シャワーを浴びる、ペンシルヴェニアに戻った姉に電話をかけて甥っ子たちのようすを尋ねる――そんなことをするほうが、精神的な安定によほどよいと思えたからだ。

テキサスのリチャードは、グルギータに参加しないわたしにいつもちくちく言った。「今朝もグルギータをサボったようだな」わたしはいつもこう答える。「ほかの方法で神様と対話してるわ」すると彼はこう返す。「居眠りしながらか？」

そうは言われても、グルギータに行こうとすると、神経が昂ぶって、体調が悪くなる。ただ人についていっているだけで、自分で謡っているという気がしない。おまけに汗が噴き出てくる。わたしは元来冷え性だし、一月のインドのこの地方の夜明け前は寒い。みんな床に坐すときは、ウールの毛布や帽子で身体を保温する。ところがわたしは、グルギータの低い歌声が始まると、一枚上着を脱ぐ。まるで酷使された農耕馬のように汗をかくからだ。グルギータが終わって寺院から出ると、朝の冷気にさらされて皮膚から汗が霧のように――おぞましい緑色の臭気を放つ霧のように立ちのぼる。でも、謡おうと努力するときの感情の動揺に比べれば、肉体の反応なんてまだ穏やかなものだ。わたしは謡ってなどいない。ただ、怒りに満ちた、しわがれた声を出すだけ。

それが百八十二節――ってことはもう言いましたよね？

そしてとうとうある日、最悪のグルギータを終えたあと、わたしはアシュラムにいる信頼のおける師に助言を求めることにした。その人は〝自身の内なる心に棲む王のその内なる心に棲む者〟という意味の長いサンスクリット語の名前を持つ僧侶で、六十代のアメリカ人だ。頭が切れて、学識も高い。僧侶の道を歩みはじめたのは三十年前。かつてはニューヨーク大学で古典劇を教えていて、いまも教授然とした風格がある。わたしは彼の生真面目さと、そこに漂う妙なおかしみが好きだ。デーヴィッドのことで混乱し、悩んでいたときも、この長い名前を持つ僧侶に苦悩を打ち明けた。彼は丁寧に話を聞き、思いやりに溢れた助言をくれたあと、こう言った。「さてと、自分の衣にキスをするとしよう」そして、サフラン色の衣の端を持ちあげ、音を立ててキスをした。わたしは、なにかとても深遠な宗教的儀式なのかと思い、それはなにかと質問した。彼はこう答えた。「わたしは、人間関係についての悩みを相談されたときは、いつもこうするのです。僧であり、わたし自身がそのような問題に踏み迷わずにすむことを神に感謝して」

きっと彼なら、グルギータの問題についても、わたしの正直な気持ちを受けとめてくれるだろう。わたしはある日の夕食後、彼といっしょに庭に散歩に出た。わたしは、自分がグルギータが好きではないことを伝え、あれを謡わないですます方法はないものだろうかと尋ねた。彼は声をあげて笑いだした。「どうしても謡いたくないのなら、謡う必要はありません。ここにいる誰も、あなたの望まないことをあなたに強いたりはしませんから」

「でもみんな、グルギータは大切な魂の修行だと……」

「そのとおり。しかし、それをやらないのなら地獄に落ちろと言うつもりもない。わたしに言えるのは、あなたのグルはそれについてたいへんはっきりした考えをお持ちだということです。グルギータは、このヨガにおいてはきわめて大切な教科書で、おそらく瞑想の次に重要な修行です。このアシュラムに来たのなら、グルはあなたが毎朝このチャントのために起きることを望むでしょう」

「朝起きるのがいやなわけでは……」

「では、なんです？」

わたしは、なぜグルギータが嫌いになったのか、それが自分にとってどんな苦痛をもたらすかを説明した。

彼は言った。「これはたいへんだ。あなたは、それについて語るだけで取り乱している」

本当だった。寒いはずなのに、腋《わき》の下にじっとり汗をかいていた。わたしは尋ねた。「ほかの修行をすることはできないものでしょうか。たまにグルギータの時間に瞑想の洞窟に行くと、とてもいい感じに瞑想できることがあるんです」

「ふむ——先代のスワミジなら、あなたを叱りつけたところでしょうね。みんなが苦しい修行から得たものをかすめとろうとする泥棒だと。グルギータは楽しい歌ではありません。グルギータを謡うことには、楽しみとは別の目的がある。そこには想像もできない力が秘められている。グルギータを謡うことは強力な浄化を促します。それは、あなたのがらくたを、あなたのネガティヴな思考を焼き払うのです。だからもし、あなたがグルギータを謡うことにそこまでの嫌悪や肉体的反応を経験するのなら、それはあなたにとって、この歌がとてもポジティヴな効果を持つという証ではないでしょうか。つらいかもしれないが、グルギータには大いなる効果があるのですよ」

「グルギータと付き合う気力を掻き立てるには、どうしたらいいんでしょう？」

「ほかに道がありますか？　苦しくなったからやめる？　みじめで不完全なあなたの人生とこのまま乳繰り合う？」

「あの、いま、〝乳繰り合う〟っておっしゃいました？」

「はいはい、言いました」

「わたしはどうすべきでしょうか」

「それは、あなた自身が決めなければなりません。ただ、あなたから尋ねられた以上は、わたしの意見を言いましょう。ここにいるあいだ、グルギータを謡いつづけること。あなたがそこまで強い反応を示しているのですから、なおさらです。それがあなたの調子をひどく乱すのなら、効果があらわれているのです。それがグルギータというものです。あなたのエゴを焼き払い、あなたをただの灰にしてしまう。苦しくて当然なのですよ、リズ。グルギータは常識的な理解の範ちゅうをはるかに超えた力を持っている。あなたがこのアシュラムにいるのは、あと一週間ではありませんか。そのあとは苦行から解放されて、旅を楽しむことができる。だから、あと七回だけグルギータに参加するのです。あとはもう二度と謡う必要はない。グルの言葉を思い出しなさい。あなた自身の魂の旅を見つめる科学者たれ。あなたはここに、観光客や記者として来ているのではありません。あなたは、求道者としてここにいる。ならば、探究しなさい」

「苦しいことから逃げてはいけないということですね？」

「逃げてもいいのですよ、リズ。あなたがそうしたいのなら、いつでも。それが神との契約であり、その契約で保証されたささやかなるものを、わたしたちは自由意志と呼ぶのです」

53

というわけで、翌朝は決意を固めて、グルギータの詠唱《チャント》に参加した。すると、グルギータはセメント階段の地上六メートルのてっぺんからわたしを蹴り落とした。まさにそんな感じだった。翌日はさらにひどかった。わたしは怒りとともに目覚め、寺院に行く前からすでに汗をかき、かっかと苛立ち、ぱんぱんに張りつめていた。わたしは自分に言い聞かせた。

「たったの一時間半よ。一時間半ならなんとかなる。だから、我慢して。十四時間働きづめの友だちだっているじゃない……」だが、床に坐したとたん、まともではいられなくなった。身体のなかに火の玉があるみたい。更年期症状のホットフラッシュってこんな感じ？　気を失ってしまうのではないかと心配だった。あるいは、怒りにまかせて、誰かに嚙みつきやしないかと。

わたしの憤怒はあまりに大きく、全世界のあらゆる人に腹を立てていた。とりわけ怒りの矛先はわたしのグルの師であるスワミジに向けられた。そもそも、このグルギータのチャントを儀式にしたのはスワミジなのだ。いまは亡き偉大なるヨギに複雑な感情をいだくのは、これが初めてではなかった。彼はかつてわたしの夢のなかにあらわれ、浜辺に立ち、海の波を止める方法を考えろとわたしに要求した。あれ以来、いつも彼にからかわれているような気がしてならなかった。

スワミジは、生涯にわたって精神のたいまつを燃やしつづけ、人々を導いた。アッシジの聖フランチェスコのように裕福な家庭に生まれ、家業を継ぐことを期待されていた。だがまだ少年のころに、生まれ故郷にほど近い村で聖人に出会い、そのときの経験に深い感銘を受けた。十代には腰巻ひとつで家を出て、それからはインドのあらゆる聖地を巡礼し、心から敬える精神の師を探した。六十人を超える聖人やグルに会ったというが、彼の求める師は見つからなかった。いつも腹をすかせてさまよい歩き、ヒマラヤ山脈の吹雪のなかでも戸外で寝た。マラリアに罹《かか》り、赤痢にも苦しんだが、神のもとへ導いてくれる誰かをひたすら探し歩いたそのころを、彼は後年になって人生で最も幸福な日々だったと振り返っている。この放浪の歳月のなかで、スワミジはハタ・ヨギになった。また、アーユルヴェーダの医術と料理の専門家、建築家、庭師、音楽家、剣術家（わたしはここが気に入っている）にもなった。

師を見つけられないまま中年期に至ったが、ある日、裸の奇矯な哲人に出会い、哲人から、故郷の地に帰れ、子どものころ聖人に出会った村に戻って、その偉大な聖人のもとで研鑽《けんさん》を積め、と告げられた。

スワミジはその哲人の忠告を受け入れ、故郷に帰り、その偉大な聖人に再会し、彼の愛弟子となり、その導きによって悟りを得た。スワミジ自身がついにグルとなったのだ。こうして時をへて、インドのスワミジのアシュラムは、瘠せた畑に建つ三部屋だけの建物から、今日の青々とした庭園をかかえる大きな施設に成長した。スワミジは霊感に導かれて海外にも旅をするようになり、全世界に瞑想の革命をもたらし、一九七〇年代のアメリカで多くの人々の心をつかんだ。神との出会いを促す儀式、シャクティパットを一日に何百人、ときには何千人にも施した。スワミジには、即座に働く変幻自在の力があった。ユージーン・カレンダー師（尊敬されるアメリカ公民権運動のリーダーであり、マーティン・ルーサー・キング牧師の仲間であり、バプテスト教会の牧師も務めた）が、七〇年代にスワミジと会ったときのことを覚えていた。彼はこのインドから来た男に茫然自失して思わず膝をつき、心のなかで自分にささやいた。「これは嘘やはったりじゃない。ぺてんを仕掛ける時間はなかったはずだ。では、いったい……なんだ？　この男は、おまえについて知らなきゃならないことは全部知っているぞ」

スワミジは修行者には情熱と献身と自制を求め、つねに〝ジャド〟だと人々を叱った。ジャドはヒンディー語で〝なまくら〟を意味する。スワミジは、彼の信奉者のなかでもしばしば反抗的になる西洋の若者たちの生活に、日々の鍛錬という古来の精神修養を持ちこんだ。

自分自身の（そのうえ他人の）時間とエネルギーを無駄に使うのをやめよ、野放図なヒッピーの戯言もやめておけ、と彼らに説教した。だが杖を投げつけて叱った次の瞬間には、彼らを抱擁した。スワミジは複雑な人間で、しばしば論議を巻き起こしたが、彼が真の変革者であったことは間違いない。いま西洋で人々がヨガの聖典に親しむことができるのも、スワミジが先導者となって多くのインド人すら忘れていたような、古代の聖典を翻訳するように働きかけ、その哲学に新しい生命を吹きこんだからだ。

わたしのグルは、スワミジのいちばん弟子だった。彼女は文字どおり彼の弟子となるために生まれてきた。彼女のインド人の両親がスワミジに最も早くから師事した信奉者だったのだ。グルは子ども時代から、日に十八時間も、疲れを見せずチャントに集中した。スワミジは彼女の潜在能力を認め、まだティーンエイジャーだった彼女を引き取り、自分の通訳にした。こうして、彼女はスワミジとともに世界じゅうを旅してまわり、つねに師の傍らから師に意識を向けつづけた。あとになって彼女は、この経験からスワミジが膝で語りかけてくることさえ聴きとれるようになったと述べている。一九八二年、わずか二十歳にして、彼女はスワミジの後継者となる。

本物のグルは皆、つねに至高の自我を維持しているという点において共通しているが、外に出る性格はそれぞれに異なる。わたしのグルと彼女の師を比べても、ちがいは明らかだ。一方、グルはたおやかで、マルチリンガルで、大学教育を受けた、常識も豊かな働く女性だ。ニュースワミジはときに気まぐれで、ときに王者の風格を備えた南インドの老ライオンだ。

イングランドのピューリタンの末裔であるわたしには、当然ながら生きているグルのほうが教えを受けやすい。彼女のたしなみの良さに、わたしは安心感を覚える。言ってみれば、彼女は家に招いてパパやママに紹介しやすいタイプのグルだ。だが、スワミジは……勝敗の鍵を握る危険なカードのようなものだ。このヨガの道に入り、初めて彼の写真を見たとき、彼の生涯について話を聞いたとき、わたしはすでに思っていた。「この人物には近づかないようにしよう。彼は大きすぎる。なんだか落ちつかない……」

だがこうしてインドに来て、彼の家でもあったアシュラムで過ごしているうちに、わたしは自分がどんなにスワミジを求めているかを意識するようになった。求めるのも感じとるのも、スワミジのことばかり。祈りや瞑想のときに、心のなかで語りかける相手もスワミジだ。四六時中、彼に関心が向いている。わたしはスワミジの炉のなかにいて、彼の力がわたしに働きかけているのを感じる。もうこの世にいない人なのに、その存在がまるで現実のようにありありと感じとれる。彼は、わたしがもがいているときに必要とする師なのかもしれない。なぜなら、わたしは彼に悪態をつき、自分の欠点や失敗をすべてさらけ出す。彼はただ大笑いする。そして笑いと愛をわたしに返す。彼の笑いがわたしをますます怒らせ、その怒りがわたしを行動へと駆りたてる。グルギータの理解不能なサンスクリット語を相手にもがいているときほど、スワミジを身近に感じることはない。そのあいだずっと頭のなかで彼との言い合いがつづく。「あなただって、わたしのためになにかしてくれてもよさそうなものなのに。これはあなたのためにやってるのよ！　ここにいるうちに成果を出したいわ！　浄化されたいの！」きのうは、チャントの木を見おろしたとき、まだ二十五節かと思ったら、怒りが燃えあがった。すでに身体が異様にほてり、汗（まともな汗ではなくて、チーズのような臭いを発する汗）を大量にかいている。わたしは我慢しきれなくなって声を張りあげた。「いい加減にして！」数人の女性が振り返り、驚いた顔でわたしを見た。まるでわたしの頭が恐怖映画の悪魔みたいに首の上でぐるぐる回りはじめるのを確信しているかのように。

ときどき、ローマに暮らしていたときのことを思い出した。ペストリーを食べ、カプチーノを飲み、新聞を読みながら、のんびりと過ごした朝のことなどを。

あれは本当によかった……。

だが、インドにいると、それが遠い時の彼方の出来事のように思えるのだ。

54

朝寝坊をした。だらしなくも午前四時十五分まで眠ってしまい、起きたときにはグルギータの開始まであと数分しかなかった。なんとか自分を奮い立たせてベッドを抜け出し、ぞんざいに顔を洗い、服を着て――終始むっつりと不機嫌に――部屋を出て夜明け前の漆黒の闇のなかへ……出ていけなかった。ルームメートが先に出ていくとき、部屋に鍵をかけてしまったのだ。つまり、わたしは部屋から出られない。

ルームメートは、どうしてまたこんなことをしたのだろう？　そんなに大きな部屋じゃなし、わたしがまだとなりのベッドに寝ていることに気づかなかったなんて、どうかしているのではないか。彼女はオーストラリアから来た五児の母で、責任感があり、てきぱきとよく働く人だ。彼女らしくもない。でも、現実はこうだ。彼女が鍵をかけて出ていったせいで、わたしは軟禁状態になってしまった。

最初に頭に浮かんだ考えは、こうだ。グルギータに行かずにすむ恰好の言い訳があるとしたら、まさにこれじゃない？　しかし次に浮かんだ考えは……いや、それは考えではなくて、行動だった。

わたしは窓から飛びおりた。

詳しく言うと、窓から身を乗りだし、汗ばむ両手で窓枠をつかんで、建物の外側にぶらさがった。そこは二階の窓で、あたりは暗闇だった。その一瞬で、わたしはごく妥当な質問を自分にした。「なぜ、この建物から飛びおりるの？」そして、まさかの答えをきっぱりと返した。グルギータに行かなくちゃならないからよ。わたしは窓枠から両手を放し、闇に背を向けたまま、およそ四・五メートルの高さから落下した。落ちたところはコンクリートの小径《こみち》で、なにかにぶつかって、右の向こうずねを派手に擦り剝いた。でも、そんなことにかまってはいられない。なんとか立ちあがり、裸足で走りだす。耳の底で血管の脈打つ音がした。寺院に駆けこんで、すわる場所を見つけ、祈りの書を開いたときに、まさに詠唱《チャント》が始まった。

まだ足から出血していたが、わたしはグルギータを謡いはじめた。そうして数節が過ぎたころには息が整い、いつもの朝の条件反射的な思考にとらわれていた――ああ、こんなところにいたくない。その直後、わたしの頭のなかでスワミジが弾けるように笑いだした。こりゃあ、おもしろい。おまえは、まるでここへ来たがっているみたいに行動していたんだがなあ。

わたしは彼に答えた。そのとおりよ、あなたの勝ちね。

わたしはそこにすわって謡い、血を流し、そろそろこの特別な修行との関わり方を変える潮時なのかもしれないと考えた。グルギータは純粋な愛を称える聖歌だというのに、なにかが邪魔をして、わたしはまだ心からの愛を捧げるまでには至っていない。そしてさらに数節を謡うあいだに、わたしはなにかを……誰かを見つけなければならないと気がついた。自分のなかに純粋な愛の場所を見いだすためには、この聖歌を捧げる誰かを見つけなくてはならない。二十節に来たところで、ひらめいた。そうだ、ニックがいる。

ニックはわたしの甥で、八歳になる。年齢のわりに瘠せっぽちで、驚くほど賢く、怖くなるほど鋭く、繊細で複雑な性格をしている。生まれたときも、病院の育児室で新生児たちが泣きわめいているなかで、ニックだけが泣くこともなく、もうすでに世間を知っているかのような憂愁のまなざしで周囲のおとなたちを見まわしていた。こういうことは何度もやってきたし、繰り返さなければならないことにいささかうんざりしているとでも言いたげに。ニックの人生はそう単純ではないだろうし、聞くもの見るもの感じるもの、この子にはきついことが多いだろう。すぐに感情的になって、周囲のわたしたちを心配させるところもある。わたしはこの甥っ子のことが大好きで、守ってやりたいと思っている。インドの時差を考えると、いまごろ彼はベッドに行く時間だろう。そこで、わたしはニックのために、彼の安眠を願いながら、グルギータを謡うことにした。ニックはときどき気が昂ぶって眠れないことがある。この歌の祈りの言葉を、わたしはすべてニックに捧げた。人生について彼に教えたいことをすべてこの歌にこめた。世界はときに厳しく不公平だけれど、愛されているあなたならだいじょうぶ。歌詞の一行ごとに、彼を安心させようとした。あなたの周りにはあなたを助けるためならなんでもする人たちがいるわ。それに、いまはわからないかもしれないけれど、あなたの奥深いところに知恵と忍耐が埋まっているの。それが時をかけて姿をあらわし、どんな試練も乗り越える力を、きっとあなたに与えてくれる。あなたは、みんなにとって神様からの贈り物――このまぎれもない真実を、インドの古い聖典を通して、わたしは彼に伝えようとした。気づくと、静かに泣いていた。でも、涙をぬぐう前に、グルギータが終わった。一時間半が過ぎていた。ものの十分のように感じられるのに……。そしてはっとした。わたしはニックのおかげでこの一時間半を乗り越えられたのだ。わたしが助けようとした小さな子どもが、逆にわたしを助けてくれた。

わたしは寺院の奥まで歩いていって、床にぬかずき、わたしの神に感謝した。変化をもたらす愛の力に、わたし自身に、わたしのグルに、甥っ子に――そして、これらの言葉は、これらの概念は、これらの人々は、みんな平等だということが一瞬にして（頭ではなく）細胞レベルで理解できた気がした。そのあと、わたしは瞑想の洞窟に行った。朝食は抜いて、それから二時間、静寂と戯れた。

言うまでもなく、それからはグルギータを避けるのをやめた。それどころか、グルギータがわたしにとってアシュラムの修行における最も聖なる部分になった。もちろん、テキサスのリチャードには、宿舎の窓から飛びおりたことをさんざんからかわれた。夕食がすむと、彼は必ずこう言うようになった。「じゃ、明日もグルギータで会おうぜ、たらふく。おっと、今度は階段を使えよ、いいな？」そしてもちろん、わたしはあのあと姉に電話をかけた。すると姉は、不思議なことにニックが突然、よく眠れるようになったと言った。それから数日後、アシュラムの図書室で、インドの聖人、ラーマクリシュナについて書かれた本を読んだ。驚いたことに、そこにはこの偉大なる師のもとに来て、自分は修行に打ちこんでいないようで、神への愛が足りないようで不安だ、と訴える女性求道者の話が出てきた。聖人は彼女に尋ねる。「あなたには愛する者がいないのか？」女性は、幼い甥をこの世の誰よりも愛していいます、と答えた。すると聖人はこう言った。「それでは、彼があなたのクリシュナだ、あなたにとって〝最愛のお方〟だ。あなたは、その甥のために祈りなさい。それが神に仕えることになる」

でもまだ、これはささいなこと。もっとびっくりするようなことが、わたしが宿舎から飛びおりた日に起こっていた。その日の午後、わたしは同室のディーリアに駆け寄って、彼女がわたしを部屋に閉じこめてしまったことを告げた。ディーリアは驚きの表情を浮かべて、こう言った。「なんでそんなことしちゃったのかしら。変ね、わからない。今朝はいつも以上に、あなたのことを意識してたのに。実は、昨晩、あなたの夢を見たの。鮮明な夢だった。だから目覚めてからずっと、あなたのことが頭から離れなかったのよ、それなのに……」

「どんな夢だったの？」わたしは尋ねた。

「それがね、あなたが燃えてる夢なの」ディーリアは言った。「あなたのベッドもいっしょに燃えてるの。わたしは、助けようと飛び起きるんだけど、そのときにはもう……あなたは白い灰になってしまっていたの」

55

そんなことがあって、わたしはアシュラムにとどまることを決意した。当初の予定では、ここに六週間滞在し、ちょっとばかし超越的な体験をして、あとはインドを旅してまわり……ええと、その……神を探すつもりだった。そのためにインドの地図と案内書とハイキングブーツを持参し、準備万端だった。どの寺院、どのモスクを訪ねるか、どの聖人に会いにいくかまで列挙してあった。だって――ここはインドだもの！　見るべきもの、経験すべきことが山ほどある。旅費も準備していたし、行きたい寺院がたくさんあり、象やラクダにも乗ってみたかった。ガンジス川も、ラジャスタン砂漠も、ムンバイの映画館も、ヒマラヤ山脈も、昔ながらの茶畑も、映画『ベン・ハー』の戦車レースのシーンみたいに競い合って走るというカルカッタの人力車《リキシャ》も、見逃したらきっとめちゃくちゃ後悔するだろう。そう思っていた。わたしは、三月にダラマサラまで行って、ダライ・ラマに会う計画まで立てていた。彼ならきっと神についてわたしに教えてくれるだろう、などと期待して……。

まさか、ひとつところに落ちつこうなんて、辺鄙《へんぴ》な小さな村の小さなアシュラムにこもろうなんて、最初はまったく考えていなかった。

だが、禅の導師たちはいつも言っている。流れる水におのれの姿は映せない、映せるのは動かない水にだけ。そう、急いで立ち去ることは、精神の怠慢だとなにかがわたしに告げていた。一日のすべてが自己の探究とひたむきな修行に費やされる、この浮き世から隔絶された小さな場所で、こんなにも多くのことが起こっているというのに、いまさら電車を乗り継ぎ、腸内寄生虫を拾いながら、バックパッカーたちとうろつきまわる必要があるのだろうか。そんなことができるだろうか。ダライ・ラマに会うのは、別の機会でもいいのでは？　だって、ダライ・ラマはいつもそこにいるのでしょう？（そんなことがあってほしくはないけれど、たとえ亡くなっても、転生したダライ・ラマが捜索されると聞いている）わたしのパスポートには、すでに見世物小屋の入れ墨女《タトゥー・レディー》のように出入国スタンプが押されていた。これ以上旅をすることが、啓示的な神との出会いにわたしを導いてくれるものだろうか。

しばらくはどうすべきか悩んだ。まる一日、結論が揺れた。そしていつものように、テキサスのリチャードが最後の断を下した。

「とどまるんだな、たらふく。観光のことは忘れろ。それなら、この先の人生でいくらでもできる。あんたはいま、精神の旅をしているところだ。逃げるのはやめて、自分の可能性を試してみてはどうだ？　あんたは神の個人的な招きを受けてここに来た。なのに本気でそれを退けるつもりか？」

「でも、インドには見ておくべき美しいものがいっぱいあるわ。それはどうなるの？　はるばる地球の反対側までやってきて、小さなアシュラムで過ごしてばかりだなんて、ちょっと哀しくない？」

「たらふく、いいか、ベイビー、あんたの友リチャードの言葉に耳を貸せ。これから三ヵ月間、あの瞑想の洞窟に、あんたの白百合の花のごときケツを落ちつかせてみろ。約束してもいい、あんたはタージマハルに石を投げてもいいと思うぐらい、美しいものを見るようになる」

56

ある朝、瞑想をしながら、旅を終えたらどこに住もうかということばかり考えていた。そのとき反射的に思ったのは、ニューヨークへは戻りたくないということだった。ニューヨークではなくて、どこか新しい街がいい。オースティンなんていいかも。シカゴなら建物が美しい。でも冬は悲惨。いっそ、外国はどう？　シドニーもいいって聞いたことがある。ニューヨークより物価の安い街に住んだら、もうひとつ寝室を増やせるし、もしかしたら瞑想室なんかも！　それ、いいわね。壁はゴールドに塗って……いや、ブルーかな。いいえ、ゴールド。やっぱりブルー……。

ここでようやく、自分がえんえんと考えつづけていたことに気づき、がく然とした。わたしはまた考えた。いい？　あなたはいま、インドにいるの。この地球上で最も神聖な巡礼の地にあるアシュラムにね。それなのにあなたったら、神様との対話も忘れて、一年後のことを——まだ決まってもいない街の、存在すらしていないわが家の、どんな部屋で瞑想しようかという計画を練っている。これはいったいなによ！　すちゃらかのおたんちん。ここ。そう、ここよ。あなたがいまいる、ここで瞑想してはどう？

わたしはマントラの静かな反復のなかへ自分を引き戻した。

が、しばらくすると、自分をすちゃらかのおたんちんと呼ぶのはどうよ、と考えた。まあ、あんまり褒められたもんじゃないわね。

やっぱり……と、また次の瞬間に考える。壁がゴールドの瞑想室ってすてきじゃない？

わたしはぱっと目を開き、ため息をついた。ちょっと、真剣にやってるの？

そんなわけで、その日の夜、わたしは新しい試みをした。最近アシュラムで知り合った女性は、長年ヴィッパサナー瞑想を学んできた人だった。ヴィッパサナーとは最も正統的で無駄のない、きわめて集中的な仏教の瞑想法だ。基本的には、ただすわるだけでいい。ヴィッパサナーの入門コースは、一回につき二、三時間の沈黙の瞑想を日に十時間ほどおこない、これを十日間つづける。超越瞑想の極限スポーツ版といったところだろうか。ヴィッパサナー瞑想では、マントラに頼るのは一種のごまかしと考えられているから、師はマントラを弟子に授けない。これは自分の心をひたすら見つめる修行、あるがままを観察して自分の思考パターンについてとことん考察するという修行だ。そのあいだ、席を立つことはいっさい許されない。

ヴィッパサナーは肉体的にも厳しい修行だ。一度すわったら、どんなに苦しくても、姿勢を変えてはならない。ひたすら坐して、〝この二時間のあいだ、わたしが動く必要のある理由はいっさいない〟と自戒する。もしなんらかの不快を感じるのなら、その不快について瞑想し、肉体的苦痛が自分になにをもたらしているかを観察しなければならない。日常生活において、わたしたちは肉体的な、感情的な、精神的な不快の周辺を飛び跳ねて通過していくだけで、悲嘆や苦悩の中心まで踏みこんでいこうとはしない。ヴィッパサナー瞑想は現世では悲嘆も苦悩も避けられないものであると教えるが、瞑想の静寂のなかに長く身を置くことができる人ならば、すべての物事（不快も快適も含めて）は移ろいゆくものであるという真実にたどり着くことができるだろう。

〝世界が死と衰退に打ちひしがれていても、賢人はそれを哀しまない。この世界がいつまでもつづかないことを知っているからだ〟という仏教の古い教えもある。要は、慣れろ、ということだ。

わたしは、ヴィッパサナーが必ずしも自分の進むべき道だとは思っていない。わたしの修行の概念からすると、ヴィッパサナーはあまりに厳しすぎる。修行とは、愛と思いやりと、ときめきと至福と、友人のような神を中心に回っているようなものであってほしいと思う（友人のダーシーはこれを〝パジャマ・パーティー神学〟と呼んでいる）。ヴィッパサナーには、〝神〟との語らいは存在しない。なぜなら、ある種の仏教徒にとって神という概念は、決定的な依存の対象、すがりつけば救われる究極のお守り毛布――超俗を目指すならば、最終的には捨てなければならないものと見なされているからだ。わたしには、この〝超俗〟に関して個人的に思うところがある。これまで他人との感情的な結びつきを完全に断ったように見える何人かの求道者たちに会ってきたが、彼らが超俗の実践を神聖なものであるかのように語るのを聞くたび、わたしはいつもこう叫びたい気持ちに駆られたものだ。「ねえ、それっていちばん修行する必要のないことじゃありませんか！」

それでも、人生においてある程度世俗と距離をとること、知的な超俗をみずからに課すことが、心の平和を得るために有益な手段であることは理解できる。ある午後、アシュラムの図書室でヴィッパサナーについて書かれた本を読んだあと、わたしは自分の人生について考えた。これまで自分は釣りあげられた魚のように暴れもがくことに、不快な苦しさから虫のようにのたくりながら逃れることに、さらなる喜びの枝を求めて貪欲な鳥のように飛び移っていくことに、どれほど多くの時間を費やしてきたことだろう。もしわたしがじっとしていることを、穴ぼこだらけの道を無理やり進むのではなくて、その場にもう少しとどまって耐えることを知っていたなら、わたしは――そして、わたしを愛するという重荷を課せられた人々も――もしかしたら救われていたのではないだろうか。

同じような自問が、その日の夕刻にもわたしの心に浮かんだ。ちょうど、アシュラムの庭園に静かなベンチを見つけ、そこで一時間ほどヴィッパサナー式の瞑想を試みようと思ったときだった。動かず心を静かにしてマントラも唱えず、ただ心を観察すること。そうして、心にやってくるものを見つめてみようと思った。だがあいにく、わたしはそのときインドの夕暮れ時に〝やってくる〟ものがいることをすっかり忘れていた。そう、蚊だ。美しい黄昏《たそがれ》のベンチに腰をおろすと、たちまちブーンという羽音が近づき、顔をかすめていった。蚊はたちまち集団となってわたしを襲撃し、顔や、くるぶしや、腕にとまった。すぐにチクリときた。いやな感じだ。ヴィッパサナー瞑想の修行には適さない時間を選んでしまったと後悔した。

でも一方、なにものにも動じない静けさを求めてすわるには一日のうちで、いや一生のうちで最も適した時間ではないかという気もした。ブンブンとうるさいものがわたしにつきまとい、わたしの気を散らし、怒りを掻き立てようとしている――そんな時間がほかにあるだろうか。わたしは覚悟を固めた（またしても、〝あなた自身の魂の旅を見つめる科学者たれ〟というグルの教えに鼓舞された）。自分自身で実験をしてみよう。ここにすわりつづけたら、いったいどうなるか。長い人生だもの、蚊を叩きもせず追い払いもせず、この不快のなかに一時間ぐらいすわっていてもいいんじゃない？

わたしはそうした。静寂のなか、蚊に食われつづける自分を見つめた。正直に言って、心のどこかでは、こんな勇ましくも愚かしい実験をして、いったいなんのためになるんだろうと思わないでもなかった。それでも、これが自制を身につける第一歩だとも意識していた。この不快のなかでじっとすわっていられるならば、ほかの不快にも同じように対処できるのではないだろうか。わたしにとってはさらに辛抱できない感情的な不快はどうだろう？　嫉妬、怒り、不安、失望、孤独、恥辱、退屈……そういったものにも応用がきくのではないだろうか。

かゆみで最初は気がおかしくなりそうだった。でもそのうち、かゆみが全身のほてりのなかに吸収されて、そのほてりをなんとなく愉快に感じるようになった。苦痛はその意味やイメージと分かたれ、純粋な感覚だけになった。良くも悪くも強烈な感覚だったが、その強い感覚がわたしをわたし自身から解き放ち、深い瞑想に導いてくれた。わたしはそこに二時間すわりつづけた。一羽の鳥が頭にとまったとしても、気づかなかったにちがいない。

わたしは、自分のしたことが、人類史上で最も清廉で、堅忍不抜《けんにんふばつ》の精神を貫いた試みだとは思っていない。もちろん、名誉勲章を要求しているわけでもない。けれども、三十四年間生きてきて、蚊に食われてもピシャリとやらなかった初めての経験だと気づいたときには、なんだかわくわくした。これまでのわたしは、蚊の襲撃に対しても、人生における大小さまざまな苦痛や喜びの兆しに対しても、まるで操り人形のように反応した。なんであろうと、起こったことには反応せずにいられなかった。しかし、わたしはここで反射行動をとらなかった。人生で初めてだ。小さなことだが、これはそう多くあることではない。明日になったら、きょうはできないなにかができるようになっているかもしれない……。

すべてを終えると、わたしは宿舎まで歩いて戻り、被害を調べた。刺された痕《あと》が二十ヵ所ほど。でも、一時間半で痕は消えてしまった――あとかたもなく。そう、結局のところ、あらゆることは過ぎ去っていく。

57

神を求めようとすれば、人は世俗でなにかを求めるときとは、まったく逆のやり方をとることになるだろう。神を探究するとき、人は自分を魅了するものから離れ、困難に向かって泳いでいかなくてはならない。慣れ親しんだ心地よい習慣を捨てる、と同時に、なにかを断念することで報いが得られるという希望（ただの希望！）すらも捨てることになる。世界のあらゆる宗教が、よき信徒たるために大切なことはなにかという共通認識によって成立している。つまり、早起きして神に祈る、善行を積む、よき隣人になる、自分も他人も尊重する、欲を抑えるなどなど。しかしそうは言っても、人はつい寝坊してしまうものだし、みんながみんな早起きして神に祈るわけでもない。ところが古来、いかなる宗教にも、けっして怠けることを知らず、日が昇る前から起きだして、顔を洗い、神に祈りはじめる人々がごく一部にいた。揺るぎない信仰心を持って、彼らは来る日も来る日も同じように祈りつづけてきた。

こういった敬虔な信徒たちは、報いがあるという確約がなくても、彼らの儀式をおこないつづける。もちろん、多くの聖典や聖職者が、よき務めを果たせば得られるものについての（あるいは過ちを犯すと下る罰についての）約束を大いに語っているが、それを信じることもまた、信仰心にもとづく行為にほかならない。なぜなら、自分が最後にどうなるかなど誰も知りようがないからだ。信仰とは、保証もなき不断の努力と言えるだろう。信心とは、「はい、わたしは天上の神との契約を受け入れ、いまの段階では理解不能な前払いにも喜んで応じます」と言いきることだ。〝leap of faith〟（リープ・オブ・フェイス、直訳すると〝信心の跳躍〟だが、〝盲信〟を意味する）という言葉にはそれなりの根拠がある。神の御心に従うという決意は、理《ことわり》ある世界から不可知の領域への大きなジャンプであるからだ。みずからの信じる宗教を研究する勤勉な学者が、書物の山のなかにわたしをすわらせ、彼らの聖典をひもといて、どんなにその信心が理《り》にかなったものであるかを力説したとしても、わたしはあまり耳を貸す気になれない。理にかなった信心など、もはや信心と呼べないとわたしには思えるからだ。信心とは、見えない、立証できない、触れられないものを信じることだ。信心は闇のなかをさっと通り過ぎる影のようなものだ。もしあらかじめ、人生の意味について、神の本質について、それぞれの運命について、すべてを知らされていたら、わたしたちは〝信心の跳躍《リープ・オブ・フェイス》〟などはなから試みることはないだろうし、勇気ある人道的行為も果たし得ないだろう。最初からすべてがわかっているなら、それはまるでただの……先を見越した保険契約にすぎない。

わたしは保険業界に興味はない。無神論者の弁にはあきあきしているし、スピリチュアルなものに対する慎重すぎる態度にも苛立ちを覚える。経験至上主義的な議論も退屈で、味気ない。もう、そういうものを聞きたいとは思わない。根拠だとか証拠だとか保証だとか、そういうものにも重きを置くつもりもない。わたしはただ神を、わたしの内なる神を求めている。日差しが水面《みなも》と戯れるように、わたしの血のなかで戯れるような、そんな神を求めている。

58

このところ、わたしの願い事はより具体的で熟慮されたものになりつつある。それはふと、何事にもゆっくりな天の神様にただ祈るだけではたいして意味がないのではないか、と思ったことから始まった。わたしは毎朝の瞑想の前に寺院に行ってひざまずき、数分間神様に語りかける。アシュラムに来て間もないころに気づいたのは、このような対話のさなかに、よくぼんやりしてしまうということだった。なまくらで、曖昧で、気怠《けだる》い感じになり、願い事が冗漫になる。ある朝、床にぬかずき、創造主に向かってこうつぶやいたのを覚えている。「ええと、わたしには自分になにが必要かわかりません……でも神様、あなたならなにかお考えがあるはずです。だから、それをどうにかしていただけませんか？」

同じようなことを、わたしは自分の美容師によく言っていたものだ。

残念ながら、こんなお願いのしかたではまずうまくいかない。神様が眉をひょいと吊りあげ、こんな答えを返すことは容易に想像がつく。「それについてもっと真剣に考えてから、またわたしを呼びなさい」

もちろん、神様は、わたしがなにを必要としているかをすでにご存じだろう。問題は、わたし自身にそれがわかっているかどうかだ。絶望的にせっぱ詰まったとき、神様の足もとに身を投げ出すことじたいには、なんの問題もない。わたしは何度もそれを経験してきた。しかし結局、みずから行動を起こさなければ、ただ祈るだけでは、その窮地から抜け出すことはむずかしい。イタリアにこんなおもしろいジョークがある。ある男が毎日、教会の聖人像の前で祈りつづけていた。「親愛なる聖人様、どうか、どうか……どうか富くじに当たりますように」この嘆願は何ヵ月もつづいた。すると、その聖人像がついに動きだし、すがりつく男を見おろし、さもうんざりしたようすでこう言った。「なあ、おまえ。どうか、どうか、どうか……富くじの券を買ってくれ」

願い事は神様とわたしの相互作用で成り立っている。だから、その仕事の半分はわたしにある。もしわたしが変化を望んでいても、目標を見定めていなければ、願い事をしたところでなにが起きるというのだろう？　願い事のご利益の半分は、求めることじたいに、明確に言語化された、考え抜かれた意志を示すことにある。そうでなければ、願いや望みは、骨もなく締まりもない腰砕けなものになってしまう。それらはただ足もとで冷たい霧のように渦を巻くばかりで、命を得ることはない。

そんなわけで、わたしは毎朝、自分が心から求めるものはなにかを見定める時間を設けるようになった。寺院に入って、大理石の冷たい床にぬかずき、自分の求めるものがきちんとした願い事の形をとるまで辛抱強く待った。願い事に切実なものが感じとれなければ、そうなるまでずっと床にひたいをつけている。きのううまくいったことが、きょうもうまくいくとは限らない。自分の関心が鈍らないように気をつけていないと、願い事はどんよりと物憂く、ありきたりでお気楽なものに変わってしまう。意識を研ぎ澄ます努力をつづけるなかで、わたしは自分自身の魂を見守っていく責任を自覚するようになった。

運命もまた、神の恩寵と意志的な自助努力の相互作用で成り立っている、とわたしは思う。運命の半分は、自分の手ではコントロールがきかない。でも、残り半分は確実に自分の手中にあり、行動を起こせば、かなりの成果を出せる。人は神様の操り人形ではないし、運命という船のキャプテンでもない。どちらもある程度はそうだ、ということでしかない。わたしたちは、サーカスの横並びになった二頭の馬の背に片足ずつ乗せて馬たちを早駆けさせる曲乗り師のように人生を駆け抜ける。一頭は〝運〟という馬、もう一頭は〝自由意志〟という馬。そして毎日この問いを繰り返す――どっちの馬がどっちだ？　どっちの馬が自分では制御ができないから案じるのをやめるべき馬なのか、どっちの馬が進路を決めるために努力を傾けるべき馬なのか。

運は自分ではどうにもならないところがある。でもそれ以外のことは、自分の手の届く範囲内にある。満足のゆく結果に至る確率を高めるために、富くじを買うことに相当する努力は人生にいくらでもあるだろう。なにに時間を使うか、誰と交わるか、誰と肉体を、生活を、経済を、活力を分かち合うかは自分で決められる。人生における不運な状況をどう受けとめるか、それを災いと見なすか転機と見なすかも自分で選択できる（もし自分があまりにみじめで、前向きなとらえ方ができないときでも、視点を変えてみようと努力することは選びとれる）。誰かに語りかける自分の言葉を、声の調子を選ぶことができる。もちろん、自分の考えも自分で選びとれる。

この最後の項目は、わたしにとってまったく新しいものだった。くよくよ考えこむのをやめられないとこぼしていたとき、テキサスのリチャードがこれに気づかせてくれた。彼はこう言った。「なあ、たらふく、あんたは自分の考えを選ぶってことを学んだほうがよさそうだな。なに、そんなのは毎日の服を選ぶようなものさ。これは自分で開発できる能力なんだ。自分の人生を自分でどうにかしたいのなら、心に働きかけろ。それ以外に方法はない。それ以外のことはどうでもいいんだ。自分の考えを自分で仕切れるようにならなきゃ、あんたはいつまでたっても、どつぼにはまったまんまだ」

最初にこれを聞いたときは、そんな無理な、と思った。考えを自分で仕切る？　ほかに道はないの？　でも、それができたらどんなにいいか……。これは抑制するとか否定するとかではない。抑制や否定は、結局は、ネガティヴな考えなどまるで浮かばなかったかのように装う、手のこんだゲームと同じだ。リチャードが語ろうとしたのは、そうではなくて、ネガティヴな思考の存在を認め、それらがどこから、なぜやってきたのかを理解し、それから――大いなる許しと不屈の精神をもって――それらを追い払えということだった。これはどんな心理療法でも必ず通過しなければならない手続きと同じだ。療法家のオフィスで最初におこなわれるのは、なぜそのような破滅的な思考を持つに至ったかを自分なりに理解することだ。それができて初めて、その破滅的な思考を乗り越えるための精神的鍛錬を始められるようになる。もちろん、ネガティヴな考えを手放すことには犠牲も伴う。それは、自分の昔からの習慣を、慰安をもたらす遺恨を、慣れ親しんだ風景を喪失することでもあるからだ。そして、当然ながら、これを実行するには鍛錬も努力も必要だ。聞いてすぐにできるというものではなく、つねに頭の片隅にとどめて努力しなければならないたぐいの教えだ。それでも、わたしはそう努めたいと思った。強くなるために、わたしはそうする必要がある。イタリア人なら、こんなときにはこう言うことだろう。〝わたしは自分の骨をつくらなければならな《デヴォ・ファール・ミ・レ・オッ》い《サ》〟と。

そんなわけで、わたしは終日警戒怠りなく、自分の思考を観察するようになった。「悪い考えを心に隠し持つのはもうやめにします」という誓いを日に七百回くらい唱えた。卑小な考えが浮かぶたびに、この誓いを繰り返した。**悪い考えを心に隠し持つのはもうやめにします**。最初にこれを唱えたとき、〝隠し持つ《ハーバー》〟という言葉にわたしの心の耳がぴんと立った。内なる耳はこの言葉を動詞ではなく、名詞としてとらえたのだ。港《ハーバー》。言うまでもなく、港は嵐から避難する場所になる。そして、新たな土地への入口でもある。わたしは自分の心という港を思い描いてみた。ほんの少しうらぶれて嵐の爪痕もちょっぴり、それでも、よい土地にあり、ほどよい深さもある。誰にでも開かれた港だが、ここは〝自己〟という島への唯一の入口でもある（その島は比較的新しい火山島だが、土地は肥沃で将来性がある、としておこう）。この地はいくつかの戦争を経験したが（まったくそのとおり）、いまは平和が訪れ、新しい統治者（わたしだ）がこの土地を守る新しい政策を実践している。そしていま――島の噂が七つの海を越えて広まり――この港に誰を入れるかについて、これまでよりも厳しい法律が必要になった。

もうここに、自分を傷《いた》めるような考えを招き入れることは許されない。疫病のような考えに汚染された船も。そういう船にはことごとく帰ってもらおう。怒りに満ちた考えや飢えた逃亡者もだ。ついでに不平分子も、煽動者《せんどう》も、反逆者も、物騒な刺客《しかく》も、捨て鉢な娼婦もヒモも、治安を乱す密航者も、もうここへは来なくていい、もう二度と。理由を言うまでもなく、人を食い荒らすような考えはもうぜったいに受け入れない。伝道師たちも、自分の心に正直に、慎重に選《え》り分けよう。ここは平和な港。いまようやく静けさを手に入れたばかりの、心地よく誇り高き島への入口だ。わたしの親愛なる思考たちよ、この新しい法律を甘受できるなら、あなたがたをわたしの島に喜んで受け入れましょう。もし、甘受できないならば、わたしはあなたたちを、あなたたちが生まれた海へ追い返します。

これはわたしの使命、けっして終わりのない使命だ。

59

トゥルシーという名のインド人少女と仲良くなった。彼女は毎日わたしといっしょに寺院の床を磨いている。そして、毎夕、わたしたちはアシュラムの庭園を散歩し、神とヒップホップについて語り合う。トゥルシーにとっては神もヒップホップも、どちらも甲乙つけがたく、愛を注ぎこめる対象だ。トゥルシーはわたしがいままで出会ったインド人少女のなかで最もかわいらしい本の虫だ。先週、彼女の眼鏡の片方のレンズにまるで漫画のクモの巣のようなひびが入ってしまったのだが、それでも彼女は眼鏡をかけつづけている。それがますます彼女をかわいく見せている。トゥルシーはわたしにとって興味深いと同時に異質な存在でもある。ティーンエイジャーで、おてんばで、インド人で、一族のなかの反逆者。神様にぞっこんなので、まるで片思いの女学生のように聖歌を謡う。そして、愛嬌のある軽快な英語を話す。これはインドでしか聞けない独特の英語だ。そこには、〝みごとだ《スプレンディッド》！〟、〝嘆かわ《ナンセ》しい《ンス》！〟など植民地時代を思わせる言葉も含まれている。また、ときには「朝露のおりた草地を歩くことは有益です。なぜなら、それによって自然に心地よく体温がさがるからです」などといった堂々たる話しぶりも見せる。またある日、ムンバイまで行くつもりだと言うと、トゥルシーはこう言った。「どうぞ気をつけてしっかりしてください。いたるところにスピードをあげて飛ばすバスがあるでしょう」

彼女の歳は、わたしのちょうど半分。サイズもほぼ半分だ。

ある日、トゥルシーとわたしは散歩をしながら結婚について大いに語り合った。彼女はまもなく十八歳。インドの女性は十八歳から法的に結婚が許されている。また、十八歳の誕生日が過ぎると、一族の結婚式に出席するときには、おとなの女性の証であるサリーを身につけるようになる。そうすると、愛想のよいおばさん《アマ》がトゥルシーのそばにやってきて、根掘り葉掘り尋ねることになる。「あなたの年齢は？ あなたの一族は？ 父親の仕事は？ どこの大学に行くの？ 興味があるものは？ あなたの誕生日はいつ？」次に何が起こるかはおおよそ想像がつく。トゥルシーの父親のもとに、その女性の孫だという男性の写真が大きな封筒に入って送られてくる。同封の手紙には、デリーでコンピューター科学を学んでいるというその青年の占星術チャートや大学の成績表まで添えられており、当然ながらこんな質問が書き添えられている。「あなたのお嬢様は彼との結婚をお望みになりますでしょうか?」

トゥルシーは言う。「くだらない!」

その言葉はおもに、娘たちを首尾よく嫁がせた、彼女の一族の人々に向けられている。トゥルシーには神への感謝のしるしに剃髪《ていはつ》している叔母がいるのだが、その感謝の理由というのが、二十八歳というジュラ紀的年齢に達した長女がついに結婚できたことなのだという。とにかく結婚まで漕ぎつけるのがむずかしく、彼女には不利な条件がいくつもあったそうだ。わたしが、インドにおいて若い女性にとって結婚が遠のく理由とはなにかをトゥルシーに尋ねると、理由はいくつもあるという答えが返ってきた。

「星占いで生まれの星の巡りが悪い。年齢が高すぎる。肌の色が濃すぎる。学歴が高すぎても、それ以上の学歴の男性を見つけるのがむずかしくなります。このごろのインドで、よくある問題。女は夫より学歴が高いわけにはいかないからです。ほかには、女の人が過去に誰かと付き合っていて、村のみんながそれを知っているとき、まず結婚はむずかしい……」

わたしは、これらの条件に照らして、自分がインド社会でどれくらい結婚に適しているかを検証してみた。自分の星の巡りが良いのか悪いのかはわからないが、明らかに年齢は高すぎるし、教育も受けすぎている。貞潔という点でもかなり評判が傷ついていることは否めず……要するに、わたしはまず見どころなしということだ。いや、肌の色だけは白い。有利なところはそれぐらいか。

トゥルシーは先週もいとこの結婚式に出なければならなかった。彼女は（まったくインド人らしからぬ口ぶりで）結婚式がどんなに嫌いかを語った。踊りと噂話と着飾ることばっかり。それよりアシュラムで床を磨き、瞑想しているほうがずっといい。一族の人々には、彼女のこういうところが理解できない。彼女の信仰心は彼らがふつうと考える程度をはるかに超えている。トゥルシーは言う。「一族の人たち、わたしのことを変人だと思って、もうあきらめている。これをしろと言えば、まずちがうことをする、そういう人間だと評判になってます。それに、わたしは癇癪《かんしゃく》持ち。勉強にも打ちこんでない。でも、これからはちがう。大学に行って、興味のあることしたいと決意しました。グルが大学でしたように、わたしも心理学を勉強したい。でも、わたし、厄介な娘と思われてます。わたしになにかさせるには、よき理由を説明しないといけない。そういう評判になってます。母さんはそれをわかっているから、いつもわたしに、よき理由与えようとします。でも、父さんは、そうではない。父さん、わたしに理由を説明するけど、わたしにはそれが充分によき理由とは思えません。ときどき、みんなとぜんぜん似ていないのに、一族のなかにいて自分がなにをすればいいのかわからなくなる」

先週結婚したトゥルシーのいとこは、まだ二十一歳だ。一族のなかで次に結婚を控えているのは、二十歳になるトゥルシーの姉。となれば、この次はトゥルシーに花婿を見つけなければならないと一族の者たちが色めきたつのは目に見えている。わたしは彼女に、将来にわたってまったく結婚したくないのかと尋ねてみた。すると答えは……

「いやだあぁぁぁぁぁ……」

その返事は、わたしたちが眺めている日没よりも長くつづくのではないかと思われた。

「わたしは放浪したい！」と、彼女は言った。「あなたのように」

「ねえ、トゥルシー。わたしだって、いつもこんなふうに放浪できるわけじゃないの。一度は結婚したこともあるわ」

ひび割れた眼鏡のレンズの奥で、彼女は眉根をきゅっと寄せ、わたしをまじまじと見つめた。まるでわたしが以前は黒髪だったのと告白し、それがどんな感じだろうかと頭のなかで思い巡らしているように。しばらくして彼女は言った。「あなたが結婚？　そんなの、想像できない」

「でも、本当なの。以前、結婚してたの」

「それで、結婚を終わらせた？」

「そういうこと」

トゥルシーは言った。「あなたが結婚を終わらせたのは、たいへん称賛に値することです。あなたはいま、とても幸せそうに見えるから。でもわたしは……どうしてこうなったの？　なぜインドの女に生まれた？　あんまりです！　なぜこの一族の一員になった？　なぜこんなにもたくさんの結婚式に参加しなくちゃならない？」

そうして、トゥルシーは憤懣《ふんまん》やるかたないようすで円をぐるぐる描いて歩きまわり、アシュラムの音量レベルからするとかなりの大音量で叫んだ。「わたしは、ハワイに住みたーい!!!」

60

テキサスのリチャードも結婚していたことがある。いまは成人となったふたりの息子がいて、親子の交流もつづいている。リチャードはときどき前妻についてちょっとした思い出話を披露することがあるのだが、その語り口には彼女への思いやりが溢れている。そんな話を聞いているとき、わたしは彼をちょっぴり妬ましく思う。別れた連れ合いといまも友だちでいられるなんて、リチャードはなんて幸運なんだろう。友好的に別れることができたカップルの話を聞くたびに嫉妬を感じてしまうのは、わたしの踏んだり蹴ったりの離婚の副産物だ。さらにまずいことに――互いの労をねぎらうような離婚がものすごくロマンティックに思えて、あれこれ想像してしまう。「ああ……きみには感謝してる……ぼくたちは心から愛し合っていたね……」とかなんとか。

ある日、リチャードにそれについて尋ねてみた。「いまも前の奥さんに好意を持っているようだけど、彼女とは親しい付き合いがつづいているの?」

「いや」彼はあっさりと答えた。「前妻は、おれが〝くされ頭のイカレぽんち〟に改名すればいい、と思ってるはずさ」

そのときのリチャードのあまり意に介さないようすが印象に残った。わたしの元配偶者もわたしの改名を願っているにちがいないのだが、それを考えるとわたしは胸が痛い。自分の離婚に関していちばんつらいのは、元夫が自分を捨てたわたしをぜったいに許さないということだ。どんなに詫びようが弁解しようが、この事実は変わらない。いかなる非難にも甘んじたし、去っていくことと引き換えに多くの財産を投げ出した。贖罪《しょくざい》のためなら、なんでもするつもりだった。でも、彼はわたしを許さない。彼がわたしを祝福することなどあり得ないし、こんなふうに言うこともない。「きみの寛大さと正直さには敬服する。きみと離婚できて、とてもよかった」……まさか！　救われないわたし。そして救われない暗い穴が、いまもわたしの胸にあいている。幸せなときも、わくわくするときも（幸せなうえにわくわくするときでさえも）、わたしはこの穴のことを長く忘れてはいられない。**わたしはいまも彼から憎まれている。**この事実はぜったいに変わらないだろうし、この呪縛から逃れられるとも思えない。

こういったことについて洗いざらい、アシュラムで出会った友人たちに話してみた。ひとりはニュージーランドからやってきた配管工の男性。わたしが作家だと聞いて、彼のほうから自分も同類だと言いにきた。彼は詩人で、ニュージーランドで経験した精神世界の旅についてのすばらしい記録『配管工の前進』という詩集を出版したばかりだ。その配管工詩人と、テキサスのリチャード、アイルランドの酪農家、インド人のティーンエイジャーでおてんば娘のトゥルシー、そしてまばらな白髪と輝くやさしい目を持つ年輩の女性で、以前は南アフリカで修道女をしていたヴィヴィアン――この面々がここでのわたしの親友であり、皆が皆、まさかインドのアシュラムで出会うとは思いもよらないような強烈な個性の持ち主だった。

そんなわけで、わたしはその日昼食を食べながら、結婚と離婚について彼らと語り合った。ニュージーランドの配管工詩人はこう言った。「結婚とはふたりを縫い合わせる手術のようなものだよ。そして離婚は、一種の切断。治癒するには時間がかかる。結婚生活が長ければ長いほど、切断が荒々しければ荒々しいほど、回復はむずかしくなる」

このたとえは、いまに至るまで何年もつづくわたしの離婚の、つまり〝切断〟の後遺症をうまく説明する。いまも〝幻の足〟はわたしの周りをふわふわと飛んで、しょっちゅう過去をしまった棚を蹴り飛ばしてはなにかを落としてくれる。

テキサスのリチャードが、あんたはこの先も、元夫の目を通して自己洞察するやり方をつづけるつもりなのか、とわたしに尋ねた。わたしは、それはどうかわからないけど、元夫の存在はいまだに大きく、本音を言えば、新しい男性があらわれて、わたしを許し、わたしを解放し、わたしが安心して前に進めるようにしてくれるのを待っているようなところがあると告白した。

アイルランドの酪農家はこんな意見を述べた。「いつか訪れる日を待って生きるのは、人生の限られた時間の有効な使い方ではないな」

わたしは言った。「なんて言うのか……。わたしは真っ黒な罪悪感をかかえている気がするの。ほかの女性の罪悪感が灰色だとすると」

元カトリックの修道女は、これにはまるで耳を貸さなかった（当然ながら、彼女は罪悪感について知り抜いている）。「罪悪感とは、あなたのエゴが、自分は道徳的に優れた人間であるとあなたに思いこませようとしているまやかしよ。ごまかされないで」

「この離婚についてなにより嫌悪するのは……」と、わたしは言った。「ぜんぜんけりがつかないってこと。開きっぱなしの傷口みたい。いつまでもぐじゅぐじゅしてて」

「あんたがそう言い張るんなら」と、リチャードが言った。「そして、あんたが離婚に関して頑固にそういう考えを押し通そうとするんなら、おれたちの出る幕はないね」

「いつかは、こんなこともおしまいにできると思う」と、わたしは言った。「どうやったらおしまいにできるか知りたいだけ」

昼食を終えたとき、ニュージーランドの配管工詩人からそっとメモを手渡された。メモには、きみに見せたいものがあるから、夕食のあとで会おうと書かれていた。そこで夕食後、瞑想の洞窟のそばで彼と落ち合った。彼は贈り物をするからついてくるようにと言った。アシュラムの敷地を横切ってたどり着いたのは、わたしがまだ足を踏み入れたことのない建物だった。彼は鍵をあけ、わたしを階段の下まで導いた。階上も含む空調をそこから調整したところを見ると、彼はこの建物をよく知っているのだろう。階段をのぼったところに施錠されたドアがあり、そのダイアル式の鍵の数字を、彼はメモを見ることもなくさっと合わせた。こうしてさらに階段をのぼると、それはすばらしい屋上に出た。屋上に敷きつめられた陶製のタイルが夕日にきらめいて、まるで日の降り注ぐプールの底のようだった。彼はその屋上から突き出ている塔に向かって歩いた。それは小さな尖塔で、おそらくは塔のてっぺんまでつづいている狭い階段があった。彼はその階段を指さした。「ぼくは戻る。きみは上まで行くといい。そして、それが終わるまで、上にとどまっているんだ」

「なにが終わるまで？」

配管工詩人はほほえむだけでなにも答えず、わたしに懐中電灯を手渡した。「これは、それが終わったとき、安全に戻ってこられるように」そう言うと、折りたたんだ紙をわたしに押しつけて、立ち去った。

わたしは狭い階段を塔のてっぺんまでのぼった。そこにはアシュラムでいちばん高いテラスがあり、この地を流れる川とその谷を見渡すことができた。丘陵と耕地が地平線まで果てしなくつづいていた。ふと、ここは一般の修行者が立ち入ることを禁止された場所なのかもしれないと思った。おそらくはグルがこのアシュラムに滞在するとき、ここから夕日を眺めるのだろう。まさに日が沈もうとしており、温かな微風が吹いていた。わたしは配管工詩人から手渡された紙を開いた。

そこには、次のような文章がタイプされていた。

自由への手引き

1　人生の象徴的事件はすべて神の導き。

2　あなたはここまでのぼってきて、いまはてっぺんにいる。あなたと天の神とのあいだにはなにもない。さあ、いまこそ解き放て。

3 長い一日が終わろうとしている。美しかったものが新たな美しいものへと変わりゆく時間。さあ、いまこそ解き放て。

4 決意したいというあなたの願いは、祈りそのものだった。いまあなたがここにいることが、神の答え。さあ、解き放て。そして、星々があらわれるのを見つめよ——天空に、そしてあなたの内なる空に。

5 全身全霊で神の恩寵を求めよ。そして、解き放て。

6 全身全霊でかの人を赦《ゆる》せ、**あなた自身を赦せ**。そして、かの人を解き放て。

7 あなたの意志が空しい苦悩の束縛から自由であるように。解き放て。

8 昼の熱気が夜の清涼に変わりゆくさまを追え。そして、解き放て。

9 ひとつの関係のカルマが終わりを迎え、愛だけが残る。そこにあるのは平安。解き放て。

10 ついに過去があなたから去りゆくとき。解き放て。そしてふたたび下界におりて、人生を始めよ。大いなる喜びをもって。

これを読んで数分間は笑いが止まらなかった。そこからは谷間のすべてが、傘のようにこんもり茂るマンゴーの木々が見えた。風がわたしの髪を旗のようになびかせた。夕日が地平線に沈んでいった。わたしはテラスに仰向けになって、星々があらわれるのを待ちながら、サンスクリット語の短い祈りを唱えた。暮れてゆく空に星があらわれるたびに、祈りを繰り返した。まるで星々を呼び寄せているような気がした。でもそのうち、あまりにつぎつぎに新しい星があらわれるものだから、祈りが追いつかなくなった。ほどなく天空ではまばゆい無数の星々が瞬《またた》きはじめた。わたしと神のあいだにあるのはただ……いやもうなにもなかった。

わたしは目を閉じて、神に呼びかけた。「親愛なる神様、赦しと諦めについてわたしが理解すべきことをすべて教えてください」

わたしが長く求めてきたのは、元夫とじかに会って話し合うことだった。でもそれは現実的には叶いそうもない。わたしが切望してきたのは夫との関係にけりをつけることだった。元夫と穏やかな対話を持ち、そこからふたりの結婚になにが起こったかについて一致した理解に至ること。そして、離婚という結末の醜悪さを互いに赦し合うこと。しかし、カウンセリングと瞑想でなんとか切り抜けたあの数ヵ月、夫とわたしはいっそう対立し、それぞれの立場に固執しつづけた。こうしてわたしたちは、互いの非をぜったいに看過できない、束縛し合う人間同士になった。それでも、話し合いこそふたりが必要としているものだった。そして、神との対話に至るためのルールとして、わたしは次のことも確信した。すなわち、他者を非難するという誘惑の糸に、たとえ一本だろうと、絡めとられている限り、そこから神のほうへはぜったいに近づいてはならない。喫煙《むしば》が肺に影響を及ぼすように、恨みは魂に影響を及ぼす。恨みのたった一服でさえ、魂を蝕むことになる。では、そうならないために、わたしたちはなにを祈ればいいのか？　「われらの日々の恨みを　きょうも赦したまえ」とか？　とにかく、自分の人生がうまくいかないのを他人のせいにして誰かを責めつづけるくらいなら、神様にお別れのキスをして立ち去ったほうがいい。その夜、わたしがアシュラムの高い塔の上で神様に求めたのは——おそらく二度と元夫とじかに会うチャンスはないだろうという現実を踏まえて——それとは別の手段で夫とコミュニケートすることはできないものでしょうか？　ということだった。そんな手段を通して、わたしたちは互いを赦し合えないものでしょうか？

わたしは、世界を見おろす高い塔のテラスにひとりきりだった。その場で瞑想に入り、なにかが語りかけてくるのを待った。何分たったのか、何時間たったのか、よくわからない。だがとうとう、自分がなにをすべきかが見えてきた。わたしは杓子定規《しゃくしじょうぎ》に考えすぎていたようだ。わたしは夫と話すことをずっと望んできた——そうよね？　だったら、彼に話しかければいい。いまここで。わたしは赦されることをずっと求めてきた——そうよね？　だったら、わたしのほうから彼を赦すこと。いますぐに。どれほど多くの人が、赦しを与えられず、赦しを与えず、墓場まで行くことか。それについて考えた。どれほど多くの人が、慈悲や寛容を示す大切な言葉を伝えられないままに、家族や友人や子どもや恋人をこの世から失ってしまうことか。それについても考えた。終わってしまった関係から生き延びた人間は、どうやって終わらない苦悩に耐えればいいのか。瞑想を通して、わたしはようやくその問いに答えを見いだした。苦悩の軛《くびき》はみずから断ち切ることができる。まずは自分の内面から。それは必ずできるし、とても重要なことでもある。

さらに瞑想をつづけるうちに奇妙なことが起こった。わたしは、このインドの塔の高みへ来てほしいと元夫を誘っていた。どうか、この美しい夜をここでわたしといっしょに過ごしてください、わたしはそう求めていた。そうして、彼が訪れる気配を待った。彼はやってきた。突然、彼の存在をありありとそばに感じた。彼の匂いを感じることもできた。

わたしは言った。「ようこそ、あなた」

泣きだしそうになったが、そんな必要はないとすぐに気づいた。涙は物質的な肉体の人生に属するもの。このインドの夜、ふたつの魂が出会っている場所は、肉体とはなんの関係もない。この塔にのぼって話し合う必要のあったふたりの人間は、もはや人間とも呼べなかった。言葉を交わす必要すらなかった。元配偶者同士でもなく、頑固な中西部人でも神経過敏なニューイングランド人でもなく、四十代の男と三十代の女でもなく、何年ものあいだセックスやら家計やら家具やらで揉めてきた心の狭い人間でもなかった。そのどれにも当てはまらなかった。この再会を果たすため、わたしたちはすでになにもかも理解しているふたつの涼やかな青い魂に変わっていた。肉体に縛られず、過去のふたりの複雑な関係にも縛られず、この塔の上で（おそらくはわたしの実体よりも高いところで）、大きな叡智《えいち》に包まれて出会っていた。さらに瞑想をつづけるうちに、わたしは、この涼やかな青い魂がふたつでひとつの円を描き、重なり合い、また分かれ、そうしつつ互いを完璧で同類のものだと認め合っていることが感じとれるようになった。ふたつの魂はずっと以前からすべてを知っていた。そして、これからもすべてを知るものでありつづけるだろう。互いを赦し合う必要もない。なぜなら、もともと互いを赦し合って生まれてきたのだから。

ふたつの魂は、美しく旋回しながら、わたしに教えてくれた。「もうこだわるのはやめなさい、リズ。この関係にあなたが果たす役割は終わったの。さあ、これでけりをつけましょう。これからは、あなたの人生を歩いていきなさい」

ずいぶんたって、わたしは目を開き、本当に〝終わった〟のだと知った。わたしの結婚や離婚にとどまらず、これまで終わらせることのできなかった殺伐とした空疎な哀しみ、そういったものすべてが……終わったのだと知った。わたしは自分が自由だと感じた。はっきりさせておきたいのだが、それまでも元夫についてまったくなにも考えなかったわけではないし、彼との思い出に切ない気持ちを味わうこともなかったわけではない。ただ、この塔の上の儀式によって、わたしは初めて、そういった思考や感情が将来ふたたび訪れたときに（必ず訪れるとわかっていた）それらを収める場所を確保したということだ。それらがまたあらわれたときには、ここへ、この記憶の塔のてっぺんに送りこんでやればいい。そうすれば、すべてを理解している、ふたつの涼やかな青い魂がそれらをあずかってくれるだろう。

この儀式はそのためにあった。喜びと痛手が交じり合う最も複雑な感情が安らかな眠りにつく墓所を用意するために、わたしたちは魂の厳かな儀式をおこなった。こうしておけば、つらい感情をいつまでも引きずらなくても、重荷を背負っていかなくてもすむだろう。すべての人に、こんなふうに儀式によって保護される場所が必要だ。もし、あなたの文化や伝統にあなたが求めるような儀式が存在しなかったとしても、あなた自身が儀式をつくりだし、寛大なる配管工詩人のような手仕事感たっぷりのやり方で、傷ついた感情を処理すればいい。間に合わせの儀式であったとしても、そこに真剣な気持ちさえこもっていれば、神様は恩寵を示してくださるだろう。だから、わたしはいつも神を求めている。わたしは立ちあがり、みずからの解放を祝福しようと、グルの塔のテラスで逆立ちをした。手の下にあるのは、土埃をかぶったタイル。わたしはわたし自身の強さとバランスを感じた。心地よい夜の風を足の裏に感じた。こういうこと――支えのない二点倒立――は肉体を離れた涼やかな青い魂ではなく、生身の人間のなせる業だ。わたしたちには二本の手があり、もし望むなら、それで地面に立つこともできる。これはわたしたちの特権だ。いずれはこの世から消え去る肉体の生みだす喜びだ。だからこそ、神様もわたしたちを求めておられるのではないだろうか。人間の手を通して味わうものを、きっと神様も愛しておられるはずだから。

61

テキサスのリチャードが、故郷のオースティンに戻る日がやってきた。わたしは彼を空港まで送った。ふたりとも哀しくて、彼が空港に入っていくまで、長いあいだ歩道で別れを惜しんだ。

「これからはエリザベス・ギルバートをからかって遊べないなんて、おれはどうしたらいいんだ？」リチャードはため息をつき、少し間をおいて言った。「あんたは、このアシュラムでよい経験を積んだな。以前のあんたとはぜんぜんちがう。たぶん、まとわりついていた悲嘆を振り切ったんだろう」

「このごろは心から幸せよ、リチャード」

「でも、覚えておけ。あんたの苦悩が、扉をあけようとするあんたを、出口で待っている。だから、去っていくとき、そいつを拾ってやりたくなっても――」

「二度と拾ってやらない」

「そのとおりだ」

「あなたには助けられたわ」わたしは言った。「あなたは、毛むくじゃらの手とひん曲がった足の爪を持つ天使よ」

「ああ、ヴェトナム以来、おれの足の爪は元に戻らない」

「それですんでよかった」

「そうだな、たくさんの仲間がこれよりひどい目に遭《あ》った。少なくともおれにはまだ両脚がある。いや、まともな人間らしい姿でこの世に生きていられる。それは、あんたもだ――忘れちゃいかんな。来世はインドの貧しい女として道ばたで岩を砕く仕事をしているかもしれねえ。人生がそう楽しいばかりとは限らねえ。いま手にしているものに感謝しなくちゃ、そうだろう？　感謝の心を育てよ、だ。そして長生きせよ。なあ、たらふく、約束してくれ。あんたの人生を前に進めていくって」

「約束するわ」

「その、つまりだ、それは新しい愛する誰かを見つけるってことだ。心の傷を癒すのに時間をかけてもいい。でも、いずれは誰かとこころ《ハート》で結ばれることを忘れないでくれ。あんたの人生を、デーヴィッドや元の亭主に捧げるモニュメントにするんじゃなくて」

「だいじょうぶ」わたしは言った。言ったそばから、それが真実だと気づいた。だいじょうぶ。過去の失敗や愛情関係の破綻によってもたらされた苦しみがじょじょに薄らいでいくのがわかる。時の経過と辛抱と神の恩寵という誰もが頼るすばらしい癒し薬のおかげで、いずれは苦しみもちっぽけなものとなるだろう。

そんなことを考えていると、リチャードが下世話な冗談でわたしをいきなり現実の世界に引き戻してくれた。「ま、なんだな、ベイビー。これだけは忘れるな。なにかを乗り越えるには、誰かに乗ったり乗られたりがいちばん」

わたしは笑いだした。「ええ、リチャード。確かにそうね。さあ、テキサスに戻る時間よ」

「そのようだな」彼はそう言って、インドの空港の荒れ果てた駐車場のほうをちらりと見た。「ここに立ってても、これ以上いいことは降ってきそうにねえしな」

62

リチャードを見送った空港からアシュラムへ戻る道すがら、わたしはこのところしゃべりすぎているのではないかと思った。胸に手を当てて考えてみると、これまでもずっとおしゃべりな人生を過ごしてきたし、このアシュラムでも大いにしゃべりまくっていた。あとここに二カ月いるわけだが、せっかくのスピリチュアルな成長のチャンスを、四六時中の社交とおしゃべりで無駄にしたくない。われながら驚くのだが、この地球の反対側の聖なる精神修養の場に来ても、わたしはカクテル・パーティーみたいなノリを周囲につくってしまう人間だった。しゃべっていた相手はリチャードだけではない。もちろん、彼がおしゃべり仲間の筆頭だとしても、わたしはいつも誰かとだらだらしゃべりつづけ、気づくと――ここは、アシュラムですよ！――友人と会う約束をつぎつぎにつくりだしていた。「ごめんなさい、きょうのランチは無理なの。サクシと約束があるから……でも、次の火曜日ならあいてるわ」

人生でこんなことばかりしてきた。わたしはそういう人間だった。でも、そういうところが精神の成長の妨げになってはいないだろうかとこのごろ考える。沈黙と孤独を保つことは精神修養のひとつとして広く認められており、これにはちゃんとした理由がある。おしゃべりを慎むことを覚えれば、口からエネルギーが洩れていくのを、すなわちエネルギーの消耗を防ぐことができる。世界を大量の言葉ではなく、静寂と平和と至福とで満たすことができる。わたしのグルの師であるスワミジは、アシュラムでの沈黙にこだわり、沈黙の行《ぎょう》の大切さをつねに説いていた。彼は沈黙こそ唯一本物の信仰だと言った。恥ずかしながら、わたしは世界で最も沈黙に支配されるべき、また支配されうるこのアシュラムにおいて、飽くことなくしゃべりつづけてきたのだ。

そこで、心を決めた。これからは社交にうつつを抜かすのはやめよう。うろちょろするのも、噂話も、ジョークもやめよう。注目を求めたがるのも、会話を仕切りたがるのも、もうやめ。自己主張のために言葉のタップダンスを踊るのはやめよう。いまこそ変化のときだ。リチャードが去ったいま、残りの滞在期間を完璧な沈黙の行に捧げることにしよう。むずかしいことだろうけど、できないことじゃない。なぜなら、このアシュラムでは沈黙する人にあまねく敬意が払われている。沈黙を修行に打ちこむ姿と理解して、コミュニティー全体がわたしを支えてくれるだろう。アシュラムの本屋では「沈黙しています」と記された小さなバッジも売っている。

あの小さなバッジを四個ほど買おう。

アシュラムへ戻る道々、わたしは沈黙の行に入った自分の姿を想像した。沈黙する人として、わたしは広く知られるようになる。〝あの静かな女性〟で誰にでもぴんとくるようになるだろう。アシュラムの日課を守り、ひとりきりで食事をとり、毎日長時間瞑想し、寺院の床をわき目も振らずに磨く。人と交わるときは微笑だけ。それも静寂と敬神の念に溢れた自足の世界から湧き出てくる、申し分のない笑み。みんながわたしの噂をするようになる。そして、こんなふうに尋ねる。「寺院の奥にいる、あの静かな女性は誰なの？　いつもひざまずいて床を磨いてるわ。ぜったいにしゃべらない。なんともつかみどころがないの。神秘的ね。彼女がどんな声をしてるのか想像もつかないわ。庭の小径を彼女が後ろから近づいてきても、誰も気づかない……そう、そよ風のように音も立てずに歩くの。いつも瞑想状態のなかにいて神と交わっているにちがいないわ。あんなに静かな人にはいままで会ったことがないわ」

63

その翌朝、わたしは寺院の大理石の床にひざまずき、沈黙の聖なる輝きに包まれて（と夢想しつつ）、床を磨いていた。すると、インド人の遣いの少年が伝言を持ってやってきた。セヴァのオフィスまですぐに来るように——。セヴァとは、サンスクリット語で無私の奉仕による修行を意味し、たとえば寺院の床を磨くのもそのひとつだ。そして、セヴァのオフィスは、このアシュラムで修行者たちに割り当てられる仕事の全体を管理している。いったいなぜ自分が呼び出されるのだろうといぶかりながらオフィスまで行くと、事務机にすわった感じのよい女性が尋ねた。「あなたが、エリザベス・ギルバートね？」

わたしは、敬神の念に満ちた、精いっぱい温かな笑みでそれに応えた。もちろん、沈黙したまま。

すると、その女性は、あなたの仕事が変わったと告げた。上からの特別な要請で、わたしはこれからは床磨きチームからはずれることになるという。このアシュラムでわたしに新しい仕事が割り振られたのだ。

その仕事の名称は――皆さん、なんだと思います？――〝接待主任〟だった。

64

これもスワミジが仕掛けた新たな冗談だとしか思えない。

おまえは〝あの静かな女性〟になりたいのだな？　よろしい。それでは……

でも、こういうことはアシュラムでは珍しくない。こうしようとか、こうなりたいとか、大それた決意をしたとたん、自分という人間をどんなにわかっていないかを思い知らされる出来事が起きる。スワミジが生きているあいだに何度これを言ったのか、彼が亡くなってから、わたしのグルがさらに何度これを言ったのか、わたしは知らない。しかし、わたしは、このしつこいほどに繰り返されてきた言葉の意味するものを、本当の意味で理解してはいなかったようだ。

「神はあなたのなかにある――あなたと同じように」

あなたと同じように。

ヨガなるものにひとつの神聖な真実があるとすれば、まさにこの言葉に要約される。あなた自身があなたのなかにあるように、神はあなたのなかにある。高徳な人がどのように見えるか、どのようにふるまうかについてわたしたちが浅はかな知恵を絞って考え、それを演じてみせたところで、神は興味を示さない。人は神に近づくためには、人格が大きく劇的に変わる必要がある、本来の個性も捨て去る必要があると考えがちだ。けれども、これは東洋でよく言われる〝迷妄《めいもう》〟にすぎない。スワミジはよくこんなふうに語った――毎日なにかを捨てたとしても、さらに捨てなければならないものが見つかるだろう。だがそんなことをつづけても、得られるものは平穏ではなく、うつうつとした心だ。節制と禁欲だけをひたすら追い求めるのはよくない。神を知るために捨てなければならないもの、それは神と隔てられているという感覚だけだ。自分は神と隔てられているという感覚を捨て去り、ありのままの姿で、本来の性格のままに、そこにとどまればいい――。

わたしの本来の性格とはなんだろう。わたしはアシュラムで学ぶことが好きだが、上品で謎めいた笑みを浮かべ、沈黙を通して神に近づくという夢は……いったい、それって誰なの？　おそらく、テレビのニュース・ショーかなにかで見た誰かさんだ。現実はと言えば、哀しいかな、わたしはそんな人にはけっしてなれない。ずっと、謎に包まれた優美な人物に憧れていた。いつも、物静かな女になりたかった。それはつまり、自分がそうではないからだ。豊かな黒髪をとても美しいと思うのも同じ。わたしがそうではない、そうはなり得ないからだ。しかし人はどこかの時点で、自分が与えられたものと和解しなければならない。もし神が恥ずかしがり屋の豊かな黒髪の少女になることをわたしにお望みならば、わたしはそのように生まれついていただろう。でも、そうではなかった。自分が世の中の役に立ちたいのなら、まずは神がつくられた自分を受け入れて、そのうえで最大限に自分を生かしていくしかない。

古代の哲学者、セクトゥスが次のように言っている。「賢人は、つねに彼自身に似ているものだ」

いまのわたしのままでも、修行に打ちこめないわけではない。神の愛を享受できないわけではない。人の役に立てないわけではない。人として向上し、徳を磨き、弱点を克服するという日々が送れないわけではない。わたしはいまさら、沈黙する〝壁の花〟にはなれないけれど、自分のおしゃべり癖を見つめ直し、自分の性格の枠内でそれを改善していくことができないわけではない。そう、わたしはおしゃべりが好きだ。だけど、そんなに悪態をつかなくてもいいし、いつも周りを笑わせようと頑張らなくてもいい。そうしょっちゅう自分自身について語りつづけている必要もない。そして、ごく基本的なこととして、誰かがしゃべっているとき、そこに割りこんでいくのをやめにしなければ。わたしの会話に割りこむ才能をどんなに高く評価してみたところで、その行為は「わたしの話そうとすることは、あなたの話していることより重要なんですよ」と言っているのと同じだ。そして、結局それは、「あなたよりも、わたしのほうが重要なんですよ」と言っているのと同じだ。こういうことは、金輪際やめにしなければ。

そう、直すところはちゃんと直したほうがいい。しかし、わたしのおしゃべり癖をそれなりに改めてみたところで、〝あの静かな女性〟として知られる存在にはまずなれないだろう。どんなにそれがすてきに思えて、どんなにわたしが努力してみたところで。自分がここでどう見られているかを正直に認めること。セヴァ管理センターの女性はわたしの新しい仕事は

〝接待主任〟だと告げたあと、こう付け加えた。「この仕事には特別な呼び名があるの。〝リトル・スージー・クリームチーズ〟。接待係に求められるのは、いつも社交的で、愛想がよくて、ほほえんでいることよ」

そう言われてしまって、わたしになにが言えるだろうか。

わたしは彼女に握手を求め、わたしの夢の女に無言の別れを告げながら、こう言った。

「承知しました。お請けしましょう」

65

わたしが接待することになったのは、この春アシュラムが催す一連の合宿に訪れる人たちだった。それぞれの合宿におよそ百人の参加者たちが世界各地から集まり、一週間から十日間、瞑想の修行をする。わたしの仕事は彼らのお世話をすることだ。その合宿の多くで、参加者たちは無言を通す。そのなかには初めて無言の行をする人たちもいる。そんな人たちにとって、なにか不都合なことが起こったとき、このアシュラムで話しかけられる相手はわたししかいない。

そう、わたしは公的な仕事として、話しかけやすい相手になることを求められているわけだ。合宿の参加者たちからの相談に耳を傾け、解決策を見つける。おそらくは、同室の人のいびきがうるさいから部屋を替えてほしいときか、インドの旅にはつきものの胃腸のトラブルで医者にかかりたいとか、そのようなことを解決するのがわたしの仕事になるのだろう。そのために、すべての参加者の名と出身地を把握しておく必要がある。クリップボードを携えて歩きまわり、メモをとり、問題があるときは追跡調査をする。要するに、ヨガ・クルーズにおけるジュリー・マッコイ船客係（米国で一九七七年から放映された、豪華クルーズ船を舞台にした人気テレビドラマ・シリーズ『ラブ・ボート』の登場人物）といったところだ。

そしてこの仕事には、ポケットベルが欠かせなかった。

合宿が始まると、自分がこの仕事に向いていることはすぐにわかった。わたしは、歓迎テーブルに〝こんにちは、わたしの名は○○です〟バッジをつけてすわっている。そして世界三十カ国からやってくる人々は、なかには常連もいるが、インドは初めてという人が大半を占める。午前十時でも気温はすでに三十七度を超えている。多くの参加者は、ひと晩じゅう飛行機のエコノミークラスの席にすわっていたのだろう。なかには、たったいま車のトランクで目覚めたばかりとでもいう風情で、もちろん、ここでなにをするかもわかっていないようすで、アシュラムに入ってくる人もいる。超越的な境地を体験したくて合宿に参加を決めたのかもしれないが、そんなことは、クアラルンプール空港で荷物を失ってしまったあたりから、すっかり忘れ去られている。喉が渇いているが、水を飲んでいいかどうかもわからない。お腹をすかせているが、ランチが何時から始まるかも、アシュラムのどこへ行けばカフェテリアがあるかもわからない。多くの人はこの地にふさわしい服装をしていない。熱帯の暑さのなかで、化繊の衣類を着て、重々しいブーツをはいている。ロシア語を話せる人がいるかどうかを知らないロシア人もいる。

わたしは、ほんのちょっぴりならロシア語が話せる。

彼らの助けになれる。わたしには彼らを助けるためのスキルが備わっていた。これまでの人生で四方に伸ばしてきた人の感情を読みとるアンテナ。多感だった子ども時代に身につけた直観。人の話を聞き出す技術は、気さくなバーテンダーや好奇心旺盛なジャーナリストとなって培ったものだ。世話を焼く能力は、誰かさんの妻や恋人であった時代に磨いた。そういったものの積み重ねのおかげで、わたしは合宿の参加者たちの不安を取り除き、本来の厳しい修行に送り出すことができた。メキシコから、フィリピンから、アフリカから、デンマークから、デトロイトから来た人たちもいた。まるでワイオミング州のど真ん中に着陸した宇宙船に引き寄せられた、リチャード・ドレイファスとその仲間のようだ。わたしは彼らの勇敢さに心を打たれた。彼らは数週間の沈黙の行のために、家族や自分の実人生を残して、未知なるインドの見ず知らずの人々のなかに飛びこんだのだ。

彼らのことが自然に、無条件に大好きになった。厄介な人でさえ好きになった。彼らが神経を尖らせていても、これから七日間の沈黙と瞑想に入り、なにが起きるかを恐れているのだと理解できた。わたしは、憤然として文句を言いにきたインド人の男性が好きになった。彼は自分の部屋に片足のもげた高さ十センチの、インドの神ガネーシャの彫像があったと訴えた。これは悪い予兆なので、聖職者の最高位であるブラーフマンの祭司が「伝統にのっとったしかるべき」浄化の儀式をおこなって、取り除かなければならないと主張した。わたしは彼をなだめ、怒りに耳を傾け、彼が昼食をとっているあいだに、友人のトゥルシー、ティーンエイジャーのインド人のおてんば娘を彼の部屋に派遣して、ガネーシャの像を取ってこさせた。翌日、わたしは彼に短い手紙を渡し、壊れた像がなくなってあなたの気分が上向きになったことを願っているし、これからも、なんであろうと必要なことはわたしに言ってほしいと伝えた。男性はそれに対して、大きな晴れやかな笑顔で応えてくれた。彼はただ怖かったのだ。自分の小麦アレルギーを気にしてパニック発作になりそうなフランス人女性もいた。彼女も怖かったのだろう。アルゼンチンから来た男性は、ハタ・ヨガ部門の全スタッフを集めて、瞑想のときに足首が痛くならない坐し方を教える特別講習を開いてほしいと言った。彼も怖かったのだろう。みんながこれから起こることを恐れていた。沈黙の行に入れば、自分の心と魂の、奥の奥までおりていかなければならない。瞑想の経験者にとっても、心と魂はなにが起きるのか最も予測のつかない領域だ。そこでは何が起きても不思議ではない。合宿を指導するのは五十代の修行者の女性で、仕草や言葉のはしばしに慈愛が溢れているのだが、そんな彼女がついていても、彼らはまだ恐れていた。なぜなら、彼らが行こうとしているところへ彼女はいっしょに行けない、自分以外にそこへ行く人はひとりもいないからだ。

合宿が始まったころ、アメリカのある友人からEメールが届いた。《ナショナル・ジオグラフィック》で野生動物の映像を撮影しているカメラマンの男性で、近頃、彼はニューヨークのウォルドーフ・アストリア・ホテルで催された探検家クラブの会員たちを称えるすばらしい夕食会に出席したという。これほど勇気ある人々がいることは驚きだと、彼は書いていた。探検家クラブの人々は何度も命の危険を冒して世界の辺境に、危険な山岳地帯や渓谷や河川や深海や氷原や火山を調査しに行っている。そして多くの人が長年の冒険で身体の一部を、手足の指や鼻をサメに食われたり、凍傷で失ったり、そのほかの危険な事故でなくしていたのだそうだ。

「こんなに勇敢な人々が一堂に会したのをきみは見たことがないだろうな」と、彼は書いていた。

わたしはそれを読んで、心のなかで思ったものだ。**あなた、なにもわかっちゃいないわね、マイク。**

66

合宿の主題であり、その到達点でもあるのは、トゥリヤと呼ばれる人間の意識状態における幻の第四段階だ。ヨギたちの語るところによれば、人間は日常的な経験のなかでは三つの異なる意識レベル、すなわち目覚め、軽い眠り、夢も見ない深い眠りのあいだを行き来している。しかし、それ以外に第四の意識レベルも存在する。第四の意識レベルは、他の意識状態の観察者となって、他の三つの意識レベルを統合する役割を果たしている。これは純粋な意識、たとえば朝起きたとき、夜のあいだに見た夢をすべて語れるような知的に覚醒した意識レベルのことだ。眠っていて意識はなかったはずなのに、眠っているあいだの夢を誰かがすべて見守っている。その観察者とは誰なのか。つねに心の動きの外側にいて、その思念を観察しつづけている者とは……？　神以外にあり得ない、とヨギは言う。つまり、もし観察者の意識レベルに入ることができるなら、人はつねに神とともにあることになる。不断の目覚め――神とともにあるという経験は、人間の意識の第四段階、このトゥリヤにおいてしか起こらない。

では、トゥリヤの状態にあるかどうかは、どうやってわかるのか。それは、終わりなき至福を感じつづけていられるかどうかによってわかる。トゥリヤに生きる人間は、心が乱れたり、時の経過を恐れたり、喪失に傷つくことはない。「純粋で、清らかで、無であり、平安であり、そよとも動かず、我もなく、果てなく、衰えもなく、不変で、永遠で、始まりもなく、なにものにも縛られることなく、ただ大きな自分自身のなかにある」と、インドの古い哲学書『ウパニシャッド』はトゥリヤに達した人のことを記している。偉大な聖人たち、偉大なグルたち、偉大な歴史の先駆者たちは、常時トゥリヤの状態にあったと考えられる。そうでないわたしたちでも、つかの間ならば、その状態に至った経験があるのではないか。わたしたちの多くが、人生にたった二分間だけだとしても、唐突で脈絡のない、外界で起こっていることとはいっさい関係のない完璧な至福を味わうことがある。ごく平凡な人間として、ありふれた人生を送っていても、あるとき突然――これはなんだ？――なにも変わっていないはずなのに、神の恩寵を感じ、溢れるほどの神々しい至福に包まれているのを感じることがある。なにもかもが――わけもなく――完璧だという感覚。

当然ながら、多くの場合、このような感覚は一瞬にして消え去る。それはまるで、内なる完璧さを一瞬だけ見ることを許され、次の瞬間にはいつもの現実に、おなじみの不安や欲望の山の上にどさりと戻される、そんないたずらをされたかのようだ。人類は太古から、このような完璧な至福を、薬物やセックスや権力や興奮や快楽などの外的な手段を使って、長くとどめておこうと苦慮してきた。が、長く手もとにとどめることは不可能だった。わたしたちはあらゆるところに幸福を求めようとする。しかしそれは、トルストイの寓話に登場する、黄金の鍋の前にすわって生涯、道行く人に金をねだりつづけた物乞いのようなものだ。その物乞いは自分の富がずっと自分の前にあることに気づかなかった。あなたの宝──あなたの至高の状態──はすでにあなたのなかにある。しかしそれを得るには、かまびすしい心の乱れを消し去り、自我の欲望を捨て、魂の静寂のなかに入っていかなければならない。そして、わたしたちは〝クンダリニー・シャクティ〟、すなわち神の至高のエネルギーに導かれて、内なる至高の状態へと至る。

これを目指して、あらゆる人がここにやってくる。

わたしはこう書く前に、こんな文章を考えていた──「それが、百人の合宿参加者たちが、世界各地からこのインドのアシュラムにやってきた理由だ」。しかしヨガの聖人や哲人たちは、「これを目指して、あらゆる人がここにやってくる」という間口を広くとる書き方のほうにきっとうなずいてくれるだろう。修行を極めた人々は、神の至福を探し求めることこそ、人生の目的のすべてだと言う。それこそ、わたしたちがこの世に生まれることを選ばれた理由であり、人生のあらゆる苦しみと痛みに価値があるのは、それが限りない神の愛を得るチャンスになるからなのだ、と。ただし、内なる神を発見したとしても、それを長くとどめておけるかどうかはわからない。でももし、それができたら……それこそまさに至福だ。

わたしは合宿のあいだ、ずっと寺院の奥にいて、その薄闇のなかで参加者たちがしっかりと沈黙し瞑想するのを見守っていた。彼らの体調を気遣い、誰かが困ったりなにかを求めていないか気を配った。彼らは合宿のあいだ沈黙するという誓いを立てていた。わたしは日を重ねるごとに、彼らがいっそう深い沈黙に入っていくのを、アシュラム全体がその沈黙に浸されていくのを感じていた。合宿参加者たちに敬意を払い、わたしたちは足音を忍ばせて歩き、食事のときも沈黙を保った。アシュラムからおしゃべりが消えた。このわたしでさえ物静かになった。そこにあるのは真夜中の静寂だった。午前三時にひとりきりでいるときのような、時間が止まったような、しんとした静けさ。それは日光が溢れる昼間も変わらず、アシュラム全体が静寂に包まれた。

瞑想する百人がなにを考え、なにを感じているかはわからなくても、わたしには彼らがなにを体験したいかはよくわかっていた。わたしは気づくと、彼らのために神に祈るようになり、わたしにくださる分の祝福もどうかあのすばらしい人々にあげてください、と、奇妙な契約を神と交わしていた。合宿参加者たちが瞑想しているときに自分も瞑想しようと、みずから選んだわけではない。わたしは彼らに目を配っている必要があったし、わたし自身の魂の旅のことはすっかり頭から消えていた。それにもかかわらず、大勢の人が一度に修行に打ちこむ波動に自分も乗ることができた。それはある種の鳥たちが、大地の発する地熱に反応して、翼の力以上に空高く舞いあがれるのに似ていた。だから、それが起こったときも、それほどは驚かなかった。とある木曜日の午後、わたしは寺院の奥にいて、接待主任としての仕事の最中に、自分の名前入りのバッジを胸につけた状態で、宇宙の入口まで飛んでいき、神の掌《たなごころ》まで招かれたのだった。

67

わたしは一読者であり一修行者である身として、ほかの誰かがスピリチュアルな体験――たとえば魂が時も場所も超越して永遠なるものとひとつになったというような――を語るたびに欲求不満を感じてきた。ブッダも、聖テレサも、イスラム神秘主義者も、わたし自身のグルも含めて、人類の長い歴史のなかで実に多くの人々が、神との合一がどのようなものかを伝えるために、多くの言葉を費やしてきた。でも、それらの描写に心の底から満足することはなかった。神への献身をどんなに豊かに語っていようとも、たとえば、神のもとへ行くために人生の達成をすべて投げ出したというペルシアの詩人ルーミーにも、あるいは、神と自分が小さな舟を分かち合う太ったふたりの男になったようだと書く――「わたしたちは絶えずぶつかり合い、笑い合った」――同じくペルシアの詩人ハーフェズにも、わたしは置き去りにされたような空しさを味わった。そういうものを読みたいのではなく、自分自身で感じたいからだった。インドの誇る神秘思想家、ラマナ・マハリシは、いつも自身の超越的な体験をたっぷりと語ると、こんな言葉で話を締めくくったそうだ。「さあ、あなたがたも探しにいきなさい」

そう、わたしもとうとうそれを探しあてた。あのインドにおける木曜日の午後に体験したことを、とても言葉にはあらわせない――とわたしは言いたくない。たとえ、本当にそうだとしても。とにかく言葉にすることに努めよう。簡単に言ってしまえば、わたしは虫食い穴《ワームホール》のような時空のトンネルに引きずりこまれた。その激しい移動のさなか、唐突に、万物の営みが完璧に理解できたような気がした。わたしは自分の肉体から離れて、それまでいた部屋から離れて、地球から離れて、時の流れも超えて、宇宙の無の空間にいた。わたしは虚空のなかにあり、虚空そのものであり、同時に虚空を見つめていた。虚空は限りない平和と叡智の場所だった。虚空には意識があり知性があった。虚空は神。つまり、わたしは神のなかにいた。そこには、たとえばエリザベス・ギルバートが神の太ももの筋肉にもぐりこんだというような肉体的な生々しさはなかった。わたしは神の一部となり、神でもあった。わたしは宇宙の小さなかけらであり、宇宙と同じ大きさでもあった（「一滴のしずくが海に溶けこむことは誰もが知っている。しかし、海が一滴のしずくのなかに溶けこむことを知る者は少ない」と、インドの宗教者にして詩人のカビールが語っている。わたしはそれが真実だと実感した）。

サイケデリックな幻覚を見ているような感じではなく、あらゆる事象の根源を経験している感じがした。そう、これが天国だ。これまで経験したことのない、想像をはるかに超えた深い愛がそこにあった。ただし、多幸感とはちがう。興奮ともちがう。多幸感や興奮を生みだすようなエゴはわたしのなかに残っていなかった。それは、もっと歴然としていた。だまし絵と言われるものを前に、そのトリックを見破ろうと一生懸命見つめつづけていると、突然、知覚の転換が起こってただの花瓶が——あ、見えた！——向き合うふたつの横顔になる。あれに近かった。見えた瞬間から、もう以前の感覚には戻れないのだ。

「これが神だ」と、わたしは思った。「あなたに会えておめでとう」

わたしがそのとき立っていた場所は、地球上のどこかの土地にたとえて語れない。暗くもなく、明るくもない。大きくもなく、小さくもない。そこは場所とも言えず、立っていたとも、「わたし」がそうしていたとも言いがたい。思考していたにはちがいないのだが、とても穏やかで、静謐で、見守っているという感覚に近かった。溢れるような愛があり、あらゆるものと、あらゆる人と繋がっており、こういう感覚を誰もが持たないなんて、どこか奇妙な、おもしろいことのような気さえした。自分が誰で、どんな人間かという以前の考えが、なんだかかわいらしく思えた。わたしは女で、アメリカ人で、話し好きで、作家で——そんなすべての自己定義が、幼く、古くさく思えた。無限を見てしまったのに、アイデンティティーの窮屈な小箱に押しこまれることを想像してみてほしい。

わたしは不思議に思わずにいられなかった。「なぜ、これまで幸せを追いかけてきたのだろう。至福はいつもすぐそばにあったのに」

どのくらい長くその至高の天空にいたのかはわからない。わたしは突然、性急な考えにとらわれた。「わたしは、この体験を永遠のものとして、欲しい！」そう思った瞬間、わたしはそこから弾き出されていた。「**わたしは、欲しい！**」そのたった二語が、わたしを地上へ引き戻すきっかけになった。心が必死に抵抗しはじめた。いやだ！　ここを去りたくない！　わたしは天からさらに遠ざかった。

わたしは、欲しい！

いや、欲しくない！

わたしは、欲しい！

いや、欲しくない！

必死の願いを口で繰り返しながら、わたしはいく層もの幻影をくぐってさらに降下していった。アクション・コメディ映画の主人公が、高いビルから日覆いをつぎつぎに突き破って落ちていくように。無用な希望が戻ってきたせいで、わたしはふたたび元の小さな囲いのなかに戻された。わたし自身という人間の檻《おり》に、コマ割り漫画のような囲われた世界に。自分のエゴが、まるでポラロイド写真の画像が浮かびあがるように戻ってくるのがわかった。刻一刻と——あ、顔が、口の周りのしわが、眉毛が——あらわになり、さあ、これでおしまい。よく見知ったわたしがそこにいた。身体がわなわなと震え、神々しい体験を見失ってしまったことに失望した。しかしそんな心の動揺とは裏腹に、わたしを見つめるもうひとりのわたしの存在を感じた。わたしより賢く思慮深いわたしが、穏やかに首を横に振った。もし、至福の状態を取りあげられたと感じているのなら、まだあなたはわかっていないのだ、と言いたげに。そう、わたしにはまだそこに住むだけの準備ができていない。もっと修行しなければ……。そう気づいた瞬間、わたしは神の指の隙間からこぼれ落ち、それと同時に、慈愛に満ちた無言の神のメッセージを受け取った。

いつかここに戻ってくるがいい――ここに自分がいつもいるということが完全に理解できたそのときに。

68

その体験から二日後、合宿が終了し、アシュラム全体が沈黙から復活した。わたしはたくさんの人から抱擁を受け、彼らを支えたことにお礼を言われた。

「いいえ、こちらこそ、ありがとう」わたしはそう返しつづけたけれど、この言葉の意味を本当にわかってもらえたかどうかはわからない。わたしをあんなスピリチュアルな高みまで押しあげてくれた彼らには、どんなに言葉を尽くしても、感謝を伝えきれるとは思えなかった。

それから一週間後、新たな百人の修行者たちがやってきて、次の合宿が始まった。教えと導きと、勇気ある魂の探究と、すべてを包みこむ沈黙が、新たな修行者たちを迎えて繰り返された。わたしは彼らを見守り、精いっぱい助け、彼らとともに何度かトゥリヤの意識レベルまで行くことができた。瞑想を終えた彼らから、合宿中のわたしが「物静かで、たおやかで、空気のような存在だった」と言われたときは、あとから声をあげて笑ってしまった。これがアシュラムにおける最後の冗談なのか。自分がうるさくておしゃべりで社交好きで、まさに接待主任にうってつけの人間だと認めたあとから、〝寺院の奥にいる物静かな女性〟になれるなんて……。

ここに滞在するのもあと数週間。アシュラムには、どこか夏のキャンプの終わりのような憂愁が漂っていた。毎朝、仲間の誰かが荷物とともにバスに乗りこみ、ここから去っていった。新しくやってくる人はいない。五月が近づき、インドの最も暑い季節が始まろうとしていた。しばらくはここも、人の少ないのんびりした状態がつづくだろう。もはや新たな合宿の予定もなく、わたしは登録局に回され、仲間がアシュラムを去っていくとき、それをコンピューターに公式記録として残すというほろ苦い仕事をまかされた。そのオフィスには、マディソン街で美容師をしていたという愉快な女性とわたしのふたりきりだった。わたしたちはふたりだけで朝の祈りを捧げ、ふたりだけで聖歌を謡った。「ねえ、きょうは聖歌のテンポをあげてみない？」ある朝、その美容師が言った。「ついでに、音程もオクターブあげてみる。カウント・ベイシーのスピリチュアル・ヴァージョンになるんじゃないかな」

ひとりの時間もたっぷりあり、日に四、五時間は瞑想の洞窟で過ごすことができた。いつしか自分を道連れに長時間瞑想していられるようになり、かりかりすることもなく、自分という存在を煩わしいと感じなくなった。ときにわたしの瞑想は超現実的な肉体の経験――クンダリニー・シャクティに至った。それは背骨がガくがくと震え、血が沸きたつような強烈な体験だった。わたしはできる限り抵抗しないように、体験に身をまかせるように努めた。かと思うと、甘美で安らかな充足感が訪れることもあり、これはこれですばらしかった。言葉がつぎつぎに湧き出て思考がこれ見よがしにダンスを踊ることはまだあったが、自分の思考パターンがわかるようになっていたので、もう悩まされることもなかった。わたしの思念は、長年の隣人のようにうっとうしくはあるけど、なんとか耐えられるペチャクチャ・ガヤガヤ夫妻とワーワーわめく三人のおばかな子ども、ぐらいになった。うるさくても、彼らがわたしの家をめちゃくちゃにするわけではない。その界隈には彼らと共存していけるだけの充分な空間がある。

この数カ月間でほかにもわたしの内部で変わったことはあったのだろうが、わたしはまだ気づいていなかった。ヨガを長く学んできた友人たちは、アシュラムが与える衝撃はそこを去って、ふつうの生活に戻るまでわからないものだ、と言った。「そのときになって初めて、あなたの魂の抽斗《ひきだし》の中身がすっかり配置換えされていることに気づくのよ」と南アフリカの元修道女は言った。もっとも、わたしにとってのふつうの生活がなんなのかはよくわからなかった。つまり、インドをあとにしたわたしは、インドネシアの老治療師《メディスンマン》のところへ行く。これがわたしのふつうの生活？　それについてはなんとも言えない。でもとにかく友人たちは、変化はあとからあらわれると口を揃えた。生涯の妄執が消えるかもしれない。あるいは、染みついていたいやな癖がついに変わるかもしれない。以前なら苛立っていた些事《さじ》が問題ではなくなる。その一方で、習慣的に耐えていたひどい苦痛に、たとえ五分間でも我慢できなくなる。自分を蝕む人間関係から遠ざかるか、あるいはそれにけりをつけることになる。そして、ほがらかであなたのためになる人々がぞくぞくと近づいてくる……。

ある夜、わたしはよく眠れなかった。不安だからではなく、期待にわくわくしたからだ。そこで服を着て、庭園に散歩に出た。よく熟れた満月が頭上高く輝き、銀色の光を地上に注いでいた。夜気のなかにジャスミンの芳香と、そこらじゅうの茂みに咲きこぼれる夜だけ開花するこの地特有の花の香が漂っていた。日中は暑くて湿気も多いが、夜になると、いくぶん和らぐ。温かな風がわたしの周りでそよいでいた。わたしははっと気づいた。「わたしはインドにいる!」

サンダルばきになって、インドにいる!

わたしは駆けだしていた。小径からはずれ、草地に向かい、月光を浴びた草の海を突っ切った。自分の身体がはつらつとして健康であることが実感できた。ヨガと菜食と早寝で過ごした数カ月間のたまものだ。わたしのサンダルが、露のおりたやわらかな草を踏みしめる音がした。シュッパ、シュッパ、シュッパ、シュッパ……谷間に響くのはこの音だけ。わたしは歓喜に包まれユーカリの木立に向かった。そこは原っぱの真ん中で、邪を払うガネーシャ神を祀《まつ》る寺院がかつてあった場所だと聞いていた。ユーカリの一本の木に両手を回した。木の幹にまだ昼間の日差しの温もりが残っている。わたしは情熱的にユーカリの幹にキスをした。心からの愛をこめて唇を押し当てた。アメリカの両親にとって、娘がインドまで逃げていき、最後は木々と乱交パーティーだなんて、悪夢以外のなにものでもないだろう。でも、そのときはそんな考えも頭に浮かんでいなかった。

これは純粋なもの、わたしが感じているこの愛……これは神を敬う行為だ。わたしは夜のとばりに包まれた谷を見渡し、目に見えるものすべてに神を感じとった。胸いっぱいに溢れる幸福を受けとめた。そして心のなかで思った——「この感覚がなんであろうと——これこそ、わたしが祈りを通して求めてきたもの。そして、これはわたしが祈りを捧げてきた対象そのものでもある」のだと。

69

ところで、わたしはついに、〝合言葉〟を見つけた。

それを発見したのはアシュラムの図書館だった。結局、わたしは本の虫なのだ。イタリアの友人ジュリオが、ローマの合言葉はセックスだと言い、きみの合言葉はなにかと尋ねてきたあの午後以来、わたしは自分の合言葉はなんだろうと考えつづけてきた。あのときは答えられなかったが、もし、わたしの合言葉がいつか目の前を通り過ぎることがあったら、そのときはすぐにこれだとわかるだろうと思っていた。

そしてとうとう、アシュラムで過ごすのもあと一週間というとき、それに巡り合った。ヨガの古い教典を読んでいると、古代の魂の求道者たちについて語られているくだりに、そのサンスクリット語の言葉があった。アンテヴァシン。"境界に住む者"という意味で、古代には文字どおりにぎやかな世俗から遠ざかり、スピリチュアルな師を求めて森の周縁に暮らす人々のことを言った。アンテヴァシンとなった者は、もはや村の一員ではなく、家庭を持って世間並みに生きることもない。しかし、アンテヴァシンは悟りを開いた者ではなく、完全に覚醒して未開の森の奥深くで暮らす賢者でもない。アンテヴァシンは中間的な存在、境界に住む者だ。ふたつの世界が見える場所で暮らすが、学究の徒でもあり、彼らのまなざしはいつも未知なるものに向けられている。

そんなアンテヴァシンについて書かれたくだりを読んで、わたしは感激のあまり、思わず小さな声をあげた。とうとう見つけた、これがわたしの合言葉！　もちろん現代では、未開の森を寓意的にとらえる必要がある。境界というのも同様だ。しかしそこに暮らすことはできる。つねに学びの姿勢を保って、自分の古い考えと新しい解釈のあいだの静かな狭間で生きることはできる。そして、これも比喩として言うのだが、その狭間はつねに動きつづけている。あなたが研究や修行でなにかに気づいて前進したと思っても、未知なるものの住む神秘の森は、さらにあなたより数歩先に移動する。なので、あなたもそれを追いかけるようにまた少し進まなければならない。つねに動いていなければならないし、いつでも動ける状態を保ち、しなやかに対応しなくてはならない。そのためには、つかみどころのない存在になる必要もあるだろう。なんともおもしろいことに、その前日、アシュラムを去ることになった友人、ニュージーランド人の配管工詩人が、わたしの旅をテーマにしたという友情に溢れる詩を別れの記念に贈ってくれた。いま、その一部を思い出す。

エリザベス、どっちつかずで、はざまでうろうろ
イタリア語の調べ、バリ島の夕べ
エリザベス、どっちつかずで、はざまでうろうろ
魚のようにつるつる、つかみどころがなくて……

何年ものあいだ、わたしは自分が何者になればいいのかを悩みつづけてきた。たとえば妻？ 母親？ 恋人？ 禁欲者？ イタリア人？ 健啖家？ 旅人？ アーティスト？ ヨギ？ でも、わたしはそのどれでもなかった。少なくとも完璧に当てはまるものはひとつもなかった。わたしはもちろん、〝頭のイカレたリズおばさん〟でもなかった。わたしはつかみどころのないアンテヴァシン――どっちつかずで、はざまでうろうろ――であり、絶えず動きつづける美しくもおっかない未知なる森の端っこに暮らし、そこで学びつづける者なのだ。

70

世界じゅうのあらゆる宗教が、その根幹に、人を移動へと駆りたてる、なんらかの表象を

持っている。神と合一したいと願う人がまず努力するのは、移ろいやすい世俗から離れて、永遠なるものに近づく（アンテヴァシンのように村から森へ向かう）ことだろう。そこで必要とされるのは、永遠なるものにその人を運ぶ、ある種の輝かしい理念だ。そのような表象は壮大で、堂々として、強靱なものでなくてはならない。多くの人を遠い場所まで運ぶのだから、想像しうる最も大きな船でなくてはならない。

信仰における儀式は、しばしば神秘体験から生まれる。勇気ある斥候《せっこう》が神に至る新しい道を探しに出かけ、超越的な体験をして村に戻ってくる。彼もしくは彼女は預言者となって、天国のようすや、そこに至る地図を村人たちに語る。話を聞いた者たちは同じ話を、すなわち、この預言者の達成を、祈りを、行為をほかの誰かに語る。こうして、より多くの人に話が広まっていく。これが成功を見ることもある。おなじみの祈りの文言と献身的な修行の組み合わせが、何世代にもわたって、神との合一を願う人々を向こうの世界へと運んでいく。けれども、失敗を見ることもある。最初こそ新しい理念でも、それらはいつしか権威の鎧《よろい》をまとい、皆に恩恵をもたらすものではなくなってしまう。

わたしが滞在したインドのその地域一帯には、ある偉大な聖人の寓話が戒めとして語り継がれていた。その聖人は彼のアシュラムで多くの帰依《きえ》者に囲まれて過ごし、彼と弟子たちは神のもとへ行こうと瞑想に励んだ。ひとつだけ問題だったのは聖人が飼っていた仔猫だ。このいたずら好きな生きものはアシュラムのなかをうろついて、ミャーミャーと鳴き、喉を鳴らして甘え、弟子たちの修行の邪魔をした。そこで聖人は、彼の実務的な知恵を精いっぱい絞り出し、日に数時間瞑想をするあいだだけ猫をアシュラムの外の柱に繋いでおくようにと命じた。これで誰ひとり瞑想の邪魔をされずにすむ。猫を柱に繋いで瞑想することがこのアシュラムの習わしになった。しかし長い歳月が過ぎて、この習わしは堅苦しい宗教儀式に変わった。猫を柱に繋がなければ誰も瞑想できなくなった。そしてある日、その猫が死んだ。聖人の弟子たちは恐慌状態に陥った。これはアシュラムの存亡に関わる一大事だ。柱に繋がれた猫なくして、いったいどうやって瞑想ができるのか。どうやって神のもとへ行けばいいのか。つまり、彼らにとってその猫は神のもとへ至る手段になってしまっていた。

この寓話は、宗教儀式をおこなう者はその儀式の反復そのものにとらわれすぎないように細心の注意を払わなければならない、と警告している。価値観が対立する現代――タリバンとキリスト教連合が世界を巻きこむ大がかりな戦争を行い、どちらに〝神〟という言葉を使う権利があるのか、どちらがその神に至るにふさわしい宗教なのかを争いつづけている現代だからこそ、人を超越の境地に導くのは、猫を柱に繋ぐことではなく、それぞれの求道者が神の限りない慈愛に触れる経験を求めつづけることだと胸に刻んでおく必要がある。精神のしなやかさは、修行と同じぐらい、神を求めるために大切なものだ。

こういったことを踏まえたうえで、わたしたちは神に近づくための表象を、儀式を、師を探しつづけなくてはならない。ヒンドゥー教の古い教典には、人間の神聖な祈りと努力は、なにを崇拝することを選んだとしても、その祈りが真摯なものである限り、神に届くと記されている。『ウパニシャッド』に次のような一節がある。「人はそれぞれの道をたどる。まっすぐな道、折れ曲がった道。道はその人の性質によってちがう。その人がなにを最善と見なすか、なにを最適と見なすかによってもちがう。しかし、どの道もたどっていけば、あなたにたどり着く――どんな川も最後は大河に流れつくように」

もちろん、宗教が目指すものは、超越の境地だけではない。この渾沌《こんとん》とした世界を理解し、地上で日々繰り広げられるおよそ説明不可能な事態の数々を解釈しようと努めることも、宗教に期待される役割のひとつだ。無垢《むく》なるものが苦しみ、邪悪なるものが報われるという事態を、わたしたちはどう解釈すればいいのか。西洋的な伝統的価値観から見るなら、人は死んだあとに天国か地獄かという審判が下されることになるのだろう（ジェームズ・ジョイスが〝死刑執行人の神〟と呼んだ、審判席に厳かにすわって悪を罰し、善に報いるような存在によって、あらゆる正義は報われるという考え方だ）。しかし、東洋ではどうだろう？　『ウパニシャッド』は、この世の渾沌を理解しようとするどんな試みにも取り合わない。この世が、本当に渾沌であるかどうかについても語ろうとはしない。わたしたちの目に見えるものには限界があり、わたしたちにはそのように見えるだけだと示唆《しさ》するのみだ。誰かのために正義や復讐を約束することもない。ただし、どんな行為にもそれにふさわしい結果がついてくるので、それを考慮しておこないを選べと説いている。もちろん、そのような結果がすぐに出るとは限らない。インドの哲人たちはつねにはるか先を見つめていた。『ウパニシャッド』には、衆人にはすぐにはわからないかもしれないが、渾沌と呼ばれるものは実のところ神に属する要素だとも記されている。すなわち、「神は不可解を好み、あからさまを嫌う」。となると、この理解不能な危険な世界においてわたしたちに選びうる最善の道は、外にどんなに嵐が吹き荒れていようとも、内なる静けさを保って修行することなのだろうか。

アイルランド人の酪農家で修行仲間のショーンが、こんなふうに言った。「宇宙を巨大な回転式エンジンだと想像してみてくれ。きみはそいつの真ん中に、つまりホイールの中心のハブにいたいと思うんじゃないか？ なにもかもすぐに移り変わって、しっちゃかめっちゃかに振りまわされる端っこじゃなくてね。端っこがどんな状態にあっても、ハブはつねに静かだ——つまり、そこがきみのこころ《ハート》だ。神がきみとともに住まう場所だ。だから、この世界で答えを求めようとするのはもうやめるんだね。求めるのをやめて、この中心に戻ってくればいい。そうすれば、きみはいつも平安を見いだせる」

この考え方ほど、これまで聞いたスピリチュアルな話のなかでわたしにしっくりとくるものはなかった。まさに、救われた。もしまたいろんなことがうまくいかなくなったら、この考え方に戻っていけばいいと思わせてくれた。

ニューヨークにいるわたしの友人たちには、信仰を持たない人が少なくない。彼らの多くは、青年時代に宗教的な教えを拒んだか、そもそも神とともに育ってこなかった人たちだ。当然ながら、わたしのこのところの神への傾倒は彼らのあいだに波紋を投げかけている。もちろん、ジョークにもされる。友人のボビーはわたしのパソコンを修理しようとして言った。「こんなこと言ってオーラを悪くしないでくれよ——きみってやつは、ソフトウェアのダウンロードの仕方も知らないのか」わたしは身をよじらせて笑った。こういう冗談は心からおもしろいと思える。一方、信じるものを持たない友人のなかには、歳を重ねるほどに、信じられるなにかに憧れを募らせているように見える人もいる。しかし、その憧れを現実化するには、彼らの知性やら常識やらが邪魔をしているようだ。しかし、いくら知性ある彼らでも、粗暴で無慈悲で愚かな事件がつぎつぎに起こる世界に生きていることは、ほかの人と変わりない。ほかの人々と同じように、彼らの人生にも喜びや苦難が、すばらしい、あるいは凄絶《せいぜつ》な人生経験がある。そして、そのような人生の大事件はおうおうにして、それをもって悲嘆や感謝を表現できる、あるいは解釈できるスピリチュアルな物語への憧れを募らせる。問題は、なにを崇拝すべきか、誰に向かって祈るかなのだろう。

最愛の母親を失った直後に、最初の子が生まれた友人がいる。この喪失と奇跡をいっぺんに体験したあと、彼はこういうときに行ける神聖な場所が、感情を整理する儀式が欲しいと強く思ったという。友人はカトリック教徒の家に生まれたカトリック教徒だが、おとなになって教会から遠ざかり、またそこに戻る気にもなれなかった。「生まれたときからよく知っているものを、もう一度選ぶ気にはなれない」というのが彼の弁だ。でもだからといって、ヒンドゥー教や仏教など、意表を突くような信仰を選ぶのにもためらいがあった。では、どうしたらいいのか。身動きのとれないまま、彼はわたしにこう言った。「信仰を選ぶのに、多くのなかからあれこれ迷うなんて変じゃないか？」

その気持ちはわからなくもないが、全面的に同意できるわけではない。魂に関わることだから、神のなかに平安を見いだすという大切なことだからこそ、人にはあれこれ迷う権利があるのだとわたしは考える。あなたには、必要ならばいつでも、この俗世の境界を越えるところまであなたを連れていき、安らぎを与えてくれるような表象を自由に選びとる権利がある。権利を行使することをためらう必要はない。なぜなら、人類はそうやって聖なるものを探しつづけてきたのだから。もし人が神の探究をつづけてこなかったら、いまもわたしたちはエジプトの黄金の猫の像を拝んでいたかもしれない。信仰をめぐる思考の発展は、あれこれ迷うこととけっして無縁ではなかったはずだ。あなたがどこからなにを選ぼうが、それはあなたの自由だ。

ホピ族の人々は、世界じゅうの宗教にはそれぞれスピリチュアルな糸が備わっていて、その糸は他の糸とひとつになるために仲間を探しつづけていると考えている。すべての糸がひとつに撚《よ》り合わされたとき、それは太いロープとなって、わたしたちを歴史の暗愚のサイクルから新しい王国へ牽引《けんいん》する、と。また、ダライ・ラマ十四世は西洋人の弟子たちに関して、つねに同じ考えを持っていることを繰り返し述べている。すなわち、彼らは弟子になるためにチベット仏教に帰依する必要はないということだ。ダライ・ラマは、彼らがチベット仏教のなかから彼らの好む理念を取り出し、彼ら自身の信仰の修行に取り入れることを歓迎する。このような、神は宗教上の教義の枠よりもはるかに大きいという考え方は、この地球上で最も保守的で、まさかと思われる場所にも見いだすことができる。一九五四年、ローマ教皇ピウス十二世は、リビアにヴァチカンの使者を送り出す際に次のような指示を与えた。

「異教徒のなかに入っていくと考えてはいけません。イスラム教徒たちも救済を得ているのです。神の御心が示される方法は無限にあります」

どうだろう？　言い得てはいないだろうか。神の御心が示される方法は無限に……本当に無限にあるのではないか。人類のなかで最も神聖と見なされる人々は、つねに永遠という一幅の絵画のちりぢりになったかけらを見ているのではないだろうか。そのかけらを拾い集めて見比べてみれば、すべてに共通する、あらゆる人間を包みこむ、神についての物語が浮かびあがってくるのではないか。そして、神のもとへ行きたいというひとりひとりの憧れは、より大きな、人類が神を探し求める営みの一部であるとは言えないだろうか。わたしたちには、神秘の源に近づくまで探究をやめない権利があるのではないか。たとえ、その方法が、インドまで来て、月光を浴びた樹木にキスをすることだったとしても。

もうひとつの世界の門口に立っているのは、わたしだ。スポットライトのなかにいるのも、わたし。そして、わたし自身の信仰を選ぶのも、このわたしだ（ロックバンド〈R.E.M.〉のヒット曲「ルージング・マイ・レリジョン」の歌詞のもじり。本来は、信仰を失くしたと歌われている）。

71

わたしがインドを発つ飛行機は午前五時の出発だった。こういうところは、いかにもインドらしい。その夜は眠らないと決めて、瞑想の洞窟で祈りを捧げることにした。もともとは夜更かしをするタイプではないのだが、アシュラムで過ごす最後の数時間は起きていたいとわたしのなかのなにかが訴えた。これまでの人生にも、なにかのために夜を徹したことは幾度もある。愛し合うこと、口論すること、遠くまでドライブすること、踊ること、泣くこと、思い悩むこと（このすべてが一夜のフルコースだったこともあった）。しかし、眠る時間を削ってひたすら祈ったことはまだ一度もない。だったら、やってみなければ……。

わたしは荷造りをすませ、旅荷を寺院の横手に置いた。こうしておけば、夜明け前にタクシーが迎えにきたとき、すぐにそれをつかんで乗りこめる。わたしは丘にあがり、瞑想の洞窟に入って、そこにすわった。そこにはわたしひとりだったが、わたしのグルの師で、このアシュラムの創設者でもある、スワミジの大きな写真が壁に掲げてあった。かつての獅子もここでは妙に穏やかに見える。わたしは目を閉じてマントラを唱えた。マントラを梯子《はしご》にして、わたし自身の静寂の中心《ハブ》までゆっくりとおりていった。そこにたどり着いたとき、世界がしんと静まり、停止するのを感じた。九歳のとき、無情に時が流れていくことにパニックを起こしたとき、わたしは、こんなふうに時の流れが止まることをひたすら願っていた。わたしは、自分が知り得たこのすべてに静かな驚きを感じながらすわっている。わたしの内なる時計が停止し、カレンダーのページがひらひらと壁から飛んでいくのをやめる。わたしは能動的に祈っているわけではない。わたしは祈りそのものになっている。

わたしはここにひと晩じゅうすわっていられる。

わたしには、それができる。

タクシーの到着時間がなぜわかったのかはわからない。でも数時間の静寂が過ぎたとき、なにかがわたしをとんと押した。腕時計を見ると、ちょうど出発の時間だった。これからわたしはインドネシアに発たなくてはならない。なんておかしくて、なんて不思議なことだろう。わたしは立ちあがり、スワミジの写真の前で一礼した。親分のごとき、驚嘆すべき熱血の人。その人の写真の真下に敷かれた絨毯の下に、一片の紙をすべりこませた。そこにはインドに滞在した四カ月のあいだにわたしがつくった二篇の詩が記されていた。わたしが初めてまともに書きあげた詩だ。ニュージーランドの配管工詩人から一度詩をつくってみるといとそそのかされ、こうして二篇の詩が誕生した。ひとつは、アシュラムに来て一カ月めに書いた詩。もうひとつは出発前日の朝に書いた詩。この二篇の詩の狭間で、わたしは溢れんばかりの神の恩寵を見いだした。

72

インドのアシュラムでつくった二篇の詩。

ひとつめの詩

甘露や至福の話がわたしをいらいらさせる
友よ　あなたがどうかは知らないけれど

わたしの神への道にはお香のいい匂いなんて漂ってやしない
それはまるで鳩小屋に放たれた猫のよう
わたしは猫——でも追い詰められてわめく鳩でもある

わたしの神への道は労働争議
交渉が成立するまで平和は訪れない
ピケ隊はみんなこわもて
州兵さえも近づけない

わたしの神への道が目の前で倒れてる
見知らぬ小さな茶色の男に殴られて
男は神を追いかけてインドを駆けめぐる
すねまで泥水に浸かって　裸足で　飢えて　マラリアに冒されて
家の戸口で　橋の下で眠りにつく——さすらい人
(なにね、〝故郷に戻る〟には金が足りないもんで)
男はわたしを追いかけて問いただす　リズ、おまえにわかるか？
故郷はどっちだ？　おまえ、どこに向かってる？

ふたつめの詩

とにもかくにも
この土地の刈りたての草で編んだ
ズボンをはけと言われたら
はいてみせましょう

ガネーシャの森でユーカリの木々たちと
仲良くやりなさいと言われたら
そうしますと誓いましょう

このごろのわたしは
汗みずくで頑張りました
汚れを取り去って
顎を木にこすりつけ
それをわが師の脚と勘違いしたのです
もうこれ以上なかには入れません

この土地の土を食べろと言われ
鳥の巣を皿にして出されたら
皿の半分だけ食べましょう
そうしてぐっすりと眠りにつきましょう

第3部
インドネシア

「下着のなかまでヘンな気分よ」

あるいは、バランスの探究についての36話

73

今回のバリへの到着ほど無計画だったことはない。行き当たりばったりの旅ばかりしてきたわたしだが、これほど考えなしにどこかに降り立つのは初めてだった。どこに住むのかもわからなければ、なにをするのかもわからない。両替のレートも、空港でのタクシーの拾い方も、そのタクシーに告げる行き先すらもわからない。もちろん、迎えの人が来ることもない。インドネシアには友人もいなければ、友人の友人もいない。手もとには古びたガイドブックしかなく、それすら目を通しておらず、さらに問題なのは、しかるべき手続きを取らなければ、インドネシアに望みどおり四カ月間滞在できないというのに、それを入国するまで知らなかったことだ。わたしがもらえたのは、たった一カ月間の滞在を許す観光ビザだけ。まさかインドネシア政府が、好きなだけこの国にいていいと言ってくれないなんて、思いもしなかった。

感じのいい入国管理局職員がきっかり三十日の滞在を認めるスタンプをパスポートに押し

たとき、わたしはこれ以上なく友好的に、もう少し長く滞在できないかと尋ねてみた。バリ人が友好的なことは全世界に知られている。

「無理ですね」彼もまたこれ以上なく友好的に返してきた。「こちらに、三ヵ月か四ヵ月は滞在しなくちゃならないの」

それが予言だということは黙っていた。二年前、年老いた、もしかしたらちょっとボケているかもしれない治療師《メディスンマン》に十分間の手相占いをしてもらい、ここに三、四ヵ月滞在するだろうと言われた――なんてとても言えない。どこからどう説明すればいいのかもわからない。

でも正確なところ、あの治療師はわたしになんと言ったのだっけ。わたしがバリ島に戻り、三、四ヵ月は彼といっしょに暮らすことになると、はっきりとそう言った？「いっしょに暮らす」？　もしかしたら、また近くに来ることがあったら、立ち寄って、料金十ドルの手相占いをしてくれと言いたかっただけなのでは？　彼は、また戻ってくるだろうと言った？それとも、戻ってくるべきと？　そのあとは、「また会おう、アリゲイター《シー・ユー・レイター》」と言ったのか、それとも「また会おう、クロコダイル《イン・ア・ホワイル》」と言ったのか。

あの晩以来、治療師とはなんのやりとりもしていない。どうすれば彼と連絡が取れるのかもわからなかった。住所はいったいどこ？「インドネシアのバリ島。自宅の玄関先。治療師さま」？　その人が死んでいるのか生きているのかもわからない。出会った二年前ですら相当な高齢に見えた。あれからなにが起きていても不思議ではない。確かなのは、クトゥ・リエという名前と、ウブドに近い村に住んでいるという記憶だけ。その村の名前も定かではない。

このことについて、もっとよく考えておくべきだった。

74

それでも、バリ島は動きのとりやすい、かなりシンプルな土地だ。なんの予定も立てずにスーダンのど真ん中に降り立ったのとはわけがちがう。この島はデラウェア州ほどの広さしかなく、人気の観光地であるため、旅行者にとってはどこへ行くにも便利だ。クレジットカードがあれば、あちこちを見てまわるのに不自由はしない。幸い英語もよく通じる（申し訳ないけれど、つくづくほっとした。半年以上も現代イタリア語と古代サンスクリット語に取り組んで脳細胞が疲れきっており、このうえインドネシア語や、もっと難解な、火星語よりも複雑なバリ語を覚えるなんて、とてもできそうになかった）。ここには面倒なことはなにもない。両替は空港でできるし、タクシーも簡単に手配できる。運転手は感じがよくて、快適なホテルにも案内してくれる。二年前に起きた爆弾テロ（わたしがバリ島を発った数週間後に起きた）以降、いっそう便利になったように思える。観光産業が落ちこんでいるため、誰もが手を貸したくて、仕事をしたくてうずうずしているのだ。

こうして、わたしはタクシーで今度の旅の出発点にふさわしいウブドの街にたどり着き、モンキー・フォレスト・ストリートというすてきな名を持つ通りにある、こぢんまりとしたホテルに部屋を取った。ホテルには美しいプールと庭があり、熱帯植物が生い茂り、バレーボールほどもある大きな花をハチドリと蝶がみごとな連携プレーで世話していた。スタッフは全員バリ人で、それはつまりホテルに足を踏み入れたとたん、美しさをほめそやすお世辞を浴びせられるということだ。部屋からは熱帯の木々が眺め渡せる。毎朝、新鮮なトロピカル・フルーツたっぷりの朝食をとることもできる。つまり、ウブドというのはこれまで滞在したなかで最もすばらしい土地のひとつで、しかも、宿泊費は一日に十ドルとかからない。ここに戻ってこられてよかった。

　ウブドはバリ島中央の山間部に位置しており、街の周囲には棚田が広がり、いくつものヒンドゥー教寺院がある。ジャングルの深い渓谷を縫って何本かの川が勢いよく流れ、地平線にそびえたつ火山も見える。ウブドは古くからこの島の文化の中心であり、伝統的なバリ絵画や舞踊、彫刻が盛んで、宗教儀式もよくおこなわれている。海から離れているため、ここに来るのはあえてウブドを選んだ、浜辺でピニャ・コラーダを飲むより昔ながらの宗教儀式を見るほうが好きというような、どちらかと言えばエレガントな人たちだ。治療師《メディスンマン》の予言がどうなるかはともかく、しばらく滞在するにはすばらしい土地だ。街はサンタフェの南太平洋版といった感じで、落ちつきのないサルたちか、伝統的な衣裳を身につけたバリ人家族ぐらいしか見当たらない。それでもなかなかよいレストランとこぢんまりした本屋がある。ウブドに滞在するあいだ、アメリカの慎み深き離婚女性たちがＹＷＣＡの創設以来励んできたこと、つまり、つぎつぎに新しい講座を受けることもできるだろう。バティック染めや、太鼓、アクセサリー作り、陶芸、インドネシア舞踊や料理……ホテルから道路を挟んだ向かい側には、〈瞑想の店《メディテーション・ショップ》〉なるものまであり、小さな看板に毎晩六時から七時まで瞑想《めいそう》の集いが催されると案内してあった。「世界人類が平和でありますように」という標語も掲げられている。それについては、わたしも大賛成だ。

荷物をほどいてもまだ午後の早い時刻だったので、散歩に出て、二年ぶりのこの村に身体をなじませることにした。治療師捜しにどう取りかかるかはそのあとで考えよう。骨の折れる仕事になりそうだし、数日、もしくは数週間かかるかもしれない。どこから捜索を始めたらいいのかもわからないので、出がけにフロントに寄って、マリオに協力を頼むことにした。

マリオはホテルの従業員のひとりで、その名前がきっかけになって、チェックインのときに友だちになった。ついこのあいだまで、マリオという名前の男が山といる国を旅していたが、そこには絹の腰布《サルン》を巻いて耳の上に花を挿した、小柄で筋肉質で活気に溢れたマリオなど、ひとりもいなかった。それで、つい訊いてしまった。「あなた、本当にマリオという名前？　あまりインドネシアっぽくないけれど」

「本名ではありません。本当の名前は、ニョマン」

ははあ、そういえば、と思い出す。彼の本名なら、四分の一とはいかないまでも、それに近い確率で当てられたはずだった。それについて少し触れておくと、バリには名前は四種類しかなく、おおかたの人は、男女に関係なく、そのどれか――ワヤン、マデ、ニョマン、クトゥのいずれかを与えられる。それぞれ単純に、〝一番〟、〝二番〟、〝三番〟、〝四番〟という意味で、生まれた順を示している。もし五人めの子どもを授かったら、また最初からこの順番を繰り返すので、五番めの子は、〝ワヤンの二乗〟などと呼ばれる。あとは、以下同様。もし、双子を授かった場合は、お腹から出てきた順に名前をつける。カースト上位の上流階級の人々には別の名前の選択肢もあるようだが、基本的には四つの名前しかないので、ふたりのワヤンが結婚することもあり得ない話ではない（それどころか、よくある話だ）。そして、ふたりのあいだに生まれた最初の子も、もちろんワヤンになる。

このことからも、バリにおいて家という存在が、また家のなかでの個人の位置づけがどんなに重要かが見えてくるだろう。まぎらわしいことも多いと思われるだろうが、バリの人々はなんとかうまく、この制度を使いこなしている。当然と言うべきか、必然と言うべきか、バリでは誰でも通称をつけられる。たとえば、ウブドで最も成功している女性実業家のひとりは、〈カフェ・ワヤン〉という人気レストランを営むワヤンという名の女性だが、彼女には〝ワヤン・カフェ〟（〝〈カフェ・ワヤン〉を経営するワヤン〟という意味）という通り名がある。この調子で〝太ったマデ〟とか〝ニョマン・レンタカー〟とか〝伯父の家を燃やした間抜けなクトゥ〟などといった通称がつけられることもある。新しいバリの友人マリオは、みずからあっさりマリオと名のって、この名前のまぎらわしさという問題を回避していた。

「どうしてマリオなの？」

「イタリア、全部大好きです」

わたしが最近イタリアで四カ月を過ごしてきたと話すと、彼はものすごく驚き、デスクの奥から出てくると、「来て、すわって、話しましょう」と誘った。わたしはそちらに行って、すわって、話し、マリオと友だちになった。

こうして、その日の午後、わたしはマリオに、もしかしてクトゥ・リエという名前の男性に心当たりがないかと尋ねることになったのだ。

マリオは顔をしかめて、考えはじめた。

もしかして、彼の口から、「ああ、はい！　クトゥ・リエ！　先週亡くなった老治療師ですね——りっぱな治療師が逝ってしまわれて、本当に残念……」なんて言葉が出てきやしないだろうか。

もう一度名前を教えてくれと言われたので、発音が悪いのかもしれないと思い、今度は紙に書き記した。案の定、マリオはなにかひらめいたようだ。「クトゥ・リエ！」

彼の口から、「ああ、はい！　クトゥ・リエ！　頭のおかしな人ですね！　先週、変になって逮捕されて……」なんて言葉が出てきやしないだろうか。

だが、マリオはそうは言わなかった。「クトゥ・リエは有名なヒーラーです」

「そうよ！　その人だわ！」

「彼を知ってます。家に行ったことあります。先週、いとこを連れていきました。赤ん坊の夜泣きを治してもらうためです。クトゥ・リエが治してくれます。クトゥ・リエの家に、あなたのようなアメリカ人女性を連れていったこともあります。その人は、自分が男性の目からもっと美しく見えるような魔法を望んでいました。クトゥ・リエは絵を描いて、その人がもっと美しくなる手助けをしました。わたしは、そのあとで彼女にしつこく言いました。毎日、こう言ったのです。〝絵が効いてます！　本当に美しい！　絵が効いてます！〟」

二年前、クトゥ・リエが描いてくれた絵を思い出し、わたしも治療師から魔法の絵をもらったことをマリオに告げた。

マリオが笑った。「あなたにも絵が効いてます！」

「わたしの絵は、神様を見つける手助けをしてもらうための絵だったの」とわたしは説明した。

「男性にもっと美しく見られたくないのですか？」彼はあからさまに困惑を示した。

「ねえ、マリオ。いつかクトゥ・リエのところへ連れていってくれないかしら。そんなに忙しくないときに」

「いまはだめです」

わたしが落胆する寸前、彼はこう付け加えた。「でも、五分後ならだいじょうぶ」

75

こうして、バリ島に到着したその日の午後には、いきなりオートバイの後ろに乗せられて、友だちになったばかりのマリオというイタリア好きインドネシア人青年の背につかまり、棚田を駆け抜けてクトゥ・リエの家へ行くことになった。この二年間、治療師《メディスンマン》との再会に思いを馳せてきたけれど、到着したら彼になんと言うかまでは考えていなかった。もちろん、約束などあるわけもなく、なんの連絡もなしに彼を訪ねていくことになる。家の門に〃クトゥ・リエ――画家〃と書かれた表札が掲げられていた。よくある伝統的なバリの住居だ。敷地全体が高い石塀に囲まれ、中央には中庭が、奥には神を祀《まつ》った祠《ほこら》がある。この塀のなかに互いに繋がった小さな家々が建っていて、数世代の一族が共同生活をしている。ノックもせず（なにしろ扉がないのだ）、バリ特有の瘠《や》せて怒りっぽい番犬たちに吠えられながら門から入っていくと、中庭に年老いた治療師クトゥ・リエの姿があった。腰にサルンを巻いて上はゴルフ・シャツという恰好は、初めて会った二年前そのままだ。マリオがクトゥになにか言葉をかけた。バリ語が理解できないわたしにも、「アメリカから来た女性です――よろしく」といった、ごくふつうの紹介をしているらしいことは察しがついた。

クトゥが、やる気まんまんの消火ホースのような勢いでこちらを振り向き、ほとんど歯のない口でほほえんだ。それを見て、ちょっと心強い気分になった。彼が非凡な人だという二年前の記憶に間違いはなかった。あらゆる親切を集めた百科事典さながらの表情で、クトゥが興奮気味に力強くわたしの手を握った。

「はじめまして」と彼。

わたしが誰なのかわからないようだ。

「さあ、こちらへ」促されるまま、彼の小さな家の玄関前に進んだ。椅子代わりに竹で編まれたマットが敷かれていた。二年前とまったく同じだ。わたしたちはそこに腰をおろした。

クトゥはためらいもせずにわたしの手を取った。ほかの西洋人の客たちと同様、わたしが手相を観てもらいに来たと思ったようだ。そして、手っとり早く教えてくれた占いの結果が、前回伝えられた内容の要約版であることにほっとした（顔は忘れられていたとしても、彼の熟練した目から見たわたしの運命は変わっていないようだ）。クトゥの英語は、記憶していたよりずっと上手で、マリオよりもうまかった。古いカンフー映画に出てくる老賢者のような話し方で、〝ばった語《グラスホッパー》〟とでも呼びたい英語を話す。「おお――あんたはすばらしい幸運の持ち主のようだな、グラスホッパー」というように、グラスホッパーという呼びかけをいちいち挟むのだが、それがなんだか賢そうに聞こえる。

わたしはクトゥの予言が終わるのを待ち、二年前にも彼に会いに来たことを告げた。

クトゥが戸惑いの表情を浮かべた。「バリは初めてではないと？」

「ええ」

彼は考えこんでいた。「カリフォルニアから来た人か？」

「いいえ」わたしはがっかりして答えた。「ニューヨークからよ」

クトゥがわたしにまた話しかける（が、わたしにはその話題がどうして出てきたのかわからない）。「わたしはほとんど歯をなくしてしまい、もう男前でもなかろう。いつか歯医者に行って、新しい歯を手に入れようと思っているのだが、歯医者が恐ろしくてな」

大きく口をあけ、歯の抜け落ちた惨状を見せてくれた。確かに左半分の歯はほとんどなく、右半分の歯もすべてがたがたで、黄色い根っこのように痛々しい。転倒して歯の多くを失ったのだそうだ。

わたしは、お気の毒に、と答え、もう一度、ゆっくりと話しかけてみた。「きっと覚えてないのでしょうね、クトゥ。わたしは二年前、アメリカ人のヨガの先生といっしょにここへ来たの。長年バリに住んでいた女の人よ」

クトゥが得意げにほほえんだ。「アン・バロスなら知っておる！」

「そう、アン・バロスというのがヨガの先生の名前よ。わたしはリズという名前です。この前は神様にもっと近づきたくて、あなたの力を借りにきた。あなたは魔法の絵を描いてくれたわ」

クトゥは関心なさそうに肩をすくめた。「覚えがないな」

こんな結果になるなんて、ひどすぎて滑稽なくらいだ。これからバリでなにをして過ごそうか。クトゥとのどんな再会を思い描いていたのか、自分でもよくわからない。でも、心のどこかで、ものすごく運命的な、涙ながらの再会を望んでいた。彼が亡くなっているのではないかと恐れていたが、まさか生きているのにわたしをまったく覚えていないという状況は予想もしていなかった。けれども考えてみれば、最初の出会いがわたしにとって印象的だったからといって、彼にとっても印象的だったと考えるのは、とんでもなく愚かしいことだ。こういう結果もあるともっと現実的に予想しておくべきだった。

それでも、以前描いてもらった絵について彼に説明した。脚が四本で（〝しっかりと大地に足をつけること〟）、頭はなく（〝頭で世界を見てはいけない〟）、心臓のあたりに顔がある

（〝心臓《こころ》で世界を見ること〟）生きものの絵のことを――。クトゥは控えめな関心を寄せて、礼儀正しく耳を傾けてくれたが、見ず知らずの誰かの人生が話題になっているかのようだった。

彼を困らせるのは本意ではないけれど、これだけは言わなければと思い、わたしは意を決してぶちまけた。「あのね、あなたがわたしに言ったのよ。わたしはまたバリに戻ってくるべきだって。そして三、四カ月は滞在することになるって。わたしがあなたの英語の勉強を手伝い、あなたはいろんな知識を授けてくれるという話だったわ」ちょっとやけっぱちな感じの自分の声がいやだった。彼の家族と暮らさないかと招待されたことは言わなかった。この状況から見て、あまりに礼儀知らずだ。

クトゥは話に丁重に耳を傾け、ほほえみを浮かべ、〝いやいや、とんだ噂を立てられたものだな〟とでも言いたげに首を横に振った。

わたしはあきらめそうになった。でも、こうしてはるばるバリ島までやってきたのだ、もうひと踏ん張りしなくては。「わたしは作家よ、クトゥ。ニューヨークから来た作家なの」

そのひと言がなぜか効いた。突然、クトゥの顔に喜びが広がり、明るく澄んだ輝きを放った。彼の頭のなかのローマ花火についに点火されたのだ。「あんたか！」と彼は言った。「あんただな！　確かに覚えておる！」身を乗りだし、わたしの肩をつかんで、うれしそうに揺さぶりはじめた。子どもがクリスマス・プレゼントをあける前に、なにが入っているのかと揺さぶってみるように。「戻ってきたのだな！　戻ってきたのだな！」

「戻ってきたわ！　戻ってきたわ！」

「あんただな、あんただな！」

「わたしよ、わたしよ！」

わたしは泣きそうになるのをなんとか我慢した。どんなに安堵したか、言葉にならないほどだ。あまりにもふいだった。たとえて言うなら、車で事故に遭《あ》い、車が橋から飛び出して、川に落ちて沈んでいく、その沈んでいく車の開いた窓からなんとかもがき出て、冷たい緑色の水を掻き分け、明るい光のもとへたどり着こうともがくが、酸素が切れかかり、首の動脈は破裂しそうになり、頬が最後のひと息で膨らみ――く、苦しい！――もうだめだとあきらめかけたその瞬間、水面を突破して、大きく息を吸って、ああ、生き延びた、と思ったような、そんな感じだ。インドネシアの治療師が「戻ってきたのだな！」と言ってくれたのは、わたしにとって、それほど大きな安堵だった。

しばらくは、うまくいったことが信じられなかった。

「ええ、戻ってきたわ。もちろん戻ってきたわ」

「こんなにうれしいことはない！」と、クトゥが言った。わたしたちは手を握り合った。彼はひどく興奮していた。「最初はあんたのことを思い出せなかった！　出会ったのはずいぶん前だからな！　それに、あんたはすっかり変わった！　二年前とはまったくちがう！　あのときのあんたは、ものすごく哀しげだった。だがいまは――ものすごく幸せそうだ！　別人のようだ！」

人がたった二年でこれほど変わるということがおかしくて、クトゥは笑いの震えが止まらないようだ。

わたしは涙を隠すのをあきらめ、流れるままにした。「そうなの、クトゥ。あのときのわたしはとても哀しかった。でも、いまでは、人生はずっとましになったわ」

「あのとき、あんたはひどい離婚の真っただ中にいた。よくなかった」

「よくなかったわ」

「あのときのあんたは、心配事や哀しみをかかえすぎていた。あのときは、哀しげな老女のようだった。だがいまのあんたは若い娘さんのようだ。あのときは醜かった！　いまは美しい！」

マリオが夢中で拍手をしながら、勝ち誇ったように言った。「ほら。絵が効いたのです！」

「まだ英語の勉強の手伝いが必要かしら、クトゥ？」

クトゥは、いますぐ手伝ってほしいと答え、地の精のように軽快にぴょんと立ちあがると、小さな家のなかに駆けていき、ここ数年のあいだに外国から届いたという手紙の束を手に戻ってきた（ということは、ちゃんと住所があるのだ！）。大きな声で手紙を読みあげてくれ、とクトゥは言った。英語は耳では理解できるが、読むのは苦手なのだ。わたしはたちまち彼の秘書となった。いきなり、治療師の秘書。なんだか信じられない。手紙は、海外の美術蒐集家や、有名な彼の魔法の絵画を苦労して手に入れた人々から届いたものだった。ある手紙はオーストラリアの蒐集家からで、クトゥの絵画技術を褒め、「どうしたら、そんなに巧みに細かな絵が描けるのか」と尋ねていた。クトゥは、書き取れと言わんばかりにわたしに向かって答えた。「なぜなら、何年も何年も修行したからだ」

手紙が片づくと、クトゥがこの二年間の状況を語ってくれた。前とは変わったことがいくつかあった。たとえば、いまは妻がいる。彼が指さした中庭のほうを見ると、体格のいい女性が台所の扉の陰から、こちらを睨みつけていた。わたしを撃ち殺すべきか、それとも毒を盛ってから撃ち殺すべきかを迷っているように見える。以前ここに来たとき、クトゥが亡くなったばかりの妻――歳を重ねてもなおほがらかで子どものように見える美しいバリ人の老女――の写真を哀しそうに見せてくれたことを思い出す。わたしは、中庭の向こうの新しい妻に手を振ったが、彼女はさっと台所に引っこんだ。

「申し分ない女だ」クトゥは台所の暗がりのほうを向いてきっぱりと言った。「実に申し分ない」

そのあと、最近はバリの患者たちがたくさん来て、対応に忙しいという話がつづいた。生まれたばかりの赤ん坊へのまじないや、亡くなった人を弔《とむら》う儀式、病人の治療、結婚式と、いつもやることが山のようにあると言う。次はバリ人の結婚式の予定が入っているらしく、「いっしょに行こう！　あんたを連れていく」と言った。彼にとってひとつ気がかりなのは、以前ほど西洋人の客が多くないということだ。あの爆弾テロ以来、バリを訪れる観光客がめっきり減った。このことでクトゥは、「非常に頭が混乱している」。また、「金の蓄えも空っぽになった」気がするそうだ。「これから、毎日わたしの家に来て、英語の練習に付き合ってくれるか？」と彼が尋ねた。わたしが喜んでうなずくと、彼は言った。「わたしはあんたにバリの瞑想を教えよう、それでいいか？」

「けっこうです」

「三カ月あれば、バリの瞑想についてたっぷり教えられるし、あんたのために神を見つけることもできる……いや、四カ月か。あんた、バリが好きなのか？」

「ええ、大好きよ」

「バリで結婚するのだな？」

「さあ、それはどうかしら」

「じきにそうなるだろう。あした、また来てくれるか？」

わたしは来ると約束した。彼の家族とともに暮らす話はまったく出てこないので、そのことについては触れずにおいた。台所にいるクトゥの恐ろしげな妻のほうをちらりと見た。たぶん、あのこぢんまりしたホテルにいたほうがいい。そのほうが快適なはず。お手洗いとか、そういうことに関しても。ただし、毎日会いに来るためには自転車が必要になるだろう。

そろそろおいとまの時間だった。

「アイ・アム・ヴェリー・ハッピー・トゥー・ミート・ユー」彼がわたしの手を握って言った。

ここで、最初の英語のレッスンが始まり、わたしは「ハッピー・トゥー・ミート・ユー」

と「ハッピー・トゥー・シー・ユー」のちがいを説明した。「ナイス・トゥー・ミート・ユー」は、誰かと初めて出会ったときだけに使い、その後は「ナイス・トゥー・シー・ユー」と言う。なぜなら誰かと〝meet《ミート》〟するのは一度きりで、その後は何度も〝see《シー》〟することになるのだから。

彼はこの話が気に入ったようだ。何度も繰り返して練習している。「ナイス・トゥー・シー・ユー！　アイ・アム・ハッピー・トゥー・シー・ユー！　また会おう！　どうだ、ちゃんと覚えたぞ！」

そんなクトゥのようすに、マリオもいっしょに大笑いした。わたしたちは握手を交わし、あしたの午後また来ることで了解した。それでは、とクトゥが話を締めくくり、つづけて言った。「また会いましょう《シー・ユー・レイター》、アリゲイター」

「また会いましょう《イン・ア・ホワイル》、クロコダイル」とわたし。

「良心の導きに従うのだぞ。もしバリを訪ねてくる西洋人の友だちがいたなら、手相を観てやるから、わたしのところへ寄こすように。あの爆弾以来、わたしの貯金は空っぽだからな。わたしの英語は自己流だ。あんたに会えてとてもよかったぞ《アイ・アム・ヴェリー・ハッピー・トゥー・シー・ユー》、リス！」

「わたしもあなたに会えてとてもよかったわ《アイ・アム・ヴェリー・ハッピー・トゥー・シー・ユー・トゥー》、クトゥ」

76

バリ島は小さなヒンドゥー教の島でありながら、世界一イスラム教徒の多い国家をかたちづくる東西五千キロに及ぶインドネシア群島のど真ん中にある。つまり、バリ島は〝存在するはずのないところに存在する〟摩訶《まか》不思議な島だ。バリ島のヒンドゥー教は、インドからジャワ島経由で島に入ってきた。四世紀、インドの交易商人がヒンドゥー教を東へと広め、ジャワ人の王が強大なヒンドゥー王朝を築きあげ、バリ島にも影響を及ぼした。それ以降ジャワ島にはヒンドゥー王朝が栄えたが、その栄華の跡はプランバナン遺跡などにわずかに残るのみだ。十五世紀末に、ジャワ島に攻め入ってきたイスラム勢力がマジャパイト王国を倒すと、のちに〝マジャパイトの大移動《エクソダス》〟として知られるように、シヴァ神を信仰するヒンドゥー教の王族たちが大挙してバリ島へ逃れてきた。上流階級の、すなわちカースト制上位に君臨するジャワ人たちは、王族だけではなく、おかかえ職人や聖職者たちも引きつれてきた。バリのあらゆる人が王か祭司か芸術家の末裔《まつえい》であるという言い伝えはあながち誇張ではなく、彼らが誇りと才能に溢れているのもこのような歴史あってのことだ。

ジャワ人の王たちはヒンドゥー教のカースト制をバリ島に持ちこみはしたものの、その階級分けにインドほどの厳しい強制力はなかった。それでもバリの人々は、バラモンだけでも五階級に分かれるという複雑な社会階級制の存在をしっかりと認識している。わたしのような西洋人から見れば、この島に根づいた難解で込み入った氏族制を理解しようと努めるよりも、ヒトゲノムを解析するほうがたやすいくらいだろう（この複雑な氏族制については、作家フレッド・B・アイズマンのバリ文化に関するすばらしい論考の数々において専門的かつ詳細に語られており、本書では、バリ島に関する一般的情報のほとんどを彼の研究に拠《よ》っている）。とにかく、この島ではすべての島民がなんらかの氏族に属し、誰もが自分は当然として、他人がどの氏族に属しているかまで把握している。そして、重大な過ちを犯して氏族から追放されるくらいなら、火山に身を投げたほうがましだと考えている。なぜなら、氏族から追われるのは死んだも同然であるからだ。

　バリ文化は、地球上で最も秩序だった社会的かつ宗教的な集団をかたちづくっている。それは職務と役割と宗教儀式とでつくりあげた堂々たるミツバチの巣のようだ。バリ人たちは、この慣習という整然と組まれた格子の内側に取りこまれ、しっかりとそこにとどめられている。この網状組織を構成する要素はいくつもあるが、基本的には、バリの社会は、ヒンドゥー教の豊かな祭祀《さいし》と、共同体の協力が不可欠な稲作農業との出会いによって生まれた。棚田は収穫を得るために、信じられないほどの労働と管理と技術を必要とする。そのために、バリの村々にはバンジャールと呼ばれるバリ特有の住民組織があり、村民の意見を調整しながら村の政治や経済、宗教、農事の決め事を執り行っている。圧倒的に個人よりも集団に重きが置かれるのは、そうしなければ食べていくことができないからだ。

　バリでは宗教儀式が最も重要視される（どうなるか予想もつかない火山が七つもあることと無関係ではないだろう。こんな環境にいたら、誰もが祈らずにはいられない）。典型的なバリ人女性は、目覚めている時間のおよそ三分の一を儀式の準備か、儀式への参加か、儀式の後片づけに費やしている。日々の生活は、供物を捧げることと宗教的儀式との絶え間ない繰り返しだ。そのうえ、これらすべてを正しい順序で、正しい注意を払っておこなわなければならない。そうしなければ、この世界全体のバランスが失われることになってしまう。マーガレット・ミードがバリ人の〝信じがたい多忙さ〟について記しているとおり、バリ人の暮らしに怠けている時間はほとんどない。ここには一日に五回おこなわれる儀式もあれば、一日に一回、週に一回、年に一回、十年に一回、百年に一回、千年に一回おこなわれる儀式もある。これらの日取りと作法を、聖職者や聖者たちが三つの異なる暦を用いた複雑な方式を考慮しながら取り仕切っている。

バリ島には、あらゆる人に適用される十三の通過儀礼があり、その折節にきちんとした儀式がおこなわれる。厳かで心休まるスピリチュアルな儀式が人生の節目ごとにあるのは、暴力や盗み、怠惰、嘘といった人間を堕落させる百八個の悪徳（１０８――またもやあの数字だ！）から魂を守るためだ。バリの子どもたちなら思春期に誰もが経験する重要な儀式では、犬歯、つまり〝牙《きば》〟が、見た目をよくするために平らに削られる。この島では粗暴さと獣性を帯びることが最も嫌われる。そして、牙は人間の野蛮な性質の名残り、除去されなければならないものなのだ。このような人間関係が緊密な社会構造において、野蛮は危険なものと見なされる。たったひとりの人間の強暴なふるまいによって、村全体の協力の網がばっさりと切られて使い物にならなくなる可能性もあるからだ。ゆえにバリでは、気品と美しさを意味する〝アルス〟を身につけることがなによりも歓迎される。この島では、男女にかかわらず、美は徳であり、尊敬され、安寧を生みだすものと見なされている。子どもたちは、どんなにつらくても、明るい顔で大きくほほえみなさいと教えられる。

バリの社会は、魂や導きや手立てや習わしといった要素で構成される、目には見えない巨大なマトリックス表のようなものだ。バリ人たちはその広大で実体のない図表のどこに自分が配されているかを正確につかんでいる。彼らの大半に与えられる四つの名前——一番《ワヤン》、二番《マデ》、三番《ニョマン》、四番《クトゥ》——がその好例で、自分が家族の何番めに生まれて、なにに属するのかを、名前が否応なく思い出させてくれる。生まれてくる子を東西南北で呼び分けていたとしたら、こんなに社会的位置づけが明確なシステムは築かれなかったことだろう。わたしの新しい友人である、イタリア好きのインドネシア人マリオは、心も魂も完璧なバランスを保てるような縦軸と横軸の交わった地点に自分を保っていられるのは、単純に幸せなことだと言った。その幸せのために、マリオは神や家族との関係において、そのつど自分がどこにいるのか正確に知ることを必要とする。もし自分の位置を見失い、バランスを失えば、生きる力そのものも失ってしまうことになる。

要するに、バリ人は世界に誇れるバランスの達人であり、彼らにとっては完璧な平衡《へいこう》の維持こそ芸術や科学や宗教であるという仮説も、あながちはずれてはいないだろう。個人的にバランスを探しつづけているわたしは、この渾沌《こんとん》とした世界にあってもぐらつかない生き方をバリ人から学びたいと考えた。ところが、バリ社会について書物で学んだり、あるいは実際にそれに触れたりするほどに、少なくともバリ人の目から見たわたしがバランスの格子からいかに遠いところにいるかを思い知らされた。地理に疎くて、自分がどこにいるのかさえろくにわからず世界をさすらうわたしの習性も、結婚や家族という包括的な繋がりからはみ出すことを選んだわたしの決断も——バリ人の目指すところと比べたら——わたしを幽霊のような存在に見せていることだろう。わたしはこんな生き方を楽しんでいるけれど、まともなバリ人の基準からすれば、悪夢のような人生だ。自分がいまどこにいるのかも、どの氏族に属するのかもわからず、いったいどうやってバランスが見つけられるというのだろうか。

　こういったことを考えると、バリの世界観をどれだけ自分の世界観に取りこめるかについては、あまり自信がない。現時点のわたしは〝均衡《きんこう》〟という言葉を、もっと現代的で西洋的な意味合いに解釈しているようなのだ。いまのわたしにとって〝均衡《イクイリブリアム》〟は、半々でいら《イークォル・》れる自由《フリーダム》、いついかなるときもどんな方向にでも落ちる可能性を持っていること、つまりは物事が転がるにまかせる自由というような意味合いを持っている。バリの人々は物事が転がるのを待ちもしなければ見守りもしない。転がるままにしておけば、恐ろしい事態になりかねないと考えているのだろう。彼らは崩壊を避けるため、物事を転がさないように〝編成〟するほうを選びとる。

　バリ島の通りを歩いていて見知らぬ人とすれちがうとき、最初に尋ねられる質問は「どこへ行くのか?」だ。そして次は「どこから来た?」。初対面の相手にこの質問はいささか立ち入りすぎているように聞こえるが、バリの人々はただ相手の位置づけを知って、安全と快適さを保証する格子のなかに初対面の相手を収めたいだけなのだ。もし、行くあても決めずに適当に歩きまわっているだけだと答えたりすれば、新しいバリの友人の心に、少しばかり苦痛を生じさせてしまうかもしれない。それよりは、皆が気分よくいられるように——どこでもいいから——明確な行き先を選んだほうがいい。

そしてバリ人が三番めに尋ねるだろう質問は、「結婚しているか?」。これもまた、相手を位置づけるための質問だ。結婚の有無を知り、あなたが秩序正しく人生を過ごしているかどうかを確かめることが、彼らには不可欠なのだ。しかも、あなたが「はい」と答えることを心待ちにしている。あなたが「はい」と答えることで、彼らはとても安心する。もしあなたが独身なら、あまり直接的にはそう言わないほうがいい。離婚については、経験があっても、いっさい口にしないことをお勧めする。彼らをひどく心配させるだけだからだ。あなたが独り身であるという事実は、バリの人々には、あなたが格子からはずれた危うい状態にいるのを示すことでしかない。もしあなたがバリを旅している独身女性なら、「結婚しているの?」と訊かれたとき、いちばんいいのは、「まだ」と答えることだ。「いいえ」と答えるより丁寧だし、できるだけ早くその状態を実現させたいという前向きな姿勢も示している。たとえ、あなたが八十歳でも、同性愛者でも、志操堅固《しそうけんご》な男女同権論者でも、修道士でも——あるいは、結婚したことも結婚する意志もない、八十歳の男女同権主義の同性愛者の修道士だったとしても——考えうる最も丁寧な答えが「まだです」であることに変わりはない。

77

翌朝、マリオに助けてもらって、自転車を買った。マリオはまるで本物のイタリア人のように「ツテがある」と言って、彼のいとこの店にわたしを連れていった。わたしはそこで、すてきなマウンテンバイクとヘルメット、バイクの鍵、かごなどを、五十米ドルそこそこで購入できた。こうして、わたしにとって新しい街ウブドのなかを移動しやすくなった。もっとも、幅が狭くて、くねくねしていて、手入れも悪く、おまけにオートバイやトラックや観光バスで混み合った道という限定のなかでの動きやすさなのだが。

午後になって、自転車でクトゥの家のある村に向かった。そこで彼と過ごすために……それがなんだろうと、彼といっしょになにかをするために。でも、正直なところ、それがなにかはよくわからなかった。英語のレッスン？　瞑想のレッスン？　それとも、古きよきポーチでの会話だろうか。クトゥの考えはまだよくわからなかったが、とにかく彼の生活のなかに招かれたことがうれしかった。

クトゥの家に着くと、彼は接客中だった。地元のバリ人の若い夫婦が一歳になる娘を連れて、彼に助けを求めにきていた。その小さな赤ちゃんは歯が生えかけていて、いく晩か泣きどおしだった。父親はサルンを身につけたハンサムな青年で、その筋肉質のふくらはぎは、旧ソヴィエト時代の戦争英雄記念碑の彫像のようだった。母親は恥ずかしがり屋のかわいらしい女性で、伏せた睫毛《まつげ》の奥からおどおどした目でわたしを見つめた。彼らはクトゥへの謝礼として二千ルピア、およそ二十五セントを持ってきた。その代金がホテルのバーの灰皿よりやや大きい、ヤシの葉で編まれたかごに入って、花一輪と数粒のお米が添えてある（その午後、州都デンパサールからやってきた裕福そうな女性は、これとは大ちがいで、母親が頭の上に三段重ねのかごを載せ、そのなかに果物や花やアヒルの丸焼きがぎっしりと詰まっていた。その華やかで堂々たる頭飾りを前にすれば、サンバの歌姫カルメン・ミランダさえ恥じいって頭を垂れるだろう）。

クトゥはくつろいで、愛想よく客に対していた。赤ん坊の問題について両親から話を聞くと、玄関先の箱のなかを探り、バリ文字でびっしりと埋め尽くされた古めかしい本を取り出した。そして学者のようにその本と向き合い、目的にかなった文言を見つけ出そうとしていたが、そのあいだも両親とは言葉を交わし、声をあげて笑っていた。やがて、クトゥはノートを取り出し、白いページを開いて、そこに『セサミストリート』のカエルを描き、その横になにやら書きつけた。それが夜泣きする女児のための〝処方箋〟ということだった。クトゥは、その女児は生えかけの歯が不快であるうえに、一匹の小さな悪魔に苦しめられていると診断した。生えかけの歯についてけ、紫タマネギを絞った汁をつけて歯茎をこすればよいと赤ん坊の両親に言った。また、悪魔をおとなしくさせるには、絞めた小さな鶏一羽と小さな豚、小さな餅を、彼らの祖母の薬草園から必ず祖母が手ずから摘んだ薬草を添えて、神への供物にしなければならない（ただし、これらの食べ物が無駄になることはない。バリ島の人々は、捧げ物の儀式をしたあとは、神への供物を自分たちで食べる。なぜなら、供物は象徴としての捧げ物であり、実際にそれを神が食べるわけではないからだ。神は神に属するものを、すなわち捧げるという行為を受け取り、人間は人間に属するものを、すなわち食物をとるというのがバリ人たちの考え方だ)。

処方箋を書き終えると、クトゥはわたしたちに背を向け、ボウルに水を満たし、それに向かって、けっして大声ではないが哀切でドラマティックなマントラを唱えた。それから、聖なるパワーを注入されたにちがいないその水で女児を祝福した。その子はわずか一歳ながら、聖水を受けるバリの伝統的作法をすでに知っていた。母親に手を添えられて、ふっくらした小さな掌を差し出し、聖水を受けとめ、一回口をつけ、また口をつけ、次に残りの水を自分の頭にかけた。まさに完璧な儀式だ。その子は自分に向かって祈りを唱える歯のない老人におびえることもなかった。クトゥは残りの聖水を小ぶりのビニール袋に注ぐと、その口をしっかりと縛り、あとで使うようにと赤ん坊の両親に手渡した。彼らが去っていくとき、そのビニール袋を持っていたのは母親だった。その姿は移動遊園地の夜店で金魚を勝ちとった少女を思わせた。もちろん、そのビニール袋に金魚は入っていなかったけれど。

クトゥ・リエは、この家族におよそ四十分間をみっちりと費やし、代金としておよそ二十五セントを受け取った。彼らがお金を支払えなかったとしても、クトゥは同じことをしたにちがいない。それが治療師としての彼の役目だからだ。誰も追い返すことはない。そんなことをしたら、神は彼から治療する力を奪ってしまわれる。クトゥは日におよそ十人の訪問者を迎える。たいていは、いまの家族のような、宗教や身体の不調に関して彼の助言や治療を求める地元の人々だ。皆が特別な祝福を求める忙しい季節には、百人以上の客を迎えることもあるという。

「疲れないの？」と尋ねてみた。

「でも、これがわたしの仕事」と、クトゥが言う。「これがわたしの道楽——治療師《メディスンマン》である
ことが」

その午後は、また何人かの客がやってきたが、クトゥとふたりきりになる時間もあり、この治療師といっしょにいると気が休まり、まるで祖父といるようにくつろげた。バリ式の瞑想について最初のレッスンを受けた。神を見いだす道はいくつもあるが、その多くは西洋人には複雑で理解するのがむずかしいので、簡単な瞑想法を教える、と彼は言った。簡単に言えば、それはこうだ。黙ってすわり、ほほえむ。わたしはこのやり方が気に入った。これをわたしに教えているときも、クトゥは声をあげて笑った。すわって、ほほえむ。完璧だ。

「あんたは、インドでヨガを学んだのだな、リス？」

「そうよ、クトゥ」

「あんたはヨガができる」彼は言った。「だが、ヨガはむずかしすぎる」ここで、クトゥは身体をねじまげてれんげ座を組み、顔をゆがめて、便秘に苦しむような大げさな表情をつくってみせた。ふたたび脚をくずすと、笑いながら尋ねた。「なぜ、ヨガでは、みんないつもあんなに深刻な顔をするのだろう？　あんなに苦しげな顔をすれば、よいエネルギーもおびえて逃げてしまう。瞑想するなら、とにかくほほえまねばならん。顔でほほえみ、心でほほえめば、よいエネルギーがあんたのところにやってきて、汚れたエネルギーを追い出してくれる。肝臓にもほほえみを。宿題だ。今夜、やってみなさい。ただし、焦らなくていい、必

死になってもいけない。深刻すぎるのは病を招く。ほほえみで、よいエネルギーを呼びこむがいい。さて、きょうはこれでおしまい。シー・ユー・レイター、アリゲイター。明日もまた来なさい。アイ・アム・ヴェリー・ハッピー・トゥー・シー・ユー、リス。良心の導きに従うのだぞ。もしバリを訪ねてくる西洋人の友だちがいたなら、手相を観てやるから、わたしのところへ寄こすように。あの爆弾以来、わたしの貯金は空っぽだからな」

78

これは、クトゥ・リエが語ったままの彼の一生についての話――。

「うちは九代つづく治療師《メディスンマン》の家系だ。わたしの父も、祖父も、曾祖父も、みんな治療師だった。一族のみんながわたしが治療師になることを望んだ。素質があると見こんだからだ。わたしには才能と知性があると、みんなが思った。しかし、わたしは治療師などになりたくなかった。うんと勉強せねばならん！　知識を頭に詰めこまねばならん！　それに治療師なんて信じちゃいなかった。わたしは画家になりたかった！　芸術家に！　わたしには絵を描く才能があった。

まだ若いころ、アメリカ人に会った。とても金持ちだ。たぶん、あんたみたいにニューヨークからやってきた。その男はわたしの絵が気に入って、大きな絵が欲しいと言った。幅が一メートルぐらいもあるやつをな。たくさん金を払うと言った。たくさん払って金持ちにしてやると。そこで、わたしは男のために絵を描きはじめた。毎日、描いて、描いて、描いた。夜になっても描いた。ずっと昔のことだ。いまのような電球もなかった、ランプの時代だ。石油ランプだ。わかるか？　ポンプ・ランプといってな、石油を送りこむ小さなポンプがついておる。わたしは毎晩、そのランプを使って絵を描いた。

ある晩、ランプの炎が小さくなった。そこで、わたしはポンプを押して、押して、押して、押して、爆発した！　腕に火がついた。腕に大火傷《やけど》を負って、そこに悪い菌が入って、一カ月入院することになった。医者はシンガポールに行って腕を切り落とさなければならんと言った。そんなのはまっぴらだ。だが医者は、シンガポールに行って、手術して、腕を切れと言う。わたしは医者に言った。それなら、まず自分の村に戻ると。

村に戻ったその夜、わたしは夢を見た。夢のなかに父と祖父と曾祖父があらわれて、みんなでわたしの家に集まり、火傷の治し方を教えてくれた。サフランとサンダルウッドの絞り汁をつくれ、それを火傷に塗れと。それから、サフランとサンダルウッドの粉をつくって、それで火傷をこすれと。これをやれば、腕を失わずにすむと言われた。まるで現実のような夢だった。本当にみんながわたしの家に集まって、いっしょにいたんだ。

だが、夢から覚めると、どうしたらいいのか迷った。ほら、夢ってやつは、ときにただの冗談話みたいなものだからな。だがわたしはサフランとサンダルウッドの絞り汁をつくり、それを腕に塗った。サフランとサンダルウッドの粉も腕に振りかけた。悪い菌に冒されて膨れてしまったわたしの腕に、それはものすごい痛さだった。だが、その汁と粉をつけたあと、腕から熱が引いていったんだ。ひんやりするほどだった。傷がよくなりはじめたのを感じた。それから十日で、わたしの腕は治った。すっかり回復した。

そんなことがあって、わたしは不思議な力を信じはじめた。そしてまた、父と祖父と曾祖父の夢を見た。三人で、今度は、わたしに治療師になれと言う。おまえの魂を神に捧げねばならん。そうするために、六日間の絶食をせねばならん。わかるか？　飲まず食わずだ。飲み物だめ、食べ物だめ。簡単なことじゃない。だがやった。喉がからからになると、早朝の、まだ日が昇る前の水田へ行って、そこにすわった。口を開き、空気から水を得るのだ。なんと言うね？　朝の水田の大気のなかにある水を。露？　そう、露だ。この露だけを口に入れて、六日間過ごした。ほかはなにも食べておらん、露だけだ。五日め、わたしは気を失った。周りのなにもかも黄色く見えた。いや、黄色ではない。金色だ。周りのなにもかもが金色に、わたしの内側も金色に見えた。とても幸せ。いまならわかる。あの金色は神だ。わたしのなかにもいた。神であるもの、わたしのなかにあるもの、同じもの。それとこれ、おんなじおんなじ。

さあ、こうなったら治療師になるしかなかった。曾祖父から伝わる医術の本から学ばねばならん。そのような本はすべて紙ではなく、ヤシの葉でできておる。ロンタルと呼ばれるやつだ。バリ人にとって医術の百科事典のようなものだな。わたしはバリのさまざまな、あらゆる植物について学ぶ必要があった。簡単なことじゃない。ひとつずつ、ひとつずつ、全部覚えていった。問題をかかえた人たちを治療する方法を学んだ。たくさんの問題があった。

たとえば、身体から病気になったとき――身体の病は薬草で治す。家族の誰かが病気になったとき、家族が喧嘩しているとき、そういうときは調和の助けが必要。絵を描く特別の魔法を使う、助けるために話もする。魔法の絵をその家に置く。すると、喧嘩がなくなる。愛の病になる人もいる。正しい相手が見つからない。バリ人も西洋人も同じ。いつも愛の問題がたくさんある。正しい相手を見つけるのはむずかしい。わたしは愛の病を、愛を運んでくるマントラと魔法の絵で治す。それから黒い魔法も学んだ。黒魔術をかけられた人を助けるまじないもだ。わたしの魔法の絵が家にあれば、よいエネルギーが家に入ってくる。

わたしはいまも画家になりたい。時間があると絵を描いて、画廊に売る。わたしの絵はいつも同じ絵。バリが楽園だったころ、千年ぐらい前を描いた絵だ。ジャングルとけものと、女……ええ、なんと言うね？　胸か。胸を出した女の絵だ。だが、絵を描く時間を見つけるのはむずかしい。わたしは治療師だからな。それでも治療師はつづけねばならん。それがわたしの仕事だ。それがわたしの道楽だ。人々を助けねばならん。でないと、神様に怒られる。赤ん坊を取り出すこともあれば、死人を弔うこともある。歯が生えそろった祝いも、結婚の祝いの儀式もする。ときどき朝の三時に目覚めて、絵を描く。それだけがわたしに許された絵を描く時間だ。一日のなかのこの時間に、ひとりでいるのが好きだ。よい絵が描ける。

わたしは本物の魔法を使う。冗談ではないぞ。わたしはいつも真実を話す。たとえそれが悪い知らせでもな。生涯、よい人間でありたい。でないと地獄に行くことになる。わたしが話すのはバリ語とインドネシア語だ、日本語も少し、オランダ語も少し。戦争のあいだ、たくさんの日本人がこの島にいた。戦争の前は、たくさんのオランダ人がこの島にいた。いまは、たくさんの西洋人がこの島にいる。みんな英語を話す。わたしのオランダ語は……なんと言うね？　きのうあんたが教えてくれた言葉だ。そうだ——錆《さ》びておる。わたしのオランダ語は錆びておる、はっはあ！

わたしはバリでは四番めのカーストだ。農夫と同じ、とても低いカーストだ。だが、一番のカーストにいる多くの連中が、わたしほどの知恵がないのは見て知っておる。わたしの名前はクトゥ・リエ。リエという名前は、幼いころに祖父がつけてくれた。〝明るい光〟という意味だ。それが、わたしだ」

79

バリ島でわたしは、とても自由だ。自由すぎて笑えてしまうほどだ。毎日の予定といったら、午後の数時間、クトゥ・リエを訪ねることだけ。これでは日課とも呼べない。残りの時間は、いろんなことをして穏やかに過ごした。朝の一時間は、グルから教わったヨガ式の瞑想をおこなう。夕方の一時間は、クトゥから教わったやり方（〝すわって、ほほえむ〟）でおこなう。そのあいだに散歩したり、マウンテンバイクに乗ったり、ときには誰かとおしゃべりし、ランチを食べる。ウブドの街にこぢんまりした静かな佇《たたず》まいの貸本屋を見つけ、利用者カードをつくって、本を借りるようになった。いまは、庭で読書に浸ることが、ここの生活における甘露だ。アシュラムで一心不乱に修行し、その前はイタリアを満喫するために、あの国のものを手当たりしだい食べ尽くした。そんなあとだけに、バリ島では、いまは人生のこのうえなく平穏なひとときだと感じた。時間があり余るほどあって、物事を測る単位が一気に大きくなったように、のんびりした。

ホテルを出ようとするたびに、フロントデスクにいるマリオをはじめとするスタッフたちが、どこへ行くのかと尋ねる。そしてホテルに戻るたびに、どこへ行ってきたのか、とまた尋ねる。もしかしたら、フロントデスクの抽斗《ひきだし》には、彼らのお気に入りの客ごとの小さな地図が入っていて、それぞれがいつ、どこへ行ったか、ハチが巣穴のすべてを把握するように、印がつけられているのかもしれない。

夕方になると、わたしはマウンテンバイクを飛ばして、丘をのぼり、ウブドの北に連なる棚田を走った。そこにはみずみずしい緑が広がっている。棚田を満たす水にはピンク色の雲が映りこんでいる。まるでふたつの空があるかのようだ。ひとつは空に、神のために。もうひとつは泥混じりの水のなかに、もちろん、命に限りある人間のために。別の日は自転車でサギの保護区《サンクチュアリ》に行った。あまり歓迎されているとは思えない看板（〝ＯＫ、サギ出没〟）が立っていたが、その日はサギの姿はなく、野ガモだけがいた。わたしはしばらく野ガモを見て、それからまたとなりの村を目指した。道すがら、男、女、子ども、鶏、犬に出会った。みんな、彼らなりに忙しそうに働いていたが、人も動物も、わたしに声をかける暇も惜しむほどに忙しくはなかったようだ。

ある晩、美しい木立がつづく上り坂のてっぺんに、「アーティスト・ハウス、貸します。キッチン付き」という看板を見つけた。神様の寛大なるはからいのおかげで、三日後には、その家に住むことになっていた。マリオが引っ越しを手伝ってくれた。彼の同僚たちが涙ぐんでお別れを言ってくれた。

わたしの新しい家は静かな道沿いにあって、四方を棚田に囲まれている。家は蔓《つる》植物の絡まるちっちゃな小屋風の造り。持ち主は英国人女性で、夏のあいだはロンドンにいる彼女に代わって、このすばらしい家をまるごとわたしが使えることになった。この家には、壁が鮮やかな赤で塗られたキッチン、金魚のいる池、大理石のテラスがある。外には輝くモザイク・タイルを配したシャワーもあって、髪を洗いながら近くに巣をかけたサギを見ることができる。家から秘密の小径《こみち》が実に魅力的な庭に繋がっている。この庭は庭師付きなので、わたしはただ花々を観賞するだけでいい。このすばらしい南国の花々の名前をわたしはなにひとつ知らない。そこで、わたしが命名することにした。それでちっともかまわない。ここはわたしのエデンの園なのだから。ほどなく、ここで新しく出会った植物すべてにニックネームがついた。美少年の樹、キャベツ・ヤシ、プロムのドレス草、渦巻きの自惚《うぬぼ》れ屋、爪先花、鬱《ふさ》ぎヅタ。鮮やかなピンクのランには〝赤ちゃんの初めての握手《ベイビーズ・ファースト・ハンドシェイク》〟と命名した。ここには、これでもかと言わんばかりに純粋に美しいものが溢れ、まったく信じられないほどだ。寝室の窓から手を伸ばせば、すぐそこにパパイヤやバナナがある。ここに住む一匹の猫は、毎日食事の前の半時間はたっぷりわたしに愛情を示してくれるが、それ以外の時間は、ヴェトナム戦争のフラッシュバック並みの激しさで鳴きわめいている。だが奇妙なことに、わたしにはそれが気にならない。このごろはなにも気にかかることがない。不満というのが想像できない、思い出せないほどだ。

家の周りの音もすばらしい。夕暮れ時にはコオロギたちの大合唱が始まり、カエルたちが低音部を担当する。夜の静寂のなか、犬たちが、自分たちがどんなに誤解されているかを訴えるように遠吠えをする。夜明け前には、四方何キロにもわたる土地の雄鶏たちが、雄鶏はどんなにイカした存在かを空に向かって訴える（〝オレたちは雄鶏だゼィ！〟と彼らは叫ぶ。〝この世界で雄鶏と名のることができるのは、このオレたちだけ！〟）。日が昇るころには南国の鳥たちの競演が始まる。まるでコンテスト。毎朝、十位タイぐらいまで、たくさんのチャンピオンが誕生する。太陽が昇ると、鳥たちの声は静まり、蝶たちが仕事に出かけていく。家はまるごと蔓植物に覆われているので、自分もいずれは緑の葉っぱのなかに完全に埋もれてしまうのではないかという気持ちにさせられる。緑に埋もれて、わたし自身もジャングルの花になってしまうのではないか。そして、ここの家賃は、ニューヨークにいたころの、毎月のタクシー代よりも安いのだ。

80

楽園《パラダイス》の語源は古代ペルシアにあり、文字どおり〝囲われた庭〟という意味だと聞いた。

――と書き記すそばから、もうひとつの真実をここで正直に伝えなければならない。その後わたしは地元の図書館に三日間通いつめて、バリ島が楽園であるという最初の考えが誤っていたことを知った。二年前に初めて訪れたときから、わたしは、この小さな島こそ世界で唯一のユートピアだと、久しく平和と調和とバランスしか知らない土地なのだと言いつづけてきた。暴力や流血の歴史なき完璧なエデンの園だとまで言った。どこからこんな大胆な説を引いてきたのか定かではないが、わたしは全幅の信頼を寄せて、それを周囲に触れまわっていた。

「警官でさえ、髪に花を挿しているのよ」それがあたかもバリ島楽園説の証拠であるかのようによく言ったものだ。

しかし現実はどうか。調べてみたところ、バリ島もこの地球上の人間が住んだ他のすべての土地と同じように血に染まった暴虐の歴史を持っていることがわかった。ジャワ人の王たちがイスラム勢力に追われてこの島に渡ってきたのは十六世紀のこと。王たちはこの島に封建的なコロニーを築き、他の自画自賛的な身分制度と同様、底辺にいる者たちのことなどまるでおかまいなしの厳しいカースト制を敷いた。当時のバリの経済は儲《もう》けの多い奴隷売買で活気づいていた（この奴隷売買は、ヨーロッパの国際的な奴隷貿易への参入に数世紀先んじていたばかりか、ヨーロッパの人身売買よりもかなり長く生き延びた）。十九世紀まで、バリ島民が戦争（集団レイプ、殺戮《さつりく》も含む）に明け暮れる時代がつづいた。国内的には王たちは貿易商人や船乗りたちのあいだで強暴な戦士として知られていた。英語で run amok（ラン・アモク、〝突然強暴になる〟という意味）などといった使われ方をする〝アモク〟は、もとをたどればバリの言葉で、突然殺気立って自棄的な攻撃を仕掛けたり、血なまぐさい白兵戦に持ちこんだりする戦い方を指している。ヨーロッパ人はこの戦法をたいへん恐れていた。十九世紀半ば、バリ島の植民地化を狙うオランダ軍がバリ島に侵攻し、バリの王国はつぎつぎに敗北を喫し、鍛えられた三万名のバリ人兵士をもってしても、苦戦がつづいた。互いに争い合ってきた王たちは将来の交易の利権を求めて、互いを出し抜き、敵であったオランダと手を結んだ。このような島の歴史を、夢の楽園の名のもとにうやむやにしてしまうのは、歴史的な真実を冒瀆《ぼうとく》することになるのではないだろうか。島民たちはこの千年間をただほほえんで幸福の歌を口ずさみながら漫然と過ごしてきたわけではなかった。

　しかし一九二〇、三〇年代に、西洋の上流階級のそのまたエリートたちがバリ島に着目したときから、この島の血塗られた歴史はいっさい顧みられなくなった。新しくこの島を訪れるようになった観光客たちは、ここが本物の〝神の島〟であり、〝島民はみんな芸術家〟であり、まるで天国のように純朴な人間性が残されているという意見の一致を見た。バリを楽園とする考え、あるいは夢想は、その後立ち消えることなく、バリを訪れるほとんどの観光客（最初にこの島を訪れたときのわたし自身も含む）によって引き継がれている。「バリ人として生まれなかったことを神に怒りたい」と言ったのは、一九三〇年代にこの島を訪れたドイツ人の写真家、ゲオルグ・クラウザーだ。この世ならぬ美しさと平穏という触れ込みが、一流の文化人たちをこの島に引き寄せた。ヴァルター・シュピースのような芸術家、ノエル

・カワードのような作家、クラレ・ホルトのようなダンサー、チャールズ・チャップリンのような役者、マーガレット・ミードのような学者（ミードは、女たちが裸の胸をさらしているにもかかわらず、バリの文化的洗練は英国のヴィクトリア朝時代並みに厳格であると見抜いている。〝文化全体のなかに解放されたリビドーは一オンスも存在しない〟）。

しかし華やかなパーティーのようなひとときは、第二次世界大戦が始まって一九四〇年、日本軍がこの島に侵攻すると同時に終わった。故国から離れてバリ島という庭で至福に浸っていた者たちは、美しい使用人たちとともに退去させられた。大戦後は、インドネシアの独立闘争のなかで、この国の他の群島と同じように、バリ島でも対立が激化し、暴力の嵐が吹き荒れた。一九五〇年代には、（『バリ——つくりあげられた楽園』という研究報告によればもし西洋人があえてバリを訪れたいのなら、眠るときは枕の下に拳銃を忍ばせておくのが賢明だろうと言われるまでになった。一九六〇年代には、国軍と共産軍の戦いがインドネシア全土に広がり、一九六五年、首都ジャカルタにおける軍事クーデターによって国軍が勝利すると、共産主義者と疑わしき者のリストを携えて国軍兵士がバリ島にも乗りこんできた。その一週間で国軍は村ごとに着実に処刑を実行していった。殺戮の行軍が終わったとき、およそ十万人の遺体がバリ島の美しい川を堰《せ》き止めていたという。

そして一九六〇年代後半、地上のエデンの夢がふたたび息を吹き返す。インドネシア政府がバリ島を国際的な観光地にしようと大々的なキャンペーンを展開したためだ。キャンペーンは成功し、〝神々の島〟というキャッチフレーズに惹《ひ》かれてこの島にやってきたのはかなり高尚な嗜好を持つ人たちだった（結局、ここはフロリダの観光地フォート・ローダーデールとはちがうのだ)。彼らの関心はバリ文化の持つ芸術や宗教儀式の美しさに向けられ、歴史の暗部に目が向けられることはなかった。それはいまに至るまでつづいている。

以上のようなことを、わたしは地元の図書館で三日分の午後を費やし、本を読み耽《ふけ》って知った。そして、なんとも複雑な気持ちになった。ちょっと待って——わたしがバリ島を再訪したのはなんのためだったの？　人生の喜びを満喫すること、スピリチュアルな修行に打ちこむこと、この両者のあいだのバランスを見いだすためではなかったの？　でもはたして、この島は本当にそのような探究にふさわしい土地なのだろうか。バリの人々は、世界のどこの土地の人よりも、平安とバランスを知っていると言えるのだろうか。この島の人々のダンスや祈りや祭りや美しさやほほえみが、彼らこそバランスを知って平安のなかに生きる人々であるように見せている。しかし、その底で実際になにが起きているのかは計り知れないものがある。この島の警官たちは、嘘ではなく本当に、耳の上に花を挿している。その一方、バリのいたるところにインドネシアの他の地域と同じように汚職がはびこっている(わたしはそれをじかに体験した。四カ月の滞在ビザを手に入れるために、後日、数百米ドルを役人にこっそり差し出すことになったのだから)。バリ島民は、見たところは、世界で最も平和的で信仰心に厚く、芸術的表現力豊かな人々という彼らのイメージそのままに暮らしているようだ。しかし、どこまでが本来のもので、どこまでが生きるための算段なのか。わたしのようなよそ者が、その〝明るい顔〟の奥に隠された重圧をどれくらい知ることができるのだろう。こういうことは、結局は、どの土地でも変わらないのだろう。目の前の絵画に近づきすぎれば、ものの輪郭はぼやけ、すべてが判然としない、ぼんやりとした筆あとの海に溶け出してしまう。

いま、わたしに言える確かなことは、自分がここに借りた家をとても気に入っていて、バリの人々は例外なくわたしに親切にしてくれるということだ。彼らの生みだす芸術や儀式はすばらしく、わたしを元気にしてくれる。そして彼らもそう思っているようだ。自分が把握できることよりはおそらくもっと複雑なものをかかえこんでいる土地に対して、わたしが自分自身の経験から言えることはこれぐらいしかない。バリ人たちが彼ら自身のバランスを維持するために（そして、生活を支えるために）なにを必要とするかは、彼らに属する問題だ。わたしがこの島ですることは、自分自身の均衡を見つけること、そして、少なくともいまは、そうするためにこの島はうってつけの風土を備えているように思われる。

81

クトゥ・リエはいったい何歳なのか。歳を尋ねても、本人はわからないと答える。二年前ここに来たとき、通訳からは八十歳だと聞いた。ところがマリオが尋ねたところ、「さあ、六十五かそんなものだろう」という答えが返ってきた。わたしが、何年に生まれたのかと尋ねると、生まれた年は覚えていないと言った。第二次大戦下で日本軍がバリ島を占領したとき、クトゥが成人していたということは前に聞いていた。すると、いまは八十歳ぐらいだろうか。でも、あの腕に大火傷を負った青年時代の話をしているとき、それは何年のことかと尋ねたら、「さあなあ、一九二〇年ごろかな」と言っていた。一九二〇年に二十歳だったとすると、もしかすると……百五歳ってことも？　彼の年齢は六十五歳から百五歳のあいだのどこかということになる。

これも気づいたことだが、クトゥは日によって、彼の気分しだいで自分の歳を変えている。うんと疲れているときは、「きょうは八十五歳だな」。もっと晴れやかな気分のときなら、「きょうは六十歳だな」。あなたは何歳ですか？　ではなくて、何歳だと感じますか？　それで歳を決められるのなら、こんないいことはない。なんの不都合があるだろう？　これからは自分は何歳だと感じるかと、つねに自問してみることにしよう。そしてある午後、わたしはふと、ごく基本的な質問をまだしていなかったことに気づいた。「クトゥ、あなたの誕生日はいつ？」

「木曜日だ」

「いつの木曜日？」

「いつもなにもない、木曜日だ」

とっかかりとしては悪くなかったが、そこから先には進めなかった。どの年の、どの月の木曜日？　それはわからない。バリ島においては、どの年に生まれたかよりも何曜日に生まれたかのほうが重要であるらしい。だからクトゥは自分の年齢はわからなくても、自分の生まれた曜日は知っている。木曜日に生まれた子は破壊の神シヴァに守られ、トラとライオンの精霊に導かれて育つのだという。木曜日生まれの子の樹木は、バンヤンの木。鳥なら孔雀。木曜日生まれはいつも最初に口火を切り、人の話に割りこむ。いささか押しが強く、美男美女が多い（「要するに女たらし、男たらしだな」とクトゥ）。だが、きちんとした偏りのない性格で、記憶力がよく、人助けが好き。

健康や金銭や人間関係における問題をかかえてやってくるバリ人たちに、クトゥはまず何曜日に生まれたかを尋ねる。クトゥが言うには、人は〝誕生日の病〟に罹《かか》ることがあり、そんなときには、彼らにバランスを取り戻させるような、ちょっとした占星術的な調整が必要になる。ある日、地元の一家族が、四歳ぐらいの末息子を連れてやってきた。なにが問題なの？　と横からクトゥに尋ねると、その両親は、男の子が「癇癪《かんしゃく》持ちで、言うことを聞かない。悪さをするし、周りのことに不注意なので、家族は面倒を見るのに疲れきってしまい、おまけに、この子はときどき眩暈《めまい》を起こす」と言っているのだと通訳してくれた。

クトゥは、しばらくその子を抱っこしてもいいかと両親に尋ね、両親はその子をクトゥの膝にあずけた。男の子は老治療師《メディスンマン》の胸にもたれかかり、おびえもせず、くつろいだようすだった。クトゥはその子をやさしく抱っこし、掌をその子のひたいに置いて目をつぶった。それから掌を腹部に移し、また目を閉じた。そのあいだずっと、ほほえみながら、男の子にささやきかけていた。診察はあっという間に終わった。クトゥは男の子を両親に返し、彼らはほどなく処方箋と聖水を手に帰っていった。あとから聞いた話では、クトゥは両親に男の子の生まれた状況について尋ね、その子が悪い星の巡りの土曜日に生まれたことを知った。その日は、カラスやフクロウの精霊（男の子を怒りっぽくさせている）や操り人形の精霊（男の子に眩暈を起こさせている）など、邪悪な精霊がつきやすい日なのだという。しかし、悪いことばかりではない。土曜日生まれのその子には、身体を丈夫に保つ虹の精霊と蝶の精霊もついているという。そして神への供物をつづけることで、子どもはもう一度調和を取り戻すだろうということだった。

「なぜ、あなたは掌を子どものひたいやお腹に置いたの？」と、わたしは尋ねた。「熱がないかどうか調べてたとか？」

「心を調べていたのだ」クトゥが言った。「心に悪い精霊がいないかどうかをな」

「悪い精霊って？」

「リス、わたしはバリ人だ。黒い魔術を信じる。悪い精霊が川からあらわれて、人を襲う話も信じておる」

「あの子に悪い精霊が取り憑《つ》いてたの？」

「いいや。あの子はただの誕生日の病だ。あの子の家族が神に捧げ物をする。それでだいじょうぶだ。あんたはどうだ、リス？　バリ式の瞑想を毎晩やっているか？　心と魂を浄《きょ》くしているか？」

「毎晩してるわ」

「肝臓で笑うこともか？」

「肝臓で笑うこともよ、クトゥ。わたしの肝臓はにこにこしてるわ」

「よろしい。そうやって笑えば、あんたは美人になる。笑うことで、きれいになるパワーを授かる。きれいパワーだ！　あんたはそれを使って、人生で欲しいものを手に入れたらよい」

「きれいパワー！」わたしはその言葉がすっかり気に入って、繰り返した。瞑想するバービー人形が頭に浮かんだ。「きれいパワーが欲しいわ！」

「インド式の瞑想もつづけておるのだな？」

「ええ、毎朝」

「よろしい。ヨガを忘れてはいけない。ヨガはあんたに善きものをもたらす。どっちの瞑想もつづけなさい。インド式も、バリ式も。ふたつは異なるものだが、どっちも同じくらいよい。それとこれ、おんなじおんなじ。わたしは宗教についても考える。だいたいは、おんなじおんなじ」

「誰もがそう考えるわけじゃないわね、クトゥ。神について論争する人々もいる」

「無駄なことを」クトゥは言った。「わたしにはよい考えがある。もし、異なる宗教を持つ人間と出会い、その人間が神について論争したがっているようなら、あんたは、その人の神についての話をとことん聞いてやるがよい。ぜったいに神について争い合ってはならない。〝そのとおりだ〟と言ってやるのがいちばん。それから家に帰って、あんたの祈りたいように祈ればよい。こうすれば、宗教の異なる人間同士も仲良くやれるだろう」

これもクトゥの家に通うようになって気づいたことだが、彼はいつも顎をあげ、頭を少しだけ後ろに傾けている。なにかを問いかけているようにも見える優雅な仕草だ。老いてなお好奇心旺盛な王様が、鼻越しにこの世のすべてを眺め渡しているかのような。肌はつやつやで、金色がかった褐色。頭はほとんど禿げているが、その代わり眉毛は長い。羽毛がびっしり生えたような眉はいまにも空へ飛び立っていきそうだ。歯はほとんど抜け落ちて、右腕には火傷の痕がある。それでも、彼は完璧な健康体に見える。若いころは儀式の踊り手として寺院で踊り、背筋もしゃんと伸びて美しかったと聞いた。きっとそうだったろう。食事は一日一回、米と魚か鶏の料理をひと皿に盛りつけた、ごくふつうのバリの食事をとる。毎日、砂糖を入れて飲む一杯のコーヒーが好物で、コーヒーと砂糖を味わえる喜びを祝っているかのようにそれを飲む。このようすなら百五歳までも楽々と生きられそうだと思わせる頑健な身体を保っていられるのは、毎晩眠る前に瞑想し、健康のエネルギーを宇宙から自分の身体の中心に取りこんでいるからだと、クトゥは言った。人間の身体というのは他の創造物と同じように、五つの元素からできている。水（アパ）、火（テジョ）、風（バユ）、空（アカサ）、地（プルティウィ）。瞑想をするときはこの事実に意識を集中すれば、この五元素からエネルギーを受け取って、強い身体を維持することができるという。英語を聞き分ける耳のよさを示すように、彼はこう言った。「小宇宙《マイクロコズム》は大宇宙《マクロコズム》になる。マイクロコズムのあんたも、宇宙に、つまりマクロコズムとおんなじになるんだ」

その日のクトゥはとても忙しかった。彼の家の中庭には、船荷の木箱のように、人がぎっちりと詰まっていた。みんな膝に赤ん坊を抱くか、捧げ物を置いていた。農夫も、ビジネスマンも、父親も、おじいさんもいた。食べ物を吐いてしまう子どもを連れた両親、黒魔術の呪いをかけられたという老人、攻撃性と欲望に悩む若者、よい結婚相手を求める若い娘。身体に出た発疹に不平をこぼす病気の子。誰もが調和を失い、均衡の回復を求めていた。

それでも、クトゥの中庭の雰囲気は、おおよそいつも、バリ人たちの辛抱強さを感じさせるものだった。クトゥに診てもらえるまで三時間も待たなければならないときも、彼らはけっして貧乏揺すりをしたり、怒りで目つきが悪くなったりしない。子どもたちの待ち方もりっぱなもので、美しい母親にもたれかかり、指遊びをして時間をつぶしている。いつもあとから知って驚くのだが、そんな穏やかな子どもたちが〝横着すぎる〟と両親から決めつけられて、クトゥのもとに連れてこられていた。横着？　こんな小さな三歳の女の子が？　炎天下でえんえん四時間もおとなしくすわりつづけ、泣きごとも言わなければ、おもちゃやお菓子をねだることもないのに？　わたしはつい言ってみたくなる。「皆さん、横着というのがどういうものかをお教えするために、皆さんをアメリカへご招待しましょう！」どうやら、バリではよい子の基準がほかの土地とは異なるようだ。

クトゥはすべての患者を丁寧に、順番に診ていった。時間の経過などまるで気にせず、次に待つのが誰であろうと、目の前の患者に必要なだけ意識を集中した。忙しさのあまり、一日一度の昼の食事もとれなかったが、彼は中庭にとどまり、神と彼の祖先への敬意によってそこに何時間もすわりつづけ、患者たちを治療していった。夕方になると、彼の目は南北戦争の軍医もかくやというほどに疲れきっていた。その日の最後の患者だった中年のバリ人男性は、厄介な問題をかかえて何週間もろくに眠れないと苦しげに訴えた。その男性によれば、〝ふたつの川で同時に溺れる〟悪夢にうなされるのが原因ということだった。

その夕方まで、クトゥ・リエの人生における自分の役割がなんなのか、わたしにはまだつかめていなかった。それまで毎日、そばにいても本当にいいのかと彼に尋ねつづけていた。彼は、ここへ来て、いっしょにいればいいと言ってくれたが、一日のうちのかなりの時間をわたしのために使わせているようで申し訳ないという気持ちもあった。が、わたしが夕刻に帰ろうとするたび、彼はがっかりするような顔を見せる。彼に英語を教えているわけではない。クトゥの英語がどんなものだろうが、何十年も前に身につけたそれは彼の頭のなかでセメントのように固まっていて、もうそれ以上間違いを正したり、新しいものを取り入れたりする余裕はなさそうだ。わたしが教えることといったら、毎回行くたびに、「ナイス・トゥー・ミート・ユー」ではなく、「ナイス・トゥー・シー・ユー」と言ったほうがいいと伝えるぐらいのもの。

その晩、最後の患者を送り出したクトゥは、長時間の施術による疲れからげっそりして、ひどく年老いて見えた。わたしが、もしひとりになって休みたいのならいますぐ帰るからと申し出たところ、彼はこう答えた。「あんたといる時間ならいつでもある」それから、わたしにインドやアメリカの話をしてくれと言った。自分がクトゥ・リエの英語教師でも彼の神学の弟子でもないことに気づいたのは、そのときだった。この老治療師にとって、わたしはただ純粋に喜びをもたらすもの——要するに友だちなのだ。彼はわたしと話がしたい。それは広い世界の話を聞いて楽しみたいからで、彼にはそれを自分の目で確かめるチャンスはほとんど望めない。

それから、わたしたちは玄関先で何時間も話しこんだ。クトゥは、メキシコの車の値段からエイズの原因にいたるまで、ありとあらゆる質問をした（専門家のように正しく答えられたかどうかは心もとないが、それでもわたしは精いっぱい質問に答えた）。老治療師は生涯、このバリ島から離れたことがない。この島で最も大きな霊山とされるアグン山まで巡礼の旅をしたことはある。しかし、火山のエネルギーはあまりにも強く、その聖なる炎に焼き尽くされるのが怖くて、ほとんど瞑想することができなかったと言った。彼はいまも寺院で催される大きな儀式に出かけるし、近所で結婚式や成人の儀式がおこなわれるときは招待される。けれども、おおかたは住まいの玄関先の、竹製マットの上に脚を組んですわっている。曾祖父から譲り受けたヤシの葉に記された医療百科を傍らに置き、人々を治療し、悪霊を鎮め、一日一回砂糖入りコーヒーで自分を癒しながら。

「昨夜、あんたの夢を見た」その晩、彼は言った。「あんたが、どこにも《エニホエア》自転車で旅している夢だ」

彼が言葉を切ったので、わたしは文法的な誤りを訂正した。「つまり、わたしがいたる《エヴリ》ところ《ホエア》を自転車で旅していると言いたいのね？」

「そのとおり！　わたしは昨夜、どこにも、いたるところを、あんたが自転車で旅している夢を見た。夢のなかのあんたは幸せそうだった！　世界じゅうを、あんたは自転車で旅している。わたしはあんたのあとについていく！」

おそらく、彼は本気でそうしたいのだろう。

「いつか、アメリカまでわたしに会いにきてね、クトゥ」と、わたしは言った。

「無理だな、リス」クトゥは、それが自分の運命だというように大きく首を横に振った。

「飛行機で旅をするには、わたしは歯の数が足りない」

82

クトゥの妻と仲良くなるには時間がかかった。クトゥがニョモと呼ぶその女性は、大柄で太っていて、腰を痛めているように足を引きずった。檳榔子《ビンロウジ》（ヤシ科の植物ビンロウの実。嚙み煙草のように味わう）を嚙んでいるので、その汁で歯が赤く染まっている。関節炎のせいで爪先が痛々しく曲がり、目つきが鋭かった。初めて会ったときから、彼女はわたしにとっておっかない存在だった。イタリアの窓辺で黒ずくめの恰好で外を見ている、教会に通いつめているような厳しい老婦人の趣きが彼女にも備わっていた。ちょっとした不品行でも見逃さず、鞭打ちの刑を与えそうな厳しさがある。彼女は初めから、わたしに疑念のまなざしを向けていた。**毎日、うちの庭をうろちょろしているこのフラミンゴはいったいなんなの？**　煤《すす》で汚れた台所の陰から、彼女はわたしがそこにいる権利に納得できないというようすで、わたしをじっと見つめていた。

わたしがほほえんでも、彼女はただ見つめ返すだけだった。このよそ者をほうきの柄で叩いて追い出そうかどうか考えていたのだろう。

しかしそのうち、なにかが変わった。おそらくきっかけは、あのコピーの一件だ。

クトゥ・リエは、罫線付きの古いノートをひと束と、細かな手書きのバリ文字で治療の秘密を書き記した幾冊かの本を持っている。一九四〇年代か五〇年代、祖父が亡くなったあとに、彼はこの本の内容をノートに書き写した。これによって医術に関する情報はすべて記録として残されることになった。その本とノートには計り知れない価値がある。たとえば、稀少な樹木や葉、草、実などのあらゆる薬効に関する膨大な資料もここに含まれている。手相を観るための覚えは図解付きで六十ページにも及ぶ。さらには、占星術の資料や、マントラ、まじない、手当ての方法などについて記されたノートもある。惜しむらくは、この何十年かのあいだに白かびやネズミにやられて、かなり痛々しい状態になっていた。黄ばんでぼろぼろで、かび臭く、秋の落ち葉の吹きだまりのようだ。クトゥがページをめくるたびに、ぴりりと小さく裂けた。

「ねえ、クトゥ」あるとき、わたしは見るも無惨なノートのなかの一冊をつかんで言った。「わたしはあなたのような医者ではないけど、このノートは死にかけてるわ」

クトゥは笑いだした。「死にかけてると思うのか？」

「死にかけてます」と、わたしは大真面目に言った。「わたしの見立てでは。なにか手を打たなければ、あと半年の命でしょう」

そして、このノートが死ぬ前に、わたしが街へ持っていってコピーしてくるというのはどうだろう、と彼に提案した。もちろん、複写機がどんなものかを説明し、ノートは一日借りるだけで不都合なことはなにもないと約束しなければならなかった。そして彼はついに、祖父の知恵の遺産を大切に扱うというわたしの熱意に根負けし、一冊のノートを持ち出すことを許してくれた。わたしは自転車で街へ行き、インターネットとコピーの店でそのノートの全ページを慎重に複写し、コピーの束をおしゃれなプラスティック製のファイルケースに収めた。こうして翌日の昼前、わたしは古いノートと新しいコピーを持って、クトゥのところに行った。クトゥは驚き、喜び、とても満足げに、これであと五十年は仕事ができると言った。本気で五十年という長さを考えているのか、それとも、まだ当分のあいだは、という意味だったのか。

知識を安全に保管するために残りのノートもコピーしようかと尋ねてみると、彼はぼろぼろで、いまにも崩れてしまいそうな、バリ文字と絵図で埋まった新たなノートを差し出した。

「ほれ、患者をもうひとり！」

「治してみせましょう！」

このノートも非常にうまくいった。その週末までに数冊の古いノートを複写した。毎日、クトゥは妻を呼び寄せ、とてもうれしそうに新しいコピーを見せた。妻はまったく表情を変えなかったが、夫から示されたものにじっくりと見入った。

翌週の月曜日、わたしが訪ねていくと、ニョモが、ジャムの瓶に熱いコーヒーを入れて運んできた。陶製皿に瓶を載せ、彼女がいつもいる台所からクトゥのいる玄関先まで、足を引きずりながらゆっくりと中庭を横切ってくるその姿を見たとき、わたしはてっきり彼女が夫に飲み物を運んできたのだと思った。ところが、クトゥはその日、すでにコーヒーを飲んでいた。そのコーヒーはわたしのためのものだった。ニョモがわたしのために淹れてくれたのだ。わたしがお礼を言おうとすると、彼女はいかにもうっとうしそうに手を振って、それを拒絶した。彼女が昼食を用意するテーブルに雄鶏がのぼろうとするのを追い払うときの手つきとそっくりだった。でも翌日、彼女はガラス瓶に入ったコーヒーの横に砂糖のボウルを添えて持ってきてくれた。その翌日は、ガラス瓶のコーヒーに砂糖のボウルと、茹でた芋がついてきた。その週は毎日なにか新しいもてなしが加わった。わたしは子ども時代に遊んだアルファベットの記憶ゲームを思い出した。「おばあさんの家に行きました。りんご（apple）を持っていきました。……おばあさんの家に行きました、りんごと風船（balloon）を持っていきました。……おばあさんの家に行きました。りんごと風船とジャム瓶に入れたコーヒー（coffee）と、砂糖のボウルと、茹でて冷ました芋と……」

そしてついにある日、わたしがクトゥにいとまを告げようと中庭に立っていると、ニョモがほうきを持ってあらわれ、わたしの傍らを通り過ぎ、彼女の帝国に起こるすべてに無関心そうに、そこらをほうきで掃《は》きはじめた。わたしは両手を後ろで組んで、まだそこに立っていた。すると彼女が背後から近づいて、わたしの片手を彼女の両手でつかんだ。彼女の指がまるで錠前の数字を合わせるときのようにぎこちなくわたしの手を探り、わたしの人さし指を見つけ出した。彼女は自分の大きな硬い掌でその人さし指を包み、力をこめてずいぶん長いあいだ握りつづけた。その力強い握力によって、彼女の愛がわたしのなかに流れこんでくるのを感じた。それは腕を通って内臓まで達した。突然、彼女がぱっと手を放し、ひと言も発することなくわたしから離れた。そして何事もなかったように庭を掃きつづけた。わたしはしばらくのあいだ静かにそこに立っていた。まるでふたつの幸福という川で同時に溺れる夢を見ているかのように。

83

新しい友人ができた。彼の名はユディ。ジャワ島出身のインドネシア人で、彼がわたしの借りた家の管理人だったことから知り合った。ユディは、家の持ち主のイギリス人女性に雇われて、夏のあいだロンドンに滞在する彼女に代わって土地や家屋を守っている。年齢は二十七歳で、がっしりした体つき。まるで南カリフォルニアのサーファーのような英語を話す。わたしはしょっちゅう〃おまえ《マン》〃とか〃あんた《デュード》〃とか呼ばれている。悪人も改心しそうな笑みを浮かべるが、ユディはその若さのわりに複雑な、話せば長くなる人生の物語を背負っている。

彼はインドネシア人の両親のもと、ジャカルタに生まれた。母は専業主婦。父はエルヴィス・プレスリーの大ファンで、エアコンと冷蔵庫を商っていた。一家はその地域では珍しいクリスチャンだった。それでも、ユディは近隣のイスラム教徒の子どもたちから「豚肉を食いやがる!」とか「イエスを信じるばか!」などとからかわれた話を愉快そうに話す。そんなからかいなど、彼は少しも気にしていなかった。もともとあまり気に病むほうではない。ただ母親はユディがイスラム教徒の子どもたちと付き合うのをよしとしなかった。そのいちばんの理由は、イスラム教徒の子どもたちが戸外を裸足で走りまわっていることだった。ユディもそうしたかったが、母親は不衛生だからとそれを許さず、息子に二者択一を迫った。靴をはいて外で遊ぶか、さもなくば裸足でいいから家のなかで過ごすか。ユディは靴をはくのが嫌いだったので、幼年時代と思春期の大半を自分の部屋にこもって過ごし、ギターを独学した。もちろん、裸足で。

ユディは、これまでわたしが出会ったなかでいちばん、音楽家に必要なすばらしい耳を持っている。彼のギター演奏はすばらしく、誰に習ったわけでもないのに、いっしょに育った妹たちを理解するように旋律やコードを理解している。東西の音楽が交じり合ったような曲をつくる。それらはインドネシアの古い子守唄にレゲエのグルーヴ感と初期のスティーヴィー・ワンダーのファンクをまぶしたような感じなのだが……。うまく説明するのはむずかしいが、とにかく、彼はもっと有名になっていい。ユディの音楽を聴いた人で彼が世の中に出て有名にならなければならないと思わなかった人を、わたしはまだ誰も知らない。

少年時代のユディの夢は、アメリカに行って、ショービジネスの仕事に就くことだった。世界に出て、夢を叶えたい。まだジャワに暮らすティーンエイジャーだったころ、彼は窮屈なジャカルタを離れて青い大きな海原に出ようと、一念発起して、アメリカの〈カーニヴァル・クルーズ・ライン〉のクルーズ船に仕事の口を見つけた（そのころはまだほとんど英語を話せなかった）。ユディがその船で得たのは、働きバチのような移民向けのとんでもなく過酷な労働――船底に暮らし、休みは月一日で、一日十二時間船内を清掃する仕事だった。仕事仲間はフィリピン人かインドネシア人だった。インドネシア人とフィリピン人は、船内の別々の部屋で寝起きし、けっして交わらなかった（もちろんイスラム教徒とキリスト教徒ゆえに）。だが、ユディはいつもの彼の流儀で、誰とでも仲良くなり、アジア人労働者のふたつのグループのあいだを取り持つ使者になった。彼はこういったメイドや守衛や皿洗いたちのあいだの差異よりも類似性のほうに目を向けていた。長時間あくせくと働き、月に百ドルかそこらを故郷の実家に送金していることでは、皆同じだったのだ。

その船が初めてニューヨーク港に着こうというとき、ユディは一睡もできず、最高層デッキにのぼり、空を切り取る高層ビル群が水平線にあらわれるのをいまかいまかと待った。興奮で胸が高鳴った。数時間後、彼はニューヨークに降り立ち、手をあげてイエロー・キャブを停めた。まるで映画の一シーンのようだった。アフリカから出てきて日が浅いという移民の運転手が、どこへ行くかと尋ねた。ユディは、「どこへでも連れてってくれ。とにかく街を走ってくれればいい。なんだって見たい」と言った。そして数カ月後、ふたたびクルーズ船がニューヨーク港に着いたとき、ユディは仕事をやめて、完全に船からおりた。とにかくニューヨークで暮らしたかった。

だが結局落ちついたのは、ニューヨークから少し離れたニュージャージー州だった。そこにアパートメントを見つけ、船で知り合った青年としばらく部屋をシェアして暮らした。ショッピングセンターにあるサンドウィッチ屋に働き口を見つけ、ふたたび移民労働者スタイルで、朝十時から夜中の十二時まで仕事に明け暮れる日々が始まった。今度の仕事仲間はフィリピン人ではなく、メキシコ人たちだったので、アメリカ暮らしの最初の数ヵ月は英語よりもスペイン語のほうが上達した。忙しい仕事の合間を縫って、ユディはバスでニューヨークに行き、街をさまよった。彼はいまもこの街を「世界じゅうでいちばん愛に溢れた場所」だと言う。彼はニューヨークでもどうにかこうにかして（そう、あの笑顔のおかげだ）、この街に世界から集まった大勢の若いミュージシャンたちと知り合い、彼らとギターでセッションするようになった。ジャマイカやアフリカやフランスや日本からやってきた才能ある若者たちと夜を徹して演奏することもあった。そんなギグのひとつで、ユディはアンと知り合った。アンはコネティカット州出身のブロンドのベース弾きだった。ふたりは恋に落ち、結婚まで長くはかからなかった。ふたりは友人たちに囲まれ、ブルックリンに見つけたアパートメントで暮らした。みんなでフロリダキーズまで車で南下する旅もした。信じられないくらい毎日が楽しかった。彼の英語はめきめき上達し、言葉の不自由は完全になくなった。カレッジに行くことも考えはじめていた。

そして二〇〇一年九月十一日、ユディはブルックリンのアパートメントの屋上から、世界貿易センターのツインタワーが崩れ落ちるのを目撃した。ユディもまた、目の前で起こった悲劇に感情が麻痺するほど打ちのめされた。世界のどこよりも愛に溢れたこの街に、こんなひどい暴力を加えることがどうしてできるのか？　彼はそう思った。その後、テロリズムの脅威と戦うという名目のもとに、連邦議会によってまたたく間に可決された〝米国愛国者《パトリオット》・法《アクト》〟について、ユディがどれほどの関心を払っていたかはわたしにはわからない。それは移民法の改定も含んだ法律で、厳しい統制のもとに置かれることになったのは、おもにイスラム国家からの移民であり、もちろんそこにはインドネシア人も含まれていた。新しい移民法は、アメリカに滞在する全インドネシア人に、アメリカ国土安全保障省に現状を届け出るように義務づけていた。ユディとその仲間の若いインドネシア移民とのあいだで盛んに電話がやりとりされた。誰もがどうすべきか悩んでいた。多くの者はすでにビザの期限が切れており、届け出ることによって本国へ強制送還される事態になるのを恐れていた。一方、アメリカにとどまっているイスラム原理主義のテロリストたちは、おそらくはこの外国人登録法を無視するはずであり、届け出なければ、犯罪者のように疑いをかけられるのではないかという不安もあった。ユディは登録するほうを選んだ。アメリカ人女性と結婚している以上は、滞在資格を更新し、米国市民になりたかった。世間から隠れてこそこそと暮らすのもいやだった。

ユディとアンは考えつく限りの法律家に相談した。しかし自信を持って彼らに助言できる法律家はひとりもいなかった。〝9・11〟以前なら、なんの問題もなかったはずだ。ユディはもうアンと結婚しているわけだし、ただ国土安全保障省移民帰化局へ行ってビザを更新し、米国市民権を申請するだけでよかった。しかし、今回はどうなるか誰にもわからない。「あなたがたでこの法律を試したこともない、新しい法律なんです」と、移民専門の弁護士が言った。「試されたこともない、新しい法律なんです」と、移民専門の弁護士が言った。「あなたがたでこの法律を試しているようなものですから」結局、ユディとアンは移民帰化局の感じのよい職員に彼らの事情を語った。職員は、同日の午後にユディだけ、〝二次面接〟のために戻ってくるようにと告げた。ここで疑うべきだったのかもしれない。ユディは、妻を連れず、弁護士もつけず、手ぶらで、手ぶらで来るようにと厳しく言い渡されたのだ。よい結果を信じて、ユディは単独で、手ぶらで、二次面接に戻った。そして、逮捕された。

彼はニュージャージー州エリザベスの収容施設に送られ、大勢の移民に混じって数週間留め置かれた。全員が国土安全保障法のもとで逮捕されており、その多くがアメリカで就労して数年の者たちだった。そして、そのほとんどが英語を話せなかった。逮捕されたことを家族に知らせることができない者もいた。彼らは世間から見えない存在になっていた。彼らがそこに勾留《こうりゅう》されていることすら誰も知らないのだ。アメリカ人のアンでさえ、夫がそこに収容されたことを突きとめるまで数日かかった。ユディにとって収容センターで最も強烈な印象を残したのは、漆黒の肌の瘠せ細っておびえた十数人のナイジェリア人たちだった。彼らは貨物船の鉄製コンテナのなかから発見された。アメリカか、もしかしたらどこかほかの土地に行こうとして、見つかるまでおよそ一カ月間、船底のコンテナのなかに潜んでいたらしい。ユディによれば、彼らは自分たちがいまどこにいるかもわかっていないようすだったという。まるでフラッシュを間近で焚かれて目が眩んだ人のように、彼らの目がいつも大きく見開かれていたことをユディは覚えている。

勾留期間が過ぎると、米国政府はわれらがクリスチャンの友ユディを、イスラム系テロリストの可能性ありと見なし、インドネシアへ強制送還した。それが昨年のことだ。彼にふたたびアメリカに戻れる日がやってくるかどうかはわからない。ユディとその妻はいまも今後の人生をどうすべきか思い悩んでいる。彼らの夢はそもそも、ふたりでインドネシアに暮らすことではなかったはずだ。

初めて暮らすことになったジャカルタのスラム街が肌に合わず、ユディは生活を立て直すべくバリ島に渡ってきた。しかし、彼はバリ人ではなくジャワ人なので、この社会にもうまくなじめないという問題をかかえている。バリ人はジャワ人が好きではなく、ジャワ人を泥棒か物乞いだと決めつけているという。こうして、彼は自分の生まれ落ちた国で、ニューヨークでも経験したことのないような偏見にさらされることになった。これからどうしたらいいのか、さっぱりわからない。もしかしたら、妻のアンがやってきて、いっしょに暮らすことになるのかもしれない。そしてまたいつか……いや、その可能性はきわめて低い。ここインドネシアは、アンにとって暮らしやすい土地なのか。その問題もある。そんなわけで、Eメールを交わすことしかできない若いふたりの結婚は、目下暗礁《あんしょう》に乗りあげている。ユディはバリにおいてはよそ者で、それに戸惑っている。結局彼は、アメリカ人にいちばん近いのだろう。ユディとわたしは同じスラングを使う。ニューヨークのお気に入りのレストランについて語らい、好きな映画もよく似ている。夕方、ユディが家にやってくると、わたしは彼にビールをご馳走し、彼は自分のギターですばらしい曲を聞かせてくれる。彼が有名になれたら、と思う。公正な扱いを受けていたなら、彼はもうすでに有名になっていたかもしれない。

ユディは言う。「なあ、あんた《デュード》、人生って、なんでこうめちゃくちゃなことばっかり起きるんだろう？」

84

「ねえ、クトゥ。人生って、なんでこうめちゃくちゃなことばっかり起きるのかしら」わたしはその翌日、治療師《メディスンマン》に尋ねた。

彼は答えた。「ブタ・イア、デワ・イア」

「どういう意味？」

「人間は悪魔。人間は神。どっちもおんなじ」

わたしにはなじみ深い考え方だった。とてもインド的、とてもヨガ的だ。人は、神と悪魔の要素を半々に持って生まれ落ち、どちらを矯《た》めることも、どちらを伸ばすこともできるという考え方だ。わたしのグルもそれを繰り返し言っていた。光と闇はわたしたちのなかに等しくある。そして、善なるものか、邪なるものか、そのどちらを育てていくかは、わたしたち個人に（あるいは家族に、社会に）ゆだねられている。この地球上の錯乱は、おおむね人間が善なるもののバランスをうまくとれないことに起因している。集団にせよ個人にせよ、常軌を逸した行動はそのようにして生まれる。

「では、この世界の破綻《はたん》に対して、わたしたちはなにができるの？」

「なにも」クトゥは笑った。が、その表情にはやさしさが溢れていた。「それが世界というものだ。それが宿命だ。まず自分の破綻を案じることだ。自分を平和にしなさい」

「では、自分のなかに平和を見いだすためには？」わたしはクトゥに尋ねた。

「瞑想することだ。瞑想が目指すのは、幸福と平和だけ。とても簡単だ。きょうは、新しい瞑想を教えてやろう。〝四人の兄弟の瞑想〟という、あんたをより善きものに導く瞑想だ」

こうしてクトゥは説明を始めた。人間は見えない四人の兄弟とともにこの世に生を受ける、とバリ人は信じている。四人の兄弟もわたしたちといっしょにこの世に出てきて、生涯を通じて、わたしたちを守ってくれる。赤ん坊が胎内にいるときも、兄弟たちはそこにいっしょにいる。彼らは胎内では胎盤と羊水とへその緒と、赤ん坊の肌を守る黄色っぽいすべすべした物質に姿を変えている。赤ん坊が生まれると、両親は赤ん坊とともに胎内から出てきたものを集めて、ヤシの実の殻に収め、家の玄関のそばに埋める。バリの人々は、この埋められたヤシの実の殻が、赤ん坊として生まれなかった四人の兄弟たちの永遠の寝所になると信じている。そして、その場所は聖なる祠《ほこら》のように永遠に大切に扱われる。

子どもは、もの心がつくとすぐに、四人の見えない兄弟がいることを教えられる。どこへ行こうが兄弟はいつもいっしょで、自分の身を守ってくれているのだということを、子どもは幼くして知ることになる。四人の兄弟は、人が安全に幸福に生きていくために必要な四つの徳をそれぞれに司っている。知性と、友情と、勇気と、（わたしはこれをとくにおもしろいと思うのだが）詩心だ。あなたが危険に瀕したとき、兄弟たちがあらわれて、あなたを救い、支えてくれる。あなたが死ぬと、四人の魂の兄弟たちは、あなたの魂を天国へと送り届ける役目を果たす。

クトゥは〝四人の兄弟の瞑想〟をまだ西洋人に教えたことはないが、わたしにはその準備ができているだろうと言い、まずは、わたしの見えない兄弟たちの名前を教えてくれた。アンゴ・パティ、マラジョ・パティ、バヌス・パティ、バヌス・パティ・ラジョ。この名前を記憶し、生涯を通じて、必要なときには彼らの助けを求めるといい。神に祈るときのように、かしこまる必要はない。家族のような愛情を持って彼らに話しかけるといい。なぜなら「本当にあんたの家族なんだから！」朝、顔を洗うときに四人の名前を呼べば、彼らはわたしのもとへやってくる。食事のたびに彼らの名を口にすれば、食べる喜びを分かち合える。眠りにつく前にも彼らの名前を呼んで、「わたしはこれから眠るけれども、あなたたちは目覚めて、わたしを守っていて」と言う。そうすれば、彼らはひと晩じゅう、悪魔や悪夢を寄せつけないように守ってくれるだろう。

「それはいいわね」と、わたしはクトゥに言った。「わたしはときどき、悪夢にうなされるから」

「どんな悪夢だ？」

わたしは、子ども時代から決まって同じ悪夢を見るのだと治療師に語った。それは、ひとりの男がナイフを持ってわたしの枕べに立っている夢だ。この悪夢はとても鮮明で、男は実際にそこに立っているかのようで、わたしはときに恐怖の金切り声をあげる。そのたびに心臓がバクバクと打つ（わたしとベッドを分け合う人にとってもけっして心地よいものではない）。この夢を数週間に一度は見ているのだ。

これをクトゥに語ったところ、彼はわたしが長いあいだ夢を読み違えてきたのだと言った。わたしの寝室に立つナイフを持った男は、敵ではなく、わたしの四人の見えない兄弟のなかの、勇気を司っているひとりなのだという。彼はわたしを攻撃するためにそこにいるのではなく、眠っているわたしを守るためにそこにいるのだという。わたしが目を覚ますのは、おそらくは、わたしに取り憑こうとする悪魔を彼が追い払おうと戦う、その騒ぎを感じとるからだ。彼が手にしているのはナイフではなく、〝クリス〟という頑丈な短剣だ。だから、恐れる必要はない。守られていることを確信し、ふたたび眠りにつけばよい。

「あんたは幸運だ」と、クトゥは言った。「魂の兄弟が見えるとはな。わたしはときどき瞑想のなかで出会うことはある。だが、そんなしっかりした人間の形では見たことがない。どうやら、あんたには大きな霊感があるようだ。いつか女治療師《メディスン・ウーマン》になるかもしれん」

「なりましょう」わたしは笑いだした。「テレビ・ドラマにしてくれるなら」（Dr. Quinn, Medicine Woman〔ドクター・クイン　メディスン・ウーマン〕は、一九九〇年代にアメリカで放映された人気テレビ・ドラマ。日本でも『ドクター・クイン　大西部の女医物語』として放映された）

クトゥもわたしといっしょに笑った。わたしの冗談を解したわけではないだろうが、きっと人がジョークを言うときの雰囲気が好きなのだ。そのあとクトゥは、魂の四兄弟に話しかけるときはいつも、自分が誰かを名のらなければならないと言った。彼らにわたしだとわかるように、秘密の通称を使わなければならない。わたしの場合はこう言う。「わたしはラゴー・プラノ」

ラゴー・プラノは〝幸福な身体〟を意味するという。

わたしはその日も自転車で帰路についた。遅い午後の日差しを浴びて、ペダルを力強く踏みこみ、わたしの幸福な身体を丘の上へと押しあげていく。森のなかを通ったとき、一匹の大きな雄ザルが木立から自転車の前に飛び出し、歯を剝き出して威嚇した。わたしはひるまなかった。「引っこみなさい、おサルさん。わたしには四人の兄弟がついているんだから」そして、ただペダルを踏みこみ、サルのすぐ傍らを通り過ぎた。

85

ところが翌日、（四兄弟の守りにもかかわらず）わたしはバスに撥《は》ねられた。小型バスだったとはいえ、ぶつかった衝撃で自転車から放り出され、そこは路肩のない危険な道路だったので、落ちたところは道のきわにあるセメント造りの側溝だった。オートバイに乗った三十人ほどの地元の人が、オートバイを停めて、わたしを助けてくれた。みんなが事故を目撃しており（バスは走り去っていった）、うちでお茶を飲んでいかないか、病院まで送ってやろうかという申し出が相継いだ。みんながみんな、その事故を腹立たしく思っているようだった。深刻な事故ではなかったが、そうなっていてもおかしくはなかった。自転車は無事だったが、かごがゆがみ、ヘルメットにひびが入った（ヘルメットですんでよかった）。いちばんの痛手は膝を深く切ったことだ。泥や小石が傷口にめりこんでいたので、そのまま湿気のある熱帯の暑さのなかで数日おいたら、傷口が膿《う》みはじめた。

クトゥ・リエを心配させたくはなかったけれど、事故の数日後、わたしはズボンの裾をまくりあげ、黄ばんだ包帯を剝がして、傷口を老治療師《メディスンマン》に見せた。クトゥは、心配そうに、傷口をじっと見つめた。

「化膿しておる。痛いだろう」

「そうなの」わたしは言った。

「医者に行ったほうがいい」

これにはいささか驚いた。この人は治療師ではなかったの？　でもなぜか、彼は助けようと言わないし、わたしもそれを強く求めなかった。おそらく、彼は西洋人には治療を施さないのだろう。あるいは、クトゥは秘密の大計画を胸に秘めていたのかもしれない。なぜなら、この包帯を巻かれた膝のおかげで、わたしはワヤンと出会うことになるのだから。その出会いから、あらゆることが……そう、起こるべくして起こった。

86

ワヤン・ヌリヤシーは、クトゥ・リエと同じくバリのヒーラーだ。ただし、ちがいはいくつかある。クトゥが老齢の男性であるのに対して、ワヤンは三十代後半の女性。クトゥは祭司のようでどこか神秘的でもあるが、ワヤンはむしろ実践的な治療師で、彼女の店で売っている薬草や薬剤を用いて患者をその場で手当てする。彼女の店〈トラディショナル・バリニーズ・ヒーリング・センター〉はウブドの中心にある。わたしはクトゥのもとへ通うとき、その前を何度も通り、店の存在には気づいていた。店の前にたくさんの鉢植え植物があって、黒板に「マルチビタミン・ランチ・スペシャル」などと手書きされた興味深い看板がかかっている。しかし初めてそこに立ち寄ったのは、膝の傷がひどくなってからだった。クトゥは医者へ行けと言ったけれど、わたしはふと、いつも自転車で前を通りかかる店のことを思い出し、ここの誰かが化膿した傷をなんとかしてくれるのではないかと期待をかけた。

ワヤンの店はとても小さな診療所と自宅と食堂を兼ねている。一階にちっちゃな台所と、三つのテーブルと椅子を配した食堂がある。上は個室になっており、ワヤンはここでマッサージや治療をおこなう。その奥には薄暗い寝室がある。

わたしは痛む足を引きずって店に入り、ヒーラーのワヤンに自己紹介した。ワヤンは、大きな笑みが印象的な、黒髪を腰まで垂らしたすばらしく魅力的なバリ人の女性だった。彼女の背後の台所にふたりの少女がいて、わたしがほほえみかけると、手を振り、また奥に引っこんだ。わたしはワヤンに化膿した傷口を見せ、なんとかしてもらえないだろうかと頼んだ。

彼女はすぐにコンロで薬草を蒸しはじめ、わたしにジャムーと呼ばれるバリの伝統的な生薬を調合した飲み物を勧めた。蒸しあがった熱い緑の葉を傷口にあてがわれると、すぐに楽になる感じがあった。

わたしたちはおしゃべりをした。ワヤンの英語はとてもわかりやすかった。いかにもバリ人らしく、彼女はすぐに三つの質問を繰り出した。きょうはどこへ行くのか。どこから来たのか。結婚しているのか。

わたしが結婚していない（〝まだ！〟）と答えると、彼女は驚いた顔をした。

「結婚したことない？」

「そうよ」わたしは嘘をついた。嘘は好きではないが、バリの人々に自分が離婚していると伝えて彼らをうろたえさせるより、このほうが楽なのだ。

「まったく、一度も、結婚したことないの？」彼女は同じ質問を繰り返し、興味深そうにわたしをじっと見た。

「ええ、本当にないの」嘘を言った。「まだ一度も結婚してないわ」

「それは確か？」ちょっと面倒なことになった。

「間違いなく！」

「本当に、一度も？」

なるほど、あなたは見抜いているわけね。

「ええと」わたしは真実を告白した。「一度だけ……」

彼女の顔がぱっと晴れやかになった。そうだと思った、と言いたげに。「離婚したの？」

「そうよ、離婚したの」嘘がばれて恥ずかしかった。

「離婚してることはわかった」

「この土地では珍しいことでしょう？」

「だけど、わたしも」ワヤンの告白にびっくりした。「わたしも離婚したの」

「あなたが？」

「やれることはすべてやった。離婚を決意するまで、なんでも努力をした。でも、夫のもとから去るしかなかったの」

彼女の両目に涙が膨れあがった。次にわたしがとった行動は——当然だ——彼女の手を取ることだった。離婚した女性に会うのはバリに来て初めてだった。「あなたが最善を尽くしたことは信じるわ。あらゆる努力をしたということも」

「離婚は、ひどくつらい」彼女が言った。

わたしはうなずいた。

それから五時間、わたしはその店で新しい親友と話しこんだ。ワヤンがわたしの膝を消毒しながら離婚の顚末《てんまつ》を語り、わたしはそれに耳を傾けた。ワヤンはバリ人の元夫についてこんなふうに言った。「四六時中飲んでる男。賭け事に明け暮れ、お金を使い果たし、賭け事の資金や飲み代がないと、わたしを殴った。殴られて、何度も入院した」髪を掻き分けて、頭の傷痕《きずあと》を見せた。「これは、オートバイのヘルメットで殴られた傷。飲んだとき、わたしがお金を渡せないと、夫はいつもヘルメットでわたしを殴った。強く殴られると、眩暈がして、なにも見えなくなって、意識が薄れた。自分がヒーラーの家系に生まれたヒーラーだったのは幸運だった。殴られたあと、どうやって自分を癒せばいいか、わかったから。もし、ヒーラーでなければ、いまごろ耳を失っていた。そう、なにも聴こえなくなっていた。それとも目を失って、なにも見えなくなっていた」そしてついに、あまりにひどく殴られて「お腹にいるふたりめの子を失った」とき、彼女はついに家を出ていく決心をした。トゥッティという通称を持つ最初の子がこう言ったのだという。「母さん、離婚したほうがいい。母さんが入院するたびに、この家のたくさんの仕事しなくちゃいけない」

これを口にしたとき、トゥッティはわずか四歳だった。

バリにおいて結婚を解消することは、西洋人には想像もつかないようなさまざまな面から、人を孤立した無防備な状態に置く。バリの家族は石塀で囲われた敷地のなかに、まさしく全家族——四世代にわたるきょうだい、いとこ、両親、祖父母、子どもたちが、一族の祠を囲んで建つ小さな家々で寝起きし、共同生活を営み、誕生から死に至るまでお互いの面倒を見合っている。この塀で囲まれた複合住居こそ、家族の絆《きずな》の強さの、経済的安定や健康の、日々の世話や教育の礎《いしずえ》になっているのだ。そしてなにより重要なのは、ここの囲い住居の共同生活が、バリ人にとって最も重要な精神的な結びつきの基盤でもあるということだ。

その重要性ゆえに、バリ人たちは囲い住居をひとりの生きた人間のように見なしている。バリの村の人口は慣習として、村に暮らす人の数ではなく、この囲い住居の数で数えられる。

囲い住居は独立したひとつの宇宙のようだ。人はそこを去ることはない(もちろん、女性の場合は、結婚によってひとつの家から別の家に移るという一度限りの移動はある)。この制度は、うまく機能すれば(たいていの場合、この健やかな社会ではうまく機能している)、この地球上において最も穏やかで、争いを好まず、落ちついて幸福で調和のとれた人々をつくりだす。しかし、これがうまく機能しない場合はどうだろう。そう、ワヤンの場合のように、この制度からはずれた者は、すべての基盤を失う。彼女の選択は、この守られた囲い住居のなかで彼女を殴りひどい怪我《けが》を負わせる夫と暮らすか、命を守るためにそこから去ってすべてを失うか、この二者択一しかなかった。

いや、正確に言うなら、すべてを失ったわけではない。ワヤンには薬草や治療に関する幅広い知識があり、善良で働き者だったし、それに娘のトゥッティがいた。トゥッティを取り戻すためには、夫と闘わなければならなかった。バリは徹底した家父長制社会で、そもそも離婚じたいが稀《まれ》なケースだが、夫婦が離婚した場合、子どもは自動的に父親に引き取られる。ワヤンはトゥッティを取り戻すために弁護士を雇い、自分の持てるすべてをその費用に充《あ》てた。文字どおり、すべてだ。家具や宝石を売り払ったばかりか、フォークもスプーンも靴下も靴も、古いタオルも半分使った蠟燭《ろうそく》まで、すべてをお金に換えて弁護士に支払った。そして二年の闘いの末、ようやく娘を取り返すことができた。その子が娘だったことはワヤンにとって幸いだった。もし男の子だったら、ワヤンは二度と子どもに会えなかっただろう。バリではそれほど後継ぎとしての男児に価値が置かれている。

この数年間、ワヤンとトゥッティは、人と制度がミツバチの巣のように緊密に繋がったこのバリ社会で、親子ふたりきりの暮らしを送ってきた。数カ月ごとに、住む場所を転々とし、経済的にもかつかつの暮らしだった。次はどこに行くかを案じて、眠れない夜がつづいた。これはむずかしい問題だった。ワヤン親子がどこかに移るたびに、彼女の患者（ほとんどがバリ人で、それぞれに病気や苦労をかかえている）にも迷惑が及ぶ。それに、引っ越しのたびに、トゥッティは学校を変わらなければならなかった。いつもクラスで一番だった成績が、いつしか五十人中二十位ぐらいまで落ちた。

ちょうどワヤンがこの話を語っているとき、学校帰りのトゥッティが店に飛びこんできた。いまはもう八歳になり、個性と才気がみなぎっていた。髪を後ろで結び、痩せっぽちで、元気いっぱいのこの少女は、愛らしい英語でわたしにランチを食べたいかと訊いた。ワヤンが、「忘れてた！　ランチを食べてもらわなければ！」と言い、母と娘は大あわてで台所に向かった。あの恥ずかしがり屋の少女ふたりが隠れている場所だ。しばらくして出てきた食事は、わたしがそれまでバリで食べたなかで最高のものだった。

トゥッティがそれぞれの料理について、大きな笑みを浮かべ、バトントワラーにしたいような元気のよさで、きびきびと説明してくれた。

「ターメリック、肝臓をきれいにする！」と、彼女は高らかに宣言した。

「海草、カルシウムいっぱい！」

「トマトサラダは、ビタミンC！」

「いろんなハーブで、マラリアにかからない！」

わたしは尋ねた。「トゥッティ、そんな上手な英語をどこで覚えたの？」

「本から！」

「あなたはとても賢いお嬢さんね」

「ありがとう！」トゥッティはそう言うと、その場でうれしそうに踊った。「あなたも、とても賢いお嬢さんね！」

バリの少女はふつうはこんなふうではない。たいていは物静かに母親の背後に隠れている。でも、トゥッティは別だ。とにかく元気で、よく話す。

「わたしの本を見せてあげる！」トゥッティはそう言うと、階段を駆けあがっていった。

「あの子は、動物のお医者になりたいの」ワヤンが言った。「ええと、英語では……」

「獣医《ヴェテリナリアン》？」

「それよ、獣医。だけど、あの子から動物についていっぱい質問されても、わたしにはうまく答えられない。たとえば、〝ねえ、母さん、もし誰かが病気のトラを連れてきたら、トラの歯に最初に包帯をするの？ そうしないと、わたしは咬まれちゃうかな。もしヘビが病気になったら、どこから薬を入れる？ ヘビのお尻はどこ？〟そんな考えをどこから仕入れてきたのか。わたし、あの子を大学へやりたい」

トゥッティが両手いっぱいに本をかかえて階段をおりてきた。彼女はそのまま母の膝にひょいと乗った。ワヤンは笑って娘にキスをした。離婚の話をしていたときの哀しみの表情がたちまちその顔から消えた。わたしはそれを見つめながら、こんなふうに母親たちをたくましい女に育てあげる少女たちがいることについて、思いを巡らした。この午後のひとときだけで、わたしはトゥッティが大好きになり、いつかこの子がバリの白いトラたちの歯に包帯をいっぱい巻けますようにと祈らずにいられなかった。

わたしはトゥッティの母親も大好きになった。けれども、この店でもう何時間も過ごしており、いとまを告げる潮時だった。観光客たちがふらりと店に入ってきて、ランチを注文しそうな気配があった。そのうちのひとりの騒々しい年輩のオーストラリア人女性が、「ものすごい便秘だからなんとかしてちょうだい」とワヤンに言った。

「明日また来るわ」わたしはワヤンに約束した。「そして、もう一度〝マルチビタミン・ランチ・スペシャル〟を注文するわ」

「あなたの膝、もうだいじょうぶ」ワヤンが言った。「どんどんよくなるわ。もう膿むことないでしょう」

彼女は最後の緑の薬草湿布をわたしの膝から拭きとった。それから何かを感じとろうとするように、わたしの膝頭を小刻みに動かした。そして目を閉じ、もう一方の膝にも同じことをした。目をあけると、にこりと笑って言った。「あなたの膝のようすから、あなたが最近、そんなにセックスしていないのがわかる」

「なぜ？　両膝がくっつき合ってるとか？」

ワヤンは声高らかに笑った。「いいえ。軟骨でわかる。とても乾いてる。セックスのホルモンが関節をやわらかくするの。どれくらいセックスしてない？」

「一年と半年ぐらいね」

「いい人が必要だわ。あなたのために見つけてあげましょう。あなたにいい人があらわれますようにってお祈りするわ。あなたはわたしの妹だから。明日来たときは、肝臓をきれいにしてあげる」

「いい人と、きれいな肝臓？　どっちも？　なんだかすごいわね」

「離婚する前は、こんなこと、誰にも言わなかった」と、ワヤンが言った。「でも、わたしの人生は重い。すごく哀しくて、すごくつらい。どうして、人生ってこんなにつらいのかしら」

自分でも不思議な気がするのだが、わたしは気づくと、ヒーラーの両手をつかみ、力強い確信をこめて、こう言っていた。「あなたの人生のいちばんつらい時期はもう終わったのよ、ワヤン」

こうして、わたしはワヤンの店を出た。なぜか身体が震えていた。まだ正体のつかめない、解放もされていない心の奥底の直観、もしくは衝動が一気に押し寄せてくるような感じがあった。

87

わたしの生活は三つに分割されるようになった。午前はワヤンの店に行って楽しくおしゃべりしてランチをとり、午後は治療師《メディスンマン》のクトゥと語り合い、コーヒーを飲んだ。そして夕方からはひとりになり、借家の美しい庭で本を読み、ゆったりと過ごす。ときにはユディがやってきて、ギターを奏でてくれた。毎朝、棚田から太陽が顔を出すころに瞑想し、夜はベッドに入る前に魂の四兄弟に語りかけ、眠っているあいだもわたしを守ってくれるようにお願いした。

バリへ来てわずか数週間だというのに、すでに使命を果たしてしまったような達成感があった。インドネシアへ来た目的は、バランスを見いだすことだった。でももう自分がなにかを見いだそうとしている感じがしない。というのも、どういうわけか自然にバランスは落ちつくべきところに落ちついたようなのだ。自分がバリ人になったわけではない（もちろん、イタリア人になったことも、インド人になったこともない）が、ここにいると、自分の内なる平和が感じられる。穏やかな心で修行に打ちこむことと、美しい風景を愛し、親しい友と交わり、おいしい食事をとることのあいだを心地よく行き来する日々を、わたしはとても気に入っている。ここへ来て、ますます神に祈るようになった。気安く、日に何度も祈る。自転車を漕いでいても神に祈りたくなる。暮れなずむころに、クトゥの家からサルの棲む森や棚田を抜けて帰ってくるときはとりわけ。もうバスに撥ねられませんように、サルに襲われませんように、犬に咬まれませんようにと祈ることもあるけれど、こういうのはおまけのようなもの。わたしの祈りのほとんどは、心が満たされていることへの感謝だ。自分で自分を苦しめている、あるいは自分以外の何かから苦しめられているという感覚はもう存在しない。

わたしはグルの幸福に関する教えを心に刻むことにした。グルは言った。人はおうおうにして、幸福はいきなりやってくるものだと、運がよければ天気に恵まれるように自分に降りかかってくるものだと考えがちだ。しかし、それは幸福ではない。幸福は日々の努力の積み重ねの延長上にある。あなたはそれを闘いとらなければ、努力によってもぎとらなければならない。幸福を求め、ときには世界じゅうを旅してまわることもあるだろう。自分にとって幸せとはなにかをつねに問い、それを表明しなければならない。そして、幸福な状態に達したら、それを維持することに手を抜いてはならない。永遠の幸福に向かって泳ぎつづけることに、その頂点に浮かびつづけることに全力を注がなければならない。もしその努力を怠れば、内なる充足には穴があき、幸福はそこから洩れ出てしまうだろう。困窮のなかで祈ることはたやすい。しかし、窮地を乗りきってもなお祈りつづけなさい。それは、あなたの魂をよき達成にしっかりと括りつける、いわば封印のようなものなのだから。

このグルの教えを思い出したのは、バリの夕焼けのなかで心地よく自転車を漕いでいるときだった。わたしは、この神との調和に感謝し、それを心からの誓いとして、祈りとして表明したいと思った。そこで声に出して祈った。「神様、これが、わたしにとって、ずっとこのままでいたいと思える状態です。どうか、この充足感を記憶できるように助けてください。わたしを支えていてください」わたしは、この幸福をどこかの銀行にあずけよう。連邦預金《FD》保険公社《IC》ではなく魂の四兄弟に守られている銀行に。そしてそれを、将来わたしの人生に試練が訪れたときの備えとしよう。

いま、いっしょにいて最も楽しい人は、クトゥだ。これまで出会った誰よりも幸福な人に思えるこの老人は、わたしに惜しみなく付き合ってくれる。神について、人間の本質について、わたしは心おきなく、彼に尋ねることができる。クトゥが教えてくれた瞑想が、〝肝臓で笑う〟という笑ってしまうほどにシンプルな方法が、そして、四人の魂の兄弟が守ってくれているという安心感が気に入っている。ある日、この治療師はそれぞれ異なる目的を持った十六の瞑想法と数多くのマントラを知っているとわたしに言った。それらの瞑想には平和や幸福をもたらすものもあるが、とても神秘的な――クトゥを意識の異なる領域まで連れていくようなものもあるという。たとえば、ある瞑想は、彼に言わせれば〝上へ〟連れていくという。

「上へ？」わたしは尋ねた。「上へって、どういうこと？」

「七つの段階を上へとのぼる。天国へ」

〝七つの段階〟という考え方はなじみ深いものだったので、わたしはクトゥにそれはヨガでよく言われる、体内の聖なる七つのチャクラを通ってのぼるという意味だろうか、と尋ねてみた。

「チャクラではない」と彼は言った。「場所だな。その瞑想は、わたしを宇宙の七つの場所に連れていく。上へ、上へ。最後に行くのは天国だ」

「クトゥ、あなたは天国に行ったことがあるの？」

彼はにっこりし、もちろん、行ったことがある、天国に行くのは簡単だ、と答えた。

「どんなところ？」

「美しい。すべてが美しい。なにもかも美しい。口にするものすべてがおいしく、すべてが愛だ」

クトゥは別の瞑想も知っていると言った。〝下へ〟向かう瞑想だ。その瞑想は、この世の下にある七つの場所におりていく危険な瞑想だ。初心者には許されない、熟達者だけがおこなえる瞑想――。

わたしは尋ねてみた。「最初の瞑想が上へ向かって天国へ行くのなら、その下へ向かう瞑想が行きつくのは……？」

「地獄だ」きっぱりとした答えが返ってきた。

これは興味深い。ヒンドゥー教でよく語られる天国と地獄の概念とはずいぶんちがう。ヒンドゥー教はカルマを、終わりなき循環を通して世界を見る。つまり、命にとって「行きつく」ところはどこにもない。天国も地獄もなく、人間は、ただ前世で果たし得なかった生き方や人との関わりについての課題を解決するために、姿形を変えて、この世に何度でも生まれてくる。そしてついに完璧な達成を見たとき、命はその円環を永遠に離れて、宇宙の無とひとつになる。カルマという概念は、天国も地獄も、結局はこの現世にしかないという考えを含んでいる。天国と地獄はわたしたち人間のつくりだすもの、善も悪も、わたしたちの運命や生き方によって生みだされるという考え方だ。

カルマという概念にわたしはいつも親しんできた。そのまま受け入れているわけではないし、自分がかつてクレオパトラのバーテンダーだったと信じているからこの考え方しかない、というわけでもない。もっと形而上的《けいじじょう》な意味で、カルマという考え方を受け入れている。カルマの哲学がわたしに訴えるものがあるのは、一度の人生においてさえ、わたしたちは何度でも同じ過ちを犯し、同じ耽溺《たんでき》に走り、同じ衝動に突き動かされ、同じようにみじめな、ともすれば破滅的な状況に陥ることが多々あるからだ。そして、それをやめたり、直したりすることはとてもむずかしい。カルマの哲学にとって究極の修行は（西洋哲学においてもたぶん同じだと思うが）、その問題にいま、即刻、取り組むことだろう。そうしないと、次はもっとひどい苦しみとなって自分に降りかかってくるかもしれない。苦しみを繰り返すことになれば、それは地獄だ。終わりなき反復から抜け出して、新しい段階に進むとしたら――それは、その人にとっての天国を見つけることになる。

でも、クトゥの語る天国と地獄はそれとはちがう。彼にとって天国と地獄はこの世界に実在し、訪ねていける場所であるかのようだ。少なくとも、彼はそう考えている。

そこをもっとはっきりさせたくて、わたしは尋ねた。「あなたは地獄に行ったの、クトゥ？」

彼はにっこりした。もちろん、行ったことがあるのだ。

「地獄はどんなところ？」

「天国みたいなものだな」

わたしが面食らうのを見て、彼はこう説明した。「宇宙は廻《まわ》っているのだ、リス」

理解できたのかどうか、よくわからない。

「上に行っても、下に行っても――つまるところ、おんなじだ」

わたしはキリスト教神秘主義者の教え、〝上の如《ごと》く、下も然《しか》り〟を思い出した。「では、天国と地獄をどうやって見分けるの？」

「あんたが、どっちに向かうかだな。上に向かえば、七つの幸せな場所を通って、天国に行きつく。下に向かえば、七つの哀しい場所を通って、地獄に行きつく。だから、リス、あんたは上に向かったほうがいい」クトゥは声をあげて笑った。

「ええと、つまり、七つの幸せな場所を通って、上に向かいながら、人生を過ごしたほうがいいということね。どうせ、天国も地獄も――いずれ行きつくところとしては――同じなら。そういうこと？」

「おんなじ、おんなじ」と、クトゥ。「最後はおんなじ。それなら旅は幸せなほうがいい」

「では、天国が愛の場所なら、地獄は……」

「地獄も愛だ」

むずかしい算数の宿題を解く気分で、しばらくそれについて黙って考えていた。

クトゥがまた笑いだし、親しみのこもったやり方でわたしの膝をピシャリと叩いた。

「若い者にはわかりづらいことだな、これは！」

88

ある午前、いつものようにワヤンの店でおしゃべりしているとき、ワヤンがわたしの髪をもっと濃く、早く伸びるようにしたいと言いだした。つややかで豊かな黒髪を腰まで垂らした彼女は、わたしのブロンドのくたびれたモップみたいな頭を哀れんでくれたのだろう。もちろん、ヒーラーである彼女は、髪を豊かにする方法を知っていた。けれども、これが簡単ではない。まず、わたしは一本のバナナの木を見つけ、それを自分で切り倒さなければならない。「木のてっぺんは放り捨て」、幹と（まだ、このときは土のなかにある）根っこを切り刻み、「プールみたいに」大きくて深いボウルに入れる。この容器を木で覆い、雨や夜露が入らないようにする。数日後に戻ってくると、そのプールには栄養分たっぷりなバナナの根の汁が満ちている。それを何本かの瓶に集めて、ワヤンのもとに持っていくと、彼女が祠の前でそのバナナの根っこ汁を浄めてくれる。わたしはそれを毎日頭皮にこすりつける。一カ月ほどで、わたしの髪はワヤンのように豊かになり、腰のあたりまで達するだろう。

「たとえ、あなたが禿げたとしても」と彼女は言う。「これを使えば、髪が生えてくる」

わたしたちが話しているあいだ、学校から帰ってきたトゥッティが床にすわって家の絵を描いていた。このところ、トゥッティは毎日のように家の絵を描いている。彼女自身の家が欲しくてたまらないからだ。彼女の家の背景にはいつも虹がかかり、にこにこした家族が、お父さんも含めて一族全員がいる。

まあ、だいたいいつもこんな感じだ。わたしとワヤンがすわっておしゃべりし、トゥッティが絵を描く。ワヤンとは噂話をしたり、冗談を言い合ったり。ワヤンは卑猥なジョークが好きで、セックスの話もする。独り身でいるわたしをからかい、店の前を通りかかる男たちの性的能力について想像を巡らす。わたしに毎日、すてきな男性があらわれて恋人になれますように祈れと言う。

わたしはその日も彼女に同じ答えを返した。「いいえ、ワヤン。わたしには必要ないの。あまりにも何度も心が壊れたから」

ワヤンが言う。「壊れた心の治し方なら知ってるわ」権威的で自信たっぷりな医者のような態度で、彼女は〝ワヤン流失敗なしの壊れた心を治す方法〟における重要な六項目を、指を折ってあげていった。「ビタミンEを摂《と》る。よく眠る。水をたくさん飲む。愛した人からできるだけ遠い場所へ旅をする。瞑想する。これは運命なのだと心に教える」

「ビタミンE以外はみんなやったわ」と、わたし。

「じゃ、あなたはもう治ってる。あとは、新しい男が必要なだけ。新しい男なら、祈ればやってくる」

「でも、新しい男がやってきますようにとは祈ってないの、ワヤン。このごろ祈るのは、心が安らかでありますようにってことばかり」

ワヤンが目玉をくるりと回した。ああ、なるほどね、だからよ、でかくて白い変人さん、と言いたげに。「それは、あなたの物忘れに問題があるの。セックスがどんなによいものかを思い出して。わたしも結婚時代は物忘れがひどかった。通りを歩くいい男を見るたびに、夫がいることを忘れそうになったから」

ワヤンはお腹をかかえて笑った。それから真顔に戻って、こう結論した。「誰にとってもセックスは必要よ、リズ」

そのとき、とびきりすてきな容姿の女性が灯台のような輝きを放って店に入ってきた。トゥッティがぱっと立ちあがり、叫びながら、その人の両腕に飛びこんだ。「アルメニア！　アルメニア！　アルメニア！」あとでわかったことだが、それはその女性の名前で、けっして風変わりな愛国主義の雄叫びではなかった。わたしとアルメニアは初対面の挨拶をした。彼女はブラジル出身だった。その大柄ではつらつとした雰囲気はいかにもブラジル人だ。とびきり華やかで、装いが上品で、カリスマ性があり、年齢不詳で、とにかくセクシー。

アルメニアもワヤンの友人で、店にはときどきランチを食べにきたり、バリの伝統的な療法や美容術を受けにきたりするということだった。彼女もわたしとワヤンのおしゃべりに加わって一時間ほど過ごした。アルメニアはあと一週間でバリを発ち、アフリカに向かうか、あるいはタイに戻って仕事の用件を片づけるということだった。このブラジル人女性の人生は、その見かけほど華やかなものではなかった。彼女はかつて国連難民高等弁務官事務所《UNHCR》の職員で、一九八〇年代には、戦火の渦中にあるエルサルバドルやニカラグアの密林に派遣された。彼女の美貌と魅力と機知を前にして、将軍や抵抗者たちは落ちつきを取り戻し、道理に耳を傾けた（まさしく、「きれいパワー」だ！）。国連を退職したいまは開発途上国の工芸家を支援し、彼らの作品をインターネットを通じて世界じゅうに販売する〈ノヴィカ〉という企業を経営している。使える言語は七、八カ国語。わたしがローマを発ってから出会った人のなかでいちばん上等ですてきな靴をはいていた。

アルメニアとわたしを眺めて、ワヤンが言った。「リズ。あなた、どうしてアルメニアのようにセクシーに装わないの？ かわいい女の子って感じ。顔もいいし、身体もいいし、笑顔もいい。でも、いつもくたびれたTシャツと穴のあいたジーンズばかり。アルメニアみたいに、セクシーになりたいって思わないの？」

「ワヤン」と、わたしは言った。「アルメニアはブラジル人よ。ぜんぜん状況がちがうわ」

「どうちがうの？」

「アルメニア」と、わたしは新しい友人のほうを向いて言った。「ブラジル人女性であるってことがどういうことか、ワヤンに説明してあげて」

アルメニアは笑ったが、その質問について真面目に考え、答えてくれた。「そうね、わたしは、中央アメリカの戦闘地帯にいても難民キャンプにいても、つねに身ぎれいで女らしくあろうと努めてきたわ。最悪の悲劇や危機的状況で、あらゆる悲惨がそこにあるからといって、悲惨な恰好でそこに入っていかなければならないというものじゃない。これがわたしの哲学なの。だから、ジャングルのなかでもメークをして、アクセサリーを身につけてきた。贅沢になりすぎない程度に金のブレスレットやイヤリングをつける、口紅を引く、よい香水をつける。それぐらいでいいの。こんな状況でもわたしは自尊心を保っていますよ、というささやかなしるしになるなら」

アルメニアは、英国のヴィクトリア朝時代の貴婦人を——アフリカへ旅するときも、自国の応接間にふさわしくない装いはしなかった女性たちを彷彿とさせた。しかしともあれ、彼女は蝶だった。片づけなければならない仕事があると言い、ワヤンの店に長居はしなかったが、去り際に、わたしをその夜のパーティーに誘ってくれた。ウブドにはもうひとり国を離れて久しいブラジル人がいて、その男性がホストとなって、今夜とあるレストランで特別な催しをするのだという。豚肉とインゲン豆を煮込むブラジルの伝統的料理、フェジョアーダをどっさりとつくって、ブラジルのカクテルもふるまうという。バリに暮らす世界じゅうのおもしろい人々が集まってくる。どう？　来ませんか？　そのあとは、ダンスに繰り出すの。あなたがもしそんなパーティーが嫌いでなければ……。

カクテル？　ダンス？　どっさりの豚肉料理？

ええ、もちろん、行きますとも！

89

最後にドレスアップしたのはいつのことだったろう？　その夜、わたしはバックパックの底から細いストラップ付きの、わたしにとっては一枚きりのおしゃれなドレスを引っぱり出した。口紅は持っていなかった。最後に口紅をつけたのがいつか思い出せないが、少なくともインドにいたときでないことは確かだ。パーティーの前にアルメニアの家に立ち寄ると、彼女はおしゃれなアクセサリーでわたしを飾り、香水をひと吹きしてくれた。自転車は家の裏庭に置いて、おとなの女にふさわしい彼女のおしゃれな車でパーティー会場に向かった。

祖国を離れてバリに暮らす人々のパーティーを、わたしは大いに楽しんだ。長く眠りについていた自分の一面がふたたび目覚めたような感じがした。わたしはいくぶん酔った。この数カ月間、インドのアシュラムで祈りを捧げ、バリの庭で紅茶をちびちび飲んできた身に、これはちょっとした事件だった。おまけに、わたしは異性と戯れていた！　もう何年もそんなことはしていない。修行者や治療師《メディスンマン》とずっと過ごしてきたのに、突如、女としての自分を棚から埃を払っておろしてきたみたいだった。しかし、誰と戯れていたのかが自分でもよくわからない。なんというか、全方位的に粉をかけていたような気がする。機知に富んだ元ジャーナリストだというオーストラリア人男性の関心を引こうとしていたのだろうか（彼は「ここではみんな酔っぱらいさ。みんながみんな、仲間の誰についても〝酔っぱらい証明書〟が書ける」と言った）。それともテーブルでいっしょになった物静かなドイツ人だろうか（彼は自分の蔵書から小説を貸すと約束してくれた）。それとも、このパーティーのためにすばらしいご馳走をつくったハンサムな年輩のブラジル人男性だろうか（わたしは彼の温かな褐色の瞳と独特のアクセントが気に入った。彼の料理もだ。彼は自分の欠点を引き合いにして冗談を言った。「ぼくは、ブラジル人の男として落第だ。踊れない。サッカーができない。どんな楽器も演奏できない」わたしは、なぜかとっさにこう答えていた。「でも……

あなたなら、すてきな『カサノヴァ』が演じられそう……」ふたりのあいだで時が止まった。けっこう長く。わたしたちはお互いを見つめ合った。この話題をさらに掘りさげてみるのは悪い考えではないね、と彼の目が言っていた。わたしの大胆な発言が香水のようにわたしたちを取り巻く空気に漂った。彼はわたしの意見を否定しようとはしなかった。先に目を逸らしたのは、わたしのほうだ。たぶん顔が赤らんでいただろう）。

ともあれ、彼のこしらえたフェジョアーダは最高に美味だった。スパイシーで豊かなこくがあり、退廃の香りがした。そのどの要素も、日常的なバリの食事にはないものだ。わたしはひと皿を平らげ、もうひと皿も平らげたあとで、はっと気づいた。もうお代わりはだめ、ここは自分の家じゃないんだから。こんな料理がある限り、わたしは菜食主義者にはなれそうもない。それからみんなで地元のナイトクラブへ踊りに出かけた。まあ、ナイトクラブというより、ちょっぴりイカした海の家といったところか（もちろん、ここには砂浜などないのだけれど）。バリの青年バンドがレゲエを演奏しており、楽しむのが大好きなあらゆる年代と国籍の人々が集っていた。故郷を離れて久しい人たち、旅行者、地元の人、とびきり華やかなバリの若者、若い娘たち——みんな自由に、屈託なく踊っていた。アルメニアは明日も仕事だと言って帰っていったが、あのハンサムな年輩のブラジル人男性が、わたしのエスコート役を務めてくれた。彼は自分で言ったほどダンスがへたではなかった。たぶんサッカーだってできるのだろう。わたしは、彼がそばにいて、ドアをあけてくれたり、お世辞を言ってくれたり、「ねえ、きみ《ダーリン》」と呼びかけてくれるのが、うれしかった。すぐに彼がすべての人に——毛むくじゃらのバーテンダーにも——「ダーリン」と呼びかけているのを知ったが、それでも、彼から関心を向けられるとわくわくした。

バーと呼べるような場所を訪れるのも久しぶりだった。イタリアでもバーには行かなかった。デーヴィッドと付き合っていたころも、あまり外出しなかった。考えてみれば、最後に踊りにいったのは結婚時代の——もとい、結婚時代の幸福な時期だった。ああ、歳をとったこと。ダンスフロアで、友人のステファニア、ウブドの瞑想クラスで知り合ったばかりの、かわいらしいイタリア娘とばったり会った。わたしたちはブロンドと黒髪を振り乱し、浮かれてくるくる回りながら、いっしょに踊った。真夜中過ぎ、バンドが演奏を終えたので、人々は歓談を再開した。

そこでイアンという名の男性と知り合いになった。とても気さくな人で、わたしはすぐに彼のことが気に入った。スティングとレイフ・ファインズの弟を足して二で割ったような美男子。ウェールズ出身で、歌の国の人らしく、よい声の持ち主だった。しっかり意見が言えて、頭が切れて、わたしと同じぐらいの片言のイタリア語でステファニアに話しかけていた。そこでわかったことだが、彼はさっきのレゲエ・バンドのドラマーで、ボンゴを叩いていた。ヴェネツィアのゴンドラに乗って太鼓を叩く男性が頭に浮かび、あなたはゴンドラの船頭《ゴンドリア》ならぬ「流し目のボンゴ叩き《ボンガ・リア》」ね、と言ったら、その冗談が妙にはまって、わたしたちは笑いだし、そこからまたおしゃべりが始まった。

フェリペもそのおしゃべりの輪に加わった。そう、あの年輩のブラジル人男性の名前がフェリペだ。彼は、国を離れたヨーロッパ人が経営する地元の気のおけないレストランに行かないかとみんなを誘った。そこは驚くほど寛容な店で、二十四時間営業でビールなどを出しているという。わたしは気づくと、イアンをのぞきこんでいた（あなたは、行くの？）。彼が行くと言ったので、わたしも行くと答え、みんなでそのレストランに行って、わたしはイアンのとなりにすわった。そして、ひと晩じゅうおしゃべりし、冗談を言い合った。こんなふうに、つまり、よく言われる〝好みのタイプ〟として好きだと思える男性に出会ったのは久しぶりだ。イアンはわたしより二、三歳年上で、非凡な人生を送っていた。わたしの頭のなかにできあがった彼の身上書には好もしいと思える点がいくつもあった（テレビ・アニメの『ザ・シンプソンズ』が好き、世界じゅうを旅している、アシュラムに滞在したことがある、トルストイの小説に詳しい、生活力があるようだ、などなど）。英国軍に入隊し、最初は北アイルランドで爆弾処理班として働き、次に世界を渡り歩いて地雷を除去し、ボスニアで難民キャンプを建設し、いまはバリ島で休暇をとりつつ音楽で稼いでいる……なにからなにまで、うっとりさせられる経歴だった。

信じられないことに、気づくと午前三時半になっていた。今夜は瞑想もしていない！　こんな深夜まで起きているし、ドレスを着ているし、魅力的な男性とおしゃべりしている。なんという過激なことを！　この夜の終わりに、イアンとわたしは出会えてよかったとお互いに確かめ合った。電話番号を教えてくれないかと言われたけれど、わたしは電話を持っていない。でも、Eメールならだいじょうぶ、と言うと、彼はこう答えた。「そうか。だけど、

Eメールはなんというか、その、ちょっと……ウエェェだな……」そんなわけで、結局、その夜の終わりにわたしたちはなにも交換しなかった。ハグ以外はなにも。イアンは言った。

「じゃあ、また会おう。彼らが――」空の神々を指さし「そう決めたとき」

夜明け前、ハンサムな年輩のブラジル人、フェリペがわたしを車で家まで送ろうと申し出てくれた。曲がりくねった道を車で進みながら、彼は言った。「ねえ、きみ《ダーリン》、きみは今夜ずっと、ウブドでいちばんたちの悪いでたらめ野郎と話しつづけていたわけだね」

わたしはがっかりした。

「イアンは本当に、でたらめ野郎なの？」わたしはフェリペに尋ねた。「真実を話して。あとで厄介なことになるのはいやだから」

「イアンだって？」フェリペは笑いだした。「いや、ダーリン、そうじゃない！　イアンは真面目な男だ。いいやつだよ。ぼくが言ったのは、ぼくのことさ。ぼくはウブドで最悪のでたらめ野郎だ」

それからしばらく、沈黙がつづいた。

「からかっただけさ」フェリペが言った。

それからふたたび長い沈黙がつづき、また彼が言った。「きみはイアンが好きなの？」

「さあ、わからない」頭のなかが、ぼんやりしていた。ブラジルのカクテルを飲みすぎてしまったようだ。「彼には魅力があるし、知的ね。わたし、誰かを好きになるなんて、そういうことを長く考えてこなかった」

「きみはこのバリですばらしい数カ月を過ごすことになる。ようすを見ればいいさ」
「でも、どこまで社交的になれるかどうか、わからないわ、フェリペ。ドレスだって一枚きり。そのうち、いつも同じドレスを着ている人って、みんなが気づきはじめる……」
「ダーリン、きみは若くて、美しい。ドレスなんて一枚きりで充分だよ」

90

わたしが、若くて、美しい？

わたしは、自分のことをもう若くないバツイチだと思っていた。

その夜はほとんど寝つけなかった。いつもの夜とはぜんぜんちがう数時間を過ごして、ダンス音楽がまだ頭のなかで鳴っていた。髪には煙草の匂い。胃は久しぶりのアルコールに抗議の声をあげていた。それでも少しだけまどろんで、夜明けとともに目覚めた。夜明けとともに目覚めることには、慣れている。でも、この朝だけは休んだ気がせず、心も平和ではなく、瞑想ができる体調でもなかった。なぜ、こんなに心が乱れるのだろう？　楽しい夜を過ごしたのではなかったの？　興味深い人たちにたくさん出会ったし、おしゃれして、ダンスを踊り、いく人かの男たちと戯れ……

そう、男たち。

それについて考えると、ますますうろたえ、小さなパニックに陥った。こういうことをどう扱えばいいのかわからない。ティーンエイジャーから二十代にかけては、誰よりも大胆で恥知らずな戯れに慣れきっていたのではなかったっけ。誰かと出会い、関心をこっちに引きつけ、それとなく刺激し、誘惑し、慎重さのかけらもなく、行きつくところまで行きつく。そんなことがかつては楽しかったことをうっすらと覚えている。

でもいまはパニックに陥って、うろたえるだけ。昨夜の出来事すべてを風船のように膨らまし、実際以上に重大にとらえようとしている。わたしにEメールのアドレスさえ教えなかったあのウェールズ出身の男と深い仲になったら、なんて想像する。わたしにはもう、ふたりの未来がすべて見えている。彼の喫煙をめぐって喧嘩になる、というところまで。あの男にまたうっとりしたら、わたしのこの旅も、作家生活も、人生も、なにもかもが破滅……。でもその一方で、恋愛への憧れもある。恋人のいない味気ない日々が長くつづいていた（テキサスのリチャードが、わたしの恋愛の今後について、ずばりと助言してくれたことを思い出す。「その日照りをなんとかしてくれるやつが必要だな、ベイビー」。雨を降らす雨乞い師を見つけにいかないと」）。それから、イアンがあの爆弾処理班のたくましき身体でオートバイを飛ばし、わたしの庭へ、愛を確かめ合うためにやってくるところを想像した。それはそれですてきだろう。なのに、そのまんざらでもないはずの夢想がなぜかわたしに悲鳴をあげさせた。もう二度と胸のつぶれるような思いはしたくないという不安に苛《さいな》まれた。そして、この数カ月間でいちばん、デーヴィッドが恋しくなった。もしかしたら、彼に電話して、彼にやり直す気持ちがないか確かめるべきなのかも……（ふいに、あの懐かしい友人、テキサスのリチャードの声がどこからか響いた。「おいおい、たらふく。あんたは、きのう酔っぱらったついでに、おつむをやられちまったのか？」）。デーヴィッドについてつらつら考えているうちに、離婚のころの状況も思い出されてくる。それから元夫のことを、離婚のごたごたを蒸し返すまで、そう時間はかからなかった。

あんたとずいぶん話して、そういうことにはけりをつけたと思ったんだがなあ、たらふく。

そしてなぜか突然、わたしはわけもなくフェリペのことを考えはじめた。あのハンサムな年輩のブラジル人のことを。彼はとてもいい人だ。フェリペ……。彼は、わたしのことを若くて美しいと、このバリですばらしい時間を過ごすだろうと言ってくれた。彼の言うことは正しい。そう、正しいのでしょう？　もっと気を抜いて、楽しめばいい。そうでしょう？　でも、その朝は楽しいとは思えなかった。

こういうことをどう扱えばいいのか、わたしにはわからなかったのだ。

91

「こんな人生、なんのためにあるの？　あなた、わかる？　わたしにはわからない」

ワヤンがそう言った。

わたしは、二日酔いと心のざわつきをなんとかしたくて、ワヤンの店へ行き、おいしくて栄養たっぷりの「マルチビタミン・テンチ・スペシャル」を食べることにしたのだ。そこには、あのブラジル人女性のアルメニアもいた。きょうも、週末をスパで過ごして家に帰る途中に美容院へ立ち寄った、というような優雅な風情が漂っていた。トゥッティはいつものように床にすわって、家の絵を何枚も描いている。

ワヤンは、店の賃貸契約がいまから三ヵ月後の八月末に更新されるにあたって賃貸料が値上げされることを知った。契約を継続して賃貸料を払いつづけるような経済的余裕はないので、どこかへ引っ越ししなければならないという。ただ銀行には預金が五十ドルしかなく、どこへ引っ越せばいいのかもわからない。引っ越しすれば、トゥッティはまた転校することになる。親子には家が必要だった。本物の家が。バリの人間がこんなふうに嘆きながら暮らしていていいわけがない。

「どうして、悪いことばかり起きるの？」ワヤンが問いかけた。泣いてはいない。ただ、単純で、答えようがなく、じれったくなるような質問を投げかけてくる。「なんでこう、繰り返しばかり？　なんで終わらない？　なんでやまない？　一日必死に働いても、また必死に働く一日が来るだけ。食べても、次の日にはもうお腹がすいている。愛を見つけても、愛はすぐ逃げる。なにも持たずに、腕時計もTシャツも身につけずに生まれてきて、必死に働いて、そしてまたなにも持たずに、腕時計もTシャツも身につけずに死んでいく。あなたは若い、でもすぐに年老いる。どんなに必死に働いたところで、老いを止めることはできない」

「アルメニアは別よ」わたしは冗談を言った。「どうやら、彼女は歳をとらない人みたい」

ワヤンが言った。「でも、それはアルメニアがブラジル人だから」それが世の摂理とばかりに言い、わたしたちは笑い合った。しかしそれは深刻さを茶化すための冗談でしかない。ワヤンを取り巻く状況はせっぱ詰まっていた。シングルマザーで、おとなびた娘がひとり。その日暮らしの仕事。経済的に行き詰まって、ホームレスになる可能性すらある。彼女はどこへ行けばいいのか。元夫の一族がいなければ、まともに生きていけないのだろうか。ワヤンの実家は、田舎で稲作をする貧しい農家だ。もし実家の家族と暮らすことになったら、ワヤンのいまの客がそこまで足を運ぶのは無理なので、彼女は街のヒーラーとしての仕事をあきらめなければならない。将来獣医の学校に通いたいというトゥッティの夢も叶えてやれなくなる。

そのうえ、彼女にはさらなる扶養家族がいた。ワヤンの店に初めて入った日、ふたりの女の子が恥ずかしそうに台所に引っこんだ。あのときは知らなかったが、そののち、ふたりの少女は、孤児だったところをワヤンが養子として迎え入れたのだということを知った。ふたりの名前はともにクトゥ(読者を混乱させることになるのは承知しているのだが)。〝大きいクトゥ〟、〝小さいクトゥ〟という通称で区別されている。ワヤンは数カ月前、飢えて市場で物乞いをしているクトゥたちに気づいた。ふたりはディケンズの小説風の、いかにもけちんぼそうな女性——おそらくはふたりの親族の女性——によって、そこに捨て置かれたのだった。つまりそのような女性は物乞いの子どもたちのヒモになり、親のない子たちをバリじゅうの市場に配して物乞いをさせ、夜になるとその子たちをバンで回収し、一日の稼ぎを取りあげて、どこかの小屋に眠らせる。ワヤンが見つけたとき、大と小のクトゥは何日も食べ物を口にしておらず、シラミや寄生虫にたかられて、そんな状態でも仕事をつづけていた。小さな子は十歳ぐらい、大きな子は十三歳ぐらいだろうとワヤンは思ったが、彼女たちは自分の年齢はおろか、姓さえも知らなかった（小クトゥだけは、村の「大きな豚さん」と同じ年に生まれたと覚えていたが、それではなんの手がかりにもならない）。ワヤンはその子たちを家に連れてきて、自分の娘トゥッティと同じように面倒を見た。ワヤンと三人の子どもたちは、店の二階の奥の寝室にある同じマットレスでいっしょに眠っている。

立ち退きを迫られているバリ人のシングルマザーが、ふたりの家のない子を引き取る。その行為は、それまでわたしが考えてきた思いやりという概念の範ちゅうをはるかに超えたところにあった。

わたしは、この一家を助けたい。

そう、これだ。ワヤンに初めて会ったときから、わたしの心が震えていたのはこの感情があったからだ。このシングルマザーとその娘と、そこに加わった孤児たちを助けたい。彼女らにもっといい暮らしをさせたい。ただ、どうしたらそれができるのか、考えがまとまらなかった。でもその日、ワヤンとアルメニアとランチを食べながら、いつものように共感と助言とでおしゃべりを織りあげているとき、わたしは幼いトゥッティを眺めていて、彼女が奇妙な行動をしているのに気づいた。トゥッティは、掌にコバルトブルーの小さな四角いタイルを一個載せ、なにかの祈りの歌を謡《うた》いながら、店のなかを歩きまわっていた。なにをしているのか気になって、しばらくそれを見守った。トゥッティはそのタイルを宙に放ったり、それにささやきかけたり、話しかけたり、おもちゃのミニカーのように床の上で押したりした。そしてとうとう、それを静かな片隅に置き、目を閉じて、口のなかでなにやら謡いながら、彼女自身の空間の、目には見えない不思議な一画にそのタイルを埋めるような仕草をした。

わたしはワヤンにあれはなにかと尋ねた。ワヤンが語ったところによると、目下、通りの先でおしゃれなホテルの建築工事が進行中で、トゥッティはそのタイルを建築現場の前で見つけ、ポケットに入れて持ち帰ったのだという。そのタイルを拾って以来、トゥッティはワヤンに言いつづけている。「母さん、いつか家を持てるとしたら、その家の床はきっとこんなブルーだね」ワヤンによれば、そのタイル一個を置いた場所に、トゥッティは何時間でもすわっていたがるという。目を閉じて、本当に、自分の新しい家のなかにいるかのように。

わたしになにが言えるだろう？　その話を聞いたとき、小さなブルーのタイルの上で瞑想している少女を見つめながら、わたしは、いいでしょう、やるしかない、という気持ちになった。

こうしてわたしは、このいかんともしがたい一件を打開するべく、ワヤンの店をあとにした。

92

ワヤンが以前、こんなことを言った。患者を治療するとき、彼女は神の愛を流すパイプラインになり、次になにをすべきかについて考えるのをやめる。つまり、頭で考えるのをやめて、直観を研ぎ澄まし、ただ神の愛が自分を通って患者のなかに注ぎこまれるように専念する。「まるで風がさっと吹いて、わたしの手を取るみたい」と、彼女は言った。

そんな風が、おそらくあの日、ワヤンの店にいるわたしにも吹きつけたのだと思う。風は、デートを再開する心の準備ができているかという迷いと二日酔いを吹き払い、わたしを店から押し出し、ウブドのインターネット・カフェに向かわせた。わたしは店のパソコンの前にすわり、募金を呼びかけるEメールを世界じゅうの友人と家族に向けて一気に書きあげた。

わたしは、七月がくると、三十五歳になります。いまわたしに必要なもの、欲しいものはこの世になにひとつありません。かつてこんなに人生を幸福だと感じたこともありません。もし、いまもニューヨークにいたら、わたしはきっと愚かしくも大きなパーティーを計画して、皆さんをお招きしたことでしょう。皆さんはわたしのために贈り物やワインを買うことになり、お祝いすべてがばかばかしく高くついていたかもしれません。そこで、もし、今年もわたしのために誕生日を祝ってくださろうというお気持ちがあるのなら、もっと安あがりに、もっとすてきな方法で祝っていただけませんか。ワヤン・ヌリヤシーという名の女性とその子どもたちがインドネシアで暮らす家を購入するのを助けるために、寄付をしてはいただけないものでしょうか。

と書いたあと、ワヤンとトゥッティと孤児たちが陥っている状況について説明した。そして、わたしも自分の蓄えのなかから集まった寄付と同額の寄付をすることを約束した。もちろん、この世界には語り尽くせないほどの災害や戦禍があり、そこに巻きこまれたすべての人にいますぐ助けが必要であることはわかっている。でも、そのなかでわたしたちはなにをすべきだろうか。バリの人々の小さな集まりが、わたしの家族になった。どこで見つけた家族だろうが、わたしは家族の苦境をなんとかしたいと思う。そういったことも付け加えた。大勢のアドレスに宛ててEメールを送信しながら、一年で三カ国を巡るというこの旅に出る前に、友人のスーザンから言われたことを思い出した。彼女はわたしが二度と故国に戻らないのではないかと心配していた。「ねえ、リズ。わたしは、あなたという人を知っている。あなたは今度の旅で誰かと出会って、恋に落ちて、最後はバリに家を買うことになるのよ」つねにわたしの未来を予言するノストラダムス……それがスーザンだ。

翌朝、Eメールをチェックすると、すでに七百ドル分の寄付の約束が集まっていた。その翌日には、寄付金の総額がわたし自身の払いきれる額を超えてしまった。その一週間に起こったドラマをすべてここに書き記すことは不可能だ。毎日Eメールを確認するたび、「わたしも仲間に入れて！」という表明が世界じゅうから届いた。それを知ったときの気持ちをここに語り尽くせるとは思えない。とにかく、みんなが与えてくれた。なかには破産した人、借金のある人もいた。わたしはそれを個人的に知っていたが、彼らはためらいなく与えてくれた。最初に寄付を申し出てくれた一団のなかに、わたしの担当美容師のガールフレンドの友人がいた。彼女は転送されてきたEメールを見て、十五ドルの寄付を約束してくれた。小憎らしい友人ジョンは、長たらしくて感傷的なわたしの手紙に、いかにも彼らしい皮肉のこもったコメントを寄こした(「いいか、今度こぼれたミルクについて嘆くなら、せめてミルクはコンデンス・ミルクにしてくれよ」——手紙は短くまとめろということだ)が、それでもとにかく寄付してくれた。友人のアニーの新しい恋人(わたしがまだ会ったことさえないウォール街の銀行家)は、集まった分と同じ額を寄付すると約束してくれた。こうして、わたしのEメールは世界のあちこちに転送されて、まったく見知らぬ人からの寄付の申し出が届くようになった。惜しみない善意が地球を巡っていた。先にも書いたように語りだすときりがないので、そろそろ話をまとめよう。結論として、たった七日間でわたしの嘆願はネットを駆けめぐり、世界各地のわたしの友人、家族、見知らぬ人々から総額一万八千ドルの寄付の約束が集まった。それだけあれば、ワヤン・ヌリヤシーは彼女自身の家が買える。トゥッティ

この奇跡を呼び起こしたのはトゥッティであることをわたしは承知していた。トゥッティが、彼女の祈りの力で、あの小さなコバルトブルーのタイルを粘土のようにやわらかくし、彼女の周りに広げ、『ジャックと豆の木』の豆のように成長させて、ついには彼女やその母やふたりの孤児たちがいっしょに住める家にしたのだ。

ところが、トゥッティという言葉がイタリア語で「みんなの」を意味することに最初に気づいたのは、わたしではなく、友人のボブだった。ボブからそれを指摘されて、わたしは少し恥じ入った。なぜ、もっと早く気づかなかったのだろう? こんなことも見逃すなんて、あのローマの四カ月はなんだったの? ユタ州に住むボブからそれを教えられるなんて。ボ

ブは、新しい家のために寄付することを約束するEメールのなかに、こんなふうに書いていた。「つまりこれは、最後のレッスンじゃないかな？　きみは、自分を助けるために世界へ旅に出た。そして旅は最後に……みんな《トゥッティ》を助けることで終わるんだ」

93

すべての募金が形をなすまでは、このことをワヤンに話したくなかった。こんな大きな秘密を、ことに彼女が将来を憂えている前で隠しておくのはむずかしかったが、募金が明確な形をとるまで、むやみに彼女の希望を掻きたてるのはよくないと思った。そこで、一週間のあいだ自分の計画について口をつぐんだ。また、その週は毎日のように、あのブラジル人のフェリペと夕食をともにすることになり、そっちのほうにも気をとられていた。彼はわたしがいつも同じドレスでも、まったく気にしていないようだった。

たぶん、わたしはフェリペに恋していた。何回か夕食をともにして、彼に恋をしているとかなり確信できた。彼は第一印象以上にすばらしい人だった。自称「でたらめ野郎」はウブドのちょっとした有名人で、パーティーではいつも人々の中心にいた。わたしはアルメニアに彼のことを尋ねてみた。ふたりは少し前からの友人同士のようだ。「フェリペには、ほかの人にはない深みがあるような気がしない？　彼にはなにかあるような気がするの」すると、アルメニアはこう言った。「そうね。彼は親切ないい人だわ。でも、つらい離婚を経験しているようね。バリ島には、そこから立ち直るために来たんだと思う」

あらまあ、新情報が手に入った。

彼の年齢が五十二歳だということはわかっていた。これは興味深いことだ。わたしもついに五十二歳の男性を恋愛の対象として見る年齢に入ったということだ。でも五十二歳だろうが、わたしは彼のことが好きだ。髪は銀色で、魅力的に禿げている。ピカソ風の禿げ方だ。瞳は暖かなブラウン。成熟したおとなの男性――わたしの経験のなかでは、いささか斬新ではあるけれど。

フェリペはバリ島に暮らして五年になる。ブラジルの原石を使ってバリ人の銀細工師に装身具をつくらせ、それをアメリカに輸出する仕事をしている。彼がおよそ二十年近く誠実な結婚生活を送っていたという事実をわたしは好ましく受けとめた。その結婚はいくつもの複雑な事情が絡み合って破綻した。彼が三人の子をきちんと育てあげ、子どもたちから愛されているという事実も好ましかった。彼が家庭を大事にする父親で、オーストラリア人の妻がキャリアを築けるように、子どもが小さいころはよく面倒を見たという事実も(彼は妻をだいじにするフェミニストの夫だった。「社会史における正当な側に立ちたかったからね」)。ブラジル人らしく愛情表現をとても大切にするところも好きだ(彼の息子は、十四歳になったとき、とうとうこう言ったそうだ。「パパ、ぼくはもう十四歳だ。学校で車から降ろしてくれるとき、唇にキスするのはやめてよ」)。フェリペは四ヵ国語、もしかしたらそれ以上の言語を流暢《りゅうちょう》に話す(インドネシア語は無理だと言いつづけているが、わたしは彼がそれを話しているところを何度も聞いている)。世界の五十カ国を旅してきたこと、世界を身軽に渡り歩くところも気に入ってくれるところも好きだ。わたしが、わたしの話に退屈していないかと尋ねたときにだけ、彼はわたしの言葉をさえぎって言う。「ぼくの時間はすべてきみのものさ、マイ・ラブリー・リトル・ダーリン」ウェイトレスがテーブルのそばにいるときでも、「マイ・ラブリー・リトル・ダーリン」と呼ばれるとうれしい。

ある夜、フェリペはわたしにこう言った。「リズ、なぜきみは、バリにいるあいだ、恋人をつくろうとしないんだ?」けっして自分を恋人にしろという意味ではないけれど、その役を引き受けるのもやぶさかではないという意思は伝わってきた。彼によれば、イアン――あの見てくれのよいウェールズ人男性――はわたしにお似合いだが、彼のほかにも恋人候補はいくらでもいるということだった。たとえば、ニューヨーク出身のシェフをしている男は「大柄でたくましくて度胸のあるやつ」で、きっとわたしの好みだろうと言う。ここにはあらゆるタイプの、さまざまな国籍を持つ男たちがいる。みんな祖国を離れて久しく、ウブドに流れつき、家なしや甲斐性《かいしょう》なしが集う、この移ろいやすいコミュニティーに潜伏している。「マイ・ラブリー・ダーリン、きみはここですばらしい夏を過ごすことになるだろう」

「心の準備ができているかどうかわからないの」と、わたしは言った。「もう一度、恋愛に関するあらゆる努力をやりこなせるという気がしない。わかる? 恋をすれば、毎日脚のむだ毛を剃らなくちゃならないし、新しい恋人に自分の身体を見せなくちゃならない。自分の人生の一部始終を語り直したり、避妊に気を遣ったり、そういうことをしなくちゃならないことを考えると、気が重い。とにかく、誰かとちゃんとセックスできるかどうかもわからない。いまよりも十六のときのほうが、よほどセックスや恋愛に自信を持ってたわ」

「それは当然さ」フェリペが言った。「きみは若くて愚かだった。若くて愚かな者だけが、セックスや恋愛に自信を持っている。ぼくたちのなかに、自分がこの先どうなるかちゃんとわかっているやつがいると思うかい？　なんの苦しみもなく、人と人が愛し合えるなんて思うかい？　ダーリン、このバリ島で起きていることを見てごらん。西洋の男たちが、故郷での生活に疲れ果て、この島にやってくる。西洋の女はもうこりごりだと思って、かわいくて幼くて従順なバリ娘と結婚する。ぼくには男たちの考えていることが読めるよ。このかわいい幼い娘なら自分を幸せにしてくれる。人生はもっと安らかになる。そう信じているんだ。ところが、彼らのその後を見るにつけ、ぼくが言いたくなることはいつも同じだ――〝おだいじに！〟。だって、目の前にいるのは女だ。そして、そいつはいまも男だ。ふたりは、いっしょに暮らしていこうとしている。男と女が暮らしていけば苦しみが生まれるのは当然だ。愛はいつも厄介なものだよ。だけどそれでも、人と人は愛し合おうと努力すべきだ。ときに愛を見失い、傷つくこともある。でも、傷つくのは悪いことじゃない。それは、ぼくたちがなにかに向かって努力した証だからね」

「わたしの心は前回の恋愛でひどく傷ついて、傷はいまも痛いの。それって、おかしくないかしら。恋が終わってもう二年だというのに、いまだ傷心をかかえているなんて」

「ダーリン、ぼくはブラジルの男だよ。キスさえしていない女性のことで十年だって傷心をかかえられる」

わたしたちはお互いの結婚と離婚について話をした。うじうじと話したわけではなく、しんみりと同情を分かち合った。結婚後のあとにやってくる底なしのうつについて、お互いのケースを比較した。ワインを飲み、よく食べ、喪失の物語からいくらかでも苦渋を除こうと、前の配偶者について覚えている限りで最も心温まるエピソードを打ち明け合った。

フェリペが言った。「この週末、いっしょに過ごさないか？」わたしは、ええ、すてきね、と答えていた。本当にすてきな週末になるだろうと思えた。

彼はわたしを家の前まで送り、さよならを言った。車のシートから身を乗りだし、わたしにおやすみのキスをした。家まで送られて、おやすみのキスを受けるのは二度めだ。わたしもお返しをしようとしたが、彼のほうに引き寄せられたものの、最後の瞬間、首をすくめて彼の胸に頬を押し当てた。そのまましばらく、ただの友情の証というよりは長く、彼の腕のなかにいた。彼の顔がわたしの髪に押しつけられるのがわかった。わたしの顔は彼の胸骨に押しつけられていた。やわらかなリネンのシャツの香りがした。彼から漂う匂いが好きになった。たくましい腕と、広い胸も。ブラジルではかつて体操のチャンピオンだったと聞いた。もちろんそれは一九六九年のことで、それはわたしの生まれた年でもあるのだけれど……。でも、彼の身体を力強く感じた。

彼がわたしを引き寄せたのに首をすくめてしまうのは一種の逃げだった。わたしは、おやすみのキスを避けようとしたのだ。でも、結果として、それはただの逃げにはならなかった。ふたりで過ごした夜の最後に、こんなにも長く黙したまま彼の腕に抱かれることになったのだから。わたしは男の腕に身をまかせていた。

わたしの人生には久しくなかったことだ。

94

わたしは、老治療師《メディスンマン》のクトゥに尋ねた。「ロマンスについて、あなたの教えは？」

「なんだって、ロマンス？」

「いいの、忘れて」

「待て、それはなんだ？　その言葉の意味をわたしに説明しなさい」

「ロマンス」と言って、それを定義する。「男と女が愛し合うこと。ときには男と男が、女と女が愛し合うこともあるわ。キスをしてセックスをして結婚して——そういうこと全部」

「わたしは生涯で多くの人とセックスをしていないのだ、リス。妻ひとりとしか」

「あなたは正しいわ。多くの人とする必要はないもの。でも、あなたがいま言ったのは、前の奥さんと、いまの奥さんという意味でしょう？」

「わたしには妻はひとりしかいない。彼女はもう死んでいる」

「ニョモは？」

「ニョモは、わたしの本当の妻ではない。彼女はわたしの兄の妻だ」混乱しているわたしを見て、クトゥは言った。「なに、バリではよくあることだ」クトゥの説明によれば、クトゥの兄は、田んぼを持ち、米をつくって、クトゥのとなりで暮らしている。そして、ニョモと結婚している。ふたりのあいだには子どもが三人。だが、クトゥとクトゥの妻のあいだには、子どもがなかった。なので、クトゥの兄の息子をひとり、後継ぎとしてもらい受けた。クトゥの妻が死ぬと、ニョモはふたつの住居で暮らしはじめた。彼女の時間をふたつの所帯に分けて、自分の夫と、その弟の世話をした。ふたつの所帯で暮らす彼女の子どもたちの面倒を見た。ニョモは料理し、掃除し、神への捧げ物や宗教儀式をまかせられている。バリ人にしてみれば、あらゆる意味でクトゥにとっての妻だ。セックスしないことを除けば——。

「なぜ、しないの？」と、わたしは尋ねた。

「歳だから！」と、クトゥは言い、ニョモを呼び寄せて、この質問を伝えた。アメリカ人女性がなぜセックスしないのかを知りたがっているようだ。ニョモはそれを笑い飛ばし、わたしに近づくと、腕でゴンッと小突いた。

「わたしには妻はひとりだけ」クトゥが言った。「そして、彼女はもう死んでいる」

「亡くなった奥さんを恋しく思う？」

クトゥは寂しげな笑みを浮かべた。「それが彼女の寿命だった。どうやって妻を見つけたかをあんたに教えよう。二十七歳のとき、わたしはひとりの娘に会い、恋をした」

「それは、何年のこと？」いつものように、彼の本当の歳が知りたくて尋ねた。

「さあ」と、クトゥが答える。「たぶん、一九二〇年……だったかな」

（それじゃあ、いまは百十歳ということになってしまう。今度こそ謎が解けるかと思ったのに……）

「わたしはその娘に恋をしたのだ、リス。とても美しい娘だった。だが、性格がよくなかった。金ばかり欲しがった。ほかの男も追いかけていた。真実をけっして言わない。彼女の心にはもうひとつ秘密の心があるのだと、わたしは思った。誰もそこはのぞけない。彼女はわたしに愛想をつかし、別の男と去っていった。わたしは哀しかった。心が壊れた。四人の魂の兄弟に祈り、また祈り、なぜ彼女はわたしをもう愛さないのかと尋ねた。すると、魂の兄弟のひとりが真実を教えてくれた。彼はこう言った――〝あれは、おまえの本当の連れ合いじゃない。耐えろ〟。そこで、わたしは耐えた。そして、妻を見つけた。美しい女で、そのうえ、性格もよかった。いつもわたしにやさしく、喧嘩など一度もなかった。家にはいつも調和があった。彼女はいつもほほえんでいた。家に金がないときも、ほほえんで、わたしに出会えて幸せだと言った。わたしは彼女が死んだとき、とても哀しかった、心のなかでは」

「泣かなかったの？」

「少しだけ目で泣いた。だが、わたしは瞑想した。妻の遺体から苦しみをぬぐい去るために。わたしは彼女の魂のために瞑想した。とても哀しかった、でも幸せでもあった。わたしは毎日瞑想のなかで彼女を訪ねる。キスすることもある。彼女はわたしがセックスした唯一の女性だ。だから、わたしは知らない……そのなんと言うね？　新しい言葉だ。きょう、あんたから聞いたばかりの――」

「ロマンス？」

「そう、ロマンス。だから、リス、わたしは知らないんだ、ロマンスを」

「つまり、それはあなたの専門領域《エクスパティーズ》ではないと？」

「なんだって、エクスパティーズ？　その言葉の意味をわたしに説明しなさい」

95

とうとう、ワヤンに募金のことを打ち明けた。まず、わたしの誕生日に関するお願いと呼びかけについて説明し、それから寄付してくれた友人たちのリストを示し、最後に寄付金の総額を報告した。一万八千米ドル。その額の大きさにショックを受けて、最初、ワヤンは嘆きのお面のような顔になった。奇妙にも、衝撃的な知らせが理屈に合わない反応を人から引き出すことがある。理屈だけでは説明がつかないのが人間の感情というもので、喜びに溢れるはずの出来事にトラウマを受けたかのような激しい動揺を示したり、すさまじい悲痛が笑いを爆発させたりする。わたしがワヤンに伝えた知らせも、彼女にとって受けとめるには大きすぎたようだ。彼女はそれがまるで哀しい出来事であるかのように反応した。わたしは彼女の傍らにすわり、何時間もかけて同じ話を繰り返し、何度もその額について説明した。そうすることで、ようやく事実がゆっくりと彼女のなかに落ちていった。

彼女は最初の明確な反応として（つまり、庭付きの家が買えることにまで思い至り、わっと泣きだす以前という意味でなのだが）、急《せ》かすようにわたしにこう言った。「ねえ、リズ、お願いよ。お金を出してくれた人たちみんなに必ず伝えてね。これは、ワヤンの家ではないと。これはワヤンを助けてくれたみんなの家。もしその人たちの誰かがバリに来ることになったら、その人はホテルに泊まっちゃだめ。ワヤンの家に泊まるように伝えて。いい？ みんなにそう伝えると約束して。その家はグループ・ホームと……〝皆さんの家《ハウス・オブ・エヴリボディ》〟と名づけましょう」

それから、庭のある家を思い描いたらしく、わっと泣きだした。

こうして、ゆっくりと幸福の実感が彼女のなかに広がっていった。まるで心というハンドバッグを逆さにし、揺さぶって、さまざまな感情をそこらじゅうにぶちまけたかのようだった。もし家があれば、医療に関する本を置く小さな図書室がつくれる！ 伝統的な療法のための薬局も！ まともな椅子やテーブルのあるレストランも（古い家具は弁護士への支払いのためにすべて売り払われていた）。家があれば、〈ロンリープラネット〉社の旅行ガイドにも店のことを載せてもらえる（これまでは身を落ちつけられる場所ではなかったので、そうしたくてもできなかった）。家があれば、いつかトゥッティのために誕生日パーティーを開いてやれる。

ふいにワヤンが口をつぐみ、真顔になって、わたしに尋ねた。「あなたにどうやってお礼をしたらいいの、リズ？　あなたになんでもあげたい。もし愛する夫がわたしにいたら、そして、あなたがいい人を求めているのなら、わたしは喜んで夫を差し出すわ」

「そうだとしても、夫はとっておいてね、ワヤン。トゥッティを大学に行かせると約束してくれるだけでいいわ」

「あなたが二度とここに来なくなったら、わたしはどうしたらいいの？」

いいえ、わたしはこれから先もここに来るだろう。ふいに、イスラム神秘主義の詩人がつくった詩の一節を思い出した。神は遠い昔、砂にひとつの円を描かれた。それがいままさにあなたが立っている場所だ。そんな一節だった。わたしがここに二度と来ないなどということはない。そんなことはけっして起こらない。

「あなたの新しい家をどこに建てるつもり？」とワヤンに訊いた。

店のウィンドーに長く置かれた一個のグローブを見つめつづける野球少年のように、あるいは、十三歳になったときからどんなウェディングドレスにしようかと夢見てきた少女のように、ワヤンにはすでに買いたい土地のイメージがはっきりと見えていた。ウブドに近い村の中心にあり、水道も電気も引けて、トゥッティが通えるよい学校も近くにあること。そして、歩いてやってくる彼女の患者や客が見つけやすい場所にあること。兄や弟が家を建てるのを助けてくれるだろうと、ワヤンは言った。すでに主寝室の壁の色まで色見本から選んでいるかのようだった。

わたしたちは、ウブドに住むフランス人のファイナンシャル・アドバイザー兼不動産屋をいっしょに訪ねた。彼はお金の譲渡について最善策を親切に助言してくれた。その助言によれば、実に簡単、わたしの銀行口座に集まったお金をワヤンの銀行口座に電信送金し、そのお金で彼女の求める土地でも家でも買えばいいということだった。わざわざわたしがインドネシアに不動産を所有する必要はない。ただ、送金は一度に一万ドルを超えると、麻薬がらみのマネー・ロンダリングではないかと国税庁《IRS》や中央情報局《CIA》に疑われる可能性もあるので注意が必要だった。わたしはワヤンと連れだって彼女の口座のある小さな銀行へ行き、電信送金に必要な手続きについて尋ねた。事は粛々と進み、支配人は言った。「では、ワヤン。数日で電信送金が完了すると、あなたの銀行口座には、およそ一億八千万ルピアが振り込まれることになります」

　ワヤンとわたしは顔を見合わせた。そのとたん、奇妙な笑いが爆発した。なんという大金！　わたしたちは懸命に気を落ちつかせようとした。瀟洒《しょうしゃ》な銀行のオフィスにまだいたからだが、笑いの発作を止めることはできなかった。わたしたちは酔っぱらいのように互いの身体を支え合いながら、転がり出るように銀行を出た。

　ワヤンが言った。「こんなにあっという間に奇跡が起こるなんて！　ワヤンはずっと神様にワヤンを助けてとお願いしていた。そして、神様がワヤンを助けてとリズにお願いした」わたしはあとを引き継いだ。「そしてリズがワヤンを助けてと友だちにお願いした！」店に戻るとすぐにトゥッティが学校から帰ってきた。ワヤンが膝をつき、少女を抱きしめて言った。「家よ！　家よ！　家が持てる！」トゥッティはそれを聞いて、気を失うみごとな演技を披露し、漫画のように床にくずおれた。

わたしたちが笑い合っているとき、ふと奥の台所からあの孤児の少女ふたりがこちらのようすをうかがっているのに気づいた。わたしたちを見つめるふたりの顔に浮かんでいるのは、強いて言うなら……恐れだった。ワヤンとトゥッティが喜んで飛び跳ねているとき、あの孤児たちはなにを思っているのだろうと考えた。ふたりはなにを恐れているのだろう。もしかしたら、捨てられること？　それとも、どこからともなく大金を生みだしたわたしは、いまやあの子たちにとって恐ろしい人になってしまったのだろうか。こんな大金を出してくるなんて黒魔術を使っているのではないか、とか？　あるいは、小さなころから寄るべない人生を送ってきた子どもたちには、どんな変化も恐怖と映るのだろうか。

歓喜の嵐がおさまったところで、わたしはワヤンに尋ねた。「大きいクトゥと小さいクトゥには知らせないの？　これは彼女たちにも大ニュースだと思うんだけど」

ワヤンは台所にいるふたりの少女に目をやり、わたしが見たのと同じものを彼女らに見たにちがいない。すすっとふたりに近づき、腕に抱き寄せ、その頭になにか安心させるような言葉をささやきかけた。ふたりは警戒心を解いたように見えた。が、そのとき電話が鳴った。ワヤンが電話に出ようとしたが、ふたりのクトゥは細い腕を仮の母親にしっかりと絡めて、その頭をお腹と腋下にあずけ、かなり長い時間が過ぎても――彼女たちにわたしがそれまで見たことのない頑なさで――離れることを拒んだ。

そんなわけで、電話にはわたしが出た。

「はい、こちらは〈トラディショナル・バリニーズ・ヒーリング・センター〉」わたしは送話口に向かって言った。「店舗移転につき、閉店記念大セールを本日開催中です！」

96

その週はブラジル人のフェリペと二度外出した。土曜日、わたしは彼を初めてワヤンの店に連れていき、ワヤンと子どもたちに会わせた。トゥッティがフェリペのために家の絵を描いているあいだ、ワヤンは彼の背後から思わせぶりにウィンクし、唇の動きだけで「新しい恋人？」と何度も尋ねた。わたしは首を横に振りつづけた――「ノー、ノー、ノー」（でも、いずれ話すわ。あの魅力たっぷりのウェールズ人のことはもうなんとも思ってないの）。わたしはフェリペをクトゥにも紹介した。わたしの治療師《メディスンマン》は、フェリペの手相を観ると、少なくとも七回は同じことをわたしの友人に断言した（そのくせ、目はわたしのほうをじっと見つめていた）。「よい男だ。とても、よい男だ。とてもとてもよい男だ。悪い人間ではないな、リス――よい男だ」

そして日曜日、フェリペから一日海岸で過ごさないかと誘われた。そういえば、バリに二カ月も住んでいるのに、まだ海岸を見たことがない。それがなんだか間抜けなことに思われ、そうしましょう、と答えた。彼がジープで迎えにきてくれて、一時間ほど車で走って、観光客はめったに行かないパダンバイの小さなビーチに着いた。そこには青い海があり、白い砂浜があり、ヤシの木陰があり、最高によくできた楽園の模型のようだった。わたしたちは一日じゅう語り合い、その合間に泳いだり、昼寝をしたり、本を読んだりした。ときにはお互いのために本を朗読し合った。ビーチの奥の小屋で、バリ人の女性たちが、獲れたての魚を焼いてくれた。冷やしたビールや果物を買うこともできた。波と戯れながら、まだ話していなかった互いの過去を洗いざらい話した。この二週間ほど、ウブドの静かなレストランでワインのボトルを空けながら語り合ってきても、まだ語りきれてはいなかった。

初めてビーチで水着になったとき、フェリペはわたしの身体が好きだと言った。こういうところがブラジル人らしいと思うが、ブラジルにはわたしのようなタイプの身体をあらわす言葉があると彼は言った。「グラ・ファルサ」。見せかけの瘠せっぽちという意味で、遠目には細く見えるが、近くで見ると、丸みがある肉付きのよい女性の身体を指していうのだそうだ。そして、ブラジル人はそれをよいものと見なしている。ブラジル人に神の祝福あれ。わたしたちは二枚のタオルを広げて横たわり、おしゃべりした。ときどき、フェリペが手を伸ばし、わたしの鼻の砂を払ったり、ほつれた髪を掻きあげたりした。実に十時間も語り合った。日が落ちたので、荷物をまとめ、このバリの漁村の、明かりがけっして充分とは言えない泥道のメインストリートを歩いた。星空の下、満ちたりた気分で、腕を取り合って。そのとき、ブラジル人のフェリペが、まったくなにげない調子で(なにかちょっと食べるかい、と尋ねるときと同じように)わたしに尋ねた。「ぼくたちは肉体関係を持つべきかな?リズ、きみはどう思う?」

わたしは、彼の態度に好感を覚えた。行為であらわすのでなく――誘惑のキスでも、じゃれるような戯れでもなく――こんなふうに尋ねるところが。そして、それはまさに核心を突く質問だった。わたしは、この旅に出る一年ほど前に、セラピストから言われたことを思い出した。そのとき、わたしは彼女に、旅をする一年間は独り身を通したいと考えているが、こんな不安があると訴えた。「もし、心から好きだと思える人に出会ってしまったら？　そのとき、わたしはどうすべきかしら。その人といっしょになるべきなの？　初志を貫いて、自立性を重んじるべき？　それとも恋に身を投じるべきなの？」セラピストは鷹揚《おうよう》な笑みを浮かべてこう答えた。「あなたにはわかっているはずよ、リズ。その事態が持ちあがったその時に考えればよいことだわ。その問題の人といっしょに」

そしていまがその時というわけだ。その時、その状況、その事態、その問題の人、すべてが揃っている。わたしとフェリペは、仲良く腕を組んで海岸沿いに歩きながら、それについて語り合った。ごく自然に言葉が出てきた。「たぶん、イエスと答えるでしょうね、フェリペ――ふつうの状況でなら。ふつうの状況がどんなものかはともかく……」

わたしたちは笑い合った。それでも自分自身のなかにある躊躇《ちゅうちょ》については、彼にきちんと語っておかなければならなかった。おとなの男性の信頼できる腕にしばし抱かれたり、抱き返したりするのはとても楽しい。でもその一方で、わたしのなかのなにかが、この旅に明け暮れる一年間をまるまる自分のために使うべきではないかという問いを投げかけていた。わたしの人生には重大な変化が起こった。その変化は、どんな干渉も受けることなく、それじたいで収束していけるような時間と余裕を必要としている。たとえるなら、わたしはオーブンから出てきたばかりのケーキで、砂糖衣をかけられる前に、まず冷ますための時間を必要としていた。その貴重な時間をみずから損なうようなことはしたくない。自分の人生のコントロール権をまた失うようなことにはなりたくない。

フェリペは、その気持ちは理解できるし、わたしにとって最善の選択をすればいいと言ってくれた。そもそも、こんな問題を持ち出したことを許してほしいとも（「遅かれ早かれ、尋ねなければいけないと思っていたんだ、マイ・ラブリー・ダーリン」）。さらに、わたしがどんな結論を出してもこの友情は変わらない、なぜなら、わたしたちふたりがともに過ごした時間がふたりにとってとてもよいものだったと思えるから――彼はそう言った。

「しかしながら」と、彼はつづけた。「きみはぼくの主張にも耳を貸さなければ」

「それが公平というものね」と、わたし。

「まずその一、きみの言ったことを正しく理解できていればだが、この一年はきみにとって、修行と喜びのあいだのバランスを見つけるためにある。これまで聞いた話から、きみが敬虔な修行をたくさんしてきたことはわかった。だが、喜びをどう取りこんできたかが、いまひとつわからない」

「イタリアでものすごくたくさんパスタを食べたわ、フェリペ」

「パスタだって？　リズ……パスタだけ？」

「鋭い指摘ね」

「その二、きみがなにを不安に思っているかはわかっているつもりだ。ある日、男がきみの人生に割りこんできて、きみからふたたびなにもかも持っていこうとすることだ。でも、ダーリン、ぼくはそんなことはしない。ぼくも長いあいだひとりで生きてきた。愛の名のもとに多くのものを失った──きみと同じように。ぼくはお互いに奪い合うような関係を望んでいない。きみほどいっしょにいて楽しいと思える人はこれまでいなかった。だから、きみといっしょにいたい。心配しないでくれ。九月にきみがここを去るとき、きみをニューヨークまで追いかけていくようなことはしない。それから、二週間前にきみが話していた恋人を持ちたくない理由についてだけど……そうだな、こんなふうに考えてくれ。ぼくは、きみが毎日脚のむだ毛を剃らなくたって気にしない。ぼくはもうきみの身体が気に入った。ぼくはもうきみの過去を全部聞いた。きみは避妊について思いわずらう必要もない──ぼくは精管除去手術を受けているから」

「フェリペ」と、わたしは言った。「それって、わたしがいままで男性から聞いたなかで、いちばん説得力があってロマンティックな誘いだわ」

それは本当だった。でも、まだ受け入れるわけにはいかない、とわたしは答えた。

彼は車でわたしを家まで送ってくれた。わたしの家の前に車を停めて、わたしたちは甘くて、しょっぱくて、砂まじりで、昼間の海のようなキスを何度かした。すてきだった。もちろん、すてきだったけれど、わたしは、もう一度、「ノー」と言った。

「承知した、ダーリン」フェリペは言った。「でも、明日の晩、ぼくの家に来ないか。きみのためにステーキを焼こう」

そして彼は車で去っていき、わたしはひとりでベッドに入った。

振り返ってみると、わたしはこれまで、こと男性に関して結論を出すのはとびきり早かった。危険も顧みず、またたく間に恋に落ちた。元来わたしは、どんな人に対してもその人の最良のものを見ようとするし、こと愛情面においては、誰もがその潜在能力を最大値まで発揮できると考えている。相手の潜在能力の最大値に恋をしたと思われる回数のほうが、その人自身に恋をした回数よりも多い。そんなわけで、わたしは恋をすると、相手の男性がその最大値を発揮するのをいまかいまかと待ちわびて、その関係に執着する（ときにはあまりに長く）。多くの恋愛において、わたしはわたし自身の楽観主義の犠牲者だった。

わたしは若くしてあっという間に結婚を決めた。それはいま述べた愛と希望の見地からであって、結婚生活の現実的側面についてはほとんど話し合っていなかった。結婚するときに誰かに助言を求めた覚えもない。自立せよ、自活せよ、自己決定せよ、という教育方針のもとで両親に育てられ、二十四歳になるころには、周囲の誰もが、わたしはなんでもひとりで決められると信じていた。当然ながら、世の中はいつもこんなふうではない。家父長制の時代に生まれついていたら、わたしは父親の財産の一部と見なされ、父から夫に引き渡され、夫の財産の一部になっていただろう。わたし自身の人生の一大事にもほとんど口を挟めなかっただろう。わたしに求婚する男性があったら、父はその男を前にしてあらゆる質問を並べ、その人物が結婚相手としてふさわしいかどうかを見きわめたはずだ。たとえば、父はこんなことを知りたがる。「おまえは、わたしの娘になにを与えられるか。社会におけるおまえの評判はどうか。おまえの健康状態はどうか。結婚したら、娘とどこに暮らすつもりか。おまえの借金は、資産はいかほどか。おまえは人格的にどこが優れているのか」などなど。相手が誰であろうと、ただわたしが恋に落ちたという理由だけで、父がその結婚を許すことはない。しかし現代では、わたしが結婚の意志を固めれば、現代的な父親はそれに首を突っこもうとはしないだろう。父がわたしの結婚に干渉しないのは、わたしの髪型についてとやかく言わないのと同じことだ。

誓って言うが、家父長制の時代に戻りたいと言っているわけではない。ただ、家父長制が崩壊した（これじたいは正しい）時点で、それに代わる保護的な手段が講じられたわけではないという事実にわたしは気づいてしまった。つまり、わたし自身は求婚者に対して、異なる時代の父親なら当然尋ねたはずの挑戦的な質問をしようとは考えないということだ。わたしは愛の名のもとに、自分自身を何度も相手に明け渡してきた。ただひたすら愛のために。その過程のなかで家一軒を明け渡したこともあった。もし、わたしが本当に自立した女であるなら、わたしは自分を守るという役割を自分自身で担わなくてはならない。女性解放運動の活動家、グロリア・スタイネムは、かつて女性への助言として、女性は自分が結婚したいと思う男性のように自分がなるために闘うべきだ、と言った。いまごろになってようやく気づくのだが、わたしはわたし自身の夫ではなく、わたし自身の父親になる必要があった。それが、今夜、わたしをひとりのベッドに送りこんだ理由でもあった。ひとりの紳士の求愛を受け入れるには、まだ早すぎると感じられたからだ。

とはいえ、わたしは午前二時に、重いため息とともに目覚めた。肉体の渇きはあまりに強く、どうやってなだめればよいかさえわからなかった。この家に住む頭のおかしな猫が哀切な声で鳴きわめいており、わたしはその牡猫にこう言った。「あなたの気持ちはすごくわかるわ」この渇望をなんとかしなければと、寝間着のまま台所へ行って、半キロ弱のジャガイモの皮を剝き、茹でてスライスして、バターで揚げ焼きにして、たっぷりと塩をまぶして、ひと切れ残さず平らげた。愛の行為による充足の代わりに、どうか、この半キロ弱のフライドポテトがもたらす満足を受け入れて、と自分の肉体にお願いしながら。

わたしの肉体は、フライドポテトを平らげた直後にこう言った。「いやよ、お断り」

そこでわたしはベッドに戻り、倦怠《けんたい》のため息をつき、そして始めたことは……。

当然ながら、ここで思い浮かぶ一語は〝マスターベーション〟でしょう。もちろん、それは、ときに手近な（失礼！）方法ではあるかもしれないが、ときに甚《はなは》だしい不満足ゆえに、いっそう気分を落ちこませる結果しか招かない。独り身を通した、シングルベッドで自分しか相手のいない一年半のあいだに、わたしはこの慰み《スポーツ》にいささか食傷してしまった。けれども、今夜、まんじりともできないこの状況で、ほかになにができるだろう？　フライドポテトはなんの効き目もなかった。だから、わたしは今回もわたしなりのやり方をとることにした。いつものように頭のなかにあるエロティック・ファイルのページをめくり、最も手早くこの仕事をすませられそうなファンタジーか、過去の記憶を見つくろおうとした。でも、今夜はそれもうまくいかない。消防士もだめ。海賊もだめ。いつもならうまくいく、いやらしい目つきのビル・クリントンも張りきって待っていたけどだめ。ヴィクトリア朝時代の客間で、紳士たちが彼らの手先となるセクシーな若いメイド軍団を従えてわたしを取り囲む図、さえもまるでだめだった。で、結局のところ、わたしを満足させられる唯一のものは……。わたしは、しぶしぶ認めるしかなかった。ブラジル人のよき友がこのベッドに入ってきて、わたしと重なり……上になり……。

こうして、わたしは眠りについた。目覚めると静かな青空が広がっており、寝室はそれ以上に静かだった。それでも、まだどこか落ちつかない、バランスを欠いたような感覚が残っていた。そこでたっぷりと朝のストレッチをして、インドのアシュラムで親しんだ偉大なる浄化のための聖歌、グルギータを百八十二節まで謡いきった。それから一時間、骨が震えだすような深い静寂を求めて瞑想した。そうしてとうとうふたたび——あの特別な、均一な、快晴の空のような、なにものにも惑わされない、揺るぎない、名状しがたい、不変の、わたしの幸福を見いだしたのだった。その幸福は、かつてわたしがこの地球上のどの土地においても感じたことのないような、これまで感じたどんな幸福にもまさる幸福で、ちょっぴり塩味とバターの香りがまぶされていた。

97

わたしはひとりでいることを選んだことに深い喜びを感じていた。

そんなわけだから、その晩に起きたことに、わたしはかなりびっくりした。フェリペがこしらえた夕食をとって、そのあとふたりでカウチに身を伸ばし、おしゃべりをした。あらゆることを話題にして数時間が過ぎたころ、ふいに彼が身を寄せて、わたしの腋下に顔をうずめ、たまらなくこの野卑な匂いが好きだとささやいた。彼はさらに、わたしの頬に手を添えて言った。「もう充分だろう、ダーリン。ぼくのベッドにおいで」そして、わたしはそうした。

そう、彼といっしょに、彼のベッドに行った。その寝室には大きな窓があり、夜の景色と静かなバリの水田がほのかに見えた。彼はベッドを囲む蚊帳《かや》の白い薄物のカーテンをあけて、わたしを招き入れ、平和な家庭生活のなかで子どもたちの入浴の準備をいつもしていたにちがいないと思わせる慣れた手つきで、わたしの服を脱がせた。それから、この関係について彼なりの約束を口にした。ぼくはきみからいっさいなにも求めない――きみがぼくを求める限り、きみに愛を捧げつづけることをぼくに許してくれること以外はなにも。それを受け入れてくれるだろうか、と、彼は尋ねた。

カウチからベッドに行くあいだのどこかで言葉をなくしてしまったわたしは、ただうなずくだけだった。もうなにも言うことは残っていなかった。長く厳しい孤独の日々がつづいた。わたしなりに頑張ってきたと思う。でも、フェリペの言うことは正しい――もう充分だ。

「意見はまとまった」彼はそう答えると、ほほえみながら余計な枕をどけて、わたしの身体をくるりと返し、上になった。「ぼくたち自身もここでひとつにまとめよう」

思い返すと、なんだかおかしい。それは、わたし自身のなにかをまとめようとする努力にエンドマークを印した瞬間でもあったのだから。

あとになって、その夜のわたしがどう見えたかをフェリペが語った。その夜のわたしは幼く見えたという。彼が昼間の世界で知るようになった自信を持った女のわたしとはまったくちがっていた、と。彼が言うには、わたしはとても幼く、剥き出しで、気が立っていて、事のなりゆきに安堵し、果敢でありつづけることに疲れているように見えたという。わたしが久しく性的関係を持っていなかったことは確信できたそうだ。彼には、わたしの渇望がわかったし、なおかつ、渇望を表現できる状況に感謝しているように見えたという。わたしはあのときのことをすべて覚えているとは言えないけれど、フェリペの証言はそのまま信じられる。あのとき、彼がわたしを細やかに気遣ってくれているのがわかったからだ。

あの夜のことでいちばん覚えているのは、白い蚊帳が波のうねりのようにわたしたちを包んでいたことだ。それはパラシュートに似ていた。何年かつづいた人生のつらい時期、わたしを乗せて飛んでいた頑丈な飛行機の横腹からいま、このパラシュートを頼りに飛びおりていこうとしている――そんな感じがした。わたしの飛行機は宙にいるあいだに型が古びてしまった。それでもひたむきに飛びつづける単気筒エンジンの飛行機から、わたしは飛び出し、ふわふわのパラシュートで過去と未来の奇妙な空っぽのあわいをゆっくりと降りて、小さなベッドの形をした島に無事にたどり着く。そこには、この島に流れついたブラジル人の水夫がいる。彼もまた、あまりに長くひとりでいたために、わたしが降りてきたのをとても喜び、とても驚き、話せていたはずの英語も突然忘れてしまう。だから、彼はわたしの顔を見つめるたびに、同じ言葉をただ繰り返す。すてきだ、すてきだ、すてきだ、すてきだ、すてきだ……。

98

当然ながら、わたしたちは一睡もしなかった。そして、なんとも間の悪いことに、わたしはベッドを離れなければならなかった。なぜならその週は友人のユディと遠出の約束をしていたからで、わたしはとんでもない早朝に自分の家に戻ることになった。ユディとバリ島巡りのドライブ旅行に出かけようと計画したのは、ずいぶん前のことになる。その計画は、ある晩、ユディがこう言ったことから始まった。妻とマンハッタンを恋しく思うのは当たり前として、それ以外にアメリカのことで恋しく思うのは、ドライブ旅行——一台の車に友人たちと乗りこんで、あのすばらしい幹線道路を走って、はるか遠い土地まで旅をすることだ。それを聞いて、わたしは言った。「じゃあ、このバリでドライブ旅行をしましょうよ、アメリカン・スタイルの旅を」

このアイディアが、愛すべき喜劇として、わたしたちふたりの心をとらえた。バリ島においてアメリカン・スタイルの旅なんてできるわけがない。まず第一に、このデラウェア州ほどの広さしかない島に「はるか遠い土地」などあるはずもないのだ。そのうえ「幹線道路」というのが、ものすごいしろものだ。アメリカにおけるファミリー向けミニバンさながらに、五人ぐらいが一台に乗ったバイクが道に溢れていて、危険きわまりない。父親が片手運転でもう片方の腕に赤ん坊を抱きかかえ（アメリカン・フットボール式に）、母親がその後ろにぴったりのサルンを腰に巻いた姿で横ずわりし、頭にはかごを載せ、同じサドルに乗った双子の幼児に落ちるんじゃないよとしきりに声をかけている。そんなバイクが荒れた路肩を走り、ヘッドライトを点灯していないことすらある。ヘルメット着用はめったに見かけないが、多くの場合なぜか（まったくもって謎だが）バイクに装備はされている。想像してみてほしい――そこまでたくさんの荷を載せたバイクが、無謀なスピードを出して、複雑なダンス・ステップを踏むように車と車を縫いながら、走り抜けていく道路に、自分がまさにいるところを。バリの人々がどうしてひとり残らず交通事故で命を落としてしまわないのか不思議なくらいだ。

ともあれ、ユディとわたしは一週間の旅に出ることになった。いまもアメリカにいて自由の身であるつもりになって、一台の車を借りて、この小さな島を巡る旅だ。ただし、一カ月前に思いついたときには魅了されたものの、いまこのタイミングでは――フェリペとベッドに横たわり、彼がわたしの指先や腕や肩にキスを繰り返し、このままいればいいのに、とそそのかしているときには――心に重たく感じられた。しかし、行かなくてはならない。いや、どこかに行きたいと思う気持ちもあった。友人ユディと一週間を過ごすことは楽しみだったし、それ以上に、フェリペと一夜をともにしたあと、この新しい現実について、小説などでよく言う〝その人と深い仲になった〟事実について考えてみる小休止が欲しかった。

　そんなわけで、フェリペが車でわたしを家まで送ってくれて、最後に情熱的な抱擁をして、また去っていった。ユディがレンタカーでやってくるまで、シャワーを浴びて、気持ちを切り替える時間が持てた。ユディはわたしをひと目見るなり、言った。「あんた《デュード》、昨夜は何時に家に帰ったんだい？」

　わたしは答えた。「それが、あんた《デュード》、昨夜は家に帰らなかったの」

「おいおいおい《デューーード》」そう言うと、彼は笑いだした。おそらくは二週間前わたしが真顔になって、もう一生セックスはしないと断言したことを思い出したのだろう。「もう志を折ったのか？」

「まあ、聞いてちょうだい、ユディ」と、わたしは言った。「去年の夏、まだ旅に出る前、ニューヨーク州の北部にいる祖父母を訪ねたの。祖父の奥さんは──祖父は再婚したのよ──ゲールという名のとても感じのよい人で、八十代になるわ。そのゲールが古いアルバムを引っぱり出して、一九三〇年代の写真を見せてくれたの。そのころ彼女はまだ十八歳で、ふたりの友人とひとりのお守り役といっしょに、一年間のヨーロッパの旅に出た。彼女がページをめくっていくうちに、すばらしい昔のイタリアの写真があらわれた。そのなかのヴェネツィアの一枚に、それは魅惑的なイタリア人青年が写ってたわ。〝ねえ、ゲール。このイカした青年は誰？〟って尋ねたの。すると、彼女はこう言った──〝わたしたちがヴェネツィアで泊まっていたホテルの経営者の息子よ。わたしたち、恋仲になったの〟。わたしが〝恋仲？〟と驚くと、祖父の最愛の妻は、わたしをいたずらっぽく見つめて、ベティ・デイヴィスにも負けない色っぽいまなざしになって言ったわ。〝だって、教会を見るのに退屈していたんですもの、リズ〟」

ユディが両手を高々とあげ、わたしたちはハイタッチをした。「まあ、心おきなく楽しむんだな、あんた《デュード》」

こうして、わたしは偽物のアメリカ式ドライブの旅に出た。道連れは、音楽の天才にして流浪の境遇にあるクールなインドネシア青年。バックシートには、ギターやビールや、バリ式ドライブの非常食——揚げせんべいや、さまざまな風味付けをしたインドネシアのキャンディーなど——がいっぱいだった。あのときの旅の細部は、いまとなってはぼんやりとした霞《かすみ》のなかにある。いつもフェリペのことを考えていたせいでもあるし、どんな国に行っても、車の移動というのは記憶のなかでつねに奇妙なもやをまとっているものだ。覚えているのは、ユディとずっとアメリカ英語でしゃべっていたことだ。わたしは長くアメリカ英語を話していなかった。旅に出てからも〝英語〟を話していたのだが、それはアメリカ英語とはちがう。もちろん、ユディの話すヒップホップ式アメリカ英語とはまるっきり別種のものだった。わたしたちはすっかり気を許し、MTVに夢中な思春期の子どものようになった。ドライブしながら、粋《いき》がったティーンエイジャーのようにふざけ合い、お互いをあんた《デュード》、おまえ《マン》、ときにはとびっきりの親しみをこめてきょうだい《ホモ》などと呼び合った。会話のなかには、しょっちゅう、愛情に溢れた母親への侮辱が紛れこんだ。

「おい、地図は？」

「あんたの母ちゃんに訊いて」

「ああ、訊くよ、でぶっちょの母ちゃんに」

とまあ、こんな調子。

バリ島の内陸部へは入らず、海岸沿いに進んだ。まる一週間、ビーチ、ビーチ、行けども行けどもビーチの日々。沖に見える島がどうなっているか知りたくなり、小さな釣り船を雇って島まで行ったこともあった。バリ島のビーチは実に多彩だ。南カリフォルニアのような白い砂浜に波が打ち寄せるクタの海岸をぶらぶらしたあと、島の西海岸まで車を進めれば、黒々とした岩盤が美しい西海岸特有の風景に出会う。だがその先へは一般的な観光客はあまり行こうとしない。その目には見えないバリ島の境界線を越えてさらに北上すると、今度は荒々しい北の海岸が始まる。そこまでわざわざ行くのはサーファーか、よほどの物好きだろう。わたしたちはビーチにすわって、逆巻く波と、インドネシア人や西洋人の褐色や白い肌の瘠せたサーファーたちが、オーシャン・ブルーのパーティードレスのファスナーを開くように、波を切り裂いて進んでいくのを見つめていた。わたしたちは恐ろしく自信満々のサーファーたちが珊瑚礁《さんごしょう》や岩にぶつかり、また新たな波に挑戦するのを見てつぶやいた。「完全にイカレてる」

もくろみどおりに、しばらくはインドネシアにいることを忘れて、レンタカーを走らせ、ジャンクフードを食べ、アメリカのヒットソングを歌い、ピッツァを見つけるたびに必ず食べた。数時間が経過すれば否応もなくバリにいることを思い出させるものに出会うのだが、わたしたちはそれを無視して、まだアメリカにいるふりをした。「あの火山の先まで行くいちばんいいルートは？」と、わたしが尋ねると、ユディが「州間高速道九十五号線だね」と答える。そこで、わたしが言い返す。「でも、それだとボストンのラッシュアワーにぶつかるわよ」ちょっとしたゲームにも、ある種の努力は必要だ。

ときどき穏やかな遠浅の海を見つけると、一日じゅうそこで泳ぐことに決めて、午前十時半からビールを飲みはじめることを自分たちに許した（「まあ、薬のようなものだからな、あんた《デュード》」）。出会う人とは誰とでも友だちになった。ユディはビーチを歩いていて船をつくっている人を見かければ、立ちどまって「へえ！　ボートをつくってるんだね？」と声をかけるタイプの人間だ。彼の好奇心が相手の好意を引き出し、その舟大工の家で一年間暮らさないかと誘われたこともある。

日が暮れると、いろいろ不思議なことが起こった。ある夜は観光地でもなんでもない土地の寺院で神秘的な宗教儀式がおこなわれているのを偶然見つけ、わたしたちはその歌声と太鼓とガムランの響きにまるで催眠術にかかったようになった。ある夜は小さな海辺の町の薄暗い通りで、地元の住民たちがこぞって誰かの誕生日の祝いに参加しているところに出くわした。ユディとわたしは（よそ者の栄誉として）群衆のなかから引っぱり出され、村いちばんの美少女とダンスを踊ることができた。その少女は金と宝石とお香の香りを身にまとい、エジプト風の濃い化粧をしていた。おそらく十三歳ぐらいと思われるが、その腰は、どんな神をも誘惑してみせるという自信をたたえ、やさしく官能的に揺れていた。翌朝、同じ町にある家族経営の小さな食堂に入ると、バリ人の店主が自分はタイ料理の凄腕《すごうで》コックだと宣言した。料理はそれほどでもなかったが、わたしたちは一日をそこでのんびりと過ごし、冷えたコーラを飲み、脂っこいパッタイ（タイ風焼きそば）を食べ、店主の息子である美少年と〈ミルトン・ブラッドリー〉社のボードゲームを楽しんだ。あとで思ったのだが、その美少年は前の晩にダンスを踊っていた〝村いちばんの美少女〟だったかもしれない。バリ島の人々は宗教儀式における異性装の達人だ。

毎日、電話を見つけるたびに、フェリペに電話をかけた。「あと何日ひとりで眠れば、きみは帰ってくるんだ？」と彼はわたしに尋ねた。「ぼくはきみと恋に落ちたことを楽しんでいる。これがとても自然なことに思える。これまでも、こんなことが二週間に一度はあったみたいに。だが実際のところ、三十年近く、こんな思いは誰に対しても感じたことがなかったんだ」

まだよ、まだ。恋の滝壺に真っ逆さまに落ちるまであとわずかだとしても、それをためらう声がわたしのなかからあがった。その声が、いずれはこの地から去る身であることをわたしに思い起こさせた。フェリペが言った。「愚かでロマンティックな南米人の考えなのかもしれないが、ダーリン、わかってほしい。ぼくは、きみのためなら喜んで苦しむ。未来にどんな苦しみが待ち受けていようとも、いまきみといっしょにいられる喜びのためなら、ぼくはそれを引き受ける。いまこのときを楽しもう。すばらしいことじゃないか」

わたしは彼に言う。「ねえ、なんともおかしな話だけど、わたしはあなたに会う以前は、ずっと永遠に独り身を貫けると思ってた。一生、スピリチュアルな修行をつづけて、瞑想をする人になれるんじゃないかって」

「じゃあ、こんな瞑想をしてくれ」彼はそう言って、わたしが彼のベッドに戻ったときに、わたしの肉体で彼がしたいことをひとつ、ふたつ、みっつ……と数えあげながら、つまびらかにしていった。わたしはかすかに膝を震わせながら、よろよろと電話から離れた。この新しい情熱のすべてを楽しみ、同時に面食らっていた。

旅の最後の日、ユディとわたしは、どことも知れないビーチでのんびりと過ごした。そして、旅のあいだしょっちゅうしていたようにニューヨークの話を始めた。あの街がどんなにすてきか、あの街をどんなに愛しているか。ユディは、妻を恋しく思うのと同じくらいにあの街が恋しいと言った。強制退去させられて以来、あの街がひとりの人間のように、まるで亡くした血縁であるかのように思われてきた、と。しゃべりながら、ユディはわたしたちのタオルのあいだの白い砂を平らにならし、そこにマンハッタンの輪郭を描いた。「あの街の覚えているものを全部ここに記そう」彼がそう提案し、わたしたちはすべてのアヴェニューとそれに交差する主要なストリートを、ただ一本だけ途中から湾曲してマンハッタン島を斜めに横切るブロードウェイを、それぞれの川を、ヴィレッジを、セントラル・パークを指先で砂に記していった。細長いきれいな貝殻を選んでエンパイア・ステート・ビルとし、もうひとつの貝殻をクライスラー・ビルに見立てた。敬意を表して、二本の小枝をかつて世界貿易センターのツインタワーがあった場所に立てた。

　わたしたちは、この砂の地図を使って、ニューヨークのそれぞれのお気に入りの場所を教え合った。ここは、ほら、このサングラスを買った店、とユディが言い、わたしが、いまはいているサンダルはここで、とその場所を示す。ここが元夫と初めてディナーを食べた店。ここが妻と出会った場所。街でいちばんのヴェトナム料理の店はここ。ベーグルならここ、いちばんおいしいヌードルはここ（「いいや、きょうだい《ホモ》、いちばんのヌードル・ショップはここさ」）。わたしが懐かしいヘルズキッチン地区をさらに詳しく描きだすと、ユディが言った。「このあたりにうまいダイナーがあるんだ」

「〈ティクタク〉？　〈シャイアン〉？　〈スターライト〉？」

「そう、〈ティクタク〉だよ、あんた《デュート》」

「〈ティクタク〉のエッグクリームは飲んだ？」

　ユディがうめいた。「もちろん。ああ、あのうまさったら……」

　彼がニューヨークを懐かしむ気持ちが手に取るようにわかった。彼の気持ちに呑みこまれて、自分がいずれはマンハッタンに戻れる身であることを一瞬忘れるほどだった。ユディはツインタワーに見立てた二本の小枝をいじっていたが、それをいっそうしっかりと砂に突き刺すと、静かな青い海に視線を移して言った。「もちろん、ここが美しい土地だってことはわかってる……でもぼくは、もう一度、アメリカをこの目で見られるんだろうか」

わたしになにが言えただろう？

わたしたちはしばらく沈黙に浸った。やがて、ユディがそれまで口のなかでくちゃくちゃやっていた、奇天烈な味のするインドネシアのキャンディーをぺっと吐き出した。「くそまずいキャンディーだぜ。こんなもの、どこから持ってきたんだ？」

「決まってるじゃない、あんた《デュード》。あんたの母ちゃんのところから」わたしは言った。「あんたの母ちゃんのところからよ」

99

ウブドに戻ると、わたしはすぐにフェリペの家に行き、誇張でもなんでもなく、それからおよそ一カ月、彼の寝室から出なかった。誰からもこんなふうに愛されたことはないし、こんな喜びを与えられたことも、こんなひたむきな情熱で愛されたこともなかった。愛の行為を通して、これほど自分をさらけ出し、解放し、投げ出したことも。

男女の情交についてわたしが知っているただひとつのこと、それはふたりの性的な交わりを支配する自然の法則が存在するということだ。そしてその法則は、重力と同じぐらいに動かしがたい。誰かと肉体の交わりを持って心地よく感じるかどうかは、その人自身に決定できることではない。それは交わるふたりがどう考え、どうふるまうか、なにを話すか、あるいはどんな容姿であるかにも、ほとんど関係がない。要は、神秘の磁石が埋まっているかどうか。神秘の磁石が互いの胸骨の奥に埋めこまれているかどうか、すべてはそこにかかっている。もし、そうでなければ、（わたしは過去に胸がつぶれるような思いでそれを痛感したが）なすすべはなにもない。外科医が適合しないドナーの腎臓を無理やり患者に移植することができないのと同じように。友人のアニーはそのことをこんな短い質問にまとめてみせた。

「つまり、お互いにお腹とお腹をぴったりとくっつけ合って、いつまでもそうしていたいと思えるかどうか、そういうことね」

フェリペとわたしはその点に関して完璧な相性を持っていた。肉体のどんな部分も、相手のアレルギー反応を引き出すことはなかった。危険もなく、困難もなく、拒絶するものもない。わたしたちの官能の宇宙がすみずみまで余すところなく満たされていた。そして、あの……賛辞の数々。

「ほら、見てごらん」愛の行為を終えたあと、フェリペはわたしを鏡の前に連れていき、一糸まとわぬわたしのヌードを、NASAの宇宙飛行士が無重力訓練を受けたあとのようなぼさぼさ髪のわたしを見せた。「きみは美しい……身体の輪郭がすべて曲線でできている……まるで砂丘のようだ……」

正直言って、自分の肉体がこれほどくつろいでいるのを見たことがない。もしかしたら、こんなに力を抜くのは生後六カ月のスナップ写真に写っているあのとき、台所のシンクで気持ちよく入浴し、キッチン・カウンターの上でタオルにくるまれてうっとりしている、あの赤ん坊のとき以来ではないだろうか。

そしてふたたび、彼はわたしをベッドに誘う。ポルトガル語で、「ヴェム・ゴストーザ」と。

おいで、ぼくのおいしい人。

フェリペは愛の呼びかけの達人でもある。ベッドのなかでもポルトガル語の愛の言葉がごく自然に溢れてくる。わたしは彼の「ラブリー・リトル・ダーリン」を卒業して、彼の「ケリディーニャ」に昇格した（ポルトガル語でそのまま「ラブリー・リトル・ダーリン」という意味だ）。ここバリ島では怠け者になってしまい、インドネシア語もバリ語も学ぶ努力をしなかったが、それはポルトガル語は難なく頭に入ってきた。当然、学んでいるのはピロートークばかりだが、それはポルトガル語のすばらしい用い方であるように思える。フェリペが言う。

「ダーリン、きみを辟易させてあげよう。きみがうんざりしてしまうぐらい、一日にきみに何度でも触れて、何度でもきみのことを美しいと言おう」

では試してみて、わたしで。

こんなことをしていると、日にちの感覚がなくなっていく。まるで彼のベッドのシーツの下で、彼の手の下で、月日が消えてゆくように。わたしの日々の予定も日課も、そよ風に吹き散らされてしまった。治療師《メディスンマン》のもとへも行かなくなり、しばらく間があいた。でも、ついにある午後、意を決して彼の家に行った。クトゥはわたしが言いだすより早く、わたしの顔を見て悟ったようだ。

「あんたは、バリで恋人を見つけたんだな」

「そうよ、クトゥ」

「よろしい。妊娠しないように気をつけなさい」

「そうするわ」

「いい男か？」

「わかってるはずよ。だって、あなたは彼の手相を観たわ。彼はいい男だと、そのとき、わたしに断言したわ。七回も言ったのよ」

「わたしが？　いつ？」

「六月よ。わたしが彼をここに連れてきたとき。ブラジル人で、わたしより年上で、あなたは、彼のことが気に入ったとわたしに言った」

「そんなことは言わん」クトゥは言い張った。もうこうなると、彼を説得するのは無理だ。クトゥの記憶からなにかがすっぽり抜けてしまうことが、ときどきあった。六十五歳から百十歳の年齢のあいだのどこかにいれば、人はそうなるのかもしれない。たいていのときは機敏だし、頭も冴えている。しかし、わたしはときとして、彼とは異なる意識のレベルから、異なる宇宙から、彼の世界に割りこんでいるのではないかと感じるときがある。たとえば、その数週間前、クトゥはわたしにこう言った。「リス、あんたはわたしの親友だ。誠実な友人だ。愛すべき友人だ」それからため息をつくと、ぼんやりと虚空を見やって、哀しげに言った。「シャロンほどではないがな」シャロンとはいったい誰？　その人はクトゥになにをしたの？　それについてあれこれ尋ねてみたが、クトゥは答えなかった。それどころか、シャロンという名に覚えがないかのように反応した。あたかも、わたしが性悪女のシャロンという話題を突然持ち出したかのように。

さて、今回もクトゥはこう尋ねてきた。「なぜ、恋人をここへ連れてきて、わたしに会わせない？」

「会わせたわ、クトゥ。本当よ。会わせたの。それで、あなたは彼のことが気に入ったと言った」

「はて、覚えがない。金持ちかな、恋人は？」

「いいえ、クトゥ。金持ちではないわ。でも、お金は充分なだけ持っている」

「中ぐらいの金持ちか？　詳しく知りたいものだな」

「だから、充分なだけ持ってるの」

わたしの答えはクトゥを苛立《いらだ》たせているようだった。「あんたは、その男に金を求める。男は、あんたにそれを与えることができるのか？」

「クトゥ、わたしは彼からお金を求めない。男性からお金を受け取ったことは一度だってないわ」

「毎晩、その男と過ごすのだな？」

「そうよ」

「よろしい。甘えさせてくれるか？」

「たっぷりと」

「よろしい。いまも瞑想しているのだな？」

瞑想はしていた。その週は毎朝、フェリペのベッドから這い出してカウチまでたどり着き、そこに静かに坐して、こうしていられることのすべてに感謝を捧げた。ポーチの外ではアヒルたちがガーガー鳴きながら、あっちこっちに噂話と泥はねをまき散らしながら、水田のあぜ道を歩いていく（フェリペはそんな騒がしいバリのアヒルたちを見るたびに、リオのビーチを気どって歩くブラジルの女たちを思い出すと言った。大きな声でおしゃべりし、互いの話に割りこみながら、自信たっぷりに腰を振って歩く女たちを）。いまは心安らかに暮らしているので、フェリペがお湯を張ってくれたバスタブに浸かるように、瞑想にも楽な気持ちで入っていける。朝日のなか、裸のままで、ただ肩に薄い毛布だけをかけて、わたしは神の恩寵《おんちょう》のなかに溶け入っていく。そして、ティースプーンの上でバランスをとるちっちゃな貝殻のように宇宙の無のなかに浮かんでいる。

どうして、人生ってあんなにむずかしかったのだろう？

ある日、ニューヨークにいる友人のスーザンに電話した。あの都会には付きもののパトカーのサイレンをバックに、スーザンは最近別れた恋人との細かな顛末を語った。わたしは耳を傾けた。わたしの声は落ちついてなめらかで、まるで深夜にラジオから流れるジャズ番組のDJのようだった。その声でいまは、なるがままにまかせるしかないこと、あらゆるものがすでに与えられていることに気づくべきだということを、スーザンに語りかけた。もうすべては神から与えられているのよ。それに気づけば平和で、調和に満ちた世界が……

電話の向こうでパトカーのサイレンをバックに、スーザンが目玉を回して天を仰《あお》いだ――と思えるような口調で言った。「それってまるで、きょうすでに四度めのオーガズムを味わった女みたいな言いぐさね」

100

しかし、いいことばかりはつづかない。昼も夜も愛の行為に没頭する数週間のあと、肉体は重い膀胱《ぼうこう》炎というしっぺ返しをわたしに食らわした。膀胱炎は過度なセックスによって、ことに過度なセックスに慣れていなかった場合に罹りやすい感染症だ。あらゆる悲劇がそうであるように、膀胱炎の襲来も一瞬だった。ある午前、日常的な雑事を片づけるために街に出ているとき、突然、身体が二つ折りになるほどの激痛と発熱に襲われた。この手の感染症は野放図な若い時代に経験があったので、ああ、あれだ、と察しがついた。ひどくなる場合もあるので、一瞬はパニックに陥ったが、「そうだ、ありがたい。わたしのバリの友人はヒーラーだ」と思い至り、そのままワヤンの店に駆けこんだ。

「病気なの！」とわたし。

ワヤンはわたしをひと目見て言った。「セックスしすぎて病気になったのね、リズ」

わたしはぐうの音も出ず、両手で顔を覆った。

彼女はくすりと笑った。「ワヤンに隠し事はできないわ」

一度でもこの感染症に罹ったことのある人ならわかるはずだが、とにかく痛みがすさまじい。経験したことのない人には……「火搔き棒」という言葉を文中のどこかに使った表現でその苦しみを訴えるのがふさわしいように思われる。

ワヤンは熟練の消防士や緊急救命室《ER》の外科医のように落ちつきはらっていた。まずは丹念に薬草を摘むところから始め、なにかの根を煎じ、台所とわたしのあいだを行き来した末に、怪しい臭いを放つ褐色の温かい液体を持ってきた。「さあ、お飲みなさい」

それから次の煎じ汁ができあがるまで、わたしの正面にすわり、ここは首を突っこめるチャンスとばかりに、じろりとわたしを見つめて尋ねた。

「避妊には気をつけているんでしょうね、リズ？」

「避妊は必要ないの、ワヤン。フェリペは精管除去手術を受けているから」

「フェリペが精管除去手術を？」まるで「フェリペが、トスカーナ地方に別荘を？」と訊き返すときのような驚き方だ（実を言うと、わたしもこの件を知ったときは、そんなふうに感じた）。「バリで男にそれをさせるのは、とてもむずかしい。避妊はいつも女の問題にされる」

（それでも、インドネシアの出生率が昨今の目覚ましい産児制限政策によって低下しているのは事実だ。政府は自発的に精管除去手術を受けにきた男性に新しいオートバイを一台提供すると約束している。手術を受けた同じ日に、オートバイにまたがって家に帰るというのはどうかと思うのだが……）

「セックスって滑稽ね」ワヤンは痛みに顔をしかめるわたしを見つめ、煎じ薬をもっと飲みなさいと手ぶりで勧めながら、しみじみと言った。「人間に滑稽なことをさせる。恋の始まりはみんなこうなる。たくさんの幸せ、たくさんの快楽を求めすぎて、病気になるの。ワヤンもラブ・ストーリーの最初はそうだった。バランスを失って」

「恥ずかしい」と、わたし。

「恥ずかしがることない」と彼女は言い、それから完璧な英語で（完璧なバリ島の論理にのっとって）こうつづけた。「愛のためにバランスを失うことも、バランスのとれた人生を生きることの一部よ」

わたしはフェリペに電話することにした。彼の家に置いた荷物のなかに旅行中のもしものときに備えた救急医療セットがあり、そこに抗生剤が入っていた。以前この病気に罹ったとき、悪化した場合は腎臓まで感染が広がる危険性があると知った。そんなことにはなりたくない、ことにインドネシアでは。そこでフェリペに電話し、起こったことを伝えて（落ちこませてしまった）、抗生剤を持ってきてくれるように頼んだ。ワヤンのヒーリング・パワーを信じていないわけではないが、痛みはかなり深刻だった。

ワヤンは言った。「西洋医学の薬は必要ない」

「でも、服《の》んでおいたほうがいいと思うの、安全のためにも……」

「あと二時間待って。それでもよくならなければ、それを服めばいい」

わたしはしぶしぶ同意した。前に罹ったときの経験からすると、強い抗生剤を服用すれば、数日で回復するはずだった。でも、ワヤンの気を悪くさせたくなかった。

店で遊んでいたトゥッティが、わたしを元気づけようと、家の絵を小さな紙にたくさん描いて持ってきた。八歳なりの同情をこめて、わたしの手の甲をぽんぽんと叩く。「母さん、エリザベスは病気なの？」どうして病気になったかまでは、この子は知らない。

「もう家は買ったの、ワヤン？」と、尋ねた。

「いいえ、まだよ。急ぐことないわ」

「気に入った土地はどうなったの？　あれを買うのだと思ってたけど」

「売る気がないみたい。高すぎる」

「ほかに心当たりは？」

「いまは心配しないで、リズ。いまは、あなたがよくなることがだいじ」

フェリペが薬を持って到着し、自責の念にかられた表情で、わたしを菌に感染させて痛い思いをさせていること、少なくとも自分がそれに関与していることを、わたしとワヤンのふたりに詫びた。

「病気は重くない」と、ワヤンが言った。「心配しないで。わたしがすぐに治すから。すぐによくなるから」

それから彼女は台所へ行き、大きなガラスのボウルに入った、葉っぱや根っこや実や、おそらくターメリックと思われるもの、もさもさした魔女の髪みたいに見えるなにか、イモリの目玉ではないと信じたいなにか……などが浮かんだ褐色の煎じ汁を持って戻ってきた。それがなんにせよ、その量たるやボウルというよりバケツ一杯ほどもあり、死体のような臭いがした。

「飲みなさい」ワヤンが言った。「飲んで、全部」

わたしは我慢して飲んだ。すると、二時間もたたないうちに……痛みがすっかり引いた。二時間もかからずにわたしは元気を回復し、すっかり治っていた。抗生剤なら回復までに数日はかかるはずの感染症が消え去っていたのだ。わたしが治療費を払おうとすると、ワヤンは笑い飛ばした。「家族だから、払う必要ない」それからフェリペのほうを向き、厳しい表情をつくって言った。「彼女をだいじにしてね。今夜は眠るだけ。さわっちゃ、だめ」

「こんな問題を、つまりセックスに関係するような病気の人を治すことに、戸惑うことはない？」わたしはワヤンに尋ねた。

「リズ、わたしはヒーラーよ。あらゆる不調を治す。女性のヴァギナの不調も、男性のバナナの不調も。ときには女性のために偽物バナナもつくる。ひとりでセックスできるように」

「ディルドを？」わたしは驚きに打たれた。

「みんな、ブラジル人の恋人がいるわけじゃないからね、リズ」ワヤンは諭すように言った。それからフェリペのほうを向いて、にっこりした。「あなたのバナナを硬くするのに助けが必要なら、わたしが薬をつくってあげるわ」

わたしはそんな必要はないとワヤンにあわてて言ったが、フェリペは企業家らしく、バナナを硬くする秘薬があったら瓶詰めにして売ってはどうかと言った。「ひと財産築けるかもしれないからね」しかし、ワヤンはそれは無理だと言った。なぜなら、彼女の薬は毎日新鮮なものをつくらなければ薬効があらわれないから。それに薬には祈りも必要だ。また、男のバナナを硬くする方法は飲み薬だけではなく、マッサージでもそれができる――。それを聞いたわたしたちのあからさまな好奇心を見てとったのか、彼女は男性のだいじなバナナに施すマッサージについて説明してくれた。根もとをしっかりとつかんで、およそ一時間、血流がよくなるように、特別な祈りを唱えながら、揺さぶりつづけるのだという。

わたしは尋ねた。「だけど、ワヤン。その人が毎日ここにやってきて、〝いっこうに治らない。もっと別のマッサージをしてくれ〟と言ったらどうするの？」みだらな想像を含んだわたしの質問にワヤンは声をあげて笑い、確かに、男性のバナナの治療にあまり時間をかけすぎてはいけない、と認めた。なぜなら、それが彼女のなかにある種の……強い感情を呼び覚まし、癒しの力を損なうことがあるからだという。それに、男はときどき自制心を失うからね、と付け加える（確かに、長いインポテンツのあとに、こんな褐色の肌につややかな長い黒髪を持つ女性にいきなりエンジンをかけられたら、男はそうなってしまうのかもしれない）。ワヤンは、インポテンツの治療中、突然彼女に跳びかかり、「ワヤンが欲しい！」と叫びながら、彼女を追いまわした男性の話をした。

しかし、求められたところで、応じるわけにはいかない。ただし、インポテンツや不感症に悩むカップルや子づくりがうまくいかない夫婦のために指南役を務めることはあるそうだ。ワヤンは彼らのシーツに魔法の絵を描き、月のいつごろにどんな体位で交わるとよいかを説明する。ワヤンが言うには、赤ん坊が欲しい男性は「本当に本当に激しく」妻と交わらなければならず、「彼のバナナから妻のヴァギナに向かって、本当に本当にすばやく、噴きこぼれるように」射精しなければならないという。ときには性交するカップルと同じ部屋にいて、どんなふうに激しくすばやく行うかについて説明することもあるそうだ。

わたしは尋ねた。「ワヤン先生が立って見ている横で、男性は、本当に激しく、本当にすばやく、バナナから噴きこぼせるものかしら」

フェリペが、カップルを見守るワヤンを演じてみせた。「速く！　激しく！　赤ん坊が欲しいの？　欲しくないの？」

ワヤンは、ばかげていることは承知しているけれど、それがヒーラーの仕事なのだと言った。そうすることの前後にも、彼女の聖なる魂が損なわれないように一連の浄化の儀式をおこなってはいるが、やはり滑稽な感じはぬぐいがたく、頻繁には請け負いたくないのだそうだ。しかし、どうしても赤ん坊を欲しい夫婦がいれば、引き受けるという。

「それで、指導されたカップルは赤ちゃんを授かったの？」と、わたしは尋ねた。

「もちろんよ！」と、ワヤンは鼻高々で答えた。

そして、たいへん興味深い話をしてくれた。もし夫婦が子宝に恵まれない場合、ワヤンはどちらに原因があるかを調べる。女性側に原因がある場合は、なんの問題もない。それなら、ワヤンが古来の治療法で治すことができる。しかし男性側に原因があると思われる場合、厳しい家父長制が存在するバリ社会では、事態は複雑になってくる。バリ人の男性にあなたは種なしであると伝えるのは身の危険に関わることであり、ワヤンには手の施しようがない。男というのはやっぱり男。そんなことがあるはずないという反応を示す。したがって、不妊という問題に関して責任を問われるのはつねに女性のほうだ。夫に対してすみやかに赤ん坊を提供できない女性は、大きな苦難を背負う場合もある。ぶたれたり、侮辱されたり、離縁されることもあるそうだ。

「じゃあ、そういうときはどうするの？」精液を「バナナ・ウォーター」と呼ぶ女性が、不妊の原因が男性側にあると診断することに感じ入りながら、わたしは尋ねた。

ワヤンが語るところによれば、男性側に原因がある場合、その男性に、あなたの妻は不妊症であり、毎日ワヤンのところへ来て治療する必要があると告げるのだそうだ。妻がひとりで店に来るようになると、ワヤンは村の若い青年を呼んで、赤ん坊を宿すように性交渉をさせる。

フェリペが唖然として叫んだ。「ワヤン！　だめだよ、それは！」

しかし、彼女は平然とうなずいた。それは承知している、と。「でも、それしか方法がないの。もしその妻が健康なら、彼女は赤ん坊を宿すでしょう。みんな、幸せになる」

ウブドの住人であるフェリペは即座に質問した。「その仕事にきみは誰を雇っているんだ？」

ワヤンが答えた。「運転手たち」

これにはフェリペもわたしも笑った。確かに、ウブドにはそういった「運転手」の若い男たちが大勢いて、通りの角ごとにすわり、行き過ぎる観光客たちにしつこく声をかけては、うるさがられている。「トランスポート？　トランスポート？」と呼びかけ、ウブドから火山へ、ビーチへ、寺院へ向かう人々を募っている。おしなべて、ゴーギャンの絵に描かれるような美しい体軀と、おしゃれな長髪のハンサムな青年たちだ。アメリカで、こんな美しいスタッフをかかえた女性専用不妊治療クリニックを開設したら、ひと財産が築けるかもしれない。ワヤンが言うには、この〝不妊治療〟のよいところは、運転手たちが〝官能版移送サービス〟に報酬を求めないことだという。その女性が魅力的なら、なおさらだそうだ。フェリペとわたしは、それは彼らの寛大な共同体精神だろうということで意見が一致した。こうして九カ月後、美しい赤ん坊が誕生する。そして、みんなが幸せ。まずなにより、結婚を解消せずにすむ。ことにバリにおいて結婚を解消することがどんなに恐ろしいかは、わたしたちみんなが知っている。

フェリペが言った。「やれやれ……男はだまされやすい生きものだな」

しかし、ワヤンは弁解しない。この〝治療〟は、あなたは種なしだとバリの男に伝えた場合、その男が家に帰って妻に恐ろしいことをしないという保証はないからこそ必要とされる選択なのだ。バリの男たちがそんなふうでなければ、ワヤンは異なる方法で彼らを治療するだろう。これがバリ社会の現実であり、ほかにとる道はない。ワヤンは、良心の呵責は感じないが、創造的なヒーラーとしては別のやり方があってもいいとは思っているそうだ。ともあれ、かっこいい運転手と性交渉を持つことは、妻にとってよい経験になることもある、とワヤンは語った。バリ人のほとんどの夫は女を愛する方法がわかっていないという。

「おおかたは雄鶏か、山羊なみね」

わたしは言った。「ワヤン、あなたがセックス講座を開設してはどう？　女性へのやさしい触れ方などをあなたが男性に教えるの。そうしたら、妻たちはセックスがもっと好きになるかもしれない。男がやさしく触れて、肌を愛撫して、愛の言葉をささやき、身体のいたるところに口づけして、時間をたっぷりかければ……セックスはすてきなものになるだろうから」

突然、ワヤンが顔を赤らめた。ワヤン・ヌリヤシ──男のバナナをマッサージし、膀胱炎を治療し、ディルドを売り、ときに若い男さえ斡旋《あっせん》する女が、頬を赤く染めていた。

「あなたがそんなふうにしゃべると、おかしな気分になる」彼女は片手で顔を煽《あお》ぎながら言った。「こういう話ってわたしを、その……ヘンな気分にさせる。もう、下着のなかまでヘンな気分よ！　さあ、家に帰りなさい、ふたりとも。もうセックスの話なんかしないで。家に帰りなさい。そして寝なさい。本当に眠るのよ。**いいわね？　眠るだけよ！**」

101

家に戻る車中で、フェリペに訊かれた。「彼女はもう家を買ったのかい？」

「まだよ。探してるところ」

「彼女に金を渡してから、もう一ヵ月近くたつんじゃないか？」

「そうね。でも、彼女が欲しい土地は売りに出ていないそうで……」

「用心したほうがいいな、ダーリン」と、フェリペは言った。「あまり長く引き延ばさないほうがいい。こういうことを、バリの人たちにはさせないほうがいい」

「どういうこと？」

「きみのやることに口出しするつもりはないが、ぼくはこの土地に住んで五年になるから、だいたいのことはわかる。けっこう、ややこしいんだ、ここは。実際になにが起こっているか、真実にたどり着くのがむずかしいときさえある」

「なにを言おうとしてるの、フェリペ？」わたしは尋ねた。彼がすぐに答えないので、彼がいつもよく使う台詞をそのまま使って言った。「あなたがゆっくり話してくれたら、わたしにもただちに理解できるはず」

「ぼくが言おうとしたのは、こういうことだよ、リズ。きみは、あの女性のために、友人たちから大金を集めた。そして全額がいまワヤンの銀行口座にある。その金で彼女が実際に一軒の家を買うのを、きみはしっかりと見とどけるべきだね」

102

七月も半ばを過ぎて、わたしの誕生日がやってきた。ワヤンが彼女の店でわたしのために、かつて経験したことのないような誕生日パーティーを開いてくれた。まず、ワヤンが用意したバリの伝統的な誕生日の衣裳を着せられた。鮮やかな紫のサルンに、上はストラップのないビスチェ。金色の長い帯で胴をぴっちり巻くと、誕生日のケーキすら食べられないのではと思うほど息苦しくなった。小さな薄暗い寝室（いっしょに暮らす三人の子どもたちの持ち物で溢れ返っていた）で、ワヤンは、きらびやかな布でわたしをミイラのように巻きながら――目を逸らしていても、みごとな襞《ひだ》を折りこみながら――こう尋ねた。「フェリペと結婚するつもり？」

「いいえ」と、わたしは答えた。「わたしたち、結婚するつもりはないの。わたし、もう夫はいらないわ、ワヤン。フェリペも、もう妻を求めてはいないでしょう。でも、彼といっしょにいるのは好きよ」

「外側のハンサムを見つけるのは簡単。でも、外側も内側もハンサムを見つけるのは……簡単じゃない。フェリペはまさにそれよ」

わたしは、そのとおりだと答えた。

ワヤンがにっこりした。「誰がその人をあなたのところに運んできたの、リズ？　誰が毎日、それをお祈りしたの？」

わたしはワヤンにキスして言った。「ありがとう、ワヤン。あなたのおかげね」

こうして、誕生日パーティーが始まった。ワヤンと子どもたちが、風船とヤシの葉と手紙の貼り紙で、店じゅうを飾っていた。貼り紙には手書きの文字で長い長いメッセージが記されている――「おたんじょうびおめでとう。すてきなスウィート・ハート。わたしたちの親愛なるきょうだい、愛するレディー・エリザベス、おたんじょうびおめでとう。あなたがいつも平安でありますように、おたんじょうびおめでとう」。ワヤンの弟の小さな子どもたちが、わたしのために踊ってくれた。その子たちは寺院の儀式のために踊る才能ある踊り手たちで、ふつうなら聖職者しか見られないような絢爛《けんらん》たるダンスだった。全員が金の重厚な頭飾りをつけ、ドラァグクィーンのような派手なメークを施し、大地を踏みしめる力強い足と、上品でしなやかな指の持ち主だった。

バリの伝統的な祝い事は、人々が着飾って車座になり、見つめ合うことを基本として全体が構成されている。ワヤンがわたしのためにバリ式の誕生日パーティーを開いてくれるとフェリペに告げたとき、彼はこう言った。「やれやれ……ものすごく退屈だぞ、きっと」しかし、蓋《ふた》をあけてみれば、それはけっして退屈ではなかった。ただ、静かなだけで。とにかく一風変わったパーティーだった。まずは、おしゃれして見つめ合うの部。それからダンス鑑賞の部。そしてまた、すわって互いに見つめ合うの部。悪いものじゃなかった。誰もが美しかった。ワヤンの家族がみんな来ていて、彼らはほほえみを絶やさず、一メートルそこそこの距離でもわたしに手を振った。わたしもほほえみを絶やさず、彼らに手を振り返した。バースデー・ケーキの蠟燭を〝小さいクトゥ〟といっしょに吹き消した。その数週間前、誕生日もないし、誕生日パーティーをしたこともないという、この小さな孤児の誕生日を、わたしは勝手に、わたしと同じ七月十八日と決めてしまった。こうして、蠟燭を吹き消したあと、フェリペが小クトゥにバービー人形をプレゼントした。包みを解いた小クトゥは驚きに打たれ、まるで木星への宇宙旅行のチケットを手にしたような顔をした。

このパーティーには、そこかしこにおかしみが溢れていた。出席者は一風変わった、国際色豊かなさまざまな年代の人たちだった。わたしのいく人かの友人に、ワヤンの一族、そしてわたしが会ったことのないワヤンの顧客の西洋人たち。友人のユディは誕生日祝いに六缶のビールを持ってきてくれた。ロサンゼルスから来たとんがり青年、脚本家のアダム。彼とはフェリペと行ったバーで知り合い、このパーティーに誘った。アダムとユディは母親がワヤンの客だというジョンという名の少年と話をしていた。ジョンの母親はドイツ人の服飾デザイナーで、バリに住むアメリカ人と結婚した。小さなジョンはまだアメリカに行ったことはないが、アメリカの少年っぽい雰囲気をたたえている（なぜなら父さんがアメリカ人だから、とジョン自身が言った）。しかし母親とはドイツ語で話し、ワヤンの子どもたちとはインドネシア語で話す。アダムがカリフォルニア出身で、しかもサーファーだと知って、アダムにのぼせあがっていた。

「あなたのいちばん好きな動物はなんですか？」と小さなジョンが尋ねる。

「ペリカンだな」とアダム。

「ペリカンってなんですか？」少年はまた尋ねる。ユディが割って入って言う。「あんた、ペリカンを知らないのか？　うちへ帰って父さんに訊いてみな。ペリカンはイカしてるぜ」

アメリカっぽい少年ジョンは、トゥッティのほうを向いてインドネシア語でなにか尋ねた

（おそらく、ペリカンがどんなものかを尋ねているのだろう）。トゥッティはフェリペの膝でわたしへのバースデー・カードを読もうと四苦八苦している。フェリペは、ワヤンのところへ肝臓の治療にくる、仕事を引退したフランス人紳士に流暢なフランス語で話しかけている。ワヤンがラジオをつけると、カントリー・ミュージックが流れはじめる。ケニー・ロジャーズの「田舎の臆病者」だ。三人の若い日本人女性がふらりと店に入ってきて、薬草マッサージは受けられないのかと尋ねる。わたしは、バースデー・ケーキを食べていかないかと彼女らに声をかけるが、そのあいだもふたりの孤児たち、大クトゥと小クトゥが、お小遣いをためてプレゼントしてくれた大きなきらきら光るバレッタでわたしの髪をまとめようとしている。ワヤンの甥っ子や姪っ子たち（寺院で子どもダンサーを務める稲作農家の子どもたち）は静かに坐して、神妙な面持ちで床を見つめている。黄金の衣裳を着た彼らはまるで神々のミニチュアのようだ。彼らの存在がこの部屋を浮き世離れした神々しさで満たしている。外では雄鶏たちが、黄昏《たそがれ》でも夜明けでもないのに、いっせいに鳴きはじめる。バリの伝統衣裳に熱烈なハグのように締めつけられながら、もしかしたら、これはわたしの一生の誕生日パーティーのなかで、いちばん奇妙で、そしておそらくはいちばん幸福な誕生日パーティーではないだろうかと考えていた。

103

ワヤンにとって家を買う必要のある状況はあいかわらずなのに、いっこうに事態は動こうとしなかった。なぜ動かないのかわたしには理解できないが、とにかく動いてもらわなければ困る。フェリペとわたしはもはや黙っておられず、不動産屋を見つけて、ワヤンとともにほうぼうの土地を見せてもらった。しかし、ワヤンはどれも気に入らなかった。わたしは彼女に言いつづけた。「ワヤン、なにかを買うってことが重要なの。わたしは九月にここを発つのよ。それまでに、わたしの友人たちに募金がちゃんとあなたの家になったということを伝えておく必要があるの。あなただって、立ち退きを迫られる前に、雨露をしのぐ屋根を見つけなければならないわ」

「バリで家を買うって、そんなに簡単なことじゃないの」ワヤンはわたしに言いつづけた。「バーに入って、ビールを買うようにはいかない。長い時間がかかる」

「わたしたちには長い時間なんてないのよ、ワヤン」

ワヤンは肩をすくめただけ。わたしはバリの時間が状況によって伸び縮みする〝ゴム時間〟だったことをいまさらながら思い出す。〝残された四週間〟がわたしに意味するものとワヤンに意味するものとはちがう。ワヤンにとっての一日は必ずしも二十四時間とは限らない。それはときに長く、ときに短い。その日の精神や感情によって一日の長さも伸び縮みする。わたしの治療師《メディスンマン》の謎に満ちた年齢と同じように、日にちは数えるものであり、重さを測られるものでもある。

また、バリの不動産の値をわたしがかなり低く見積もっていたこともわかってきた。物価が安いので、土地もきっと安いだろうと考えたわけだが、これは誤った思いこみだった。バリ島で、ことにウブドで土地を買うことは、ニューヨーク州ウェストチェスター郡や東京やビバリーヒルズで土地を買うのにほぼ等しい。いったん手に入れた土地をもう一度現金に換えることがあり得ない土地柄とはいえ、まったく道理に合わない話だ。一アールの土地（アメリカ式に表現するなら、キャデラック・エスカレードあたりの大型SUVのために車庫をつくるよりちょいとばかし広い土地、ということになるだろうか）におよそ二万五千ドルをはたき、そこに小さな店を建て、その後の人生は一日ひとりの観光客に一枚のバティック染めサルンを売る。サルン一枚の儲けが七十五セントそこそこ。これでは意味がない。

けれども、バリ人は土地というものに経済的価値では測れない価値を見いだし、執着を持っている。土地の所有権こそがバリ人が正真正銘の富として認めるもの、マサイ族の牛や、五歳の姪っ子のリップグロスに相当する財産であるからだ。つまり、土地はいくらあっても充分ということはないし、いったん所有した土地はぜったいに手放してはならない。また、その土地に関する一切合財が正しくその所有者に属していなければならない。

さらに――八月の一ヵ月間でインドネシアの複雑な不動産事情について調べてわかったことだが――ここでは実際に売りに出された土地を見つけることはほぼ不可能に近い。土地を売ろうとしているバリ人は基本的に自分の土地が売りに出されていることを人に知られるのを好まない。宣伝したほうが売る側にとって有利ではないかとふつうなら考えるところだが、バリ人はちがう。もし、あなたがバリの農民で自分の土地を売ろうとすれば、現金を掻き集めようとしていると見なされて、恥をかく。また、あなたが土地を売ったことがあなたの隣人や親戚に知られたら、彼らは懐に現金が入ったあなたに借金を申し込みにくるだろう。そんなわけだから、土地が売りに出されていることを知る唯一の手がかりは……噂だ。ここではすべての土地取引が秘密と隠蔽《いんぺい》の奇妙なベールに包まれている。

　わたしがワヤンのために土地を買おうとしているという噂を聞きつけ、ウブドに住む西洋人たちが、彼らの悪夢のような体験をもとに、いろんな警告をしてくれるようになった。バリの不動産の実態を知るのは本当にむずかしい、と彼らは口を揃えた。あなたが買おうとしている土地が実際にはそれを売ろうとしている人のものではないかもしれない。たとえば、あなたに土地を見せた人物は、土地の所有者でなく、所有者に対して不満をいだく甥っ子で、一族間の積年の恨みをはらすべく伯父を陥れようとしているのかもしれない。また、あなたの土地の境界線が揺るぎないものであるとは期待しないほうがいい。あなたが夢の家を建てようと購入した土地に、「寺院に近すぎる」という理由で、あとになって建築許可がおりない可能性もある（およそ二万の寺院を有する島で寺院に近くない土地を探すことはむずかしい）。

　もしかしたら火山のふもとに暮らすことになりはしないか、あるいは土地が活断層をまたいでいないかどうかも考慮しなければならない。考慮すべきは地殻の断層ばかりではない。賢い者なら、バリがいくら牧歌的な土地に見えようとも、ここがインドネシア——世界最大のイスラム国家であるということを心に留めおいているだろう。社会の土台は不安定で、法務大臣からあなたの車にガソリンを入れる男（あるいは満タンにしたと見せかける男）にまで不正がはびこっている。いつなんどきある種の革命が起こったとしてもおかしくはない。そしてそのとき、あなたの全財産は革命の勝利者によって取りあげられるかもしれない――もしかしたら銃口を突きつけられて。

このすべての危険やぺてんを回避していく能力がわたしにあるとはとても思えない。ただ、ニューヨーク州であの錯綜《さくそう》した離婚手続きを経験したわたしにとっても、今回の件はまた別のカフカ的な謎なのだ。わたしやわたしの家族やわたしの親友たちが寄付した一万八千ドルが、インドネシアのルピアに、暴落とインフレーションの歴史を持つ通貨に替えられて、ワヤンの銀行口座にある。そして九月になれば、ワヤンはいまの店から立ち退かなくてはならない。そして、わたしはこの国から立ち去る。残すところおよそ三週間……。

にもかかわらず、ワヤンにとって家を建てるにふさわしい土地を見つけることは、ほぼ不可能に近いとわかってきた。現実的な条件は別にして、ワヤンはそれぞれの土地の〝タクス〟（精霊のようなものらしい）を調べなければならない。ヒーラーであるだけに、彼女のタクスを感じとる能力は平均的なバリ人よりもきわめて鋭敏だ。わたしには完璧と思える土地を見つけてきても、彼女は、ここは怒れる悪魔に取り憑かれていると言う。次に見つけた土地は、川に近いという理由で却下された。川が幽霊の住みかであることは周知の事実らしい（わたしがその土地を見せた夜、彼女はぼろぼろに引き裂かれた服を着た女がすすり泣いている夢を見たという。よって、その土地は買えないと結論された）。次は街に近い場所に見つけた、こぢんまりとした店だった。裏庭などすべてが揃っていたが、この店は道の角に立っていた。角の家に住むのは破産して若死にしたい者だけ——これも周知の事実だそうだ。「その方面に関してワヤンを説得しようと頑張りすぎないほうがいい」というのが、フェリペの助言だった。「バリ人と彼らのタクスには首を突っこむな、だよ」

そしてついにフェリペがすべての条件を満たしていると思える土地を見つけてきた。小さな土地だが、ウブドの中心に近く、静かな通りに面し、となりは稲田。庭もつくれるし、値段も予算内におさまりそうだ。これならどうかとワヤンに尋ねると、彼女はこう言った。「いま買わなきゃだめ？　まだ、わからないわ、リズ。早まるのはよくない。こんなふうに結論を急ぐのは。まず聖職者に相談しなければ」

たとえその土地を購入すると決めても、購入にふさわしい吉日を聖職者に相談しなければならない、とワヤンは言う。しかし、土地を購入する吉日を聖職者に尋ねるためには、まず本当にその土地に住みたいかどうかを見きわめなければならない。そして、吉夢を見るまでは、それについて結論は出せない——。帰国の日が迫りつつあることを意識しつつも、わたしはよきニューヨーカーらしくワヤンに尋ねた。「その吉夢を手っとり早く見られるような段取りはできないものかしら」

ワヤンはよきバリニーズらしく答えた。「急いじゃだめ、こういうことは」ただし、バリの大きな寺院に供物を持って参り、吉夢を見られるように祈れば、神々のお助けがあるかもしれないと言う。

「わかった」とわたしは言った。「あした、フェリペに車で大きな寺院に連れていってもらいましょう。供物を捧げて、吉夢が見られますようにって神々にお祈りできるわ」

ワヤンは、ぜひともそうしたい、それはとてもいい考えだ、と言った。ただし、問題がひとつある。いまはそのような寺院に彼女が立ち入ることは許されないのだそうだ。

なぜなら……いま月経のさなかだから。

104

もしかしたら、こういったことすべてをわたしがどんなに楽しんでいたかを、うまく読者に伝えられていないかもしれない。正直なところ、このような問題を考えながら解決していくことには奇妙なおもしろさがあった。この非現実的とも言える人生の時間を、わたしは大いに楽しんでいた。それはたぶん、わたしが恋に落ちていたからで、恋さえしていれば、現実がどんなに紛糾《ふんきゅう》していようが、世界はつねに喜びで満たされているものだ。

わたしはいつもフェリペに愛情を感じていた。ことに八月の一ヵ月間は特別で、ワヤンの家を購入する一件に彼が首を突っこみ、それによって、わたしたちはまるで本物の夫婦のように、いっしょに行動することが多くなった。もちろん、本来なら、あの現実離れしたバリ人の女治療師《メディスン・ウーマン》になにが起ころうが、彼にはなんの関係もないことだ。フェリペはビジネスマンであり、この五年間という月日を、バリの人々の個人的な人生や複雑な儀式には立ち入りすぎないように注意しながら過ごしてきた。なのに突然、棚田にずぶずぶと浸かりながら、ワヤンに吉日を教えてくれる聖職者を探しにいくような日々に巻きこまれてしまったのだ。「きみがあらわれるまでの退屈な日々だって、ぼくにとっては完璧に幸福な日々だったよ」と、フェリペはいつも言う。

でも以前の彼は、バリに退屈していた。わたしたちが出会った瞬間、その倦怠《けんたい》には終止符が打たれた。グレアム・グリーンの小説の登場人物のように、物憂く時をやり過ごしていた。わたしたちが出会った瞬間、その倦怠には終止符が打たれた。

さて、こうして彼といっしょにいると、彼の側から見たわたしたちの出会いの物語が聞けるようになる。わたしはそのおいしい話をどれだけ聞いても聞きあきることがなかった。たとえば、パーティーの席で初めて出会った夜の話。わたしは彼に背を向けて立っていたが、わたしが振り向いて彼に顔を見せるまでもなく、直観的に感じたそうだ――「この人はぼくの女だ。ぼくはこの人と付き合うことになるだろう」。

「そして、きみをものにするのは簡単だった」と、フェリペが言う。「数週間、すがりついて拝んで訴えた」

「あなたは、すがりついて拝んで訴えたりしなかったわ」

「きみは、ぼくがすがりついて拝んで訴えているのに気づかなかったのか？」

初めて出会った夜、みんなで踊りにいったときのことも、フェリペは話してくれた。彼は、わたしが見目うるわしいウェールズ出身の男にすっかりまいっているのを見て、がっかりしたそうだ。事のなりゆきを見守りながら、彼は心のなかで思っていた。「ぼくはこの人を誘惑する準備万端なのに、あの若い美男子が彼女をぼくから遠ざけ、彼女の人生を大いに掻き乱そうとしている。彼女が知ってくれさえしたらな――ぼくがどんなにたくさんの愛を与えられるかということを」

そう、彼はまさにそれができる人だ。生まれながらの世話焼き。わたしは彼がわたしの周りを公転する軌道に入るのを感じた。わたしが彼の方位磁石となり、彼がわたしを護衛する騎士になっていくのを感じた。フェリペは人生において女性を熱く切望するタイプの男性だ。しかし、女性の世話を必要としているわけではない。むしろ彼のほうが女性の世話をしたい、尽くしたいと思っている。結婚生活が終わったときから、彼はそのような関係を持たずに生きてきた。ごく最近まで、彼は人生の漂流者だった。しかし、わたしと出会うことで、わたしの周りで人生を組み立てはじめたのだ。そんなふうに男性から扱われるのはとてもうれしい。でも、それはわたしをおびえさせもする。二階でのんびりと読書していると、階下から彼が夕食をつくる音が聞こえてくることがある。料理しながら、彼はブラジルの陽気なサンバを口笛で吹いている。「ダーリン、もう一杯ワインはどうだい？」などと声をかけてくれる。そんなとき、わたしが誰かの太陽に、誰かのすべてになっていいものだろうかと思う。誰かの人生の真ん中に据えられるほど、わたしは自分の中心軸を持った人間だろうか。けれどもついにある夜、わたしがこの話題を持ち出したとき、フェリペは言った。「ぼくをそういう人間にならせてくれるかい、ダーリン？　きみをぼくの人生の中心に据えてもいいだろうか？」

わたしはすでにそうなっていると思いこんでいた自分の自惚れを恥じた。彼がわたしと永遠にいっしょにいることを望み、一生わたしのわがままを聞き入れてくれるかのように最初から決めてかかっていた。

「ごめんなさい」と、わたしは言った。「いささか傲慢だったわね」

「いささかね」彼はうなずき、わたしの耳にキスをした。「でも、ひどくじゃないよ、ダーリン。それに、ぼくたちがお互いに話し合う必要があるのは確かだ。なぜなら、動かしがたい真実があるからね——ぼくがきみにべた惚れだっていう」反射的に身構えたわたしをからかうように、彼は肩すかしを食わせた。それから安心させるように前置きを言った——「これは、ひとつの仮説として聞いてほしいんだが」彼の顔は真顔に戻っていた。「いいかい、ぼくは五十二歳の男だ。世の中や人生の仕組みもだいたいはわかっている。ぼくがきみを愛するほどには、きみはぼくのことを愛していない。それもわかる。でも、それが真実だとしても、ぼくはまったくかまわない。きみのことを思うとき、ぼくは小さかったころの子どもたちを思い出す。ぼくを愛することは子どもたちの仕事じゃないが、彼らを愛することはぼくの仕事だった。きみがどうしたいかはきみの決めること。でも、ぼくはきみを愛している、これからもずっと。たとえ二度と会えなくなっても、きみのおかげでぼくは息を吹き返すことができた。それで充分だ。でももちろん、ぼくはきみと人生を分かち合えたらと思っている。ただ問題は、ここバリにいて、きみにどれほどの人生を与えられるのかわからないということだ」

そのことを、わたしも考えていた。この数ヵ月のあいだ、祖国を離れてウブドに暮らす西洋人たちを見てきて思ったのは、こういう暮らしはわたし向きではないということだった。それは石のように冷たい事実としてわたしのなかにあった。この村のいたるところで同じような人物に――西洋人で、人生でつらい目を見て疲れ果て、すべての闘いを放棄して、期限なくここに暮らすことを決めた人々に出会った。ひと月二百ドルの家賃で豪勢な家に住み、たいてい若いバリ人の男か女かを連れにし、昼間からワインを飲んでもどこからもお咎《とが》めはない。ちょっとした家具などを輸出して小銭も稼ぐ。しかしおおかたの場合、彼らがしているのは、本気を出すことをふたたび求められないようにやり過ごすことだけだ。怠け者というわけではない。多文化を知り、才能があり、頭も切れる、とても優秀な人たちだと思う。それでも、このウブドで出会ったすべての人が、かつてのなにかであり（かつて〝結婚していた〟あるいは〝働いていた〟）、いまは、あるひとつのものの欠如によって互いに結びついている。彼らが永久に全面的に放棄したもの、それは野心だ。言うまでもなく、彼らの酒量は多い。

時の経過を忘れ、日々を無為《むい》に過ごす人生にとって、美しいウブドの村はそんなに悪い場所ではない。その点ではフロリダ州キーウェストや、メキシコのオアハカに似ているかもしれない。ウブドに長く暮らす人々の多くは、ここに住んで何年になるかと尋ねても、さあ、何年だったたか、と改めて考える。そもそも、バリ島に移り住んでどれほどの月日が流れたかもはっきりとはわからないのだ。いや、ここに本当に住んでいると言えるのかどうか……。

彼らはどこにも属さない。どこにも錨《いかり》をおろさない。ここを仮の宿りだと思っている人もいる。エンジンをアイドリングさせて、信号が変わるのを待っているようなものだと、そう思っている。しかし、走りだすのを十七年間も待っているものだろうか……本当にこの土地を去る日はやってくるのだろうか。

彼らと怠惰な時間を過ごすのは楽しい。長い日曜日の午後、ブランチを食べ、シャンパンを飲み、なんでもないことをしゃべりつづける。でもそんなとき、ふいに自分が『オズの魔法使い』の芥子《けし》畑にいるドロシーになったような気分になる。**気をつけて！　この眠り草の畑で眠ってはいけない。でないと、一生ここでまどろみながら生きていくことになる！**

それで、わたしとフェリペはどうなるの？　待った、〝わたしとフェリペ〟？　どうもそういうことになっているようだ。フェリペがこんなふうに言ったことがある。「きみが迷子の小さな少女だったらよかったのに、と思うときがあるよ。ぼくはきみを抱きあげて言うんだ——〝ぼくといっしょに暮らそう。きみのことはぼくが一生引き受けるから〟。だけど、きみは迷子の少女なんかじゃない。きみは仕事も野心も持ったおとなの女性だ。背中に家をしょった完璧なかたつむりだ。きみはできる限り長く自由を守ろうとするだろう。ぼくにはこうとしか言えない——もしきみがブラジル男を求めるなら、きみは彼を手に入れられる。ぼくはもうきみのものだ」

わたしには、自分がなにを求めているのかよくわからない。ただ、わたしのなかに、フェリペが「きみのことはぼくが一生引き受ける」と言うのをいつも聞きたがっているわたしがいる。これまでの人生で誰かからこんなふうに言われたことはなかった。ここ数年のわたしは、そんなふうに言ってくれる人を探すことをあきらめ、自分を励ますために、不安なときはとりわけ、自分に対してこの言葉を使った。そして、自分で自分を引き受けた。でもいま、こうしてほかの誰かが心をこめてこう言ってくれるのを聞くと……。

その夜、フェリペが寝たあとも、わたしは考えつづけた。彼の傍らで身体を丸め、わたしたちはこの先どうなるんだろうと自分に問いかけた。わたしたちにどんな未来があるのか。ふたりのあいだに横たわる地理的な問題――わたしたちはどこで暮らすのか。年齢の開きについても考えるべきだろう。いずれ母に会って、すてきな人を見つけたの、と告げるときがくる。ママ、驚かないでね！――「彼は五十二歳なの」。しかし、こんなときもわたしの母はけっしてあわてない。ただ、こう言うだけだろう――「そう。わたしもあなたに伝えたいことがあるわ。リズ、あなたは三十五歳よ」（そこよ、ママ！　こんなトウの立ったわたしがお相手を見つけられるなんて、運のいい証拠よ）。しかし本当のところ、年齢の差についてはそれほど気にしていない。フェリペはそんなに老けていない。セクシーだと思う。彼といるとわたしは、そう……フランス人になったみたいな気持ちになれる。

さて、わたしたちはどうなるのか。

でもなぜ、わたしはそれを思い悩むのだろう？

思い悩むことの無益さについて、これまでさんざん学んできたのではなかったのか。

しばらくして、わたしはこのすべてについて考えるのをやめた。そして、眠っている彼にぎゅっとしがみついた。わたしはこの人に恋をしている。彼の傍らで眠りに落ち、夢を見た。
覚えている夢がふたつ――。
　どちらにも、わたしの導師《グル》が出てくるが、ひとつは彼女が修行場《アシュラム》を閉じるとわたしに告げる夢だ。グルはもうこの先語ることも、教えることも、本を書くこともないと言う。彼女は最後の講話として弟子たちにこんなふうに語る。「あなたたちにもうこれ以上教えることはありません。あなたたちには自由であるために知っておくべきことをすべて教えてあります。これからは世界に出ていって、幸福に暮らしなさい」
　二番めの夢は、さらに確信を深めさせる夢だった。わたしとフェリペがニューヨークのレストランで食事をしている。ラムチョップとアーティチョークとおいしいワインと、おしゃべり、幸せな笑い。ふと部屋の向こうを見ると、わたしのグルの師、スワミジがいる。スワミジは一九八二年に亡くなっているが、その夜は生きて、しゃれたニューヨークのレストランにいて、彼の友人たちとディナーを食べていた。誰もが楽しんでいるのがわかった。部屋の向こうとこちらで、スワミジとわたしの目が合うと、彼はワイングラスを掲げて乾杯をした。
　そうして――実に明瞭に――この小さなインド人の、生涯にごくごく限られた英語しか話さなかったヨギが、そのたったひと言を、部屋の向こうから距離を隔てて、唇の動きだけでわたしに伝えてきたのだ。
　ENJOY――楽しみなさい。

105

クトゥ・リエに長いあいだ会っていなかった。フェリペとの蜜月とワヤンに家を買わせようと奮闘するあいだ、この治療師《メディスンマン》の家のポーチで神や魂についていつ果てるともなく語り合う午後は久しく途絶えていた。ときどきは立ち寄って挨拶し、ニョモに果物の贈り物を手渡しはしたが、七月以降、長居することはなくなっていた。無沙汰《ぶさた》を詫びようとしても、彼は、この世のすべてを知り尽くした人のように、ただ笑い、「すべては順調だ、リス」と言うだけだった。

しかしやはりこの老人のことが恋しくて、ある午前、わたしは彼とおしゃべりしようと家に立ち寄った。彼はわたしを見てほほえみ、いつものように、言った。「アイ・アム・ハッピー・トゥー・ミート・ユー！」（彼のこの癖を変えることは不可能だった）

「アイ・アム・ハッピー・トゥー・シー・ユー・トゥー！　クトゥ」

「出発の日はもうすぐか、リス？」

「ええ、あと二週間もないわ。だからきょうはこうして会いにきたの。あなたが与えてくれたものすべてに感謝してるわ。あなたのおかげで、バリに戻ってこられた」

「あんたはいつでもバリに戻ってくるだろう」クトゥの言い方はさりげないが、確信がこもっていた。「わたしが教えたように、四人の兄弟とともに、いまも瞑想しているか？」

「ええ」

「インドであんたのグルが教えたように、いまも瞑想しているか？」

「ええ」

「もう悪い夢は見ないか？」

「見ないわ」

「神とともに幸せか？」

「とても」

「新しい恋人を愛しているか？」

「そうね、ええ」

「では、彼を甘やかすように。彼にあんたを甘やかさせるように」

「そうするわ」わたしは約束した。

「あんたは、わたしの親友だ。友だち以上だ。わたしの娘のようなものだ」と、彼は言った（シャロンほどではないがな……、とわたしは胸でつぶやく）。「わたしが死んだら、バリに戻ってきて、わたしの葬式に出なさい。バリの火葬はたいへんおもしろい——あんたは気に入るだろう」

「そうするわ」わたしは感極まって、また約束した。

「良心の導きに従うのだぞ。もしバリを訪ねてくる西洋人の友だちがいたなら、手相を観てやるから、わたしのところへ寄こすように。あの爆弾以来、わたしの貯金は空っぽだからな。

あんた、これからわたしといっしょに赤ん坊の儀式に行きたいか?」

こうしてわたしは、赤ん坊を祝福する儀式に出席することになった。生後六ヵ月になり、その赤ん坊はきょう初めて地面に触れることになる。バリの人々は六ヵ月未満の赤ん坊を地面に触れさせない。生まれたばかりの赤ん坊は天から降りてきた神と見なされており、切られた爪や煙草の吸い殻が落ちているような地面に神を寝かせるわけにはいかないからだ。そこで、生まれてからの六ヵ月は地面におろされることもなく、赤ん坊は小さな神として皆から崇められる。もし、六ヵ月を迎える前に死んでしまった場合は、特別な火葬で送られることになり、その遺灰が人間の墓地に埋められることはない。その子は人間ではなく、神のまま亡くなったからだ。しかし赤ん坊が最初の六ヵ月を無事に生き延びたときは、盛大な儀式が催され、ここで初めて赤ん坊は足を地面につけて、人間の仲間入りを果たす。

その日の儀式は、クトゥの家の近所で催された。儀式を受ける赤ん坊は女の子で、すでにプトゥという通り名があった。その子の両親は、父も母もまだ十代で、どちらも美しかった。どちらかがクトゥのいとこの孫にあたるらしい。クトゥはこの催しのためにおめかしをした。金の縁取りのある白い繻子《しゅす》織りのサルンに、金ボタンのついた白の立ち襟の上着。その姿は、どことなく駅にいるポーターや高級ホテルのウェイターを思わせた。頭には白いターバン。両手には金や天然石でできた大きな指輪がずらりと並び、クトゥはそれを誇らしげにわたしに見せた。指輪は全部で七個。どれも聖なる力を宿した指輪だそうだ。祖父から譲り受けたという精霊を呼び出すための真鍮《しんちゅう》製のベルを手に持ち、クトゥはわたしに何度も写真を撮らせた。

わたしたちは近所の囲い住居までいっしょに歩いていくことになった。けっこうな距離があり、しばらくは交通量の多い道路のわきを歩かなければならなかった。四カ月もバリにいたのに、クトゥが家の囲いの外に出るのを見るのはこれが初めてだった。スピードを出して車や無謀なオートバイが横をすり抜けていく道をクトゥが歩くのを見ていたら、胸を締めつけられた。彼はちっちゃくて、儚《はかな》げだった。車やバイクという現代的な背景やホーンの音に、まったく似つかわしくなかった。なんだか泣きたくなった。その日のわたしはいささか感傷的になってはいたのだけれど。

近所の家にはすでに四十名ほどの参加者が集まっており、敷地内に設けられた祭壇に供物が山積みになっていた。米や花、お香、調理された豚や家禽《かきん》類、ヤシの実、現金などがヤシの葉で編まれたかごに盛られて、積み重ねられ、風にはためいていた。誰もがこの儀式のために優雅なシルクやレースで盛装していた。わたしは軽装で、自転車を引いて汗をかいており、美しい人々のなかで穴のあいたTシャツを着ていることに気後れを感じた。それでもわたしは歓迎された──不適切な装いで招かれもしないのにその場にいる白人の女がまさにそうされたいと望むようなやり方で。誰もが温かくわたしにほほえみ、その後はわたしを無視して、その集いのなかの自分の役割に戻っていった。まずは皆ですわって、互いの衣裳に感嘆することだ。

クトゥが執りおこなう儀式は何時間にも及んだ。ここでおこなわれたすべてを読者に伝えられるのは、通訳チームを従えた文化人類学者だけだろう。それでも儀式の一部は、クトゥの説明やこれまで読んだ本の知識から理解することができた。赤ん坊が最初の祝福を受けるあいだ、赤ん坊は父親が抱き、母親はヤシの実を布でくるんで赤ん坊に似せた人形を抱いていた。このヤシの実人形は、赤ん坊と同じように祝福を受け、聖水をかけられた。赤ん坊の足が初めて地面につけられる前に、この人形が地面に置かれた。これは悪魔の攻撃をかわすためで、悪魔は偽物の赤ん坊を攻撃し、本物の赤ん坊には気づかずに去るのだという。

しかしながら、赤ん坊の足が地面につけられる前に何時間も詠唱《チャント》がつづいた。クトゥはベルを鳴らし、マントラを唱えつづけ、若い両親は喜びと誇らしさとでほほえんでいた。客が入れ替わり立ち替わりやってきて、世間話をし、しばらく儀式を見守り、持ってきた供物を捧げ、また次の用事のために去っていった。伝統にのっとった厳かな儀式のなかに、奇妙な呑気《のんき》があった。赤ん坊に向けたクトゥのチャントは、聖性と愛情とが一体になったやさしい響きを帯びていた。今度は母親が赤ん坊を抱いて、クトゥがその前でさまざまなものを振った。果物、花、水、ベル、ローストチキンのひと切れ、豚肉のひとかけ、砕いたココナッツ……新しいものを取り出すたびに、彼は赤ん坊に謡いかけた。赤ん坊が声をあげて笑い、手を叩く。クトゥも笑って、謡いつづける。

わたしは彼の言葉を頭のなかで想像してみた。

「ウウウウ……ちっちゃな赤ちゃん、これはローストチキンという食べ物！　あんたはこいつが大好きになるだろう。たくさんお食べ、うんとお食べ！　ウウウウ……ちっちゃな赤ちゃん、これが米というもの。いつも望むだけ米が食べられますように。いつも米のシャワーが降り注ぎますように。ウウウウウ……ちっちゃな赤ちゃん、これがココナッツ。おもしろい形じゃないか。いつかあんたはこいつを山ほど食べる！　ウウウウウ……ちっちゃな赤ちゃん、こちらがあんたの家族。みんながどんなにあんたをだいじにしてるかわかるかな？　ウウウウウ……ちっちゃな赤ちゃん、あんたは全宇宙の宝物！　優秀な生徒！　だいじなかわいい子。変幻自在なおいしい固まり！　ウウウウウ……ちっちゃな赤ちゃん、あんたはスウィングする王様《サルタン》。あんたはわたしらのすべて」

聖水に浸した花びらで、誰もが何度も祝福した。一族全員のあいだに赤ん坊を回し、みんなであやした。そのあいだ、クトゥは古いマントラを唱えていた。ジーンズ姿のわたしにも、彼らは少しだけ赤ちゃんを抱かせてくれた。みんなが謡うなか、わたしはその子に祝福の言葉をささやきかけた。「グッド・ラック」そして、「勇気ある人に育って」。日陰にいても、うだるように暑い日だった。官能的なビスチェに白い薄物のブラウスを着た若い母親は、じっとりと汗をかいていた。誇らしげな笑みを絶やすことのない若い父親も、汗をかいていた。おばあさんたちは疲れたようすで扇《おうぎ》を使っている。それでも焼かれた豚の供物に犬たちが近づけば、何度でも立ちあがって犬たちを追い払った。儀式に集中する人、そうでない人、疲れた人、声をあげて笑う人、真面目な人――よく見れば誰ひとり同じことをしている人はいないのに、クトゥと赤ん坊だけが、ひとつの体験を分かち合い、互いに注意を向け合っている。赤ん坊は老治療師から目を逸らそうとしない。炎天下にほぼ四時間、六ヵ月の赤ん坊が泣きもせず、むずかりもせず、眠りもしない――こんなことがあるなんて信じられるだろうか。

クトゥはクトゥの務めを果たし、赤ん坊も赤ん坊の務めを果たしている。この子は神から人間に変わるための自分の儀式にしっかりと参加している。バリのよき少女たちと同じように、儀式に熱心で、信心に厚く、社会の求めに応じ、責務を全うしている。チャントが終わると、赤ん坊は真っ白な長いシーツにくるまれた。シーツはその子の足から下に長く垂れ、その子の背を高く見せ、堂々とした感じを与える。まるで社交界にデビューする若い娘のようだ。クトゥが陶器のボウルの底に東西南北を示す絵を描き、そのボウルに聖水を満たして、地面に置いた。この手描きのコンパスが赤ん坊の足が最初に触れる地上の聖なる地点を示している。

一族全員が赤ん坊の周りに集まり、みんなでいっせいにだっこする仕草を見せる。「さあ、ほら、行くぞ!」みんなでいっせいに赤ん坊の足をその陶器のボウルの聖水に軽く浸し、全宇宙を取りこんだその魔法の絵の上に持ちあげ、次に赤ん坊の足の裏を地面と触れさせる。こうして、赤ん坊は生まれて初めて地面と出会う。みんなで赤ん坊を持ちあげると、その足の下の地面にちっちゃな湿った足跡が残る。その足跡は、この子がついに大きなバリ社会という格子のなかに――この子が何者で、この子がどこに属すかを定める格子のなかに身を置いたことを示している。誰もが手を叩いて喜ぶ。小さな赤ん坊がいまわたしたちの仲間に加わった――危険をものともせずに冒険する人間、輪廻転生《りんねてんしょう》の最後にあたる人間になったのだ、と。

赤ん坊がみんなを見あげ、みんなを見まわし、にっこり笑った。彼女はもう神ではない。でも、そんなこと、赤ん坊はちっとも気にしていない。なにも恐れていない。みずから選んだことに、赤ん坊はすっかり満足しているように見えた。

106

せっかくのいい話だったのに、またしてもワヤンは断った。フェリペが彼女のために見つけてきたその土地もワヤンはお気に召さなかったようだ。どこがまずいのかと尋ねても、曖昧な答えしか返ってこなかった。なんだか現実の話を聞いているとは思えず、焦りは深まるばかりだった。このせっぱ詰まった状況をなんとか彼女にわからせる必要があった。「ねえ、ワヤン」と、わたしは言った。「バリを去るまでに、あと二週間もないのに、これではアメリカに帰って、お金を出してくれた人たちに顔向けできないわ。あなたがまだ家を買っていないことを、彼らに打ち明けなくちゃならないんだから」

「でもね、リズ。もし、その土地に悪いタクスが……」

人生のせっぱ詰まった状況と聞いて、誰もこんな場面は想像しないだろう。

ところが数日後、ワヤンがフェリペの家に浮かれた調子で電話をかけてきた。自分で土地を見つけ、とても気に入っているという。そこは静かな道路に面した青々とした稲田で、街にも近い。いいタクスがそこらじゅうに溢れている。ワヤンが言うには、その土地を所有する農家の主人がワヤンの父の友人で、とにかく現金を欲しがっている。彼は全部で七アールの土地を売りに出すつもりだが、（現金欲しさに）いまはワヤンに代金を支払える二アールの土地しか売ろうとしない。ワヤンはこの土地がとても気に入っていると言う。あなたも気に入るはず。フェリペも気に入るはず。トゥッティ——わたしには両手を大きく開いて青い稲田を跳ねまわるバリの小さなジュリー・アンドリューズの姿が見える——も気に入るはず。

「買いましょう」と、わたしは言った。

しかし数日過ぎても、ワヤンは動かなかった。「そこに住みたいの？　住みたくないの？」とわたしは尋ねつづけた。

さらに数日ぐずぐずしていた。そして話が変わった。その朝、ワヤンはわたしに言った。その農家の人が彼女に電話してきて、二アールの区画だけ売るのは気が進まない——が、七アールの土地をまとめて売るのならいい、と言った。問題はその人の妻にあるようだ。これから夫婦で話し合ってもらわなければならないが、二アールの土地だけ分けて売るのをその妻が許すかどうかはわからない。

ワヤンは言った。「もしかしたら、もっとお金がいるかも……」

まいった。土地をまるごと買うために、わたしに現金を用立ててほしいと言っているのだ。二万二千米ドルもの大金を工面するにはどうしたらいいかと考えてみたが、なんの案も浮かんでこなかった。「無理よ、ワヤン。そんなお金はないわ。その農家の人となんとか交渉できないの？」

するとワヤンは、前のようにわたしと目を合わせることもなく、ねじれた物語を紡ぎはじめた。先日、彼女が呪術師のもとを訪ねたところ、呪術師はトランス状態に入って、もしワヤンがよき〈ヒーリング・センター〉をつくりたいのなら、その七アールの土地をまるごと購入しなければならないと告げた……それが運命だ、と。その呪術師はさらに言った。もしワヤンが全部の土地を買えば、いずれそこには、すてきでおしゃれなホテルが建つことでしょう。

すてきでおしゃれなホテル？

は……？

突然、すべての音が遠のき、鳥もさえずるのをやめた。わたしは、ワヤンの口がぱくぱく動くのを見つめていた。もう、彼女の話は聞こえてこなかった。心にひとつの声がぽつんと生まれ、じわじわと広がっていったからだ。**あんたはだまされてるぜ、たらふく。**

わたしは立ちあがると、ワヤンに別れを告げ、ゆっくりと歩いて家に戻り、フェリペに率直な意見を求めた。

フェリペはこれまでワヤンとの一件に協力してはくれたが、自分の見解をはっきりと述べたことは一度もなかった。彼は初めてそれを口にした。

「ダーリン、もちろんきみは――」と、彼は言った。「彼女にだまされている」

心臓が胃のあたりまでずしんと落ちた。

「でも、それは悪意から出たことじゃない。きみはバリの考え方を学ぶ必要がある。訪れる人からめいっぱい金を取ろうとするのはここに暮らす人の流儀だ。誰もが生きていくためにやっていることだ。彼女は今回、農家の人が土地を売り渋っているという話をでっちあげた。ねえ、ダーリン、だいたいバリの男が土地の取引をする前に、いちいち女房に相談すると思うかい？　その男はその小さな土地をワヤンに売りたくてたまらない。もう売ると約束しているだろう。でも、彼女はその土地をまるまる欲しい。だから、きみに買ってくれと言っている」

いやな気分になった。まずなにより、それが真実のワヤンの姿だとは考えたくなかった。もうひとつは、フェリペの言い方にどことなく、植民地の白人男が語るちょっとした苦労話風の臭気が漂っているような気がしたからだった。〝こんな人たちの面倒を見ていくのはひと苦労だ〟とでもいうような……。

でも、フェリペは植民地主義者ではない。彼の話は、彼がブラジル人であることを思い出させてくれた。「いいかい、ぼくは南米で貧乏をして育った。そのぼくが、こういう貧しい地域の文化を理解していないはずがないだろう？　きみはワヤンに彼女がこれまでの人生で見たこともないようなお金を与えた。だから、彼女はとちくるってしまった。彼女にしてみれば、きみは奇跡のようにあらわれた支援者だし、これが人生で成功をつかむ最後のチャンスだと思ったんだろう。だから、きみが去っていく前に、きみからめいっぱい引き出せるものを引き出そうとしているんだ。考えてもみてくれ、四カ月前は子どもに昼飯を食べさせる金にも困るぐらい貧しい女性だったんだ。でも、いまはホテルを欲しがっている！」

「わたし、どうすればいいの？」

「なにがあっても、怒るなかれ。怒れば、きみは彼女を失うだろう。それは残念なことだ。だって、ワヤンは驚嘆すべき女だし、きみのことが大好きだ。いま彼女がやっているのは、生き抜くための方便だ、そう思って受け入れるんだね。彼女が悪い人間だと考えちゃいけない。彼女やその子らに助けなんていらないんだ、とも考えないほうがいい。でも、彼女につけこませるのもよくない。ダーリン、ぼくはこういうことを繰り返し見てきた。こういうことに対して、この土地に長く暮らす西洋人たちの対処の仕方は、たいていふたつのうちのひとつに行きつく。ひとつは、旅行者を演じつづけることだ。〝おお、なんてすてきなバリニーズ。美しくて、おおらかで……〟そして、とことんぼられて、ふんだくられる。もうひとつは、しょっちゅうぼられることに頭にきてしまい、バリ人を憎みはじめることだ。なんとも残念なことだよ。そうやって、すばらしい友人たちをことごとく失ってしまうんだから」

「では、わたしはどうすればいいの？」

「きみが采配《さいはい》を取り戻すことだ。彼女がきみに仕掛けたように、彼女に仕掛ければいい。要は駆け引きだよ。彼女をおどして、彼女が行動を起こすように仕向けるんだ。きみは彼女の役に立ちたいわけだし、彼女は家が欲しい。きっとうまくいく」

「駆け引きなんてしたくないわ、フェリペ」

彼はわたしのひたいにキスして言った。「それじゃあ、バリには住めないな、ダーリン」

翌朝、わたしは計画を実行した。まったく信じられない――一年近く、自分の心と向き合い、自分を偽らない生き方を模索してきたわたしが、この期《ご》に及んで大ぼらを吹くことになろうとは。わたしは大好きなバリの友人に、姉妹も同然の人に、わたしの腎臓を浄化してくれた人に、それになにより、トゥッティの母さんに嘘をつこうとしている!

わたしは街まで歩いていき、ワヤンの店に入った。ワヤンはすぐにわたしに抱きついてきた。わたしは彼女の腕を振りほどき、気が動転しているように装った。「ワヤン、相談があるの。すごくたいへんなことになって」

「フェリペのこと?」

「いいえ、あなたのこと」

一瞬、彼女がこのまま気を失うかと思った。

「ワヤン」わたしは言った。「アメリカにいるわたしの友人たちが、あなたに猛烈に腹を立ててるわ」

「わたしに?……なぜ?」

「彼らは家を買うための大金をあなたに渡した。でも、あなたはまだ家を買ってない。彼らは毎日、Eメールでわたしに問い合わせてくるの。〝ワヤンの家はどうなった? あたしのお金はどうなった?〟いまや彼らは、あなたがお金をちょろまかして、なにか別のことに使ったんじゃないかって疑いはじめてる」

「わたし、ちょろまかしてなんかいない!」

「ワヤン」と、わたしは言った。「わたしのアメリカの友人たちが言ってるわ。あなたは……大ぼら吹きだって」

彼女は喉もとにパンチを食らったようなうめきをあげた。ものすごく打ちのめされた顔になり、わたしは一瞬、前言を撤回し、彼女に抱きつき、「ちがうのちがうの。これ、全部わたしの作り事なの！」と言いたくなった。でも、だめ、とにかく最後までやり遂げなければ。ああ、それでも……彼女は見るからに動揺していた。〝大ぼら吹き〟は、ほかのどの言葉にも増して、バリの人々には感情的に受け入れがたい言葉だ。おそらく、バリにおいては最悪の罵倒語《ばとうご》のひとつだろう。だまし合いが日常茶飯事で、出し抜くことがスポーツであり、アートであり、習慣であり、生きる方便でもあるこの社会において、面と向かって相手を大ぼら吹きと弾劾《だんがい》することは人倫《じんりん》にもとる行為――古いヨーロッパ社会なら決闘にも発展しかねない無礼な行為なのだ。

「ねえ、わたし……」ワヤンは目に涙をためて言った。「……大ぼら吹きなんかじゃない！」

「それはわかってるわ、ワヤン。だから、こんなに困ってるの。アメリカの友人たちに、ワヤンは大ぼら吹きじゃないって、必死に説明したわ。でも、彼らはわたしを信じてくれないの」

彼女の片手がわたしの手に重なった。「ごめんなさい、あなたをどつぼにはめて」

「ワヤン、これはものすごくでかいどつぼよ。友人たちはかんかんなの。わたしがアメリカに帰国する前に、あなたは土地を買わなきゃいけないって。もしあなたが来週までに土地を買わないのなら、そのときは、わたし……あなたからお金を取り戻さなきゃならないわ」

このときのワヤンは気絶しそうではなかった。死んでしまいそうに見えた。わたしは良心が疼《うず》いた。わたしが嘘をついている相手はわかっていないのだ。わたしには彼女のインドネシア国籍を剥奪できないのと同様、彼女の銀行口座からお金を引き出すこともできない、そんな力などわたしにはないということを。でも、どうして彼女にそれがわかるだろう？　わたしは魔法のように彼女の預金通帳の残高を増やした。それを消し去ることだって、簡単にできると思われても当然ではないだろうか。

「ねえ、リズ」とワヤンが言う。「わたしを信じて。土地を探す。心配しないで。うんと急いで、土地を探す。だからお願い、悩まないで……あと三日もしたら片づくわ。約束するから」

「ぜったいよ、ワヤン」この念押しはけっして演技ではなかった。とにかく、確約してもらわなければ。彼女の子どもたちには家が必要だし、家は立ち退きを求められている。ワヤンには大ぼらを吹いている余裕なんてないはずだ。

わたしは言った。「さあ、フェリペのところに戻るわ。土地を買ったら、電話してね」

こうして、わたしは友のもとから去った。彼女がわたしの後ろ姿を見送っているのはわかったが、あえて振り返りはしなかった。そして神様に突拍子もないお願いをした。「ああ、神様、どうか、彼女がわたしに大ぼらを吹いていたことが真実でありますように」もしワヤンが大ぼらを吹いておらず、嘘偽りなく一万八千ドルの現金があっても住む家が買えなかったのだとしたら、わたしたちは本当に困ったことになる。そうなった場合、ワヤンがどうしたらその窮状から抜け出せるのか、わたしには見当もつかない。でも、もしワヤンがわたしをだましていたのなら、希望の光はある。彼女が策略を弄していただけなら、この移ろいやすい世界でも彼女はちゃんとやっていけるにちがいない。

げっそりした気分でフェリペの家に帰り着き、わたしは言った。「わたしがどんなに迷いながら悩みながら画策したかを、ワヤンに伝えることができたらいいのに」

「……彼女の幸せと成功のために画策したこともね」フェリペが言い添えた。

四時間後——たったの四時間後！——フェリペの家の電話が鳴った。ワヤンからだった。彼女は息せき切って、用件がついに片づいたことをわたしに報告した。農家の人から二アールの土地をついに購入したのだ（彼の〝妻〟が突然、土地を分割することを許したらしい）。結局のところ、吉夢を見ることも、聖職者のご託宣を聞くことも、〝タクス〟の状態を調べることも、まったく必要としなかった。ワヤンはすでに土地の権利書まで手に入れていた！公証人によって作成された正式な権利書だ。さらに、建築資材を発注し、来週から——わたしが去る前に——家を建てはじめるという。つまり、着工をこの目で確かめられるということだ。だから、どうか怒らないでほしい、とワヤンは言った。わたしがあなたを愛していることをわかってほしい。自分の肉体を愛するよりも、全世界を愛するよりも、あなたを愛していることをわかってほしい——。

わたしもあなたを愛している、と彼女に言った。あなたの新しいすてきな家にお客として訪ねていける日が待ち遠しくてたまらないわ。それから、土地の権利書をコピーして渡してくれるようにと頼んだ。

電話を切ると、フェリペが言った。「おみごと《グッド・ガール》」

それはわたしのことだったのか、ワヤンのことだったのか。ともかくフェリペがワインの栓をあけ、晴れてバリの土地所有者となった親友ワヤンのために乾杯した。

そして、フェリペが言った。「さてと、休暇をとって旅に出ないか？」

107

休暇旅行の行き先はギリメノという名の島に決まった。東西に長く連なるインドネシアの群島のなかでは、バリ島のすぐ東に位置するロンボク島に近い小さな島だ。わたしは以前にギリメノに行ったことがあり、この島をぜひ、まだ行ったことがないというフェリペに見せたかった。

ギリメノ島は、この広い世界のなかでわたしにとって最も重要な意味を持つ島だ。二年前ひとりでバリ島を訪れたとき、ギリメノまで足を延ばした。バリに行ったのはヨガ合宿について記事を書くための取材旅行だったが、二週間の集中健康増進クラスを受けたあと、せっかくアジアまで来たのだからインドネシアでの滞在期間を延ばそうと決心した。といっても、正直なところ、わたしが求めていたのは、人里離れた場所に引きこもり、完全な孤独と完全な沈黙のなかで十日間を過ごすことだった。振り返ってみれば、結婚生活が壊れはじめてから離婚が完全に成立して自由になるまでの四年間、苦しいばかりの日々がつづいた。そしてこの小さな島を訪れたのは、その四年間の暗い旅路のなかでも最悪の時期だった。苦悩のどん底のそのまたどん底。暗澹《あんたん》たる心は葛藤する悪魔たちの戦場になっていた。どことも知れぬ遠い土地でひとりで静かに十日間を過ごそうと決めたとき、わたしは自分のなかの闘いつづける者、混乱しつづける者すべてに言った。「さあ、みんな集まって。みんなでひとつになるのよ、完全にひとつに。みんなでどうやって折り合いをつけていくのか、考えましょう。それができなければ、遅かれ早かれ、みんな死んでしまうわ」

それは断固とした確信に満ちた言葉だったけれど、この小さな島へひとりで向かうことが人生で経験したことのない不安をもたらしたことも認めておかなければならない。読むべき本も持たずに行くので、気を逸らすものはなにもない。わたしとわたしの心がなんにもない場所で向き合おうとしている。不安のあまり、傍目《はため》にもわかるほど足が震えていた。グルの言葉を何度も自分に言い聞かせた。「不安？　それがなんだというの？」こうして、わたしはひとりギリメノ島に下船した。

海辺にあるちっちゃな小屋を一日につき数ドルで借りると、わたしは沈黙し、自分のなかのなにかが変わるまではけっして口を開くまいと誓いを立てた。ギリメノ島は、わたしの心にある本音とばらばらの断片をもう一度まとめあげるチャンスをつくってくれた。わたしは、そうするにふさわしい場所を選んだと思う――それは間違いない。島はとても小さく、素朴で、砂と青い海とヤシの木ばかり。まん丸な島の海岸沿いに道があり、一時間も歩けば島を一周できる。赤道のほぼ直下にあるため、日々の巡りにほとんど変化はない。一年三百六十五日、太陽は毎朝午前六時半に昇り、島の真上を通って、午後六時半に反対側に沈む。住民はイスラム教徒のわずかな漁師とその家族たち。島のどこにいても波の音が聞こえる。自動車はない。電気は発電機から夕刻のわずかな時間に供給されるだけ。そこはわたしがそれまで訪れた地球上の土地で最も静かな場所だった。

毎朝、日の出のころに島を一周し、日の入りのころにまた一周した。そしてあとの時間は、ひたすら見つめた。自分の思考を見つめ、自分の感情を見つめ、漁師たちの仕事を見つめた。ヨガの哲人が、人間の苦しみは喜びと同じように言葉より生じる、と言っている。わたしたちは言葉によって経験を定義し、その定義が経験に付随する感情を呼び出し、その感情は紐で繋がれた犬のようにわたしたちにまとわりついて離れない。わたしたちは自分のつくりあげたマントラに誘惑される（わたしは負け犬だ……わたしは寂しい……わたしは負け犬だ……わたしは寂しい……）。そして、このようなマントラの化身となる。おしゃべりをしばらくやめて、言葉の力から逃れてみる。言葉で自分をいっぱいにするのをやめて、息を詰まらせていたマントラから自由になってみるといい。

哲人の教えに従って、わたしはしばらくのあいだ本物の沈黙に入った。しかし話すのをやめても、言葉は絶え間なくハミングのようにわたしのなかから湧きあがった。声を出すのをやめてもなお、発声に関わる器官や筋肉――脳、喉、肺、首など――に長いおしゃべりが蓄積した熱が残って震えていた。頭のなかは言葉の残響でいっぱいだった。室内プールの空間に水音や叫びが幼稚園児たちが立ち去ったあともなお残っているように。そんなおしゃべりの波動がなくなるまで、渦巻いていたさんざめきがおさまるまで、驚くほど長くかかった。おそらく、三日ぐらいかかったと思う。

すると、さまざまなものが姿をあらわしはじめた。沈黙のなか、あらゆる不快、あらゆる不安が空っぽの心に入りこんできた。解毒中のジャンキーのように、わたしは生まれいずる毒に身もだえした。たくさん泣いた。たくさん祈った。つらくて怖かった。でも、そこにいたくないとはけっして思わなかったし、誰かがそばにいてほしいともけっして思わなかった。わたしには、こうする必要があると、しかもひとりでしなければならないということがわかっていた。

島にいる観光客は、わたしのほかは、ロマンティックな旅をしている数組のカップルだけだった（ギリメノはこぎれいすぎて、辺鄙《へんぴ》すぎて、よほどの物好きでない限り、ひとり旅では訪れそうもない）。わたしはそんなカップルを見つめ、仲睦まじいようすをうらやましく思ったが、自分にこう言い聞かせた――「いまは、人付き合いを求めるときではないはずよ、リズ。あなたには成し遂げなければならないことがある」。わたしはすべての人と距離をとった。島にいる人々はわたしを放っておいてくれた。たぶん、薄気味悪い雰囲気を放っていたのだろう。あのころは年がら年じゅう体調を崩していた。あんなに眠れず、あんなに体重を落とし、あんなに泣きつづけていたら、この人ちょっとおかしい、と思われる風貌になって当然というものだ。誰もわたしに話しかけてこようとしなかった。

いや、ひとりだけ例外がいた。旅行者にもぎたての果物を売ろうと、せわしなくビーチを行ったり来たりする少年グループのひとりで、年齢は九歳ぐらい、仲間のリーダー格らしい少年だった。しぶとくて負けん気が強くて、もし島にストリートがあったら世慣れ《ストリート・スマート》ていると形容したいところだが、ここではさしずめ〝ビーチ・スマート〟だろう。日光浴をする西洋人たちにしつこく話しかけて学んだにちがいない巧みな英語を話した。そして今回は、わたしに狙いをつけてやってきたというわけだ。彼のほかには誰ひとり、あなたは誰か？とわたしに尋ねなかったし、邪魔する人もいなかった。でも、この遠慮知らずの少年だけは、わたしが毎日ビーチの同じ場所にすわるたびに近づいてきて、となりにすわり、質問をした。

「なぜ、話さない？ なんでそんな変な顔してる？ 聞こえないふりしないでよ、聞こえてることはちゃんとわかってる。連れはどこ？ なんでダンナがいない？ なんか、あんたにまずいところがあるからか？」

さっさと行っちまいな、がきんちょ！ という顔で応じた。あんたは何者なの？ わたしのいちばんいやな考えを言葉にしてくれて——。

毎日にこやかにほほえんで丁重な仕草で彼を遠ざけようと努力はした。しかし、彼はわたしが怒りだすまで立ち去ろうとしない。結局、彼がやってくるたび、わたしは怒りだすことになった。一度など大声で怒鳴りつけたこともある。「わたしが話さないのはね、魂の旅をしているからなのよっ。このくそがき——消え失せな！」

少年はけたけた笑って走り去った。毎日わたしが反応するたびに、彼はけたけた笑って走り去った。そしてわたしも、彼の姿が見えなくなると、声をあげて笑った。わたしはこのうるさい小僧をひどく疎みながら、それと同じくらい心待ちにしていた。苦しい試練のなかで、彼だけが唯一笑える息抜きだったのだ。聖アントニウスは、沈黙の修行をおこなうために荒野へ出たとき、さまざまな幻影に襲われたという。その幻影には悪魔も天使もいた。孤独のなかで、彼はときに天使のように見える悪魔に出会った。ときに悪魔のように見える天使にも出会った。悪魔と天使をどのように見分けるのか、と問われた聖人は、その生きものが立ち去ったときにしかわからないと答えたという。そのとき、心が波立っていれば訪れていたのは悪魔、心が晴れやかになっていればそれは天使なのだ、と。

わたしには、あのうるさい小僧がどちらだったかよくわかる。彼はいつもわたしから笑いを引き出してくれた。

沈黙に入って九日め、わたしは日没とともに浜辺で瞑想に入り、ふたたび立ちあがったときは真夜中になっていた。瞑想に入るとき、わたしは自分にこう語りかけた。「さあ、これからよ、リズ。これがあなたのチャンス。あなたの悲嘆をつくりあげてきたすべてをここに呼び出しなさい。そして、見つめましょう。抑えこんではだめ」ひとつまたひとつ、わたしを哀しませる幾多の思考、幾多の記憶が、みずから手をあげて立ちあがり、その名を告げた。わたしはそれぞれの思考を、悲哀をとっくりと見つめ、その存在を認め、その苦悩を（自分

わたしは悲哀に語りかけた。「もうだいじょうぶ。わたしはあなたを愛している。あなたを受け入れる。わたしのこころ《ハート》のなかに入ってきて。もう終わったの」わたしは悲哀を（生きもののように）ありありと感じ、それをわたしの（実在するひとつの部屋であるような）〝こころ〟のなかに招き入れた。そして言った。「次は？」こうして次の悲嘆がまた浮上する。わたしはそれを見つめ、味わい、祝福し、また同じようにこころのなかに招いた。わたしは、この数年の記憶をさかのぼり、すべての哀しみの想念が尽きるまで、それをおこなった。

そしてまた、心《マインド》に言った。「あなたの怒りを呼び出しなさい」ひとつまたひとつと、これまでの人生で怒りを掻きたてた出来事が名のりをあげた。あらゆる不当、あらゆる裏切り、あらゆる喪失、あらゆる憤怒。そのすべてと再会し、それらの存在を認めた。わたしはその怒りのひとつひとつを完璧に、まるでそれが最初に湧き起こったときと同じように感じることができた。「さあ、こころのなかへ。休んでいいわ。もう安全よ。終わったの。あなたを愛してる」これが数時間つづき、わたしは相反する強烈な感情のあいだを行ったり来たりした。骨も震えるほどの怒りを味わい尽くし、その怒りが一枚のドアを抜けるようにこころ《ハート》のなかに入り、そのきょうだいたちと寄り添い、身体を丸め、争いを放棄するとき、わたしは冷めきった落ちつきを経験した。

そして、最大の苦行が待っていた。「あなたの恥を呼び出しなさい」わたしは自分の心《マインド》に言い、恐ろしいものを見た。わたしのしくじり、わたしの嘘、わたしの失敗、わたしの身勝手、嫉妬、傲慢……がみじめな隊列をつくってやってきた。しかし、そのどれも見逃しはしなかった。「さあ、最悪のものを見せて」わたしは数々の恥辱も、こころ《ハート》に招き入れようとした。しかし、それらはドアの前でためらい、言った。「いいの、わたしは。わたしなんかがここにいることを、あなたは求めていない……あたしがなにをしたか知らないの？」わたしは答えて言った。「わたしはあなたのことも求めてるわ。あなただって、ここに歓迎するわ。もうだいじょうぶ。あなたを赦《ゆる》す。あなたもわたしの一部よ。ここで休みなさい。もう終わったの」

すべて片づいたとき、わたしの心《マインド》は空っぽになっていた。内なる闘いは終わった。わたしは自分のこころ《ハート》を、自分の善きものをのぞきこみ、その許容量を確かめた。わたしのこころ《ハート》はまだ満杯になっていなかった。わたしの哀しみの、怒りの、恥の生みだした痛々しい子らを引き取ってもなお、そこには余裕があった。わたしのこころはもっと受け入れることも、赦すこともできる。その愛は限りない。

そして、これは神がすべてのわたしたちを愛する、すべてのわたしたちを赦すやり方と同じだということに気づいた。そしてこんなことができるのは、この広い宇宙のなかで、おびえたわたしたちだけだということも。ひとりのちっぽけな不完全な人間がこのような絶対的な赦しと受容を経験できるのなら、いったい神は——想像してみてほしい！——その限りない慈悲深さでもって、いったいどれほど大きなものを愛し、赦しておられることだろうか。

そしてわたしには、この平和な小休止が長くはつづかないだろうことも、なんとなくだがわかっていた。修行は永遠に終わらない。わたしの哀しみや怒りや恥辱はこころの囲いから逃れて、また忍び寄ってくるだろう。そして、わたしの頭をふたたびいっぱいにするだろう。だから、わたしはそんな想念とこれから何度でも繰り返し付き合っていかなくてはならない——いずれゆっくりと、強い決意とともに、わたしの全人生が変わるときまでは。そうなるのはむずかしいことだし、へとへとに消耗するようなことだろう。しかしわたしのこころ《ハート》は、あの浜辺の闇の静寂のなかでわたしの心《マインド》に言った。「あなたを愛してる。あなたをぜったいに見捨てない。あなたのことは、わたしがいつも引き受ける」こころの底から浮かびあがったこの誓いをわたしの口がとらえ、そこにとどめた。わたしはそれを味わいながら、浜辺から歩いて自分の小屋に戻った。何も書かれていないノートを取り出し、最初のページを開く。そのときようやく口を開いて、この誓いの言葉を宙に解き放った。わたしは誓いの言葉をもって沈黙を破った。そして鉛筆を握り、この声明をノートに書きとめた。

「あなたを愛してる。あなたをぜったいに見捨てない。あなたのことは、わたしがいつも引き受ける」

これが、わたしの個人的なノートに最初に記した言葉になった。これ以降、わたしはいつもこのノートを持ち歩くようになった。あれから二年間、何度もこのノートを読み返し、いつも助けを求めてきた。そして、**いつも助けは見つかった**——わたしがどんなにひどく落ちこんでいるときも、どんなに不安におびえているときも。愛の約束に溢れたノートが、この二年間を生き延びるための支えになった。

108

　そしていま、前回とはまったく異なる状況で、わたしはギリメノ島に戻ってきた。以前ここに来てから、いろんなことがあった。わたしはアメリカに戻り、離婚問題に片をつけ、デーヴィッドとの別離から立ち直り、抗うつ剤を必要としなくなり、新しい外国語を学び、インドでは神の掌《たなごころ》につかの間すわるという忘れがたい経験をした。インドネシアでは治療師《メディスン・マン》に教えを請い、住む家に困っていた一家族が新しい家を手に入れる手助けをした。わたしはいま幸福で、健康で、調和がとれている。そして、ここで触れないではいられないこと、それは、このきれいな小さな南国の島へ、今度はブラジル人の恋人とともに下船したということだ。認めてしまおう！　まるで滑稽なお伽《とぎ》ばなしのような結末ではないか。まさに、ある主婦の夢見た物語、みたいな……（もしかしたら、数年前から、わたしはこれを夢見ていたのかもしれない）。でも、お伽ばなしの蜃気楼に呑みこまれてしまわないようにわたしを踏みとどまらせているのは、この揺るぎない真実、この数年間、自分自身で自分の骨組みをかたちづくってきたという真実だ。わたしはけっして王子様に救われたわけではなく、この自分を救い出す作戦の司令官はわたし自身だった。

　いまのわたしは、いつか本で読んだ禅の思想にもとづく考え方にとても共感する。それはこんな考え方だ。樫《かし》の木がこの世に生まれるためにはふたつの力が同時に働いている。言うまでもなく、まずはすべての始まりであるどんぐり。すべての可能性と潜在力を内包した種、そこから樫の木が育つ。それは誰にでもわかる。しかし、ここに作用するもうひとつの力に気づく人はわずかしかいない。もうひとつの力とは、未来の木そのものだ。未来の木がとにかくここに存在したいとひたすら願い、無の宇宙から生まれる熱望で発芽を促し、無の場所から木を育て、成熟へと導いた。つまり、その成熟した樫の木が、それが生まれるどんぐりを創った、ということになる。

わたしは、わたしがようやくたどり着いたひとりの女について、わたしがいま生きている人生について考えてみる。どんなにこういう人間になりたかったことか。どんなにこういう人生を求めてきたことか。自分自身ではない誰かのふりをする茶番劇からいつも逃れたいと思っていた。わたしは、ここに至るまでに耐え抜いてきたすべてを思い、やはりこのわたしが――つまり、たったいまインドネシアの小さな釣り船の甲板でまどろんでいるこのわたしが――もうひとりのわけもわからずもがき苦しんでいる若い女を、この試練の何年かのあいだ、ここまで引っぱってきたのではないだろうか、と思い至る。若いわたしは、可能性のいっぱい詰まったどんぐりだった。でも、そのときすでにいまのわたしがいた。樫の木としてすでに存在し、若いわたしに声をかけつづけていた。「そうよ――育ちなさい！　変わりなさい！　成長しなさい！　ここに来て、わたしに会って！　わたしは損なわれることなく成熟し、すでにここにいる！　成長して、ここまで来て、わたしとひとつになって！」もしかしたら、あれは、いまの潜在力を顕在化したわたしだったのかもしれない。四年前、結婚に悩み、バスルームの床に泣き崩れていた若い女のそばにいたのは。絶望に打ちひしがれるその女の耳もとで、「ベッドに戻りなさい、リズ」とささやいたのは……。いずれ、すべてはだいじょうぶと言えると、そのわたしにはわかっていた。やがて、すべてはひとつになる……ここで。まさにここで、この瞬間。わたしはいつもここで、安らかに満ちたりて待っていた。いつも待っていた——彼女がここへやってきて、わたしとひとつになるのを。

ふいに、フェリペが目覚める。この午後ずっと、わたしたちは釣り船を借りて海に出て、そのデッキで腕を絡め合いながら、夢とうつつのあいだを行き来していた。太陽が輝き、波がわたしたちを揺する。わたしがフェリペの胸を枕に横たわると、彼はまどろみながら、こんなことを考えたと語りだす。「ねぇ、きみもわかっていると思うけど、ぼくはバリに住みつづけなくちゃならない。ぼくのビジネスの本拠地はバリにあるし、ここは息子たちの住むオーストラリアに近い。そして、ぼくはブラジルにもけっこう行かなくちゃならない。宝石の原石をブラジルから仕入れているし、そこにはぼくの一族もいる。一方、きみはアメリカにいる必要がある。アメリカで仕事をしているし、きみの家族や友人たちもいる。だから、ぼくはこんなふうに考えたんだ……もしかしたら、ぼくたちは努力することで、ふたりの人生を築いていけるんじゃないか。つまり、なんとかして、この人生をアメリカとオーストラリアとブラジルとバリとに分けて——」

わたしたちは笑いだした。笑うしかなかった。なぜって、心に浮かんだのは……いいじゃない、やってみましょう！　だったから。それがうまくいくと思うなんて、頭がどうかしているのかもしれない。そんな人生を、とちくるった愚か者の選択だと見なす人たちだっているかもしれない。でも、その生き方はわたしにとても合っている感じ。もちろん、それがわたしたちの進むべき道だろう。いや、すでになじんでいる気さえする。と同時に、フェリペのこの発案を詩のようだと、文字どおり詩のようだと感じていた。この一年間で、わたしはそれぞれに個性《インディビジュアル》的で、大胆不敵《イントレピッド》な、Iの頭文字で始まる三カ国を旅してきた、そして、ここへ来てフェリペがまったく新しい旅のセオリーを提案したのだ。オーストラリア（Australia）、アメリカ（America）、バリ（Bali）、ブラジル（Brazil）＝A、A、B、B。

まるで古典詩の、押韻《おういん》された二行連句のようだ。

この小さな釣り船はギリメノ島の沖合に錨をおろしている。この島には埠頭《ふとう》がないので、岸まで戻るには、ズボンの裾を折りあげて船から跳びおり、波に揉まれながら自力でたどり着くしかない。当然ずぶ濡れになるし、珊瑚礁に叩きつけられることもある。しかし痛い思いをしてもそうする価値があるのは、それによって、このビーチがここまで美しく、ここまですばらしい状態に保たれているからだ。なので、わたしも、わたしの恋人も、靴を脱いで、持ち物を詰めた小さな袋を頭に載せて、船のへりまで行って、海に入る準備をする。

さて、わたしはここでひとつ、おかしなことを思いつく。フェリペが唯一話せないロマンス系の言語がイタリア語なのだが、跳びこむ姿勢をとり、さあ、いよいよというとき、彼に向かって、わたしはそのイタリア語でこう言った。

「アトラヴェルシアーモ」

さあ、渡りましょう。

最後に

インドネシアを去って数カ月後、わたしは愛する人々を再訪するためにふたたびこの国に戻って、クリスマスを祝い、つづく新年の休暇もここで過ごした。わたしの乗った飛行機の着陸からわずか二時間後、スマトラ沖地震による津波がインド洋沿岸を襲い、東南アジアに甚大な被害をもたらした。すぐに世界じゅうの知人が、インドネシアのわたしや友人たちの安否を問い合わせてきた。とりわけ誰もが気にかけていたのは、「ワヤンとトゥッティはだいじょうぶ?」だった。答えはというと、その津波はバリには(感情面は別として)影響なく、わたしは友人たちの誰もが安全に暮らし、健康であることを確認した。フェリペはわたしを空港まで迎えにきてくれた(彼とはその後さまざまな空港で落ち合うことになるのだが、これがその最初だった)。クトゥはあいかわらず彼の家のポーチに坐し、生薬を調合し、瞑想していた。ユディは地元のおしゃれなホテルでギター演奏の仕事を得て、うまくやっていた。ワヤンの一家は、危険な海岸地帯ではなく、内陸の高地ウブドにある、棚田に囲まれたきれいな新居で幸せに暮らしていた。

精いっぱいの感謝をこめて（そしてワヤンになり代わって）、この家のために寄付してくれたすべての人々にお礼を言いたい。

サクシ・アンドレオッツィ、サヴィトリ・アクセルロッド、リンダとレニー・バレラ、リサ・ブーン、スーザン・ボーエン、ゲーリー・ブレナー、モニカ・バークとカレン・クデジ、サンディー・カーペンター、デーヴィッド・キャション、アン・コネル（彼女は、ジャナ・アイゼンバーグと並んで、いつも最後の頼みの綱）、マイクとミミ・ド・グリュイ、アルメニア・デ・オリヴェイラ、ラーヤ・イライアスとジジ・マドル、スーザン・フレディー、デヴィーン・フリードマン、ドワイト・ガーナーとクレー・ルファブール、ジョンとキャロル・ギルバート、マミー・ヒーリー、アニー・ハバードと信じがたいほどすばらしいハーヴィー・シュワルツ、ボブ・ヒューズ、スーザン・キトゥンプラン、マイケルとジル・ナイト、ブライアンとリンダ・クノップ、デボラ・ロペス、デボラ・ループニッツ、クレイグ・マークスとレネ・スタインキ、アダム・マッケイとシーラ・ピヴェン、ジョニーとキャット・マイルズ、シェリル・モラー、ジョン・モースとロス・ピーターソン、ジェームズとキャサリン・マードック（ニックとミミからの祝福もいっしょに）、ホセ・ヌネス、アン・パグリアルーロ、チャーリー・パットン、ローラ・プラッター、ピーター・リッチモンド、トビーとベヴァリー・ロビンソン、ニナ・バーンスタイン・シモンズ、ステファニア・ソマレ、ナタリー・スタンディフォード、ステーシー・スティアーズ、ダーシー・スタインキ、ソーレンン家の女性たち（ナンシー、ローラ、ミス・レベッカ）ダフネ・ユーヴィラー、リチャード・ヴォグト、ピーターとジーン・ウォリントン、クリステイン・ウィナー、スコット・ウェスターフェルドとジャスティーン・ラーバレスティア、ビル・イーとカレン・ジメット。

最後になるが、わたしの大切な叔父のテリーと叔母のデボラがこの旅の一年間、わたしを助けてくれたことになんとお礼を言えばいいのか、感謝をあらわすのにふさわしい言葉が見つからない。たんに〝実際的な支援〟と呼んでしまえば、こぼれ落ちるものが多すぎる。彼らは綱渡りをするわたしの下に張りめぐらす安全ネットをふたりがかりで編んでくれた。もしふたりがいなければ――端的に言おう――この本は書けなかった。ふたりの大きな恩にどうやって報いればいいのか見当もつかない。

でも結局、人生を支えてくれるこの世界の人々の恩に報いることなど、どだい無理な話なのかもしれない。結局、報恩をあきらめて、人間の寛容さの計り知れない大きさに降伏し、永遠に心をこめてこの声がある限り、ひたすらありがとうと言いつづけることが賢明な道だと言えるのかもしれない。

訳者あとがき

二〇〇三年九月、エリザベス・ギルバートは、イタリア、インド、インドネシアを一年かけて巡る旅に出た。イタリアでは人生の喜びを、インドでは神とともにある心の静けさを、インドネシアのバリ島では、人生の喜びを謳歌しながらも心の静けさを失わないバランスを見いだすこと。それが旅の目標だった。そしてこの一年間の自分に課したルールがひとつ。恋をしないで独り身を貫くこと、すなわち禁欲。

へえ、それってむずかしいこと？　と思われた方も、えっ、そんな厳しい節制をなぜ？　と思われた方も、まあ聞いてください。エリザベス・ギルバートがこの旅を決意した背景には、結婚生活の解消があり、泥沼の離婚騒動があり、その後の〈死にもの狂い〉の恋愛とその破綻《はたん》があった。十代から〈他人を爪研ぎ柱にする恋愛〉を繰り返し、〈それが自分の人間的な成熟を妨げる大きな障害になっているにちがいない〉と考える。関係をつくっては壊しつづける自分にうんざり。いや、うんざりどころか抑うつの底に沈み、ここで生き方を立て直さなければ、自分が壊してきた人生の瓦礫《がれき》に埋もれて息絶えてしまいそうだった。禁欲の難易度は人によるとしても、このせっぱ詰まった状況でそれを決断したことには、ほとんどの人が大きくうなずき返すのではないかと思うのですが、いかがでしょうか。

こうしてギルバートは、別れた恋人に未練を残しつつも、三十四歳にしてもう一度人生を見つめ直す旅に出た。本書『食べて、祈って、恋をして』（*Eat Pray Love*, 2006）には、そんな旅を通しての彼女の起死回生が、百八話のエピソードとしてまとめられている。本書はアメリカで刊行されるや、センセーショナルな話題を巻き起こし、多くの書評に取りあげられ、四十以上の言語に翻訳されて、ほどなく世界的ベストセラーとなった。知性があって抜かりない友人より、知性があるはずなのになぜか人生につまずく友人のほうが、いっしょにいて心が安まるし励まされる気がするのは、世界のどこであろうと同じなのかもしれない。「くだけたおしゃべりのようでいて奥が深く、度胸があり、驕《おご》らない。それがこの本の魅力であり、共感を生むゆえんだ」（サンフランシスコ・クロニクル紙）、「誰よりも鋭く物事を見抜く、おもしろい友人のおしゃべりを聞くようだ」（グラマー誌）。結婚や子づくりなど女性としての岐路に立つ世代に共感を持って迎えられる一方、女としての辛酸を充分に舐めたことは想像にかたくないヒラリー・クリントンをしても、「友だちから手渡されて読んだ *Eat Pray Love* をすごく気に入っている」（米版マリクレール誌）と言わしめている。

もちろん、人生のどつぼなら誰しも経験できるが、そこから抜け出すために、一年の長旅を自分に提供できる人はそうめったにいない。そういう意味では、本書のすべてが共感を誘うわけではないのかもしれない。しかし最初こそ遠巻きに眺めているつもりでも、いつしかギルバートの赤裸々な告白に引き込まれ、鋭い自己省察に思わず自分を重ね、そろそろと近づいて、心をつかまれ、しまいには「あっぱれ！」と称えたい気持ちにさえなってくる。

書評や読者評に目を通していくと、多くの人がこの旅の記録のなかに心に響く箴言《しんげん》を見いだしているのがわかる。百八の章立ては、インドのヨガ行者が首からさげる数珠《じゅず》の珠《たま》の数にちなんでいるというが、百八個の珠のようにページを繰っていくうちに、いまの自分や過去の自分を見つけたり、心のなかのもやもやとした思いが絶妙な表現ですくいとられているのに出会ったりすることになる。また、出てくる人たちが、とにかく魅力的で、粒ぞろいだ。旅のあいだに出会う多士《たし》済々《せいせい》、味わい深い人々の臨場感溢れる描写には、ギルバートが作家として鍛えてきた観察眼と筆力が存分に生かされている。

エリザベス・ギルバートは、一九六九年、コネティカット州に生まれた。子ども時代から作家を志し、ニューヨーク大学卒業後は、ウェイトレスやバーテンダーの仕事で生計を立てながら創作に打ちこんだ。出版社に原稿を送っては不採用の通知を受け取りつづける数年をへて、ついに一九九三年、エスクァイア誌に短篇小説が掲載されて小説家デビューを果たす。四年後には初の短篇集 *Pilgrims*（『巡礼者たち』岩本正恵訳、新潮社）を上梓。その後はメイン州のロブスター漁の漁場争いを描く長篇 *Stern Men*（2000）、森に暮らすナチュラリスト

の評伝 *The Last American Man*（2002）と書き継ぎ、その間にGQ誌、ニューヨーク・タイムズ・マガジン誌など多くの雑誌に寄稿し、ジャーナリストとしても高い評価を得た。

そして二〇〇六年、本書を世に送り出して一躍人気作家になったのは周知のとおりだ。本作品はハリウッドで映画化されて、さらに世界各国で多くの読者を得た。昨年の段階で、全世界での売り上げが累計千五百万部を超えるという驚異的なロングセラーになっている。ただ、ギルバート本人は、『食べて、祈って、恋をして』の次にいったいどんな作品を書くのかと期待されすぎて、苦しむところもあったようだ。次作を執筆中の二〇〇九年、〝スーパープレゼンテーション〟TEDにおけるスピーチからも、創作につきまとう不安と果敢に闘いつづけるギルバートの姿勢がひしひしと伝わってくる。「エリザベス・ギルバート　創造性をはぐくむには」で検索すれば、たどり着ける（この五年後にもTEDに再登壇しており、こちらは「エリザベス・ギルバート　成功と失敗と創り続ける力について」で検索を）。

『食べて、祈って、恋をして』の次の作品、本書の続篇とも言うべき、*Committed: A Love Story* は、二〇一〇年に上梓された。バリ島で恋に落ちたフェリペとの結婚にいたるまでの経緯を語りながら、古今東西の結婚制度についてギルバートらしいユニークな考察が重ねられている。その後は、久しぶりに小説に戻り、十九世紀の女性植物学者を主人公にした *The Signature of All Things*（2013）を著し、二年後には、創造的な人生を過ごすための知恵を語った *Big Magic: Creative Living Beyond Fear*（『BIG MAGIC「夢中になる」ことからはじめよう。』神奈川夏子訳、ディスカヴァー・トゥエンティワン）を送り出した。

そして目下の最新作が、昨年六月に刊行された *City of Girls* である。一九四〇年のニューヨークにスーツケースとミシンひとつであらわれた十九歳の女主人公が、華やかで猥雑《わいざつ》で官能的なショー・ビジネスの世界に飛びこみ、衣裳デザイナーとして腕を磨きながら、混乱の戦時を生き抜いていく。そんな波瀾万丈のストーリーのなかに、やはり、自分とは何者かを問いつづけていく、ひとりの女性の姿が刻まれている。刊行と同時にベストセラー入りを果たし、半年もたたないうちに、ワーナー・ブラザーズが映画化権を取得したというニュースが飛びこんできた。早川書房より日本語版が刊行されるということなので、楽しみに待ちたい。

さて、この『食べて、祈って、恋をして〔新版〕』には、*Eat Pray Love* 初版から十年目の二〇一六年、本国アメリカで刊行された〝十周年記念版〟に著者が寄せた「まえがき」が追加されることになった。そこには、十年前よりもさらにパワーアップした感のある、力強いメッセージがこめられている。かつて『食べて、祈って、恋をして』にいささかでも背中を押された人なら、とりわけ胸熱くなる内容ではないだろうか。そんなところに蛇足かもしれないとは思いつつも、少しだけ付け加えておきたい。〝十周年記念版〟刊行と同じ年、ギルバートは、〈多くの人がフェリペという名で知る男性〉と離婚したこと——それは〈とても友好的な別れであり、理由はとても個人的なことだ〉と、彼女のフェイスブックで読者に向けて発信した。そして数カ月後、十五年来の親友である女性とパートナーの関係にあることを公表し、離婚はそのことと関係があると明かした。その後は、当時末期癌の闘病中であったその親友、作家でシンガーソングライターのレイヤ・イライアスを献身的に支え、彼女の最期まで付き添った。そういったことについて、ネット上で少しずつ語ってはいるものの、ギルバートにしては、けっして口数は多くない。いつかその経験が作品という形をとって読者のもとに届けられる日が来るのだろうか。待ってます、などとは軽々しく言えないけれど、一ファンとしては、やはりその日を心のどこかで待っている。

最後に、翻訳に際してお世話になった方々に改めてお礼を申し上げる。イタリア語の訳とカタカナ表記について、翻訳家の村井智之さんに助けていただいた。バリ島で長くフィールドワークをつづけてこられた宗教人類学者の嘉原《よしはら》優子さんにも教えを受けた。ネリダ・ランドさん、ロブ・ヘンダーソンさんにも、英語の表現について教えられることが多々あった。新版の編集に携わってくださった早川書房編集部の永野渓子さんと小澤みゆきさんに感謝する。お名前をすべて挙げきれないが、本書に関わられた方々に深く感謝する。

そして、この本の新しい読者にも、再読してくださった読者にも、心からの感謝を。

二〇二〇年二月

※新版の刊行にあたっては、改めて旧版の訳文を見直し、いたらなかった点に修正を加えた。この訳者あとがきも、旧文庫版訳者あとがきに加筆修正したものであることを付記しておく。

LEATHER AND LACE

Words by Stephanie Nicks
Music by Stephanie Nicks

TAKE IT TO THE LIMIT

Words & Music by Randy Meisner, Don Henley and Glenn Frey

本書は二〇〇九年にランダムハウス講談社より単行本として刊行され、二〇一〇年に同社より文庫化された作品を新版にしたものです。

訳者略歴　英米文学翻訳家　上智大学文学部卒　訳書にヘイグ『#生きていく理由』（早川書房刊），スローニム『13歳のホロコースト』，ケインメーカー『メアリー・ブレア』，チェン『人はいつか死ぬものだから』，ノヴィク〈テメレア戦記〉シリーズ他多数

HM=Hayakawa Mystery
SF=Science Fiction
JA=Japanese Author
NV=Novel
NF=Nonfiction
FT=Fantasy

食《た》べて、祈《いの》って、恋《こい》をして
〔新版〕

〈NF556〉

二〇二〇年三月二十日　印刷
二〇二〇年三月二十五日　発行

（定価はカバーに表示してあります）

著者　エリザベス・ギルバート
訳者　那《な》波《わ》かおり
発行者　早川浩
発行所　株式会社早川書房
郵便番号　一〇一－〇〇四六
東京都千代田区神田多町二ノ二
電話　〇三－三二五二－三一一一
振替　〇〇一六〇－三－四七七九九
https://www.hayakawa-online.co.jp

乱丁・落丁本は小社制作部宛お送り下さい。
送料小社負担にてお取りかえいたします。

印刷・三松堂株式会社　製本・株式会社川島製本所
JASRAC 出2002475-001　Printed and bound in Japan
ISBN978-4-15-050556-1 C0198

本書は活字が大きく読みやすい〈トールサイズ〉です。